大宋西军

Wars between the Song Dynasty and the Western Xia Dynasty

1040—1133

宋王朝 vs 西夏
百年战争风云

蒋杏 著

历史非虚构文学作品

团结出版社

© 团结出版社，2024 年

图书在版编目（CIP）数据

大宋西军 / 蒋杏著 . -- 北京：团结出版社，2025.2.
-- ISBN 978-7-5234-1324-1

Ⅰ.I25

中国国家版本馆 CIP 数据核字第 2024EB2567 号

责任编辑：郭　强
封面设计：谭　浩

出　　版：团结出版社
　　　　　（北京市东城区东皇城根南街 84 号　邮编：100006）
电　　话：（010）65228880　65244790（出版社）
　　　　　（010）65238766　85113874　65133603（发行部）
　　　　　（010）65133603（邮购）
网　　址：http://www.tjpress.com
E-mail：zb65244790@vip.163.com
　　　　　tjcbsfxb@163.com（发行部邮购）
经　　销：全国新华书店
印　　装：天津盛辉印刷有限公司

开　　本：170mm×240mm　16 开
印　　张：25.75　　　　　　　　　字　　数：411 千字
版　　次：2025 年 2 月 第 1 版　　印　　次：2025 年 2 月 第 1 次印刷

书　　号：978-7-5234-1324-1
定　　价：78.00 元
　　　　　（版权所属，盗版必究）

自序

一直有一个心愿,写一写大宋西军。

对大宋西军的关注,最早可追溯到年轻时候读《水浒传》。小说开篇,新殿帅到任,公吏衙将都去参拜,唯独八十万禁军教头王进因病在家,惹得新殿帅很不高兴,差人前来捉拿。王进拖着病躯进了殿帅府,被新殿帅劈头盖脸好一顿责骂。如果不是同僚求情,当场就要施以军法。新殿帅最后警告:"你这贼配军,且看众将之面,饶恕你今日之犯,明日却与你理会。"王进惶惶谢罪,然后起身,突然发现新殿帅原来是街头泼皮高二。这高二,曾经因为舞枪弄棒,被王进父亲一棒打翻,"三四个月将息不起"。王进大骇,知道性命难保,决定逃出东京,去延安府投奔老种经略相公。

看到这里,当时就想,这老种经略相公何许人也,得罪殿帅高俅的人都敢收留?

在《水浒传》里,除了八十万禁军教头王进,还有病大虫薛永,其祖父是老种经略相公手下军官。还有世代打铁的金钱豹子汤隆,介绍自己时也说,他们汤家,世代均为铁匠,先父就因为会打铁被老种经略相公赏识,做了延安知寨。除了老种经略相公,还有小种经略相公,三拳打死镇关西郑屠的鲁智深即在小种经略相公帐前做提辖。后来得知,历史上还真有老种与小种。种家三代为将,第一代种世衡,第二代种古、种谔、种谊等,第三代即"老种经略相公"种师道和"小种经略相公"种师中。

种家三代,将近百年。西军历史更长,如果从李继迁闹分裂算起,一百五十余年。

就这样,我开始了北宋西军的探索之旅。

历史上有"东军"一说。在《续资治通鉴长编》里,庆历二年(1042)五月,朝廷调张亢管勾麟府军马。为了打通府州与麟州之间连接,张亢亲自押运粮草前往麟州。在兔毛川与西夏军相遇,张亢先以骁将张岊率数千人埋伏在山后,继而摆开阵势与西夏军决战。宋军中有一支部队名万胜军,由市井无赖组成,战斗力低下,与西夏军稍一接战即溃,被党项人称作"东军"。

所谓"东军",即京师禁军。为什么称"东军"?应该与其来自京师有关。京师大名东京,来自东京的兵自然称作东军了。

夏竦来到大西北后,也多次提到"东军"。宝元二年(1039)闰腊月间,夏竦建议在陕西本地征召"土兵",用以替代东军。夏竦的理由是,东军一不习惯攀登,二不耐受寒暑,第三饮食习俗不同,第四福利待遇优厚。

河中知府杨偕上书反对。杨偕说,用"土兵"替代东军,完全不可能。李继迁时期就不用说了,在李继迁的儿子李德明时期,即便边境晏宁,东军也是大西北边防军主力。杨偕举例说,不久前,宋将王文恩为西夏军所败,土兵四散奔走,唯有两百东军与西夏军死战,"射杀虏兵甚众"。现在,沿边州郡多以东军驻守,如果尽罢东军而仅用土兵,不是个好主意。

上述种种事例说明,东军这一称谓,是党项人崛起后,陕西形势急剧恶化,京师禁军调往前线后出现的。

北宋历史上没有西军,却有"西兵"。譬如《宋史·兵志》就说:"咸平以后,承平既久,武备渐宽。仁宗之世,西兵招刺太多,将骄士惰,徒耗国用,忧世之士屡以为言,竟莫之改。"

"西兵招刺",就是在陕西地面大量征召兵丁,这种状况始于仁宗时期。

杨偕反对夏竦用土兵替代东军的奏疏里也提到了"西兵",说"西兵比继迁时十增七八,县官困于供亿"。

就在杨偕与夏竦争执不下时,三川口之战爆发了。不仅东军未走,西兵更是有增无减。

为什么京师来的禁军称为东军,而在陕西地面征召的部队称为西兵呢?恐怕一个是禁军一个是土兵的缘故。《宋史·兵志》云:"选于户籍或应募,使之团结训练,以为在所防守,则曰乡兵。"至于"西兵",最初可能就来自"土兵"。尽管这些土兵后来转为了厢军,甚至转为了禁军,但习惯的力量巨大。到了北宋晚期,朝野对这支大西北边防部队统称西兵。就连女真人也认为,"中国独西兵可用"。宣和七年(1125)女真人毁盟,兴两路大军合围开封,完颜宗翰率领的西路军出云中,攻略河东,其战略目的即是"下太原取洛阳,要绝西兵援路"。

所谓西兵，就是大西北边防军，其中包括土兵、厢军、禁军，这一点应该确凿无疑。他们因党项人制造分裂而兴起，经历了无数血与火的锤炼，成了北宋王朝一支最有战斗力的武装力量。在长达一百多年的时光里，涌现了无数优秀将领和一茬一茬英雄豪杰，他们为抵制分裂、维护国家领土完整，鞠躬尽瘁，血沃疆场。虽然这支部队后来因种种原因消亡了，但战功彪炳，将永远载入史册。

西军将领成分复杂，有外来将官，有本地英豪，还有蕃人首领。前期外来将官居多，后期绝大多数为西北汉子。这些人少年从军，一辈子血里火里拼杀。他们只有一个信念：保家卫国。

西军存世的日子，也是北宋王朝由盛而衰的日子。北宋经历了太祖、太宗两朝，先后平定了后蜀、南汉、南唐、吴越、北汉等割据势力，基本实现了全国一统。到了真宗时期，与辽朝达成了澶渊之盟，河北前线不再有大规模军事冲突。不太平的是大西北，有党项汉子李继迁闹腾。应该说，彼时以李继迁的实力不足以分疆裂土，在将近二十年时间里，李继迁处于流窜之中。问题是，一千多年前的银、夏地区离帝国中心太过遥远，王朝的神经在那片遥远的土地上已非常迟钝。当李继迁夺得灵州，更名西平，立为都城后，真宗仍然派张崇贵、王涉前去议和，尽割定难军州地与之。就连《西夏书事》的作者吴广成先生都忍不住发牢骚，说"宋以灵武不守，并弃绥、宥"，李继迁"从此据朔方，并西凉，丕基式廓，宋实有以成之"。

是不是真如吴广成先生所言，党项人在大西北拥有一片宏大的基业全拜真宗所赐？值得探讨。但是，宋廷对待李继迁的分裂之举，国策上确实东摇西摆，首鼠两端。明知李继迁心怀贰志，仍经常接受其归顺。每一次归顺都是李继迁势穷力孤之际。往往是，归顺的文书墨迹未干，大西北干戈又起。甚至，一边写着归顺的文书，一边劫杀大宋官兵，掠夺大宋财富。每一次归顺过后，李继迁的实力就来一次暴增。

有人将此归结为北宋兵势太弱。一支能够夺取天下的军队会弱吗？辽朝动不动兴数万锐骑进攻河北，宋辽双方各有胜负，骁勇善战的辽朝骑兵并不占上风。还有人将此归结为财政拮据，全国十八路，两百多个州，一千多个县，四千多万人，举全国之力，难道平定不了只有区区万人的李继迁？

关键是，皇帝意志不坚。皇帝意志不坚来自认识不够。对于一个国家，分裂是大患。分裂不仅仅是分疆裂土，分裂带来的后果是对立，是仇恨，如果被别有用心的人或势力利用，带来的是战乱。而这种战乱很可能无穷无尽，无休无止。

意志不坚还来自信心不足。信心不足源自患得患失。既要四海晏然，又不敢打破坛坛罐罐。有一种观念，说"兵者凶器，战者危事"，"不可不慎，不可不戒"。类似观点在李继迁时期颇为盛行，影响着高层决策，以致太宗、真宗两朝对党项人的时降时叛一再姑息。

朝廷姑息，边防将士却在抛头洒血。对于边防将士而言，守卫每一寸领土是他们的天职。一百多年来有多少将士长眠在了大西北的千沟万壑？统计起来恐怕是个庞大的数字。黄沙漫漫，荒草萋萋，没有人记得他们，他们的名字早已埋进历史的尘埃。

还有朝堂上的智者，他们是中国官僚队伍的精英。他们以富国强军为己任，兴利除弊，殚精竭虑，不避众怨。虽然他们的努力多半没有回报，甚至付诸东流，但青史记得他们。记得他们的睿智、辛勤、奉献，包括委屈、泪水、伤痛，也记得他们的无限怅惋和绵绵遗恨。

显然，极少有一个王朝像北宋康定元年（1040）至南宋绍兴三年（1133）那样山高水险、乱云飞渡。单纯为西军立传已经远远不够，有必要打开大宋王朝那扇尘封已久的殿门，以今人的眼光去打量朝堂上的风起云涌，去审视金銮殿上的纵横捭阖，去品读一段历史的悲欢，去聆听一个王朝的腹诽。尽管这个王朝的背影已远，但那些遗留在尘堆里的争辩、嘶喊、哀吟、兴叹，仍然具有不可低估的现实意义。

《司马法》云："天下虽安，忘战必危。"何况泱泱大宋，国事日蹙，偌大的江山就像一个盲人处于悬崖之畔。站在历史的高处眺望，天下何曾有过真正的安宁？安宁是非常态，不安才是常态。究其原因很多，核心问题在于自身。自身强大了，世界不安又奈我何？安不忘战不仅仅限于物资层面。就说大宋，兵器难道不精良吗？别说神臂弓、床子弩，就说年产箭矢五千万枝，军备潜力何等恐怖！然而受制于契丹，困扰于党项，屈辱于女真。真正的安不忘战应该是头脑清醒，意志坚定，不为妖氛所惑，不为群吠所惧，敢战而不好战，善战而非浪战，该出手时就出手，出手就是剑封喉。

太阳照常升起,生活还在继续。当校阅完最后一段文字,直起腰身,恍惚觉得,无数忠魂、英魂、游魂,以及遗落他乡的野魂正在身边环绕。

谨以此书安息所有不甘的亡灵。

2023年9月修订于猇亭

目录

第一部 兵凶西陲

自序　　　　　　　　　001

第一章　延州告急　　002
1. 战争来了　　　　　002
2. 病急乱投医　　　　017
3. 小范老子范仲淹　　023

第二章　被动主动　　033
4. 仗必须打　　　　　033
5. 速战与守战　　　　048
6. 命在于将　　　　　057
7. 张元在河东　　　　069
8. 葛怀敏的悲剧　　　075

第三章　堡垒战术　　085
9. 富弼使辽　　　　　085
10. 庆历和议　　　　　096
11. 水洛城之争　　　　106
12. 韩范出朝　　　　　115

第二部 决战横山

第四章 经略河陇 … 128
13. 谅祚继位 … 128
14. 王安石入朝 … 141
15. 吐蕃六谷与青唐政权 … 147
16. 秦州不欢迎王韶 … 163
17. 熙河开边 … 177

第五章 元丰用兵 … 190
18. 由浅攻到深入 … 190
19. 五路伐夏 … 199
20. 永乐城之殇 … 211

第六章 弹性防御 … 222
21. 绥靖政策破产 … 222
22. 章楶与平夏城 … 242
23. 渐复横山 … 259

第三部　魂铸关河

第七章　河湟之役	270
24. 王赡之死	270
25. 王厚为帅	283
26. 童太尉发迹	298

第八章　转战河北	311
27. 联金伐辽	311
28. 初战白沟河	320
29. 奇袭燕京	330

第九章　大宋不灭	342
30. 浴血杀熊岭	342
31. 种师道尽瘁京城	353
32. 苗傅与刘正彦	364
33. 巍巍川陕	377

参考史料	397

第一部 兵凶西陲

第一章　延州告急

1. 战争来了

公元1040年为大宋康定元年，仁宗爷亲政后的第八年。

这一天是正月十八。打大宋立国起，上元节即由前朝三天改为了七天，也就是说，正月十八仍在节庆之中。入夜满城是灯，尤其宣德门前，扎有灯山。正月十八还没有收灯，京城人余兴未了。

出皇城往南为御街，所谓御街就是专供皇帝车驾出入的大道。康定元年御街还没有那么多规矩，除了皇家车仗，都人也可以行走。御街两旁的"刀御廊"灯火通明。在这儿做买卖，对象多是有钱人，譬如六宫粉黛、大内宦官，以及达官贵人，因为在刀御廊的背后散布着若干中央政府机关。夜幕降临，这些在机关值班的吏胥，在大内供职的黄门，将大大小小灯笼点燃后，逮空溜出来消费一番。

往南是州桥夜市。州桥夜市闻名京城，平日里就熙熙攘攘，何况上元节期间，卖茶的，卖酒的，卖糖丸的，卖什锦的，卖水饭的，卖杂碎的，卖各色包子的，卖汤团的……人山人海，摩肩接踵。

再往前，出朱雀门，便是皇城以外了，皇城以外属人烟市井。酒楼、妓院、饭铺、茶馆、勾栏、瓦肆，唱戏的，算卦的，关扑的，贩鹰的，卖鸟的，玩杂耍的，仕女出游的，公子哥儿寻欢的，地痞无赖浑水摸鱼的，不遵父母之命媒妁之言趁机出来寻觅意中人的，林林总总，千姿百态。

上元节是一个很重要的节日，因为正月十六皇帝要亲临宣德门，随行的有文武百官、六宫嫔妃。尽管出现在宣德楼上的官家只是一个模糊不清的身影，但对于京城庶民而言已经非常满足了，这种满足在接下来的几天里是幸福的谈资和欢乐的源泉。

应该说才正月十八，康定元年是不是太平日还不一定。就大宋而言，北边有契丹，西边有吐蕃，西北边有党项，大唐时代，都是中原王朝子民，一场安史之乱，国力衰微，天下崩析。比如契丹，当年隶属松漠都护府，管辖契丹八部。唐昭宗天复元年，也就是公元901年，痕德堇成为契丹遥辇氏联盟领袖。痕德堇组建侍卫亲军，迭剌部一个叫耶律阿保机的汉子成为亲军首领。凭借这支精锐的契丹武装力量，耶律阿保机相继征服了奚人、室韦、阻卜诸部。公元906年，也就是大唐王朝覆灭的前一年，痕德堇可汗病亡，遗命耶律阿保机为汗位传人。到了耶律阿保机的儿子耶律德光继位，从石敬瑭手里取得了燕云十六州。地盘大了，兵马多了，开始对中原王朝有了非分之想。

大宋从立国之日起，北边契丹就是忧患，时不时过来攻城掠寨，有一次甚至杀得太宗爷坐驴车而逃。现在，北部边境战火熄灭了，契丹人比较守信，无论是辽圣宗耶律隆绪，还是辽兴宗耶律宗真，打澶渊之盟以后就不再向南用兵，宋辽两国再无战事。

至于西边，吐蕃很远，与川陕接壤之地虽然存在一些吐蕃部落，但实力有限，翻不起大浪。烦心的是党项人，打太宗爷在位起就闹独立，分疆裂土，弄得西北边陲破碎不堪。幸喜的是，近四十年来，没有大的战端，偶尔有一些袭扰，时髦的说法叫"纤芥之疾"。朝中大臣们不太上心，更别提芸芸庶民。所以，在公元1040年这个上元节里，东京城一如既往的热闹。按宋俗，过完正月十八就要收灯，收灯后即出城探春。京城之外皆园圃，百里之内尽春容，花儿含苞，草儿泛绿，燕子斜飞，风拂细柳。京城中人已经有些迫不及待了。

然而，就在此时，千里之外的金明寨，这个位于陕西延河边的城堡之内丝毫没有节日氛围。别说烟花爆竹、岁轴桃符，就连欢声笑语也不见踪迹。有的只是阴风怒号，寒霰如弹，马蹄踏踏，刀枪碰撞。从去年十一月起，西夏人就接连不断在环庆、鄜延边境滋事。虽然战斗规模不是很大，但延州是环庆、鄜延经略安抚司的驻地，经略安抚使兼马步军都部署范雍下榻在此。金明位于延州之北，相距不过三十来里，快马转瞬便到。边防出现警情，金明责任最重，整个腊月期间金明寨很是紧张。

宋廷驻守金明寨的军事长官是金明县都监李士彬。李士彬是本地人，也是"蕃人"。蕃人有两层意思，第一层意思是外国人，比如英国人、意大利人、黑人、印度人、大食人，等等。这些人统称"蛮夷"，或者俗称蕃人。第二层意思是外族人。外族人是相对汉人而言，同是华夏子民，如今叫少数民族。李士彬的爹爹叫李继周，关于这个人《宋史》有传。能够为史家立传是很不简单的事情，南北两宋三百余年，该有多少英雄豪杰与功臣名将？李继周就是其中一个。

宋真宗大中祥符二年九月，也就是公元1009年，六十七岁的李继周病逝了。朝廷下诏延州，要求从李继周的儿子中挑选一人继承父职。延州接到指令后向朝廷报告，说李继周的儿子倒有一个，叫李士彬，但为人懦弱，不大中用。侄儿李士用性格朴实，为人干练，既忠厚可靠，又熟悉边疆民事军务，为李氏部落敬服。于是，朝廷命令李士彬管理族内事务，以李士用负责边防重任。一晃几十年过去了，随着仁宗皇帝继位，官员或升或降，当年对李士彬的评价没有人知道了，或者说有人知道也没有当回事。李士用因才干出众调入京城，赴合门任职，金明县都监，以及新寨、解家河、卢关路巡检使这一千钧重担落在了李士彬肩头。

事实证明，李士彬与他父亲李继周相比，简直不可同日而语。

两年前，有个叫山遇惟亮的党项人主动跟李士彬联络，说准备内附。山遇惟亮什么人？元昊的叔父，西夏左厢监军，主管兴庆府以东军政要务。他的亲弟山遇惟永是西夏右厢监军，主管兴庆府以西军政要务。党项人占据河西走廊后，元昊将所辖之地分为左右厢，左厢领神勇、石州祥祐、宥州嘉宁、韦州静塞、西寿保泰、卓罗和南六监军司；右厢领朝顺、甘州甘肃、瓜州西平、黑水镇燕、白马强镇、黑山威福六监军司。说山遇惟亮和山遇惟永是元昊的左膀右臂毫不为过。除此之外还有一个堂弟叫山遇惟序，也是元昊的股肱之臣。宝元元年七月，即公元1038年，元昊在贺兰山召集部落大会，宣称，准备分三路大举进攻宋朝，可山遇惟亮站出来反对。山遇惟亮说："中国地大兵多，关中富饶，环庆、鄜延地势险要，这些地方已经修筑了堡寨，防守严密。我们党项人势力单弱，国力不足，短时间内有一定优势，时间长了就会不利于我们，不如安心给宋朝当藩臣，要钱有钱，要粮有粮，岁岁还有赐予。"

元昊是个有野心的党项汉子，小时候就对父亲的睦宋政策不满。有一回，父亲派人用马匹换取物品，因为换回的物品不大称心，一怒之下要把前去交换的人杀掉，被年幼的元昊制止了。元昊对父亲说："我们党项人安身立命靠什么？马匹。用马匹去换不急之物本身就是下策，现在还要杀掉自己人，今后还有谁真心实意为我们所用？替我们卖力？"

成年后，元昊身着白袍，头戴黑帽，腰佩弓矢，胯下骏马，出入张青色伞盖，旗手开导，身后簇拥百余精锐骑兵。元昊还爱好学习，善于思索，对兵书以及治国安邦之类书籍手不释卷。精通汉、藏语言，谙熟历朝更替。

当时宋廷驻守陕西的是曹玮，特别想一睹元昊风采，经常派人打听他的行踪。听说元昊偶尔来沿边榷市行走，几次等候，以期会面，未能如愿。曹玮只得派人暗中偷画了一幅元昊的图像，看后大为惊叹："啊，真英雄也！"并预言，他日宋朝西北边患即为此人。要知道，曹玮并非凡夫，出身将门，沉勇有谋，通晓《春秋》，文武兼具。南宋晚期建昭勋阁，供奉二十四位大宋功臣，职业军人五名，曹玮即是其中之一。这样一位人物瞧得起元昊，可见元昊青少年时期，英武了得。

现在，元昊从父亲李德明手里接过了大权，野心勃发，要取大宋土地，没想有人反对。更没想到反对者竟是山遇惟亮。山遇惟亮什么人？叔父、重臣，自己最为信赖之人。可越是信赖的人越不能存有贰心，元昊决定除掉山遇惟亮。

元昊的计划是，由山遇惟亮的堂弟山遇惟序举报堂兄谋反。可山遇惟序接到命令后于心不忍，将元昊的计划泄露给了山遇惟亮。

山遇惟亮决定脱离元昊，派人送信给李士彬，说他将派兵控制黄河渡口，携带整个部族前来投奔。山遇惟亮的弟弟山遇惟永心怀疑虑，问道："宋朝如果不相信兄长怎办？到那时兄长将进退两难。"山遇惟亮说："事已至此，必须走。宋朝如果接纳我，那是他们的福气。"

山遇惟亮比较认可中原王朝，很早就与金明寨守将李士彬搭上了关系。至于山遇惟亮是如何跟李士彬搭上关系的，史书没说。据《续资治通鉴长编》记载，李士彬"笑纳"了山遇惟亮"预寄"的金银珠宝达到"万数"。这些金银珠宝被李士彬笑纳后，并没有如实报告延州知州郭劝，私吞了。

山遇惟亮带着他的族人兴高采烈地进入宋境，在保安军被拦截下来。知军朱吉问明情况后上送延州。山遇惟亮向郭劝说明来意，特别指出，他与李士彬很有交情，经常礼尚往来。郭劝很吃惊，一个边防将领在他的眼皮子底下与元昊的心腹经常往来，他竟然毫不知情。招来李士彬询问，是不是结识了元昊的重臣山遇惟亮？是不是收了人家礼物？李士彬一口咬定，说压根没有这回事。

郭劝是个很清廉的人，元昊的母亲死了，郭劝为吊赠兼起复官告使，代表朝廷授元昊镇军大将军、金吾卫上将军，元昊一高兴，赏钱百万，郭劝谢绝了，一文未取。郭劝当了一辈子官，退休时家无长物。可清廉不一定称职，因为一名称职的边疆大吏需要清廉更需要睿智。

郭劝找来兵马钤辖李渭商量，说："自元昊的父亲李明德起，党项人纳贡四十余年，但凡有族人内附，朝廷一概不予收留。这个山遇惟亮……身份特殊，我们是接受呢，还是不接受？"

李渭武将出身，在州郡任职多年，党项人成了气候，被人以勇略推举来到西北前线，任鄜延路兵马钤辖。李渭与郭劝如何商议史书没有留下细节，《西夏书事》说："渭等疑其诈，令人执之。"

"令人执之"的后果是遣返。

山遇惟亮当然要辩解，甚至有可能要求与李士彬对质。廉洁而又颟顸的郭安抚怎么会听从山遇惟亮的辩解？下令监押官韩周率人将山遇惟亮一行押送宥州。对于山遇惟亮来说，悔到骨头里去了。原本以为是弃暗投明，哪晓得是一口枯井。途中，山遇惟亮的妻子李氏自杀身亡，而山遇惟亮一行，则被元昊当作箭靶射杀在了宥州城外。

一个月后，元昊称帝建国，号称大夏，史称西夏。

如果郭劝没有拘泥旧例，接纳了山遇惟亮和山遇惟永，元昊还会不会称帝？也许称，可即便称了也无所谓，因为对于宋廷而言，西夏毫无秘密可言。山遇惟亮不是说了吗，那是"南朝有福"。西夏有多少兵马，有什么军种，领兵将校各有什么本事，行军打仗有什么特点，乃至于元昊的为人、秉性，所擅长的机谋，宋廷一清二楚。现在，这个天大的机遇被郭劝、李渭一手葬送了。更重要的是，遣返山遇惟亮与山遇惟永，让那些想投奔宋廷的党项人心灰意冷。

山遇惟亮、山遇惟永遣返被杀，惊动朝廷。朝堂上不乏有识之士，譬如富弼。这时候富弼已崭露头角，职务是开封府推官、兼知谏院。富弼说："西陲地势险峻，又有沙漠，王师讨伐，军需供给困难。元昊之所以敢于猖狂，就与这种有利于党项而不利于我朝的地势有关。现在好不容易出了一股反对势力，却被庸奴所败。"

很快，郭劝、李渭双双贬职。

新任环庆、鄜延经略安抚使兼马步军都部署叫范雍，民间称呼"大范老子"，也就是老范。老范出生世家，祖上做过大官，年轻时受到寇准赏识，一步步提携上来。老范跟郭劝不一样，不昏聩，比如玉清昭应宫失火烧了，刘太后十分伤心，说先帝真宗爷费老大力气才修建起来的，现在烧得只剩两间小殿了。范雍当时任给事中，在一旁冷冷地说："不如再放一把火，干脆把两间小殿也烧掉。"刘太后一听，差点背过气。范雍不管不顾，又说："先帝竭天下之力修这个道观，民已不堪驱使。道观被烧是上天在警诫我们。我们还不汲取教训？"

来到延州后，范雍的做法与郭劝相反，但凡党项人来投，一律接纳。不仅接纳，还录为兵士。

老范的这一举措，让元昊看到了机会。

起初，元昊试图借范雍之手铲除李士彬。元昊将书信、锦袍、金带投置于宋夏交界处，书信大意是说李士彬准备叛宋，投奔西夏。不料此计被鄜延副都部署夏随识破。夏随说："这是西夏人的离间计。李士彬与党项世代有仇，他若叛宋投敌，还约日期吗？应该瞒着众人才是。"想想也是，自打李士彬的爹爹李继周起，该是帮大宋剿灭了多少头上长反骨的党项部落？说他的儿子现在投降党项人，明显不符合情理。

一计不成，再施一计。

元昊派出大批士兵装扮成老百姓前来归顺。这一次，李士彬向范雍做了禀报。按规定，前来归顺的党项人应该送往内地安置，但范雍自作主张，吩咐全部收留，隶属在李士彬麾下。于是，投降者络绎不绝，尽数安排在金明寨。

为了麻痹李士彬，元昊还派出一支人马，故意与李士彬相遇，相遇又不战，还对李士彬说，听闻您是"铁壁相公"，现在一见，胆子快吓破了。

宝元二年，也就是公元1039年，元昊开始越境挑衅。

最初，挑衅的并不是金明寨。从行政区域讲，宋朝与西夏交界有三路：鄜延、环庆、泾原。环庆路城寨密集，近的相距二三十里，远的相距四五十里，均占据着要害位置，还有刘平、赵振等沙场宿将。泾原路有镇戎军和渭州两座大城，兵多将广，守备严密，另外还有西蕃首领瞎毡占据河州，随时可以出兵应援。唯有鄜延一路地阔寨疏，防守薄弱。

保安军位于延州西北，负责防守保安军的是巡检刘怀忠。曾经，刘怀忠也是元昊策反对象，既赠送金银财宝，又许以高官厚禄，可刘怀忠根本不买账，毁掉元昊授予的官印，斩杀元昊派来的使臣。大怒之下，元昊决定将首攻方向选在保安军。刘怀忠的妻子叫黄赏怡，是员女将，很快领兵来援。还有鄜延路的狄青，救援也快。那会儿狄青籍籍无名，披头散发，面带铜具，率一彪人马在西夏军中左冲右突，所到之处，纷纷披靡。西夏人还没有遭遇过如此凶猛的宋将，引军退走。此战杀敌甚多，大战过后，黄赏怡封永宁县君，进入诰命夫人行列。

接下来元昊围攻承平寨，又一脚踢在铁板上，恰逢鄜延路部署许怀德在承平寨内。这许怀德跟狄青一样，官阶不高，作战勇猛。趁西夏军立足未稳，许怀德率千余人马杀出城外，并一箭射死敌军主将，西夏军不敢再战，解围而去。

上述两场大战是公元1039年冬、腊月间的事。1039年闰腊月。整个闰腊月期间西北前线没有战事，显得沉寂。

东京城莺歌燕舞，万众欢悦，但是在西北，许多人绷紧了神经。尤其一些上了年岁的老者，预感不好。四十年前，将大西北搅得血气冲天，日月无光的不就是这股子党项人？

一切源于太平兴国五年。

太平兴国五年即公元980年，党项首领、定难军节度使李继筠去世。李继筠无子，由弟弟李继捧嗣位。李继捧年轻，刚满十八岁。此时，家族中辈分较高且很有势力的伯伯叔叔们多，不服者大有人在，比如银州刺史李克远，即联合弟弟李克顺于太平兴国六年秋八月率兵远袭夏州。庆幸的是李继捧事先得知消息，打了胜仗，杀死了李克远、李克顺。这样的事今后还有没有呢？《西夏书事》说："自克远死，李氏宗族携贰。"携贰就是离心离德，党项族高层分崩离析。譬如绥州刺史李克文就上书朝廷，说李继捧不该承袭定难军节度使之职，为防止新的变乱，朝廷应该派使臣来到夏州，谕令李继捧入觐。

按规矩，节度使入朝述职，应为常态。但夏州地处陕西一隅，天高皇帝远，唐末与五代时期，地处大西北的节度使们都没有入朝亲觐。太宗时期，曾下旨李继筠的父亲李克睿入朝，被李克睿婉言拒绝。朝廷心知肚明，只好睁只眼闭只眼。现在，绥州刺史李克文出了这么个馊主意。当然，李克文出这个馊主意是有想法的，他是李克睿的哥哥，在他看来，李继筠死了，定难军节度使的位置非他莫属。

朝廷接到李克文的奏章，派使者奔赴陕西，宣布李克文权知夏州，召李继捧来京。据说，李继捧很犹豫，是李克文与朝廷使者一再催促，才不得已率领家人来到京城。

李继捧一走，族弟李继迁就跟李克文闹翻了，从夏州跑到了银州。恰好这时，朝廷使者下来，要求李氏"缌麻以上亲"全部护送京师。什么叫"缌麻以上亲"？就是五代以内族人。

李继迁意识到了事态的严重，皇帝在削藩，不，是在挖藩，连根挖断。李继迁与弟弟李继冲、亲信张浦等人商量，说："我们李氏居州列郡，独霸西北超过三百年，今天整个宗族尽入京师，生死存亡将操在别人手中。"

弟弟李继冲说："虎离不开山，鱼离不开水，不如趁夏州无备，杀掉使者，占领绥、银，与朝廷抗衡。"

张浦大不以为然，说："杀个把使者起什么用？夏州有李克文，四周有重兵，一旦我们起事，眨眼间就能把我们剿灭。上上之策是远走高飞，找个落脚点联络豪右，待到羽毛丰满，然后卷甲重来。"

于是，李继迁诈言养母已死，借出葬之机，率领心腹骨干数十人逃往三百里外的地斤泽，即如今内蒙古鄂尔多斯乌审旗内。

自此，大西北埋下了战乱的种子，植入了分裂的基因。

这年十二月，李继迁自地斤泽南下，率众攻打夏州。这次战斗进行得很潦草，攻城战还没有展开就结束了，但宋夏之战，自此开端。

太平兴国八年，也就是李继迁率众攻打夏州的第二年，李继迁见李继捧、李克文、李克宪、李克信等诸多李姓人氏在京城受到任用，也动了归顺之心。于是派人来到麟州，献上贡马及奉表。太宗皇帝收到李继迁的奉表，委派秦翰赍诏来到地斤泽。据《西夏书事》记载，李继迁待秦翰很不错，跟秦翰同宿一帐，亲密得像兄弟。问题出在秦翰，想"手刃之，不得，乃还"。

为什么要"手刃"李继迁？是秦翰临时起意，还是太宗皇帝的命令？应该不会是秦翰自作主张，他是"赍诏"招纳李继迁的使臣，怎么会擅自刺杀李继迁呢？最大的可能是受太宗爷之命。李继迁的桀骜不驯传入了太宗爷的耳里，太宗爷动了杀机，决定委派秦翰前往地斤泽，一了百了。身为宦官的秦翰是一员难得的将领，专门从抗辽战场调到西北前线。然而不知为什么，智勇双全的秦翰居然"手刃不得"。"不得"就是没有得手，惹恼了李继迁，导致李继迁铁了心要与宋朝为敌。

如果此说成立，大西北的百年血海深渊，秦翰也要负一定责任，身负皇命，却没有完成任务。

从太平兴国八年五月起，李继迁数寇河西，搅得银、夏诸州无宁日。

太平兴国九年，曹光实来到夏州任都巡检，与知州尹宪一起对付李继迁。曹光实是一员宿将，跟随宋太祖灭南汉，平南唐，下太原，久经战阵，屡立战功。曹光实来到夏州后，与尹宪计议，说地斤泽四面沙漠，骤然进兵有诸多不利，不如按兵不动，派人侦知李继迁的准确位置，然后包围突袭。

这年九月，探马报告，李继迁聚众万余，正在地斤泽。曹光实、尹宪连夜点起数千骑兵，经过两天两夜急行军，打了个大胜仗，李继迁的妻子、老母都成了宋军俘虏。

银州有一个党项部落，首领叫拓跋遇，因地方官府盘剥太甚，请求移居内地，被朝廷拒绝，于是作乱。尹宪起兵讨伐，拓跋遇部被打败，躲进深山。李继迁逃出地斤泽后，拓跋遇派人找到他，并带话说："银州这地面好啊，有先人的遗泽在此，你如果过来攻打，我们全力配合。"

李继迁问计于众人，大伙儿都说，前次地斤泽之战，不是我们打仗不行，是我们疏忽大意了。老待在大漠之中不是个事。既然有拓跋遇相助，这是上天给我们的机遇，千万不要失去这个机会。

李继迁给曹光实写信，讲"甥舅之礼"。李继迁说，他将在葭芦川接受宋廷招安。曹光实信以为真，没有与尹宪商量便带着百余骑上路。结果在葭芦川（陕西佳县境内）中了李继迁的埋伏，曹光实阵亡。

曹光实是阵亡在宋夏战场的第一员宋将。这一年是雍熙二年，即公元985年。

说起来曹光实也是文武兼备，智勇双全，可他活了大半辈子，没有想到人心如此之险恶。甥舅什么关系？杜甫曾经说过，"西戎甥舅礼，未敢背恩私"。党项人属不属于"西戎"？应该是。按杜甫的意思，甥舅之间是党项人最重要的关系，似乎比父子关系母子关系还铁。曹光实至死没弄明白，一个跟他讲甥舅之礼的人会痛下杀手，置他于死地。

据《宋史·曹光实传》记载，当曹光实战殁的噩耗传到皇城，"帝闻之惊悼"。

李继迁杀了曹光实，假借宋军旗帜，袭破银州。任命爪牙，预署官吏，自称定难军留后。银州，是李继迁夺取的第一个州郡。

继而乘胜攻下会州。

连续夺得两座州城后，李继迁名声大振，许多党项部落前来依附。李继迁一边扩充兵马，一边攻城拔寨。先是围攻三族寨（陕西米脂县西），继而包围抚宁城（陕西米脂县北）。

早在李继迁攻打三族寨时，朝廷即命令田仁朗领兵增援。田仁朗也是一员老将，早年跟着太祖爷东征西讨。李继迁骚扰银、夏，朝廷将其从秦州调到鄜延。曹光实遇伏身亡之前，田仁朗正准备打道回府，一场变故被迫留了下来。接到朝廷命令后，田仁朗请求增兵。就在田仁朗等待朝廷援兵时，三族寨寨主折遇乜杀死监军投降了李继迁，接着围攻抚宁城。田仁朗分析，抚宁城虽然不大，但十分坚固，兵力不多却很精锐，坚守个十天半月没问题。田仁朗决定按兵不动，等待李继迁疲惫之后再扑上去，用强弓硬弩袭其归路。田仁朗喜滋滋地对手下将领们说："李继迁为乌合之寇，胜则进，败则走，这一次必将聚而歼之。"

确实，田仁朗很有战略头脑，抚宁城犹如一块磁石，将李继迁吸附在这儿。

就在田仁朗坐等李继迁人马疲惫之时，一纸诏令将田仁朗召回京城。原来有人将田仁朗在绥州申请增兵与三族寨反水联系在了一起，诬告田仁朗拥兵逗留不进。田仁朗申辩道，这次朝廷命令银、绥、夏州派兵出击，实际上各州之兵大多得留守州城，能够派得上用场的只有曹光实旧部，可曹光实旧部仅有千余人马。田仁朗愤愤地说："我已定下擒拿李继迁的计划，结果因为一纸诏书，付之东流。"

这个诬告田仁朗的人即王侁。

走了田仁朗，王侁成为主将，领兵出击李继迁。在浊轮川将李继迁打败。就是这次战败，导致李继迁依附契丹。

此时，宋朝与契丹的关系仍在恶化之中。

自从太平兴国四年宋军惨败于幽州城下后，宋太宗一直在谋划复仇。太平兴国七年，辽景宗耶律贤分派三路大军南下。一路袭雁门，被潘美击败；一路攻府州，被折御卿击败；一路趋高阳关，被崔彦击败。辽军损失惨重。

是年秋天，耶律贤于狩猎途中忽染重病，不治而亡。年仅十岁的耶律隆绪继位，国政落入萧太后手中。

而大宋内部，此时相对稳定。宋太宗是一个不错的皇帝，第一个年号就叫太平兴国，太平是理想，兴国是目标。宋太宗是公元967年十月间继位的，两年后，吴越王钱俶与割据漳、泉二州的陈洪进纳土归附。公元979年，太宗亲征北汉，攻克太原，为纷乱的五代十国画上句号。

完成统一大业的宋太宗，发展农业，鼓励垦荒，扩大科举取士规模，设立考课院、审官院，加强对官员的考察与选拔，确立文官政治。《太平御览》成书后，太宗每日阅书三卷，如果有事耽搁了，则利用空余时间追补。有人劝太宗悠着点，不要太伤神，太宗说："开卷有益，朕不以为劳也。"他曾经对赵普说，朕每次读书，见古代帝王多妄自尊大，一副高高在上的样子，如此有谁敢犯颜言事？可一个帝王如果不降情接纳，乃是自闭耳目。一个自闭耳目的帝王，喜怒无常，滥赏滥罚，岂能让天下归心？

太平兴国二年，太宗爷开科取士。这一年录取的规模令读书人耳目一新。宋太祖登基当年，开科取士只录取了区区十九人，第二年再举行国考，也仅仅录取了十一人。太宗爷气象不凡，首科就录取了五百人。不仅人数众多，还待遇豪华。

太宗爷正是怀揣着"文德治之"的理念，想起了在耀州赋闲的李继捧。毕竟，李继迁与李继捧是堂兄弟。用李继捧去笼络李继迁，可以做到不战而屈人之兵。端拱元年，即公元988年，太宗将李继捧召入京师，赐名赵保忠，授以夏州刺史、定难军节度使及银、夏、绥、宥、静五州观察处置使之职，节镇夏州。

赵保忠是五月出发前往夏州的，到了冬十二月，上奏朝廷，说李继迁已经悔过，诚心归顺，请求给予官职。太宗爷大为高兴，赐李继迁名赵保吉，任银州观察使。

据《西夏书事》作者吴广成考证，这时候李继迁其实并未归降，是赵保忠"妄奏以示己功"。这种"妄奏"在后来的日子里比比皆是。

另外，即便李继迁口头答应归顺宋廷，心里头也不会归顺。对于李继迁来说，"依辽"是寻求靠山，偶尔"附宋"是规避风险，捞取好处。赵保忠——还是称李继捧吧，总觉得称赵保忠别扭——不好向宋廷交差，只得造假，一会儿说李继迁打了多少胜仗，一会儿说征服了多少党项部落。就在李继捧一而再、再而三地造假中，李继迁迎娶了契丹人的义成公主，成了大辽朝的驸马。

淳化元年，即公元990年十月，李继迁兵临夏州城下。李继捧中了诈降计，弃城而走。

为了获得契丹人的支持，李继迁也虚夸战绩，派人远赴上京，说自己取得了夏州大捷。

李继迁的胜利鼓舞了契丹人。徐河之战，攻无不克、战无不胜的耶律休哥大败而还，契丹人举国沮丧，没想到李继迁为他们挣回了面子。辽圣宗耶律隆绪决定扶李继迁为"夏国王"，用于牵制宋朝。

以李继迁的狡诈，既不会臣服宋廷，也不会轻而易举地归顺契丹。淳化二年七月，李继迁上表宋廷，谢罪请降。究其原委，是因为宋朝名将翟守素来到了夏州。翟守素历后汉、后周、宋太祖、宋太宗四朝，建功无数，虽然七十高龄，李继迁仍然感到畏惧。过了一段时间，翟守素调走了，去了山西，李继迁立马又竖起反叛的大旗，夺得绥、银二州。

这年十二月，李继捧也背叛了宋朝，降了契丹。

李继捧的叛变离不开李继迁的诱导。李继捧归顺宋朝原本就不是出自真心，这次受命来到陕西招诱李继迁，无异于纵虎归山。经李继迁牵线搭桥，辽朝许诺李继捧"重复王爵，永镇夏州"。在契丹人的许诺下，李继捧动心了，遣使奉表投降辽朝，萧太后授予李继捧的官职是"推忠效顺启圣定难功臣、开府仪同三司、检校太师兼侍中"，封西平王。

有趣的是，封官的辽使刚走，诘难的辽使就来了。精明的萧太后不知从哪儿获知消息，说李继捧投降是假，心怀贰志，遣西南招讨使韩德威率兵持诏诘问。韩德威来到银州，李继捧害怕了，躲起来不见。韩德威勃然大怒，纵兵大掠银州而返。

银州破败，居民十不存一；夏州早已破败，几乎是一座空城。李继迁再一次低头，请求宋廷互市。李继迁说，古人言，王者无外。我们虽然是党项人，也是华夏赤子，请求互市，以济资用。

太宗首肯。这一年，中原地区粮食大丰收，太宗爷高兴得合不拢嘴。另外，也与太宗爷的治国理念相关：能不动武就不动武，文治天下。太宗爷曾经畅谈读书体会，说："朕每读至'兵者，不祥之器，圣人不得已而用之'，未尝不再三规诫自己。王者虽以武功克受，终须用文德致治。"

问题是，李继迁一再挑战太宗爷的"文德"。淳化四年，即公元993年，李继迁再次举起反叛的旗帜，大举入寇。一路斩关夺隘，没费什么力气就打到庆州城下。

知庆州是刘文质，为激励士气，自掏腰包二百万钱分发给众军，于是士气大振。李继迁久攻不克，转寇原州、环州。

这一时期宋廷的注意力主要集中在契丹人的动向上，自从耶律休哥惨败于徐河后，辽朝安分了好几年。可是从至道元年，也就是公元995年开始，辽军又在河东前线闹事，数万骑兵接连两次攻打麟州。在太宗皇帝看来，党项人不足挂齿，契丹人才是忧患。

另外，四川又在闹事。年初，成都青城出了个茶贩王小波。淳化初年，太宗爷在川蜀施行茶榷，也就是专卖。结果导致大批茶商破产倒闭，王小波就是其中之一。王小波是个桀骜之徒，立马拉起一支百余人队伍，在青城县与官府作对。王小波的妻弟叫李顺，过去跟着姐夫贩茶，如今茶叶买卖由官府垄断，也失了生计。王小波到处宣扬，说宋军灭亡后蜀时，在占领成都后，有一个老者黎明时分进入宫苑，来到花蕊夫人最喜爱的宣华池，见池旁遗有一只锦箱，里面放着一个婴儿，怀里有一纸片，上面写着"国中义士，为我养之"。这个婴儿就是李顺，他是孟大王的遗孤。

尽管王小波编的故事连鬼都难以置信，但蜀人却笃信不疑。与其说蜀人相信李顺是孟昶的儿子，不如说是蜀人怀念孟昶。孟昶时代是个好时代！日子太平，有钱人多，手艺人有活干，民夫们能挣钱，就连丐者行乞都有地儿。

很快，王小波、李顺身边聚集起千余人的队伍，第一战攻打彭山，杀了彭山县令齐元振。那个杀法很别致，先把齐元振的肚子剖开，将肠肝肚肺掏出来，然后塞进铜钱。一边塞一边戏谑："你齐县令不是喜欢钱吗？让你带一肚子铜钱去见阎王爷。"

蜀人仅仅是仇恨齐元振吗？显然不是。川蜀地面上，到处都憋着一股子怨气和怒气。这一阵子太宗爷寝食难安，忧心如焚。

陕西转运副使郑文宝建议，银、夏之北，均为不毛之地，党项人以贩青盐为生，如果朝廷禁盐，党项人将难以生存。太宗爷当即批准。

用禁盐的办法削弱李继迁的实力是一项非常管用的措施，问题是时机还不成熟，李继迁尚处于流动之中，这个时候禁盐既打击李继迁，也牵连所有党项部落，短短数月之后，党项人生活大困，沿边熟户纷纷叛归李继迁。

不得已，太宗皇帝收回成命，弛盐禁，抚慰沿边蕃部。

到了淳化五年，四川民变还未平息，李继迁仍在绥、银一带围攻堡寨，烧杀抢掠，宋廷抽调抗辽前线名将李继隆来到陕西。

李继隆，太宗第三任皇后的长兄。虽是外戚，但战功彪炳。徐河一战，大败耶律休哥，震撼朝野。

首先感到威胁的是李继捧。虽然宋廷还不知道李继捧已经归顺辽朝，但李继捧内心空虚，于是放弃夏州，带着家人和部属露宿野外，同时派牙将李光祚通知李继迁，说李继隆来了，我已经躲到乡下了，你也来避一避吧。

李继迁远比李继捧狡猾，日思夜想的是如何吞并堂兄的队伍。李继迁将李光祚缚于帐中，以轻骑夜袭李继捧大营。是时李继捧刚刚睡下，听说李继迁率兵杀来，散衣披发，单骑而走，军器物资悉为李继迁所获。

奔回夏州的李继捧被留守夏州的将官赵光嗣捉拿。

原来，赵光嗣是朝廷安插在李继捧身边的一名谍探。见宋军到来，赵光嗣拿下李继捧，打开城门。

偏将侯延广和监军秦翰建议立斩李继捧，李继隆摇摇头说："还是交给朝廷发落吧！"

朝廷没杀李继捧，赐"宥罪侯"，留住京师。

至于李继迁的生母罔氏，发往延州，监视居住。

李继隆来到绥州后，鉴于李继迁已经远走沙漠，建议朝廷在银、夏之南增置堡寨，派兵戍守，断敌粮运。

如果于银、夏之南构筑堡寨，对于沙漠之中的李继迁来说不是个好兆头。李继迁闻知后，大掠银、夏两州居民和财物至平夏（今榆林以北）。随后在夏州城下，与李继隆部将许均一日十二战，最后败北。

陷入困境的李继迁再次上演诈降计，由李光祚带着张浦来到绥州，拜见太监张崇贵。由张崇贵穿针引线上达天听，太宗答应李继迁内附。

应该说，太宗爷跟李继迁一样，心底跟明镜似的，李继迁再次答应归降，是为了摆脱困境，太宗爷接受李继迁诈降，也属无奈之举。

淳化五年，对于大宋江山，除了北方契丹人虎视眈眈，整个川蜀大地烽烟滚滚。尽管王小波、李顺相继败亡，但余部顺江而下，向川南、川东进军，连克嘉州、泸州、渝州、涪州、忠州、万州、开州，队伍发展至十万余人。

更闹心的是，此次出京领兵的是宦官王继恩。攻下成都后，王继恩手握重兵，逗留不进，放纵军士剽夺民财。王继恩是太宗登上皇位的大恩人，没有王继恩就没有太宗爷今天。太宗爷心如汤煮，却又抹不下脸面训斥。如何催促进兵？怎样措词？深不得浅不得。

李继迁请求投降就在这个节骨眼上。或许太宗爷想，幸亏没杀李继迁的老母，遇事留一线，到时好见面。虽然李继迁的所谓投降是权宜之计，权宜就权宜吧，先平定四川内乱，以解燃眉之急。

八月，李继迁派人带着骆驼、名马来到东京，对太宗爷讲，所有这一切都是李继捧唆使做的，希望朝廷明察，予以赦免。

第二年，即至道元年，李继迁又派张浦入贡。

这一次，太宗皇帝将张浦留在了京城。留下张浦有两层意思，一是让张浦见识见识大宋气象，譬如将张浦引入后园，令卫士表演负重、跳跃上马、夺取敌方武器等。表演射箭时，卫士挽两石弓，太宗还得意扬扬地问张浦："党项人敢敌否？"张浦何等机灵，立即说："党项人弓弱矢短，倘若见到这样的硬弓长箭，人早跑得没影了，还谈什么敢敌乎？"太宗将话挑明，继续说："你们很穷，吃没有好吃的，穿没有好穿的，这种日子有什么奔头？告诉李继迁束身自归，安享富贵。"

二层意思是将张浦留在京师，以断李继迁一臂。这个张浦，是个人才，《西夏书事》说他"任侠好义，负气倜傥，有纵横之才"。因为屡次科考不第，投了西夏，渐渐成为李继迁的谋士。太宗爷给张浦的官儿不低，"银青光禄大夫、检校工部尚书、郑州刺史兼御史大夫，充本州团练使"。

而李继迁，封鄜州节度使。

李继迁不满意，他想得到的是夏州。因为鄜州位于延安之南，而夏州在延安之北。虽然李继迁没有去鄜州上任，但李继迁正式成了宋室江山的一方大员。

就是从那时候起，李继迁变得愈发桀骜。

2. 病急乱投医

宝元二年闰腊月间，西北前线看似平静如水，元昊是在蓄势，目标剑指金明寨。在元昊看来，山遇惟亮一行投奔宋廷祸根是李士彬，如果不是李士彬诱惑和勾引，山遇惟亮和山遇惟永怎么会背叛党项人？

元昊的计划是这样的，先大造声势，说党项人发兵由芦子关去攻打保安军。当警情传至延州，范雍定会调派其他兵马往保安军增援，此时元昊率大军沿清水河（即延河）南下，直扑金明寨。

战事的发展果真如元昊所料。

康定元年，也就是公元1040年正月十六，当党项人发兵攻打芦子关的警情飞报延州后，范雍急命鄜延路副都部署石元孙率兵北上芦子关，接着又调环庆、鄜延安抚副使兼环庆副都部署刘平从庆州增援石元孙。就在这时，元昊一改行军路线，绕开芦子关与塞门关，向金明寨奔来。

李士彬听说西夏犯境，整肃部队准备迎击。金明寨是大寨，附近还有若干小寨，司马光说有三十六寨，十万战兵，这个数字可能有点夸张。沿边地区兵民合一，十万之众应该包括家眷和当地居民，真正拿枪打仗的也就两三万人。两三万人拎着刀枪从早晨等到晚上，不见西夏兵的影子。李士彬乏了，卸下盔甲睡觉去了。谁知待到天色微明，西夏兵似从天降，将金明寨围得铁桶一般。李士彬被随从叫醒，慌忙披挂，马不见了，卫士牵来的是一匹瘦马，自己的战马被假降的西夏士兵盗走了。

主帅惊慌失措，西夏内应四起，金明寨转瞬之间即被攻破，金明县县令陈说、陈说之子陈仲舒、李士彬之子李怀宝均力战殉国，李士彬被活捉。元昊当场割下李士彬的耳朵。

消息传到延州，满城惊愕。延州城是这样的，夹延河而建，分为东西两城，城墙矮小，如果登上城外九州台俯瞰，城中一切尽收眼底。更可怕的是，能战之兵仅仅数百人。

短暂的惊愕过后，便是长长的惶恐。凭着几百兵丁，肯定守不住延州城。所幸的是，元昊夺取金明寨后没有立即进攻延州，而是分兵攻打附近的安远、永平两寨。

驻扎庆州的刘平在接到范雍增援石元孙的命令后，立即点起三千骑兵向保安军进发。

在宋廷西北边防军中，刘平属于有才华的将领。《宋史·刘平传》记载，刘平进士及第，在重文轻武的宋代，这是一块金字招牌，有了这块招牌，在官场畅行无阻。刘平任过监察御史、三司盐铁判官、河北安抚、陕西转运使、殿中侍御史等职，因为得罪了丞相丁谓，丁谓在皇帝面前说刘平是将门之后，很懂军事，把他调到西北，可以对付党项人。于是转为武资，来到西北前线。宋代重文，有本事或有后台的人大多由武资换文资，刘平却以文资换武资，说明刘平这人很轴，不会讨喜。有一件事可以佐证，刘平来到西北前线后给仁宗皇帝上书，建议趁元昊羽翼未丰，迅速予以剪除。在刘平的奏疏中，观点很新，比如建议宋军占据横山，"以山为界，凭高据险，下瞰沙漠，各列堡障，量以戍兵镇守，此天险也"。可接下来就口无遮拦了，说什么"庙堂之谋，不知出此。而争灵、夏、绥、银，连年调发，老师费财，以致中国疲惫，小丑猖獗"。一个武臣，说这话显然十分出格，虽然后面有一句"此议臣之罪也"，但"庙堂之谋"，除了"议臣"还有皇帝，甚至主要是皇帝。皇帝连西夏所占据的地理优势都不清楚，反复去争夺"灵、夏、绥、银"州，"老师费粮"，起不到任何作用，糊涂嘛！这样的批评文字，皇帝看了心底会舒坦吗？皇帝心底不舒坦，再好的建言也没兴趣。最后的结果是"未报"。"未报"就是没答复，或者懒得答复。

刘平领兵急行军四天，终于到达保安军与石元孙会合，然后赶到芦子关。芦子关位于如今陕西省靖边县境内，一道峡谷，状如葫芦，两旁山峰峙立。淳化五年，即公元994年，金明镇守使李继周见芦子关地势险要，便于谷口修筑寨城，设为边防。可此时，芦子关外并无西夏兵。

刘平文韬武略，石元孙也不是泛泛之辈。石元孙的祖父是开国名将石守信，身经百战。父亲叫石宝兴，数十年为大宋守卫西陲。在元昊的爷爷李继迁时期，石宝兴是银、夏、绥三州都巡检使，黑水河一战，曾杀得李继迁丢盔弃甲，败逃数十里。最为传奇的是，宋真宗咸平二年（999），石宝兴知威虏军，突然遭到李继迁的围攻，紧急关头，石宝兴下令将数万官钱分发给士兵。这可是官钱啊，宋代对官钱管理十分严格，多少官员就栽在挪用官钱上。掌管钱粮的官员提醒石宝兴，说此举有违国家法度。石宝兴说，城危如此，哪有时间向朝廷申请？先守住城池再说。他日若是朝廷追责，我以家财偿之！

刘平、石元孙率军刚刚抵达芦子关，经略司又送来新的命令，说金明寨已被西夏攻破，延州危在旦夕，要刘平与石元孙合兵一处，迅速驰援延州。

刘平与石元孙接到命令后面面相觑。凭他俩与党项人打交道的经验，眼前的西夏兵一定数倍于己，否则，有着数万人马的金明寨不会这么快就陷落。刘平与石元孙合军以后只有八千人，这点人马去救延州，属于杯水车薪，弄不好救延州不成，自己反而深陷重围。

有人提醒刘平，说双方兵力过于悬殊，去救援延州无异于羊入虎口。刘平怎么会不知道前往延州的凶险呢？问题是，身为军人必须执行命令。刘平慨然道："义士解人急难赴汤蹈火在所不辞，何况现在关乎国家安危！"看来轴有轴的好处，一个很轴的人关键时刻不会投机，不会耍滑，甚至不会惜身。哪怕只有百分之一的希望，也要百分之百地履行责任。

幸好附近还有几支宋军，他们是屯扎在保安军北碎金谷的鄜延路都监黄德和部，以及周边几个堡寨的巡检万俟政、郭遵部。这几支宋军加起来有四五千人马。刘平和石元孙商议，决定弃走芦子关至金明寨的盐夏路，绕道保安军，在万安镇与黄德和、万俟政、郭遵会合后一起向延州驰援。

抵达万安镇后，黄德和、万俟政、郭遵也已接到经略司救援延州的命令。

当天夜晚，几支宋军合兵一处，在刘平的率领下冒着纷飞的大雪向延州开拔。抵达三川口附近天还未亮，由于大队步兵落在了后面，刘平和石元孙扎营等待。天色放亮，黄德和、万俟政、郭遵等人陆续到达。

现在敌情未明，四周除了茫茫大雪看不见一个西夏兵。显然，全军露于旷野极不安全，刘平命令各部迅速向延州开进。

上午，全军人马抵达三川口，突然遭到西夏兵的顽强阻击。

所谓三川口，即延川、宜川、洛川三条河流的汇合处，此处距延州仅有十余里。

由于宋军是列阵而行，加上有郭遵、王信两员骁将为前锋，西夏兵抵挡不住，渐渐后退。西夏兵结盾为阵，刘平带头突击，尽管西夏兵损失惨重，仍然死战不退。刘平左耳、右颈为流矢所中，血流满面。战至日暮，西夏兵越聚越多。这时候，猝然杀出一支生力军，使得人困马乏的宋军抵御不住，纷纷倒退。居于阵后的黄德和望见前军退却，急忙带着本部人马逃离战场。黄德和部有上千人，且没有大的损失。刘平命令儿子刘宜孙追赶。刘宜孙追上黄德和后苦苦劝说，黄德和不听，逃意已决。

黄德和部逃离战场引来整个宋军溃乱。郭遵见状大呼一声，挥槊突进敌阵，元昊见西夏无人迎战，命军士持大索立于高处，试图将郭遵网下战马，郭遵毫不畏惧，大槊一挥，连索带人将其打翻。元昊又命弓手集中箭矢射马。马被射中，郭遵仆倒在地，为西夏兵所杀。

郭遵，东京人，出生武术世家，少小从军，官至殿前指挥使。郭遵作战勇敢，一对铁槊重达数十斤，铁槊到处，所向披靡。如此一员盖世猛将，在三川口不幸捐躯。

郭遵遇害，宋军士气更为低落，刘平只得率领残余兵马登坡扎营，立栅自固。入夜，元昊派人劝降，为刘平所杀。次日天明，元昊调集锐骑四面合击，残余宋军很快被分割开来，刘平、石元孙战至精疲力竭，为西夏俘获。

发生在公元1040年正月间的这场血战，以宋军惨败结束。万余宋军，除黄德和带领千余人马逃离战场外，绝大部分战殁在三川口，仅有极少数人突出重围。

近在咫尺的延州知州、鄜延环庆两路经略安抚使范雍，站在延州城楼几乎亲眼目睹了宋军覆没。范雍或许心底清楚，凭着刘平、石元孙那点人马恐怕靠近不了延州。他没有办法，他只能病急乱投医了。

这里要说一说北宋兵制。

宋太祖赵匡胤起于五代之末，深知藩镇之害。自唐末起，兵权就掌握在将帅手里，朝廷兵马虽多，但皇帝无兵可用，骄兵悍将仿佛雨后春笋，出了一茬又一茬。赵匡胤坐上龙椅后，力除唐末五代之弊，将兵权收归中央。禁军，就是皇帝亲自掌握的一支兵马。禁军的任务是守备京师，戍卫边防，进行征伐。枢密院为最高军事机关，枢密院设有枢密使及枢密副使，与宰相一起合称"宰执"，为皇帝出谋划策，或者直接领受皇帝旨意。遭逢战事，枢密院调发兵马，皇帝任命统帅，给予"都部署""招讨使"之类职衔。战事结束，将帅回归本部，职衔废止。

全国兵马除禁军外，其次是厢军。厢军归地方管辖，主要任务是修路、搭桥、运输、垦荒、筑城，等等，属于杂役军。

此外还有蕃兵。蕃兵由少数民族组建。大宋西陲，东边有党项部落，西边有吐蕃部落，少数民族统称"蕃人"，武装起来就是"蕃兵"。蕃人部落有的业已融入了汉民族治理体系，称为"熟户"，有的还没融入，称为"生户"。为了边境安宁，朝廷允许蕃人熟户拥兵自治，给予官职，比如李继周，正因为李氏家族在金明县势力颇大，才四世担任金明寨主。

西北属边防重地，屯有大量禁军。初步统计，自元昊称帝建国以后，宋廷在西北驻有三百二十七营，每营有指挥、副指挥。此外因战事需要，西北各路还设有部署、钤辖、都监等职。随着不断向西北增兵，各路部署、钤辖、都监也在增多，加上营一级的指挥和副指挥，有的一路领兵将官多达数十人。这些部队分别隶属不同系统，有的属马军司，有的属步军司，有的属殿前司，有的属于路分钤辖或者路分都监，有的甚至属于州一级巡检司。

朝廷也觉察了兵制混乱所带来的弊端。宋仁宗宝元元年，即公元1038年，朝廷对陕西军政体制重新进行了安排，作为一级行政体制的陕西路没有取消，又设立了鄜延、环庆、泾原、秦凤四路安抚司，次年升格为"沿边经略安抚司"，经略安抚使兼任马步军都部署。从名称上看，沿边经略安抚司的权力要高于安抚司，具有"统制军旅""绥御戎夷"的职责。也就是说，沿边经略安抚司不仅指挥厢军、乡兵、蕃兵，还可以指挥辖区内的禁军。

朝廷将陕西划为四路，或许觉得过于分散，又将四路分为两大战区，范雍任环庆、鄜延经略安抚使，兼马步军都部署；夏竦任泾原、秦凤经略安抚使，兼马步军都部署。

应该说，就陕西而言，新的兵制有利于战事，因为经略安抚司对兵马调配拥有了一定权力。问题是，传统的力量巨大。朝廷对沿边将领，施行的依然是长臂管辖。官佐调动、升迁、奖罚的权力在枢密院。譬如刘平，宝元元年是环庆路副都部署，次年正月升任环庆、鄜延路安抚副使，到了七月，又给刘平增加了"管勾泾原路兵马事"。且不说泾原、秦凤路经略安抚使兼马步军都部署夏竦何等强势，会不会让刘平"管勾"泾原兵马，就是刘平接二连三地移交公务、熟悉军务也忙不过来。再如环庆、鄜延经略安抚使范雍，三川口失利，损失万余宋军，造成如此重大损失原有的职位肯定不保。二月，范雍罢职，朝廷命知环州赵振前来延州。赵振到职不久，四月，朝廷再命陕西转运使庞籍任"知延州兼鄜延路部署司事"。谁知到了五月，朝廷又命张存知延州。三个月后，再命陕西经略副使范仲淹知延州，张存调往泽州。有宋一代，一个边防军区主官的任命如此草率、匆促，任期如此短暂，其荒唐可见一斑。

将帅的极不稳定，影响作战效能。范雍是宝元元年，也就是公元1038年十二月朝廷降旨，由知河南府任上调来延州的，到康定元年二月落职，满打满算只有一年零两个月时间。而任命范雍为环庆、鄜延沿边经略安抚使，兼马步军都部署则是宝元二年七月间，此时距离元昊大举进攻延州仅为半年。在如此短的时间内范雍不可能整合各路兵马。加上战争猝然爆发，病急乱投医在所难免。

范雍又是庆幸的。元昊围困延州七日，最后自动解围而去，致使延州免于一场浩劫。

元昊为什么主动撤围？史书无载。有人说是天降大雪，有人说是府州知州折继闵深入夏境，攻打几个党项部族，杀了他们首领。大雪显然不是撤围的借口，几个党项部族被袭也不足以成为元昊放弃攻打延州的理由。何况，元昊撤围后并未回师兴州，大军仍然在金明寨屯扎，且一直在攻打安远、塞门两寨。

安远、塞门两寨在金明寨之北，此时延州知州是赵振，赵振命两寨弃守，撤回延州。安远寨侥幸得脱，塞门寨寨主高延德一直坚守到五月间才率部撤回，结果遭遇埋伏，全军覆灭。嗣后，元昊继续扩大战果，袭破黑水寨和栲栳寨。直到范仲淹来到延州后，派鄜延钤辖张亢、都监王达出兵金明，元昊才退回西夏境内。

元昊为什么没有攻打延州？似乎有多种原因。比如，攻城并非西夏军之所长，对攻打延州缺乏十足把握。三川口之战元昊虽然取得了胜利，但宋军异常顽强，敢于死战血战。眼下延州敌情不明，贸然攻打恐招致损失。再比如，元昊的战役目标主要是消灭宋军有生力量，而不是攻城略地，不愿为夺取一座城池消耗兵力。甚至有可能，元昊压根儿就没有夺取延州的意愿，因为夺取了延州又如何呢？延州位于横山以南，即便夺下了最后也要放弃。

3. 小范老子范仲淹

三川口之战震惊了朝廷。前面说过，无论是皇帝还是朝中大臣，在他们看来远在大西北的党项人近年来犯境袭扰属"纤芥之疾"，现在，纤芥之疾酿成了大祸，八千官军战殁，还折损了刘平、石元孙等若干大将。

仁宗皇帝赵祯以"仁"闻名。譬如吃饭吃出一粒沙子，不忘叮嘱一旁的宫女，说，我吃到沙子的事千万莫要传出去啊，传出去了有人可是死罪。譬如内廷设宴，宫内各门分进佳肴，有人敬献新上市的螃蟹，一共二十八只。仁宗问，我没有吃过这玩意儿，一只值几个钱？左右答，值一千。仁宗一听不高兴了，拉下脸说，多次告诫大家不要奢侈，现在一筷子下去就是一千钱，我不忍吃。又譬如，一次仁宗出外散步，不断回头，跟在身后的内侍面面相觑，不知圣上频频回头在看什么。返回宫中，仁宗急急忙忙对嫔妃说："渴坏了渴坏了，快拿水来。"嫔妃们觉得奇怪，问："官家为什么不在外面饮水呢？"仁宗说："我屡屡回头，没有看见水壶。若是问起的话，肯定有人又要受罚，就忍住口渴回宫里来喝水了。"

对于皇帝而言，这些属于小仁。小仁也不错，积小仁成大仁。问题是大宋王朝外患不靖，身为帝王积再多小仁也于边防无补。

譬如两府班子，成员多是旧臣。仁宗十一岁继位，皇太后刘娥垂帘。又过了十一年，刘太后薨逝，仁宗才得以亲政。对于真宗皇帝及刘娥时代提携的大臣，仁宗一如既往地重用他们。现在，他们垂垂老矣，无法应对形势复杂的外部忧患。宝元初年，青州一个叫赵禹的上书，说元昊必反。宰相不仅没有引起重视，反而说赵禹狂悖，送福州安置。能够上书朝廷的必定是读书人，对读书人"安置"是很重的处罚，太祖皇帝有誓约，不杀上书言事人。后来，元昊果然起兵攻打延州，赵禹设法逃回京师，再次上书朝廷，说刘平必败。这还了得？宰相一怒，打入开封府牢。

宝元初年，中书省领导班子有四人，宰相是王随。这个王随，信佛法，性粗疏。有个御史叫王轸的，向王随求官，王随站在都堂破口大骂，爆的还是粗口，不堪入耳，像个山野泼妇。一日进膳，底下人来汇报，交办的事情可能不大称心如意，按照《续资治通鉴长编》的说法："食未及下咽而遽斥之，羹污其面。"

还有一个宰相叫陈尧佐，任宰相时已经七十四岁高龄，身体可能不太好，经常告假，当时有人指出："中书翻为养病坊。"由于事多不办，仁宗爷干脆叫他在家里歇着，五日一朝。

两个参知政事，一个叫韩亿。韩亿这人领导水利工程有一套，任陈州通判时治理黄河大堤，知益州时修整都江堰和疏浚九升江口，均政绩显著，百姓拥戴。但是否胜任参知政事，则是另外一回事了。譬如各路各州基层官员为了往上爬，文过饰非或者弄虚作假，向他反映就会和稀泥，说这属于小过失，昆虫草木皆有追求。想当官，想当大官，想当京官，这是人之常情，没有必要大惊小怪。正是这种对所谓小过失的放纵，导致在群牧司做判官的儿子韩琮私自让哥哥韩纲替代自己的职务，被右司谏韩琦抓了个正着，说身为参知政事的韩亿以私害公。

另一个参知政事叫石中立，北宋名相石熙载之子。石中立说话风趣。早年间任职郎官，一日跟同事一起参观皇家动物园，大家一边观赏狮子一边聊喂养，饲养员说，一头狮子每天要吃五斤肉呢。这群薪俸微薄、一年难得闻几次肉香的穷公务员纷纷咋舌，说我们这些人啊，连一头狮子都不如。石中立马上接腔，说那是当然啦，我们都是员外郎（园外狼）啦，"园外狼"的待遇怎能和"园中狮"相比呢？惹得众人捧腹。做小官时诙谐一下不打紧，可以调节气氛，和谐关系，做了参知政事仍然嘻嘻哈哈，就有伤大雅了。一次骑马，不小心从马上摔下来，左右吓一大跳，赶紧扶起，石中立拍拍身上灰尘，说自己幸亏是"石参政"，如果是"瓦参政"，早摔成八瓣了。好友上官辟曾经语重心长地劝导石中立，说你现在位列宰执，一人之下万人之上，不要一天到晚嘻嘻哈哈没个正形。石中立笑呵呵地回答，您管好"上官辟（鼻）"就行了，何必还要管"下官口"呢？惹得又是满堂哄笑。

在韩琦的再三进谏下，仁宗皇帝终于对宰执大臣进行调整，有的罢官，有的退休，有的降职。旧的政府班子解散了，需要组建新班子。新班子由哪些人组成，当时最热议的有这么几个：王曾、吕夷简、杜衍、范仲淹。然而，到了朝堂宣麻，这几个最热议的人物一个也没有进入政府班子，以至于韩琦摇头叹息，说天下事，不能尽如人意。

韩琦是谏官，就是专门提意见的官。三十出头年纪，说起话来不留情面，批评石中立"喜诙笑，非大臣体"，痛斥"中书翻为养病坊"，均出自韩琦口笔。按照韩琦的意思，范仲淹是要进入宰执的。早在王随等人未罢之前，韩琦就一再上书，说执政大臣未得其人。韩琦为皇上推荐了数名忠正大臣，其中就有范仲淹。然而，皇帝听取了韩琦罢免王随等人的意见，却对韩琦推荐的人才一个也没有任用。

其实，仁宗皇帝对范仲淹是了解的。天圣七年，也就是公元1029年，十九岁的仁宗皇帝还没有当政，国家权力依然掌握在刘太后手中。冬至节，皇上准备率百官在会庆殿为太后祝寿，范仲淹上书反对，说皇上有侍亲之道，但没有为臣之礼。如果要尽孝心，于宫内行家人礼仪即可，若与百官朝拜太后，有损皇上威严。奏疏递入大内，没有答复。范仲淹直接上书太后，请求还政给仁宗。

那个时候请求太后还政是要冒很大风险的，乃至于晏殊听说后大惊失色，指责范仲淹太过轻率。范仲淹是在晏殊的推荐下入职的，如果刘太后降罪，晏殊难辞其咎。后来范仲淹给晏殊写了一封长信，其中说：侍奉皇上绝不阿谀奉承，有益于社稷之事必定秉公直言，虽有杀身之祸也在所不惜。

或许刘太后年事已高，那一次没有处分范仲淹，是范仲淹自己坚决要求离开朝廷的。两年后，太后薨逝，仁宗亲政，才将范仲淹召入京城。

可那会儿的朝廷，一些人翻脸比翻书还快，纷纷议论太后垂帘时的为政之失，范仲淹又上书仁宗，说太后秉政多年，有过失难免，建议朝廷看在其养护皇上的分上不予计较，成全其美德。

范仲淹就这秉性，忠耿。忠是忠诚，耿是耿直，忠诚人人喜欢，耿直就因人因时因事而异了。

比如废后。吕夷简跟郭皇后有怨，巴不得扳倒郭皇后，其实仁宗皇帝对郭皇后也不那么满意。少年时代的仁宗首先看中的是川中财主王蒙正的女儿，姿色冠世，入京备选，但刘太后不同意，原因是这女孩妖艳太甚，恐不利于少主，结果把她许配给了自家侄子刘从德。既然妖艳太甚，为什么要许配给自家侄儿呢？难道就不怕祸害老刘家吗？仁宗心里很不痛快。

天圣二年（1024），仁宗十五岁了，后宫不能无主，主要对象有两名，一个是故左骁骑卫上将军张美的曾孙女张氏，一个是平卢军节度使郭崇之孙郭氏。少年仁宗倾向张氏，但太后不准。仁宗虽然是皇帝，可没有亲政，立后这种事儿他说了不算。天圣二年冬月，在刘太后的主持下，郭氏顺利入主后宫。

立后是一回事，关起门来过日子又是一回事。不仅郭皇后的日子过得凄清，仁宗爷心底也老大不快。随着刘太后薨逝，废后的念头像流星雨一样不时划过仁宗心头。吕夷简提议废后很对仁宗皇帝的胃口。范仲淹站出来反对，说"皇后无过，不可废"。

一国之皇后，母仪天下，岂是说废就能废的？何况皇后无过。即便有过那也是小过，比如尚氏打小报告，郭皇后甩了尚氏一嘴巴，没想仁宗皇帝上前护着，嘴巴甩在了官家脖颈上，留下印痕。可这是宫闱中事，算不得大错。

明道二年，也就是公元1033年的那个冬日，范仲淹率领中丞孔道辅、侍御史蒋堂、段少连等十余人大冷天的跪伏在垂拱殿外，请求面君。仁宗不见，派吕夷简出来解释。吕夷简可是宰相啊，范仲淹当场与之辩论，唇枪舌剑，唾沫乱飞，弄得堂堂宰相几乎下不了台。

事情到了这个份上，范仲淹还能在朝廷待吗？不能待了。虽说皇帝的家事也是国事，可那是场面上的话，皇帝内心并不这么认为。尤其是仁宗皇帝，对美色的追求可谓孜孜不倦，最郁闷、最忌讳的就是臣僚们时不时地拿他和女人之间的那点事说教。

第二天黎明，范仲淹与众人商议，打算早朝之后百官留下，再次向皇帝进言后不可废。一行人刚走到待漏院，也就是早朝时百官临时聚集之所，还没有进入垂拱殿，诏命突然下达，外放范仲淹知睦州，至于孔道辅、蒋堂、段少连等人，也或贬或罚。

范仲淹在睦州待了一年，改任知苏州。那年苏州发大水，范仲淹督导民众疏河渠，修水利，功绩闻于朝廷。仁宗皇帝发现范仲淹勤政为民，办事干练，又调入京师，先判国子监，后知开封府。开封府在天子脚下，历来难治，没想范仲淹澄清吏治，整顿治安，京师气象为之一变。以至于有童谣在街巷流传，说"朝廷无忧有范君，京师无事有希文"。希文为范仲淹表字。

京师气象变了，朝堂又生幺蛾子了，关键在范仲淹一张嘴，《续资治通鉴·宋纪》云："仲淹言事无所避，大臣权幸多忌恶之。"比如上《百官图》，指出图上某人与宰相吕夷简是什么关系，某人因何事得到提拔。还说，官员的升迁应该由皇上亲自掌握，不宜全委宰相。

宰相吕夷简也不是善茬，反讥范仲淹迂腐，只务名不务实。范仲淹毫不示弱，连上四论。第一论，即"帝王好尚论"。帝王也是人，有自己的爱好和崇尚。问题在于，他是帝王，他的爱好和崇尚关系政风朝局，甚至关系社稷千秋。"圣帝明王岂得无好，在其正而已。"什么叫正，即正道。范仲淹举例，尧舜禹汤所为正，故能天下归心；桀纣秦隋所为不正，招致丧乱之祸。范仲淹的意思很明显，如今皇帝的崇尚出了问题。接下来范仲淹笔锋一转，说汉成帝相信张禹，不疑太后娘家一族，导致王凤官至高位，最后酿成王莽之乱。臣担心今日朝廷之上亦有张禹这种人，不说真话，不报实情，相互虚夸，粉饰太平。对于这种情况，陛下应予以辨明。

吕夷简闻言大怒，把范仲淹拉到仁宗面前，说范仲淹越职言事、勾结朋党、离间君臣。事情闹到这个份上，仁宗表态了，"以仲淹朋党榜朝堂"，"戒百官越职言事"。

读《续资治通鉴长编》至此，总觉得不顺，范仲淹是以朋党治罪的，戒百官应该是不结朋党。用今天的术语，越职言事是违反工作纪律，私结朋党是破坏政治规矩，二者不能混为一谈。可仁宗皇帝不管这些，当务之急是将范仲淹请出京师，知饶州。天章阁待制也撤了——不要小瞧这个名头，"掌侍从，备顾问"，有什么情况可以向皇帝反映。没有了天章阁待制一职，就没有了参政议政的权力。

一晃又过去了四年。

对于韩琦的举荐，仁宗没有回应，估计很为难。召回来吧，耳朵根子又要不清净了，不召回来吧，朝局艰难，身边正需要这样的忠耿大臣。想来想去，还是耳朵根子清净为好。

新的执政班子于宝元元年（1038）三月组建，主持中书省工作的是七十四岁的张士逊。张士逊是儒学大家，擅长治理太平岁月，可偏偏从宝元元年起，西北的"纤芥之疾"开始化脓、溃烂。

至于掌管枢密院的王鬷，人长得魁伟，却昏庸。据《宋史·王鬷》所载，一日王鬷巡视边防，至真定，真定路马步军都部署曹玮对他说："相公可要留心元昊这个人物。"王龏客气道:"请讲。"曹玮说:"元昊这人心机很深,他日必为边关大患。"王龏不解,要曹玮举例。曹玮就把他所了解的情况叙说一遍,王龏大谬不然。后来元昊果真在大西北竖起大旗,兴兵作乱。皇帝召王龏询问对策,王龏"不能对"——痴痴的,答不上来。

康定元年(1040)二月,宋军经过三川口之战惨败,陕西形势危急。朝廷为强化战时体制,设立陕西安抚司,稍后改经略安抚司,任命刚从四川赈灾归来的韩琦为陕西安抚使。韩琦离京前,朝廷决定撤换范雍,由知环州赵振接替范雍为鄜延、环庆经略安抚使,兼都部署。韩琦反对。韩琦向仁宗进言,说赵振一介武夫,当个部署之类的军官可以,没有能力做一方大员,建议将范仲淹从越州召回来重用。韩琦继续说,目前正值陛下焦劳之际,哪怕有人给自己扣上"结党"的帽子也要推荐范仲淹。韩琦信誓旦旦,说今后若是查出自己与范仲淹涉及"朋比",对国家利益带来损失,"当族"。

韩琦把话说到这个份上,三月底,范仲淹终于离开越州,调知永兴军。四月底,人还没有到达长安,就增加了陕西转运使一职。五月,再升范仲淹为陕西经略安抚副使、同管勾都部署司事。

范仲淹能够迅速进入陕西经略安抚司领导班子,除了韩琦豁出身家性命举荐,还与夏竦保举有关。

朝廷在陕西建立战时机制,夏竦是第一任陕西经略安抚使兼都部署,朝廷为经略安抚司调配班子,夏竦是有建议权的,升范仲淹经略安抚副使兼管勾都部署司事,应该出自夏竦的意见。范仲淹有一道《谢夏太尉启》,其中说到"深惟山野之材,曷副英豪之荐"。那副谦逊之态,那份感激之情,全在话里了。

八月,范仲淹以陕西经略安抚副使、同管勾都部署司事的身份兼知延州。在西北沿边地区,延州、庆州、渭州、秦州,以及后来的熙州,是经略安抚司的驻地,经略安抚使无一例外地兼任驻地长官。上一任延州知州是张存。张存是冀州人,职务是陕西都转运使,衙门设在长安。此时的长安虽然没有大唐都城气象,但位居关中。何为关中?就是四方有关。跟沿边州郡相比,这儿安全多了。张存实在不想去延州,从接到调令起就赖在长安不挪窝。说老母八十岁了,不愿在长安待了,要求调回河北老家。明眼人一看都清楚,张存是拿老母亲做挡箭牌,可大宋是个讲孝道的王朝,对张存的理由无法拒绝。事情就这么耗着,恰好这时范仲淹来长安了。张存找到范仲淹，说自己素不知兵。一个毫无军事斗争经验的人去了延州能做什么呢？范仲淹毛遂自荐，要求接替张存知延州。

就这样，延州城走了大范老子，来了小范老子。

小范老子来到延州后，第一件事就是重新组织队伍。按旧制，部署领兵万人，钤辖领五千人，都监领三千人，敌人来了，官阶低的率兵先出。范仲淹打破传统排兵秩序，将延州境内兵马加以整合，得两万余人，分为六将，每将三千多人。第一将为鄜延都监朱吉，第二将为鄜延都监梁绍熙，第三将为延州都监许迁，第四将为延州都监周美，第五将为延州都监郑从政，第六将为延州都监张建侯。在北宋庆历年间，范仲淹的这种做法，是对大宋兵制的篡改和颠覆。太祖皇帝力纠五代藩镇之弊，制定有《更戍法》，其中一条即"将不得专其兵"，也就是后人总结的"兵无常帅，帅无常师"，"主帅不知将校之能，将校不识三军之勇"。范仲淹在延州实施兵将一体，比王安石推出《置将法》早了三十多年。

兵将一体，无疑大大提高了战斗力。范仲淹接下来命令老将军周美，把逗留在延州境内的西夏军赶出边界。

周美是灵州人，党项人占据灵州后，周美成了难民，流落到东京，大约是来自灵州的缘故，受到真宗皇帝召见，录为禁军。真宗驾崩后，来到西北前线。积累战功升至延州兵马都监。周美对范仲淹说，延州外围，金明寨最当要冲，党项人只要进犯鄜延，一定会选在这儿。范仲淹命令周美负责金明寨的防务。谁知周美还没来得及完善金明寨的防御，数万西夏军突然杀到。周美命一千宋军守寨，亲率两千宋军出寨迎战。战事进行至黄昏，没有盼来援军。入夜，周美派一彪人马拿着火把从小路悄悄上山，大张旗帜，四面吆喝，西夏以为宋朝援军到了，慌忙引兵退走。

按史书记载，周美只有三千兵马，西夏军多达数万——是不是有数万值得商榷，但兵力肯定比周美军雄厚，最后金明寨保住了，西夏军吓退了。由此可见，正确的战术至为关键。只是这场战斗规模实在太小，没有引起陕西经略司，包括范仲淹的重视。直到五十年后，被一个叫章楶的人发扬光大，而名垂青史。

九月，范仲淹派遣殿直狄青、侍禁黄世宁攻破西夏境内芦子平。芦子平与芦子关应该不是一个地方，既然在西夏境内，应该在芦子关以北。狄青与黄世宁夺回芦子关后，可能由于追歼西夏军，挥兵深入到了横山腹地。

很快西北前线有了口碑，说小范老子腹中自有数万甲兵，不像大范老子那样好欺负了。

三川口之战是宋军在西北前线近四十年来的第一次重大挫折，朝廷在震惊之余立即启动追责程序。

黄德和率兵逃离战场，绕过延州，逃至甘泉，大掠七日，然后逃归鄜州，也就是如今陕西富县。路上遭遇败兵，黄德和询问刘平、石元孙的下落。败兵们摇头，说有人传言，刘太尉因为折损太大，不敢回来，投西夏去了。黄德和一听，满心欢喜，说这下好，刘平果然降西夏了。黄德和跟败兵们商量，说我们统一口径，自家们是死战得脱。黄德和又说："如果按这个口径上报朝廷，自家们不仅无罪，还有功。"

败兵们一听，兴高采烈，回到鄜州四处扬言，说刘平已经降敌。黄德和命人拟状，说大战之时，西夏忽然冲出一股生兵，臣与刘平等人一再血战，刘平降了西夏，自家不甘受辱，拼死搏杀，得以脱归。

范雍显然没有听信黄德和的鬼话，命人代管其兵马，召黄德和赴延州听命。

但朝廷却听信了黄德和的谎言和对刘平的诬告，立刻调派禁军包围刘平的府第，准备抓人。

朝堂上有人头脑比较清醒，比如富弼，力奏刘平引兵赴援，行动迅速，最后是因黄德和贪生怕死才招致惨败。什么叫力奏？就是一遍一遍，反复陈说，不厌其烦。天章阁待制贾昌朝，甚至搬出西汉李陵与本朝王继忠的故事，恳请辨明实情，不要制造冤假错案。

汉武帝时期，李陵率五千兵马随贰师将军李广利出征匈奴，深入大漠，与数万匈奴兵相遇，在后无继援的情况下，转斗多日，力竭被俘，汉武帝听信谗言，冤杀了李陵一家。

宋朝咸平六年（1003），数万辽军南犯，抵达望都，高阳关副都部署王继忠被大将王超、桑赞率兵支援。在康村，王继忠与辽军血战半宿。次日天明又战，为数倍于己的辽军包围。王超与桑赞观望不援。王继忠孤军奋战，士兵死伤殆尽，最后被辽军俘获。起初以为王继忠阵亡了，朝廷给王继忠赠官，优抚家人。次年，辽人前来议和，才知道王继忠还活着。即便如此，朝廷每次派使者前往辽朝，仁慈的真宗皇帝都要给王继忠捎去茶叶、衣物、药品和银绢。

朝廷如此对待刘平，消息传到陕西引起公愤。不少延州士民准备赶往京城去面见天颜，为刘平申冤。执政大臣们不得不紧急下令陕西各州郡，加派兵丁防守进京大道，不许士民赴阙。

事情闹到这一步，黄德和预感不好，赶忙向卢守勤求助。

卢守勤是陕西钤辖。前面说过，陕西一地，钤辖甚多。但卢守勤是中官，即皇帝身边人。黄德和也是。从某种意义上说，中官来到地方，是皇权的延伸。黄德和自知法网恢恢，能够解救自己的或许只有来自皇城大内的卢守勤了。

然而，卢守勤也自身难保。元昊破金明寨，围延州，吓得卢守勤抚胸大哭。这还不算，又与蕃官换马。蕃官是当地人，马好，跑得快，卢守勤偷偷调换过来，准备自己出逃。身为陕西钤辖，置属下官兵于不顾，怕死到了这种地步，哪还敢为黄德和吱声？

起初，朝廷命殿中侍御史文彦博在河中府置狱，接着又派庞籍前往河中府参与鞫讯。

事情很快有了眉目。河东转运使王沿说，他曾访问过两名金明寨的小卒，皆从西夏军中逃回，说刘平、石元孙等人是被西夏缚去了。途中刘平不吃不喝，大骂不绝：「狗贼，我颈长三寸有余，为何不速速斩我？」文彦博下令寻找两名金明寨小卒，不见踪影。尽管两名金明寨小卒没有找到，但王沿是边防重臣，他的证词管用。

四月，黄德和腰斩于河中府，并枭首于延州城下。

严加处置的还有刘平的亲随。

亲随应该是三川口之战的幸存者，辗转来到鄜州。鄜州知州是张宗诲。张宗诲在官厅召见，讯问刘平下落。亲随肯定知道刘平为西夏所执，但作为主将身边最亲近、最信赖的人，宁愿看见主将战死，也不愿看见主将被敌人俘虏。对于一名军人来说，被敌人俘虏是一种耻辱。所以，当张宗诲向他询问刘平的下落时，他撒了个谎，说西夏派人约和，刘太尉骑马去了西夏兵营，从此不见出来。

黄德和枭首是他罪有应得，杖杀刘平的亲随就大失偏颇了。亲随编造西夏人与刘平约和，是不愿意刘平被俘，绝对没有其他意思，根本谈不上诬陷。何况，亲随曾经十分干脆果断地拒绝了与黄德和同谋。那日，张宗诲询问刘平的下落时，黄德和就在东庑，待张宗诲走后，黄德和企图拉亲随入伙，一同构陷刘平。

黄德和对刘平的亲随说，关于刘平投降西夏我已向朝廷报告了，你现在说的情况与我说的不一致，朝廷肯定要兴制狱，难道你想戴枷锁吗？亲随始终不为所动，拘押中甚至给刘平的儿子去信，说太尉是因为与贼战不利，才入贼中与之谈和。如今有人说太尉降贼，我断然不信，当以死明之。

或许，重处黄德和与杖杀刘平亲随，是宰执们为自己曾经那么轻率地处置刘平家眷，引起延州士民及沿边将士强烈不满而采取的一种安抚措施。在情况没有明朗，仅凭黄德和一面之词就动用禁军包围刘平府宅，究其根源，是执政大臣们对沿边将士的极不信任。大宋立国已经八十年，经过三代帝王对武人的防范，其地位正江河日下。比如真宗皇帝就曾亲笔题写《劝学诗》：

> 富家不用买良田，书中自有千锺粟。
> 安居不用架高堂，书中自有黄金屋。
> 出门莫恨无人随，书中车马多如簇。
> 娶妻莫恨无良媒，书中自有颜如玉。
> 男儿若遂平生志，六经勤向窗前读。

皇帝公开鼓吹"读书做官论"，致使文武之间的地位一下子有了云泥之别。问题是现在并非太平时期，遭受威胁的国家边防，迫切需要武人效力，高居庙堂的决策者们不会想不到这一层。

既然刘平、石元孙降敌一事真相大白，与重处相对应的是重奖。朝廷赠刘平忠武军节度使兼侍中，赠石元孙忠正军节度使兼太傅。刘平、石元孙生前官秩五品，如今一人赠忠武军节度使兼侍中，一人赠忠正军节度使兼太傅，如此超规格褒奖世所罕见。朝廷且还赐刘平豪宅一栋，封其妻为南阳郡太夫人，弟弟、儿子，包括孙子皆给官，录石元孙子孙七人，录刘平弟弟及子孙多达十五人。

对于战殁的万俟政、郭遵、孟方、张异，以及金明县县令陈说、金明寨寨主李士彬、塞门寨寨主高延德等人，朝廷一一赠官表彰。

整个秋季，西北边境基本上没有大的战事。

无论朝堂之上，还是西北前线将领，乃至平民百姓，都心底清楚，平静是暂时的，下一轮血雨腥风正在酝酿。

第二章 被动主动

4. 仗必须打

元昊的第二轮进攻在康定二年，现在是康定元年（1040）九月，距离元昊第二轮进攻还有四个多月时间。在这段时间里，朝堂之上，包括朝堂之外，围绕仗如何打争论不休。

打，是必须的，这一点毋庸置疑。从朝堂一直到民间，几乎同仇敌忾。前延州知州郭劝是个老好人，上书仁宗，说什么"元昊虽然起兵反叛，但仍然是大宋臣子，我们可以用礼教感化他"。很快招致谏官们一顿痛批。想当年，就是太宗、真宗两位爷一再养痈，才终成祸患，这是血的教训。血的教训难道还不深刻？

就说至道元年，李继迁没有服从诏令来到鄜州，本该严加追究，朝廷却听之任之。太宗爷，以及满朝文武哪里知晓，李继迁是在打灵州的主意。

灵州位于黄河东岸，距离夏州五百来里。灵州比夏州富饶，这儿水草丰茂，农耕发达，自秦汉以来就发展灌溉农业。北周时期迁来大批江南人士，从而"江左之风"大兴，始有"塞上江南"美誉。灵州历史上最值得骄傲的时刻是安史之乱爆发以后，唐玄宗逃往四川，肃宗李亨在灵州登基。李亨依托灵州设立大都督府，召集天下兵马勤王，平定安史之乱，灵州因此享誉全国。后来，党项大首领拓跋守寂因勤王有功升为灵州刺史。李继迁本姓拓跋，是拓跋部的子孙，论起来他与灵州有着历史渊源。

李继迁数次窥视灵州引起宋廷重视。

太宗提议筑威州城，派宦官冯从顺专程来到陕西，咨询人称"西北通"的郑文宝。郑文宝说，筑威州城，不如筑清远城。郑文宝的理由是，威州虽然东控固原，北固峡口，但距离环州太远。在灵环大道上，出环州到伯鱼，出伯鱼抵青冈，出青冈至清远，而清远距威州还有八十里。一旦有警，李继迁占据清远，威州将孤悬在外。不仅威州不守，灵州也将为李继迁所据。

太宗接受郑文宝的建议，至道元年，也就是公元995年，郑文宝率数千人至清远，修筑城池。此举果然引起了李继迁的不安，率千余骑来攻，郑文宝与守将张延奋力拒却。

从清远至灵州中途有浦洛、耀德两座废城，河西粮道即从两座废城之间穿过，李继迁率兵守在这儿。如果这个地方放弃了，夺取灵州完全没有可能。

三月，陕西转运使卢之翰命皇甫继明、白守荣护送四十万石军需前往灵州。由于事先知道河西粮道不靖，宋军有所准备。整个运粮队伍分作三拨，民夫持弓矢自卫，士兵布方阵为护，时刻准备战斗。灵州方面派出老将田绍斌率兵应援。

走到一个名叫碱井的地方，李继迁派出一股三千多人的部队前来骚扰。田绍斌奋起还击，杀敌千余，但党项人仍然不退，死缠烂打。为了摆脱党项人的纠缠，田绍斌组成方阵前进，将伤者围在阵中，自己领兵断后，边战边走，终于抵达浦洛河边。

此时，运粮队伍也遭到袭击，且主将皇甫继明已经病故。田绍斌与白守荣会合后，建议将队伍排成阵势缓缓前行，断不能丢下辎重与党项人作战。白守荣不听，只留下小部分人保护粮草，集中人马向党项兵冲击。田绍斌见白守荣不听从自己的建议，负气而走。白守荣果然中计，掉进李继迁预设的陷阱。李继迁先是示弱，待宋军脱离辎重，挥兵四围。此战仅田绍斌全师而返，四十万石军需全部丢失，白守荣只身脱逃。

太宗爷那个气哟，斩杀了白守荣，逮捕了卢之翰，罢免了田绍斌。

这还不算，决定起三路大军深入瀚海，直捣李继迁老穴。

诏令下达后，太宗爷又有些后悔，"主不可怒而兴师，将不可愠而致战"，这个道理太宗爷还是懂的。于是又召集宰执大臣们殿前讨论，要求每人发表看法。宰相吕端说："若是每个人都发表意见，肯定众说纷纭，难以做出决断。不如宰执集体拿出一个文状，陈述利害。"

参知政事张洎反对，说："端公和稀泥，圣上咨询，要么避而不谈，要么谈的都是鸡毛蒜皮。"

吕端对这位刚进宰执班子的南方人很是不屑，说："你能有什么别具一格的高见？难道你胆敢忤逆龙鳞吗？"

结果，这个张洎真的递上了一篇"忤逆龙鳞"的奏疏。奏疏的核心便是在大西北收缩战线，放弃灵州。

张洎是这样说的：

当年唐肃宗在灵武登基，倚靠党项人敉平了安史之乱。从那个时候起，灵武与内地连为了一体。现在不同了，现在党项人闹分裂，灵武失去了立足的根基。加上李继迁扼住瀚海要冲，倏忽往来，国家若举大兵围剿，李继迁就远遁他处，让你摸不着踪迹。待你往灵州输运粮饷，李继迁又会闻风而来，聚众掠夺。前次卢之翰派白守荣往灵州运粮，就充分说明了这条粮道已经被李继迁控制。这是其一。

其二，搬运粮草需要大量民夫与官军，从环州至灵州将近七百里，没有水源，或者说水源极少。深入数百里瀚海，一旦水源被李继迁切断，即便百万大军也无济于事。

其三，在李继迁的鼓动下，灵武一带党项人已经反叛。虽然灵州在宋军手里，可不敢出城营田。灵州一带，包括下辖的河西五镇，土地肥美，水源丰沛。早在南北朝时期，北周周武帝就迁来了两万户南方人，河西五镇之首的怀远镇就是那时候设置的。后来南朝陈派大将吴明彻北伐，被北周大将王轨打败，三万陈军被俘，这些俘虏被集体迁移到灵州境内屯垦。俘虏们过着暗无天日的生活，却为灵州地区带来了先进的农业技术，譬如水稻种植、水渠灌溉。然而，有着先进的营田设施和先进的种植技术，却不能营田。长此以往，势必动摇军心。

其四，即便打败了李继迁，朝廷仍然需要往灵州输送粮草。几百里瀚海，即便是承平岁月也是一笔沉重的负担。几乎是竭陕西之力供应灵州一郡。算经济账，得不偿失。

张洎的主张是，放弃灵州及河外诸镇，谨守环庆防线。至于李继迁，任他自生自灭。最后，张洎说，李继迁逆天而行，是秋后的蚂蚱，蹦跶不了几天了。一旦上天降祸，就是李继迁的末日。到那时，大宋放弃的灵州及河外诸镇又将为陛下所有。就像向虞国假道伐虢的晋献公，等于把璧玉良马暂时存放在虞公手里。

其实，太宗爷也是想放弃灵州的，否则不会交给宰执大臣们讨论。问题是，他是皇帝，放弃灵州说不出口。

看完张洎的奏本，太宗爷沉默了好半天，最后道："卿写的这篇奏疏啊，朕是一句也没有看懂。"

据说，张洎惶恐万状，汗流浃背而退。

这个张洎，是南唐李煜手下的大臣。宋军围困南京，张洎劝李煜婴城固守。南京城破后，李煜、张洎被带到汴京。太祖爷对张洎说，你不准李煜投降，所以才有今日。太祖爷拿出张洎为李煜代写的诏书，内容为号召江南各地兴兵勤王。张洎当即叩首请罪，并说，我是南唐臣子，为南唐出谋献计是做臣子的本分。太祖爷轻轻颔首道："那你就做朕的臣子吧，为大宋出谋献计。"

太宗爷继位后，依然重用张洎。太宗爷喜欢写诗，一生写诗数百首。太宗爷的诗经常由张洎注释。太宗爷太喜欢张洎的注释了，称他是"翰长老儒臣"。吕端则对张洎很不屑。

这回张洎对圣意揣摩对了，却忘了太宗爷不是普通人，他是皇帝。皇帝怎么能轻言放弃灵州和河外之地呢？

后来，太宗爷对其他宰执大臣说："张洎所言，果然为吕端所料，没有别具一格的高见，朕已经将奏疏退还给他了。"

宋廷在灵州问题上首鼠两端，张洎是第一罪人。

大约八月，进讨李继迁的诏令下达陕西。此次进讨，兴兵五路。一路出环州，主将为李继隆；一路出庆州，主将为丁罕；一路出延州，主将为范廷召；一路出夏州，主将为王超；一路出麟州，主将为张守恩。从领兵将领看，此次阵容豪华。譬如李继隆，大宋名将，李皇后的亲哥。再如范廷召，年近七旬，资深名将。王超也一样，他是太宗爷当年做开封尹时，手下最得力的干将之一。更重要的是，王超有一个十七岁的儿子，叫王德用，英雄了得。

然而，这样一群将领，取得的战果却寥寥无几。

朝廷的命令是，此次讨伐，目的地是瀚海中的乌池、白池。乌池与白池是党项人的两大产盐区，位于如今内蒙古鄂托克前旗境内，春秋时期属戎狄居住之地。战国时代，义渠人生活在这里。秦朝建立，属于梁州，后来改盐州。盐州曾有四大盐区，唐朝晚期，细项池与瓦窑池被废，乌池、白池保留。党项人既不植稻，也不种麦，更无机杼之声，靠什么养活？盐业是支柱产业。乌白盐即乌、白二池所产之盐，也称青盐。青盐是李继迁的立身之本。太宗爷兴大军直捣古盐州乌、白二池，是正确的。

此次进兵，太宗爷规划了各军行进路线。李继隆率环州大军先走环灵道，解灵州之围后，再走灵盐道，前往乌、白池。

银夏钤辖卢斌是个文化人，太宗爷做晋王时，负责笔札，类似大秘。太宗爷登基后授了武职，来到西北前线。卢斌向太宗爷建议，说李继迁兵马彪悍，往来无定，决战沙漠，于官军不利。最好的办法是坚守灵州，以粮草为诱饵，对李继迁进行前后夹击。

老实说，卢斌出的主意并不馊。李继迁的招数不就是阻断灵州的粮草供给吗，宋军完全可以围绕李继迁的招数设一个请君入瓮之计。跟李继迁过招，必须反客为主，抢占先手。

太宗爷不听。改授卢斌为环庆钤辖，领兵三万为先锋。

还有人对五路出兵提出不同意见，比如麟府路浊轮寨都部署李重贵，他说党项人居身沙漠之中，逐水草畜牧，无定居，便战斗。利则进，不利则走。如今五路齐入，对方见我军兵势强大，或不接战，或远遁他处。我们如果去追，则人马乏食，如果坚守，又没有堡垒。

太宗承认李重贵说得很有道理，但是，此仗必打。

卢斌调到环州，又对李继隆进言，说大军先去灵州，再由灵州至乌池、白池，如此迂回，至少要走二十日。如果从环州直趋乌、白二池，只需十日。

李继隆认为卢斌说得在理，既然李继迁的老巢在乌、白二池，为什么要先去灵州呢？剿灭了李继迁，灵州之围岂不是迎刃而解？李继隆赶紧派弟弟李继和前往开封觐见太宗，希望改变行军路线。

其实，太宗爷并非要在乌、白池地区围歼李继迁。太宗爷是在下一盘大棋。太宗爷虽然饱受箭伤折磨，脑子并不糊涂。吕端曾经建议，此次征剿李继迁，从麟州、延州、环州三路进兵，太宗爷摇摇头，说五路，除了麟州、延州、环州三路，还有夏州、庆州两路。也就是说，环、庆二州不是一路。环州一路的进兵路线是先至灵州，再从灵州前往乌、白池。距离李继迁老巢最近的夏州、延州、庆州三路宋军首先发起进攻，以李继迁的为人，必定潜逃。潜逃有两条道，一条向东，一条向西南。麟州一路，堵截李继迁东投契丹；环州一路，堵截李继迁重回灵、环之间。

太宗爷为什么没有跟领兵官讲清楚要兵分五路，以及李继隆一路为什么先去灵州？道理讲清楚了，李继隆能不执行？殊不知古人打仗，没有什么道理可讲，主帅发令，将领依令而行。知其然不知其所以然是常态。何况指挥这场战事的是太宗爷，太宗爷跟太祖爷不一样。太祖爷"杯酒释兵权"，将领们心服口服，因为太祖爷跟将领们亲啊！就说"义社十兄弟"，哪一个不是战功彪炳？说交权就交权。太宗爷在军中的影响，与太祖爷相比小多了。做了皇帝的太宗爷对武将们更不放心。太祖爷是"杯酒释兵权"，太宗爷则是"将从中御"，说白了就是太宗爷直接掌管军队，包括行军路线。

李继和快马来到开封，求见太宗，说，环灵路七百里，水源极乏，请求由青冈峡直捣李继迁巢穴。

太宗爷一听火了，说你兄长擅改行军路线，要坏朕的大事！

太宗爷赶紧去书责备，同时派人前去环州督军。然而此时，李继隆已经出发了。既然不走环灵道，李继隆与庆州大军合兵一处，先至洪德寨，经归德川，过蛤蟆寨、骆驼会、双峰堆至盐州。行程十余日，不见一个党项兵，只得原路返回。

出麟州的张守恩也一无所获。张守恩走的是窟野河路。自麟州过河，约七百里进入盐州。此路地势平坦，适宜行军。这一路是预防李继迁东投契丹。其实，李继迁投奔辽朝的可能性几乎为零。虽然李继迁娶了义成公主，不到万不得已李继迁绝不会将自家命运交到契丹人手里。

取得大捷的是夏州王超和延州范廷召。

王超从夏州出发，走的是铁茄岭路。从伏落津过无定河，进入铁茄坪，经古绥州，抵达盐州。

范廷召走的盐夏路，出延州北，过塞门寨、芦子关，经石堡、乌延、马岭至盐州。

从距离上讲，铁茄岭路最近，可无定河畔有流沙，行进时须得万分小心。盐夏路虽然比铁茄岭路远，可出了乌延一路平缓。

王超的夏州军最先抵达战场，与李继迁大小数十战。王超之子王德用，年方十七，英勇无比。夺下铁门关，率先进抵乌、白池。李继迁深知乌、白池的重要，殊死抵抗。王德用主动请缨，领兵三千，激战三日，党项人抵敌不住，开始退却。就在这时，范廷召率领延州大军赶到，李继迁见势不妙，带着残部逃之夭夭。

从后来看，李继迁出逃走的是灵盐道。李继隆因为擅自改变进兵路线，未能予以堵截。如果李继隆依令而行，李继迁即便不能剿灭，也会遭遇迎头痛击，实力大减。李继隆的一念之差，使太宗爷功亏一篑。

太宗爷似乎没有处罚李继隆。李皇后是个好人，深受太宗爷敬爱。看在李皇后的份上，太宗爷追责的鞭子高高举起，轻轻落下。此战之前李继隆是灵、环等十州都部署，战后职事依旧。受罚的是转运官陈绛和梁鼎。李继隆说是军粮供应不及才导致退兵，一个奏本，陈绛与梁鼎双双削秩。

但李继隆就是李继隆，很快建立新功。往灵州运粮，过去走的是环灵道，李继隆建议走葫芦河川，沿苦水河进入灵州。可走葫芦河川得翻越六盘山，道路崎岖，十分难行。朝廷讨论，众说不一。李继隆坚持由葫芦河川给灵州输送粮草，并亲自赴京游说，最终得到太宗爷的首肯。回到环州后李继隆率领大军西进，于古原州重新筑城，此城就是后来威震西陲的镇戎军。

镇戎军，南依六盘山，北临葫芦河川，地势险要，易守难攻，堪称边陲要冲，塞上咽喉。镇戎军最初的用途是为应援灵州囤积粮草，谁知几十年后竟成为阻挡党项人南下的一道壁垒。几代党项人首领均在镇戎军碰得头破血流。那是后话。

轰轰烈烈的至道二年五路讨伐黯然落幕。李继迁并未歼灭，实力尚在。乌、白二池依然是李继迁的老巢，因为宋军很快退出了盐州地区。这场仗等于没打。太宗想起提过不同意见的李重贵，可为时已晚。至道二年底，太宗爷病情加重了。太宗爷的病主要是腿部箭伤。高粱河一仗，太宗爷被辽人的一支毒箭射中小腿。由于错过了最佳治疗时间，腿伤不时复发。随着年龄增大，复发得越来越厉害。生命垂危之际太宗爷仍在想着解灵州之围，将最信任的将领傅潜调到陕西，替代范廷召出任延州都部署，用猛将王昭远为灵州都部署，命户部使张鉴总督陕西军储，再派大臣张秉、冯起、吕文仲等持节催促粮草。然而，次年三月，太宗爷带着无限遗憾驾鹤西去。

整个至道三年，李继迁在西陲的骚扰没有停止。

五月，盛怒之中的李继迁围攻保安军。保安军即原来永康镇，太宗爷继位后升格为军。经过二十多年扩建和修缮，已经成为延州外围一处重要据点，凭着李继迁目前这点人马，对保安军没有任何威胁。加之延州迅速出援，李继迁赶紧退走。

十月，灵州军校郑美叛投李继迁，说灵州守将侯延广病殁，目前新的郡守还没有到任，可以乘机攻城。李继迁命郑美为前导，集中全部兵力再次来到灵州城下。灵州都部署杨琼率军出城，与李继迁大战于灵州之北。党项军再一次被杀得大败。杨琼收兵入城，李继迁突然率数百轻骑反身再战，企图趁宋军入城扳回一局，被城头强弓硬弩逼退。

李继迁清楚，就目前这点人马，已经无法夺取灵州了。不仅无法拿下灵州，还有可能被宋军围歼。当此之际，他需要的是招兵买马，扩充实力，而招兵买马扩充实力需要时间。

至道三年十二月，李继迁上表朝廷请降。

其实早在七月初，继位的真宗皇帝就不断将各地转运使召入朝廷，询问民间疾苦。同时下诏大臣，希望各抒己见，陈说经国大计。

有个叫田锡的，官不大，吏部郎中，喜欢直书时政阙失，太宗爷青眼有加，赏了一个集贤院直学士的头衔。田锡上书对真宗说的是灵州、关辅、川蜀、朝廷几者之间的关系。

田锡是这样说的，安民济世，事情有大有小，有先有后，有缓有急。现在最先办的急务应是灵州军饷。灵州军饷出自陕西。陕西情况怎么样呢？老古话，国无九年之储曰不足，无五年之储曰急，无三年之储谓之不国。陕西有九年之储吗？肯定没有。有五年之储，或者三年之储吗？也没有。听说陕西官府为了完成军粮筹措，允许用其他物品做抵押。从数字上看，军粮筹足了，但那是物品，不能饱腹。将不能饱腹的物品送到前方，士兵们岂不是仍然饿肚子打仗？还有，军粮靠何人输送？陕西之民。自从往灵州送粮以来，已经死了十多万民夫。加之去岁地震，半个陕西遭灾。如果继续在陕西搜刮粮食，命陕西人往灵州运送粮草，陕西会不会发生其他变故？如果发生了变故又如何？

毫无疑问，陕西大乱，最先波及的是川蜀。

说到川蜀，经过太祖爷、太宗爷两朝治理，情形似乎不见好转。从唐朝末年至国朝初年，战祸未波及川蜀大地，那个富裕呀，外面的皇帝个个见了眼红，大周、后唐觊觎多年。太祖爷灭了后蜀，下令将所有财富搬往开封，这一搬，就是十几年。不是后蜀的财富多，是搬了旧财富又有新财富。比如井盐，也就是后来的川盐。川盐色白，味正，能提鲜，远胜海盐、岩盐与池盐。川盐是宝，可开采是提着脑袋的营生，报酬甚微。

除了收入微薄，还赋税沉重。

开宝六年，朝廷在川蜀收取"头子钱"。所谓头子钱就是正常田赋之外的杂税。比如说吧，川蜀人家，如果正常田赋是一缗钱，另外加头子钱七文；如果有一匹锦，另外加头子钱十文。头子钱的收取就始于川蜀。

田锡说假如陕西乱了，就会波及川蜀，那些憋着一肚子怨气和怒气的蜀人便会趁机而起。如果川蜀一乱，不能为朝廷上供钱粮，就会影响京师。我们的眼中不能只有灵州粮草，不能急小利而忽大利，舍远图而劳近谋，否则将影响国家政权的稳定。

田锡的意见很明确，那就是放弃灵州。舍灵州则甲兵不兴，甲兵不兴则停止往灵州运输粮草，停止往灵州运输粮草则陕西安宁，陕西安宁则天下晏然，天下晏然则四方臣服。

看过田锡的奏疏真宗没有吭气，沉默着。放弃灵州？田锡也太敢想了！当然，田锡说的并非全无道理，可灵州能放弃吗？

田锡考虑到皇帝很为难，第二天再上一疏。

在田锡的第二道奏疏里，再一次叙述灵州坚守之难。说正月间王昭远虽然为灵州输送了军储，名义上是二十五万石，实际上到达灵州时仅有七八万石，其余被李继迁劫夺了。损失了大半粮草不说，还死了不少民夫。田锡说，每一次往灵州运送粮草，陕西大地，父哭子，弟哭兄，妻哭夫，悲哀之声，响彻行云。田锡说近年来往灵州输送粮饷已经死人十多万，那可都是一条条鲜活的生命啊！一个人从生下来到能够充役，需要十多年时间。如果让陕西有足够的民夫，得生息两茬。两茬就是三十年。也就是说，必须保证陕西有三十年的太平岁月。三十年过后再考虑教化四夷。

田锡在第二道奏疏的最后，建议真宗留中不出，就是不答复，也不交由大臣商议。田锡清楚，大宋疆土怎么能随便放弃呢？绝对不能。谁提议都会惹一身骚，包括皇帝。真宗爷刚坐上龙庭，就提议放弃灵州，让天下人怎么看？

田锡是个忠荩之臣，一门心思为皇帝着想，说圣上对臣的奏疏虽然不答复、不商议，但可以透露一些这方面的信息。比如，灵州不弃，但灵州民户能不能迁往内郡？包括河外五镇。田锡建议圣上提出来与大臣们商讨，达成共识。一旦共识达成，不为横议所沮，择善而行。

从后来看，真宗听取田锡建议了。至道三年九月，杨允恭从西北回来。杨允恭此次前往西北，主要是描画西北地形。在滋福殿，真宗召见宰执大臣，指着西北舆地图，说这是某山，这是某水，这是某州，这是某县，这是某某关隘。宰执大臣们十分惊讶，不知道皇上对大西北为什么如此熟悉。介绍完毕，真宗对宰执大臣们说，朕已经下令，兵屯于内地，并裁汰冗员，以减少转运之苦。

宰执大臣们哪里知晓圣上用意呢？包括杨允恭。真宗是在暗放风声，试探大臣们的反应。没想大臣们浑然不知，依然围绕着如何为灵州送粮各抒己见。杨允恭甚至建议朝廷学习诸葛亮，打造木牛流马。

灵州的情形没有好转，其他地方又出事了。

先是四川。西川都巡检使韩景祐脾气暴戾，喜欢打骂士卒。有个叫刘旴的小军官，受到苛责，心怀不满，振臂一呼，啸聚人马夜袭西川都巡检司，韩景祐吓得翻墙而逃。刘旴率众连克数州，官兵望风披靡。益州钤辖马知节从前线返回成都向西川招安使上官正禀报，说刘旴麾下已经有了数千人马，如果在新津地区渡江，进攻成都府，情形会更加糟糕。上官正刑狱出身，后转为武职，多次参与平叛，功劳不小，架子很大。上官正磨磨蹭蹭不想出兵，知益州府张咏召见全体将领，置酒践行。张咏对全体将领说："你们的亲眷都在成都，为了你们亲眷的安危，也应将叛军剿灭在川西，否则叛军进入成都，你们的亲眷就会因你们怯战而死。"

事后证明，张咏的激将法非常成功。

问题是，天下乱象很多，刘旴之乱只是其中之一。

比如施州，就是如今的湖北恩施，一股蛮民闯入州城打家劫舍。

施州原来是后蜀地盘，太宗爷带兵入川，施州刺史龙景昭率众出降。乾德五年（967），朝廷派王仁都知施州。这厮为了讨好太祖爷，大肆搜刮民间奇珍异宝，差点激起民变。太祖爷下令，将所有搜刮来的财物全部退还回去，事态才得以平息。打那时起施州就处于自治状态。名义上归顺宋廷了，实际上游离于朝廷之外。施州山穷水恶，其民称为"溪洞蛮"。蛮民不识王化，且彪悍，经常因为缺盐入城洗劫。这一次或许也是因为缺盐而大闹施州。

除了四川、施州，不安分的地方多着呢。

田锡忧心忡忡地对真宗说："下动之象已萌，臣为陛下忧之。"什么叫下动之象？就是民众要起义，百姓要造反。

至道三年十二月间，如何处置灵州，真宗正式向宰执大臣们征求意见。

参知政事李至说："灵州已不可坚守，必须放弃。"还说，"灵州过去有民户四千余，如今只存数百户。当年上缴租课四十多万，如今不缴分文。如此灵州还守个什么呢？当然，也许有人会说，灵州乃咽喉之地，西北要冲，我们放弃了，就会为党项人所有。问题是，咽喉者，必定是金城汤池，屯兵积粮，扼制多方。现如今灵州城四门常闭，自顾不暇，算哪门子咽喉？"

李至的建言一定深深打动了真宗。要知道，李至是真宗最敬重的人物。真宗在东宫时，李至和李沆同为太子宾客。

至道三年十二月底，在灵州城下打了败仗的李继迁上表请降。真宗准允。不仅准允，还接受老臣王禹偁的建议，将夏、绥、银、宥、静赐给李继迁。

李继迁恢复赵姓，依然名赵保吉，职务是夏州刺史、定难军节度使、夏银绥宥静等州观察处置押蕃落使。既然李继迁成了大宋藩臣，张浦自然放还。不仅放还张浦，还授张浦以官——郑州防御使。朝廷同时动员五州流民还归本籍，并且悬榜，但凡回归原籍者，每家给稻米一斛。在粮食如此短缺的至道三年，大宋政府拿出稻米激励流民归籍，可见心意之诚。

真宗实在是高估了李继迁的品性。就在李继迁获得朝廷任命他为定难军节度使旨令的同时，一边向宋廷上谢表，一边又向辽朝邀功，说他取得了宋朝的五州之地。

如此之徒，你能指望他如约守信？

不可能。

这年正旦节，真宗收到来自李继迁感恩表。这篇表章写得相当有水准，放在当今读起来也令人动容。最后李继迁表态："天恩莫报，臣不胜悚惶待罪之至。"

刚刚继位的真宗爷被这道谢恩表感动没有？不知道。反正田锡嗤之以鼻，他对真宗皇帝说："不应该把夏州赐给李继迁，也不应该赐李继迁赵姓，大量事实证明，这种办法不可靠，起不到任何作用。"田锡断言，"恐关辅劳扰从此生，国家耗费从此起。"

田老夫子一语中的。

进入九月,李继迁开始翻脸。

起初是袭击绥州熟户李继福,没有占到任何便宜。接着骚扰延州,为钤辖张崇贵所败。转攻石州,受到知州韩崇训的打击。人马折损不大,但辎重尽失,李继迁只得率领残部转移至贺兰山休养生息。

贺兰山原来是匈奴人的地盘,汉武帝时期,卫青、李息北上抗击匈奴,将大汉疆域扩展至贺兰山地区。汉武帝分全国为十三州,贺兰山属朔方刺史部北地郡。嗣后,中原王朝式微,贺兰山先后为突厥、吐蕃、回纥占据,直至大唐王朝出了个唐太宗,贺兰山才重返中原政权怀抱。唐末乱世,贺兰山又一次无所归依。如今被李继迁看中,贺兰山地势险峻,适宜屯兵。另外,贺兰山东麓有大宋朝的河外五镇,再往东,过黄河便是觊觎已久的灵州。

从咸平元年(998)秋天至咸平三年(1000)夏天,有两年多时间里李继迁没有大规模军事行动。局部袭扰时有发生,比如咸平二年六月攻略河西——此河西不是河西走廊,而是位于麟州之北的河西之地,虎翼军指挥使李璠因马失前蹄被杀。一军指挥使被杀,震惊朝廷。继而攻打麟州,府州知州折惟昌亲率折海超、折惟信救援,途中遭遇埋伏,折惟昌杀出重围,折海超、折惟信中箭而亡。李继迁在河西连连得手,进逼府州城下,最后为折惟昌所败。

咸平三年十二月,围攻延州。转年五月,再次伏击往灵州运粮宋军,杀转运使陈纬和灵州知州李守恩。李守恩自幼从军,在抗辽前线多立战功,是一员久经战阵的老将。这次为了接应粮草,与弟弟李守忠、两个儿子李象之、李望之皆阵亡于浩瀚沙漠之中。

真宗皇帝除了"震悼",实在拿不出其他办法,因为契丹人即将大举入侵河北。果然,噩耗传来,侍卫马军都虞候、高阳关都部署康保裔阵亡,真宗闻之震悼,废朝二日。

河北前线最高统帅是镇、定、高阳关三路都部署的傅潜。契丹人破狼山寨,攻威虏军,傅潜闭门自守,有将校来请战,还讥讽谩骂。河北转运使裴庄多次上书朝廷,说此人毫无谋略,贻误战机,但朝中枢密使王显被傅潜溜须得很舒服,扣押了裴庄的奏本。范廷召、秦翰等将领屡屡请战不允,范廷召火了,痛骂傅潜为女人："公性怯，乃不如一妪耳。"傅潜当面没说什么，背地里恨之入骨，命令范廷召带一万步骑迎敌，自己率兵后援。

傅潜哪会后援呢？拥兵不出，坐看范廷召败亡。面对十万契丹军，范廷召只好向高阳关都部署康保裔求援。康保裔是一员宿将，为人忠诚，武艺精熟。接到范廷召的书信后，康保裔挑选精锐赴援，但契丹的兵马实在太多，初接战即陷入重围。左右劝康保裔换一副好盔甲杀出去，康保裔说，是祸躲不过，杀敌吧。连战两天，单是溅起的尘土就深达二尺，最后粮尽矢绝，增援不至，全军覆没。

河北前线战局糜烂，四川又在闹腾。这一次是，益州铃辖符昭寿私底下办织锦作坊，强行摊派所需物料，又纵容手下勒索掠取，引起公愤。咸平三年正月初一，有中使自峨眉山还京，符昭寿命准备鞍马，兵士赵延顺乘机进入马厩，解开缰绳。马群四窜，有的奔入公堂，赵延顺等人装作进入公堂驱马，趁符昭寿不备，抽刀将其斩杀。接着占领兵库，取出武器，拥戴神卫军都虞候王均为主帅，号称"大蜀"，攻占汉州，进军绵州，直向剑门，继而又回师成都。朝廷不得不抽调河北前线部队前往四川平叛。

在这种状况下，真宗爷哪里顾得上遥远的灵州。

准备大举南下侵宋的耶律隆绪听说李继迁一而再，再而三地切断灵州粮道，派使者于贺兰山中找到李继迁，一方面对李继迁封官许愿，一方面催促迅速拿下灵州。

李继迁当然不会按照契丹人的意愿行事。李继迁清楚，灵州迟早是他的囊中之物。他现在要以灵州为诱饵，让宋朝空耗人力物力，夺取灵州对岸的宁夏平原，乃至整个河西走廊。

建议放弃灵州的，太宗时期有张洎，真宗继位后有田锡、李至。起初，这种建议外界知之甚少，但世上没有不透风的墙，到了咸平四年，灵州弃守已经成为一桩公开的秘密。

当然，反对放弃灵州的人也不少，陕西转运使刘综就说，灵州民淳土沃，为西陲巨屏，适宜固守。只要在浦洛河（今宁夏盐池县惠安堡一带）筑一座城，屯兵积粮，为之应援，可解除灵州孤悬之忧。

不少人持有的意见与刘综类似，即，灵州为必争之地，若主动放弃，缘边州郡防守压力更大。

忠良淳厚的李沆时为宰相，无可奈何之际想出一个馊主意，说悄悄派人前往灵州，撤一部分人回来，以减轻关右之民的劳役之苦。

撤多少人？李沆没说。别说撤走一半，就是撤走三分之一，灵州的防守能力也将大为削弱。

咸平四年十二月间，宋军张斌部在长城口与辽军相遇，因辽军所持皮制弓弦遇雨失用，被张斌杀败，伤亡惨重。真宗借长城口之战余威，以镇、定、高阳关副都部署王超为西边行营都部署，环庆路都部署张凝为副都部署，入内副都知秦翰为钤辖，率六万兵马前往灵州增援。

可实际上，早在咸平四年九月间，李继迁就兵出贺兰山，袭破定州及怀远镇（银川），镇将李赟兵败自焚。接着连取保静、永州等地。河外五镇，即今日宁夏平原已经尽为李继迁所有。

接下来东渡黄河，攻打清远军。

前面说过，至道初年郑文宝筑清远城，以屏障环州。真宗继位后升为清远军。清远城位于威州以南，距青冈城约八十里，距灵州和环州各约三百里，为灵环大道必经之地。此处四面沙漠，地势高挺，易守难攻。如果丢掉清远军，将丧失环州外围一个重要据点。清远知军刘隐和监押丁赞一面分兵拒守，一面遣人赴庆州求援。此时，杨琼已升任灵、环、庆、清远等十州军驻泊都部署。杨琼正要出兵为援，钤辖冯守规、都监张继能劝谏，说敌兵大至，不可悉往。杨琼接受了冯守规、张继能的建议，仅派遣副都部署潘璘、都监刘文质率六千兵马赶往清远军。杨琼说，你们先行，我随后就来。谁知杨琼逗留未进。宋军血战七天，清远城失陷。夺得清远军的李继迁挥兵越过支子平，直薄青冈城下。

青冈城即青冈寨。如果说清远军是环州外围第一道防线，青冈寨即第二道防线。知环州王怀普向杨琼建议，说青冈寨距水泉太远，不可多屯兵马。可兵马要是少了又无法防守，最好放弃。

按《续资治通鉴长编》记载："琼等相与合谋，焚粮廪、刍积、兵仗，驱寨中老幼以出。"继而，《续资治通鉴长编》又道：杨琼退保洪德寨，"贼势浸盛，未尝与交锋也"。

在《宋史》里，杨琼有传。元朝的编撰者们将官阶不高的杨琼收入传记，可见杨琼并非泛泛之辈。在杨琼本传中，说他"幼事冯继业，以材勇称，太宗召置帐下"。至道三年十月那场灵州保卫战，就在杨琼的指挥下打得有声有色。正因为至道三年的灵州保卫战取得大捷，朝廷再升杨琼为鄜州观察使，充灵、环等十州军副都部署兼安抚副使。官阶升了，权力大了，担子重了，至道三年为灵州都部署，现在要负责灵、环、庆、清远等十个州军安全。既然朝廷有放弃灵州，退保环、庆的意图，他们有什么必要在清远、青冈一线与李继迁纠缠？收缩战线，保存实力。与灵州相比，环、庆的安全更重要。

丢失清远军与青冈寨，战后追责，按照大宋法律，杨琼当斩。真宗交给百官集议，宰相张齐贤坚持按律治罪，但是，真宗开恩，予以特赦。为什么要开恩特赦？估计与朝廷一直在灵州的弃守上徘徊不决有关。朝廷意志不坚，边防将士的意志就要大打折扣，如果依律治罪，罪不在杨琼一人。很快，不仅杨琼被免予刑事处分，张继能、刘文质等人继续得到提拔重用。刘文质命为秦州钤辖，张继能命为鄜延都钤辖，双双重回陕西前线。

但是，对于大西北战局而言，宋军弃守青冈寨，退保洪德寨，引来无穷后患：缘边防线全面崩溃，党项人向南威胁环州，向东威胁延州，向西威胁原州、渭州。

这个时候的灵州，已经是一枚熟透的果实。

咸平五年，即公元1002年三月，李继迁向灵州发起最后一击。

此时，灵州知州是裴济，这位唐朝宰相裴耀卿的八世孙，勤勉能干，来灵州两年多，鼓励耕植，练兵积储。但是，孤军绝援，刺破手指以血书求救，也没有等来一兵一卒。围城两月，灵州陷落，裴济身亡。

灵州失陷无论对宋朝还是对西夏，都是一件划时代的大事。对于宋朝，大西北国土分裂已经不可逆转，对于穷于奔命的李继迁，终于拥有了一块属于自己的地盘。

如果说，一直处于流窜之中的李继迁像一片云，或者像一阵风，拥有了灵州就成了一棵树，扎根在了大西北。

抚今追昔，前朝教训深刻。大量事实证明，对叛乱的党项人不能姑息。三川口八千宋军战殁，就是一再姑息的恶结果。

所以，朝野上下，打，是共识。

5. 速战与守战

可如何打，却众说纷纭。

概括地讲，朝廷分守战与速战两派。所谓速战，是以眼还眼，以牙还牙。所谓守战，是先蓄积力量，因地制宜，因时而动，徐徐图之。

庞籍主张守战。庞籍是陕西转运使，管着钱粮。从某种意义上说，打仗打的是钱粮。天朝疆域广阔，但并非物阜民丰。去年四川大水，河东地震，岭南民变，靡费了无数钱粮不算，还要赈济灾民，奖励将士，抚恤遗孤。当然，有些话不能讲得过于直白。庞籍是这样说的："三川口战事失利，我军是主场，就打成了这个样子，只能说明我们的士卒不精锐。现在，沿边将领刚刚调整到位，士卒的精气神正在提振，这个时候去进攻党项人，路途遥远，关隘重重，如果由党项人做向导，恐怕防不胜防。"

刚刚官复原职的欧阳修也是守战派。不过，他说得委婉："陕西有三十万正兵，这些人是吃军粮的；陕西还有十四五万乡兵，这些人基本属于自种自食。四五十万人连年靠吃供给，国家没有不困乏的。当务之急，一是通漕运，二是多生产粮食，三是活跃市场。至于速战还是守战，打仗就战守二字。打得赢就打，把指挥权交给边防将领，国家的主要任务是增强国力。国力增强了，士兵训练得差不多了，然后瞅准机会，一举平定西夏。"

守战派中有言辞激烈者，譬如田京。田京是陕西经略司签判，相当于夏竦的秘书长。田京这人，略懂军事，爱发议论，口无遮拦。田京说："元昊进犯我朝，是蓄谋已久的事情，我们不能跟他争一时之锋。如今士卒还没有训练好就想深入敌境一较高下，兵家之大忌，师出必败。"弄得上司夏竦满肚子不快。

范仲淹是稳重之人，对速战也不大苟同。范仲淹说："从鄜延路入界去攻打西夏军，路途最为遥远。若是修复城寨，目前看起来效果不明显，却是从长远考虑。"范仲淹建议，用两个半月时间，集中万余人马，自永平寨进筑至承平寨。此举既巩固了延州防御，又牵制着元昊东边的兵马，使其不得不拿出全部力量抵御环庆、泾原两路宋军攻势。虽然鄜延一路没有进攻，但牵制了元昊的有生力量，相当于也是三路出击。

陕西经略安抚副使韩琦则是坚定的速战派。韩琦刚从四川救灾回来，灾民的惨状历历在目。他认为，国家财政情况原本不好，加之天灾连年，当今要务是减免税赋，尽可能拿出资金赈济灾民。至于西夏，属蕞尔小邦，应速速剿平。如果拖延时日，国家财政无疑更加窘绌。

应该说，韩琦的"速战论"有一定道理。元昊只有区区数州之地，充其量百万人口，地处荒漠，物产贫瘠。据说只有灵、夏数州如内郡地，可以种荞麦，即便是这些如内郡地的地方，多沙碛，种下的荞麦，五月见青，七月而霜，岁才一收。银州那个地方只长柴胡，柴胡是药，有经济价值，但不能果腹。至于萧关以外，只有野菜野豆。对付这样一群后勤供给严重匮乏的党项人，还用得着旷日持久地东征西讨吗？如果旷日持久地与元昊周旋，只会使泱泱大宋陷入不利于自己的境地。

那么，陕西经略安抚使夏竦是什么观点呢？

夏竦这人有点复杂。首先，夏竦文采飞扬。《宋史·夏竦传》是这样概括的："竦以文学起家，有名一时，朝廷大典策累以属之。多识古文，学奇字，至夜以指画肤。文集一百卷。"什么叫"朝廷大典策累以属之"？就是朝廷大典的策书，每次都是夏竦执笔。

关于夏竦的文才，宋人的《青箱杂记》有一则故事，说宋真宗景德年间，二十岁出头的夏竦应试贤良方正科，对策廷下，刚走出殿门，翰林侍讲学士杨徽之上前对夏竦说，老夫唯喜吟咏，愿乞贤良一篇，以卜他日之志。说罢掏出吴绫手巾摊展在夏竦面前，夏竦呢，援笔而就："殿上衮衣明日月，砚中旗影动龙蛇。纵横落笔三千字，独对丹墀日未斜。"杨徽之一看，大为叹服，说："真将相器也！"就是在陕西前线戎马倥偬，夏竦仍然手不释卷，煌煌五卷本《古文四声韵》或许就诞生在那一时期。

其次，夏竦胆略兼人。初来陕西时，有龙骑士兵喜欢四处剽掠，地方官拿他们没辙。龙骑军隶属马军司，是宋廷四大主力部队之一。有人秘密报告给夏竦。夏竦不动声色，从西安来到前线，将龙骑士兵招来问讯，坐实罪行后，将所有参与剽掠的龙骑士兵全部就地正法。夏竦本传称，"诛斩殆尽，军中大震"。

夏竦有文才，有胆略，口碑却不大好，品行有争议。除了喜欢敛财，喜欢女人，还眼睛往上，为了向上攀爬不择手段。譬如亲妈死了，在家丁忧，丁忧既是制度也是孝行，夏竦却偷偷溜到京城去巴结宦官张怀德，通过张怀德去巴结宰相王若钦。丁忧结束即进入京城，很快当上枢密副使。那一时期是太后刘娥当政，刘娥一薨立刻招致攻讦，被赶出朝廷。知襄州，改颍州，徙青州，十几年时间里，大多沉沦下僚。夏竦迫切希望回到京城，只有回到皇帝身边才能遂平生之志。正因为夏竦考虑的是自己的宦途，在守战还是速战上，夏竦的眼睛盯在朝廷。可偏偏，朝廷的态度始终不见明朗。朝廷的态度不明朗，夏竦的态度怎么明朗得了？前一道奏疏说"今兵与将尚未习练，但当持重自保，俟其侵轶，则乘便掩杀，大军盖未可轻举。"接下来又派韩琦与尹洙前往京城，请仁宗皇帝亲自定夺战守大计。

关于仗如何打，仁宗皇帝很慎重，召开御前会议，与两府大臣共同商讨是战是守。

这会儿枢密院大换班了。三月，知枢密院事王鬷、陈执中，同知枢密院事张观统统罢职，王鬷出知河南府，陈执中出知青州，张观出知相州。新任知枢密院事是晏殊和宋绶，王贻永任同知枢密院事。

晏殊知名度很高，称"宰相词人"，一生写词一万多首。晏殊的词，吸收了南唐花间派的典雅流丽，开创了北宋婉约词风。比如"无可奈何花落去，似曾相识燕归来"。其实，晏殊更是一位合格的政治家。身居要位多年，平易近人，唯贤是举，范仲淹、王安石就出自他的门下；韩琦、富弼、欧阳修都是经他的栽培、荐引，然后得到重用。富弼是晏殊的女婿，但晏殊举贤不避亲，他为宰相，富弼为枢密副使，满朝无人攻讦。

宋绶是因为奉呈"攻守十策"而被仁宗皇帝调入枢密院的。

王贻永是太宗皇帝的女婿，人称"驸马都尉"，一直在外带兵，通晓书法，不喜歌舞声伎，为人低调。以至于《宋史》主编脱脱评论说，王贻永"能远权势，在枢密十五年，迄无过失，人称其谦静"。

这样一个枢密院班子充分体现了稳重、务实、团结、高效的特点。很快，以晏殊为首的枢密院推出了适应战争需要的新举措，一是政府班子参与边防问题讨论；二是在中书省辟出一间房子专门讨论边防大事。这可是划时代的大事情，当年寇准为枢密副使，太祖皇帝召见，出来路过宰相幕次，那会儿宰相是吕端。吕端问寇准，皇上召见你有什么事情？寇准说，商量边防上的事。吕端又问，皇上说让不让我知晓？由此可见，大宋立国后边防军务与政务分得很明晰，也很机械，皇帝不批准，宰相不得与闻。现在，两府大臣共同商讨军务，既是对军事问题的高度重视，也能让军政形成合力。

五月，张士逊罢相。张士逊执掌中书省以来，政绩乏善可陈，只好再次请出吕夷简。

吕夷简的经历跟他的为人一样颇为复杂。十几年前吕夷简就官至宰相。那会儿真宗皇帝刚刚崩殂，仁宗年幼，太后刘娥临朝称制。刘太后这人，出身草根，凭着真宗皇帝对她的一腔真爱，由一介民女成为天下之主。刘太后机敏。比如御殿，宰相丁谓想将太后和皇帝分开，毕竟皇帝还是个孩子，容易掌控。刘太后一眼就看透丁谓的心机，传旨说："皇帝视事，当朝夕在侧，何须别御一殿？"当即拍板，仁宗与太后五日一御承明殿，仁宗在左，太后在右，垂帘决事。

丁谓倒台，吕夷简升任参知政事，进入权力中枢。刘太后除了机敏，还强势，吕夷简为太后亲自选拔，他必须维护太后的声誉和利益。比如真宗附庙，太后提出要把真宗的平生服玩全部供进去，并用银罩覆盖真宗神位。太后难舍真宗，心情可以理解，但无法实施。真宗的平生服玩何其多？全部搬进去只怕还得修一两座太庙。吕夷简只得劝谏，说如今政在两宫，太后唯有远奸邪，奖忠直，辅导皇帝成就圣德，才是对真宗爷最好的怀念和报答。

前面提到玉清昭应宫失火烧了，太后伤心欲绝，范雍的冷嘲热讽根本阻止不了太后重建的念头。又是吕夷简拿出《洪范》，以"灾异之说"进行劝谏，估计也是耐心解释，反复劝导，太后才将复建的念头打消。

再如仁宗的生母李宸妃病故，太后不想大操大办，指示有关部门以普通宫人的葬礼应付一下。吕夷简觉得兹事体大，面对时故意问，听说有先帝的侍妾去世了？太后一听，拉起皇帝就走。过了一会儿，太后返回崇明殿，独坐帘后，冷冷地问："一个宫嫔死了，相公也要管吗？"吕夷简当然知道太后那点小心思，仁宗为李宸妃所生，在襁褓时就被太后抱走，太后已经视仁宗为亲子了。再说李宸妃在仁宗继位后去了永定陵，十年来一直为真宗守墓。如果厚葬宸妃，太后心底泛酸，情感上过不去。但这件事如果办得不好，后患无穷。吕夷简说，臣是宰相，事无内外，都要照顾。太后脸一板，质问道："你想离间我们母子吗？"吕夷简不慌不忙反问一句："难道说，太后日后不想保全刘氏吗？"太后语塞了。

明道二年，也就是公元1033年三月，太后薨了。太后一薨，吕夷简立即上书仁宗，陈述"八事"：正朝纲、塞邪径、禁贿赂、辨壬佞、绝女谒、疏近习、罢力役、节冗费。为什么待到太后薨了才向皇帝陈述"八事"？是不是说，太后主政时朝纲不振，贿赂盛行，女谒泛滥？或者说，导致上述八种乱象是太后一手造成的，与他这个宰相没有多大关系？甚或是，皇帝亲政了，他这个宰相也要改换门庭了，而改换门庭最好的方式就是拿前任主政者的缺陷说事。当然，吕夷简不会明目张胆地进行政治清算，而是规劝皇帝注意一些问题，你可以理解为这些问题已经存在，也可以理解为这些问题不存在，在这里提出来是为了预防。不过，言必有事，无事不言。在《续资治通鉴长编》中有这样一句话，"帝与夷简谋，以耆、竦等皆太后所任用，悉罢之"。

就说张耆，十一岁跟着真宗——那会儿还不能叫真宗，他名字很多，随着年岁增长改来改去的，就叫赵恒吧，这是他成为太子后太宗爷赐的名字。张耆的年纪比赵恒略大，两人关系很铁，否则不会由张耆担任王府指挥使，负责赵恒的安全。后来成为太后的刘娥，当初不被太宗爷看好，赵恒便把刘娥安置在张耆府里。张耆口风很严，在太宗爷的眼皮子底下，刘娥与赵恒做了十五年的地下夫妻。无论是在真宗朝，还是在太后主政时期，张耆的地位只升不降。这样一个人物，太后薨了，吕夷简自然要建议皇上打压。

这里还有一则插曲，很能说明吕夷简的为人。"悉罢之"的名单中也有吕夷简。吕夷简将这份名单报上去，是想让皇上知晓，自己是皇上最值得信赖的大臣。结果聪明反被聪明误。当天退朝，仁宗将"与夷简谋"的事情告诉了郭皇后，郭皇后大不以为然，说满朝大臣只有吕夷简一个人不讨好太后？怎么可能？因为吕夷简这人多机巧，善应变。第二天早朝，吕夷简押班。宰相轮流押班这是宋制，很风光的。《宋史·吕夷简传》载，待到宣麻，这次外派的诏书中果真有吕夷简的名字。吕夷简"大骇，不知其故"。

后来慢慢访得，原来是郭皇后所为。因为郭皇后一句话，吕夷简的假"罢"变成了真"罢"。

这次罢相时间不长，但吕夷简跟郭皇后结下梁子。复相后，吕夷简第一要务就是帮助仁宗爷扳倒郭皇后。那阵子郭皇后心情不好，原本一嘴巴扇的是尚美人，结果仁宗挺身上前一挡，落在了仁宗爷的脖颈上。仁宗爷向宦官阎文应诉说，要阎文应与执政大臣们商量。阎文应找到吕夷简，告诉吕夷简皇上想废后。有个叫范讽的官员在座，立刻献言，说皇后九年无子，当废。吕夷简一旁频频点头。

可是不久，由于吕夷简与另一个宰相王曾争权，又罢了。

论起来，这是吕夷简进入朝廷第三次主持政府工作了。吕夷简这人很干练，处理国家大事有魄力。这样的人物优点和缺点一样鲜明。欧阳修是这样评价吕夷简的，说吕夷简"在位之日，专夺国权，胁制中外，人皆畏之"。

从后来看，第三次入主中书省的吕夷简发生了变化，是年纪大了？抑或经历的挫折多了？不知道。反正性情比过去平和。比如韩琦举荐范仲淹，身为宰相的吕夷简不仅没有作梗，还在商讨范仲淹的加职时，请予以超迁。范仲淹原来是天章阁待制，吕夷简建议由天章阁待制超升为龙图阁直学士。龙图阁在天章阁之上，直学士在待制之上，范仲淹由天章阁待制直至龙图阁直学士就属于超升了。《续资治通鉴长编》云："上悦，以夷简为长者。"仁宗皇帝很高兴，说吕夷简你到底是长者啊！后来范仲淹进京面圣，仁宗皇帝告诉了范仲淹，希望范仲淹跟吕夷简握手言和。

在这次御前会议上，韩琦慷慨陈词，力主出兵。新的两府大臣在对待西夏的态度上，大多数人主张尊重西北前线将帅们的意见。反对立即出兵的是新任同知枢密院事杜衍。八月，宋授迁任参知政事，知开封府杜衍升为同知枢密院事。杜衍曾经知永兴军，对于西北边地民情和边防状况比较熟悉，加上是个急性子，当场提出，如果立即出师他便辞职。

据欧阳修为杜衍撰写的墓志铭载，有大臣要求以"沮军"的罪名处分杜衍。大臣是谁？欧阳修没说。总之一条，围绕守战与速战，御前会议争论得十分激烈。由于仁宗皇帝认同韩琦的主张，最后决定，由韩琦率陕西四路进兵深入平夏，进讨元昊。至于出兵时间，由陕西前线将帅定夺。

宋康定元年（1040）腊月二十二，朝廷命令下到陕西经略司："诏鄜延、泾原两路，取正月上旬同进兵入讨西贼。"

举国进入备战状态。京东、京西两路，加上河北路，搜刮毛驴五万头，以备西讨。

洛阳人楚执中与尹洙是乡党。那会儿尹洙是泾原、秦凤路经略安抚司判官。尹洙这人是受葛怀敏荐举来到西北前线的，在此之前只不过一个小小县令。韩琦负责泾原、秦凤战区后，发现尹洙很有军事头脑，辟举他做了自己助手。尹洙又向韩琦举荐楚执中做幕僚。

楚执中属于民间高士，不修边幅，言辞戏谑，与严肃端庄的韩琦是两路人。既然尹洙推举，韩琦召见。当说到韩琦受命领四路之师进讨西夏时，楚执中一颗脑袋摇得像货郎鼓，问韩琦："党项人飘忽不定，万一迁到沙漠深处，我方军队能够旷日持久乎？"

韩琦说："既然进入西夏界内，只有倍道兼程了。"

楚执中又问："粮道能够兼程吗？"

韩琦颇有几分自得，回答道："我们已经尽括关中之驴以运输粮食。驴子的行进速度，跟士兵相差无几。万一深入太远而粮食已尽，还可以杀驴而食。"

楚执中呵呵一笑，说："那就给驴子颁大奖！"

韩琦很不高兴，拒绝了尹洙的推荐。

但由此透露出，民间有一些智者，认为速战不得，这个时候起兵伐夏很不靠谱。

情况很快发生了变化。

一个叫安仪的人，官儿不大，来头不小，职务全称是"鄜延路都总管司走马承受并体量公事"，因官名太过冗长，人们简称"走马承受"，或者干脆两个字，"走马"。此官为皇帝特派，号称天子使者，"耳目之寄，实司按察"，不仅监察本路将帅一举一动，还监察本路官吏言行举止，以及民间舆论，乃至奇闻逸事。一年回京向皇帝汇报一次。如果边防有警，可以驰驿上闻。更厉害的是，允许"风闻奏事"，听到什么汇报什么，不拘捕风捉影，还是道听途说。

安仪向夏竦建议，大意是，绥州以西，与延州之间是昔日驿道，道路宽阔，适宜进兵，当前应先发鄜延之兵直趋绥州，将党项人赶走，直上抚宁（银州东南）。

不要小看这一段话。绥州是什么，是党项人的"龙兴之地"。早在唐僖宗时期，党项部首领拓跋思恭因剿灭黄巢有功，被朝廷赐李姓，封"夏国公"，这部分党项武装被称为"定难军",正式领有银州(陕西米脂县)、夏州(陕西横山县)、绥州(陕西绥德县)、宥州(陕西靖边县)与静州(陕西米脂县西)等五州之地。接下来是五代十国,中原政权走马灯一般"你方唱罢我登场",但对于已经改姓李氏的李思恭及其后人,无论谁当政一概俯首称臣,换来的都是统治地位的认可和大量赏赐。经过一百多年建设,至大宋开国,平夏地区已经非常富饶。鄂尔多斯南部牧场肥美,横山地区盛产小米,更重要的是,鄂尔多斯出产可当货币使用的上好青盐。宋太祖虽然削夺藩镇兵权,但对于西北少数民族宽仁有加,许以世袭。尽管后来因为李继迁叛乱导致银、夏地区残破不堪,但"定难五州"对于党项人来说,仍然具有难以估量的意义。

第一层意义就不说了。党项人是从这儿起家的,这儿是他们的祖地,人们历来对祖地十分珍视,党项人也不例外。第二层意义就是,银、夏、绥、宥、静五州之地属横山山脉,岭不高,山不雄,但千沟万壑,易守难攻。党项人在这里驻军不多,却威胁极大。向东,可以直趋太原,向南,可以进抵河东。

鉴于此,范仲淹来到延州后,采纳鄜州判官公事种世衡的建议,筑青涧城。青涧城位于延州东北两百里处,这儿古时叫宽州。三峰秀峙,十分险要。然而无泉,很多人认为此处不宜屯兵。种世衡命人凿地,深挖一百五十尺后仍然是石头。工匠们不干了,说不会有水。种世衡悬赏,挖石一畚箕一百钱。结果挖出了泉水。青涧城侧卫延州,屏障关中。延州是鄜延路首府,关中是大宋粮仓。从某种意义上讲关中比延州还重要,关中安危事关陕西存亡。

就在夏竦将安仪的建议上奏朝廷不久,范仲淹也改变了主张。公元1040年腊月二十九范仲淹上了一道奏疏,建议待到春暖举兵。他的论据是,如果正月起兵,军马粮草,动辄万计。"入山川险阻之地,塞外雨雪大寒,暴露僵仆,使贼乘之,所伤必众。"不如等到春暖花开,那时候,党项人马瘦人饥,比较容易对付,何况还能破坏其春耕生产,即便出师没有大的收获,但也没有大的损失。

"春暖举兵"还不是范仲淹上这道奏疏的目的。范仲淹接着又说,自从刘平阵亡以后,鄜延路修城池,备粮草,调兵遣将,严守关隘,无论是攻是守,都必须打胜仗,"非为小利而动",也就是说,可打可不打的仗,没有必要去打。因为我们目前所做的一切准备,不是消灭几个西夏兵。"如重兵不时而举,万有一失,将何继之?则必关朝廷安危之忧,非止边患之谓也。"这句话有嚼头了,什么叫

"重兵不时而举"？就是费了老鼻子力气准备，结果出兵不是时机。更重要的是万一打了败仗，不仅起不到"止边患"的目的，还要给朝廷带来新的忧患。"今若承顺朝旨，不能持重王师，为后大患，虽加重责，不足以谢天下。"

写到这里，范仲淹笔锋一转，说鄜延是旧日西域向朝廷进贡的必经之地，"蕃汉之人，颇相接近"。希望朝廷允许鄜延路按兵自守，继续招降蕃部。如果蕃部冥顽不化，"遂举重兵取绥、宥二州，择其要害而据之，屯兵营田，做持久计"。横山一带蕃汉之民，距离西夏政治中心较远，在宋军压境的情况下，或招降，或远窜。占据了横山地区，相当于斩断了党项人一只臂膊，"拓疆制寇，无轻举之失也"。

范仲淹是不是受到了安仪的影响，抑或是范仲淹影响了安仪，不清楚。总之一条，两人的主张高度相似，就是将注意力放在以绥州为中心的陕西北部，这儿属横山核心区域，战略价值巨大，应该优先收复。

紧接着，范仲淹又上了一道奏疏，也许觉得第一道奏疏有些事情没有说透彻，需要继续强调。范仲淹说，如果从鄜延路出击西夏，路途遥远。从延州发兵，只有三条道路可抵达西夏境内。一是东路，由绥州进入夏界；二是北路，出金明寨，抵芦子关，由龙州进入夏界；三是西北路，从万安镇，经保安军，由洪州进入夏界。三条道路近则二三百里，远则三五百里。且沟谷纵横，全部居于横山山脉之内。"横山蕃部散居岩谷，亦多设堡，控扼险处。"兵少了不起作用，兵多了无法展开，作用不大。还有粮草供给，道路曲折，车马难行。过了横山又是大漠，别说粮草，就连饮水都很困难。范仲淹说，从长远计，应该优先修复城寨。

这里需要说明一下，此时西北前线对宋军非常不利。陕西失去了东北部，甘肃失去了西北部，陕西与甘肃之间的宁夏几乎全部丧失。所谓陕西经略安抚司，在西夏的进逼下战略空间已非常窘迫，而且边境犬牙交错。就说鄜延路，由于绥州被西夏占据，与河东战区几乎失去了联系。黄河以西，延州以东，青涧城是唯一堡垒。延州的防守重点是延河、杏子河两条河川。问题是这两条河川沟谷纵横，对于西夏人的骑兵防不胜防。

这次，范仲淹在奏疏中用了大段篇幅专讲横山。范仲淹说，在我看来，对实力强大而又桀骜不驯的党项部族进行军事打击，对势力比较弱小又比较老实的部族用恩情感化,这都不重要,重要的是控制横山。如何控制横山?唯有修寨筑堡。虽然修筑城堡需要动用不少人力物力,但比起调动兵马与党项人作战,既无仓促之患,又有经久之利。

据称,范仲淹一口气上了六道奏疏,苦口婆心地向远在京城的皇帝讲述鄜延路向绥州拓展,在横山要害处构筑城寨,用一座座堡寨遏制西夏的重要。

就在范仲淹不厌其烦地向仁宗皇帝上书时,元昊采取行动了。

6. 命在于将

元昊是个精明人,甚至可以说是一个谋略家,每一次用兵都争取主动。主动比被动好。宋军体制远不如西夏军灵活,免不了处处被动挨打。

然而,康定元年(1040),元昊突袭金明寨,围歼刘平、石元孙所部八千余人,取得了煌煌战绩,但随着韩琦、范仲淹的到来,局面变得不利于西夏起来。

在鄜延路,范仲淹修寨筑城,提拔了一批能征敢战之将。除了前面提到的周美等五名正将外,还有王信、狄青、种世衡等人陆续得到重用。尤其狄青,超升最快。范仲淹是康定元年八月来延州的,九月,周美夺回了金明寨,狄青与黄世宁夺回了芦子关。这个时候狄青的官职仅仅是个正九品右班殿直。启用一个官职正九品的小将领兵奔赴两百里路外,夺回有着"秦州北户,金明咽喉"之称的芦子关,充分说明范仲淹对狄青的信任。此战过后,狄青连升三官,由右班殿直升右侍禁,军中职务为泾州都监。这一时期,狄青应该打了不少仗,狄青本传云:"青每临敌,被发面铜具出入贼中,皆披靡无敢当者。"

狄青是尹洙举荐给范仲淹的。尹洙先在泾原、秦凤经略安抚司做判官,后来成立陕西经略安抚司,又升陕西经略安抚司判官了。与范仲淹同在陕西共事,尹洙十分高兴。当年范仲淹在权知开封府任上被贬出京,身为馆阁校勘的尹洙上疏为范仲淹申辩,结果也遭贬谪。尹洙听说了狄青的事迹后予以召见,经过一番交谈,赶紧推荐给范仲淹,对范仲淹说:"此良将才也"。嗣后范仲淹将鄜延路分划为东西两个作战区域,东路朱吉负责,驻军延安寨,西路委王信、狄青等人负责,驻守保安军。

范仲淹、尹洙不仅打破论资排辈,启用能征敢战之将,还在打法上勇于摸索,敢于创新。具体为,西夏军来了,放入内地,不要御敌于国门之外,也不要死守几个城堡。待西夏兵进来以后,会合掩击。如果西夏几路人马一起入侵,则同心协力,紧密配合,先打败一处,然后再邀击别路。

用辩证的观念看,三川口之败从某种意义上说成全了鄜延路,随着小范老子的到来,采用积极防御之法,改变了鄜延路地阔寨疏、士兵寡弱,以及无良将御守的被动局面。

鄜延路无懈可击,那么泾原路呢?

泾原路的前沿重镇是镇戎军。前面说过,镇戎军于至道三年,也就是公元997年设立。大宋在至道三年是道坎。先是,太宗皇帝驾崩了。有宋一代,太祖、太宗两位皇帝算得上出类拔萃,可是,即便出类拔萃如太祖、太宗,也没有平定北面的契丹和西陲的党项。现在传位于二十九岁的赵恒,可谓任重道远。然而,真宗爷刚一坐上龙庭,西边的党项人就出了一道难题,要求封藩。所谓封藩就是要一块地盘称王,搞独立。这个李继迁太会找时机了。真宗爷不高兴,甚至有点愤愤然。可不高兴又能怎么样呢?前面说过,有一个叫王禹偁的大臣建议,将夏、绥、银、宥、静五州赐给了李继迁,镇戎军就是这一年设立的。也许真宗爷料定,拥有了定难五州的党项人,日后会给泱泱大宋带来麻烦。

镇戎军的军事防御范围大致在今天的萧关以南,包括开城岭以北的清水河谷地区、原州区大部、泾原县东部、彭阳县全部和同心县东部。镇戎军防区又分东路防区与西路防区。东路称右翼,该防区为东山泾河支流茹河流域防御区。东路防御区设立后,在镇戎军东南三十里处筑开远堡,以扼守开城岭。西路称左翼,该防区为清水河谷防御区,最前沿为陇山东麓三川寨。三川寨位于捺龙川、天府川、武延川之间。该防御体系主要管控西夏人由天都山入侵。

当范仲淹指挥周美、狄青等将领将党项人赶出鄜延路之后,元昊便将目光转向了泾原路。

是年九月,元昊开始出兵三川寨,宋军镇戎军西路都巡检杨保吉战殁。

一般而言,宋军在战况不利的情形下,会固定防守。现在不同了,现在泾原路换帅了,主持泾原路的是韩琦了。韩琦对待西夏的态度是主动进攻,抢占先机。

就在元昊攻击三川寨的第二天，泾原路都监刘继宗、李纬、王秉等将领奉命向三川寨之敌发起攻击，结果，被西夏军击败。尽管如此，韩琦仍然没有停下主动进攻的步伐。刘继宗、李纬、王秉等将领败退后，又命令泾州驻泊都监王珪率三千骑兵增援。有关三川寨这一仗，《宋史·王珪传》有记录：王珪自泾州增援，从瓦亭寨到狮子堡，西夏军围困数重。王珪一马当先，西夏军纷纷披靡。

王珪，开封人，十九岁从军，以勇武闻名，先是担任皇宫卫士，因西北前线乏人来到泾州任都监，善使铁鞭，人称王铁鞭。王珪率军来到镇戎军城下，请求增添兵马，守军严闭城门，只用绳子缒下干粮。

待全军吃饱，王珪说："兵法云，以寡击众，最好的时间是日暮时分。我们兵少，正好乘暮色出击。"说完率军重新杀向西夏兵，直至面中三矢。

当王珪以三千骑兵血战狮子堡时，韩琦又命令渭州知州郭志高赴援。尽管因种种原因郭志高没有率军抵达战场，但韩琦的边防理念仍在，即不断向西夏攻击，充分掌握战场主动权。

当镇戎军的战事还在继续时，环庆路副都部署任福召集都巡检任政、华池寨寨主胡永锡、凤川监押刘世卿、淮安镇都监刘政、监押张立等人杀入西夏境内。有关这场战事，《宋史·任福传》有载，说任福率大军行至柔远寨，把当地党项部落首领召集起来，大摆宴席畅饮，酒酣耳热之际，分派诸将，进攻白豹城。

白豹城即陕西省吴旗县白豹镇，是洛河河谷通往庆州的咽喉要道。党项人在这儿修筑军事据点，以控制东进鄜延、南下庆州的交通要冲。地理位置十分重要。

都监王怀政围白豹城西面，攻打西夏官府衙门；神林北路都巡检范恪围城东面，守金汤路；柔远寨寨主谭嘉震、都监张显围城北面，守叶市族路；走马承受石全正围城南面，都监武英入城，任福亲自压阵，坐镇城南。由于当地党项部落首领一个个酩酊大醉，没有一个人给白豹城通风报信。柔远寨至白豹城七十里，天还没有亮宋军抵达城下，四面合击。天刚拂晓，城破。庐舍、酒务、仓草场、西夏官府衙门，被一把火烧得净光。俘获牛马、骆驼七千有余，烧死藏身土窑中的西夏兵不知其数。宋军仅一人战殁。

从白豹城退兵时，任福料定党项人会尾随追击，命令都巡检范恪断后设伏。

范恪武艺高强，用的是铧弓。箭镞宽大如铧。铧是犁地农具，箭镞如铧，杀伤力非同一般。范恪善射，曾一箭穿透两人。由范恪截击追兵，再一次大获全胜。

史书没有明确记载宋军出击三川寨与夜袭白豹城来自韩琦的命令，但从日后韩琦在皇帝面前为三川寨之战辩解可以看出，这两场战事应该得到了他的授意。三川寨之战打得惨烈，宋军伤亡较大，战后朝廷追究责任，韩琦上书分辩，说泾原路都监刘继宗到任才一日，部队情况完全不熟悉；李纬没有上过战场，损失情有可原。对于王珪，韩琦是这样说的，王珪以孤军血战，杀敌不少，即便身被重创，也不退出战斗。此战阵亡将士较多，是因为寡不敌众。然而众寡不敌还能拼死向前，这种"感励奋身，尽死报之"的精神不能磨灭。事后，朝廷破天荒没有追究刘继宗等人的战败责任。至于王珪，赐黄金三十两、名马二匹，上百匹裹疮绢，还派出特使来到泾州抚谕，将其功劳在沿边各个城寨广为传扬。

到了冬天，宋夏双方战斗白热化了。

《西夏书事》是这样记载的，冬十月，宋军分道来攻，西夏分兵拒却。

首先，是泾原副都部署葛怀敏率兵出保安军北木场谷，奔袭鬼年岭，打败西夏军数千人，一直追至夏州才收兵。

接着，葛怀敏、麟府都监朱观等将领，兵分六路进入西夏境内，攻破十多个寨堡，杀散二十多个党项族帐。

发生在范仲淹防区内的战事与夺取"铁冶务"相关。夏州多铁，西夏人在这儿设有"铁冶务"。所谓"铁冶务"就是西夏人打造兵器的地方。党项军的甲胄皆为冷锻，坚滑光莹，非劲弩难以洞穿。另外，盐、铁二物自古就是立国之本，夺取夏州，既掐断西夏军的武器装备供给，又能获得紧缺的战备物资，一石二鸟。

由环庆路或者鄜延路进攻夏州目前不切实际，除了西夏军正面抵抗外，还有横山当地蕃部占据险要，待宋军经过，从后面袭扰。葛怀敏等人出击几次，都没有成功，只得引军退回。夏州位于横山北麓，要攻取夏州首先得穿越横山。横山境内有党项部族，也有汉人，西夏将他们动员和组织起来与宋军为敌。宋军如果穿越横山进攻夏州，这些占据险要的本地人给宋军带来的麻烦不可估量。

为什么会造成这种局面？原因很多。比如闭塞，比如贫穷，比如元昊的父辈、祖辈在横山经营多年，等等。除此之外，陕西经略司安抚判官田况还反映了一种情况，由于西夏在横山设备甚严，官兵入界"打房"常常所获无几，而遭受的损失却很大。下面的话田况没有说。其实田况不说大家也知道。宋军由于"打房"收获甚少，免不了杀戮老弱，以增首级。这样一来，使得横山当地人越发痛恨宋军。田况继续道，横山之内也是宋人，只是横山现在被西夏占据了。这种情形对于横山人来说本来就很痛苦，现在又被宋军杀害，使得这些横山人不得不向西夏称冤，要求为他们复仇。

宋军亲手将横山子民"打造"成了自己最凶恶的敌人，也算是战争史上的奇葩。

在这种情形下宋军要穿越横山显然不大可能。

原定正月间出兵征讨西夏，由于西北前线的大员们意见不一，一直拖延下来。这一拖延不打紧，反对速战的呼声渐渐多起来了。尤其庞籍与田况，田况是陕西经略安抚司判官，庞籍是陕西转运使，他们两人的话很有分量，就连仁宗皇帝读了他们的奏折也开始摇摆。

转眼就是二月，韩琦心里很急，眼瞅着春天过去了一多半，接下来是夏天，夏天酷热，兴师更难。重要的是，自从宋夏发生大规模冲突以来，陕西一地为了完成国家税赋，已经力殚财竭。这几年陕西官府在财政收入上承受着巨大压力，官府把这种压力传导给老百姓，老百姓的日子一天不如一天。比如"配率"，用现代词语即摊派。摊派钱粮，摊派劳役，摊派各种战争所需要的物资。这还是正常年景，如果遇到天灾，简直就是个无底洞。韩琦到过辖区内一些州县，所到之处，地方官员纷纷恳请，不能无限制地在民间推行配率了。韩琦对仁宗说，泾州潘原县有丝绢行十余家，每家配借钱七十贯文，竟然都哀诉求免。七十贯钱对于寻常人家数目不小，但对于丝绢行这样的商家应该不是什么大问题，却哀诉求免。丝绢行如此，那些小百姓有过之而无不及。

夏竦也坐不住了。朝廷已经降下出师日期，范仲淹却提出异议。派尹洙前往延州与范仲淹商量，小范老子始终坚持己见。有一个叫杜文广的从西夏来投，说元昊准备得非常充分，点集所有兵马准备对付泾原一路宋军。夏竦紧急上奏皇帝，希望皇帝能够督促鄜延路出师。然而，皇帝没有发话，只吩咐夏竦将奏书抄一份交给范仲淹。

事实上，元昊正在为他的进攻做前戏。

首先，在泾原路，元昊企图重演金明寨的故事，派四名党项人与泾州都监桑怿相见，约定归顺宋朝。这种小把戏怎么蒙骗得了韩琦？韩琦什么人物？用苏轼的话说"人杰也"。继而，元昊又派人来到泾原路边界，声言求和。夏竦上报朝廷，仁宗皇帝下旨，说元昊多诡计，企图让我军放松警惕，陕西各路部署司必须严加守备。"狼来了"喊多遍了，连仁宗皇帝都能一眼看穿元昊的把戏。

二月下旬，韩琦巡察边防来到泾州，突然得到谍报，说元昊在环州西北一个名叫折姜会的地方阅兵，准备大举进攻渭州。这时候泾州缺乏主官，前一任知州是葛怀敏，去年七月间调到鄜延路任副都部署了。新任泾州知州是段少连，从广州调来，目前尚未到任。但是，有环庆路副都部署任福在泾州。任福来泾州是商议共同出兵攻打西夏的，由于朝廷主意未定，泾原与环庆两路的军事会议没有议出结果。就在这时，战争的警报拉响。

韩琦带着任福赶到镇戎军，集合所有兵马归任福指挥，参战将领有泾原驻泊都监桑怿、钤辖朱观，泾州都监武英、参军事耿傅等人。

关于这次任务，韩琦交代得十分清楚，即，大军自怀远城到德胜寨再到羊牧隆城，出贼之后。当任福点兵出城以后，又特地派人持书叮嘱，根据战场情况，能战则战，不能战则据险设伏，等西夏军撤退时邀击之。一个出贼之后，一个据险设伏，充分证明韩琦这次对西夏人的进攻非常慎重。尽管韩琦一再主张进攻，并不浪战。

任福并非泛泛之辈，根据司马光在《涑水记闻》中记载，"少时颇涉书史"，是一个虽然没有经过科考，但属于有文化的将领。而且，任福以勇武获得重用，"应募补殿前诸班，以材力选为列校，凡六迁，至遥领刺史"。和平年景，又是在人才济济的皇宫大内，一名卫士连升六级，进入中级军官行列，那得要点真本事。仁宗皇帝亲政后，任福来到西北前线。在西北前线任福升迁更快，起初只是一个州级都巡检使，很快升秦凤路马步军副总管。朝廷下令，陕西增筑城垒，加强战备，"福受命四十日，而战守之备皆具"。可见有着很强的执行能力。接着调任鄜延路副总管。元昊偷袭金明寨，三川口设伏，任福主持的是鄜延路东路军务，主要防御来自绥州的西夏入侵，未能参战。去年六月，任福调任环庆路副都部署，兼知环州。攻打白豹城有智有勇，一战成名，朝廷赏功，任福由遥郡团练使升遥郡防御使，同时命任福为鄜延路副都部署。

任福与桑怿带领三千轻骑率先出发，朱观、武英等人继后。第二天，翻过六盘山，在怀远寨附近遭遇战斗，一拨宋军正在与西夏兵激战。统领这拨宋军的是镇戎军西路都巡检常鼎，以及同巡检刘肃。任福见状，立刻率军加入战斗。很快，西夏兵败退，留下数百具尸首。桑怿引军追赶，任福统兵继后。黄昏时分，任福、桑怿驻扎好水川，朱观、武英驻扎龙落川，两军相距不过四五里路程。双方派人约定，明日继续追歼这股西夏兵，不得使其脱逃。

很显然，任福已经忘记了这次出兵的目的。韩琦当面交代他的是，进抵羊牧龙城，抄西夏军的后路。而且，韩琦特别强调，如果西夏兵势过大，千万不要正面交锋。

作为一员资深将领，为什么会置韩琦的叮嘱于不顾呢？除了任福的轻敌，还有没有其他因素，比如对韩琦的轻视？应该有这种可能。在任福看来，你一个谏官，无非得到了皇帝的赏识，爬到我头上，成为我的上司，可你懂打仗吗？肯定不会。至少没有我懂。你只会照搬书上一套。一个不会打仗的家伙，居然对我一再告诫，可笑。

除了对韩琦的轻视，还有一个因素，即西夏军的示弱。元昊敢于示弱。为了向任福示弱，竟然不惜用数百条西夏兵的生命作为诱饵。人说"舍不得孩子套不着狼"，不过一句玩笑，实际上是"舍不得鞋子套不着狼"，要套狼就得多跑路，敢于翻山越岭，不要顾惜脚下。而元昊为了套"狼"，却真的将数百生龙活虎的"孩子"驱入"狼"口，变成了一堆尸体。

战事发展到这儿，已经没什么悬念了。《六韬》曰："故兵者，国之大事，存亡之道，命在于将。"任福太渴望胜利了，太渴望用一场胜利来证明自己的价值了。一个人的渴望过于急迫，就会致聋，致盲。

次日，任福率领大军来到羊牧龙城北好水川。羊牧隆城为曹玮所筑，当年，曹玮经营六盘山外，共筑四寨，羊牧隆城是其中之一，初衷是保护当地牧民。好水川约距羊牧隆城五六里地，为葫芦河川支流。好水川全长八十余里，因源头出自好水泉而得名。

刚刚抵达好水川，任福军与西夏军主力遭遇。任福还没有来得及列阵，即遭西夏铁骑冲击。

西夏铁骑称"铁鹞子"。鹞子是一种小型猛禽，铁鹞子的头盔和鹞子有点相像。《宋史·兵志》云，西夏军的铁鹞子"百里而走，千里而期，最能倏往忽来，若电击云飞"。铁鹞子主要用于平旷之地正面冲击。每临战斗，西夏人以铁骑为前军。

还有，西夏铁骑的盔甲也非同一般。《梦溪笔谈》记载，西夏军盔甲为"瘊子甲"。所谓瘊子甲，即甲片类似人皮肤上的瘊子。这种甲片冷锻而成，甲面坚滑，硬度极高。韩琦做过测试，让士兵站在五十步开外，用弓箭连续射击，仅有一箭扎入甲内，是由甲片之间缀合处的孔隙中射入的。

与任福军正面相遇的，以及在三川口对刘平所部致命一击的都是西夏铁鹞子。

宋军是顽强的，即便面对西夏精锐骑兵冲击，仍然搏杀了两个时辰，实在抵挡不住，才向山边转移。然而，转移到山边，又遇到了西夏军的另一支主力，即"步跋子"。

从名字上看，步跋子是一支步兵，但不是普通步兵。《宋史·兵志》是这样记载的："步跋子者，上下山坡，出入溪涧，最能逾高超远，轻足善走。"但凡在山谷深涧遇敌，则用步跋子攻击。

西夏与宋、辽、吐蕃交界之处多是山地，铁鹞子虽然勇猛异常，但山地作战很难施展其长，所以西夏人组建了这种善于山地作战的步跋子，与铁鹞子相互配合。

西夏还有一支部队，名"泼喜军"。人数不多，颇有威力。"陡立旋风炮于骆驼鞍，纵石如拳。"应该是一种小型抛石机。抛石机这种武器古已有之，但陡立于骆驼鞍上，属西夏军首创。这种能够移动的炮兵部队，在主要依靠弓箭的宋军步兵面前，威胁甚大。

无论铁鹞子还是步跋子，在组织纪律性方面也远胜于宋军。这得益于西夏军的组成，一个个军事单元是党项部族。田况在《兵事十四策》中说："西贼首领，各将种落之兵，谓之'一溜'。少长服习，盖如臂之使指。"长时间在一起生活和训练，宛如人臂，指挥起来得心应手。就连吃饭也要排列整齐，无须发令，只需"举手掩口"，然后统一进餐。

需要插一笔的是，据说西夏步跋子的兵源主要来自横山地区，又称"横山步跋子"。如果此说成立，横山地区的土著无论蕃人还是汉人都已彻底倒向了西夏。

同时也佐证了田况所言，宋夏两国在边境的拉锯战，缺乏战场纪律约束的宋军对横山土著伤害极大。

任福原以为向山上转移可以脱离西夏铁鹞子的攻击，谁知又陷入了步跋子的魔爪。西夏步跋子从山顶直扑下来，锐不可当。很快，都监桑怿、巡检刘肃战死，任福身被重创。

任福确实是一员猛将，有小校劝任福从战场脱身，任福说："吾为大将，兵败，以死报国耳！"依然挥动铁简冲杀，直至面颊中枪，绝喉而死。

消灭了任福、桑怿、刘肃率领的前锋部队，西夏军转而围攻朱观、武英等部。此时，朱观、武英等人刚刚进抵姚家川，距离围歼任福、桑怿仅五里地。从兵种上看，任福、桑怿率领的是三千轻骑，朱观、武英等人率领的是七千步卒。七千步卒哪里禁得住铁鹞子的凌厉攻势？很快，武英身负重伤。战斗进行到下午，位于阵东的步兵先溃，引发整个宋军战阵四分五裂。

驻守羊牧龙城的是王珪，见宋军陷入重围，立刻带领羊牧龙城守军出战。王珪列阵于朱观军的西面，企图打破重围将宋军救出，然而多次进攻未能奏效。马中箭，连换三匹战马。铁鞭打弯，手掌破裂，仍率军冲击。精疲力竭之时，王珪遥望陷没于阵中的宋军旗帜，望东而拜，说："不是臣辜负国家，是臣的兵马实在太少，我只能以死报国。"挥动铁鞭再次杀入敌阵，直至被敌箭射中眼睛，栽倒马下。

援军力弱，败局已定。身负重伤的武英劝参军耿傅速速逃生，耿傅不答。武英叹道："我武英身为武将，本应马革裹尸，可你是文吏，战败并无责任，奈何与我武英一起战死？"耿傅不答话，拔剑挺身而出，结果，身被数枪，倒在战场上。

耿傅属于恩荫入仕。任福一军驻扎在庆州，耿傅是庆州通判。宋代通判有皇帝耳目之称。加之宋代有监军制度，耿傅这个庆州通判自然而然地履行着对任福一军的监军之职。昨夜宿营落龙川，耿傅特地给任福写了一封信，说今日小胜，不能忽略西夏主力的存在，希望任福"深以持重"。在信后还加上泾原钤辖朱观的名字，以期引起任福的重视。

不能说任福完全没有警觉。除了耿傅的书信，武英在捺龙川战后追歼西夏残兵时也劝过任福，说前面必有埋伏。可那个时候，不仅任福听不进去，几乎所有将领都不相信前面会有伏兵。

后来看,即便任福对西夏的埋伏有所警觉也无济于事,因为元昊将设伏的地点选得实在太好了,就在羊牧龙城附近。无论任福上不上当,他都要向羊牧龙城靠近。

朱观杀出包围,率千余人冲进姚家堡,用强弓劲弩逼退西夏兵,随后泾原都部署王仲宝率兵来援。王仲宝是员勇将,靠战功一步步升至正六品四方馆使。王仲宝会合朱观后共同据守堡寨,朱观余部得以生还。

好水川一战,泾原住泊都监桑怿、泾州都监武英、渭州都监赵律、行营都监王珪、柔远寨主王庆、镇戎军监押李禹亨、三川寨监押刘均、镇戎军西路都巡检常鼎,以及同巡检内侍刘肃等十多名将校,连同近万名士兵阵亡。

宋军在好水川再次惨败震惊了朝廷,《续资治通鉴长编》是这样记载的:"奏至,上甚悼焉。"一个"甚"字,可见皇帝的表情何等悲痛,朝堂之上一片肃穆。

打了这么大的败仗,陕西经略安抚司难辞其咎。

第一责任人是韩琦。夏竦虽然是陕西经略安抚使,但根据朝廷旨意住河中府,即今日山西永济县蒲州镇,由韩琦专治泾原路。当韩琦得知任福军败的消息后,就知道追责难免,立即向朝廷递交了自劾疏。

就在这个节骨眼上,夏竦再一次展现出一个文人的睿智与格局。当他得知韩琦在任福出兵时写有一封要求持重的书札,立即派人赶赴战场,从任福遗体上找到书札交予朝廷,这封书札为韩琦减轻责任起了关键作用。当仁宗得知任福一再违背韩琦的嘱咐和指令,才导致全军败亡,亲自写信抚慰韩琦。最后,根据谏官孙沔的建议,韩琦仅仅削减了几级工资,仍居旧职,俾立后效。

夏竦也要追责。朝旨下来,夏竦保留陕西经略安抚使职务,罢免陕西都部署,削去军权。朝廷另调陈执中为同陕西都部署、兼陕西经略安抚使,知永兴军。

范仲淹也挨了个处分。不过,处分范仲淹则是另外一档子事儿,表面上看与好水川之战无关,实际上不仅与好水川之战有关,往大里说与西北前线整个战局相关联。

大约在庆历元年(1041)正月间,也就是任福率兵攻拔白豹城之后,元昊向范仲淹递来橄榄枝。元昊为什么向范仲淹递橄榄枝?《西夏书事》是这样说的:

起初，元昊派遣一名叫骨披的军官率三名士兵向泾原住泊都监桑怪诈降，被韩琦识破，于是放归塞门寨寨主向范仲淹请和。由此可见，元昊请和是假，放烟幕弹麻痹宋军是真。

小范老子不可能被元昊麻痹。元昊不仅遣归塞门寨寨主高延德，还邀约范仲淹至保安军面谈。范仲淹发现元昊毫无诚意，未能成行，但范仲淹给元昊写了一封长信。在信中，范仲淹说，高延德来延州了，我们相见了，大王的意思也传达了，"以休兵息民之意请于中国，甚善。"范仲淹开门见山对和谈予以了肯定。或许范仲淹认为，不论元昊是真和谈还是假和谈，或者用和谈的外衣包藏祸心，和谈二字不能玷污。

范仲淹的信很长，先是在信中追叙了"先大王"，也就是元昊的父亲李德明与朝廷的交往。那个时候真是好啊！"朝贡之臣，每来如家"，党项人用马牛羊等特产换取我们的金银绢帛，长长的商队在官道上绵延不断。尤为可贵的是，堡寨之下，超过三十年有耕无战。"禾黍云合，甲胄尘委，养生送死，各终天年。"汉民也好，党项人也罢，奉行的都是"尧、舜之俗"。

接下来描绘现在的战乱景象。近两年以来，疆场之地，"耕者废耒，织者废杼"，"使战守之人，日夜豺虎吞噬"。继而严正地指出，你元昊受天子建国封王之大恩，应该知恩感恩，如果有其他人背叛朝廷，当站出来讨伐。现在倒好，你元昊制造分裂，挑动战争，疮痍百姓，这种做法是在伤天地之仁。

然后话锋一转，说元昊你若是真有爱民之意，就应该继承先大王的保国庇民之志。范仲淹一条一条剖析"保国庇民"所带来的收益。这种收益不仅有利于元昊，也有利于整个党项民族。末尾一句是警告，说今日若不作出正确选择，他日虽请于朝廷，恐有噬脐之悔。

脐，是肚脐，"噬脐"是自己咬自己肚脐。自己怎么可能咬得着自己的肚脐眼呢？所以，"噬脐之悔"是无药可解的人生之大悔。

写完回书，范仲淹派监押韩周带着书信跟随高延德去了兴州。

恰恰就在这一时期，好水川之战爆发，宋军再一次惨败。在好水川再次打败宋军给了元昊底气，不仅将韩周在兴州扣留了四十多天，甚至懒得给范仲淹写回书，命令野利旺荣代为复信。野利旺荣是横山土著，狂妄得很，一口气写了二十六页信纸，绝大部分是恫吓与谩骂。既如此，范仲淹丢入火盆烧掉，对余下的内容进行了增删，上报朝廷。

摆在范仲淹面前有两宗罪，一是没有得到朝廷允许擅自给元昊去信，二是对西夏方面的回信予以焚烧。

有个参知政事，叫宋庠，乡试、会试、殿试均为第一名，是个"三元状元"。虽然书读得多，名气大，眼界却不怎么样。某一天，宰相吕夷简与宋庠在中书省谈起如何治罪范仲淹，吕夷简说："人臣无外交，范仲淹不仅私自跟元昊通书信，还收到回书焚去不奏，换作其他人敢吗？"

宋庠跟吕夷简不对付，跟范仲淹也不对付。宋庠想，吕夷简这话什么意思？景祐年间，范仲淹为弹劾吕夷简连上四章，最后被吕夷简赶出朝廷，他们结下的可是死梁子！宋庠判断，吕夷简这一次要对范仲淹痛下杀手。

一日，皇帝召对，讨论对范仲淹的处分，宋庠第一个说："范仲淹可斩！"枢密副使杜衍肯定要为范仲淹辩护，说："范仲淹出于忠诚，为朝廷招降叛虏，何罪之有？"宋庠跟杜衍争论起来。宋庠以为，吕夷简会站在自己一边，谁知这老头子终无一语。皇帝忍不住了，问吕夷简，你认为应该怎么办？吕夷简说："臣赞同杜衍所说，止可薄责而已。"

皇帝接受吕夷简的建议，范仲淹仅降一官，知耀州。

宋庠一直到死，都对吕夷简耿耿于怀。

宰相吕夷简既不是袒护范仲淹，也不是出卖宋庠。范仲淹是政治家，吕夷简也是。吕夷简袒护范仲淹，是一个政治家对另一个政治家远见卓识的认可。

范仲淹为什么要与高延德接洽和派韩周赴兴州去见元昊？他难道不知这样做会遭到攻讦与弹劾？身为一位宦海沉浮多年的老官僚，起码的政治规矩他懂。只有一种解释，范仲淹希望尽快结束宋夏对立状态，为了达到这个目的哪怕承担一定风险也义不容辞。西北边境一直不靖，近两年战乱升级，致使人民流离，田园破败，经济凋敝。范仲淹深知用兵之道，攻心为上，任何时候都不要轻易关闭以和止战的大门。只是，范仲淹的这一思路还不能和盘托出，因为现在满朝文武向西夏复仇的意愿非常强烈。

果然，追责完毕，朝廷又想兴师。有人建议撤销西北前线经略司称号，接受元昊归附，表面上与元昊接触，暗地里调动兵马，趁元昊疏忽大意，一战剿除。

皇帝怎么想的？有这样一份诏令可见一斑。诏令是发给延州前线范仲淹的：

"诏范仲淹体量士气勇怯，如不至畏懦，即可驱策前去，乘机立功。"只要不至于"畏懦"，都要赶上战场去"深入讨击"。用"怯懦"与否作为衡量士气的标准，实在太低了。真不明白仁宗爷为什么发这样一份诏书，用这样一些词句。他是皇帝，他的诏令肯定出自他自己。总的来说大宋是一个较为开明的王朝，至于谁谁谁挟持皇帝，闻所未闻。唯一的解释就是连打两场败仗，仁宗爷的底气已经严重不足。不打不行，打恐怕也不会很行，但还是要打，不打对不起舆论。

范仲淹没有执行这道诏令，而是上书皇帝，说，论勇敢，任福应该算一个吧？但是，不听韩琦命令，敌退便追，致使全军覆没。好水川之战殉国的将领，个个都久历边陲，身经百战，这些人尚且不能料敌之先，现在仓促提拔的将领更是远远不及。身为边将，最耻辱的事是怯弱，即便是胆小之人，也要自夸勇敢。叫这些人领兵深入西夏境内，胜则乘时鼓勇，败则望风丧气，祸患不可估量。范仲淹说，臣知道，不跟朝廷保持一致很可能是罪人，但是，兵者，国之大事，面对国家安危臣不能逃避。最后，范仲淹指出，臣也可以执行朝廷指示，下令全军讨击，可败事之后，就是砍我的脑袋也晚了！

无疑，范仲淹是对的。与元昊较量，光有勇气不行，还得靠谋划。范仲淹建议，其一，诸路持重，加强训练，等待时机；其二，考虑从保安军至庆州，环州至镇戎军择其要害修筑堡寨，驻兵据守。尤其筑堡，范仲淹给予了高度肯定，既拱卫边防，又威胁敌境。敌人来得多，进入堡寨防守；敌人来得少，出堡寨攻击。大量构筑堡寨，有百利而无一弊。

这一次，朝廷经过充分讨论，首肯了范仲淹的建议。也就是说，对西夏战略由速战转为了守战。

战略调整涉及人事调整，各种调整还没有到位，七月底，元昊又开始行动了。

7. 张亢在河东

宋代三级行政区划：路、州、县。宋代为什么称路？因为唐代称道，什么关内道、河东道、河北道。大宋开国，改朝换代，于是将道改称路了。

唐代先为十一道，后来十八道；宋代先十五路，后增加了八路，为二十三路。

陕西原为一路，叫陕西路。随着党项人势力坐大，陕西分为了五路，即前面说的鄜延、环庆、泾原、秦凤、永兴军。前四路没有财权，财权仍在永兴军路。后来提高陕西、河北、河东三路转运司规格，称都转运司。与陕西路紧邻的是河东路。

准确地说，河东路与陕西鄜延路接壤，党项人崛起后，延州以东的绥州被西夏据有，将河东路与鄜延路分割开来。河东路最前沿的是丰州，其次是麟州、府州。九曲黄河在甘、宁、内蒙古、陕、晋五省区境内转了一个"几"字形大弯，这一地区称为河套平原，西南起自宁夏回族自治区中卫市的沙坡头，东北到内蒙古自治区清水河县的喇嘛湾。河套又分为宁夏平原、后套平原和前套平原。西夏占据着宁夏平原与后套平原，前套平原则控制在宋廷手中。而控制前套平原的就是丰州、麟州与府州。丰、麟、府三州位于黄河以西，又称河外三州。这儿地势平旷，水源丰沛，土地肥美。元昊将打击的目标选在这儿，大约与掠夺战略物资有关。

负责河外三州防务的是并、代二州兵马都钤辖，管勾麟府路军马事康德舆。

康德舆父亲叫康赞元，曾经是曹光实手下一员将领，俘虏李继迁的母亲和妻子，就是康赞元所为。康赞元死后，真宗皇帝追其功绩，将康德舆录为皇宫卫士。康德舆虽然头戴烈士遗孤花环，人品却不敢恭维。宋仁宗继位后，康德舆曾经出使西夏，有夏人问他，说以前有个姓康的将军大战灵武城，是您的先世吗？康德舆担心党项人知道了自己身份复仇，连忙摇头回答说，不是的。连自己的父亲都不敢承认，能有多大出息？

这次元昊攻略河东，也与康德舆无能有关。

河西有一土著，叫罗乜，请求康德舆给一袭锦袍和一些马料，康德舆不准，罗乜颇有怨言。有人添油加醋，说罗乜想投靠西夏。说的人多了，罗乜感到无以自明，便真的跑到元昊那儿去了。就是这个罗乜为向导，带着西夏军杀向河外三州。

元昊首先攻打的是麟州。麟州城位于陕西省榆林市神木县店塔镇杨城村西北部的杨城山上。五代时，杨宏信及其长子杨重勋和孙子杨光先后为麟州刺史，世代守卫麟州。杨宏信的次子杨业和其孙杨延昭均为北宋名将，后人又将麟州称为杨家城。麟州城依山而筑，十分坚固。不缺粮草，但缺水，围城时间长了，士兵们没有水喝。知州苗继宣采纳建议，取污沟之泥糊住女墙的墙孔。元昊得到的谍报是麟州极度缺水，不出三日守军就会渴死，结果却是麟州水源不绝，否则怎么会有多余的水，用来和泥糊住女墙墙孔呢？可见麟州不仅不缺水，而且丰沛得很。元昊无奈，只得将那个谍报人员当场斩首，撤军而去。

麟州无恙，转攻府州。府州城位于黄河北岸石山梁上，负山阻河，地势险峻。同时，府州又是折家军的大本营。北宋名将杨业之妻折氏就出自府州折家。西夏以万余精兵围困府州城数重，日夜攻击，情势危急。知州折继闵只有六千人马，严防死守，杀敌数千，尸如山积，还射杀了一名敌军首领。激战七日，西夏军死伤惨重，铩羽而遁。

接着攻打丰州。

丰州是王氏家族的地盘。王氏为藏才族，藏才族是党项羌分支。五代十国时期，藏才族乘战乱之机进入鄂尔多斯高原东部的准格尔旗境内。西夏早期，藏才族首领王承美率部附辽，辽廷授以左千牛卫将军衔，并允许在今准格尔旗纳日松镇二长渠村筑城。宋开宝二年，即公元969年，王承美弃辽归宋，宋赐其城名为丰州。数十年过去，丰州治理大权传至王庆余手里。按照庆州知州张崇俊的说法，王庆余这人是个纨绔子弟，多年不问边事，没什么威望。藏才有三十八族，十万余众，但各有各的首领，这些首领压根不把王庆余放在眼里。丰州在王庆余手里是一盘散沙。张崇俊建议，在王氏中选一个才干出众的替代王庆余统领丰州。朝廷答应了，但不知什么原因一直拖着没有施行。这一拖就是两年，西夏兵来了。

很快，丰州沦陷，知州王庆余、权兵马监押孙吉战殁。

丰州、麟州、府州原为掎角之势，丰州陷没，三足失去一足。元昊驻兵琉璃堡，该堡位于府州之西二十里处，不仅严重威胁府州，还切断了麟、府二州的联络。西夏纵骑在麟、府之间剽掠，致使二州闭门不出。居民严重缺水，水价暴涨，甚至涨到一两黄金换饮水一杯。

按照某些朝中大臣的意思，放弃丰、麟、府三州，将部队撤到黄河以东，凭借黄河天险与西夏对垒。但遭到更多人的反对，包括皇帝。明摆着的是，如果放弃了河外三州，元昊就会据有整个河套地区，西夏的实力就会大为增强。另外，失去了河外三州，将来收复横山地区难度会加大。

就在这时，朝廷选派张亢来到河外。

张亢跟刘平一样，进士及第，授的是文资，不知什么原因，文资换武资，来到西北前线。估计与张亢性格有关。据宋人魏泰在《东轩笔录》中记载，张亢有一兄长，名张奎，两人性格迥异。张奎为人低调谨慎，张亢性情粗犷豁达。世人有言，说张奎做事，笑杀张亢；张亢做事，唬杀张奎。性格决定命运，张奎一路顺风顺水，从一个小小州级推官，做到正三品枢密直学士。张亢却几起几落，甚至还进过大牢。

宋廷有如此之多的名臣名将，为什么单单派张亢来到府州？推测有如下原因，一是张亢多年在西北前线带兵，有与西夏作战的实际经验；二是三川口之战后，张亢上了一道奏疏。在张亢那道奏疏里，列举了西北前线存在的各种弊端，同时提出了很好的解决办法。

比如，张亢说，按照制度，每一路，部署、钤辖、都监不过三两员，现在每路多至十四五员，少者上十员，造成权均势敌，不相统制。如果有重大事项需要商议，则双方互执一词，议而难决。

比如，主将与部队关系不固定，因为这涉及《更戍法》，张亢没有深说。但张亢建议，每一军应以马步军八千至一万人为限，挑选一名德才兼备者为总领，以下再分三将，一将为前锋，一将为策前锋，一将为后阵，各司其职而又相互协作。

比如，国家承平日久，部队失于训练。张亢举例，说每指挥武艺精湛者不过百把人，其余不是身体弱就是年纪大。广勇军有员额三百五十人，弓力能够达到一石二斗的士兵仅有九十余人，剩下的弓力只七八斗。试射跳镫弩，也就是用脚张弩，所有士兵皆不能张。

再比如，西夏军打来了，由于将领们的权力差不多，不问来了多少敌人，部署、钤辖、知军、都监一起上阵。因为你若是不上阵，担心上级追问怯懦之罪。

针对宋军的种种弊端，张亢开了一张药方。说，假如西夏军出现在某地，某处宋军为先锋，某处宋军为声援，某处宋军为奇兵，某处宋军专门设伏，某处宋军扼守要害，这些都要事先制定详细规则。字里行间没有直接否定大宋兵制，但都在陈述旧兵制所带来的危害。

张亢是公元1041年九月单骑来到府州的，取代康德舆出任并、代二州都铃辖、专管勾麟府路军马公事。张亢这次身膺重任，应该与那道奏疏有关。根据《宋史·张亢传》记载："初，亢请乘驿入对，诏令手疏上之，后多施用。"既然"后多施用"，一定引起了仁宗皇帝的高度关注。

张亢上任伊始，一改被动挨打的龟缩型防守。

第一件事，允许民众出城打柴汲水，缓解城内薪柴与饮水之缺。

第二件事，构筑东胜、金城、安定等堡寨，派兵守卫，既保护水源，又牵制敌军。

当时驻扎在府州城内的有虎翼军，虎翼军是禁军，属正规军，应为守城主力，但士气低落，不堪大用。如何调动禁军士气？张亢将那些服完兵役的人召集起来，组织他们搞夜袭。埋伏在要道两侧，袭击西夏巡逻队伍。一旦伏击成功，以首级论战功，首级多的，张亢设宴犒劳，还奖励锦袍。现役军人见退役士兵都能获得犒赏，禁军士气渐渐得到激励。张亢又放开饮酒与博戏，于是人人热血沸腾，皆愿一战。

接下来收复琉璃堡。张亢出其不意，领兵夜袭，一举将其攻克。

府州的情形得到缓解，接下来打通与麟州的联系。麟州的情况显然不好。府州濒临黄河，对岸即是保德，后勤供给没有问题。麟州远在窟野河畔，距离府州一百四十余里。由麟州至府州有水陆两道。现在，水路已然不通，陆路有西夏游骑出没。从府州向麟州运送粮草军械，须冒很大风险。麟州被围数月能够保全，除了知州苗继宣指挥若定，离不开麾下一群猛将。

譬如张岊，本地人，有胆略，善骑射。有个党项头目叫阿遇，手底下有人投奔了宋朝，阿遇领兵进犯麟州，掳走了宋朝边民无数，扬言道，你们把我的人还来了，我就把人还给你们。可是，当麟州将人送还给阿遇后，阿遇却仍然扣留宋朝边民不还。张岊单骑来到阿遇领地，义正词严地指责阿遇违约。阿遇理屈词穷，留张岊共进饭食。阿遇用短刀挑起大块牛肉送到张岊嘴边，张岊张嘴就吃，面无惧色。阿遇又操起弓箭指着张岊胸口，张岊继续吃他的饭，神色自若。最后阿遇抚着张岊的后背赞叹道："真男子也。"第二天，阿遇便送还了所有被扣边民。

一次，张岊率五十名骑兵护送军粮，在一个叫青眉浪的地方与西夏军猝然遭遇，一支箭射穿张岊脸颊。张岊怒吼一声，将箭拔出，拍马冲向敌群，越战越勇，最后以五十名骑兵击退西夏军，完成了送粮任务。

再如王吉，职务是通引官。大宋官制里似乎没有这个官名，一查，原来是州郡衙役之名。也就是说，这个叫王吉的猛将，原来不过是名州郡衙役。麟州被围，苗继宣招募勇士出城求救，王吉慨然应募，单骑出城，搬来了援军，自此成为一员战将。据司马光《涑水记闻》记载，每次临战，王吉只射一箭，然后光着膀子操刀冲入敌阵。王吉的理论是，我射一箭，敌人仓皇，正好抡刀砍杀，再放箭，张弓挟矢，浪费时间。王吉前后数十战，从没有张过第二次弓。每战，带着十八岁的儿子王文宣一起冲锋陷阵。有一次激战过后，不见王文宣归队。部将纷纷请求重新杀入敌阵去寻找王文宣，王吉摇头，说："一个王吉的儿子，即便被敌人俘获，又能起什么作用？""顷之，文宣挈二首以至。"可见王吉的儿子也是员勇将。

据司马光说，还有一个张节，与王吉齐名，可惜没有留下事迹。司马光又说，张节和王吉一辈子都没有混个像样的官职，"皆不至显官而卒"。想想也能理解，既无文凭，又无靠山，倘若时运不济遇不到伯乐，一个州郡小将功劳再大再多，也只能默默无闻。

但是，他们的名字却不胫而走，世代相传，甚至还载入史册，例如张岊，《宋史》专门立传。

为了打通府州至麟州交通线，确保府、麟之间能够相互应援，经朝廷批准，拟定修筑五堡，每堡间隔二十至三十里。西夏方面竭力抵制宋军的这一举措，一场大战不可避免。

庆历元年（1041）十一月，隆冬降临，北风呼号，宋夏两军大战于兔毛川。兔毛川位于陕西神木县境内，具体地点不详。兔毛川非常适宜用兵，好几个北宋将领的传记里都提到了这个名字。张亢命张岊领兵数千伏于山后，自己带领万胜军、虎翼军于兔毛川列阵。万胜军是新招的京师市井子弟，战斗力较弱，西夏人称为"东军"。虎翼军战力较强，令西夏头疼。战前，张亢将两军旗帜予以互换，结果，西夏人拼命进攻的东军恰恰是虎翼军。双方厮杀良久，张亢挥动令旗，伏兵杀出，西夏军大败而逃。

兔毛川大战是庆历元年河东战事的转折点，十二月，元昊撤兵回巢，麟、府二州得以保全。

就在宋夏大战于麟府路时，朝廷对陕西指挥体系重新进行了安排。解散了陕西经略安抚司，以秦凤、泾原、环庆、鄜延四路各置帅守，划分作战区域。韩琦管勾秦凤路都部署司事兼知秦州；王沿管勾泾原路部署司事兼知渭州；范仲淹管勾环庆路都部署司事兼知庆州；庞籍管勾鄜延路都部署司事兼知延州。李昭亮为秦凤路副都部署，葛怀敏为泾原路副都部署，王仲宝为环庆路副都部署，王信为鄜延路副都部署。李昭亮、葛怀敏、王仲宝、王信均为将家子。尤其李昭亮，宋太宗明德皇后的哥哥李继隆的儿子，自幼随父征讨，绰号"李步军"。王仲宝、王信前面已有提及，这里要说的是葛怀敏。

8. 葛怀敏的悲剧

在宋夏战场，葛怀敏是个悲剧人物。

葛怀敏河北真定人，名将葛霸第三子。说葛霸是名将，是因为他在军队干的时间比较长，资历老。史官总结，葛霸为人虽"懦"，但忠谨正派，对自己的言行把持很好。葛怀敏以父荫入仕，任的是军职。从履历上看，升迁很快。起初是在河北前线，元昊建立西夏后，便调到西北来了。三川口大战时，葛怀敏是泾原路副都部署，兼泾原秦凤两路安抚副使。康定元年（1040）八月，调任鄜延路副都部署。次年好水川失利后，又调回泾原路任副都部署。后一次调动可能与范仲淹有关。史书记载，范仲淹曾说葛怀敏"猾懦不知兵也"。"猾懦"不是个好词，还"不知兵"，这种评价与他的父亲葛霸相比，似乎还要不及。

其时，对葛怀敏人品及能力提出疑义的大有人在，比如韩琦，早在出任陕西经略安抚副使之初就向朝廷进言，说夏竦节制泾原、秦凤两路，起用葛怀敏为副都部署，若论智谋，葛怀敏不能跟夏竦相比；若论勇武敢战，葛怀敏生平"未识偏伍，亦与一书生无异"。战车二十五乘为偏，步军五人为伍。就是说，葛怀敏根本没有做武将的资格。

再比如田况。在一道给朝廷的奏书中是这样说的，一支军队拉出去打仗，需要各部门通力协作。鄜延路副都部署葛怀敏就不是这样，"须索百端"，这样的人怎么带得了兵打得了仗？"须索百端"这个词更不好。葛怀敏是否向百姓们"须索"？不得而知，向朝廷"须索"肯定无疑。一个只想着伸手要钱要物的军官，打起仗来其战斗力确实值得打个问号。

陕西经略安抚司领导班子中韩琦、范仲淹、田况三个人对葛怀敏看法如此之差，枢密院应该作出反应，或罢，或另调他处，但枢密院没有。据欧阳修说，宋廷高层也进行了讨论，有人说，"别未有人，难为换易。"撤了葛怀敏，换谁呢？一是没有什么人可换，二是换人颇不容易。就这样，陕西分路设帅，葛怀敏依然高踞泾原路副都部署位置，为兵败埋下了隐患。

庆历二年（1042），随着河东战事结束，陕西战火又起。这一年上半年，主要是宋军主动作为。

正月间，宋廷见西夏从河东撤军，立即加强陕西前沿防守。环庆境内最前沿是德靖寨，距离西夏军据守的金汤寨仅四十里。关键是，金汤寨阻断了环庆路与鄜延路的通道，使两个战区往来很不方便。环庆路副都部署王仲宝率兵拿下了金汤寨后，又联合鄜延路都监狄青一路斩关夺隘，直至宥州城下。

二月，鄜延路向绥州进击。绥州境内有无定河，是西夏军的屯聚之处。鄜延路都监周美一直攻击至绥州城下，并在龙口坪筑寨戍守。

接着又在杏子河川筑寨。杏子河位于金明寨西北，当年元昊出兵三川口，围歼刘平所部，就是从杏子河川迫近延州。杏子河川的川尾处有一个地方名桥子谷，非常险要。庞籍命狄青在桥子谷旁筑招安寨。元昊闻讯后遣兵来争，狄青麾下有一员小将名张玉，手持铁简出阵，斩将夺马，西夏人大骇，张玉也因此有了"张铁简"的外号，连仁宗皇帝听了都啧啧叫奇，说"真勇将也"！

自从宋军在桥子谷构筑招安寨后，扼住了一条西夏人由保安军进入宋境的重要通道。

三月，环庆路筑大顺城。正月间王仲宝攻破金汤寨后，宋军将堡寨摧毁，没有固守。宋军一退，西夏兵卷土重来，将旧寨修筑得更加坚固。范仲淹巡查庆州防务后，于庆历元年（1041）十一月间上书朝廷，说在延州与庆阳之间，西夏人有金汤、白豹、后桥三寨。这几个堡寨，深入宋境，阻隔了环庆与鄜延两路的相互驰援。如果西夏侵犯环庆路或者鄜延路，两路兵马需要绕道数百里。在没有夺取上述三寨之前，宋军要加强前沿的合水、华池、凤川、平戎、柔远、德靖等六寨防务，同时，在环庆路的柔远寨东，选择一处要地建筑城寨，成为当务之急。

这个新城寨就是大顺城。

大顺城位于后桥川口，即今天的甘肃省庆阳市华池县山庄乡西铁匠沟与赵拐沟交汇处西侧，后桥川今人叫二将川，西夏的后桥寨就位于川上。这儿是西夏兵出入通道。

为抢筑大顺城，范仲淹费了不少心思，因为后桥川口就在西夏人的眼皮子底下，范仲淹料定，如果在这儿筑城，西夏人必定前来争夺，命令儿子范纯佑和蕃将赵明先携带筑墙器具悄悄出发，走到柔远寨，才向全军发布筑城命令，没用上十天，一座城堡便临河而起。上报朝廷，皇帝亲自赐名大顺。

果然，西夏人觉察后，派出三万骑兵来夺大顺城，采取的依然是诱敌深入之计。范老夫子怎么会上这个当？命令全军，敌败勿追，坚守城池。西夏人无可奈何，只得怏怏而退。

就是在大顺城里，范仲淹写下了著名诗篇《渔家傲·秋思》：

塞下秋来风景异，衡阳雁去无留意。四面边声连角起，千嶂里，长烟落日孤城闭。　　浊酒一杯家万里，燕然未勒归无计。羌管悠悠霜满地，人不寐，将军白发征夫泪。

大顺城的修筑，犹如一根钉子，钉在西夏军的咽喉处。史书说，自从修筑了大顺城，西夏的白豹、金汤诸寨之兵皆不敢动，环庆路自是入寇益少。

这里需要插进一笔。范仲淹来庆州后，也调种世衡来环庆路了。范仲淹离开延州后，鄜延路的主帅是庞籍。庞籍与范仲淹都是种世衡的伯乐。种世衡筑青涧城后，兵少力弱，粮草俱缺。怎么办？向上伸手？问题是上面也没有。鄜延路，甚至整个西北前线钱粮匮乏。种世衡只得自己想办法，一是经商，将官钱贷给商人，既赚利息又盘活市场；二是全民皆兵，人人练习射箭，箭靶是银子，射中了归己，一时间，小小青涧城内，人人练习射箭，个个都是射箭高手；三是大搞物质奖赏，但凡有人立功，一律发奖，没有官钱，或顺手解下自己腰中金带，或随手赏给酒桌上的银器。种世衡的这些做法有人不理解，更有人忌妒，说种世衡在青涧城目无国法，告状信写到皇帝那儿，仁宗派人前来调查，庞籍主动担下责任。庞籍说，倘若种世衡办事都按条条框框守清涧城，将手足无措，一事无成。范仲淹调种世衡来环州委以重任，庞籍只得放行。种世衡临行前往延州告别，动情地对庞籍说："我种世衡心肠如铁，但今日分别，我为庞公流下了眼泪。"

种世衡是洛阳人，叔叔叫种放。太宗时期，种放隐居终南山，以讲诵经籍为业。太宗爷听说种放大名后派人去召，种放居然以母亲年事已高为由推辞了。太宗爷偏偏喜欢这样的读书人，不仅给种母送去赡养费，还年年给种放发生活费。生活费不是三百五百，也不是三千五千，一出手就是好几万。十年后，种放感动了，来到京城。

因为叔叔种放官至工部侍郎，种世衡恩荫入仕，一辈子多数时间在西北任职。从泾阳县令、凤州通判，直至鄜州判官厅公事。对于大西北山川地理、风土人情非常熟悉。筑青涧城就显示出种世衡卓越的军事才能，也因此进入朝廷有识之士的视野。

这里要插一句，宋军将领文人居多，有人说这是宋代重文轻武的结果，此话只说对了一半。宋代对于武将也要求读书，有文化。开国之初，太祖听说国子监请老师给生员授课，大为高兴，专门派人赐予酒果，并说："今日之武臣，就应该使其读经书，让他们知晓'为治之道'。"太祖皇帝的谆谆教诲，对宋代武人影响很大。

种世衡来环庆路出任环州知州。环州位于庆州西北角，与西夏接壤，土著较多。有一支牛家族，首领叫奴讹，种世衡与奴讹相约，说明日一早到你那儿慰问。谁知当天夜晚下了一场大雪，深三尺，左右都劝种世衡不要去了。种世衡说，我来到环州，第一要务就是跟当地土著搞好关系，取信他们，不能失期。奴讹也以为种世衡不会出门，在帐中高卧。谁知种世衡踏着几尺厚的积雪来了。奴讹大为震惊，率全族给种世衡行礼，表态从今往后臣服宋廷。

又有兀二族，曾经接受过元昊的官职，种世衡召之不来，果断出兵讨伐。其他部族一见赶紧归顺宋朝，自此不敢再有贰心。种世衡筑烽火台，各地有警举烽火，全州兵马人不解甲马不卸鞍，随时准备打仗。又将青涧城的经验搬到环州，教全州军民学习射箭。谁要是犯了错误，只要完成射箭任务可以不究。《续资治通鉴长编》说："由是人人自励，虽屠贩倡优皆精于射。"

大顺城筑毕，范仲淹派范恪攻破西夏境内的蕉蒿寨。蕉蒿寨地点不详。《西夏书事》有"后桥蕉蒿寨"一说，是后桥寨，还是位于后桥附近的一座堡寨？存疑。蕉蒿寨距大顺城不到五十里，元昊非常重视此寨，命数千骑兵增援。前面说过，范恪是神箭手，西夏兵一见是范恪断后，莫敢近前。

不久，范仲淹又派杜维序、高继隆分兵袭取了西夏人新筑的汉乞、薛马、都嵬三寨。元昊担心宋军攻入西夏境内，将与辽朝交界处掠夺的人口予以返还，请求辽兴宗声援。于是，辽廷集兵幽州，声言入侵河北。朝廷一时十分紧张，安肃军通判李及之上书说，契丹人与西夏是姻亲，出兵是给西夏人一个面子。而契丹人与我大宋有"澶渊之盟"，是不会背约的，大家不必担心。安肃军位于河北最前沿，李及之的推断比较有说服力。

果然，契丹只是虚张声势一番。

到了庆历二年（1042），陕西与西夏交界的三处要地：无定河中游、杏子河川中部、后桥川口均已构筑堡寨，元昊出兵环庆、鄜延大大受阻。

九月，元昊将进攻的矛头再一次瞄准泾原路。西夏国师张元认为，宋夏开战以来，宋军主力均布置在沿边，关中空虚。张元建议元昊以部分兵力牵制宋军主力，另一路直奔关中。

关中平原又称渭河平原，气候湿润，雨量丰富，为宋廷粮仓，且出产石油等战略物资，是陕西数十万边防军的命脉所在，此招十分险恶。

九月底，元昊开始调动兵马，实施突袭关中计划。那一年闰九月。闰九月初一，元昊于天都山点集左右厢军，兵分两路，一路出西北，一路出东南，钳击镇戎军。

坐镇渭州的泾原路安抚使、都部署王沿得知元昊兵出天都山，命安抚副使、副都部署葛怀敏前出瓦亭寨御敌。八天后，葛怀敏抵达瓦亭寨。

瓦亭寨位于渭州西北三十五里处。有关瓦亭最早的记载是《后汉书·隗嚣传》，说建武八年春即公元32年，汉光武帝刘秀命大将军来歙从山道袭取略阳城，割据陇右的隗嚣大惊失色，派遣手下四员将领防守关隘，以保全陇右，其中牛邯将军防守的就是瓦亭。

嗣后历朝历代，瓦亭都是西北要塞。

葛怀敏在瓦亭待了十天，集合了瓦亭寨都监许思纯、环庆都监刘贺、天圣寨寨主张贵等人率领的人马。次日，命许思纯、刘贺为左翼，张贵殿后，进屯第背城。

第背城位于瓦亭寨以北镇戎军以南。在第背城又汇合了知镇戎军曹英、泾原路都监赵珣、西路都巡检李良臣、孟渊等人率领的本部兵马。葛怀敏对兵力重新进行了布置，命沿边都巡检使向进、刘湛为先锋，赵瑜为后援，自统大队人马浩浩荡荡奔向镇戎军。

行进途中，王沿派人骑马送来书札，劝诫葛怀敏停止前进，应该以第背城为防御阵地，向敌军示弱，诱使西夏军南下，然后以伏兵制敌。

葛怀敏没有理会。

葛怀敏为什么没有理会？史书没说。会不会与陕西的几位上级领导不大欣赏他有关？有这个可能。韩琦说他"未识偏伍"，范仲淹说他"猾懦不知兵"，田况说他只会"须索百端"。葛怀敏心底一直憋着一口气，他要寻找西夏主力决战，建一个不世之功。

至于顶头上司王沿，葛怀敏或许压根儿就没有放在眼里。王沿是从河东战区调过来的。张亢与党项人大战河西时，王沿是顶头上司。王沿曾经预言丰州守不住，后来果然陷落了。除此之外似乎没有什么值得一说的事情。更重要的是，王沿这人自恃知识渊博，喜好点评时事，而且点评起来容不得半点异议，《宋史·王沿传》是这样说的："好建明当世事，而其论多龃龉。"葛怀敏是战区副司令，两人相互"龃龉"肯定少不了。王沿官阶比葛怀敏高半格，可这算得了什么呢？单凭预言了一个丰州将要陷落就调到陕西做起一路军政长官，葛怀敏打心眼里不服。他葛怀敏在河北前线的事就不说了，单说来到陕西，是他夺回塞门寨，打掉了党项人在三川口之战后的嚣张气焰；又是他出兵保安军北木场谷与嵬年岭，一雪好水川之战失败后的耻辱。葛怀敏不仅没有把王沿放在心上，恐怕连韩琦、范仲淹也不一定瞧得上眼。

说到底，葛怀敏的不良情绪是大宋王朝愈演愈烈的重文轻武风气所诱发。这股风气对于文官们已经习以为常，但对于武将，无异于一根扎在心底的刺。武将们在边关浴血拼命，换来的不是尊重，而是藐视，甚至鄙夷。像葛怀敏这些常年戍守边防的将领打心底愤愤不平。田况说葛怀敏每每见到韩琦、范仲淹时礼容极慢，根源就在这里。

大军路过安边寨，给养还没补充完毕，葛怀敏就率领卫队出发了，在距离安边寨约莫一里的地方宿营。次日抵达镇戎军西南，葛怀敏引百余骑继续向北，走马承受赵政劝以距离敌人太近，恐中埋伏，葛怀敏才停止前进。

当晚来到养马城。

葛怀敏再次分派人马，命知镇戎军曹英、泾原都监李知和、王保、王文、镇戎都监李岳、西路都巡检赵麟等人分兵屯扎在镇戎城西，白天出兵待敌，夜晚返回养马城安歇。

三天后，得到消息，说西夏兵已经来到新壕外。新壕，即古长城壕，宋军在这里依托古长城修筑了一条阻挡西夏兵的堑壕。

泾原路都监赵珣献计说，西夏兵远来，利在速战，其众数倍于我，而且锋芒正盛。为今之计，应当以奇兵制之。赵珣建议，依养马城布栅，扼制西夏军的归路，固守镇戎军保证后勤供应，等到西夏军士气低落，然后出击。

应该说，赵珣所献之策与王沿的作战思路差不多，一是暂时避敌锋芒，二是待敌军疲劳后进攻，三是保护好自己的粮道，四是出兵断敌后路。

遗憾的是，建功心切的葛怀敏一概不听，命令诸将分四路直奔定川寨：刘湛、向进出西水口；赵珣出莲华堡；曹英、李知和出刘璠堡；葛怀敏亲率大军出定西堡。

第二天，刘湛、向进出西水口按计划向定川寨前进，行至赵福新堡，突然与西夏兵相遇，缠斗一阵，见一时无法取胜，退往向家峡。葛怀敏得知这一情况后，命令从莲华堡出发的赵珣和从刘璠堡出发的曹英、李知和赶往赵福新堡，增援刘湛和向进。命令刚刚下达，情况又发生了变化，探马报告，西夏军已至新壕。葛怀敏再次修改命令，全军依然向定川寨进发。

形势在迅速恶化。

李知和派人报告，说有数千西夏兵列阵于定川寨北；俄尔，李知和与定川寨寨主郭纶报告，说西夏兵已经跨过了新壕。

中午时分，葛怀敏率领中军进入定川寨。很快，西夏人毁坏了进入定川寨的板桥，接着又截断了定川寨的水源。葛怀敏命环庆都监刘贺率领蕃兵迎敌，未能取胜。未能取胜应该收兵再战，可刘贺率领的几千蕃兵眨眼间风流云散，逃离战场。

葛怀敏摆开阵势决战，自率中军扎阵寨门东，曹英等人扎阵寨门东北。西夏兵先是冲击中军，没有成功，转而攻打曹英所部。就在这个时候天气突然变坏，一阵黑风自东北卷起，携带黄沙横扫战阵。宋军顿时大乱，士兵争先恐后向城内逃去。城门太小，有的攀城而入。曹英为流矢所伤，栽倒在城壕中。葛怀敏为众军推倒，差点儿被踩死，是一群卫兵拼死抬入瓮城，很久才苏醒过来。多亏赵珣率刀斧手守住城门，经过一场搏杀，西夏兵才暂时退却。

当天夜晚，葛怀敏召集众将商议，商议的结果是结阵走镇戎军。赵珣则建议往笼竿城——也是当年曹玮经营六盘山外所筑四寨之一。赵珣的理由是，去笼竿城道路平坦，没有险阻，西夏军以为我们不敢走，因为坦途最利于西夏骑兵作战，正因为如此，向笼竿城突围才是西夏军的意料之外。问题是，由定川寨去笼竿城太远，而镇戎军则近在咫尺，几乎所有将领都不同意赵珣的建议。最后，葛怀敏拍板，向镇戎军转移。

赵珣是赵振的儿子，随父来到环州时应该只有十多岁。然而，不及弱冠之年的赵珣却细心访得西夏境内山川地理，绘之以图，配上文字，名为《聚米图经》。庆历初年，抗击西夏成为朝廷头等大事，仁宗爷听说有一部专讲西夏境内山川地理的《聚米图经》，十分高兴，将赵振父子召入京城。《聚米图经》一共五卷，图文并茂，是一部难能可贵的军事地图。仁宗爷亲自在御殿召见赵珣，赐以铠甲兵器，还令赵珣自己选择部属，来泾原驻守笼竿城。这是天大的皇恩了，一名毫无功名的年轻男儿，被皇帝授予都监之职不说，还自己挑选偏裨参佐。由此看来，赵珣不单人长得帅，军事素养也得到了仁宗爷的高度认可。

根据《宋史·赵振传》记载，就在元昊这次进犯渭州之前，皇帝已经下达诏命，要赵珣再次入京觐见。还未成行，边防警报拉响。王沿上书朝廷，挽留赵珣。这一次皇帝召赵珣进京，估计与赵珣呈上的《五阵图》《兵事》有关。前一次召见，仁宗爷专门给了一支部队让赵珣布阵，并亲自观看。一同观看赵珣排兵布阵的宰执大臣吕夷简、宋庠对仁宗说，大西北用兵以来，各种策士谋士进言数以万计，没有一个人像赵珣这样精通阵法。时隔一年之后，皇帝可能又想起了这位军事奇才，想起许多一直悬而未解的边陲防务，于是下诏赵珣进京商讨。然而，这样一位受到皇帝和宰执大臣重视的年轻将领，他的话竟然在大军生死存亡关口，没有一个人相信。

在司马光的《涑水记闻》中，有"珣愤，欲斫指，众劝之，因罢"的记载。那会儿司马光在山西老家因母丧丁忧，真实性存疑。但赵珣的建议无人采纳，那种"众人皆醉我独醒"的郁悒、郁愤肯定是有的。

应该说在场的都不是庸将，与元昊有过多次交手，已经充分认识到了元昊的狡诈。元昊用兵，从不按常理出牌。眼下定川寨缺水，元昊必然料定宋军会弃寨南归。而南归之道有近有远，他又料定宋军会弃远就近。可陷入困境的宋军诸将，被强烈的求生欲望蒙住了眼睛。

葛怀敏的安排是，以曹英、赵珣为先锋，刘贺、许思纯为左右翼，李知和、王保、王文为殿后，以中军鼓为号令，全军一起行动。

诡异的一幕发生在次日平明。按照《续资治通鉴长编》记载："日加卯，鼓未作，怀敏先上马，而大军安堵未动。"

军鼓未响葛怀敏为什么跳上战马？葛怀敏不是命令全体将士以中军鼓为号令吗？为什么身为主将的他抢先上马，是提前逃命吗？那么，又是发生了什么事情迫使葛怀敏提前上马逃命？其次，大军安堵未动。根据战后统计，寨内少说有上万宋军。上万宋军士兵见主将上了战马，居然一个个手持兵器无动于衷。

接下来，"怀敏周麾者再"。"麾"是军旗，葛怀敏反复挥动军旗，全军不听指挥。

"将径去，有执鞚者劝不可。"葛怀敏决定单独出走，有人挽住缰绳进行劝阻，这些人应该是他的卫队。早在前一年，韩琦鉴于每次出战，将领多有阵亡这一现象，建议朝廷在陕西、河东许置亲兵。标准是，诸路都部署，许置亲兵一百五十人；铃辖一百人；招讨、都监七十人。并规定，出师临敌，如果主将没有保护好，战殁了，牺牲了，亲兵还活着，并斩，一个不留。

然而，这些亲兵也没能拦住葛怀敏急切出走的意愿。参谋郭京等人急忙去营房拿粮食、马料、饮水等，还没有回返，葛怀敏再次迫不及待地跳上战马，呵斥拽住战马辔头的卫士们放手。这些拼命拉住战马的卫士不听，葛怀敏拔剑砍杀，卫士们这才散去。

葛怀敏出寨向南奔驰，走到长城壕，路已断，西夏兵正在这儿等候。葛怀敏、曹英、李知和、赵珣、王保、王文、刘贺、李岳、张贵、赵璘、许思纯、李良臣、泾原巡检杨遵、笼竿城巡检姚奭、都巡检司监押董谦、同巡检唐斌、指挥使霍达等人全部遇害。

按常理，有近万名士兵，有如此多的战将，西夏人想要一口吞掉，似乎不那么容易，翻阅所有史料，都没有血战、死战的记录，也就是说，战斗并不激烈。对于阵亡的将士，用的字词也是"遇害"或者"陷于贼"。莫非九千多可战之兵临敌哗变，投降了西夏人？有这个可能，但可能性不大。从领兵将官的职务看，只有霍达是指挥，属于正规军，绝大多数部队属厢兵和蕃兵，甚至乡兵。这些部队多由本地人组成，深知西夏兵的暴行，要他们降敌，打死都不会同意。但他们不愿意打仗，甚至普遍厌恶打仗是真的。宋军接连惨败，他们心底笼罩着阴影，葛怀敏不听安抚使王沿指挥，执意北上，心底阴影开始放大、扩散，演变成了绝望。昨天对阵，刘贺麾下数千蕃兵逃离战场就是前兆。据《续资治通鉴长编》记载：入夜，有西夏兵在城外调笑，说，你们的葛部署不是有皇帝的阵图吗？应该非常会打仗啊！现在被我们包饺子了，还想往哪儿逃啊？

绝望之中的宋军，在西夏兵的调笑中最后一丝斗志瓦解了。

这种情形是不是很普遍？应该是。就在定川寨之战发生前夕，秦州通判尹洙上书朝廷，指出，自从西夏叛乱以来，"兵久于外而休息无期，卒有乘弊而起"。尹洙又说，这种状况，"虽有智者，不能善其后"。葛怀敏不是"智者"，数千将士"乘弊而起"，他无法制止。

还有一事也可佐证宋军士气已严重低落。

葛怀敏败亡定川寨后，关中震动。为了京师安全，朝廷派遣中使前往洛阳，准备利用崤山、渑池之险，阻挡陕西溃军。没想到，此举引发了西北宋军更大恐慌。士卒久出塞，自以为能够生还，朝廷却企图将他们重新赶回陕西战场。人人义愤填膺，拔刀张弩，甚至有人欲烧绝河桥。中使无可奈何，迅速赶往陕西，颁布诏书。没想恐慌更甚，吏民大骇，准备奔逃。还是陕西转运使孙沔心生一计，假传圣旨，说党项人已经走了，战事告一段落，令诸军归营。一场由惊恐产生的大溃逃才扼杀在了萌芽状态。

从上述看，葛怀敏兵败定川寨似乎并不是他的个人悲剧。

进攻不是坏事，可以掌握战场主动。但是，进攻需要条件，比如后勤补给、友军配合、将兵士气、正确的战术，等等。无条件的主动进攻只能陷入更大的被动。

第三章 堡垒战术

9. 富弼使辽

在定川寨歼灭葛怀敏一军不是元昊的目标。根据战前谋划，此次战役的目的是乘间深入，杀进关中。如果条件许可，攻下长安。

葛怀敏所部的覆灭，造成了渭州以北无兵可守。元昊乘胜向南，越过镇戎军，连破栏马、平泉二堡，所到之处广发文书，说西夏皇帝元昊将亲临渭水，直捣长安。关中震动，民众逃亡，形势一度非常险恶。

此时渭州已然空虚，无奈之际安抚使王沿棋行险招，学习诸葛孔明唱空城计，将大批百姓装扮成军人，在城头多张旗帜。元昊居然信以为真了，见渭州有备，移兵东南，进攻彭阳。

原州知州景泰率五千兵马紧急入援，与西夏兵遭遇于彭阳城西。景泰进士出身，授文资，颇有韬略，著有《边臣要略》二十卷，又有《平戎策》数篇。仁宗皇帝惜才，将其从云南调到西北前线。此次出兵，派左班殿直张迥为前锋，张迥见西夏军来势汹汹，胆怯畏敌，逗留不进，被景泰斩首。又有裨将夏侯观欲退保彭阳，被景泰喝止。景泰依山为阵，悄悄派出三百骑兵，分为左右两翼，大张旗帜，以为疑兵。两军刚一交手，元昊故伎重演，挥兵后撤。景泰命令全军勿追，分派兵士搜山，果然有埋伏。景泰出其不意围剿伏兵，元昊见计策被宋军识破，引军退走。

景泰以五千兵马击退西夏数万大军，粉碎了元昊占据长安的梦想。

彭阳之战，除了景泰有胆有谋，应该与西夏的战争实力已大不如从前有关。三年来宋夏数场大战，宋军虽然一败再败，但西夏同样损失巨大。尤其三川口之战、好水川之战、麟府之战，宋军抵抗顽强，予西夏军以重大杀伤。另外，经年累月厮杀，西夏士兵也已普遍厌战。对于他们而言，打仗是掠夺，掠夺粮食，掠夺牲畜，掠夺人口，掠夺金银财宝。而现实是，紧靠西夏边境的鄜延、环庆、泾原数州，早已民生凋敝，十室九空。每打一仗，损失巨大，但掠夺无几。也就是说，战争损耗远高于战争所获。

这种状况在十一月的马蹄川之战中便显得尤为突出。

在鄜延路，狄青于杏子河桥子谷修筑招安寨后，募民耕种，收成不错，一部分耕种者自食，一部分用于军粮，招安寨得以巩固。继而，周美袭取了承平寨，王信构筑了龙安寨。招安、龙安、承平三寨就像一组环形堡垒拱卫延州。

十一月，元昊派遣数万兵马，进攻首当其冲的龙安寨。周美派管勾机宜楚建中率领两千人马御敌，西夏居然不胜而还。也就是说，数万西夏兵，与两千宋军对阵，打了个平手。

在《西夏书事》中有这样一条，说元昊从彭阳撤军后，派人找吐浑人买马，被辽廷禁止。

这一条的真实性有多大姑且不论，但透露出两个信息，一是西夏战马损失颇大，单靠本地马已经难以支撑战争消耗；二是从吐浑人手里买马，受到辽政府阻止。

这里要讲一讲党项与契丹的关系。

契丹建国比大宋早。前面说过，唐朝末年，一个叫耶律阿保机的汉子受到痕德堇可汗的重用，掌管侍卫亲军。耶律阿保机靠着这支人马，打败了室韦、于厥，以及奚帅辖剌哥。接着，起兵四十万杀向河东、代北，连克九郡。再接着，挥师向北，击败女真。痕德堇可汗虽然还在位，可耶律阿保机已经升为"于越"，地位仅低于痕德堇可汗，史称"总知军国事"。公元906年十二月，痕德堇可汗崩殂，第二年，也就是大唐王朝倾覆的那一年，耶律阿保机"燔柴告天，即皇帝位"。有史家认为，这一年，应为契丹建国之年。当然，也有史家认为，契丹正式建国应为九年后，也就是公元916年。这都不重要。重要的是，契丹在征服了室韦、于厥、卜阳、奚人、女真人、渤海人之后，开始频频向南或向西扩张。党项居于契丹之西，契丹人在向西扩张过程中，征服党项是最主要的任务。有心人统计，契丹人向西开疆拓土，与党项开战二十余次，征服了大大小小将近八十个党项部落。

至于李继迁所率领的这些党项部落，因李继迁的爹爹、爷爷，以及爷爷的爷爷一直跟中原王朝走得很近，加上位于黄河以西，暂时跟契丹没什么交集。

到了雍熙二年（985），情况发生了变化。李继迁骗杀曹光实，攻占银州，很快遭到宋军报复，在浊轮川被王侁和李继隆打得大败，不得不放弃银州逃遁。李继迁痛定思痛，决定与契丹人联姻。联姻的目的是"结强援""款兵势"。大辽幅员广阔，拥兵数十万，抱这条粗腿与来势汹汹的宋军抗衡，对于李继迁来说是上上之策。

雍熙三年二月，李继迁派张浦来到上京。

彼时大辽皇帝是辽圣宗耶律隆绪。耶律隆绪是辽朝第六任皇帝，十岁继位，彼时，国家大权掌握在母后萧绰手里。

萧绰是个苦命女子，十五岁进宫，十六岁没了父亲，二十九岁没了丈夫。对于一个国家而言，皇帝尚小而又母后年轻并非幸事，极易引起政局动荡，甚至危及江山。《辽史》载，萧绰拉着儿子向几位大臣哭泣，说"母寡子弱，族属雄强，边防未靖，奈何？"耶律斜轸和韩德让马上说，只要信任臣等，陛下将没有任何顾虑。于是，大政由耶律斜轸和韩德让参决，南边防务则委托给耶律休哥。

耶律斜轸是萧绰的父亲萧思温亲手选拔的人才。耶律休哥是萧干的下属。萧思温死后，萧干继任北府宰相。这两人在政治上绝对可靠，忠诚度没话说。而且，两人具有高超的军事指挥才能。尤其耶律休哥，在公元979年的宋辽高梁河之战、满城之战，以及稍后的瓦桥关之战中，简直是宋军的噩梦。

至于韩德让，本为汉人，由于祖父被辽人掳掠，其家族一直在辽朝生活。韩德让的父亲韩匡嗣因受到辽穆宗、辽景宗两任辽朝皇帝的青睐，官居南京留守，封燕王。韩德让恩荫入仕，嗣后一路升迁。公元979年，平定北汉后的宋太宗挥师北上，企图一鼓作气拿下燕京，也就是契丹人所称的南京。此时，韩德让代父坚守南京城。在宋军猛烈进攻下，韩德让坚守了十五昼夜，直至等来耶律斜轸和耶律休哥增援。此战韩德让因功授节度使，继而升南院枢密使，成为辽朝权势最盛的汉臣。韩德让的职责是"总宿卫"，也就是负责萧绰母子安全。在韩德让的运筹下，很快解除了觊觎皇位的诸侯兵权。

关于萧绰与韩德让的关系，有民间传言，说萧绰没有入宫之前，曾经许配给了韩德让。这种可能不大。终辽一朝，讲究的是"两姓世婚"。但是，不排除他们自幼相识。《辽史·韩匡嗣传》云："匡嗣以善医，直长乐宫，皇后视之犹子。"

长乐宫是辽朝皇后居住的地方，韩匡嗣在那个地方当值，皇后像亲儿子一样待他，充分说明韩家在辽国后族中的地位。萧思温官职侍中，侍中主管门下省，属于皇帝身边人，与韩匡嗣相善是情理之中的事。

有一部《皇朝事实类苑》，南宋人写的，其中记载，萧绰曾经对韩德让说："吾常许嫁子，愿谐旧好，则幼主当国，亦汝子也。"这句话不论是真是假，韩德让听了肯定心里舒服。再说管他是假是真呢，十几年前的事谁说得清楚？重要的是当下。而当下，萧绰、韩德让形影不离，俨若伉俪。

契丹人不以为意，宋人却看不下去了，或者说看在眼里很不舒服，犹如眼中钉肉中刺。因为在宋人看来，这是荒淫无耻，是败国之象。就在李继迁决定与辽朝联姻的雍熙三年，宋廷决定北伐。

宋廷北伐肇始于贺怀浦、贺令图两父子。年初，知雄州贺令图与父亲岳州刺史贺怀浦，联合文思使薛继昭、军器库使刘文裕等人向太宗建言，说契丹国主年幼，国事取决于母，韩德让宠幸用事，国人疾之，请发兵夺取幽燕。

贺怀浦是孝惠皇后的兄长。孝惠皇后是太祖皇帝的发妻。贺令图自小跟随太宗爷左右，因为诚实受到太宗爷青睐。由贺怀浦、贺令图父子请求发兵攻辽，引起太宗爷的高度重视。

就在张浦来到上京的三月，宋廷北伐战车已然启动。潘美、曹彬、田重进等几路宋军均旗开得胜。

应该说，李继迁的联姻之请，对于大辽而言无异瞌睡来了递个枕头。可萧绰并不这样看。吴广成在《西夏书事》中有一句："契丹主隆绪意未决。""意未决"的应该是萧绰，那会儿耶律隆绪才十四岁。是谁"意未决"不是问题的关键，关键是为什么"意未决"？吴广成没说，史书也无载。我们只能结合事态的发展推测，那就是，如果与李继迁联姻，意味着承认李继迁的党项政权，对于被契丹征服的数十个党项部落，会带来何种影响？会不会发生连锁反应？

是韩德让的弟弟韩德威的一番话说服了萧绰。韩德威说，河西犹如中国右臂，那里有宋廷的河东战区与陕西战区，如果有李继迁在那儿闹一闹，于我们有百利而无一弊。

萧绰眼睛一亮，对啊，是这个理。

四月，辽廷授李继迁为定难军节度使，都督夏州诸军事。腊月，辽廷允准李继迁所请，同意联姻。

然而，辽廷口惠而实不至。在其后近两年时间里，萧绰迟迟没有兑现她的联姻之请，许诺一直停留在口头上。究其原委，是这一阵子辽军在河北前线一直占据上风，岐沟关之战、陈家谷之战、君子馆之战，宋军一战不如一战。就连那个北伐的肇始者贺令图，也成了耶律休哥的俘虏。既然军事形势一派大好，不需要李继迁在西面牵制宋军，还跟党项人结哪门子亲呢？

李继迁对契丹人的做派肯定气愤，可他没有办法，只能干瞪眼。李继迁亲率一队人马来到大辽边境，喊话辽廷，说我"愿婚大国，永作藩辅"，得到的依然只是虚无缥缈的空口许诺。

到了宋端拱二年，也就是公元989年，辽廷突然将义成公主嫁来了。要知道就在上个月，李继迁上表辽廷，要求与堂兄李继捧和好，遭到拒绝。辽廷拒绝的原因是不知真伪。为什么忽然间改变了对党项人的态度呢？这与端拱二年的战事有关。

端拱二年初，辽军再一次向南拓展，破易州，围威虏军。宋太宗急急忙忙命令定州路都部署李继隆率真、定大军为威虏军送粮。耶律休哥得到情报，领精骑数万企图截夺。巧的是，北面都巡检使尹继伦正奉命带领一支人马巡逻，遇到了准备劫夺宋军粮草的耶律休哥。耶律休哥见尹继伦兵少不堪一击，没有搭理，大摇大摆南下直奔李继隆的护粮大军。老将尹继伦是鼎鼎有名的"黑面大王"，是辽军谈之色变的人物。尹继伦命令士兵束马衔枚，悄悄尾随，行数十里至唐州徐河。此时天色未明，辽军在离李继隆大军四五里处安营，打算吃过早餐向李继隆挑战。李继隆则闻讯摆开阵势，准备迎战。就在这时，尹继伦率领数千人马突然出现在辽军背后。尹继伦身先士卒，斩杀辽军一员大将，辽军顿时惊溃。耶律休哥正在吃饭，眼见宋军杀来，惊慌得连筷子都掉在地上，也顾不得手臂中刀，慌忙乘马逃命。辽兵群龙无首，四散奔走。此仗宋军俘获无数。这就是宋辽关系史上著名的"徐河之战"。

契丹军大败于徐河，主帅耶律休哥负伤，大辽朝野一片沮丧。这会儿辽廷想起了李继迁。如果李继迁在陕西搅局，宋廷将陷于两线作战。于是赶紧将义成公主送到李继迁帐中，还一并送来了三千匹良马作为陪嫁。将两家关系定位为"甥舅之亲"。

就从那时候起，辽廷开始催促李继迁攻城略地。

那是一段很荒诞的日子，李继迁不断向辽廷献媚。李继迁献媚就是报捷，说攻占了什么城池，杀死了多少宋军。其实无捷可报，全是画饼。

义成公主与李继迁一起生活了十五年。十五年里大半时间李继迁的精力是向西拓展。因为李继迁知道，以他目前实力，只能与宋廷玩猫鼠游戏，时而侵扰一下，时而低头请和，一会儿一个面孔，翻云覆雨。宋景德元年，即公元1004年，李继迁在向西拓展中遭遇吐蕃首领潘罗支的埋伏，伤重而亡，时年四十二岁。

李继迁亡故，长子李德明继位。李德明听从李继迁遗言，既依附大辽，又取悦大宋，史称"依辽附宋"。李德明的精力和功绩也是向西拓展。在李德明手里，消灭了甘州回鹘，掠取了瓜州（今甘肃安西东）和沙州（今甘肃敦煌东），使得西夏据有了整个河西走廊。李德明营建宫室，制定礼仪，追尊李继迁为皇帝，立长子元昊为太子，立正妻卫慕氏为王后。

宋天圣七年，即公元1029年，李德明遣使向契丹请婚。那会儿萧太后已经过世，耶律隆绪亲政多年。耶律隆绪是个很不错的皇帝，宋辽达成"澶渊之盟"后，改革弊政，发展经济，大兴科举，使辽朝处于最强盛时期。宋天圣九年（1031），耶律隆绪驾崩，耶律宗真继位，是为辽兴宗。这年十二月，根据原来的婚约，契丹人将兴平公主嫁给了李德明之子元昊。

实际上，元昊根本瞧不起契丹人，非常厌恶这种不清不白的所谓甥舅关系。

前面说过，元昊是个有野心的人，他既厌恶像爷爷和父亲那样小心翼翼地伺候契丹人，又不想背着契丹人偷偷摸摸与宋廷交好。他要做皇帝，做一个真正的皇帝，一个与耶律隆绪和赵祯平起平坐的西夏国皇帝。

宋明道元年，也就是公元1032年，李德明病逝，元昊继位西夏王。元昊从父亲手里接过权杖的那一天起，就在为做皇帝造势。首先，对宋仁宗封他定难军节度使，以及一系列头衔压根不当回事。接待宋使不行臣礼，接受诏书遥立不拜，设宴款待宋使时派人在厅堂后面将兵器弄得哐里哐啷乱响，还故意大声说，先王大错，我们西夏兵强马壮，凭什么做别人的臣子，向别人叩拜？

对于契丹人，元昊暂时不想翻脸，但那也是表面上的恭敬，背地里常常出言不逊。由于元昊不甘心做契丹人的驸马，对兴平公主了无兴趣。大宋宝元元年，也就是公元1038年，兴平公主郁郁而终。满打满算兴平公主跟元昊过了十年，恐怕十年中没过一天舒心日子。可恶的是，公主死了元昊还隐瞒不报，辽兴宗派人持诏诘问，才得知公主已薨。

庆历二年（1042）初，经过河东麟、府之战，元昊人困马乏，决定低下架子向辽求援，请求出兵攻宋。

辽兴宗出兵了，但行至幽州（今天津市蓟州区）却不再前进。元昊对此极为不满。到了庆历三年正月间，辽朝不仅不出兵，还派耶律敌烈和王惟吉来到西夏面见元昊，谕令罢兵。

辽朝为什么谕令元昊罢兵？这里就要说一说"庆历增币"了。

三川口之战后，知延州范雍曾经上书朝廷，说沙漠辽阔，茎草不生，倘若深入进讨，粮馈难继。早在太宗时期，那会儿李继迁还没有成气候，朝廷发五路大兵征剿，最后无功而返。现在西夏人尽得河西之地，羽毛丰满。范雍建议，朝廷能不能派一个人出使上京，请契丹人从中斡旋。如果能在契丹人的帮助下重新获得绥、宥、银、夏等州，每年可以给契丹人增加岁币十万。

应该说，这是个不错的主意。贿交契丹人，由契丹人强逼党项人低头。

收到范雍的建议后朝廷是什么态度？史书没说。但可以肯定，在仁宗皇帝心里是留下印记的。

转眼到了庆历二年，辽廷接到元昊求援的信札。按吴广成在《西夏书事》中的说法，是恳请辽朝联手"以困中国"。

据《辽史·兴宗纪》所载，辽朝两个王爷，为辽兴宗出主意，说："派出使臣，与宋交涉，谋取关南十县。"

还有一个叫刘六符的，建议辽兴宗在涿州一带集合兵马，并放出风声，说要向南用兵。

宋廷上下捉摸不定。辽廷要来使者，兵马调动异常，他们要干什么？虽然有澶渊之盟条约在，北部边境一直很安宁，但党项人在西边闹事，朝廷最担心的就是契丹人借机在北边兴风作浪。

庆历二年二月，宋廷派接伴使前往边境迎候辽使。宋廷接伴使是富弼。富弼从开封出发，抵达雄州。等了好久，萧英、刘六符一行才姗姗进入宋境。随行内侍代表皇帝前往馆驿慰劳，萧英却自称腿脚有病，不拜。

来人是客，是贵客，负有重大使命，见面不拜本国君王，怎么办？那场面肯定尴尬。是富弼挺身而出，据理力争。富弼说："我也曾出使贵朝，病卧车中，然而，闻命辄拜。今天中使代表我国皇帝前来馆驿慰劳，君却安坐不动，这叫礼吗？"

据说，萧英闻言，矍然而起，让人挽着双臂跪下行礼。

大约三月中旬，辽使萧英和刘六符来到开封。他们带来辽兴宗致仁宗皇帝的一封亲笔信，就以下四个问题对宋朝进行指责：一，周世宗不该夺取瓦桥关以南十县；二，当年宋太宗进攻燕蓟师出无名，害得契丹人年年有戍境之劳，要赔偿损失；三，元昊与辽有甥舅之亲，且早已向辽称臣，宋朝兴师伐夏，应该事先告知辽廷；四，宋朝不应在边界上增筑工事，添置军马。

所谓关南，是指瓦桥以南，这儿原属燕云十六州。

河北有三关：瓦桥关、益津关、淤口关。三关位于河北平原中部，向西，可至河北重镇保定；向东，可循拒马河下游大清河入海；向北，勾连幽州；向南，贯通冀中诸多重镇。由于三关地势低洼，土地贫瘠，居民稀少，易为敌方所乘，于是在此设险，利于防守。

早在唐朝末年，东北部的契丹族便日渐强大，屡屡南犯，三关一带战事频仍。五代时期，契丹人扩张加剧，三关之下频频腥风血雨。后唐时期，李从珂篡权，拥有河东之地的石敬瑭起兵反对李从珂，以割让燕云十六州为条件，借契丹兵灭后唐建立后晋，至此，瓦桥三关便为契丹人所有。

到了后周，柴荣英武，有平定天下之志，开始对契丹用兵。显德六年，即公元959年，柴荣亲率大军伐辽，一战收复了燕云十六州中的瀛、莫二州，瓦桥三关就在莫州境内。柴荣改瓦桥关为雄州。直到北宋立国，瓦桥三关成为北部边防要地。

太祖、太宗年间，朝廷集结重兵驻守三关，以防契丹南侵。可三关四周尽属平原，无大山大河据守。为了增强防御能力，端拱二年（989），协助米信驻防沧州的何承矩上书太宗，建议"于顺安寨西开易河蒲口，导水东注于海，资其陂泽，筑堤贮水为屯田，可以遏敌骑之奔轶"。这就是后来的"因陂泽之地，潴水为塞"。太宗一听，立即采纳。于是壅塞九河中的徐、鲍、沙、唐等河流，形成众多水泊，使其相连，构成一条南北防线。以后水域逐渐增广，最终形成一道沿流曲折八百里，宽处达六十里的水上长城。这道水上长城在太宗年间，以及真宗初年对阻遏辽军南下起到了重要作用。

辽兴宗耶律宗真的意思很明确，宋廷要将关南十县归还辽朝。并说只有这样，才能"益深兄弟之怀，长守子孙之计"。

辽使刘六符口出狂言，说宋廷经营这些塘泺毫无用处，根本阻挡不了辽军铁骑，"投箠可平"。"箠"指的是马鞭。辽军用马鞭都能将其填满。刘六符是汉人，而且是一个很有学问的汉人。正因为是一个很有学问的汉人，恐吓汉人的水平比契丹人高。

经刘六符一恐吓，宋廷上下很紧张。

要感谢一个叫王拱辰的翰林学士。这人后来名声不太好，出使辽朝，贪污珍珠，差点吃官司，进班房，但这个时候要感谢他。王拱辰是这样跟仁宗皇帝说的："兵事讲究诡诈，刘六符的话当不得真，他这是在虚夸。自古以来就是设险守国。先皇帝为什么倚重这些塘泺？因为这些塘泺可以大大制约契丹人的骑兵。"

宋仁宗闻之大喜，称赞王拱辰"深练故实"。

除了王拱辰，还要感谢一个人，就是富弼。富弼在接伴辽使过程中，获得了萧英的信任。萧英也是性情中人，厌恶战争，不愿意与大宋关系生变。由于富弼推心置腹，开怀尽言，萧英将底牌亮给了富弼："可从，从之。不从，更以一事塞之。"也就是说，宋廷能答应则答应，万一不能答应的，换作其他条件也行。

萧英还告诉富弼："王者爱养生民，旧好不可失也。"辽兴宗不是好战之徒，桌面上闹得挺凶，仗肯定打不起来。

有了辽廷底牌，仁宗爷终于安心睡了好觉。

睡眠充足的仁宗爷理直气壮地对辽方提出的指责一一驳斥：

一、景德元年，即公元1004年，宋辽订立澶渊之盟，双方在合约中明确指出，但凡没有写进合约中的前朝旧事，暂且不论；

二、太宗皇帝进攻燕蓟是因为辽援北汉、阻挠宋朝统一，曲不在宋；

三、瓦桥关南十县，是异代之事，不应重提；

四、关于西夏，宋方认为，元昊祖上即赐姓称藩，禀朔受禄，现在僭号扰边，理应讨除，而且此事先前已经闻达辽廷；

五、辽朝指责宋廷筑堡修寨，调兵遣将，属于沿边守将正常履职；

六、双方应各守疆界，不得有其他不切实际的要求。

但问题必须解决。如何解决？有人提出通婚，也就是送女人。

回访辽朝的是富弼。富弼小范仲淹十五岁，算得上是范仲淹的学生。范仲淹反对废后被贬，富弼也逐出京城，任职绛州。宝元二年调回京城，迁直集贤院。其时元昊已经建立大夏国，并在大西北频频骚扰。富弼疏陈八事，通篇讲的是元昊必反，希望朝廷引起高度重视。仁宗爷重视了没有？从后来看，没有重视，或者说重视得不够。直到元昊进犯延州，刘平等将领阵亡，损失八千余名官军，仁宗爷才想起富弼的八条奏疏，重新阅读，大为感奋。于是迁富弼开封府推官，知谏院。这次委派富弼出使辽朝，又迁枢密直学士。枢密直学士不仅与观文殿学士并重，掌侍从，备顾问，更掌枢密军政文书。

虽然摸清了辽廷底牌，出使仍然艰巨。既要旗帜鲜明地拒绝辽兴宗的无理要求，又不能伤和气。宋辽反目，受益的是元昊。如果辽夏结盟，大宋两面受敌。

六月，富弼来到上京。富弼问辽兴宗："自澶渊之盟以来，辽宋相好了四十余年，为什么忽然要求割瓦桥关以南十县之地？"

辽兴宗虽然比不上父亲耶律隆绪，在辽朝九帝中也算个人物，身材魁伟，为人聪敏，通晓音律，爱好儒学，据说善于画鹅，画鹰，经常将自己的画作送予仁宗皇帝，仁宗爷也常常作飞白书回赠。

辽兴宗说："是宋廷违约在先。宋廷塞雁门，增塘水，治城隍，籍民兵。满朝大臣们竞请举兵，寡人正是看在两国订有盟约，先遣使讨要，如果讨要不得，再举兵不晚。"

富弼说："辽宋通好，对皇帝最有利，做臣子的没有什么收获。但如果用兵呢，好处是臣子们的，出了祸患则由皇帝承担。所以说，做臣子的为了自身利益，都希望打仗。"

辽兴宗问："为何如此说？"

富弼答："当年我中原王朝战乱多，国力弱，所以辽军经常打胜仗。虽然掳获不少，但发财的都是诸臣之家。现在不同了，现在，我泱泱华夏疆域万里，精兵百万，法令修明，上下一心，你们要是再用兵，能确保百分之百的胜利吗？"

辽兴宗摇摇头说："不能。"

富弼说："两国交战，胜负不定。打胜了，掳获的财富是将士们的；打败了，所遭受的一切损失跟大臣们没有半毛钱关系。"富弼话锋一转，说，"两国通好就不同了，岁币尽归人主，大臣们无利可图，所以大臣们不喜欢和平，都希望打仗。"

辽兴宗恍然大悟。

辽朝皇帝转变了观念，接下来就好谈了。第一，宋辽联姻；第二，可增岁币。二者听凭辽朝选择其一。

富弼提出了三套方案：

一、议婚不增岁币，也就是给女人不给钱；

二、给钱在原来基础上每年增加岁币十万；

三、如果辽朝能令西夏对宋朝臣服，岁币增加至二十万。

增岁币是一个不错的主意。富弼说得对，"岁币尽归人主"，对于一国之主而言，有了进项，还打什么仗呢？打仗不就是为了有进项吗？至于是"献"还是"赐"，那是细节问题，可以充分商讨。

围绕宋夏关系问题，富弼与辽兴宗也有一段对话，充分展示了富弼高超的外交才能。

辽兴宗又问："元昊是我朝藩国，你们兴兵讨伐他，为什么事先没有通报我们大辽？"

富弼反问道："你们讨伐黑水、高丽，通报过我们吗？"

辽兴宗语塞了。

富弼继续说："元昊虽然与大辽有婚姻，但是屡屡扰我边陲，杀我边民，我们自然要加兵讨伐。只是，加兵讨伐，伤了你我两家和气，不加兵征讨，我国边陲边民将遭到蹂躏杀戮，我家天子让我捎话给陛下，我们究竟是讨伐呢，还是不讨伐？"

辽兴宗沉吟半响说："元昊为寇，岂可使南朝不击乎！"表态虽然不大干脆，但意思很明确，元昊为寇，宋朝有权反击。

次日，富弼陪同辽兴宗狩猎。两人玩得尽兴，辽兴宗问富弼："你还有什么话要说吗？"

富弼道："唯愿宋辽长久欢好。"

辽兴宗说："如果将关南十县还给我们大辽，欢好可久。"

富弼说："我国天子还有一句话让我带给陛下，大辽想得到祖宗之地，我们决不会放弃祖宗之地；大辽以得到祖宗之地为荣，那我们则以失去祖宗之地为耻。既然我们两家是兄弟之国，怎么能让一家荣一家辱呢？"

狩猎结束后，刘六符对富弼说："我家皇帝听了关于荣辱之论，感悟很深。"

既然辽兴宗感悟很深，什么都好说了。辽宋之间的疙瘩解开了，气氛和谐了，局势缓解了，友谊加深了。不仅辽宋之间其乐融融，辽朝还要帮助宋廷压服西夏，让元昊俯首称臣。

于是乎，在庆历三年（1043）正月间，同知析津府耶律敌烈和枢密院都承旨王惟吉奉辽兴宗旨意来到兴庆府，传谕元昊罢兵。

10. 庆历和议

应该说，耶律敌烈和王惟吉来得正是时候，此时的元昊正骑虎难下，进退维谷。

西夏与宋廷开战以来，可以说没有捞到半点好处。每次费洪荒之力进入宋境，转瞬之间又得乖乖退回来，因为不退回来就有被围歼的可能。虽然打了胜仗，由于宋军抵抗顽强，打了胜仗也是惨胜。西夏施行的是点集制。顾名思义，就是临时召集，国家层面没有兵马，兵马归各个监军司统辖。一个监军司仿佛一个大部落。大部落下面还有小部落。需要打仗一声传呼，进行点集。现在点集很困难了，各监军司青壮年阵亡得实在太多了。也不排除一些部族开始厌战，对点集厌烦，或者干脆拒绝点集。

还有，党项人没茶叶了。饮无茶对于北方游牧民族来说是一件非常要命的事情。明代顾炎武就说，茶这东西，西夏、吐蕃从古至今都需要别人供应。膻腥之物，非茶不能消除。吃了青稞，非茶不能消化。宋人洪中孚说得更是直接，蕃人每天饮食酥酪，嗜茶如命。喝茶不仅仅是吐蕃人、党项人的爱好，更是生命之需。另外物价飞腾，一匹绢涨价至八九千钱了。

除了上述困难之外，宋廷关闭了沿边榷场，禁止夏国所产青白盐入境。青白盐是西夏财政的重要收入。没有了盐业交易也就没有税赋，国用严重不足，无法支撑战争开销。

元昊也在反省，开战所掳获的收益，远远不及和平时期从榷场交易中得到的实惠。

可如何将自己的意思传递给宋廷呢？元昊清楚自己名声不好，宋人称他狡诈。用假装议和麻痹宋人是他的惯用手法，现已被范仲淹、韩琦等人识破了。即便真议和，在范仲淹、韩琦等人看来也是假议和。

无奈之中元昊想起一个人来，王嵩。

横山一带有野利家族，势力很大，当年李继迁落难，就是因为说动了横山野利家族才如鱼得水，得以壮大。到了元昊时代，野利家族越发兴隆，哥哥野利旺荣执掌左厢神勇军司，驻银州。弟弟野利乞遇执掌右厢朝顺军司，驻兴州。元昊第一次大规模进攻鄜延路，陷没金明寨，设伏三川口，战场指挥官就是野利旺荣。后来给范仲淹回书的就是这家伙。范仲淹决定铲除此人。可随着好水川战败，宋廷调整西北各路领导班子，范仲淹去了环庆路。

范仲淹走后不久，野利旺荣指使浪埋、赏乞、媚娘三人到青涧城诈降。种世衡久经沙场，足智多谋。浪埋、赏乞、媚娘为什么来投，种世衡清楚得很，心想与其杀此三人，不如将计就计，于是将浪埋等三人留下来，任命他们监商税，出入骑高头大马，还有随从护卫，十分风光。

过些日子，种世衡挑选一位叫王嵩的心腹将领，带着一封密信去见野利旺荣。王嵩说，浪埋等人已经抵宋，朝廷知道大王有向汉之心，任命大王为夏州节度使，月俸钱万缗，旌节都已经准备好了，就等大王您归顺了。说完奉上密信。密信在蜡丸里，剥开，蜡丸里有一颗枣，一张纸上画着一只龟。野利旺荣明白了，一枣一龟，不就是早归？

野利旺荣原来的想法是，在青涧城埋三颗雷，到时候攻打青涧城，以浪埋、赏乞、媚娘为内应。这青涧城太过要害，野利旺荣一直谋划着据为己有。青涧城一旦拿下，就等于打开了延州的东大门。万没想，种世衡入了套，不仅入了套，还向自己抛媚眼。事情弄复杂了，野利旺荣不敢自专，拿着种世衡的密信去见元昊。

狡猾的人大多这样，心眼多，疑心重。元昊拿着种世衡的密信犯疑惑，野利旺荣什么意思？他为什么私自与种世衡接洽？他会不会像山遇惟亮兄弟一样准备背叛自己？他上交种世衡的密信是不是一种试探？无论野利旺荣有无背叛的企图，都不能回银州了，那个叫王嵩的也得关起来。另派亲信李文贵以野利旺荣信使的名义去青涧城见种世衡。就在这时候，种世衡调走了，去了环州。李文贵只好到延州见庞籍。

李文贵以为派王嵩投递密函是庞籍授意，问："您的书信什么意思，是不是想跟我们通好啊？"

庞籍丈二金刚摸不着头脑。李文贵告诉庞籍："自从用兵以来，我们的牛羊只能卖给契丹人，绢也只能卖给契丹人，都是贱卖的，价格压得极低，比如一匹绢吧，卖给契丹人只值二千五百钱，远远低于成本价。所以我们不想打仗了，想讲和。"

庞籍不相信元昊有求和的诚意，派李文贵来是故伎重演。庞籍也将李文贵扣下来了，软禁在青涧城。

接下来是定川寨之战，宋军损失惨重，元昊掳获无几。

再接下来是辽朝向元昊派来两名谕令罢兵的使者。

在辽使谕令元昊罢兵的同时，庞籍也得到了仁宗招纳元昊的密诏。原文是"元昊苟称臣，虽仍其僭号亦无害；若改称单于、可汗，则固大善"。意思不难懂，就是元昊如果低头议和，自称什么西夏王或者西夏皇帝也没多大害处，当然若是改称单于、可汗之类，就更好了。

是什么原因导致仁宗皇帝对西北前线的战事伤心透了，失望极了，如此火急火燎地想跟元昊扳一下子相好？甚至连"僭号亦无害"这种话也说得出口？因为大宋国内的治安形势已经恶化。

早在康定元年（1040），即元昊发动大规模突袭战的那一年，有人就提出要防盗贼。这里的防盗贼不是防小偷。元昊屡屡侵扰边境，将带来无数流民，这些流民无以为生，很可能啸聚山林。仁宗这一次行动迅速，立即下旨，命令陕西、河北、河东、京东、京西等路，按照本地户口多寡，籍民为乡弓手、强壮（宋代乡兵别称），以备盗贼。

这年十一月，两浙转运司奏报，一个叫鄂邻的普通军士，杀了巡检使张怀信，聚兵剽劫湖南、福建、广南诸州县。张怀信仗恃是皇帝身边人，骄横跋扈，苛虐士兵，引起兵变。

接着是泾原德胜寨寨主姚贵杀监押崔绚，劫宣武、神骑卒千余人反叛，攻打羊牧隆城。

姚贵叛乱敉平后，京东路又出事了。

京东路出事与陈执中有关。任福败亡好水川后，陈执中调往陕西，没两年，又改知青州。庆历三年（1043）对北宋而言不是好年头。先是河东地震，继而陕西、京师、京东等地大旱，到了秋天，江淮蝗灾。

流年不利，但陈执中强行筑城，导致百姓怨声载道。虎翼军一名叫王伦的小卒纠集数十名兵士哗变，杀巡检使朱进，进入青州。陈执中派巡检使傅永吉率官军阻击，王伦调头进入密州、海州、泗州、真州、扬州，行至高邮，队伍发展到两三百人。

可笑的是，一支数百人的叛兵，居然穿州过县千余里，大摇大摆。尤其进入淮南后，这个地方属于大宋帝国"肘腋"，多年没有警报，州县早已麻木，毫无防卫。听说王伦来了，竟不知所措。知高邮军晁仲约为了不让王伦一伙进城，悬榜令富户拿出金帛牛酒，派人出城迎劳。据苏辙在《龙川别志》里说，"盗悦，径去不为暴。"

宋廷对王伦一伙流窜淮南深感不安，唯恐截断漕运，督促傅永吉南下追剿。傅永吉在扬州山光寺将王伦击败。七月，王伦率残部渡过长江，在采石矶为傅永吉歼灭。

王伦的头颅送到京师尚在滴血。八月，京西地区又出了张海。张海是个农民，准确地说是个山民。张海起事与税赋沉重有关。宋夏战争已经进入了第四个年头，庞大的军费开支早已掏空了国库。战争的开销——钱粮、人力，乃至兵员，全部摊在百姓头上。有这样一组数字可以佐证战争期间向百姓转嫁负担之重。宝元元年，也就是公元1038年，陕西一年总收入一千九百七十八万。宝元元年陕西比较安宁，开支一千五百五十一万，结余四百余万。到了庆历二年（1042），陕西一年财政收入二千九百二十九万，开支出二千六百一十七万。短短五年，陕西的税赋增长了将近一千万。

有关张海一伙的记录不多。有一条仁宗皇帝的诏令："陕西比有贼张海、郭邈山，群行剽劫，州县不能制，其令左班殿直曹元诘、张宏，三班借职黎遂领禁兵往捕之。"

据欧阳修《再论陈洎等札子》载：金州知州王茂先放张海等人入城，任其劫掠军资甲仗库。在邓州，顺阳县令李正己不仅将张海一伙请进城，还设宴款待，夜晚宿于县厅，最后鼓乐送出城外。

高邮知军晁仲约用金帛牛酒款待王伦一行，朝廷得知后大为震怒。富弼建议立即将晁仲约就地正法，以儆效尤。富弼说，盗贼公行，守臣一不战，二不守，动员当地百姓凑钱去买通盗贼，论法当诛！不诛，今后贼人来了郡县都大开城门，不予守御。富弼还说，高邮人非常痛恨晁仲约，痛恨到欲食其肉的程度。

欧阳修也主张杀一儆百。欧阳修是这样说的，王伦一叛卒为什么如此猖狂？原因就在于各地官吏清楚，贼可畏，而朝廷不足畏。今天如果宽贷晁仲约们，将致使纲纪更加隳坏。到时国法不再，盗贼纵横，天下大乱，从此始矣。

但范仲淹主张具体情况具体分析，他说，倘若郡县有兵，足以战守，盗贼来了不抵抗，而且开门贿赂，这种情形法所当诛。现在的问题是，高邮无兵，也无军械，晁仲约采取的方法固然不当，但情有可原。杀他，恐怕有违法理本质。

范仲淹又说，至于当地民众的情绪，虽然损失了一些财物，但免于杀掠，应该感到庆幸。说什么欲食其肉，这是谬传。

仁宗皇帝最后听取了范仲淹的意见，晁仲约逃过一劫。

九月，桂阳报告有蛮猺内寇。

接下来是保州与恩州兵变。

庆历三年（1043）八月，富弼即向仁宗皇帝进言，说元昊没有公开竖起反叛的大旗之前，诸处虽有盗贼，未尝有敢杀戮官吏者。可自从元昊建国称王以后，四五年时间里，入州城打劫者，就发生了三四十起。过去盗贼入城，都是到了黄昏时分悄悄出发，如今则白昼公行，进入城内擅开府库，气焰嚣张得很。富弼心情沉重地对皇帝说："自此以往，只忧转炽，若不早为堤备，事未可知。"

不可预料的是什么事呢？欧阳修替富弼回答了，他说，后汉、隋唐为什么亡国？皆因兵革先兴，而盗贼继起，又没有及时扑灭，遂至横流。

是的，元昊虽然远在西陲，但元昊的反叛挑战赵宋皇权，以及分疆裂土称王，具有不可低估的示范作用。

仁宗爷急了。人一急，免不了左支右绌，否则，以仁宗爷的智商，怎么会发表"仍其僭号亦无害"这种谬论？什么叫"僭号"？就是想称帝，想跟仁宗爷平起平坐，这种狼子野心属诛绝之罪。

庞籍接到仁宗皇帝的密诏后认为，元昊刚刚在定川寨打了胜仗，气焰嚣张，这时候宋廷主动派人去谈和，对方要价肯定很高。于是从青涧城招来李文贵，说了一通罢兵言和的好处，然后道，你回去告诉元昊，若真能悔过从善，称臣纳款，朝廷将出台比以前更为优惠的举措。

对于李文贵而言，简直喜从天降，急忙拜倒在地，说："龙图若能将这番话上达朝廷，使彼此休兵，我们大家都有封赏。"李文贵欢天喜打道回府，将宋廷的意思向元昊说了。

元昊大喜过望，不仅释放王嵩，还设宴摆酒，予以厚待。接下来，王嵩带着李文贵再次来到延州。

和议的过程冗长而又繁复。

四月，经庞籍请示朝廷，得到仁宗皇帝的允准，西夏议和使者贺从勖与李文贵前往京都。

也许对和平的愿望过于急迫，仁宗诏令所过州郡，对夏使加礼迎候。地方上的通判官，到馆驿设宴慰劳。

这种超规格接待遭到富弼的批评。富弼说："元昊只不过刚刚表达了议和的愿望，所过州郡就加礼迎候，还命令各地通判去驿馆慰劳，实在太过分了。"富弼指出，"西夏这次能够来人谈和，是因为契丹皇帝发布了谕令。既然元昊畏惧契丹人，我们更要慎重。"

最后，富弼忧心忡忡地说："如果我们不能制服党项人，契丹人岂肯受制于我？甚至，契丹人的心理就会膨胀，会认为他们比我们强大。今后若再与元昊发生冲突，请契丹人出面调停，恐怕会漫天要价，到那时，增岁币十万也不能解决问题。"

直到这个时候，仁宗皇帝才六神归位。

首先要解决的是名分问题，绝不能像仁宗说的"僭号亦无害"。中原王朝非常重视名分，从某种意义上说名分代表着道义，昭示着是非。

宋廷坚持认为，元昊必须俯首称臣。因为元昊原本就是大宋藩臣。不仅元昊，元昊的父亲，元昊的爷爷，乃至元昊爷爷的爷爷，都是大宋臣子。元昊自称西夏国皇帝，属乱臣贼子。自古以来，乱臣贼子人人得而诛之。现在议和，过去发生的一切可以既往不咎，但必须称臣。

元昊怎么会称臣呢？元昊是个心高气傲的人，他在给仁宗皇帝的上书时抬头是这样写的："男邦泥定国兀卒曩霄上书父大宋皇帝。""男"是儿子的自称，"邦泥定国"是元昊所建国家的译音，"兀卒"是邦泥定国的国王，类似于契丹族的可汗，"曩霄"是元昊的党项名字。

关于称呼，很有说头。自古"君君臣臣、父父子子"，君臣关系放在首位。按封建礼制，忠君是第一位的。所谓"君要臣死，臣不得不死"，一旦称臣，就得臣服，无条件接受统治。对于争强好胜的元昊来说，岂能让"君臣关系"捆住手脚？所以他称仁宗为"父大宋皇帝"。

还有"兀卒"。北方民族有尊天的习俗，汉民族又有"天玄地黄"一说，在元昊眼里，"青天子"要高于"黄天子"。

另外，"兀卒"与"吾祖"音近，在元昊看来，虽然在宋皇面前称"男"失了身份，但一个"兀卒"，又为他挽回了不少面子。

果然，围绕"兀卒"这一称谓，朝议沸滚，一浪高过一浪。知谏院余靖气呼呼地说："元昊上书有'吾祖'之称，这是对圣上的极度轻慢和不恭。古时候的'夷狄'只有单于、可汗之类称号，元昊杜撰一个名称，称陛下为父，却令我朝赐诏时称他为'吾祖'，可恶至极！"

欧阳修更是急得不行，说："吾，我也；祖，祖翁也。若是我们允许元昊用此名号，泱泱大宋的诏书今后称元昊为'我祖'，怎么开得了口？"

韩琦、范仲淹身在陕西前线，对称谓问题没有朝中大臣研究得仔细，他们关心更多的是边境安危。庆历三年（1043）二月间，二人联名上书朝廷，指出，元昊这人有奸雄之志，是大宋西陲之大患。虽然朝廷有意招纳，契丹人从中撮合，但最根本的问题是西夏因为年年用兵，伤折太多，元昊想休养生息，并不是真正心悦诚服，议和通好。

韩琦、范仲淹认为，如果我们被元昊的卑辞厚礼蒙住眼睛，很容易麻醉自己，放松警惕。用不了几年，将帅松懈，士卒骄惰，边备废弛，一旦元昊恢复元气，卷土重来，则中国不能枝梧。

余靖甚至建议："以当前的态势，与党项人和议不成最好。"余靖分析，这次若是议和成功，契丹人很可能派使臣来到京城，要我们答谢。多给银绢，拿不出来；银绢给少了，很可能兴师问罪，说我们忘恩失信，这样一来，我们将两面受敌。与其两面受敌，不如不议和。

转眼间，到了庆历三年七月，和议始终没有进展。元昊耐不住了，恳请辽兴宗出兵南下。

这一次，辽朝干脆果断地拒绝了元昊的出兵之请。

原本就对契丹人瞧不上眼的元昊，气得七窍冒烟。

辽朝与西夏接壤的边界上有一个党项部落，叫呆儿族。呆儿族虽然臣服了辽朝，但昔日仇怨仍在。随着实力增强，开始闹分裂。庆历三年八月，辽廷派兵讨伐，竟然被呆儿族打得大败。辽兴宗想起元昊，命令西夏出兵。元昊果然不凡，一举打败了呆儿族，掳获颇多。按照游戏规则，西夏人打了胜仗，辽朝总得有所表示。但没有。不仅没有任何表示，就连被元昊掳获的财物也没有分给西夏。元昊那个火啊，在心底乱窜。

是年冬，元昊开始在辽夏边境闹事，即悄悄引诱一些辽朝境内的党项部落，以及呆儿族人背叛契丹，来到西夏。

元昊的举动引起了辽兴宗的警惕，公元1043年下半年，派北院大王耶律侯哂巡视辽朝西部边境地区。鉴于沿边党项人多叛辽归夏，耶律侯哂建议构筑城寨。辽廷同意耶律侯哂意见，下令于沿黄河要地修筑了金肃、河清、威塞等城，并在阴山脚下建立天德军。

元昊清楚，契丹人修筑这些城堡是对付他的，又唆使已经归附西夏的呆儿族不断侵扰辽朝边疆。

公元1044年五月，在元昊策划下，辽朝境内的党项族人发生了大规模叛乱。辽兴宗命令西南招讨司出兵镇压，这一次元昊竟然大摇大摆地派兵支援，杀西南招讨使萧普达，以及四捷军详稳张佛奴等人。辽兴宗大怒，征调全国兵马准备攻打夏国。

元昊日益感到了来自契丹的威胁，不由得加快了与宋朝议和的步伐。

六月，元昊再派谋士杨守素来到开封。这一次元昊的口风变了，答应称臣。并在誓表结尾处信誓旦旦，说倘若君亲之义不存，臣子之心渝变，使宗祀不永，子孙罹殃。

誓表内容大致为：

一、过去各自所掠取的军民双方都不予归还；

二、今后有人进入他国地界，不得追袭；

三、宋夏战争中西夏所占领的宋朝领土如栲栳、镰刀、南安、承平等寨及周边地区，从中间划界；

四、双方在各自领土上可以自行建筑堡寨；

五、这一条最重要，是整个和约的核心，即宋廷每年岁赐绢十三万匹、银五万两、茶二万斤。另外，乾元节，也就是仁宗爷的生日，元昊派人祝贺，宋廷回赐银一万两、绢一万匹、茶五千斤；正旦节，也就是一年岁首，元昊派使臣贡献，宋廷回赐银五千两、绢五千匹、茶五千斤；仲冬节，宋廷赐西夏时服银五千两、绢五千匹；元昊生日，赐礼物银器二千两、细衣著一千匹、杂帛二千匹。

应该说，元昊从称帝、称男，到称臣，基本符合宋廷上下对和议的原则要求，索取的银绢也不是很多，而且乾元节、正旦节还有敬奉和贡献，如果不是辽夏开启战端，这份和约可以敲定。问题是，辽夏已经拉开架势，这一仗非打不可。骤然恶化的辽夏关系，使宋廷面对这份和约时顾虑重重。

到了七月，辽朝派延庆宫使耶律元衡来到东京，告诉宋廷，他们即将讨伐西夏。辽朝的书札是这样写的："元昊负中国当诛……顽犷不悛，载念前约，深以为愧。今议将兵临贼，或元昊乞称臣，幸无亟许。"

这封国书里面有玄机。首先，辽朝将出兵的理由非常牵强地归结为元昊辜负了宋廷。实际上这次翻脸，是辽夏之间因为利益分配不均而发生的争端，与宋廷毫无关系。其次，说"载念前约，深以为愧"，过去牵线搭桥，要元昊罢兵议和，感觉错了，内心很愧疚。"或元昊乞称臣，幸无亟许。"既然谕令元昊罢兵议和有错，元昊如果对宋朝俯首称臣，宋廷要予以拒绝。明眼人一望便知，辽朝与西夏交恶将宋朝拉拽进来，是一种政治绑架，为契丹人站台。

宋廷高层何尝不知其中玄机？

范仲淹就说："契丹人讨伐党项，说是为宋廷征讨，意在邀功。如果同意他们这种说法，将来何以为报？书札中提出要宋廷拒绝西夏请和，可元昊已经削号称臣，名体颇顺，我们如何拒绝？说契丹人不准议和了吗？可西夏从来没说他们议和是从契丹之请，我们又怎么能拿契丹人去压党项人？另外，辽夏是甥舅之亲，如果我们按照契丹人的要求去办，弄不好过几天辽夏又握手言欢了，我大宋就成了名副其实的冤大头。朝廷说话不算话，失去国家信用。最后，如果这一次拒绝了元昊，下一次怎么跟他谈？即便我们可以编出很多理由，让元昊坐到谈判桌边，到时候元昊必定钻我们信誉上的空子，漫天要价。"

议来议去议不出结果，那会儿信息闭塞，宋廷上下没人弄得清辽夏实情，估计就一个字，拖。

十月，辽兴宗亲率骑兵十万，出金肃城；皇太弟耶律重元领骑兵数千出南路；北院枢密使萧惠领兵六万出北路；东路留守萧孝友率师殿后，作为应援。西夏与辽仅隔一条黄河，其间并无城堡。萧惠的六万人马渡过黄河，长驱直入四百里，直抵得胜寺以南，扎下营寨待敌。

元昊以左厢兵悄悄屯扎于贺兰山北，当萧惠率军抵达时，元昊派人前来侦察，被辽军活捉。萧惠是辽朝名将，深受辽兴宗信赖。宋夏交恶之际，索要关南十县，就是萧惠的主意。听闻西夏主力隐藏在贺兰山北，派遣殿前副检点萧迭里得领兵出击，结果陷入重围。萧迭里得是辽军猛将，奋勇力斗，左右驰射，跃马直击中坚，党项兵不能敌，大溃而逃。

此战数千人对阵党项兵数万人，居然将党项兵打得大败，除了辽军骁勇，可见西夏军仍没有恢复元气。

辽军进兵至河曲，即今日鄂尔多斯市附近。

元昊派人赴辽营向辽兴宗请罪。辽兴宗有点见好就收的意思，萧惠则说："西夏人忘恩负义，奸诈百出，今天大军并集，皇上亲临前线，是上天开导元昊这家伙的极好机会。这时候如果心肠一软，放过了元昊，恐怕后悔不及。"

元昊见辽兴宗犹豫不决，说："我退军三十里待罪等候。"

第二天再退三十里。

第三天又退三十里。

元昊的一退再退，麻痹了辽兴宗。辽军前进了近百里，所到之处元昊坚壁清野，造成辽军后勤供给不足，辽兴宗同意与党项人和谈。又拖了几天，元昊估计辽军马饥士疲，突然挥兵杀出。

萧惠对元昊保持着高度警惕，元昊的突然袭击遭到数万辽军顽强抵抗。本来战局对契丹人有利，谁知大风忽起，黄沙漫天，辽军阵乱——这一幕宋军在定川寨外也遭遇过，可党项人生活于斯，适应这种飞沙天气，结果反败为胜。

元昊这人能屈能伸，马上派人送还辽军俘虏请和。

这是庆历四年（1044）腊月间的事，当朝廷得知辽夏果然再次握手言和后，急急忙忙派遣祠部员外郎张子奭携带册命奔赴西夏。

可是，张子奭出发不久，忽然圣旨下来，要他不要往前走了，在驿所住下来等候。等候什么呢？等候辽朝使者，准备等辽朝使者来了之后再商议，或者再请示，与西夏议和能不能举行。已是枢密副使的富弼立即给仁宗皇帝上书，说，泱泱华夏，四方之大，为什么要看契丹人的眼色行事？如果天下人知道大宋在与党项人的关系上，只有得到契丹人允许后方敢行事，那大宋朝廷在天下人眼里已经衰弱不堪，完全看不到希望。富弼痛心疾首，说若是每件事情都必须得到契丹人的指示方敢施为，使陛下受此屈辱，臣子何安？臣忝列枢辅实在为陛下羞之，同时也为陛下忧之。

能够把话说到这个份上，只有宋代，也只有宋代仁宗皇帝。如果换作其他朝代，富弼的脑袋早"咔嚓"了。

尤为难得的是，仁宗皇帝知错就改。

当张子奭重拾行装再上路时，节令已经进入庆历五年正月了。茫茫北国冰雪消融，虽然寒风扑面，但一朵朵、一枝枝、一树树蜡梅仿佛关闭太久的孩子，争先恐后绽放笑脸。

11．水洛城之争

这场始于康定元年（1040）的宋夏之战终于画上了句号。然而，这场战事延续了五年，最后以花银子的方式买平安收官，有人愤愤不平，有人痛心疾首。比如谏官孙甫就上书说，元昊虽然俯首称臣，可他有一个附加条件，那就是每年卖青盐十万石。十万石青盐值多少钱？起码十万贯。想当年，元昊的爹爹李德明曾多次请求放行青盐，真宗爷始终没有答应。为什么？青盐质量好，味道胜于解盐，而且青盐的产能高，如果我们解禁青盐，人们都去买青盐了，将极大地冲击内地盐业。现在元昊称臣了，沿边榷场必须开放，青盐将大量流入内郡。更重要的是，元昊属于叛臣贼子，因为势孤力穷才乞请归顺，盐禁一开，银子哗哗啦啦流入西夏，用不了几年，元昊的腰包便会鼓起来，腰包鼓起来就会招兵买马，重新向大宋开战。

孙甫说得有道理，对于反叛者而言应该抽薪止沸，而不是加柴添火。弛禁青盐，与加柴添火无异。

欧阳修属于痛心疾首者，他在奏疏中说，几乎所有人都清楚，元昊奸诈，目前是因困窘而求和。既然大家伙心底清楚，为什么还厚以金缯，助成奸计？欧阳修也指出青盐问题。欧阳修说，盐是日用品，家家户户不可或缺，倘若元昊用青盐收买沿边民户，三五年之后，沿边民户皆为元昊所有。

当然，与西夏议和是国策，臣子们愤愤不平也好，痛心疾首也罢，无碍大局。

要说没有影响也是假话，至少影响了舆论，或者影响了心情，包括朝中宰执，甚至包括仁宗爷。

不是吗，与泱泱天朝相比，西夏实在太不起眼了。地不过数州，人不过百万，且物产不丰，气候恶劣，在许多人的想象里，捏碎这等蕞尔小邦，就像捏碎一枚鸡蛋。记得康定元年初，元昊驱师南下，偷袭金明寨，设伏三川口，举国上下义愤填膺，一片讨伐之声。就连性情宽厚的仁宗皇帝也忍不住火急火燎，说陕西各州军，但凡有勇有谋之士，以及熟悉西夏国内情况的人，自己报名，速速赶赴京师。又说，对于元昊派来的探子，抓一个赏钱三十万，有公职的转两资。但是，知而不告者，不光本人杀头，妻儿老小一律编管广南。如此猖急，不讲法规，哪里称得上是皇帝诏书？问题是，仁宗爷心底急呀！

为报三川口之仇，宋廷还诏京畿、京东、京西、淮南、陕西诸路征购战马。说是征购，典型的强买强卖。政策是："宰臣、枢密使听畜马七；参知政事、枢密副使五；尚书、学士至知杂、合门使以上三；升朝官合门祇候以上二；余命官至诸司职员、寺观主首皆一。"从宰执大臣开始，直至寺院主持，必须有马，而且是"听"。"听"是"听任""听凭"，不要隐瞒，不要讲价钱，不要推三阻四，不要以次充好，否则重寘于法，掉脑袋都有可能。透过征购马匹，仿佛看到胡子拉碴的仁宗爷满嘴角都是血泡。

那一时间段诏书很多："诏求直言""诏兵部自今试武举人""诏选殿前诸般

材勇者赴陕西极边任使""诏陕西点募强壮",诏"两府及执政旧臣,俾条上陕西攻守之策""诏诸路部署、钤辖司,毋得纳元昊界内附者",还有一会儿"诏许边臣便宜行事",一会儿又收回"诏许"……

还有一件事也说明仁宗皇帝在那一时期急眼了,乱了方寸。

康定元年三川口大战后,滕宗谅由刑部郎官调到西北前线,知泾州。这个滕宗谅,就是那个广为人知的滕子京。子京是他的表字。滕宗谅后来谪守巴陵郡,就与他知泾州有关。

庆历二年(1042)闰九月,葛怀敏败亡定川寨,西北前线震动。泾州距渭州仅一百二十里,鉴于泾州兵少,滕宗谅召集数千农民,穿上宋军服装站在城上,又招募一群勇敢者,深入前线打探军情。由于知原州景泰在潘原大破西夏伏兵,才使得泾州无恙。

那一阵子本应秋高气爽,天气却一反常态,终日阴晦。恶劣的天气使得泾州城内士气低落。为振奋精神,滕宗谅大摆酒席,一为庆祝潘原大捷,二为祭奠定川寨战殁的泾州籍将士。

应该说,身为一州之长的滕宗谅在人心惶惶的情况下安抚士民,鼓舞军心,无可非议。然而,刚刚升为陕西四路马步军都部署的郑戬,说滕宗谅在泾州搞这些与战争无关的活动是乱花钱。监察御史梁坚立刻风闻弹劾。朝廷派人核查,不仅乱花钱,而且乱花了不少,达到十六万缗。顿时天威震怒,滕宗谅被革职,打入邠州大牢。

前面说过,仁宗爷是历史上少有的好脾气,然而这个史上少有的好脾气皇帝,却在滕宗谅的事情上天威震怒以至于像范仲淹这样的有识之士、忠耿之臣都只能低头无语,不敢援手。

天子震怒,事儿大了。一个叫燕度的,太常寺掌祭祀的七品小官,平日里闲出个鸟来,这次被仁宗皇帝相中,抽调出来办理滕宗谅一案。燕度来到邠州后大兴罪狱。以鞫勘滕宗谅为由,肆意株连,以至于邠州,以及邠州以下五县,枷杻用尽,狱满为患。这些被抓来拷问的边关将士,全是无罪之人。一时间,西北前线人人自危。欧阳修向仁宗皇帝指出,这种情形若不及早制止,一旦被元昊洞知实情,突然派兵进犯,沿边将帅有谁肯为朝廷卖命,拼死向前?

更可怕的是,燕度还将黑手伸向了韩琦。陕西宣抚副使、知庆州田况一再给朝廷上书，不见答复。又跟朝中大臣们写信，可大臣们各避嫌疑，不肯也不敢向皇上建议。还是欧阳修站了出来说，韩琦是朝中大臣，肩负着治理国家重任，燕度竟敢无故欺凌，是轻慢朝廷，舞弄文法。说朝中有些险薄小人，只要有刑狱，就眼珠子放红光，立马亢奋。为什么会这样呢？因为整得人越多，则升官越快，所以大造声势，罗织罪名，牵连无辜。欧阳修说，滕宗谅只不过挪用了几个公用钱，为什么要劾问大臣议边事？明摆着的是节外生枝。最后，欧阳修建议，为了滕宗谅一案办理公正，必须另选差官，至于燕度，应该交由有关部门审查，如果涉及犯罪，则加以追究。

至此，鞫讯滕宗谅一案才步入正轨。

最后查实，所谓滕宗谅枉费公用钱十六万缗纯属子虚乌有，十五万七千缗是加诬，只有三千缗公用钱为滕宗谅所消费。

即便如此，滕宗谅仍然先贬凤翔府，再贬虢州，又贬巴陵郡。

与滕宗谅前后时间关入邠州大牢的还有张亢。张亢的罪名是下面文员拿库银在成都做生意，张亢参与获利。

继而又牵扯出狄青，说狄青曾经做过张亢的部将，既然做过部将，也应该挪用过公用钱。

结果呢，同样是捕风捉影，子虚乌有，张亢所谓的拿库银做生意，获得的利润并非揣进了自个儿腰包，而是用于买马。至于狄青一案，根本查不出子丑寅卯。

杀气腾腾的一桩贪墨公款案，最后草草了结。也不见对诬告者施行惩戒，始作俑者郑戬甚至做了更大的官。当然，郑戬不是坏人，但在滕宗谅、张亢一案上确实有些不地道。是不是自己刚刚升任陕西四路都总管兼经略安抚招讨使，急于立威？有这种可能。宋人李焘在《续资治通鉴长编》中就说，因为张亢与郑戬议事不合，郑戬便检举张亢在渭州使用过公使钱。典型的公报私仇。

滕宗谅和张亢这场牢狱之灾的促成，有诬告者的阴险，有郑戬的私念，有燕度的荒谬，但这都不是根本原因。根本原因是仁宗爷心中太过窝火。要知道，庆历初年，灾害频仍，为应对西北战事，国家财政已经极度困乏。在国家财力如此困窘的情形下挤出钱来供给西北前线，却连战皆败，仁宗爷窝在胸中的那个火啊，比怒海还要汹涌，比岩浆还要炽烈。他要发泄，可又发泄无门，因为他心底过于渴望战场上的胜利。然而，仁宗爷日日夜夜渴望的胜利没有到来，失败却一次次刷新纪录。现在，恰好遇到了一桩所谓的滥用、贪渎公用钱案件。

严处滕宗谅、张亢，是否让仁宗爷获得心灵上的某种慰藉？不知道，有这种可能。

在这场宋夏战争中，有一个人自始至终比较清醒，就是小范老子范仲淹。

康定元年（1040），范仲淹刚一就任陕西转运使之职，就上书朝廷，说指挥打仗之前，先要观察双方力量，实则避之，虚则攻之。宋夏之间虚实如何呢？沿边地区守备状况好一些，进入关中以后，无论城防工事还是防守兵力越来越差，这就是现状。这种现状若为元昊得知，必定先攻夺沿边城寨。宋军如果闭门不出战，元昊就会挥兵直捣关中之虚，破小城，围大城，危及潼关，隔绝两川。所以，为今之计，沿边城寨要加强防守，关内地区要充实力量。只有这样，才能使西夏无虚可乘。

范仲淹说，严守边城，使之持久，这是有原因的，因为我们与西夏之间有一座横山，好不容易翻过横山又是沙漠，数万人马，还有后勤，长达百里。西夏呢，全是轻骑，行动便捷，不断袭扰，使你一日数战，既无法前进，也得不到休息，还没得水喝。在这种情况下，唯有学习战国时期的李牧。

当年，李牧为赵国守雁门，御匈奴，采用的即是营田、练兵、严守备，多派谍探，厚待将士这几招。匈奴人打来了，不迎战，迅速进入堡垒。有人向赵王反映，说李牧胆怯，避战，不敢碰硬。赵王罢了李牧的职，结果继任的边将，匈奴每来即战，多数战之不利，导致边民逃亡，土地无人耕种。没办法，赵王只好又请李牧出山。李牧再次来到代州，继续采用前法，匈奴数年无所得，军纪废弛，士气低落。这时，李牧召集众将，下令出击。全军将士士气高昂，纷纷表示与匈奴决一死战。最后，大破匈奴十余万骑，自此，匈奴不敢窥视赵国。

庆历元年（1041）春，范仲淹与张亢有过一次长谈。毫无疑问，这是两个智者关于这场战争的一次思想交流，相互肯定受益匪浅。就是在那次谈话过后，范仲淹建议朝廷集中兵力攻取绥、宥二州，选择要害构筑堡寨据守，屯兵营田，作持久之计。范仲淹认为西夏军主力多是横山土著，如果夺取了绥、宥二州，则横山一带蕃汉人户就会脱离西夏控制。

至于范雍曾经反映的延州正面地阔而寨疏这一状况，范仲淹建议筑寨，一方面修复旧寨，一方面修筑新寨。

就是在这一时期，鄜延路十二寨相继崛起。

庆历元年二月，任福等人于好水川败亡。这年十一月，范仲淹再上《攻守二策状》。在这份奏疏里，范仲淹针对陕西前线实际，围绕攻与守，阐述对战争的看法。

首先否决了诸路进讨这一计划。关于多路深入西夏境内征讨，太宗时期就实施过了。继而摒弃被动防守。由于戍守边防的正规军是来自京城或其他地方的"东兵"，缺乏长久驻扎的思想。自己不生产粮食，给养全靠长途运输。范仲淹认为，以不安心边防的禁军驻扎边防，有了警情相当危险；从遥远的地方向前线运送粮食，时间长了民力将消耗枯竭。范仲淹提出，当今之计，应大量修筑城寨，用城寨守护边境地区。至于战兵，招录当地"土兵"坚守。西夏军大举进犯，一方面坚壁清野，一方面调集援兵；西夏军小股窜犯，则据险设伏，进行痛击。没有警情的日子里或自己耕种庄稼，或招募商人输纳粮草。

关于据寨营田，范仲淹以青涧城种世衡为例。青涧城修筑于康定元年，有营田一千顷。庆历元年即田利渐兴，获粮万石。种田的士兵有收获，地方政府有粮食，这叫作人乐其勤，公收其利。更重要的是减轻了长途运输之苦，可谓一举三得。

范仲淹总结道，经验告诉我们，深入进讨不可取，正确的进攻只能取其近。其次是筑寨，巩固旧寨，构筑新寨，像蚕食桑叶一样，将战线逐步向西夏境内推进。

纵观范仲淹对西夏的战略思想，先是持守，稳定战局，继而进筑，倚靠堡寨，稳扎稳打，最后渐复横山。

也有人对进筑不理解，比如刘沪筑水洛城就遇到了麻烦。

水洛城位于六盘山西缘，有"三山夹二水，两河抱一城"之说，因为地理位置独特，历代为兵家所重。唐初，这儿属陇右道秦州管辖。安史之乱后期，朝廷无暇西顾，吐蕃贵族趁机东侵，占领了河陇。唐末及五代时期，水洛地区战乱频繁。大宋开国，水洛名义上属于秦凤路德顺军，实际上朝廷的控制力几乎为零。曹玮知秦州时，曾想将水洛地区收入大宋版图，没有成功。没有成功的原因有二：一是地理形势不好，水洛城之西与吐蕃青唐政权交界，以北是党项人的居住地，再往北有天都山，是西夏军的大本营。无论是沿屈吴山而下，还是沿瓦亭川南来，均可入寇秦州。二是社会环境复杂，居住在水洛地区的有吐蕃族、氐族、党项族等，汉族势力弱小，其他民族势力强大，尤其吐蕃族，部落众多。当朝廷对西夏的战略决策由速战改为守战后，水洛地区的重要性一下子凸显出来。

庆历二年（1042）正月，好水川之战结束后，范仲淹在《再议攻守》奏疏中首次提出修筑水洛城，以扼制西夏沿瓦亭川南下的进兵通道。范仲淹在奏疏中说，修筑水洛城，以截断西夏的入秦之路，关系重大。

此议遭到了韩琦的反对。韩琦说，修筑水洛城，估计用工数以百万计，可作用并不大，因为一座水洛城不能完全阻断西夏军往来。当务之急是加强秦州及其周边防御。

谁知这年九月，元昊在定川寨消灭了葛怀敏大军后，战火逼向平凉。虽然元昊的战役目标最后没有实现，但秦州、渭州，乃至朝廷都吓出一身冷汗。在秦渭之间修筑一座城堡再次变得紧迫起来。

一个叫刘沪的宋军将领也将目光投向了水洛地区。

有关刘沪，《宋史》有载。刘沪的曾姑祖母是宋太祖赵匡胤的祖母，祖父刘审琦是赵匡胤手下大将，曾任虎牢关使，父亲刘文质前面提到过，深得太宗皇帝信任，多年任职西北重要州郡。

刘沪荫补三班奉职，宋夏战争爆发后来到西北前线，出任瓦亭寨钤辖、代理静边寨寨主。宋军惨败于好水川后，沿边堡寨纷纷关闭，唯独刘沪的静边寨将寨门打开，让逃难的民众入寨躲避，当地百姓称刘沪为"刘开门"。

庆历二年秋天，刘沪进驻章川。此处土地肥沃，又是西去要道，刘沪构筑章川堡，为静边寨右翼。同时对水洛地区的铎斯那、王元宁为首的吐蕃部族和以穆宁为首的氐族部族进行了劝降。

庆历三年四月，范仲淹、韩琦双双奉诏入朝，升任枢密副使，由郑戬出任陕西四路都总管兼经略安抚招讨使。是年十月，范仲淹、韩琦、富弼、欧阳修等人在京城轰轰烈烈推行"庆历新政"，郑戬来到了水洛川。在刘沪的安排下，郑戬以较高礼遇会见了蕃氏部族首领，此举打消了蕃氏部族首领疑虑，决定归附宋朝。郑戬随即下令刘沪率部进入水洛城。

水洛各族酋长归依宋朝的心情很迫切，纷纷要求将儿子交给官府，求补汉官。情况突然变化，刘沪建议按军事要求扩筑水洛城。郑戬也认为，如果在原水洛城的基础上修筑一处军事城堡，再从本地募得三五万兵马，对捍卫秦州大有裨益，于是命令著作佐郎董士廉领兵相助。

谁知城还没有筑完，郑戬调走了。不只郑戬调走了，而是陕西四路都部署和陕西经略安抚司撤销了，朝廷依然将西北前线分为四路，各路分别任命帅守。郑戬调回长安，知永兴军。新来的泾原路安抚使尹洙，以及泾原路副都部署狄青都认为修水洛城没什么作用，召回筑城兵马，要求刘沪、董士廉立即停止施工。

应该说事情到这儿就结束了，尹洙是泾原路军政长官，他说不筑就不筑。可水洛地区的蕃部有意见，他们提出自备财力修筑水洛城。为了稳定刚刚归附的生蕃，刘沪、董士廉只好留下来继续指挥筑城。尹洙见刘沪不听使唤，再次命令刘沪、董士廉停工返回。这一次，刘沪、董士廉拒绝了。尹洙又命令瓦亭寨都监张忠前往水洛城代替刘沪，刘沪置之不理。

尹洙这人是个好脾气，因为尹洙相信佛老之说，可再好的脾气也有限度。尹洙勃然大怒，命狄青率一彪人马进入水洛城，将刘沪、董士廉押回渭州。显然，狄青是带着情绪来水洛城的，但凡带着情绪办差肯定不顺，据谏官余靖反映，刘沪的火气也上来了，骂狄青"一介"，骂尹洙"乳臭"。结果，刘沪、董士廉双双关进德顺军大牢。

这一事件在宋廷高层引起强烈震动。卷入大辩论的有范仲淹、韩琦、郑戬、欧阳修、尹洙、余靖、孙甫等人。水洛城应不应该修筑成了次要问题，如何化解沿边将帅之间的矛盾成了烫手的山芋。狄青、刘沪均为西北前线重要将领，他们所展现出来的军事才能非同一般。现在因为修筑水洛城，狄青与刘沪一下子成了仇人。

除了狄青与刘沪的矛盾，郑戬与尹洙也有了嫌隙。尹洙怀疑郑戬背地里使阴招，奏请皇上，要求与郑戬同下御史狱，以辩论水洛城该筑还是不该筑。一时还传出郑戬结交宦官的流言。

韩琦与范仲淹的关系也因此变得微妙起来。要知道韩琦与范仲淹在西北前线是战友，一同调入京城成为仁宗皇帝的左膀右臂，推行"庆历新政"相互配合，十分默契，因为该不该修水洛城，以及如何处置刘沪与董士廉，友谊的小船发生摇晃。

就在宋廷内部围绕是否治罪刘沪等人闹成一锅粥时，水洛地区发生了变化。由于筑城突然停止，领导筑城的刘将军成了阶下囚，蕃部受到惊扰。谁知道接下来还会发生什么事情？这些蕃部原本就对宋廷缺乏充分了解，他们接受归顺是看在刘沪乃至郑戬的分上，现在刘沪收监了，郑戬调走了，于是滥杀官吏，抢夺物资，水洛地区一夜秩序大乱。

身在金銮殿的皇帝忍不住发话了，第一，不管怎么着先放人，至于如何处分刘沪、董士廉，弄清楚情况再说；第二，当务之急是让刘沪回到水洛城做城主，安抚人心。至于水洛城嘛，最好是……继续修筑。

既然皇帝是这个意见，倾向性很明显，刘沪无罪，有责任的是尹洙和狄青。譬如在处理水洛城一事上过于粗暴，对刘沪、董士廉不该动用刑具，等等。二人继续留任泾原已不可能，尹洙、狄青调往河东，一个知晋州，一个任并、代部署。

刘沪一案乾坤倒转，除了得力于范仲淹、欧阳修等人极力分辩，也得益于仁宗皇帝的及时省悟，修筑水洛城，既收服生蕃，扩大朝廷影响，又控扼要津，保证秦州安危。

于是乎，沿边筑堡成为共识。

整个庆历年间，宋军在西北前线大兴土木。

据不完全统计，鄜延路修复了金明、承平、塞门、安远、栲栳五寨，新筑了招安寨、龙安寨，以及清水、安定、黑水、佛堂、北横山、干谷、土明、柳谷、雕窠、虞儿、原安寨十一堡。

环庆路修筑细腰城。细腰城由环州、原州共同修筑，"昼夜板筑，旬月而成"。种世衡就是修筑细腰城时染上恶疾，第二年正月病逝于环州寓所。

泾原路筑定川、刘璠、葫芦、同平等寨，升笼竿城为德顺军，改羊牧隆城为隆德寨。

秦凤路筑水洛城，修陇城寨、达隆堡、夕阳镇等。

河东路麟州修筑了东胜堡、金城堡、安定堡、宣威寨、建宁寨，以及清塞、百胜、中候、建宁、镇川五堡，火山军修筑了下镇寨。

至此，北宋对西夏边防逐渐巩固，东从河东麟府，西至秦凤路，在长达千里的边防地带修筑了大批堡寨，诸路之间遥相呼应，互为支援。

12. 韩范出朝

庆历三年（1043）四月，朝廷下旨，调陕西四路马步军都部署、兼经略安抚招讨使韩琦、范仲淹双双入朝，并为枢密副使。

对于朝廷这一任命，富弼第一个拍双手叫好。"仰认圣意，只从公论，不听谗毁，擢用孤远。"这话可能是对皇帝说的，带有几分誉美的意思，当然也可能不是，反正富弼心底高兴。同时，也透露出这份任命来之不易。"不听谗毁"，也就是有人"谗毁"。皇帝没有听，或者听了没有往心里去，又或者往心里去了，但国事蜩螗，必须起用贤能，只能将"谗毁"暂时搁置一边，不去考究。

富弼学识渊博，有胆识，敢担当。据说，范仲淹第一次见到富弼时就断言，日后将是帝王辅佐之才。因雍熙增币，化解宋辽危机，受到仁宗爷青睐，步入朝廷高层。

此时的朝堂，在经历了三川口、好水川、定川寨三场败仗之后，对从西北前线归来的韩范两员大帅，态度是积极的，气氛是宽容的。虽然有败仗，但韩范二人的贡献和作用不能低估，西北前线战局稳定下来了，党项人黔驴技穷了，元昊在递橄榄枝了。

至于夏竦，则没有这么好的待遇。夏竦先是去了蔡州，时间不长升任枢密使，结果台谏交章弹劾，说夏竦在西北前线畏懦苟且，不肯尽力，讨论战事没有自己的意见，即便发表意见也是拾人牙慧。更不齿的是将侍婢带入军帐，差一点造成哗变。就连元昊悬榜，说夏竦的脑袋只值三千文钱。三千文即三缗。缗是宋代钱币计数单位，民间称贯，一贯钱就是一缗钱。三缗钱在成都府可以买三匹布，在洛阳可以买三支名贵牡丹，在京城只能买三只蛤蜊，当然是仁宗爷吃的那种。试想，这样的人怎么能主政枢府呢？

在一众台谏的攻讦下，皇帝改了主意，取消夏竦枢密使任职，依然知蔡州。夏竦对朝中一干人恨得牙痒，却无可奈何。

韩琦和范仲淹是四月份来到朝廷出任枢密副使的，枢密副使虽然属于执政大臣，有多大话语权？估计占比不大。此时朝堂内，第一宰相是章得象，第二宰相是晏殊。此外还有参知政事贾昌朝。在枢密院，枢密使一职夏竦落空后，继任者是杜衍。为了宰相们参与军国大事，章得象、晏殊都带枢密使衔。至于枢密副使，除了韩、范还有富弼。粗略一数，枢密院开会，长官有六七人之多。皇帝召集宰执大臣议事，韩、范排列最后。

谏官欧阳修上书皇帝，说韩琦、范仲淹久在陕西，备谙边事，皇上亲自提拔，调入中枢，可见这二人的才识不类常人，所见所言很有新意，陛下最宜加意访问。可现实情况却是，自从二公进入朝廷以来，每日只是跟两府大臣随例上殿，呈奏的也是一些寻常公事，至于那些十分重要、涉及国计民生的大事，未闻有所建树。希望陛下特赐召对，从容访问。

欧阳修还说，陛下没有下旨召问韩、范，两人也不敢自请觐见。过去每有边防急事，圣上只召一二个两府大臣商议，这是很正常的事情。恳望陛下不必拘守常例。

除了欧阳修，还有蔡襄，也在奏疏中盛赞小范老子。前一阵子宋夏议和处于艰难之中，朝廷担心辽朝为西夏强出头，决定派范仲淹巡视陕西，蔡襄将范仲淹好一阵夸赞，说范仲淹久在西北前线，威名远扬。如果将西北军务交给范仲淹经制，则关中百姓有休息之期。甚至，蔡襄还说，大西北边防将领虽多，不如朝廷用柄臣执掌。"柄臣"之中谁最合适？范仲淹。

八月，范仲淹由枢密副使再加一衔，参知政事。此衔意味着可以名正言顺地参与政府工作。

在李焘的《续资治通鉴长编》中，他是这样叙述的：皇上将韩琦、范仲淹、富弼弄进决策层后，每次进见，都责备他们，说你们没有反映问题，讲的都是岁月静好。皇帝要求他们条奏当世急务。范仲淹什么态度呢？据称，范仲淹对人说，皇上确实重用我等，然而事有先后，何况皇上要求的是革弊。什么叫革弊？革弊就是挖疮，自己给自己动刀子。这种事情怎么可能一朝一夕解决？

由此可见，在对待"革弊"上，范仲淹与皇帝的态度既相同又不同。相同的是，两人都承认，大宋立国八十余年来，积弊很多，也很深，已经严重影响到国家的长治久安。不同的是，皇帝很急，希望手到病除。范仲淹则完全相反，政治经验告诉他，自己给自己动刀子，很难，既需要非凡的勇气，也需要足够的定力。

皇帝急可以理解。如今，旱灾、蝗灾、民变、匪患，再加上大西北兵火连年，仁宗爷性情虽好，也寝食难安。

转眼到了庆历三年（1043）九月，一天，皇帝再降手诏，将范仲淹、富弼召入天章阁，赐座，给纸笔，命当场拟奏。就这样，史上有名的《答手诏条陈十事》盛装出笼。

就十事看，有六条与官员或者官场相关。比如第一条"明黜陟"，第二条"抑侥幸"，第三条"精贡举"，第四条"择官长"，第十条"重命令"，指陈的都是官场生态弊端。

有关《条陈十事》的具体内容和意义就不详述了，千百年来关于这方面的文字汗牛充栋。需要说明的是，既然这是一场有关上层建筑领域里的革弊，注定异常艰难。

比如"明黜陟"，文资三年一迁，武职五年一迁，谓之磨勘。磨勘是官员们的考核升迁制度，这个制度注重年限，少看或者不看劳绩，带来的弊端是干得好与不好，到了年限涨品秩涨薪俸。这显然不行，要改革，怎么改？一是取消"非时进秩"，二是打破原来的磨勘年限，三是以考绩定迁转。但改革考核升迁制度，牵扯到官员的自身利益，会带来整个官僚阶层震动。

再如"抑侥幸"。一年两节，一次南郊，一次圣节，皇帝广施恩泽。积年下来，冗官成灾。一个学士以上的官，经过二十年的恩荫，兄弟子孙就有二十多人做官。审官院为此挠头，因为无差可补。恩荫泛滥导致官宦子弟充塞铨曹，与寒门士子争道，真正的人才难以进入官员队伍。按《条陈十事》给出的意见是，必须大力缩减任子数额。

然而，一些亲王、大臣，乃至普通官员，一年到头盼的就是那一刻。如果收窄推恩荫补之门，同样会导致官怨沸腾。

按照"明黜陟""抑侥幸"的总体原则，这次要对外任官员进行考核，将其中的年老、病患、赃污、不材四类人请出官员队伍。

早在《条陈十事》出台之前，有过一次官员队伍整治。那是庆历三年五月，欧阳修建议朝廷组建按察队伍。欧阳修的设想是，选拔强干廉明者为各路按察使。参知政事贾昌朝则建议各路转运使兼任按察使。最后皇帝拍板，各路转运使任按察使，转运副使兼任按察副使，由副使主持按察工作。

欧阳修反对。欧阳修说，转运副使属于闲差，其间昏老病患者有之，贪赃失职者有之，这些人原本就是被劾对象，现在由他们来奏劾他人，简直就是个笑话。另外，即便转运副使有个别材能之吏，但转运司是一个关乎国计民生的重要职能部门，事务庞杂，任务繁重，哪有时间和精力顾及按察？

奏疏递入大内，皇帝没吭气。

皇帝不吭气，依然执行前诏。一晃到了庆历四年二月，大半年过去了，各路转运副使主持的按察工作如何？有一份欧阳修的弹劾奏，透露出大半年来的按察效果。

欧阳修写的是京西路，弹劾的是主持京西路按察工作的陈洎与张昪。欧阳修说，陈、张二人自五月接受朝廷诏书，半年内不曾按察一人。前面说到的金州知州王茂先、顺阳县令李正己，都在陈、张二人的按察范围之内，可时至今日，对他们既没有弹劾，也没有治罪。为什么会出现这种懒政、怠政、不作为的情况？盖由上下互相蒙庇。为了避免国家号令弃作空文，恳请皇上采取果断措施，以儆效尤。

这一次朝廷动作很快，陈洎、张昪双双免职，一个降知怀州，一个降知卫州。

走了陈洎、张昪，来了李绚。李绚是从三司调来的，由三司度支判官出任京西路转运使兼按察使。对于理财，李绚可能很有一套，但按察与理财岂能类同？理财理的是物，按察对象是人，何况又是京西路。根据《宋史·李绚传》记载，是时，范雍知河南府，王举正知许州，任中师知陈州，任布知河阳。任布、任中师做过枢密副使，属于二府旧臣。范雍做过环庆、鄜延安抚使，在西北前线历练过一遭。资历稍浅的是王举正，可他却有一个做过参知政事的老爹。李绚不知深浅，上任不久即对范雍们皆以不才奏罢。结果可想而知，按察对象毫发未损，反而祸及自身。任布一道奏折送入京城，说李绚在京西路"苛察"。"苛察"属苛政，苛政猛如虎。朝廷立马采取措施，李绚免职，迁知润州。

通过两年多的宋夏之战，大宋王朝各种弊端显现。在范仲淹看来，官员队伍建设迫在眉睫。所以，"明黜陟""抑侥幸""精贡举""择官长"排在《条陈十事》最前面。

然而，半年过去，官员队伍建设似乎不见起色。

庆历四年（1044）四月，有一个管漕运的官员建议将位于陈留镇的运河桥西移至原来位置，理由是这儿桥墩太密，不利于行船，经常发生漕运事故。漕运是大事，关乎京师上百万人的生计。此议一出，开封府非常重视，立即督办。由于移桥事关陈留、开封两县，命两县派员实地踏勘。很快，两县主要官员来到现场。

按说，府、县两级官员如此重视，移一座桥能有什么问题？

偏偏就有问题。

问题出在陈留镇运河桥下建有房子，主人叫卢士伦，是陈留县大户，又是一名在职官员。既然此地有河有桥，卢士伦便将桥下房子出租。如今将陈留桥移回原处，卢士伦的出租房必须拆毁。要保住桥下房子，首先要保桥。围绕保桥，卢士伦开始动用关系。

卢士伦供职的衙门叫卫尉寺，职务是卫尉寺少卿。卢士伦找到都官员外郎王渶，因为王渶曾租住过卢士伦位于运河桥下的房子，并且给予了优惠。王渶与三司使王尧臣同年，由王渶去找王尧臣。王渶是如何说动王尧臣的，史无记载。估计有两条理由：桥下有官屋；移一座桥不光动动嘴皮子，国库得掏真金白银。三司是管钱的，修桥得三司掏钱。身为庆历初年的三司使，最头疼的事就是提钱。国事飘摇，救灾要钱，增兵要钱，平叛要钱，西北前线修筑堡寨要钱，契丹人的岁币要钱，党项人也跟着伸手要钱。好好一座桥为什么要移？完全没这个必要。

王尧臣叫来户部判官慎钺，对他说（估计皱着眉头），这个陈留桥，移过来才三十年，现在又说要移回去，这移来移去不花钱吗？

王尧臣的态度决定着修桥有无资金。就在这个时候，陈留镇的运河桥开始拆了。三司一边下帖叫停拆桥，一边派出提点京仓草场的陈荣古前往现场查看，并拿出解决方案。很快，方案出来了，陈荣古说，只要在桥的西侧筑一道堤坝，将水分流，使桥下水流变缓，水流变缓，自然就不会再出漕运事故了。至于陈留桥，没必要移。

开封知府是吴育，四十来岁，正值壮年。吴育这人有点了不得，制科考试三等。所谓制科，就是皇帝亲自出考题，当面作答。能够在制科考试中获得第三等，整个北宋时期仅吴育、苏轼两人。另外，吴育知开封府之前修起居注，记录皇帝言行，属天子近臣。制科三等加上来自皇帝身边，吴育气壮得很，对三司下达停工的帖子大为不满。吴育不满，惊动仁宗爷，命监察御史王砺再定夺。

吴育是王砺的举主。所谓"举主"，即王砺出任监察御史由吴育所荐。这样一层关系掺杂其中，王砺的定夺，当然要寻找迎合吴育的证据。很快，证据出来了：

三司反对移桥的理由是桥下有官屋，实际上桥下没有官屋只有私房。私房的房主叫卢士伦。卢士伦反对移桥是为了继续出租私房获利。当年卢士伦以极低的价格租住给王溟，王溟运用同年的关系找到王尧臣。王尧臣于是下帖不准移桥。

现在，移不移桥不重要了，重要的是有人利用移桥假公济私。

而且，王砺还说，他在陈留镇调查期间，户部判官慎钺派一小吏找他打探消息。甚至，去打听消息的小吏居然想动刀杀他。

朗朗乾坤，天子脚下，这还了得？仁宗爷雷霆大怒，下令对慎钺、陈荣古、王溟、卢士伦立案审查。

审查的结果，这是一桩官员相互勾结，营私舞弊的贪腐案。

仁宗爷怎么也没想到，一桩简简单单的运河移桥工程，挖出了一群贪蠹。

就在这个时候，范仲淹站出来发声了。范仲淹告诉皇帝，为了漕运安全，是真宗皇帝下旨将运河桥迁到陈留镇来的。本朝在王尧臣之前有两任三司使都没有批准迁桥。这次拍板迁桥的官员，包括陈留、开封两县主官都不知道上述历史；王尧臣派陈荣古前去勘察，不是营私，而是正常履职。

运河桥究竟是放在陈留镇好，还是移回旧处好？当然是放在陈留镇好，因为运河桥究竟建在哪儿，真宗朝经过了认真比较和反复论证，最后由真宗爷亲自拍板敲定。自那时起，包括王尧臣在内，连续三任三司使都坚持运河桥不得迁移这一根本原则。

至于陈留镇运河桥柱损坏漕船，统计显示，历年来总共有五十五艘漕船在此损坏，其中有五十艘属于其他事故，只有五艘是碰撞桥墩所致。

另外，假公济私、营私舞弊，均为有罪推定，不能成立。

譬如，王砺说，王溟租住卢士伦桥下私房，每月优惠一千钱。先不说一千钱数目之小，对王溟这样级别的官员压根不值得一提。即便卢士伦优惠了王溟的租费，那时王溟已经调离陈留县，去了荆湖南路辰州。既然王溟不在陈留县任监税官，钱权交易何从谈起？

至于王渎向王尧臣建议不移运河桥，完全出于对当年真宗爷英明决策的拥护。王尧臣是三司长官，移不移桥，他有权作出决定。

随后，欧阳修也上了一道札子，专批王砺。欧阳修给王砺总结了四条罪状。

其一，谤黩先朝圣政。本朝实录中明明白白记载着真宗皇帝亲谕宰相王旦移桥一事，王砺居然说是真宗朝权臣受豪民贿赂才将桥移到陈留镇，简直是胡说八道。

其二，中伤一心一意干事业的官员。三司使王尧臣擘画钱谷，兢兢业业，为了近在咫尺的南郊大典，筹钱筹款，费心劳神，而王砺却诬陷王尧臣有经济问题。将能干事之臣，因小事妄加伤害，可恶至极。

其三，诬人杀人。完全是无中生有，凭空捏造，品质败坏。

其四，挟私迎合上意。吴育与王尧臣本无成见，他们一个坚持移桥，一个坚持不移桥，属于各自公务。而王砺为了迎合举主，不惜张皇欺诳，突破了一名官员的道德底线。

有范仲淹、欧阳修两位重量级人物发声，庆历四年初夏的移桥一案，顺利了结。除卢士伦外，都以公罪处理。王砺褫夺监察御史，降级降职，通判邓州。

庆历四年的运河移桥，并非重大事件，史家将这件事详详细细记录在案，或许与发生在新政推行期间有关。出台改革举措不易，落实改革举措更难。习惯的力量巨大。有些事一旦成为习惯，就是一堵看不见的墙。好在有范仲淹、欧阳修在朝，将一桩冤案扼杀在了萌芽状态。

其实，范仲淹在朝中的环境已经恶化。官怨虽未沸腾，但如一股股阴风乱窜。

阴风就是朋党论。

帝王时代，最忌臣僚结党。臣僚结党，轻者祸乱社稷，重者危及君权。

北宋王朝第一次大规模党争发生在真宗时期，第二次党争就发生在本朝。景祐三年，也就是公元1036年，范仲淹因不满宰相吕夷简的独断专行，向仁宗皇帝进献《百官图》，说吕夷简把持朝政，培植党羽，任用亲信。吕夷简反咬一口，说范仲淹迂阔，务名不务实。范仲淹连上四章讥评时政，说汉成帝就是过于相信张禹，才造成外戚势力坐大，最后酿成王莽之乱。谁是张禹？显然是吕夷简。说吕夷简一手遮天，坏陛下家法。吕夷简大怒，拉着范仲淹到皇帝面前辩论，当着皇帝的面斥责范仲淹越职言事、勾结朋党、离间君臣。最后，范仲淹罢官降级，改知饶州。这次吕、范之争牵连甚广，只要你替范仲淹说话，就扣一顶党人的帽子。

到了第二年，吕夷简因与同僚不和被免除宰相职务，仰慕和拥戴范仲淹的士大夫们纷纷上书为其鸣不平，双方展开辩驳，朋党之争再起。仁宗很恼火，专门颁发诏令："事涉朋党，宜戒谕之。"

从宝元元年（1038）到庆历四年（1044），时光才过去了七年。估计当朋党之论传入仁宗皇帝耳中时，不是头大，而是揪心。

这一次朋党之论发轫于何时何人何地？没有明确的记载。李焘在《续资治通鉴长编》中是这样分析的，当初吕夷简罢相，夏竦任枢密使，结果煮熟的鸭子飞了，当夏竦兴冲冲赶到京城，枢密使变成了杜衍。石介作《庆历圣德颂》，兴高采烈地宣称："天地人神，昆虫草木，无不欢喜。皇帝退奸进贤，发于至聪，动于至诚，奋于睿断，见于刚克。"石介的意思很显然，进贤指的是杜衍，包括富弼、韩琦、范仲淹、欧阳修们，退奸指的是夏竦。

夏竦恨石介，恨得切齿咬牙。于是，仇恨中的夏竦大兴朋党论，将杜衍、范仲淹、欧阳修列为党人。

这种可能性肯定存在，但不是唯一。按照朱熹在《五朝名臣言行录》中记载，范仲淹推行吏治改革，取诸路监司名册，将不称职者逐一勾去。富弼在一旁说："老范你这一笔下去，焉知一家哭矣！"范仲淹回答说："一家哭，何如一路哭耶！"小范老子说得不错，为了国势振兴，宁愿一家哭，不能一路哭。

但是，造成别人一家哭，他们能放过你范仲淹吗？

在庆历三年与庆历四年交替之际，有关朋党的议论就像江南的黄梅雨季，终日霏霏。雨下得久了，就要长出霉斑。

庆历四年三月间，仁宗皇帝召集两府大臣，当众询问，从前小人多为朋党，君子有没有党呢？

范仲淹说："臣在西北前线时，看见勇敢者自结一党，胆怯者自结一党。来到朝廷，正人君子和宵小之徒也各自有党。至于哪个是君子之党，哪个是小人之党，全凭圣断。"接着，范仲淹又说，"如果是君子结党，对国家有什么害处呢？"

仁宗爷未置可否。倒是一个内侍站出来反驳。这个内侍叫蓝元震。

蓝元震上疏说，当初，范仲淹、欧阳修、尹洙、余靖，被蔡襄称为"四贤"，并做《四贤一不肖》诗到处传颂。如今"四贤"得势，将蔡襄引为同列。他们这是以国家爵禄为私惠，胶固朋党。

蓝元震跟皇帝算账，一人私党，止作十数，五六人结党，就是五六十人。五六十人递相提携，只消两三年，就会布满要路，所有重要部门、重要岗位都是他们的人了。到那个时候，他们迷朝误国，有谁敢言？挟恨报仇，有谁阻拦？皇帝您在九重之内，又如何察知？

皇帝仍然没有吭声。

欧阳修专门写了一篇《朋党论》，开篇就说，朋党自古有之，关键在于君王分辨君子与小人。"大凡君子与君子，以同道为朋，小人与小人，以同利为朋。"欧阳修笔锋一转，说依臣看来，小人无朋，君子有党。小人者，抱团是为了自身利益。君子就不同了。君子者，"所守者道义，所行者忠信，所惜者名节"。他们结成一党，是同心共济国事。身为帝王，应当"退小人之伪朋，用君子之真朋"。

当仁宗爷读到这里，忍不住心底一颤。范仲淹为什么替王尧臣说话？因为王尧臣与韩琦同年，而韩琦是范仲淹的同道。还有，欧阳修为什么紧跟着发声？因为欧阳修与范仲淹均为"四贤"中的成员。

仁宗爷的思绪停在了这里，白皙的脸盘刹那间雷奔电走，风云涌动。

还有，新政虽然在缓步推进，但收效甚微。有批评者说是更张无渐，规模阔大。更张是对的，无渐就不对了。无渐意味着仓促、混乱、过火。何况国家安全形势变了，北面的契丹人已和好如初，西北边的党项人也上表称臣。既然天下晏然，还更张干什么呢？

至于"朋党论"，是该炒一炒了。说到底，什么"小人伪朋""君子有党"，裁判权在帝王手中。帝王说你是党就是党，不论你是君子还是小人。再说，什么君子有党，小人伪朋。对于帝王来说，无论是君子之党，还是小人之朋，都是埋在身边的定时炸弹。

当"朋党论"大起，而帝王不发一言时，富弼和范仲淹感到了恐惧。《续资治通鉴·宋纪》载："适有边奏，仲淹固请行，乃使宣抚陕西、河东。"河东与陕西主要防御党项人，现在党项人上的誓表墨迹还未干，应该没什么"边奏"。即便有也是鸡毛蒜皮，压根不需要一个参知政事前去主持大局。范仲淹是"固请行"。一个"固"字，说明态度坚决，任何人劝说都没用，可见朝中形势非常不好，让"胸中有十万甲兵"的小范老子感到了紧迫。

范仲淹去了河东和陕西，富弼去了河北。富弼专门上了一道近万字的奏疏，称"河北守御十二策"，阐述河北边防的重要。读着读着，总觉得富弼是在为自己出走制造舆论。既然朝廷难以安身，那就离开吧。出走哪里？河北。

欧阳修也离开了朝廷，新职务是龙图阁直学士、右正言、河北都转运按察使。欧阳修过去的级别是知制诰，现在升直学士了，还在河北转运按察使前加了一个"都"，显示皇帝依然信任有加。只是，这个右正言属于兼职，仅代表工资级别。按大宋制度，谏官离开谏院便取消了言事权。

离开朝廷的还有两位宰相，一个是次相晏殊，另一个是新进同平章事的杜衍。范仲淹、韩琦、富弼都出自晏殊门下，他当然要罢免。尽管他是士林旗帜，词坛大腕，既然打压整个君子党，他不可能继续待在中枢。至于杜衍，谁叫他在一众小人攻讦范仲淹和富弼时公然为之辩解呢？你为范仲淹和富弼辩解，证明你们同属一党。

最后一个出朝的是韩琦。京城因"朋党论"闹得人心惶惶时，韩琦没有涉及，范仲淹、富弼在朝廷轰轰烈烈推行新政时，韩琦正以枢密副使的身份宣抚陕西。对于范仲淹、富弼出朝宣抚沿边战区，韩琦是有意见的。有了意见就要反映，这是韩琦的禀性。韩琦上书是为富弼申奏，说富弼出朝，损失甚大，称赞富弼大节难夺，天与忠义，甚至说富弼忘身立事，古人所难。最后还说，今日朝中有不少人攻击忠良，臣偏偏不避朋党之疑，予以反击。

结果，疏入不报。

就在这时，水洛城一案再次泛起。

庆历五年（1045）三月，坐了二十多天大牢，又罚铜八斤的新任确山县令董士廉深感冤屈，申请来京城告状。京城的回应是行，可以，支持。为什么持这个态度？史书无载。极有可能与陈执中进入执政有关。

陈执中进入执政要感谢都巡检傅永吉。傅永吉剿灭王伦有功受到皇帝召见，仁宗爷当面夸赞傅永吉如何忠勇，傅永吉却恭恭敬敬地对皇帝说，臣能够剿灭军贼，皆是陈帅指挥调度有方，臣只不过奉命而已。

仁宗一听，万分高兴。既高兴傅永吉谦逊、本分，不贪天之功，也高兴陈执中忠于职守，敢于任事，实实在在为朕分忧。仁宗问傅永吉，执中在青州已经几年了？傅永吉答，第二年了。过几日，仁宗对章得象说，陈执中已经在青州两年了，可召回来出任参知政事。

消息一出，蔡襄领一干谏官纷纷上书，说陈执中刚愎不学，若托以重任，是天下不幸。

仁宗不为所动，连夜派中使前往青州送达诏旨，并向陈执中卖好，说朕这次用卿，举朝皆以为不可，但朕坚持用卿不动摇。

第二天早朝，谏官们欲再次上前与皇帝辩论，仁宗脸一板说："关于陈执中的任命，朕已经下发了。"

朝中发生的这些事情陈执中能不知道吗？能够做到一方帅守，都有耳目。想当初，蔡襄是何等美言范仲淹、韩琦、富弼们，如今这样对待自己，是可忍孰不可忍！

董士廉来京城了，一纸诉状将尹洙告上法庭。说尹洙在泾原安抚使任上"欺隐官钱"。原来尹洙在泾原路时，有一部将叫孙用，贷了一笔官钱忘记偿还。尹洙爱惜人才，担心受到法律追究，拿一笔公使钱帮孙用偿还了。为了弥补公使钱的不足，后来借军资做了几次买卖，用赚回来的钱填了窟窿。要说这事儿可大可小。可现在，京城里政治环境变了，不少人希望越大越好。有个叫李京的监察御史上书说，朝廷不仅要处分尹洙、孙用，陕西宣抚使韩琦也要追责，罪名是"处置边机不当"，强烈要求罢免其枢密副使之职。

韩琦不安了，迅速递上奏折，申请离开京城，皇帝立马同意，着免去韩琦枢密副使之职，以资政殿大学士身份出知扬州。

韩琦出朝，标志着北宋王朝重新回到原点。

幸好有小范老子创造了堡垒战术，让大西北的防御工事和防御能力有了质的提升。

第二部 决战横山

第四章　经略河陇

13. 谅祚继位

庆历和议达成，宋夏之间有过一段短暂的宁静期。但很快，宁静被打破，和平梦碎。

起因为元昊猝然去世。

关于元昊，清人吴广成说他"智足以创物先，才足以驭群策"。造文字，立规制，攻城略地，建立西夏。尤其用兵，神出鬼没。然而就是这样一位人物，却死在了自家儿子手里。

元昊的妻妾，史书有记载的九位，野利氏是其中之一。西夏建立，元昊立野利氏为皇后。野利氏育有三子，老大宁明，老二宁令哥，老三薛哩。宁明立为皇太子。

宁明聪慧好学，不为元昊喜欢。据说有一天，元昊问宁明怎么养身。宁明说，不杀人。元昊问如何治国，宁明回答，克制自己的欲望。元昊很不高兴，斥责道，说出这样的话来，哪里有王霸之气？从此不许宁明见他。宁明知道父亲脾气不好，杀起自己儿子来眼睛不眨。没过几天，吓死了。临死前留下遗书，说国家灾荒连年，小民不堪奔命，请求按普通百姓的礼仪安葬。

宁明死后，立老二宁令哥为太子。

一人得道，鸡犬升天，自从野利氏登上后位，整个家族取代山遇家族成为西夏中坚，前面说到的野利旺荣与野利遇乞就是野利皇后的亲叔。

庆历二年（1042）八月，元昊在天都山娶了没移氏。没移氏是西夏大臣没移皆山之女，娶没移氏同样属于政治联姻。元昊娶了没移氏后没有回兴庆府，干脆在天都山大修宫室，日夜与没移氏宴乐其中。天都山属野利遇乞管辖，人称野利遇乞为"天都大王"。天都大王对元昊娶没移氏为妃耿耿于怀，对人说，我们野利家的女儿嫁给元昊二十年了，住的还是旧房子，没移氏刚进门就为她修宫殿，对没移氏太看重了！这话传到元昊耳朵里，联想到有人向他说野利旺荣可能私通宋军，心底有了杀意。

压断旺荣、遇乞兄弟俩性命的最后一根稻草，是野利遇乞带着卫队到宋境这边过夜。元昊有个乳母，人称白姬，与天都大王不和，见遇乞夜宿宋境，而且一连数夜，密告元昊，说野利遇乞即将背叛。

巧的是，种世衡这会儿来环庆路知环州了，在青涧城定下的离间计得以继续在环州实施。种世衡买通野利遇乞身边亲信苏吃囊，许以高官厚禄，要他盗来佩刀。野利遇乞的佩刀为元昊所赐。苏吃囊将刀盗来了，种世衡命人拿着佩刀四处宣传，说野利遇乞即将内投，有佩刀为证。并且说，现在，遇乞、旺荣两兄弟恐怕已经为元昊所杀，我们得祭奠他们。随之广发传单，上面写着遇乞、旺荣有意内附，多次过境相见。夜晚命人拿着这些传单和冥币到野外焚烧，动静闹得很大，满山遍野都是祭奠野利旺荣和野利乞遇的人。元昊得知，命人潜入宋境察看，将祭奠的器具、野利乞遇的佩刀，以及宋人撰写的传单尽数取走。果然，野利遇乞的佩刀为元昊亲赐。

元昊原本就是个有疑必诛之人，到了这个份上，野利旺荣、野利遇乞两兄弟即便功劳齐天，也没有继续活下去的理由了。

史载，庆历三年，野利旺荣、野利遇乞为元昊所杀。

宋夏议和后，野利皇后不知从哪儿得到消息，两位叔叔原来为种世衡离间计所害，于是向元昊申述无罪。元昊懊悔不已，寻求"遗口"。寻求之下，确有存遗，她就是野利遇乞的小妾没藏氏。

这个没藏氏长得委实可人，一下子迷倒了元昊。

接下来，元昊将没藏氏迎养在宫中。不久，没藏氏身怀有孕，野利皇后觉察后不忍杀害，令其削发为尼，送入戒坛寺，号没藏大师。元昊为没藏氏所迷，经常赴戒坛寺幽会，国中闹得沸沸扬扬，许多心腹大臣劝谏，元昊根本不听，依然我行我素。外出狩猎，偕着没藏氏同行。后来生下一子，即谅祚。元昊将谅祚寄养在没藏氏其兄没藏讹庞家。

这是庆历七年（1047）初的事。

故事到这里没有结束，甚至可以说才刚刚开始。庆历七年三月，元昊升没藏讹庞为国相。大约就是从那个时候开始，没藏氏渐渐有了野心，与哥哥没藏讹庞商议如何废掉宁令哥，让谅祚成为太子。

应该说这是一个非常危险的计划，以元昊的精明和狠辣，要实现这个计划有相当难度。

是元昊自己帮了一把。

庆历七年五月，元昊见宁令哥的老婆长得漂亮，夺过来占为己有。六月，废皇后野利氏。

根据《西夏书事》记载，野利皇后身材颀长，足智多谋，元昊平日里有些怕她。自打迎娶没移皆山之女后，元昊大多数时间居住在天都山，与野利皇后很少见面。谁知现在，元昊更出格了，不仅私通野利乞遇小妾没藏氏，还抢夺儿子宁令哥的媳妇。宁令哥的媳妇也姓没移，元昊为了与天都山的没移氏区别开来，称宁令哥的媳妇为"新皇后"。

为了避开儿子，元昊征调数万丁夫，于贺兰山麓营造离宫。离宫长数十里，台阁高十余丈，元昊与新皇后日夜游宴其中，将国事交给没藏讹庞打理。就是从这个时候起，没藏氏开始介入西夏政局。

有着夺妻之仇的宁令哥恨得牙痒，又无可奈何。宁令哥胆小，有杀父之心，无杀父之勇。老谋深算的没藏讹庞看到了机会，私底下劝说宁令哥报夺妻之仇，信誓旦旦地答应做其后盾。大宋庆历八年（1048）十一月十五，一个月明星稀之夜，宁令哥与野利浪烈等人乘元昊酒醉不醒，闯入宫中刺杀元昊。结果被卫士觉察，由于势力单薄，浪烈等人在混战中被杀，元昊仅被宁令哥削掉鼻子。

削掉鼻子的元昊剧痛一宿，于次日亡故，时年四十六岁。

庆历八年十一月十六，早朝时分，一个噩耗震惊西夏朝野，元昊为儿子宁令哥所弑。

宁令哥幸运地逃出皇宫，躲藏在没藏讹庞家中。殊不知，螳螂捕蝉，黄雀在后。臣弑君，子弑父，天下之大逆。没藏讹庞在朝会上大加煽动，顿时国人汹汹，要求捉拿凶手，处以极刑。没藏讹庞交出了宁令哥，顺带杀掉了野利氏，一箭双雕。

按照元昊临终之言，皇位应传给堂弟委哥宁令。如今元昊死了，宁令哥死了，废后野利氏也不在了，没藏讹庞大权在握。"委哥宁令既不是元昊的儿子，又没建什么功业,哪有资格做皇帝?"没藏讹庞对大臣们说,"夏国世世代代都是父死子及。今天没藏氏有子,应该立为夏国之主。你们有谁不服?"没藏讹庞巡睃群臣。

强权之下,没有人不敢低头。

公元1049年正月,谅祚登基夏国主,年仅一岁。没藏氏封皇太后,没藏讹庞拜为国相。国家大权掌握在了没藏氏兄妹手中。

宋夏关系,元昊临终也有交代,大意是,他日如果国家衰弱,宜归附宋廷,不可专附契丹。因为宋与辽相比,契丹人野蛮,不讲信用。归附宋廷不仅国家安宁,还有岁赐。

没藏氏兄妹掌握国家大权后,并没有遵从元昊的临终遗言,而是遣使赴辽,请求册封,结果不受待见。没藏氏心有不甘,又派使贺正旦节,被辽朝扣押。殊不知,辽兴宗正在寻找机会伐夏,以报五年前的河曲之仇。

大宋皇祐元年,也就是公元1049年正月,辽朝派使臣来到开封,将伐夏的决定告诉了仁宗皇帝。说西夏新君幼弱,强臣用事,正是用兵的大好时机。

这一次辽夏之战,打了个平手。西夏军依然采取老套路,诱敌深入,然后瞅准机会突然一击,结果辽军损失惨重。至于西夏,元昊遗孀没移皇后被辽军所掳。

辽朝把西夏不当回事,西夏却心甘情愿与辽通好,一次次派遣使者奔赴上京。辽兴宗一律不见。

皇祐三年,辽兴宗派人来到西夏,索要被元昊招诱的党项人。没藏氏兄妹吓一跳,原来辽朝皇帝打的是这个算盘。西夏原本就人户稀少,好不容易招诱了几千户党项族人,岂能拱手交给契丹?不还。

夏辽关系处于冰封之中,夏宋关系也开始恶化。

起因是古渭州。

古渭州位于甘肃陇西东南,因渭水而得名,置州于北魏时期。安史之乱时,大唐王朝为挽救濒危的国势,将河西陇右精兵东调,使得吐蕃势力乘虚而入,自此,渭河、洮河流域蕃汉杂处。吐蕃部落大者上千家,小者数十家。由于古渭州与西夏接壤,党项人也在此放牧。吐蕃青唐部经常掠夺党项人的牛羊,引起西夏的不满。

吐蕃青唐部崛起于北宋初年，其后势力逐渐壮大。但与西夏相比，青唐政权处于弱势。其首领蔺毡自知力量单薄，将古渭州献给宋朝。皇祐初年，陕西转运使范祥在没有报告朝廷的情况下，于哑儿峡筑城。古渭州通往秦州，哑儿峡属于咽喉。控制哑儿峡，意义重大。谁知此举激起了吐蕃各部的抵制，西夏也派使者抗议，说古渭州原本属于他们，宋廷在此修筑城堡有违宋夏和议。于是，范祥撤职。

走了范祥，来了傅求。傅求经过实地考察，上书朝廷，说我们如果放弃了古渭州，党项人必然据有，今后将严重威胁秦州。古渭州原本属于大唐领地，绝不是西夏人的地盘。傅求召集吐蕃各部族酋长，陈述宋廷在此筑城的重要意义。经过一轮轮商谈，重新与吐蕃各族划分势力范围。皇祐五年闰七月，终于在哑儿峡筑城告毕。自此，宋廷的触角伸进了古渭地区。古渭州更名古渭寨。

显然，西夏对宋廷将触角伸进古渭地区很不痛快，皇祐五年，也就是公元1053年，西夏派兵进犯静边寨。静边寨位于德顺军。

五月，西夏入寇环庆路。

六月，侵入古渭寨，大肆剽掠。

到了第二年三月，没藏讹庞又将贪婪的目光瞄准屈野河西地。

屈野河位于麟州西北，属麟州境地。在相当长的一段时间里，屈野河西荒无人烟，属宋夏边境无人区。元昊时期，党项人只侵入了十来里。待到谅祚继位，没藏讹庞掌握国家大权，得知河西田地肥美，大肆召人耕种，所获粮食进入没藏讹庞家。更为严重的是，岁岁拓展，年年蚕食，一直蚕食到了麟州城下。

对于没藏讹庞侵田过界一事，宋朝是克制的。由于没藏讹庞对宋方的交涉一再置若罔闻，嘉祐元年，即公元1056年，河东开始禁市，同时诏令陕西四路严禁边民私下与党项人贸易。

正如河东路经略安抚使庞籍所言，西夏人对榷场贸易的渴求，有如婴儿之望乳。果不其然，党项人买不到生活日用品，怨声载道。

情况很快反映到皇太后没藏氏耳朵里，委派幸臣李守贵前来调查。宋方官员将没藏讹庞越界侵田一事进行了陈述。李守贵回去后反馈给了没藏氏。在这件事上没藏氏是清醒的，没藏讹庞是以谋私家之利，酿国家之难，命令兄长将所侵屈野河西之地尽数归还。

命令还没有来得及执行，没藏氏被李守贵杀了。

李守贵杀没藏氏与政治无关，纯属男女之间争风吃醋。李守贵原本是野利遇乞掌管钱财的出纳，与没藏氏有私情在先，后来出了个小白脸吃多已。吃多已是元昊的铁杆心腹，当年元昊到戒坛寺与没藏氏幽会，吃多已就在外面站岗放哨。元昊死后，铁杆心腹与他心爱的没藏氏勾搭上了。

没藏氏喜新厌旧，有了小白脸吃多已，冷落了旧相好李守贵。李守贵忍受不住，由爱生恨，由恨杀人。

没藏氏喜好宴游，不分昼夜。如果是在晚上，命令全城大张灯火，以资娱乐。那一日，没藏氏带着吃多已去贺兰山打猎，很晚才回。走到半途，突然飞出一彪人马，杀了没藏氏和吃多已。破案过程不复杂，能杀吃多已和没藏氏的有谁？将李守贵抓来一审，真相大白。没藏氏虽然死了，可哥哥没藏讹庞还在，且权势熏天，李守贵一家被如数砍头。

宫里头没有了老妹子，对于没藏讹庞来说并不是一件坏事。此时谅祚十二岁了，由没藏讹庞做主，将自己女儿嫁给了谅祚，没藏讹庞一跃成为西夏国丈。

次年，没藏讹庞在屈野河畔点燃宋夏战火。

宋朝对没藏讹庞的侵略行径始终持克制态度，得益于庞籍。庞籍是河东战区最高军政长官。饱读圣人之书的庞籍一再要求沿边将领，敌人来了坚守城堡就行。还说，敌人屯兵城下，粮食吃完就退了。这不是庞籍胆怯，庞籍自宝元元年来到陕西后，在沿边任职多年，深知和平来之不易。

当时，主持麟州军政事务的是郭恩与武戡。郭恩为管勾麟州军马事，武戡知麟州。三月间，通判并州的司马光受河东安抚经略使庞籍的委派来到麟州，巡边至白草坪，武戡告诉司马光，他们已在此筑有一堡，建议乘西夏军退走之机，出其不意再增筑两堡。武戡说，只需动用禁军三千、厢军五百，用时两旬，二堡即可完成。待三堡筑成后，建烽火台以通警情，到时站在麟州城头，就能看见烽燧。若西夏人前来耕种，则派兵驱赶；若西夏兵进犯，来人少与之相拒，来人多则进入堡内暂避。此举可确保屈野河西五六十里范围内不受西夏蹂躏。

司马光回到并州上报庞籍，庞籍同意了武戡的建议。

五月，郭恩、武戡，以及走马承受公事黄道元准备以巡边为名，前往屈野河西实地勘察。负责情报工作的官员告诉他们，西夏可能正在屈野河西聚集人马。

此情报引起郭恩的警觉，建议取消这次出行。黄道元不同意。不同意的理由是，一条西夏可能在屈野河聚集人马的消息就取消勘察，这胆子也忒小了。情报显示只是可能，并没有肯定。

前面说过，走马承受号称天子使者，官品不大，脾气不小。另外，走马承受是各路安抚司或者经略司的属官，在河东战区，黄道元只对庞籍负责。也就是说，在河东地面上，只有庞籍发话，才对黄道元有所约束，一个麟州管勾军马事，又是一个武臣，他压根不会放在眼里。《宋史·郭恩传》载："道元怒，以言胁恩"，七个字，将黄道元飞扬跋扈的形态描绘得活灵活现。

由于黄道元以势压人，执意前往屈野河西，当晚点起一千四百军马出发。可以想见，郭恩、武戡，甚至包括一些知情的将士，肯定又气又急又恨又无可奈何。《宋史·郭恩传》又说：一千四百多人的队伍，"不甲者半"，而且"不复队伍"。"不甲者半"是没有发放铠甲，还是没有穿戴铠甲？从"不复队伍"看，应该是没有穿戴铠甲。冷兵器时代，一线将士出去巡边不穿戴铠甲，是不是对黄道元这个天子使者不满甚至抗议呢？完全有这种可能。史料显示，此时文武之间的鸿沟不仅没有缩小，反而还在扩大。

就在上一个月，广西侬智高举兵反宋，攻破邕州，立国号为大南国，年号启历，并且数败朝廷征剿之兵。

怎么办？西北尚不安宁，东南又在糜烂。庞籍推荐正在知延州的狄青率兵平叛。从庆历初年崭露头角，短短十来年过去，狄青已由一名偏裨升为一方主将。皇帝接受了庞籍的建议。为了统一指挥各路平叛大军，朝廷授予狄青枢密副使之职。没想这一任命像捅了马蜂窝，引来群臣反对。御史中丞王举正第一个站出来，说狄青出身一个小兵，现在进入执政，本朝尚无先例，四方得知，当有轻中国之心。

左司谏贾黯也说，本国早年间出了那么多武臣宿将，他们扶建大业，平定列国，有忠勋者不可胜数，然而没有一个人位列宰执。现在将一个小兵提拔为枢密副使，朝廷大臣，将耻与为伍。这种做法是不守祖宗成规，与五季衰乱之政没什么两样。

朝中惊涛骇浪，狄青不敢奉诏。

远在河东的庞籍支持皇帝对狄青的委任。庞籍久在西陲，深知狄青为人。另外，庞籍资望甚高。庆历四年（1044），富弼、范仲淹、韩琦等人相继出朝后，庞籍从知延州任上进京相继担枢密副使、参知政事、枢密使，直至同中书门下平章事，也就是宰相。有庞籍的支持，朝中反对的声浪才平静下来。

有人向皇帝建议，派一名内侍监军。

内侍监军弊大于利已是共识，招致反对。

又有人指出，狄青是武将，不可独当一面，应该再派一名文臣。

皇帝犹豫了，派人赴河东询问庞籍。庞籍说，正因为狄青起自行伍，若用文臣副之，必为所制，而号令不专，不如不遣。

朝堂之上，文臣运用身份优势，轻视或蔑视武臣，对一场具体战事可能起不了什么作用，但对手身处边防一线的将领就不同了，任何对他们的轻慢都会直接转化为怨气，或者戾气。

郭恩、武戡引兵来到一处名叫卧牛峰的地方，突然火光冲天，武戡对郭恩说，西夏已经料到我军要来这儿。

黄道元仍然怒气冲冲地说，你们这是长敌人志气，灭自家威风！

行至谷口，郭恩命令全军就地休息，待天明登山。黄道元一旁讥笑道，几年前就听说了郭恩的大名，原来是个胆小鬼！

郭恩饱含怨恨地说，不就是一个死吗？

估计那一刻，郭恩悲愤到了极点。甚至就在那一刻，郭恩已铁定主意，不再打算活着回去。

郭恩，开封人，自幼从军，靠着战功，一步步做到六品武官，出任麟州管勾军马事。

天明时分，大军行至忽里堆，与西夏军相遇。宋夏处于和平时期，宋是宗主国，西夏是藩属国。郭恩支起胡床，正襟危坐，喊对方首领过来说话，西夏军全都沉默不语。突然，宋军两侧喊杀声大作，西夏骑兵直冲过来。

忽里堆以东有一道山梁，郭恩率领衣甲不全的一千四百名宋军占据梁口，与之血战。很快，西夏步兵从山梁下攀缘而上，四面合击，宋军大溃。

此战除武戡杀出重围外，郭恩、黄道元，以及府州宁府寨兵马都监刘庆皆陷于敌。战殁使臣以上将官五人，军士三百八十七人，被割去耳鼻得以生还者百余人。郭恩奋力死战，卫队阵亡殆尽，不肯投降，引颈自刎。

这就是嘉祐二年（1057）五月的忽里堆之战，庞籍为之问责，解除河东经略安抚使职务，调往青州。

宋夏忽里堆之战，对宋夏关系影响深远。

忽里堆之战结束后，河东经略安抚司寻求妥协，派人前去与没藏讹庞商量，愿意以横阳河为麟府界，将没藏讹庞所侵之地，划三分之一给他。同时正告没藏讹庞，如果不从，将禁止私市。没藏讹庞桀骜得很，根本不听。仁宗皇帝下诏，宋境全线戒严，停止与党项人的一切贸易。

对于西夏，这是要命的事情。过去榷场停了，民间还有贸易。现在禁市，西夏所产的羊、马、毡、毯，均不得与宋民交易。为了勒紧禁市这根绞索，河东经略司大开杀戒，但凡有党项人犯禁，只要抓获，现场砍头。

除了交恶宋廷，没藏讹庞还将掠夺的目光转向青唐城。青唐城是吐蕃人的势力范围。结果，西夏军被打得大败。青唐城的吐蕃首领叫角厮罗，随着西夏军的败退，角厮罗乘势率兵攻入西夏境内。

辽兴宗也在谋划再次复仇，派遣使者绕道河湟，约角厮罗联合举兵攻打西夏。

西夏已经三面受敌。

嘉祐六年四月，没藏讹庞谋逆被杀，夷其族。

按史籍记载，杀没藏讹庞的导火索是因为梁氏。

梁氏，没藏讹庞儿子之妻。不知从什么时候起，小谅祚与没藏讹庞的儿媳有了私情。没藏讹庞父子密谋，伏甲兵于寝室，等谅祚来了杀掉。计划得天衣无缝，谁知梁氏将这个消息透给了谅祚。谅祚先下手为强，令大臣漫咩带兵杀了没藏讹庞一家。

这个说法有点站不住脚。既然伏甲兵于寝室，戒备一定十分严密，怎么会有可能让梁氏去给谅祚通风报信？

谅祚喜欢梁氏不假，后来将梁氏奉为后宫之主即是证明。但眼下，诛杀没藏讹庞应该是为了拯救西夏。西夏三面受敌，已经岌岌可危。

公元1059年四月，十四岁的谅祚成了名副其实的西夏之主。

谅祚继位后的第一桩大事就是交涉屈野河地界，在这次交涉中，充分展现了一个十四岁少年的执政水平，守信，灵活，大度。经西夏使者与河东经略安抚司反复商讨，最后达成协议。地界在这儿就不陈述了，大体原则为，尊重庆历和议。两界人户不得越界耕种。那些未耕之地，属宋夏双方共同所有，允许沿边人户打柴放牧，但不得起屋架棚。宋夏双方可派人巡逻，人数不超过三十，也不得携带器械。

如果宋夏关系按照这个轨迹运行，很大程度将控制在理性范围之内。事情的发展也是如此，从嘉祐六年起，大西北边境安宁。谅祚的主要精力放在西夏内部，按照《西夏书事》记载，忙着按照汉俗制定礼仪、完备官制、修建书阁，等等。

到了嘉祐八年，也就是公元1063年，情况再次发生变化。这一年三月二十九日，五十四岁的仁宗爷突发急病驾崩于福宁殿。

总的来说，仁宗爷是个不错的皇帝，尽管他有点宽仁少断，亲政三十年来，两府大臣换了四十多个，仍然不失为一代明君。对于仁宗皇帝的去世，大宋朝野莫不泪飞如雨。

仁宗没有子嗣，嘉祐七年，就是公元1062年，濮安懿王赵允让的第十三子赵宗实被立为皇子，改名赵曙。仁宗驾崩后，曹皇后发布遗诏，赵曙继承皇帝位。

按照规矩，周边诸国当派使者来到东京，一是祭奠仁宗皇帝大行，二为祝贺赵曙登基。

应该说，这是一个增进友谊的好机会。譬如辽使，祭大行皇帝于皇仪殿，觐见赵曙于东厢。赵曙恸哭了很久，当辽使再次说到仙逝的仁宗皇帝时，赵曙甚至眼泪鼻涕一塌糊涂。五天后，辽朝使者辞行，赵曙在紫宸殿再次赐座赐茶。礼仪备至，气氛和谐。

可西夏使者入见就不是这回事了。

西夏使者吴宗等人是七月份奉表入慰的。起初，移文延州，称使者官职为枢密。鄜延安抚使程戡经请示朝廷后指出，既然出使上国，只能称使，不能称官。要不就称"领卢"。"领卢"是党项人对枢密院长官的称呼，西夏使者们心底老大不快。

还有，谅祚不知哪根神经搭错了，在国书中弃用党项国姓"嵬名"，采用李姓。要知道，李是大唐皇帝的姓氏，现在是大宋，大宋皇帝姓赵。吴广成在《西

《夏书事》中说："谅祚遣使吊慰，所上表改姓李氏，英宗不悦。"英宗是赵曙的庙号。

英宗不高兴，也就没有接见西夏使者。西夏使者强烈要求见驾，均没有得到批准。赵曙说自己病了，龙体有恙。显然，这个理由站不住脚，因为在这之前接见过辽使，且接见了两次。

更重要的是，参加赵曙的登基大典，吴宗等人走到顺天门，引伴使高宜要求他们解下腰间佩物。西夏人腰间佩物较多，有金袋、鱼袋、弓矢、短刀什么的，吴宗们不干，于是被强制送回馆驿，还不提供饭食。最后下了一道诏旨，命其迅速回国。诏旨很不客气，要西夏遵守和约。

吴宗们心底窝火，话说得出格，引伴使高宜予以还击。英宗皇帝得知后，下令知延州郑戬诘问西夏使臣，为什么要出言不逊？

郑戬得到命令后派通判去质问吴宗，吴宗回答："你们高宜曾经说，要发百万大军，踏平贺兰山。"通判听后严正指出："你把你们国主称为少帝，我们的引伴才有上述语言。是你们有错在前，不怪我们引伴。"

英宗下诏谅祚，要他认真挑选使臣，不得无事生非。

这一次宋夏关系迅速交恶，既有谅祚的失误，也有英宗皇帝的不周，更有引伴使高宜的鲁莽。究其根源，是宋夏之间缺乏互信所致。

司马光为此深表忧虑，建议加罪高宜。奏疏递入大内，英宗没有答复。

谅祚开始采取行动，是年秋天，西夏出兵入侵秦凤、泾原两路。

这次入侵，规模不是很大，估计是对宋廷慢待西夏使者的回应，同时也是警告，希望宋廷像对待契丹人一样尊重西夏。

到了第二年正月，谅祚又派使者来到东京庆祝英宗生日。这一次，宋朝派人陪伴西夏使者练习上寿仪。中间休息，赐酒食，但数量不多，很微薄。"微薄"可能是西夏使者的看法，也许宋廷的规矩就那样，意思一下就行了，不像党项人大块吃肉、大碗喝酒。但西夏使者不这样认为，讥笑，不下筷子，还说宋廷对待远来客人完全没有诚意。

虽然这一次英宗皇帝处罚了御厨监官及客省吏人，但与西夏的关系降到冰点。

这年七月，谅祚开始大举兴兵，剑指泾原路。

由于事发突然，宋军毫无防备。谅祚以十万之众分攻泾原诸州，宋朝损失很大。据《西夏书事》称："驱胁熟户八十余族，杀弓箭手数千，掠人畜万计。"

治平二年，也就是公元1065年春正月，谅祚掳掠泾原、秦凤诸州后，集合万余人马攻入庆州境内，兵锋直抵王官城下。王官城位于延州之南，属于大后方。这儿宋军兵力空虚，如果不是鄜延经略安抚使孙长卿调兵及时，就要酿成大祸。

谅祚几乎承袭了父亲元昊的衣钵，充分发挥西夏骑兵优势，往来倏忽，稍稍防备不严，即乘虚而入。

宋夏之间边境线太过漫长，其间山峦重叠，沟壑纵横，供西夏骑兵出没的通道实在太多。

而且，谅祚跟他老子一样狡诈。英宗遣使诘问，谅祚尽量拖延时间不见宋使，即便见了也归罪宋方，胡乱指责，信口雌黄。

三月间，谅祚出兵进犯保安军，围顺宁寨，相持半月而解。

到了八月，再一次侵扰泾原路。

谅祚一边乘虚掳掠、袭扰陕西沿边各地，一边不断地派使者奔赴东京向宋廷示好。谅祚这种两面派做法，除了生性狡诈，也与同契丹人的关系还没有修复有关。

西夏横山一带产铁，但缺少铜。自从元昊与辽朝翻脸为敌，沿边贸易陷于停顿。没藏讹庞专权时期，曾请求辽朝用铁换铜，遭到辽道宗耶律洪基严词拒绝。就连私下贸易，也被耶律洪基下令禁止。没有铜，就不能铸币，或者说所铸钱币低劣。没有铜币，就连私下交易也无法进行。

治平二年五月，就在入侵保安军之后，谅祚派使者来到上京，觐见耶律洪基，说西夏安全受到宋朝威胁，希望辽朝管一管。这在以往是没有的事，辽夏翻脸以来，除了朝贺、吊丧等规定动作外，西夏从来不主动派使者前往辽朝。这一次，西夏人来上京携有重礼，辽朝皇帝虽然见了，但对西夏使者提出的要求，耶律洪基置若罔闻。

宋廷不待见谅祚，契丹人也不拿他当回事儿，此时的谅祚仿佛一个输红了眼的赌徒，恨不得把天弄出个窟窿。

谅祚不敢在契丹人面前撒野，只得将全部仇恨向宋朝发泄。这一次，谅祚将目标锁定大顺城。

前面说过，大顺城于庆历二年（1042）为范仲淹主政环庆路时所筑，与马铺寨、柔远寨、荔园堡共同构成庆州东北部防御体系。大顺城由禁军、厢兵，以及蕃部共同驻守。

治平三年（1066）九月，谅祚亲率数万步骑进犯庆州，围攻大顺城。此时环庆路经略安抚使是蔡挺。蔡挺这人进士出身，打仗很有一套。范仲淹宣抚陕西时，蔡挺负责机密文字。就在那个时候，蔡挺跟范仲淹学了不少战争经验。治平二年从陕西转运副使任上升环庆路经略安抚使、知庆州。蔡挺得知谅祚大举来犯，命令沿边民户进入堡寨，加强防守，不许出战。悄悄将铁蒺藜布于城壕之内，西夏兵越壕攻寨，士兵伤脚者甚多。

谅祚连续进攻三天，大顺城岿然不动。谅祚乘骆马，张黄伞，裹银甲，戴毡帽亲自督战，蔡挺命蕃官赵明率八百名弓弩手伏于壕外，见谅祚来，八百名弓弩手一齐发射，顿时飞矢如注，谅祚中箭负伤，被人救起，落荒而逃。

见大顺城不能攻克，谅祚转攻柔远寨。柔远寨位于柔远河与其支流交汇处东侧，依山而筑。柔远寨不如大顺城坚固，由环庆路副总管张玉率兵防守。张玉前面说过，曾是狄青麾下，人称"张铁鞭"。张玉见柔远寨形势寡弱，夜率三千人打开寨门劫营。西夏兵受到惊吓，退屯金汤。金汤寨宋初构筑，现已沦入夏境。

有趣的是，到了十月份，谅祚竟然派人来鄜州索取时服。时服就是冬装，折算成了银绢——银五千两、绢五千匹，写进了和约。现在这局势鄜延路经略安抚使陆诜怎么会派给西夏绢银呢？陆诜虽然是个夫子，却是个能吏。西夏使者拿不到银子便大放厥词，说要发十万骑兵入边。陆诜拍案而起，说我朝积习姑息，才致使谅祚如此狂悖！不加于诘责，国威何在？

谅祚进犯大顺城，英宗问计两府大臣，用什么办法退敌？韩琦说停止岁赐，派使臣赍诏责问。枢密使文彦博却说，这样一来事情就闹大了，事情闹大了后果很严重。举例当年的三川口、好水川、定川寨，时光虽然过去了二十多年，一旦提起这三个地方，惨败的阴影立刻扑面而来。韩琦到底上过前线，说兵家须料彼此，今日沿边守备已经不是往昔，况且谅祚是一个不知天高地厚的娃娃，论狡诈论谋略怎么能跟他老子元昊相比？下诏切问，必然诚服。

治平三年十月，朝廷派左藏库副使何次公前往西夏。

一个月后，何次公从兴庆府归来。这时候英宗爷已经病入膏肓，蔫蔫地斜躺榻上，宰执们围在榻前，英宗叩着床榻问："谅祚服罪没有？"

韩琦说："上谢罪表了。"

不错，谅祚是上谢罪表了，可这份谢罪表写得不老实。譬如说他自己深受大宋恩赐，是不敢背盟败约的。又说边衅是沿边小吏肇始。病榻上的英宗很不满意，要谅祚遣专使上誓表，并且要在誓表中写明：今后严戒沿边酋长，各守疆界，不得点集人马，辄相侵犯。不得劫掳鄜延、环庆、泾原、秦凤等路已经汉化了的党项族人，胁迫他们前往西夏。还有，所有在宋夏交界处生活的党项族人，一律不得招纳。

躺在病榻上的英宗继续道："跟谅祚讲清楚，如果遵依誓诏，朝廷恩礼，自当一切如旧，如果背离此约，是为绝好。"

谅祚不会绝好。此次谅祚向宋廷负罪，纯属无可奈何。宋廷关闭榷场，断绝贸易，还要停止岁赐，这攸关西夏存亡，谅祚必须谢罪一下。

14．王安石入朝

治平四年，即公元1067年，正月初八，英宗晏驾，二十岁的赵顼继位，是为宋神宗。从后来看，神宗继位，对西夏不是个好兆头。

老规矩，皇帝崩了，要给邻国报信，这叫告哀。神宗跟英宗爷不一样，在诏书里很不客气，语气强硬，说西夏累年以来，数兴兵甲，侵犯疆陲，惊扰人民，诱逼熟户。去年秋天围攻大顺城，焚我村落，杀我官兵，边奏屡闻，人神共愤。这一次上表谢罪，希望言行一致，表里如一，自省前辜，坚于永好。

去西夏告哀的是高遵裕。高遵裕既是国戚，又是武臣。国戚加武臣，就没有那么多客套。说起大顺城，西夏负责接待的官员又拿出老把戏，恫吓加要挟，说我朝虽小，兵马也有十数万，亦能拿起武器跟你们拼命。高遵裕大喝道："我家皇上天纵神武，岂容你等猖獗，天兵一到，玉石俱焚！"

话是这么说，但有识之士清楚，大宋王朝病了，且病得不轻。一个病汉即便面对西夏这种"纤芥之疾",也常常显得力不从心。

年轻的神宗是清醒的。这可能与他的身世有关。父亲是皇上养子,他这个嫡长子没有任何理由疏惰与放纵。史书说他"天性好学"。好学不会是少年的天性,一个少年天性好学,一定有其他原因。

神宗是一位有雄心的皇帝,他立志有所作为,而摆在面前的国势却是积贫积弱。

先说积弱。

司马光有一番话是这样说的:幽、蓟、云、朔沦于契丹,灵武、河西专于党项,交趾、日南制于李氏,朝廷在这些地方不得置官吏、收赋役,天朝疆域与大汉、大唐,简直没法比啊!

是的,北方少了幽云、平卢地区(今北京、山西北部、河北北部、辽宁西部),南方少了交趾地区(今越南北部),西北少了灵夏、河西、河湟地区(今宁夏全部、甘肃西部、青海东北部及陕西一部)。汉代鼎盛时期是汉武帝在位时,管辖区域面积达到550多万平方公里。唐朝更不得了,鼎盛时期有1000多万平方公里。正常年景,汉代也有350万平方公里土地,唐朝国土面积维持在600万平方公里左右。而大宋呢,即使鼎盛时期也只有280万平方公里。并且,鼎盛时期还没有到来,也就是说,神宗继位时,全国面积小于以上数字。

如此积弱,作为一个清醒的皇帝如何不痛心疾首?

求治心切的宋神宗专门把患有腿疾的富弼从汝州请到京城,特批乘轿辇进入皇宫,问政于内东门小殿。富弼在西北前线多年,对于金瓯残缺、国事难振有着深刻认识。然而,富弼的回答是,希望二十年不提用兵。

这个回答对于血气方刚、锐意进取的神宗皇帝来说简直大失所望。神宗的志向是重振国势,尽复唐之旧疆。

不能说富弼的回答荒谬,富弼虽老,并不糊涂。"二十年口不言兵",那是因为兵不堪用。

兵不堪用源自兵制。

宋太祖选用的是募兵制,因为他清楚征兵制的弊端,唐代大诗人杜甫的《石壕吏》流传天下,宋太祖早就耳熟能详。另外,经过唐末、五代社会大动荡,农民失去土地,大量流民无所归依,用这些人充实军队,既增加兵员,又消除社会隐患，一举两得。

应该说，宋初的募兵制是成功的。乾德三年，也就是公元965年，宋军平定后蜀，投入正规部队三万人，仅用了六十六天就大获全胜；开宝三年，即公元970年，契丹人进犯定州，三千宋军对敌六万，先守后攻取得大捷。两次大战，除领兵将领王全斌、刘光义、田钦祚属久经战阵的名将外，与招募兵士精锐有很大关系。

但凡事物有利有弊，如果不能兴利除弊，日子一长，便是弊大于利。

北宋时期士兵待遇不错，《宋史·兵制》有载："捧日、天武、龙卫、神卫左右厢都指挥使遥领团练使者，月俸钱百千，粟五十斛；诸班直都虞候、诸军都指挥使遥领刺史月俸钱五十千，粟二十五斛；诸班直将校，自三十千至二千，凡十二等；诸军将校，自三十千至三百，凡二十三等；诸军自一千至三百，凡五等。"

一千钱即一缗，或者一贯。以米价为基准，仁宗年间一贯钱大约可买150斤大米，按今天价格折合人民币500元左右。一个普通士兵除了月俸，还有月粮；一年两次发放军衣，或布匹，或绸缎，或者干脆发银子；除此还有名目繁多的补助、津贴、赏赐；戍边，有额外补贴；郊祀，另有优赐；寒食、端午、冬至等节日有奖金；每年十二月与正月，发柴炭钱与雪寒钱。如果驻地特殊，如在岭南，薪俸又高出几个级别；从四川、广州等偏远地方退伍或转业，另有专项补助。张方平于治平四年在给神宗的一道奏章里说，一名中等禁军，每年收入大约五十千。五十千就是五十缗，约等于今天25000元。

这是禁军，厢军比禁军少。蔡襄曾说，厢军一兵之费岁约三十千。

蔡襄和张方平都担任过三司使，他俩列出的数据应该没有水分。

在宋代，这种薪资与福利已经相当优厚了，所以，无论是禁军还是厢军，其队伍只能像滚雪球一样越来越庞大。

募兵的初衷是防止流民动乱，每逢灾荒年景，就得大量招募流民，这叫"荒年募兵"。长此以往，兵员的成分越来越芜杂。除了流民，充斥其间的还有乡间地痞，街头混混，豪绅之家的纨绔子弟，官宦之家的膏粱少年，不一而足。

军队战斗力下降除了积弊成灾的兵役制度，还有与初衷相去甚远的《更戍法》。

建隆二年（961），也就是赵匡胤陈桥兵变的第二年，宋太祖问赵普："天下自唐末以来，兵戈不息，苍生涂地，原因何在？"赵普回答："造成国家动乱没有其他原因，就是节镇太重，君弱臣强。要实现国家长治久安，也没有什么奥妙，必须削夺将帅兵权，制其钱谷，收其精兵，天下自当安然。"

赵匡胤的想法是好的，赵普的建议也不赖。《更戍法》的出台是适宜的，收四方劲兵，列营京畿，以备宿卫，分番屯戍，以捍边防。禁军分驻京师与外郡，内外轮换；将领不得随之调动，使兵无常帅，帅无常师。

可时间一长弊端来了。宝元二年，也就是公元1039年，三川口之战爆发前夕，鄜延、环庆安抚副使刘平在上奏的攻守之策中就指出了这一现象，说，自节度使以下，各按官职领其俸禄，待到战事发生，才领兵行讨。一旦战事结束，兵归宿卫，将还本镇。这种兵不知将、将不知兵的《更戍法》，虽然有效化解了武将坐大，制止了藩镇复发，却严重削弱了军队的战力。

一支没有战斗力的军队，只能使积弱的国势更弱。

再说积贫。

宋代税赋计五类，有公田赋、民田赋、城郭赋、丁口赋、杂变赋等。资料显示，景德年间，也就是真宗初年，全国五税共收入四千九百一十六万九千九百，养兵需要多少钱呢？景德年间多少兵员没有记录，但有稍后天禧年间兵员数目，计九十一万二千，其中禁军马步军四十三万二千。按照中等禁军一卒岁给约五十千，和厢军一卒岁给三十千计算，需开支军费三千六百万钱，结余一千三百一十六万九千九百钱。一千三百一十六万九千九百钱包括官员俸禄，向契丹纳币，政权运转，内府开支，皇帝赏赐，以及应付各种突如其来的人祸天灾。

天禧年间北方很安宁，西线无战事。

如果打仗，那就不好说了。

比如庆历年间。庆历年间兵员总额一百二十五万九千，禁军马步军八十二万六千。没有庆历年间财政收入记录，但有皇祐中期税赋之数。皇祐紧挨庆历，变化不会很大。《宋史·食货》载，皇祐新增税赋四百四十一万八千六百六十五，达到五千三百五十八万八千五百六十五。军费开支呢，禁军八十二万六千名就需要饷银四千一百三十万钱。另有厢军四十三万三千名，又需军饷一千二百九十九万钱。单养兵一项，就缺口七十余万。张方平向神宗反映说，第一次宋夏战争，"夏寇阻命，西师在野，既聚军马，即须入中粮草"，仅此一项，每年约支一千万贯。这笔钱国家财政拿不出来，只得由内府支出。到庆历签订和议时，内府已经全部掏空。

所谓内府，即大内府库，皇帝的私房钱。

打仗打的是钱粮。没有钱粮，别说打胜仗，仗根本没法打。

所以，登基未久的神宗就把眼光投向了远在临川的王安石。

神宗对王安石的认识全部来自韩维。那会儿神宗还在颖王邸，韩维在颖王府掌管文书，经常发表一些观点受到颖王称赞。每逢这时韩维就解释说，上述观点是我朋友王安石的。久而久之，王安石给神宗留下了深刻印象。

还有一个原因也促使神宗起用王安石，那就是司马光。

初登帝位的神宗对司马光寄予厚望，期望司马光对重振大宋献计出力。司马光献计了，也出力了，就在神宗准备起用王安石为相时，司马光献上了"八事"：举百职、修庶政、安百姓、实仓库、选将帅、立军法、练士卒、精器械。"八事"很对神宗的胃口，但"八事"的前提是不要兴边事。

司马光是这样对神宗说的，臣不是说谅祚无罪不可讨伐，臣是说国家今日内政未修，不可在边界生事。

神宗说，兴边事属于妄传。

确实，这个时候兴边事远没有提上神宗的议事日程。但是，没有提上议事日程不能说神宗没有考虑。神宗做梦都在想着如何让大宋比肩汉唐。

司马光曾经问神宗："据传，杨定、高遵裕、薛向、王种等人为陛下出的主意就是兴边事？"

是时，杨定是保安军知军，高遵裕是镇戎军驻泊都监，薛向是陕西转运副使，王种具体职务不详，估计也是中下级军官。

神宗解释说："这几个人熟悉边事，他们出的主意不过是对待党项熟户要安定和睦。"

司马光说："王种这个人，诡计多端，曾唆使羌人叛乱，然后自己招安，以此向朝廷表功。这样的人，跟赵括一样，只有嘴皮子功夫，没有实战经验。不知那个薛向为人如何？"

神宗点头道:"薛向这个人朕了解。"

司马光问:"为人正直,还是奸邪巧诈?"

神宗说:"说不上是端庄之士,但熟悉边事及钱粮。"

司马光说:"可能熟悉钱粮,边事肯定不懂。"

很显然,司马光排斥守边之臣,对于守边武将,更是轻视。司马光的意思很明确,在大西北,对谅祚的袭扰和窜犯不要计较,要息事宁人,要姑息忍让。这与神宗的雄心大相径庭。

出乎意外的是,王安石对于神宗的起用并没有推辞。九月,赴江宁府上任,到了年底,受命来到京城。王安石新职务是翰林学士兼侍讲。

熙宁元年(1068)四月,王安石入对。君臣二人有了下面一段对话。

神宗问:"治国以什么为先?"

王安石答:"经术,也就是治理天下之术。"

神宗问:"学习唐太宗如何?"

王安石说:"学习唐太宗干什么呢?要学就学尧舜。"

神宗说:"这简直是在为难我,我感觉达不到这个要求。如果你尽心辅佐,我们一起向尧舜靠拢。"

不久,君臣二人又继续这个话题。神宗说:"唐太宗能够有所作为,因为有魏征;刘备能够有所作为,因为有诸葛亮。"

王安石说:"陛下真心想成为尧舜,则必有皋陶、后稷这样的贤臣。问题在于,陛下择术未明,推诚未至,即便有皋陶、后稷这样的贤臣,也会招致小人构陷和排斥,卷怀而去。"

直到这个时候,神宗似乎还没有最后下定决心将国家交给王安石治理。

熙宁元年七月,山东登州发生了一起谋杀案,凶手是一名少女,叫阿云,被害人叫韦阿大。具体案情是,阿云母亲死了,还在服丧,家里人即把她赶到了韦阿大家。阿云嫌韦阿大长得丑陋,夜里用刀杀了。可杀了几刀,没有杀死,只砍断一根指头。登州知州叫许遵,读的是明法科,入仕即在大理寺断案。许遵初判:阿云作案时许嫁未行,既没有庙见,也没有举行婚礼,属于凡人;讯问时便承认了自己罪行,有自首情节。按大宋律,免所因之罪,也就是只问伤害,不问谋杀。这种情况减罪二等座之。一句话,判不了死刑。

案件上报审刑院和大理寺，这两个政法机关认为登州断案有错，《宋刑统》有律条："诸谋杀人者，徒三年；已伤者，绞；已杀者，斩。"阿云属于"已伤者"，应"绞"。

如果朝中没有王安石，阿云绞了。王安石是个较真的人。王安石认为，登州方面适用的刑律虽然《宋刑统》没有，但有自首的规定。比如"盗杀"。入室行窃，伤了主人，到案后老老实实交代罪行，盗窃罪不问，只问伤害罪。王安石说，既然盗杀罪能够适用自首情节，谋杀罪为什么不能适用呢？

朝中围绕阿云一案争论激烈，以王安石、吕公著、许遵为代表的大臣主张免除所因之罪；以司马光、文彦博、吕公弼等为代表的大臣主张以谋杀已伤论死。双方都找出法律依据予以辩驳。问题是，王安石所坚持的法律主张具有人性温度，而具有人性温度的司法主张契合当前形势。

当前的形势是什么？是不断出现的民变与兵变，是多如牛毛的盗贼与盗匪。巩固政权为两手，一是剿，二是抚。现实情况是，剿不断，抚还乱。如果从法律层面给自首者以宽贷呢？毫无疑问，给自首者以宽贷，将使盲从者、裹挟者，甚至犯罪较轻者看到自新的机会，可以起到分化瓦解各路草贼的作用。司马光所坚持的律条过于僵化、呆板、缺乏人情味，而王安石所坚持的律条符合当前政治需求。

最后，神宗下诏："敕贷阿云死。"

一桩刑事案件落定了，王安石升为参知政事，进入了执政团队。谁也没有想到的是，一桩普通刑事案件，撬动了一场惊涛骇浪般的变革。这就是历史上著名的"熙宁变法"，也称"王安石变法"。

"熙宁变法"深深影响着宋夏战争。

15. 吐蕃六谷与青唐政权

治平年间，也就是英宗在世之日，东都洛阳，大理学家邵雍与客散步于天津桥上，忽然传来杜鹃声声，邵雍顿时变脸，神色惨然。客问："先生这是怎么啦？"邵雍答："洛阳从无杜鹃，今天始至，一定是上天示警。"客问："先生以为是在示警什么呢？"邵雍说："不出两年，圣上将引用南人为相。南人喜欢变更，天下将要纷扰。"客人不以为然，说："杜鹃叫几声，天下就要多事，这也太玄乎了吧！"邵雍说："天下如果大治，地气自北而南；如果生乱，则自南而北。杜鹃来自南方，也就是南方地气已至。鸟比人聪明，得地气之先。"

这则故事来源于《邵氏闻见前录》。该书作者是邵伯温，邵雍的儿子。是不是真有其事，只有邵伯温知道。邵雍深研《易经》不假，精通六爻卦卜，是否能预言国事走向，恐怕有几分神话。

有宋一代，太祖有言，"南人不可为相"。太祖当国十七年，身边的文臣武将都是北人，他们老以为自己才是华夏正宗。究其根源，在于北方五代与南方十国分离太久，相互敌视，导致隔膜。物质文明就不说了，否则，隋炀帝为什么修大运河呢？至于思想文化，长江流域与黄河流域一样发达。但是，太祖爷一句"南人不可为相"，将南方的思想文化成就全抹杀了。南方人愤愤不平，咬牙奋斗。结果，到了真宗朝，出了个王钦若，不仅登上相位，还深受真宗爷信赖。北方人不高兴了，纷纷口诛笔伐。甚至将苏州人丁谓、福建人林特、江西人陈彭年、江苏人刘承规，连同王钦若一起称为"五鬼"。

细察"五鬼"的所作所为，这诨号似乎不全是贬义。譬如他们聪明、机灵、善于察言观色，深得皇帝喜欢。

北方人看不惯南方人这一套，认为南方人奸险巧诈。实际上，这是南方人的生存技巧。

身为南人的王安石对此一定深有体会，他决定另辟蹊径，那就是创立自己的学说，从学说上为南方人立身。王安石一再婉辞朝廷的征召，与他潜心研究"新学"有关。在治平四年（1067）那个春天，王安石觉得"新学"已经趋于成熟，就像一个潜心武学的剑客，可以下山斩妖降魔。

有关王安石"新学"的研究者无以计数，著述汗牛充栋，其核心本质就四个字：通经致用。这与儒学的"仁义道德"和洛学的"存天理，去人欲"全然不同。

熙宁二年（1069）二月，就在王安石晋升参知政事不久，神宗与王安石有一次对话。神宗说："大家都不了解卿，以为卿只知经术，不懂世务。"

王安石说："有些儒学家，其实是庸人，根本不懂经术。什么叫经术？就是经世务。"

神宗又问："卿以为，当前如何经世务呢？"

王安石说："变风俗，立法度。"继而又说，"天变不足畏，祖宗不足法，人言不足恤。"

这是"荆公新学"的全部精华。估计如一声巨雷，举朝震颤。

比如参知政事唐介就对神宗说："王安石难当大任。"

神宗问："你说的难当大任，是指他的文学，经术，还是现在的官职？"

唐介说："既不是他的文学，也不是他的经术，更不是他的官职。是他这个人一旦掌握了权力，恐多变更，扰乱天下。"

御史中丞吕诲准备弹劾王安石。神宗召对，吕诲和司马光同行。司马光问吕诲："今日觐见圣上你准备说些什么呢？"吕诲说："弹劾奏就在我袖子里。"司马光很是惊讶，说："王安石的任命刚刚下来，众人都在欢庆，你为什么要弹劾他？"

吕诲突然脸一板，对司马光说："王安石既固执，又喜欢奉承，这样的人上台，天下必受其弊。"

神宗的老师孙固也反对王安石为相。孙固说："王安石文学造诣很高，但做宰相缺乏度量，不能容人。"

神宗一连向孙固征求了四次意见，孙固都这样回答。孙固向神宗推荐，欲求贤相，朝中大臣吕公著、司马光、韩维三人是也。

司马光当然也反对任用王安石，只不过司马光性情冲和，言辞不像唐介、吕诲那样激烈。在是否任命王安石为宰相时，神宗咨询过司马光，司马光回答道："人人都说王安石奸邪、偏激，其实不然，王安石属于不晓事，又执拗。"

就在大宋朝廷酝酿变革时，西北前线形势出现变化。

治平四年年初，高遵裕出使西夏，双方闹得不愉快，宋廷冷落了西夏一段时间，到了闰四月，谅祚又派人来到开封谢罪。这一次还带来了方物。大唐时期，古灵州方物甚多，都是稀奇玩意。估计这一次敬献的方物品种多、数量大，朝廷上下十分高兴，会谈起来颇为轻松。宋廷答应，只要西夏谨守封疆，岁赐一如既往。

前面说过，由于频年点集，党项诸部族已不堪驱使，谅祚下令将横山一带党项族民内迁至宁夏平原。这一举措造成了横山党项诸族动荡，有一个党项部落，在酋长令凌的率领下内附宋廷。鄜延路上报朝廷，神宗全数收纳，并给予田宅。谅祚得知后派人追讨，清涧城守将种谔说，令凌可以归还你们，但你们要归还景询。

景询原为陕西士子，因犯罪逃亡西夏，被谅祚重用，前面所述谅祚一系列袭扰行动，都是景询一手策划。用景询交换令凌，谅祚不干。

谅祚迁徙横山之民，驻守绥州的西夏左厢监军嵬名山深感不安。横山之民迁走了，绥州岂不成了一座孤城？在李继迁时代，绥州城损毁得不成名堂，经过李德明与元昊两代人的大力经营，如今绥州城已经成了西夏东临黄河的坚强堡垒。

对于宋廷而言，绥州也相当重要。前面说过，河东战区的河外三州，就因为西夏占据了绥州，才与陕西战区分割开来，难以相互救援。另外，西夏占据绥州，威胁河东战区的石州与岚州。

嵬名山的弟弟叫嵬夷山，先到青涧城降了种谔。种谔通过嵬夷山招降嵬名山，与之接洽的是嵬名山幕僚李文喜。李文喜替嵬名山做主，答应归降宋廷。种谔得到回复后迅速行动，联络延州东路巡检折继世率兵长途奔袭绥州，兵临嵬名山的驻地。嵬名山以为宋军袭来，绰枪上马正要格斗，弟弟嵬夷山喊："哥哥既然约好投降，为什么还要抵抗？"

嵬名山问弟弟："我什么时候约好了归降宋廷？"

嵬夷山说："你已经接受了人家一只金盆。"

嵬名山茫然道："哪里有什么金盆？"

李文喜站出来说："金盆在我这儿，我替大帅收下了。"

嵬名山问明情况，滚鞍下马，命令全军火线投诚。

种谔收复绥州，折继世收复银州，获得党项部落首领三百余人，汉、蕃一万五千多户，可用之兵达一万人。

可是，种谔、折继世招降嵬名山，夺得绥州，事先没有上报鄜延路经略安抚司。安抚使陆诜大光其火，上报枢密使文彦博，要求治罪种谔和折继世。陕西转运使薛向支持种谔的行动，上书为种谔、折继世辩护。

枢密使文彦博主张将绥州归还西夏。说宋夏有庆历和议在，绥州是西夏大镇，夺取西夏大镇有违和议精神。

宰相韩琦也认为应该放弃绥州，指示陆诜对绥州实施三不原则：不给粮，不给兵，若是西夏来攻不施救。

谅祚听说绥州有变，派遣四万兵马来援。种谔正准备返回青涧城，闻讯后立即引军迎战。以嵬名山率其部属八百人为前锋，分神将燕达、刘甫为左右二翼，自己领军居中。种谔命令各军听鼓声前进，鼓声缓慢徐徐进兵，鼓声激越则迅猛疾战。又用老弱残兵布置疑兵。那一战，杀得西夏军败退数十里，缴获骡马器仗数以万计。

对于鄜延经略安抚司和枢密院而言，种谔闯大祸了。如果说招降嵬名山还有情可原，在绥州城下居然公开跟西夏人干仗，这叫轻启刀兵。

种谔是种世衡之子。陆诜来到延州后，提拔种谔守清涧城。对于种谔的忠诚勇敢，陆老夫子深为喜欢，但种谔私自出兵夺取绥州城，违背了陆老夫子以和为贵的安边精神。在陆老夫子看来，确保沿边不出事，是他这个鄜延路最高军政长官的唯一责任。

种谔一点儿不知道自己犯罪了，还认认真真地建议朝廷，说绥州扼三大川口——无定河、怀宁河、大理河，城池高挺，周边土地肥沃。如果在此置弓箭手万人，将来打通与河东战区连接，这儿即是桥头堡。

就在种谔上书朝廷，建议保留绥州时，鄜延经略安抚司的报告已经上送枢密院，说西夏派人送来文书，第一，用景询交换嵬名山；第二，斩下折继世的头颅，因为折继世属党项人。

文彦博认为，西夏的诉求有道理，谅祚既然称臣奉贡，嵬名山和绥州要还给人家。

一些大臣还要求治罪陕西转运副使薛向和清涧城守将种谔，以安西夏。

皇帝没有表态。实际上，没有表态也是一种态度。

十一月，神宗命韩琦从相州出发前往陕西，专程处理种谔招降绥州与折继世越境进攻银州等事宜。韩琦辞相了，新的职务是判永兴军兼陕府西路经略安抚使。

前面说过，韩琦对西北战事偏保守。还未启程，态度就已表明，薛向、种谔、折继世等人的行为属肆意妄作，是对庆历和议的反叛，将导致西夏生怨，开祸乱之源。

尽管韩琦持保守态度，神宗仍然对鄜延路经略安抚使予以了更换，陆诜知成都府，将郭逵从秦凤路调到了延州。

郭逵一上任就说："嵬名山千万不能归还。弄回一个景询有什么用？再说，谅祚诡计多端，谁知他又在打什么主意。将嵬名山归还西夏，弃前恩而结后怨，有百害而无一利。"

神宗表态，同意郭逵之议，赐嵬名山为右千卫上将军。

就在这个时候，事情又发生了变化，保安军知军杨定、都巡检侍其臻、顺宁寨寨主张时庸，进入西夏境内商议榷场事务时为西夏所杀。

谅祚为什么杀杨定？按史书的说法是，杨定身为沿边将领，经常进入西夏商谈或者调解一些问题，利用这一机会，杨定脚踏两只船，一边履行职务，一边向谅祚示好。谅祚为收买杨定，给予了大量金银财物。嵬名山内附，种谔轻取绥州，谅祚怀疑是杨定泄露了西夏的军事秘密。于是来到银州，将杨定诱而杀之。这种说法存疑，因为是嵬夷山投降种谔后，种谔通过嵬夷山说服嵬名山归附，绥州才落入宋军之手，其间不存在任何泄密。同时也无密可泄。《西夏书事》作者吴广成的结论是"夏人计无复之，乃泄忿于定"。这种说法比较靠谱。

谅祚公然戕害宋军沿边将领，老帅韩琦深感愤怒。韩琦认为，既然谅祚如此狂悖猖獗，绥州断不可放弃。韩琦同意郭逵、薛向的建议，以折继世为将，从嵬名山归顺的部队中挑选万余士兵，共同守卫绥州。

神宗很快批复韩琦的奏请，并将绥州更名为绥德。

这是治平四年（1067）年底的事，第二年，神宗改元熙宁。熙宁者，天下既明又安，这是神宗的志向。

就在这时，一个名不见经传的小人物正在迫不及待地走上大宋历史舞台。这个人叫王韶。

王韶名列嘉祐二年（1057）进士榜。嘉祐二年进士榜称为"龙虎榜"，也称"千年进士第一榜"，进入宰执的就有九人，进入《宋史》的多达二十四人，王韶是其中之一。不过，此时的王韶还处于人生低谷。按《宋史·王韶传》的说法：考制科不中，客游陕西，访采边事，于熙宁元年王韶来到京师，要求觐见皇帝。

王韶为什么早不来晚不来，熙宁元年来了？应该与神宗皇帝的一项举动有关。

据《宋史·狄青传》记载，熙宁元年，神宗皇帝考察近代将帅，认为狄青起自行伍而名动夷夏，深沉有智略，能以畏慎保全终始，最后决定，将狄青的画像迎入宫中，挂在自己书房内。并亲撰祭文，派宦官携带猪羊二牲到狄青家中祭拜。

这规格很高了，甚至可以说高得没谱了。要知道，自从狄青敉平广西侬智高之乱官升枢密使之后，非议如同漫天风雨。一会儿说狄青家出了件什么怪事，一会儿说狄青家又出了件什么稀奇事，诸如狗长角之类。有一年京城发大水，狄青家被淹了，合府搬到相国寺暂避，于是又非议四起，他狄青为什么搬到相国寺啊？相国寺可是皇家寺庙啊，是皇帝们经常去的地方，莫非他狄青有什么想法？面对非议狄青深感委屈，向仁宗爷倾诉。仁宗爷也觉得这些非议很没道理，一日跟宰相文彦博聊起此事，文彦博只一句话，仁宗爷便哑口无言了。文彦博是这样说的，当年，太祖爷难道不是大周朝的忠臣吗？这话传到狄青耳里，去问文彦博为什么说出这样的话来，文彦博直截了当地说，没有原因，就是怀疑你。吓得狄青连连后退。

舆论的力量实在太过强大，仁宗爷终于抵挡不住，只得让狄青离开京城，出判陈州。据说，仁宗爷每月都派人去陈州看望狄青，可狄青只要听说京师来人就惊吓不已。不到半年，就与世长辞。

现在，神宗将狄青的画像请入宫内，不仅轰动京城，甚至全国都有反响。他可是皇帝啊！在一个重文轻武的国度，在一个武人地位低下的朝代，神宗皇帝的举动具有风向标的意义。远在陕西游历的王韶一定感受到了天子的志向，赶紧来到京城推销自己。

王韶不是毛遂，毛遂是凭一张嘴说动楚王。而王韶除了勇气，还有让神宗皇帝耳目一新的《平戎策》。

在《平戎策》中王韶写道，要攻取西夏，首先要收复河湟，让西夏腹背受敌。

河湟的本意是指黄河与湟水合流之处，但在宋人的词典里，指的是唐朝安史之乱后被吐蕃人强行占领的河西及陇右之地。

唐朝在河西、陇右设有陇右道，下辖十八州，另有安西都护府和北庭都护府。安史之乱爆发，大唐王朝匆匆忙忙将河陇、朔方之兵调往潼关重地。结果，集结在潼关的四十万河陇、朔方之兵被安禄山指挥的几万胡军杀得片甲不留。自此，河湟地区无兵无将，吐蕃势力乘虚侵入。吐蕃对汉人强力推行蕃化政策，说吐蕃语言，穿吐蕃服饰，蓄吐蕃发型，近百万汉民沦为吐蕃奴隶，史称"河湟之祸"。

吐蕃王朝是西藏历史上第一个有明确史料记载的政权，松赞干布被认为是实际立国者。

有关松赞干布，知名度颇高，平定内乱，征服诸羌，统一西藏高原，由一个山南小邦首领一跃而成为吐蕃各部的君主。然而，松赞干布英年早逝，三十四岁即撒手人寰。松赞干布死后，吐蕃与唐朝时而和亲，时而角逐。公元670年，吐蕃灭吐谷浑，入侵西域，嗣后围绕西域反复争夺，长期在唐王朝西陲保持着军事压力。

安史之乱后，唐朝的陇右地区全部为吐蕃占据。公元763年，安史之乱刚刚平定，在秋风萧瑟的十月，二十万吐蕃大军长驱直入长安，再次洗劫饱经战乱的大唐京师，甚至还拥立了一位傀儡皇帝。

唐建中四年，即公元783年，唐政府高举"弃利蹈义"大旗，命令陇右节度使张镒与吐蕃宰相尚结赞于清水（今甘肃清水西北）订立盟约，议定唐蕃双方边界，大体为，黄河以南，从六盘山中段至陇山南端，穿过汉水、白龙江，沿岷江上游西到大渡河，再沿河南下，以东归唐管辖，以西归吐蕃管辖。在黄河以北，应吐蕃赞普的要求，北从大漠，南至贺兰山，依自然地形划为边界线。

8世纪末叶，吐蕃内部矛盾激化，王室成员互相残杀，吐蕃陷于分裂。唐大中二年，即公元848年，沙州（甘肃敦煌）人张议潮发动起义，汉人群起响应，相继收复瓜、伊、西、甘、肃、兰、鄯、河、岷、廓等十州。大中五年，张议潮遣其兄张议潭奉沙、瓜等十一州地图入朝，唐宣宗命张议潮为沙州防御使。陇右地区的收复，为唐宣宗的"大中之治"添上了浓墨重彩的一笔。

唐宣宗之后，唐懿宗、唐僖宗是两个著名的无能昏君，距离唐宣宗驾崩十九年后，黄巢之乱爆发，帝王颠沛流离，大将跋扈专擅。到公元907年，大唐终结，进入五代时期，在眼花缭乱的政权更迭中，吐蕃势力在河湟地区卷土重来。

关于党项，综合《宋史》《西夏书事》等史料记载，属于古析支，所谓古析支即古西戎析支国，生活在如今青海省黄河上游河曲地区。唐贞观时期，唐太宗要求诸羌归顺，党项首领拓跋赤辞不从。不仅不从，当李靖奉命出击位于凉州的吐谷浑时，赤辞竟然以唐军为敌。廓州刺史久且洛生派人给拓跋赤辞送信，要他识时务，如果不识时务将有大祸临头。拓跋赤辞居然不知好歹，说什么吐谷浑待我如同心腹，你这是离间我们，快快走开，免得玷污了我的宝刀。久且洛生大怒，率领数百名轻骑来了个远途奔袭，拓跋赤辞措手不及，大败而逃。唐太宗李世民得知拓跋赤辞被久且洛生打败，命令岷州都督予以招降。归降后，唐太宗命拓跋赤辞为西戎州都督。

到了唐开元时期，由于唐玄宗沉迷享乐，不思作为，已经占据西域的吐蕃不断觊觎陇右地区，党项受到威逼，请求唐王朝内附，于是将党项迁徙至陕西、甘肃一带，封赤辞嫡孙拓跋守寂为西平公，授右监门都督。平定安史之乱，拓跋守寂有功，升容州刺史。唐代宗广德二年（764），河北副元帅仆固怀恩反叛，朔方节度郭子仪上书朝廷，建议将党项迁至银州之北、夏州以东，以防卷入叛乱。大唐末年，黄巢起事，拓跋思恭率兵勤王。公元881年，黄巢攻入长安，天下诸镇兵马来到长安城外，一个个你看着我，我看着你，唯独拓跋思恭的党项军与朱温、尚让大战于东渭桥，此战导致拓跋思恭的亲弟拓跋思忠阵亡。平定黄巢后，向来慷慨的唐王朝封拓跋思恭夏国公，赐李姓，拜定难军节度使，以表彰危难时刻的援手之情。对于党项人拓跋氏来说，这是一次火箭式的提拔，在唐代，节度使集军、民、财等大权于一身，相当于小国王。史家称，这是党项人的第一次咸鱼大翻身。

李思恭死后，定难军节度使一职由弟弟李思谏承继。此时北方进入五代时期。李氏党项人在五个北方王朝之间周旋。李思谏死后传位给李思恭的孙子李彝昌。李彝昌死后由叔父李仁福代理。李仁福死后由其子李彝超继承。到大宋开国，定难军节度使是李彝超的弟弟李彝兴。

大宋初年，两家关系很铁。有这样一段记载，说李彝兴一日来到开封，准备觐见太祖皇帝。太祖皇帝为嘉奖李节镇，为其专门赶制一条腰带，招来夏使问，你们的头儿腰围几何？夏使说，我们头儿腰腹洪大，如合抱之木。太祖皇帝叹息说："是个有福之人啊！"

李彝兴这人比较灵活，历经后唐、后晋、后汉、后周四朝，向背不常，但入宋以后，年年贡献，听从调遣，始终如一。当时北汉还没有灭亡，北汉皇帝刘钧三番五次派人持重金去见李彝兴，邀约一起进攻宋朝，均遭到李彝兴的婉言拒绝。李彝兴逝世后，太祖废朝三日，赠太师，追封夏王。

接下来是儿子李克睿领夏州节度使。在李克睿的治理下，有过夏州党项扰边的记载，受到沿边宋将的斥责后李克睿迅速纠正了。总的来说，李克睿是个宽厚之人，对宋廷保持着应有的尊敬。

太平兴国三年，即公元978年，李克睿去世，定难军节度使一职由儿子李继筠继承。在削平北汉的战事中，按照宋廷的部署，定难军节度使李继筠、银州刺史李克远、绥州刺史李克宪，都派出人马布置在黄河沿岸，作出向太原进攻势态，以牵制北汉兵力。

李继筠仅任职一年，病死于夏州定难军节度使使衙。其弟李继捧继任后，发生了银州刺史李克远联合弟弟李克顺率兵奔袭夏州事件，最后导致二十岁的李继捧入朝觐见，以及堂弟李继迁远走地斤泽。

在李继迁投靠契丹，骚扰陕西沿边时期，宋廷为了制服这股令人头疼的党项人，启用了位于河西走廊东端凉州地区的吐蕃部落潘罗支部。

潘罗支部又称"吐蕃六谷"，以居住在凉州城外六条大山谷而得名。

吐蕃六谷肇始于温末。

公元842年，吐蕃赞普朗达玛不幸亡故，两位王子为争夺王位杀得昏天黑地，各地军政长官纷纷拥兵自保。过了二十多年，吐蕃占据的陇右地区发生了大规模奴隶起义，吐蕃王室政权瓦解，其后裔向西亡命。起义军分为两种番号，吐蕃奴隶起义军号称邦金洛，靠近汉族政权统治区的甘肃、青海、四川一带农民起义军则自称温末。温末后来分为两支，一支被剑南节度使高骈招募，另一支迁徙至凉州地区。

由唐末进入五代，温末政权落入折逋氏手里。

后汉时期，吐蕃六谷大首领折逋嘉施派人来到开封，向汉隐帝刘承佑请命，希望赐封折逋嘉施为河西节度使。进入后周时代，折逋嘉施又派人来到京城，请求后周皇帝郭威派官吏去管理河西土地。郭威听信其言，派了一个叫申师厚的人前往凉州。折逋嘉施怎么会让一个汉人来约束自己呢？请求周皇帝派官员去管理河西之地，那不过是跟大周朝套近乎而已。很快，吐蕃人开始不满，继而大规模反抗，按《资治通鉴》记载，河西节度使申师厚不等朝廷下诏，把儿子丢在河西自个儿逃回来了。

咸平四年，也就是公元1001年，凉州吐蕃部落进行了权力交接，折逋氏家族退居其次，潘罗支成为最高领导人。关于这次权力交接，《宋会要》记载得十分详细，以西凉府六谷大首领潘罗支为盐州防御使兼灵州西面都巡检使，执掌凉州大权五十余年的折逋氏退居次要位置，权力交给了潘罗支。

也就在这一年，镇戎军知军李继和报告朝廷，说六谷都首领潘罗支愿意征讨夏州，请授以刺史之衔。朝廷讨论时，认为潘罗支已是一方酋帅，刺史一衔太轻，决定授以潘罗支盐州防御使兼灵州西面都巡检使官职。潘罗支派人联系李继和，约定出师日期。此事宋廷没有回复。为什么没有答复？是不是担心联合潘罗支灭了李继迁，潘罗支会乘势坐大？也许是，也许不是。对于刚刚登上皇帝宝座的真宗爷来说，最大的忧患是北方契丹。

如果没有契丹呢，宋廷会不会借助潘罗支的力量，兵出两路夹击夏州？如果真是那样，李继迁有可能覆没。其时，潘罗支年轻气盛，吐蕃六谷也正处于鼎盛时期。

宋廷遗憾地放过了这一千载难逢的机遇。李继迁却阴差阳错地瞅准这一时机集中全部力量横扫河外五镇，继而拿下了灵州。此后，即便宋廷再想与潘罗支联手，出河西走廊的道路被党项人切断，地理优势不存。

河外五镇落入了李继迁手中，潘罗支感到了日益迫近的威胁。咸平六年（1003），潘罗支派成逋为使，绕道进入宋境洽谈联合用兵事宜。当成逋历经千辛万苦来到镇戎军后，边将以没有正式文牒为由，怀疑有诈。接下来，在押送泾原部署司途中出了意外，成逋因马蹶坠崖而死。

即便如此，潘罗支仍然没有放弃联合宋军夺回灵州的意图，再次派吴福圣腊来到开封献贡，声言已集合六万骑兵，联合宋军收复灵州。这一次，真宗皇帝答应了，加潘罗支为朔方节度使、灵州西面都巡检使，赐予铠甲军器。然而，返回凉州的道路已充满凶险，吴福圣腊一行招致党项军的截击，宋廷授予潘罗支的牌印、官告、器械、衣物均为李继迁夺得，吴福圣腊仅以身免。

见潘罗支铁心归宋，李继迁一怒之下，于十月攻下凉州。继而出兵攻打吐蕃六谷，潘罗支派人请降。谋士张浦说，党项军还没有与潘罗支交战，突然请降，定然有诈，不如将计就计。李继迁摇头拒绝，说我一战而得凉州，潘罗支力弱而降，何诈之有？再说杀降不吉，我们应当予以安抚，以免后患。

事后证明张浦的猜测是正确的，潘罗支悄悄集合本部及盟友者龙族人马，乘李继迁前来受降之机，将党项军杀得大败，重新夺回了凉州。在这次战斗中李继迁被流矢所伤，返回灵州而亡。

景德元年，即公元1004年，二十三岁的李德明继位。

继位后的李德明第一件事就是替父报仇。

五月，李德明出兵凉州，潘罗支联合兰州、龛谷、宗哥、觅诺诸部落将其击败。

强攻不行，另施计谋。党项有两个小部族，一个叫迷般嘱，一个叫日逋吉罗丹，这两个小部族与潘罗支的盟友者龙族关系不错。李德明授意迷般嘱和日逋吉罗丹投靠者龙族。者龙族一共有十三个部落，经迷般嘱与日逋吉罗丹秘密联络，有六个部落反水投靠了党项。他们假传李德明不日进攻凉州的信息，将潘罗支召来者龙族的驻地，趁潘罗支猝不及防，刀斧手一拥而上，当场将潘罗支剁为肉泥。

在接下来的岁月里，李德明遵循李继迁倾心内属的遗言，与宋廷保持着较为密切的联系。

而凉州地区，厮铎督继任吐蕃六谷首领之后，率领龛谷、兰州、宗哥、觅诺等部族追杀者龙族中投靠了党项人的部落，在厮铎督凌厉的攻势下，者龙族全部逃进山谷。

吐蕃六谷与盟友者龙族彻底闹翻，内部陷入分裂。是年六月，折逋氏倒向李德明。折逋氏的倒戈，吐蕃六谷损失很大，因为折逋氏首领折逋游龙钵是个本地通，谙熟山川险易，清楚田牧远近。

折逋游龙钵为什么背叛厮铎督投靠党项，很可能是因为权力斗争。毕竟，潘罗支死后，身为吐蕃六谷的二号人物折逋游龙钵没有继任领袖。

但厮铎督的实力依然很强大，联合其他部落击败党项军，夺回了凉州城。

"澶渊之盟"订立后，真宗爷幻想能在西、北两线同时停战，再次在西北战局上首鼠两端。收到李德明的誓表后，令渭州派人至西凉府，晓谕吐蕃诸部，并转告瓜、沙两州首领，说党项人已经归顺宋朝，河西所有地方势力应谨守疆界，不得挑衅生事。

随后几年，河西保持着一种异样的平静。

就是在这种平静的状态下，宗哥、者龙、宠谷等若干大部落渐渐脱离厮铎督的管控，与宋朝建立了朝贡关系。

屋漏偏逢连夜雨。

自景德三年，也就是公元1006年起，凉州地区连年瘟疫。虽然宋朝下拨了若干抗疫药材，蔓延的疫情仍然导致凉州人口锐减，经济萧索。

李德明就像一个高明的猎手终于等到了出击的机会，趁凉州瘟疫横行，实力受损之机发起突袭。这一仗厮铎督虽然有回鹘助战，致使李德明铩羽而归，但党项人自此开启了经略河西走廊的魔瓶。

嗣后，在李德明的不断打击下，先是凉州百姓四处逃散，继而凉州城逐渐破败，吐蕃六谷分崩离析，比如宗哥部族，脱离厮铎督向南发展，进入青海境内。

大中祥符六年，即公元1013年，党项人再次进军河西，占领了肃州（酒泉）。凉州在坚持了一年多以后，终告陷落。

凉州政权自咸通三年，即公元862年温末入朝献贡开始，经历了温末和六谷部两个时期，历时一百五十三年，终于在党项的人的刀锋下落下帷幕。

早在宋真宗大中祥符元年，即公元1008年，张齐贤经略陕西时便已预见到了凉州六谷蕃部的灭亡。他认为，党项人对于河西走廊志在必得，凉州地处河西走廊东端，必将首当其冲。以厮铎督的能力和威望决不可与潘罗支相提并论，凉州蕃部联盟危在旦夕，建议朝廷早做打算。

厮铎督率部南逃，但凉州的争夺远没有结束。

大中祥符九年（1016），甘州回鹘集中兵力进攻凉州，杀死党项军首领苏守信，夺取了凉州城的控制权，并在凉州统治了十六年。宋仁宗明道元年（1032），李德明再一次向凉州发起进攻。宋廷清楚凉州的重要，紧急行文制止，使者还没有到达河西，凉州已经落入党项人之手。自此，作为宋廷在河西尽头的最后一缕希望，彻底破灭。

南逃的吐蕃六谷逐渐在青唐（西宁）、宗哥城（今青海海东市平安区）和邈川城（今青海乐都）附近聚集，因为这里有另外一个吐蕃政权——角厮罗。

史载，角厮罗原名欺南凌温，生于公元997年，即宋太宗至道三年。欺南凌温属吐蕃亚陇觉阿王系后裔，生活在吐鲁番。但欺南凌温生不逢时，吐蕃早已四分五裂，军阀割据，战乱不止。为躲避战火，许多吐蕃王室后代远走他乡。欺南凌温的先辈很可能就在那个时代流落到了新疆高昌。

欺南凌温十二岁时，被一个叫何郎业贤的人从西域接到河州，立为赞普，尊称角厮罗。"角厮"是一个古语词汇，代表"佛子""王子""菩萨"等多种意思，"罗"是尊称。

起初，年幼的角厮罗名义上是河陇地区吐蕃之王，实际上不过是当地豪强手里一块招牌。何郎业贤最初将角厮罗安置在甘肃夏河一带，时间不长，即被另一大族移到甘肃临夏西南，再后来，又被宗哥僧李立遵迁至宗哥城（青海乐都西）。

居于宗哥城的李立遵应该是早前位于凉州的宗哥部族，李德明向西扩展，不断打击吐蕃诸部，吐蕃六谷实力衰弱，宗哥部族脱离厮铎督南下，一部落脚在邈川，一部定居于宗哥。

为控制角厮罗，李立遵将两个女儿嫁给角厮罗为妻，自称论逋，即宰相，独揽大权。

大中祥符八年（1015），李立遵派人来到开封，希望得到宋廷支持。后又上书秦州守将曹玮，请求朝廷册封其赞普称号。宋廷没有答应他的请求，仅授予他保顺军节度使一职。对此，李立遵非常不满，第二年亲率大军攻打秦、渭二州一带城寨，与曹玮战于三都谷（今甘谷县境），为宋军所败，落荒而走。

李立遵性格暴躁，喜欢杀人，角厮罗对其日益不满，趁李立遵在三都谷战败之机，角厮罗带领亲信来到邈川，下令罢废李立遵的论逋之职，起用邈川首领温逋奇为论逋。

谁知刚脱虎口，又入狼窝，温逋奇也不是善茬，早就觊觎角厮罗的赞普之位。角厮罗来到邈川后，温逋奇暗中联络李德明密谋叛乱。明道元年，也就是公元1032年，温逋奇发动政变，逮捕了角厮罗，囚于井底。直到有一天温逋奇有事外出，看守角厮罗的士兵才将其从井底救出。角厮罗当机立断，迅速集结拥护自己的部族，诛杀了温逋奇。随后将国都由邈川西迁至青唐城，角厮罗终于成了河湟地区真正的吐蕃王。

角厮罗夺取政权后，一改李立遵和温逋奇亲近党项、以宋为敌的方针，得到了宋廷的大力支持。仁宗皇帝授角厮罗为宁远大将军，爱州团练使。四年后，授角厮罗为保顺军节度观察留后。再过两年，加授角厮罗为保顺军节度使，兼邈川大首领。由团练使升节度使的背后，是因为元昊在西陲频频挑事，宋廷希望联手角厮罗加以制约。

角厮罗的行为引起了元昊的不安，因为河湟地区处于西夏国的肘腋，如果拥有一支与自己为敌且数量庞大的军队，后果不堪。公元1036年，即宋仁宗景祐三年，元昊亲征河湟。此时的角厮罗三十九岁，政治上业已成熟，带兵打仗也积累了丰富经验。角厮罗认为，西夏兵刚到河湟，士气正旺，下令坚守青唐。派出斥候，随时打探西夏消息。当他得知西夏兵渡过湟水，插旗帜表示水浅时，悄悄派人将旗帜移到水深处。布置停当，角厮罗率军迎战。西夏军长时间屯兵青唐城下，已经松懈，在吐蕃军的猛攻之下，力不能支，开始溃逃。西夏兵以为插有旗帜的地方水浅，谁知水深流急，溃败中的西夏兵溺死十之八九。

此役对于刚刚建国的西夏可谓损失惨重，狂傲不羁的元昊自此不再与角厮罗交锋。

角厮罗的青唐政权也随之声名鹊起，据曾巩在《隆平集》中记载，角厮罗接收了厮铎督的十万余众，回鹘亦以数万人加入，熙、河、洮、岷、叠、宕、湟、鄯、廓、积石等州军的吐蕃部落都集合在了角厮罗周围，原来已经投靠党项的一些吐蕃部落纷纷反正归蕃，甚至一些被党项人打散的部族也归依到角厮罗麾下。幅员迅速扩大，号称三千余里，与北宋、西夏、回鹘、于阗、卢甘等国相连，人口一百多万户，形成了比吐蕃六谷更为强盛的东吐蕃联盟。

角厮罗政权的强大，是元昊最不愿意看到的事情，这一时期元昊采取了两项举措，一是拥兵过河，占领兰州、会州，在瓦川（兰州榆中县境内）、凡川（甘肃靖远县东北）两地筑城，切断吐蕃与宋朝往来通道；二是从内部瓦解角厮罗政权。

角厮罗有三个老婆，前两个为李立遵之女。李氏生有二子，长子名瞎毡，次子名磨毡角。第三任妻子为历精城（又叫林金城）乔氏。乔氏是历精城大族，有六七万人，人马精悍，号令明肃，威震一方。乔氏生子名董毡。

李立遵亡故，李姓妻子失宠，与长子瞎毡一起被角厮罗禁锢在廓州尼姑庵。次子磨毡角利用李氏族人秘密将母亲和瞎毡一起救出廓州，奔往宗哥。宗哥是李氏的地盘。

元昊得知这一消息后，用重金贿赂吐蕃族人进行离间。自此，磨毡角与瞎毡不再听从角厮罗号令，角厮罗无可奈何。元昊还策反位于邈川的温郢成俞龙。温郢成俞龙是温逋奇的儿子，一直对角厮罗杀死父亲怀恨在心，在元昊的引诱下率领族人背叛角厮罗投奔西夏。

两个儿子离心离德和温郢成俞龙的背叛使得角厮罗的实力大减。角厮罗只得放弃青唐城，西迁至历精城，利用乔氏部落的力量控制大局。

即便如此，河湟地区的吐蕃政权对宋廷而言仍是一枚棋子。按《续资治通鉴长编》记载，三川口之战过后，朝廷第一时间想到的就是角厮罗。命角厮罗乘西夏国内空虚，起兵直抵兴州。如果此战成功，授角厮罗银、夏节度使衔。宋廷为角厮罗这次出兵准备的赏赐相当丰厚，有锦衣金带，还有二万匹绢。然而因为种种原因，角厮罗收到了诏命，未能成行。

未能成行原因估计有二，一是西夏占据了兰州、会州一线，二是实力大不如从前。

实力大不如以前的证明是，早在公元1039年，仁宗皇帝想与角厮罗夹击刚刚立国的西夏。一个叫鲁经的近侍辗转数千里来到历精城，朝廷加角厮罗为保顺节度使、邈川大首领，要求从背后攻击党项政权。结果，角厮罗出兵四万五千攻打凉州，仅仅杀死巡逻士兵数十人。四万五千大军只取得这点战果，战斗力可见一斑。

角厮罗的青唐政权被隔绝在了湟水以西，河州境内的瞎毡成了宋廷的香饽饽。庆历元年（1041），赵珣因上《聚米图经》《五阵图》受到仁宗皇帝赏识，陈执中举荐赵珣为缘边巡检使。庆历元年十一月，赵珣来到泾原路，负责守卫笼竿城。赵珣先是打败了麻毡、党留等蕃部，遏制了吐蕃部落向南扩张的势头，接着招抚居住在河州宛谷的瞎毡所部。

赵珣的这一举动为元昊所警觉。前面说过，在元昊的挑唆下，瞎毡、磨毡角背叛了角厮罗。或许，在元昊达到自己的目的后，瞎毡、磨毡角的日子并不好过。因为元昊需要的是一个四分五裂的河湟。至于四分五裂的河湟里各蕃部的日子过得好不好，不是元昊关心的问题。从史料上看，离开青唐政权后的瞎毡、磨毡角一直处于流浪之中。正因为如此，瞎毡决定听从赵珣的召唤。但是，对于元昊而言，瞎毡可以在漂泊中灭亡，但断不能归依宋廷。于是筑阿干堡于兰州之南，威逼居住在龛谷的瞎毡部族。阿干堡距离龛谷仅七十余里，宋廷授瞎毡为缘边巡检，命其出兵攻打。瞎毡没有执行宋廷的命令，因为以瞎毡的实力显然不可能与西夏抗争。在西夏的不断威逼下，瞎毡不得不退出龛谷，向西迁移。

公元1065年，即宋英宗治平二年，角厮罗逝世。角厮罗逝世的后果是青唐政权的实力和影响进一步削弱。

对于河湟地区吐蕃势力的这些变化，宋廷是知晓的。董毡九岁那年，被宋廷任命为会州刺史，其母乔氏封太原郡。磨毡角被宋廷授为严州团练使，瞎毡授予登州团练使。嘉祐年间，磨毡角病故，其子继续占据宗哥，并被宋廷授予顺州刺史。

角厮罗死后，青唐政权由儿子董毡继承。

在王韶的《平戎策》中，首先言明：欲取西夏，当先复河湟，使西夏腹背受敌。接着指出，西夏人一心想得到青唐，如果青唐被西夏据有，会并力向南发展。到那时，兰州、靖远、榆中、会宁等地就会成为西夏腹地，秦州、渭州一带将会成为新的宋夏战场。如果西夏继续攻打洮河流域吐蕃部落，就连川蜀诸州都将受到侵扰。

不说不知道，一说吓一跳，经王韶一番分析，河湟地区重要性立刻放大了若干倍。是的，以前有角厮罗在，西夏人不敢轻举妄动，如今角厮罗不在了，青唐政权的实力严重削弱，西夏迟早要对这块肥肉下手。

收取河湟，迫在眉睫。

16．秦州不欢迎王韶

谅祚猝死于治平四年（1067）年底——有说死于熙宁元年（1068）年初，这个不重要，反正谅祚死时才二十一岁。具体怎样死的？不知道。谅祚好奸淫，只要见到可心的女子就占为己有。无论豪门大家，还是朝廷重臣概莫能外。这一次是不是在哪个臣子家中奸淫人家妻女遭到了暗算？有这种可能。淫能招祸，古今亦然。

谅祚死，长子秉常继位。

可秉常才七岁，还未成年，由其母梁氏摄政。

国母梁氏即没藏讹庞的儿媳。谅祚与梁氏通奸，东窗事发，没藏讹庞密谋杀死谅祚不成，反被谅祚灭族。没藏一族被灭以后，梁氏正儿八经地成了西夏皇后。

梁氏摄政，命弟弟梁乙埋为国相，姐弟二人一起掌握西夏大权。

梁乙埋少文好武，精通权术，一登上国相位置，立即安排自己的亲信担任要职，与掌握兵权的都罗马尾、梁太后的侍卫罔萌讹组成新的母党集团。

应该说，梁氏姐弟刚刚上位胆子不大，有这样一桩事件可以佐证。

谅祚杀害杨定、侍其臻等宋军将领，鄜延路经略安抚使郭逵访得凶手，点名道姓找西夏要人。

凶手是六宅使李崇贵和右侍禁韩道喜。韩道喜是梁太后的侍卫罔萌讹的亲信。起初，梁氏姐弟想保住韩道喜，胡乱砍了两颗脑袋拎着去见郭逵。郭逵三问两问，西夏人就露馅了。郭逵是谁？郭遵之弟。当年郭遵捐躯三川口战役，朝廷优抚，郭逵录为三班奉职。范仲淹主政鄜延，将郭逵调入麾下。《宋史·郭逵传》说"仲淹勉于问学"。一名小兵，能够得到延州主帅的关怀，可见范仲淹对郭逵相当青睐。任福于定川寨败亡，夏竦降职，陈执中主政陕西。一日，陈执中评论当代名将，一群幕僚纷纷称赞葛怀敏是个将才，唯独郭逵在一旁泼冷水，说葛怀敏徒勇无谋，他日必坏朝廷事。这样一个精明能干，且在战场上摸爬、在血里火里滚打的人物，西夏的小伎俩糊弄得了？没办法，西夏只得怏怏地将李崇贵、韩道喜交给宋军。由此可见，梁氏姐弟在朝中地位不是很稳。

正因为梁氏姐弟在西夏地位不是很稳，对待宋朝的态度一开始就很不友好，比如讨要绥州。

鉴于西夏讨要急迫，文彦博想出一招，要求西夏归还安远、塞门两寨，宋廷归还绥德。宋朝派祠部郎中韩缜与夏国使臣薛老峰交涉。薛老峰说："如果我们得到绥州，不仅把安远、塞门两寨还给你们，还包括周边田地。"

韩缜大为欣喜，问："是真的吗？"

薛老峰说："当然是真的，世上哪有送人衣物还把衣领衣袖留着？"

交换的命令下达鄜延路，要求郭逵迅速撤回绥德守军，运回粮草，运不完的一把火烧掉。郭逵却把枢密院的札子锁进柜子，吩咐部下："放弃绥德城着什么急？待收回安远寨和塞门寨再说。"

不久，负责换地的官员急急慌慌跑来报告，说西夏仅放弃了安远、塞门两座寨子，寨墙以外的山林田地一寸也没有归还。郭逵立即上报朝廷，朝廷紧急叫停，说前札有误，立即收回。经略司主管机宜文字的是赵卨，从来没有见到所谓前札，郭逵这才将枢密院的命令从柜子里拿出来示人。赵卨惊叹不已，说："这种事除了您郭帅敢做，再没有第二人。"

交换未成，宋夏开始冲突。

先是，西夏想夺回绥州，采取的策略即筑堡，最近处距离绥州仅四里地。这种情形宋军显然不能忍受，诸将纷纷求战。郭逵认为，敌人气焰正炽，暂且不要管他，等他把堡寨修筑结束后，再找个机会毁掉。果不其然，西夏人筑完堡寨，大部队撤走，只留下二三百人戍守。五月，郭逵派将领燕达重点进攻两个大堡，一战而下，其余几小堡的西夏兵一见，慌忙弃寨而逃。

继而，西夏又在庆州荔原堡之北筑闹讹堡。荔原堡于英宗治平四年（1067）修筑，距大顺城二十五里，是大顺城的右翼。荔原堡周边多党项熟户，庆历初年几场大战过后，宋廷在防守上做了一些改革，鉴于西北蕃人熟户较多，沿边防守即从熟户中招募兵士，带兵将领也从蕃部中挑选。熙宁三年（1070）八月间，驻守荔原堡的蕃部巡检李宗谅担心西夏人筑堡完成后会有细作渗透，率领本部兵马前去攻打。庆州知州李复圭命令钤辖李信增援，李信见李宗谅是个党项人，没当回事。李宗谅所部仅有千余人，很快遭到西夏兵的反击，招架不住，退往荔原堡。李信不仅不开门接纳，还执剑立于寨门，说经略使有令，敢入堡者斩！李宗谅只得返身再战，全军覆没。

这事情闹大了。李复圭本是个轻率躁急之人，急命李信领兵三千进入夏境去攻打十二盘堡，结果败还。李复圭本想用一次胜利来弥补李信的罪过，没想李信不争气，打了败仗，不由得大光其火，将李信打入庆州大牢，同时上报朝廷。

为了减轻自己的责任，李复圭再一次组织进攻，命令梁从吉、李克忠等将领袭击金汤、白豹、兰浪、萌门、和市等寨。接下来就是八月，西夏举国入寇。据称，西夏为了这次用兵，征用了国内七十岁以下，十五岁以上男子，目标大顺城。

熙宁三年（1070）八月下旬，三十万西夏军前锋抵达大义寨。

大义寨又名骆驼城，守将是环庆路兵马副都总管杨遂。起初，西夏放出风声，说这次的主攻方向是鄜延路。脾气暴躁而又头脑简单的李复圭信以为真，不以为备。环庆路都监高敏不这样认为，他说，历来用兵，讲究声东击西，何况我们刚刚攻打白豹、金汤诸寨，与西夏结衅已深，不可不备。

有了高敏的提醒，大义寨才得以提高警惕。

西夏见大义寨一时难以攻克，转寇柔远寨。柔远寨守将是林广，这个山东汉子文武双修，十分了得，就连诸葛孔明的《八阵图》都敢点评，指出《八阵图》的优劣。西夏梁氏曾经点评宋军沿边将领，说林广这人她最害怕。

林广见西夏军前来攻寨，命令全军将士不许出战，就地坚守。入夜，梁乙埋在柔远寨四周燃放烟火，林广站在城上安之若素。第二天，梁乙埋架起器械攻打一天，宋军守城有方，给予西夏军极大杀伤，柔远寨完好无损。入夜，林广招募死士出寨劫营，一宿反复数次，斩杀虽然不多，但扰得西夏军不能成眠，一夕数惊。

西夏军攻打东谷寨，活捉了一名守卫烽火台的宋军士兵，叫张吉。梁乙埋将张吉押到寨前，命其呼喊，说周边堡寨均已攻破，快快投降。结果张吉高呼道，党项人的话弟兄们不要听，我们的城寨完好无损。再坚持一阵，党项人就要断粮了。梁乙埋大怒，杀张吉于东谷寨前。

张吉，这是巍巍青史中鲜有的一个西北军普通士兵的名字。

继而西夏军攻打西谷寨、业乐镇。西夏军前锋距庆州城仅四十来里，经常有游骑直薄庆州城下。

为了确保庆州安全，宋军除了坚守城寨，还派出部队不断出击，这种寨内寨外相互配合的战法，是西北前线第二次运用。前一次是鄜延路都监周美，以三千兵马守金明寨，采用这种战术打退了西夏军。这一次是环庆路巡检姚兕。姚兕的父亲叫姚宝，当年阵亡于定川寨。姚兕本来驻守荔原堡，西夏入侵之前请示经略司将部队拉到了野外，据险大张疑兵。姚兕带出的人马虽然不多，但他很有战术头脑，让西夏人摸不清底牌，抓住战机还能迅速出击。姚兕曾经出其不意地射杀一员西夏大将。西夏调集人马找他报仇，姚兕放箭射杀数百人，直射得指头开裂流血。西夏人拿他没有办法，只得去攻打大顺城。姚兕又在敌后发起攻击，辗转缠斗，杀敌数千。

西夏这次倾全国之力进攻庆州，持续了九天。宋军联络位于历精城的董毡进兵河西走廊，梁乙埋恐大本营有失，率军退还。

发生于熙宁三年八月的这场宋夏冲突，显然是李复圭的责任。按照庆历年间的宋夏和议，十二堡是西夏的地盘。据《西夏书事》记载，李信围十二堡，西夏兵起初并没有反击的意思，而是说，我修我的堡，不跟你争。李信进攻了三次，西夏主将说，你是真打呀！然后集合人马从两翼包围宋军，致使李信大败。

李信惨败逃回庆州，李复圭不仅没有罢手，反而组织了一轮更大规模的进攻。林广破十二盘寨，接着又袭破兰浪、和市等寨，掳掠金汤城。最后梁氏大肆征兵，进攻环庆路。

此战过后，宋廷对有关人员进行了奖惩。姚兕功劳最大，英勇事迹惊动了神宗皇帝，诏令入京面见，试过姚兕的武艺后盛赞不已，赐以银枪、袍带，升官四级。其次是林广，迁官三秩。

李信依律问斩。

李复圭降级降职。

一年后，张商英调入中央任职中书省，对李复圭一事发表看法，说，西夏谋划进犯沿边诸路已经很久了，与李复圭破金汤诸寨恰好碰在了一起。即便李复圭不首开战端，西夏也会向我挑衅。这次冲突不应该算在李复圭头上。

朝廷接受了张商英的观念，恢复了李复圭的官职。李复圭敢战，但凡敢战之人，无论是王安石，还是神宗皇帝都喜欢。

至于西夏，是不是想重新点燃战火？如果张商英所说是真，证明西夏国内对梁氏姐弟很有抵触情绪，有一部分西夏贵族暗地里巴不得梁氏姐弟倒台，在这种情形下战争是最好选择。士兵通过战争掳获财物，劫掠女人；将帅通过战争建功立业，加官封赏；至于梁氏姐弟，或许想通过打一两场胜仗提高威望。

梁乙埋的确非常渴望建功立业以稳固自己位置。在熙宁三年八月大举进犯庆州之前，梁乙埋就亲临前线指挥西夏军争夺绥州。先是，梁乙埋以亲军为主力控扼大理河，进攻顺安、绥平、黑水等寨。顺安寨位于绥州之南，绥平寨、黑水寨位于绥州之西，这说明梁乙埋军事上确实有一套，企图隔绝绥州与延州的联系，使绥州陷入孤绝，然后一举拿下绥州。

第四章 经略河陇

郭逵怎么会上这种当？郭逵说："西夏军远道而来，利在速战，锋芒正锐，命令所有堡寨坚守不出。"过几日，侦知西夏兵即将断粮，才开门迎战。

绥州派人向郭逵报告，说情况危急，漫山遍野皆是烟火。郭逵立刻判定，西夏人即将撤退。众将不解。郭逵说："若是增兵，岂会招摇示人？这种虚张声势的做法，只有那些庸将才会疑神疑鬼。"命令李安、李颧出绥州，彭达出顺安，燕达出绥平，贾翊出安塞，沿途宣布，西夏违背和约，其罪难赦。但凡归依宋廷者，既往不咎；如果反抗，就地诛杀。这一战，郭逵几乎没有损失一兵一卒，就将西夏军全部逐出了边境。

九月，韩绛来到陕西，出任陕西宣抚使。韩绛是个雍容大度而又性情和蔼的长官，上任未久就召见青涧城守将种谔，征询破夏之策。种谔说，折继世建议筑罗兀城。折继世是这样说的："如果我们占有了横山，就相当于我们占据了整个黄河以南。"折继世的话其实不新鲜，三十多年前小范老子就是这个观点。

罗兀城位于绥州以北，往东，渡过黄河是河东战区，往北是西夏的祥祐军司和左厢神勇军司。"横山羌"是西夏军的精锐，筑罗兀城，就能控制横山最核心的部分，包括英勇善战的"横山羌"。

种谔在折继世的建议上进行了完善，即除了筑罗兀城以外，另外还筑六寨以通麟州，这样一来，则鄜延、河东连成一片，实现河东、陕西两大战区相互支持。

计划上报朝廷，引起了神宗皇帝的高度重视，下旨召见种谔。就在这个时候，西夏早先一步筑罗兀城了。入京召见取消，种谔迅速集结部队向无定河上游进发。

罗兀城东临无定河，距离银州仅百余里。这儿孤峰突兀，三面临崖，一面缓坡，难攻易守。此次出征，韩绛给了种谔很大权力，即不必事事请示汇报，可以临机处置；陕西沿边四大经略安抚司不得干预；还移文河东战区，要求积极配合种谔攻夺罗兀城。

西夏领兵看守罗兀城的是梁乙埋的亲信大将都罗马尾。由都罗马尾领兵看守罗兀城，说明梁乙埋对罗兀城非常重视，正在围绕宋夏之争下一盘大棋。

然而，罗兀城正在建筑之中，西夏军驻扎在罗兀城北面的马户川。都罗马尾企图趁种谔立足未稳，来一个偷袭。种谔早有预料，在都罗马尾行动之前，派出三千精锐率先下手偷袭西夏营地，西夏军猝不及防，被打得大败。

宋军占领罗兀城后继续筑城。都罗马尾不甘失败，引兵前来争夺，一连四次交锋均大败而归。二十九天后，罗兀城挺立在无定河畔。

接下来，宋夏双方将围绕这一战略要地进行了反复争夺。

现在，需要将位于陕西东北端的罗兀城争夺战搁置一旁，讲述王韶和王韶的经略河湟。宋夏争夺罗兀城，以及梁氏姐弟兴兵袭扰鄜延、环庆两路，是王韶经略河湟的背景。这个背景促使神宗将兴边事提上议事日程，最后下定决心，赋予王韶重任。

早在熙宁元年（1068），当王韶的《平戎策》送达神宗皇帝后，很快得到了神宗的重视和采纳。史载，宋神宗"览而奇之，召问方略"。熙宁元年十二月底，王韶以秦凤路经略司机宜文字的身份来到秦州。

王韶来秦州后干的第一件大事，即招纳吐蕃俞龙珂族。

熙宁二年七月，王韶只身进入俞龙珂部，说服俞龙珂归顺。说动蕃部归顺这是好事，既利国又利民，也利秦州。可偏偏很多人不高兴，不仅不高兴，还污蔑、打压、排挤，头上扣帽子，脚下使绊子。

熙宁三年四月，朝廷任命秦凤路都钤辖向宝兼提举秦州西路缘边蕃部，王韶加同提举。就是说，王韶的秦凤路经略司机宜文字一职没有变化，增加了同提举秦州西路缘边蕃部一职。而秦州西部即是河湟。现在朝廷授予了王韶帮助向宝管理秦州之西蕃部的职权。

向宝十四岁从军，曾经是皇帝的亲卫，以骑射闻名。问题是，王韶成功招抚俞龙珂族，很多人不高兴，向宝就是其中一个。向宝为什么不喜王韶？原因很多。或许是看不得王韶风头正劲，或许是重文轻武造成先天隔膜，或许是不喜欢王安石推行新法，由此而波及王韶。

不唯向宝，朝中也一样。

起初，王安石任命王韶为秦州西路缘边蕃部提举，向宝为管勾秦州西路缘边蕃部，遭到了枢密使文彦博和同中书门下平章事陈升之的反对。他们为什么反对？因为王韶得到了王安石的赏识。对王韶的《平戎策》，神宗皇帝"览而奇之"，王安石也"称为奇策而听之"。皇帝赏识王韶，没人敢有异议，王安石赏识王韶就不同了，有些人心头泛酸。

接下来还有，按照王安石的建议，朝廷设置三司条例司，由王安石、陈升之共同牵头。这个三司条例司，相当于全国改革领导小组。条例司应该是中书省下面的一个新部门，现在的情况是，中书省根本管不着。为什么？王安石是三司条例司主官，皇帝信任有加。本来，陈升之与王安石都是南人，关系不错，现在，王安石成了改革领导小组组长，陈升之心底不舒服了。王安石是参知政事，陈升之是知枢密院事，二人级别相当，为什么在条例司王安石成了正职，他陈升之降为了副职？

宰执是一个团队，这个团队有很多人，每个人都有话语权。参知政事上面有宰相，副宰相，还有枢密使，皇帝召对，按序排列，参知政事话语权能很大吗？如果你性子平和，或者生性羼弱，比如前面说的那个人称其谦静的王贻永，几乎没什么话语权。每一届执政团队都有类似王贻永这样的人。但王安石不同，王安石喜欢发声，尤其喜欢直陈时弊。讲时弊是一件不讨好的事情，因为讲时弊要得罪人，还直陈，不绕弯子，不讲策略，嫌恶的人就更多了。以往皇帝召对，排序靠后的王安石可能没有说话的机会。有了三司条例司就不同了，这儿是改革领导小组，领导小组组长有事可以直接面陈皇帝。皇帝有旨也直接下达三司条例司。远在相州的韩琦就愤愤地说，这是第二个中书省嘛！

年过花甲的文彦博喜欢稳定，对于神宗爷的求变之心可以理解，但对于王安石的求变之举却不太感冒。具体表现为，凡是王安石支持的，文彦博总要站出来反对。

以王韶为蕃部提举的诏命发出去后，围绕这次任职是否得当，王安石与陈升之有过一次交锋，而且是当着神宗皇帝的面。

王安石说："向宝这人经常坏王韶的事。据王韶反映，有两个蕃部现在关系很僵，就是因为向宝的缘故。如今两人一起共事，如果向宝排名在王韶之上，朝廷赋予王韶的使命恐怕不能完成。"

陈升之说："向宝即便挂了蕃部提举衔，可他人在秦州，王韶在古渭，这有什么关系？"

王安石说："怎么会没有关系呢？向宝是秦州都钤辖，属下将官都惧惮他，单凭这一点就可以坏王韶的事。何况他有了蕃部提举职衔就可以前往古渭，想刁难王韶容易得很。"

陈升之说："以王韶为提举，那就任命向宝为大提举，否则向宝不会在秦州尽心尽力。"

王安石反驳道："朝廷用一王韶，对向宝有什么亏损？还不肯尽力？楚汉相争，以陈平为帅，陈平是从楚王那边投奔过来的，汉高祖身边那么多元勋宿将，没听说有谁三心二意！"

神宗再次征求枢密使文彦博的意见，文彦博坚持以向宝为秦州西路蕃部提举。神宗派急脚递追回前诏，重新任命向宝为提举。但很快，王安石又说服神宗皇帝，再次更改诏书，任命王韶为秦州西路缘边蕃部提举，向宝与高遵裕同为管勾。

王韶由一个秦凤路经略司机宜文字，骤升为提举秦州西路蕃部，自然在秦州引起震荡。

秦凤路经略使是李师中。这个李师中，算得上大西北老将，他的父亲李纬曾经是泾原路都监。十五岁时就上封事，言时政。庆历初年庞籍主政陕西，对李师中非常看重，力荐其才。这一次，是由河东转运使调任秦凤路经略使兼知秦州的。李师中与向宝的关系很铁。什么原因？不清楚。可能都是武官，惺惺相惜，因为向宝十四岁时就上阵杀敌，其勇武闻名陕西。

起初，李师中对王韶不错。毕竟，王韶来秦州有很硬的政治背景。再说，王韶开边，与李师中没有多大关系。甚至，李师中觉得，凭王韶之力，开边能不能实现也未可知。等到王韶建议在古渭营田和设立市易司后，李师中的态度变了。就是从这时候起，李师中开始厌恶王韶。陈升之说任命王韶为秦州西路蕃部提举，向宝不会尽心尽力就出自李师中之口。李师中的原话是"即失宝心，不肯尽节"。

李师中上奏朝廷，说这样安排，向宝有可能影响都铃辖的工作，不如免去向宝的管勾一职，将管理秦州西路蕃部交由王韶和高遵裕两人负责。

很显然，这是在为难朝廷，甚至可以说，是在跟朝廷作对。朝廷为什么要把向宝弄进领导班子？是招抚蕃部离不开秦州的大力支持。而向宝，代表的是秦州，是秦凤路。李师中为了庇护向宝，脑子简直被驴踢了。上次在奏疏里说"即失宝心，不肯尽节"就很荒唐，这次上奏更荒谬。

王安石对神宗说："李师中前后两道奏章简直是无视朝廷，皇上应该严加训斥，告诉李师中，'付卿一路，宜为朕调一将佐，使知朝廷威福。'今天朝廷用王韶，与他向宝毫无干系。如果向宝因此有怨言，不肯尽命，朝廷自有王法。你是秦州主帅，如果王韶开边失败，你也脱不了干系。"

史载，神宗发往秦州切责李师中的诏书，用的就是王安石的这番言辞。

八月，秦州蕃部发生流血冲突。

发生冲突的是托硕、隆博二族，木征之弟董裕出兵帮助隆博。

前面王安石说有两个蕃部关系很僵，即托硕与隆博二族。王韶与向宝的分歧即由这两个蕃部而生。王韶主张招抚，向宝则认为，蕃部可合而不可用。什么叫可合而不可用？就是不信任。对蕃部不信任，合也是白合。这与王韶试图学习诸葛孔明南征蛮夷的战略战术南辕北辙。

现在，托硕、隆博二族发生了内战，高遵裕建议李师中命令向宝讨伐。于是，李师中再次上奏朝廷，说这些蕃部只有向宝才能制服，臣已经命令向宝率兵围剿，恳请免除向宝提举司管勾之职。

此时，陈升之跟王安石不和，称病在家，宰相曾公亮准备同意李师中的请求，由枢密院向王韶下戒励状。所谓"戒励状"，类似于现在流行的诫勉谈话，只不过是以文书的形式下达。王安石强烈反对。王安石问："托硕、隆博二族反目，为什么戒励王韶，是何道理？"

文彦博说："王韶应该服从李师中的领导，而不应该有事直接上报朝廷。现在秦州与古渭的关系主次颠倒，是李师中听王韶的。"

神宗插话道："王韶所有事情都向李师中报告了。"

王安石说："如果王韶把事情办错了，李师中很快就会向朝廷反映，他会听王韶的吗？"

王安石提议撤销李师中的职务。

神宗皇帝表示同意，并提出调郭逵主政秦凤路。

曾公亮则认为鄜延路更需要郭逵。

神宗皇帝提名蔡挺。此时蔡挺已从环庆路转到了泾原路，驻渭州。

王安石说："与其调蔡挺，不如调郭逵。"

文彦博对神宗说："王安石不熟悉陕西情况，延州比秦州重要。"

王安石毫不客气地接过话说："我虽然对陕西情况不熟，但我知道秦州有吐蕃部落尚未臣服，还有西夏人常常偷窥。但凡被敌人偷窥处，属于很紧要的地方。"

最后议定，李师中将工作移交给副都总管窦舜卿，赴永兴军听旨。所谓听旨，就是停止职务，等候处理。

神宗皇帝作出罢免李师中的决定后，派人奔赴陕西征求韩绛的意见。韩绛同意由窦舜卿代理秦凤路经略使。文件还没有制发，枢密院提出，这次托硕、隆博二族相互残杀，向宝领兵平息，王韶身为西路蕃部提举，居然蒙在鼓里，应当以不知边事为名，也到秦州听旨。

这真是一件奇怪的事情。高遵裕和王韶同在古渭，高遵裕建议帅司出兵平息二族械斗，身为西路蕃部提举的王韶却毫不知情。这只能说明，在秦凤路，甚至在整个陕西，排挤王韶的不仅仅只有一两个人。

当然，有些话王安石不能说。王安石心底清楚，排挤王韶，根子上是抵触王韶开边。王安石曾经对神宗皇帝说："向宝专门用兵，王韶专心招抚，他们肯定要相互抵牾。收复河湟，不能单靠杀戮，招抚非常重要，所以我让王韶提举蕃部。"

枢密院要对王韶以不知边事进行处罚，王安石在神宗面前为其辩解，说王韶在秦州很孤立，而且又不大会为自己考虑。前次以他为蕃部提举，向宝、高遵裕为管勾，他竟受而不辞。

官场常识，一个人受到重用，骤升要职，你得上表辞谢，一次辞谢不成再辞再谢。辞谢次数越多声望越高。表明你谦逊、谨慎、低调，有涵养，品行好，不趋名利，今后堪当大任。可王韶呢，受而不辞，完全不懂官场游戏规则，或者说很轴很轴。

王安石又说："王韶不仅在秦州很孤立，这个时候如果以'不知边事'进行处罚，很可能使王韶丧失锐气，今后干事畏畏缩缩。"

神宗说："我也担心王韶会不会因此丧失信心。问题是，罢免李师中会不会导致正在古渭的向宝陷入孤立？"

王安石说："向宝怎么会孤立呢？李师中妒忌王韶，向宝手下的官兵受李师中的影响肯定厌恶王韶，要孤立也是王韶孤立。再说我们现在不应该担心向宝的感受，应该担忧王韶为众人排陷，不得申其大志。"

李师中、向宝等人排挤王韶，除了复杂的人事关系，还有一个原因就是前面提到的在古渭营田和设立市易司。

皇祐五年，即公元1053年，陕西转运使范祥因为修筑古渭寨被撤职，后来在傅求的坚持下筑寨完成。可彼时的古渭寨过于狭小，王韶来到古渭后，进行了扩修，成了一座城池，在古渭地区营田和设立市易司，就是这一时期相继提出来的。

按照时间顺序，营田在前。具体办法是，在古渭地区招募弓箭手，组织弓箭手营田，用所收物产辅佐军费。

营田应该对秦州影响不大，影响大的是市易司。

市易司是王安石变法的产物。王安石推行"市易法"，传导至古渭地区，王韶建议在秦凤路边缘地带设立市易司，将蕃汉贸易的部分收益收归朝廷，用作招抚蕃部经费。

显然，这一举措触及秦州利益，动了秦州奶酪。

可反对市易司就是反对变法，秦凤路大员们没这个胆子，能够找碴的就只能是营田了。

营田得有土地。王韶来到古渭后，经朝廷同意，对拥有土地较多的蕃户拟定基数，多余之地献给官府。这一举措可能在执行中出现偏差，导致有的蕃户献地过多，出现耕种不足。王韶得知这一情况后，对献地政策进行了调整，即对原来的献地返还三分之一。同时规定，有弓箭手的蕃户，基数还要放宽。

李师中上奏朝廷，说王韶所谓的空闲地，是家有弓箭手的蕃户原来拟定的基数地，王韶将其搜刮起来营田，这种做法有违朝廷旨意。另外，王韶说甘谷城有一千五百顷空闲地纯属虚妄。

得到李师中的奏报后，朝廷派遣开封府判官王克臣、内侍押班李若愚来实地考察。

王克臣、李若愚等人来到古渭，询问王韶，甘谷城一千五百顷空闲地在哪儿？王韶没有说地，只是气呼呼地说大伙儿坏我的事，我已奏请朝廷归闲。

这符合王韶的性格。朝廷任命他为蕃部提举受而不辞，证明王韶这人懒得虚套，或者说不屑于说假话、空话、套话。既然大家合起伙来坑我，我不干了，回家种田。

由秦州方面派人领着京城来的钦差们去查地。既然王韶懒得出面，地在哪儿，究竟多少，秦州方面说了算。

最后查出，古渭有空闲地一顷六十亩。

王克臣、李若愚回京向神宗皇帝汇报，说王韶欺君罔上。又说在古渭城设置市易司有诸多不便。更离谱的是，说王韶将市易司的官钱借给亲朋故旧做生意。

王安石对神宗说："李若愚当年在广西时就跟李师中关系很好，他反映的情况属不属实值得推敲。"

然而，朝堂上风起云涌，几乎一边倒地痛斥王韶，说他妄进狂谋，邀功生事，纷纷要求交有司推勘，以正王韶之罪。

待在秦州的李师中和向宝也没闲着，一方面扣压朝廷指示，一方面不断向朝廷反映古渭的负面消息。

这种一边倒的舆论风向引起了神宗皇帝的怀疑，又命陕西转运使沈起前往秦州古渭。沈起经过调查，上复朝廷，说："荒地我没有去实地察看，就是有，今年也无法招人耕种，主要是担心引起蕃部骚动，影响朝廷对蕃部的招安大计。"沈起建议朝廷，应该取消王韶关于在古渭地区营田的计划，等招安蕃部尘埃落定之后再施行营田之策。

很显然，沈起的汇报带有两边都不得罪的意思，结果招致攻击，说沈起徇王韶之情，属于附下罔上。

事情的转机来自韩缜知秦州。韩缜是熙宁三年（1070）七月底任命知秦州的，大约八月初来到秦州。经过勘查，韩缜上书朝廷，说古渭果有荒田四千余顷。事情到了这个份上，李师中、向宝双双降级降职。李师中落天章阁待制，贬知舒州；向宝落带御器械，降为本路钤辖。

可文彦博仍然揪住不放，说："既然古渭地区有四千顷地，当初李若愚代表朝廷去调查的时候，王韶为什么不说呢？可见王韶对朝廷不忠实，必须惩罚。"

强烈反对王安石变法的御史中丞冯京，甚至当着神宗皇帝的面说："韩缜反映的四千顷地，肯定跟王韶所说的四千顷地不是一个地方。"

文彦博说韩缜花言巧语，掩盖事实。

神宗是清醒的，对文彦博和冯京说："患不明，不患巧言。若见理明，巧言亦何能乱？"

熙宁四年（1071）八月，王韶由著作佐郎、同提举秦州西路蕃部及市易，改为太子中允、秘阁校理、兼管勾秦凤路缘边安抚司及营田市易。高遵裕权秦凤路钤辖、同管勾安抚司、兼营田市易。

接着设立洮河安抚司，军政要务由王韶主持。

设立洮河安抚司应该来自王韶的构想。在此之前，随着青苗法、差役法等各种新法的推行，围绕古渭地区有没有可耕之地、有多大面积、王韶是不是有欺罔之罪，等等，朝廷高层斗争激烈。进入八月份，形势逐渐明朗，那种欲置王韶于死地的氛围随着李师中和向宝双双受到处分开始消散，神宗皇帝下旨召王韶进京，准备当面听取意见。

在《续资治通鉴长编》里，王韶有这样一句话："措置洮河事，止用回易息钱给招降羌人，未尝辄费官本。"这句话应该是神宗召见时王韶说的，透露出三层意思，一是王韶在古渭处置的是有关洮河方面的事；二是市易司运转得很好；三是靠回易的收入就可以招抚蕃部。最后一句话对决意开疆拓土而财政又极度困乏的神宗来说非常具有吸引力。

文彦博照例搓反绳，阴阳怪气地说："这跟工匠造屋一样，开始说要不了多少钱，结果到了施工中，追加得越来越多。"

神宗说："屋坏了，不能不修啊！"

王安石说："房子的主人又不是傻子，工匠能随便蒙骗吗？"

文彦博又说："这些蕃部实力薄弱，不值得花这么大力气招抚。"

王安石说："论一个个部族，可能实力不强，但他们可以相互联络。再说，我们如果不招抚，西夏就会招抚。我们招抚过来就是一道屏障，西夏招抚了就是我们的敌人。"

御史中丞冯京又说："此事还要下发陕西，请宣抚司评估。"

神宗果断地说："陕西宣抚司对这件事不会感兴趣，也没有必要经过他们。如何安排由我们定。"

王安石问："是否像河东设麟府路一样，专设一路？"

神宗点头同意："是的，只有这样才能做到朝命专达。"

王安石对神宗的朝命专达这一指示觉得笼统，欠明晰，继续说："朝廷应该拨付十万缗钱给市易司，用于调动兵马和招抚蕃部。调动兵马由秦凤路经略司节制，招抚蕃部由市易司负责。"

神宗明确地指出："调动兵马和招抚蕃部不要分得这样清楚，只要能够朝命专达就成。"

王安石心中悬着的石头终于落下来了，如果王韶动用兵马要经过秦凤经略安抚司，等于捆住王韶的手脚。

接下来讨论谁为一把手。

王安石说："王韶是文官。"

神宗马上拍板："当以文官为长。"

王安石还提出了应该授予王韶什么样的官职，这次御前会上似乎没有结论。既然王韶主政洮河路，应该命为洮河路安抚使，或者管勾洮河路安抚司事之类，但没有。估计王韶人望不高，阻力很大，就连王安石也没有往下深说。直到第二年五月，朝廷升古渭寨为通远军，以王韶兼知军，官职问题才得以解决。这是一个比较合理的安排，知军比知州级别低，但知军有军事指挥权。同时将秦州所辖宁远等四寨划给通远军管辖，级别虽低，但增强了实力。

17．熙河开边

前面说过，王韶招抚的第一个蕃部是俞龙珂。俞龙珂部族位于古渭西南，这里有盐井，为俞龙珂控制。招抚过程很简单，因为俞龙珂部族距离古渭很近，自皇祐五年范祥进入古渭地区以来，俞龙珂部逐渐汉化。

熙宁四年（1071），俞龙珂请求内附，神宗皇帝责成通远军点集人口户数，究竟招纳蕃人多少，口说无凭。熙宁五年，清点结束，共计十二万余众。

神宗皇帝大为高兴，召入朝廷觐见。俞龙珂面陈天子，要求改姓。俞龙珂说："平生闻包中丞包拯为朝廷忠臣，某既归汉，乞姓包。"神宗慨然允诺。当廷赐名包顺。

熙宁六年六月，通远军买下俞龙珂部族的盐井，由高遵裕在这儿构筑盐川寨。

有关俞龙珂部族,在以后的岁月里为稳定河湟乃至陇右局势起到了重要作用。

接下来招抚的是吴叱腊部。

招抚吴叱腊得益于一个人,即智缘和尚。智缘精通医术,仁宗晚年召入京城,很有名气。神宗对王韶说,蕃人敬佛,你把智缘大师带去帮你。王韶于是将智缘带到古渭。智缘口才好,能言善辩,继招纳吴叱腊之后又说服了俞龙珂之弟瞎药,以及禹藏六族中的部分部落。

形势生机蓬勃,忽然生出幺蛾子。

而且幺蛾子还不止一个。

其一,智缘和尚跟王韶不和谐了,从通远军传来的信息是,智缘这个人极有方略,但被人限制了,不得自由。为什么出现这种情况?说是智缘招纳的吴叱腊部比王韶招纳的俞龙珂部人数多,引起王韶妒忌。

其二,通远军市易司财务出了问题。市易司没有盈余,账面上的盈余是冒用蕃部姓名套出来的。人们怀疑跟王韶有关。

其三,王韶连续招抚了几个蕃部,引起了远在临洮的木征的警觉甚至抗议。木征虽然管不了古渭地区吐蕃部落,但这些蕃部将洮河流域吐蕃部族与宋廷隔离开来,属于缓冲地带。宋廷将这些蕃部招抚了,缓冲地带没有了,将对洮河流域吐蕃部族造成威胁。所以,木征扬言,他将带兵巡边。

王韶又一次被推上风口浪尖。

王安石再一次为王韶分辩,逐一排解。

第一个幺蛾子与郭逵有关。韩缜在秦州没待几天犯罪了,一个低级军官喝醉酒稀里糊涂跟着进入韩缜家,被韩缜命人活活打死,大理寺判徒三年。新来的知州是郭逵。郭逵跟向宝一样,对招抚蕃部兴趣不大。可偏偏郭逵不感兴趣的事,王韶做得风生水起,郭逵就到处推崇智缘。具体细节史书没写,郭逵突然一反常态地跟智缘交厚,肯定带有某种目的。王安石就说,郭逵这个人气量很小,跟一个下属争什么功,无非就是为了一资半级。还说,郭逵这人官越来越大,趣操变得越来越差,建议皇帝考察一下郭逵的趣操。王安石说这话有一定依据。王韶招抚俞龙珂部,郭逵告刁状,说甚屈辱。这个屈辱指的可不是郭逵自己,而是大宋国体。让大宋国体受辱,这还了得?轻者打板子,重者下狱。朝廷要郭逵拿出王韶"甚屈辱"的实证来，郭逵逮捕元瓘，打入秦州大牢。

元瓘原本是商人，古渭设立市易司，王韶将其招录为吏。市易司不像政府机关，不大看重文凭，重要的是有无经商经验。商人出身的元瓘被王韶录用是一件很正常的事。但朝廷不同意。宋代虽然重商，但在士人们眼中商人的地位不高。中书省明文指出，元瓘不得任职通远军市易司。王韶不死心，给元瓘改名字，叫仲通。纸包不住火，郭逵知道了，一绳子绑到秦州进行拷问，牵出第二个幺蛾子。

在通远军，一把手是王韶，二把手是高遵裕，后来又派去一个三把手，即主管秦凤路东部蕃部的张守约。王韶想贪财，颇为不易。经过查账，最后有九十余缗钱说不清楚去向。枢密院仍然揪住不放，先派杜纯根勘，杜纯说，王韶使用的公款出入不明，无法查勘。王安石又派监察御史蔡确前往古渭推鞫，弄得神宗皇帝都发牢骚，说王韶不至于侵盗九十余贯钱。

接着，蔡确推鞫有了结果——官司颠倒过来，元瓘属于屈打成招。

熙宁五年（1072）秋七月，调走郭逵，泾原路经略使蔡挺任职秦州。

从熙宁二年到熙宁五年，将近三年时间里王韶在古渭麻烦不断。用王安石的话说，王韶只不过以二三分心力经营边事，以七八分精神照管和防备一些人沮坏。亏得朝中有王安石，如果没有王安石奔走呼号，包括神宗皇帝意志坚定，王韶早卷铺盖回老家了。

熙宁五年，王韶开始从古渭出兵，第一个目标是武胜军，即后来的临洮。

驻临洮的是木征。木征是瞎毡之子。前面说过，瞎毡离开宠谷后，向西迁徙。估计那是一段无家可归的日子。公元1058年，瞎毡去世，儿子木征成为首领。是时，木征二十出头，居于洮河流域的瞎药伸出友谊之手，将木征迎到武胜军。瞎药的算盘是，以木征的名义控制临洮地区吐蕃部落。木征虽然势力孤弱，但有角厮罗嫡孙这块金字招牌。瞎药还将自己妹妹嫁给了木征。

瞎药是俞龙珂的弟弟，被智缘和尚用三寸不烂之舌招纳后，很快又反悔了。瞎药反悔不是他的本意，而是木征的态度出现了变化。木征说，前一阵不是让我做河州刺史吗，怎么这时候在我的大门口招纳我的族人？就从这个时候起，木征与宋朝有了嫌隙，开始日夜练兵。瞎药建议，要对抗宋廷，只有联络西夏，与西夏联手。

但是，与西夏联手，先得与西夏解仇。

当王韶得知这一消息后，决定出兵收服木征。

七月，王韶兵临武胜军门户渭源堡。然而西夏军已抢先出动，企图一举拿下武胜军。王韶命泾原路将领景思立、王存率一队人马大张旗鼓翻越竹牛岭，连破蒙罗角、抹耳水巴等蕃部，进至抹邦山，自己则亲率大军由渭源与临洮间的东峪沟偷袭武胜。西夏军攻武胜军正酣，宋军突然出现在西夏军背后。西夏军猝不及防，大溃而逃。瞎药夜遁，本地蕃族大首领曲撒四王阿珂出寨请降。

八月，宋廷改武胜军为镇洮军，以高遵裕为镇洮军知军。

夺得武胜后王韶马不停蹄地向洮西进兵，木征弟结吴延征和洮西大首领李楞占纳芝献巩令城归附。

巩令城，又名冶力关，位于甘肃南部临潭县境内，是进入藏地的重要门户，也是茶马交易的重要通道，在吐蕃人未进入之前，这里是吐谷浑的地盘。

十月，宋廷改镇洮军为熙州，设立熙河路经略安抚司，下辖熙州、洮州、岷州、通远军，升王韶为龙图阁待制、熙河路经略安抚使、马步军都总管，兼知熙州。

终于，王韶以一名小小帅司文员成了一方大员。

王韶的开边伟业仍在继续。

十月，河州首领瞎药来降。这一次，瞎药归降得死心塌地，要求与哥哥俞龙珂一起改姓包。神宗准其奏请，赐名包药。

是年底，王韶挥军北上，入驻河州香子城。熙宁六年（1073）二月，木征遁走，河州收复。

王韶既得河州，以景思立知州事，自己统军穿过和政、康乐两县之南的白石山进入洮州，破青龙族于绰罗川，进入岷州。岷州蕃部首领本令征、瞎吴叱，洮州首领郭斯敦、巴毡角，叠州首领钦令征等相继开门献城。

大约二月底三月初，岷州之南的宕州为王韶攻取。此次出兵征伐五十四天，行程一千八百里，收复河、洮、岷、叠、宕五州。

所有归顺、归降的蕃部首领，王韶全部送往京师，接受神宗皇帝封赏。

毫无疑问，这是北宋历史上一次堪称伟大的军事行动，尽管一千多年来围绕王韶的熙河开边众说纷纭，但对于周边环境险恶的北宋而言，这既是一次主权宣示，也是一次军事检阅。

这场胜利得来非常不易。在目前已见的史料里，王韶手下似乎没有几个能够忠诚执行命令的部属。譬如张守约。张守约是从秦州调来的，原来主管秦州东路蕃部，与王韶提举秦州西路蕃部同一级别，一眨眼，王韶擢升为了通远军知军。这还不说，张守约成了王韶的下属。张守约应该是神宗皇帝点名去通远军的，因为熙河开边启动之前，神宗专门问张守约："王韶能办事否？"张守约的回答是："以天威临之，当无不济。"将这样一个人物派到通远军，不是简单的人事调动。当秦州方面不遗余力地搜寻市易司财务问题时，王安石在神宗面前说了这样一句话："市易司有高遵裕同领，陛下又派去了个张守约，其管勾使臣并非一人，财物又不是王韶独专，王韶怎么得以奸欺？"会不会是因为古渭市易司争议太大，神宗将张守约调去专门负责市易司的管理？如果是，在王安石看来，通远军有高遵裕与王韶同领军政，又有张守约专管市易司事务，王韶以虚立蕃部姓名套取资金肯定不可能。

第一次向河州进兵很顺利，木征遁走，妻儿被捉，瞎药投降。但很快遭到吐蕃军反击，数千吐蕃军围攻香子城。香子城位于甘肃省和政县，是中原王朝与西部少数民族政权频繁争夺的前沿阵地，自唐末陷于吐蕃以来，一直为吐蕃据有。由熙州过洮河，控制康乐城、珂诺城、香子城，才能保证河州与熙州之间的联系。吐蕃军攻打香子城，就是想切断河州宋军退路。王韶急命田琼率七百弓箭手救援，结果中了埋伏，七百弓箭手连同田琼父子全部战死。王韶再派苗授率五百精锐骑兵前往，才杀退吐蕃军。

当时河州境内战况异常激烈，甚至传来王韶全军覆没的消息。秦凤路转运使蔡延庆在熙州负责军需供给，接到河州危急的消息后，命令张守约以千余兵力守康乐城与结河堡，剩余三千人马由张守约亲自率领赴河州增援王韶。军情如火，张守约不仅没有闻讯动身，反而派人赴京城向朝廷报告，说王韶率万余人马都不顶用，臣以三千人前去必然败事。并明确表示，他不听蔡延庆的调遣。就连秦凤路经略使蔡挺都看不下去了，说张守约遇敌逗遛避事，不罢无以御将帅。好在王韶扭转了战局，否则后果不堪。

张守约跟王韶不贴心，景思立也是如此。景思立是景泰之子。景泰前面讲过，曾经知原州，在潘原大破西夏军，粉碎了元昊企图进入关中的梦想。王韶开边，朝廷将知德顺军的景思立调来。熙宁六年（1073）十月，河州战事尘埃落定，一天王安石面见神宗皇帝，说陛下立志恢复疆土，必须严明军中纪律。现在熙河五州，王韶为帅，高遵裕陵慢于东，景思立陵慢于西。并举例，说有一次王韶与景思立分兵，约好会合地点，结果景思立到达会合地点后不来，派个小军官苗授去见王韶。王韶命令景思立亲自来，景思立没办法，来是来了，但来到的不是约定会合的地点。王安石说，为此我专门问了李元凯，李元凯说是有这么回事。李元凯是皇帝派去的走马承受公事。李元凯说有这么回事，那肯定不假。

至于高遵裕如何陵慢王韶，有两件事可见一斑。一是前面曾经说过的，托硕、隆博二族内乱，高遵裕不向王韶报告，先是越级向秦州方面反映，后来又跟着李师中、向宝去讨伐，害得王韶差点以不知蕃事受到朝廷处分。二是蔡延庆听说王韶在河州危急，要求留在镇洮军的张守约过河救援，张守约为什么不向驻守通远军的高遵裕反映而向朝廷申奏？是张守约故意延误军机，还是高遵裕故意袖手旁观？高遵裕是熙河路副都总管，王韶不在他有权指挥一切。好在有惊无险，王韶很快扭转了河州战局，朝廷没有细究。但战后朝廷有过一次检讨，参与人员有神宗皇帝、王安石、文彦博、蔡挺、吴充等。几乎所有人都认为，高遵裕没有尽到职分。比如蔡挺就说，经略使外出了，由副总管指挥兵马，这是惯例。王安石也说，虽然近年没有发生经略使外出这种情形，但并不妨碍副总管节制兵将。就连一向跟王安石唱对台戏的文彦博也说："高遵裕怀奸。"

就是在这样几名"战友"的配合下，王韶收复了熙、河、洮、岷、迭、宕六州之地。

几位"战友"之所以这样对待王韶，以及原秦州一班人千方百计给王韶泼脏水、下绊子、穿小鞋，除了对开边事业的漠然、冷视、懈怠，应该还有其他原因。会不会与远在京师的王安石推行新法有关？完全有这种可能。想当年，小范老子只上了一个《答手诏条陈十事》，就闹得不可开交，新政刚一实施，仁宗皇帝赶紧收场。小范老子推行的"庆历新政"，主要针对上层建筑，不满的只是一小撮官僚，王安石的新法就不同了，涉及的是经济基础，波及社会各个层面。面对利益，所有人都会自觉或不自觉地选边站队。由于皇帝跟王安石站在一起，那些利益受损的人暂时无法撼动王安石，只好将怨气或者戾气撒在王韶头上。

宋军进入河州，直接威胁湟州。湟州属于青唐政权的势力范围。木征逃过黄河，召集当地吐蕃部落，企图东山再起。

黄河以北是青宜结鬼章的地盘。熙宁七年（1074）二月，在董毡的授命下，青宜结鬼章开始骚扰河州。

从现存史料看，青宜结鬼章是一位很有谋略的吐蕃将领。渡过黄河后，青宜结鬼章并没有直接寻求宋军主力决战，而是采取办法引诱河州守将景思立北上踏白城。王韶取得河州后，以景思立为帅，大本营设在香子城。香子城靠近熙河，中间有平羌城、康乐城两座城寨。如果在香子城下与宋军决战，会很快得到平羌城、康乐城，甚至熙河的增援。

青宜结鬼章先是胁迫赵常朸等几个吐蕃部族集兵西山，袭击河州采木军士，杀害使臣张普等人，然后给景思立写信，口气很大，用词恶毒。完全是引蛇出洞的招式。景思立读罢大怒，立即点起六千兵马去攻打踏白城。

踏白城为木征所筑，位于河州西部，这儿群山绵延，非常适合用兵。当景思立欲率六千兵马杀向踏白城时，河州通判鲜于师中、钤辖韩存宝、蕃将瞎药都进行过劝阻。景思立没有采纳。没有采纳的原因除了景思立的傲慢，还有对吐蕃军战斗力估计过低。从古渭出兵以来，宋军打过一些恶仗，也经历过一些险情，但无不以少胜多。从整体素质讲，吐蕃军的战斗力低于宋军。可这一次，景思立失算了，当景思立率六千宋军赶到踏白城下时，青宜结鬼章集结了两万兵马正在等他。

按照史书记载，宋军抵达踏白城下先是攻城。青宜结鬼章顽强抵抗，自上午战至中午。中午过后，人困马乏，大量吐蕃军突然沿沟谷涌出，包围了景思立亲自率领的中军。很快，王宁战死，韩存宝与王存陷入重围。接着李元凯阵亡，景思立身中三箭。

由于远离香子城，没有援军，众将领要求依山扎寨，景思立仅将伤员安置于山脊后，率领百余骑再战，杀退吐蕃军数千人，正准备乘胜追击，殿后的宋军突然扰动。这是一件很奇怪的事情。按照景思立的分派，李棻殿后，专门负责全军侧翼及后部安全。刚才，青宜结鬼章的人马绕过李棻直接冲击中军，现在，中军在景思立的亲率下准备反击，殿后兵又扰动起来。

景思立愤愤地说："适才我以百余骑兵杀退数千吐蕃军，诸将无人助我。""诸将"指的是谁？此战幸存将领仅先锋将韩存宝、后卫李棻，以及景思立的胞弟景思谊。韩存宝已经重伤，景思谊不可能，那就只有李浾了。李浾为什么不履行殿后职责呢？

从后来朝廷对李浾的处分看，应该是殿后兵马太少，景思立将全部本钱压在了前锋及中军上，企图一个冲击，或者几个回合就将对方打垮。

可惜事与愿违。

六千宋军将士血洒踏白城下，景思立战殁，突围而出的仅有韩存保、李浾、景思谊等寥寥数人。他们迅速回返，帮助河州通判鲜于师中抵挡住了青宜结鬼章随后的疯狂进攻，保住了香子城。

王韶是在前往京城的路上得知景思立战殁的，立即赶回熙河，选兵两万，准备再征河州。王韶不是景思立，很冷静，说："青宜结鬼章之所以敢围河州，恃有外援。今日知我兵至，必设伏以待我。而且鬼章新胜，士气正锐，暂时避其锋芒，出其不意，攻击外援。"

大军抵达平羌城，王韶派王君万等将领攻打结河川的额勒锦族。到达香子城后，又分派将领攻破布沁巴勒等族。青宜结鬼章见外援被王韶一一拔掉，担心后路被截，急忙引军撤退，屯兵于踏白城西。

熙宁七年四月，王韶几乎平定了河州境内的大小蕃部，这才挥兵进入踏白城下与青宜结鬼章决战。此战的结果是，青宜结鬼章仅带少数人逃往河西，木征率酋长八十余人赴宋营投降。

此时，远在千里外的京城，王安石主导的变法正处于漩涡之中。

王安石在京城推行变法，会不会影响远在秦州的王韶？肯定会有影响。前面说过，因为王安石推行的一套跟当年范仲淹不同。庆历新政动的是官员的奶酪，熙宁变法涉及千家万户。在《宋史·李师中传》里有这样一个细节，说庆历初年，李师中还在州县任职，有一天收到朝廷邸报，任命包拯为参知政事。同僚们就说，朝廷从此将不得安宁矣！李师中说，包拯算什么，浙江鄞县王安石，"眼多白，甚似王敦，他日乱天下者，必斯人也"。庆历初年王安石刚出道，知鄞县，兴修水利，扩办学校，其斐然的政绩连宰相文彦博都大为称道，远在陕西的李师中怎么知道他日王安石会乱天下呢？还眼多白。按星象家的说法，眼多白属寡情薄幸，不讲信义，说完话立马不作数。王安石不是这样人啊！至于甚似王敦，更是八竿子打不着。王敦属东晋叛臣，最后被剖棺戮尸。显然是后人为李师中编的故事，因为李师中反对变法。

变法之前，王安石与司马光有过一次御前辩论。那是熙宁元年（1068）八月，王韶刚刚招收吐蕃俞龙珂部。秦州方面对此没有负面反映，可见变法还没有施行，处于争论阶段。

王安石提出："现在国用不足，是缺乏理财之人。"

司马光不以为然，摇头道："所谓理财之人，就是搜刮民财。搜刮民财最后导致的是百姓困穷，流离为盗。"

王安石也一个劲地摇头："非也，非也，真正的善理财者，民不加赋而国用充足。"

司马光说："当年桑弘羊就是这样对汉武帝说的，司马迁讥讽英武一世的汉武帝被桑弘羊所骗。天地所生万物皆有定数，不在官府就在民间。桑弘羊说他能丰盈国库，不取于民，国库怎么充盈？武帝末年群盗蜂起，朝廷组织秘密警察四处追捕，不是民困已极怎么会有那么多的盗贼？"

司马光建议，现在朝廷要做的不是开源，而是节流。司马光说："省费自贵近始。"——皇亲贵戚带头节俭开支，过紧日子。

神宗没有裁决。没有裁决并不意味着没有观点。"省费自贵近始"，始得了吗？庆历年间，鉴于国用严重不足，仁宗下诏省费，一时皇亲贵戚薪俸减半。荆王赵元俨领荆、扬两镇，有公使钱两万五千缗，减半就只剩下一万二千五百缗了。王府翊善王涣上书赵元俨，希望王爷积极响应朝廷号召，说你是太宗爷的儿子，目前太宗爷的儿子就你硕果仅存，人称八大王，辈分高，官儿大，您要带头响应。赵元俨呢，在背后批阅三个字："愁杀人。"王涣继续上书，赵元俨再次批阅，这次是七个字："仰翊善依旧翊善。"结果，仁宗皇帝只得把扣去的省费一万二千五百缗如数赐还。

由皇亲贵戚带头省费，多是空谈。

稍后，连续两次在迩英殿开设经筵，结束后神宗单独留下王安石，君臣二人进行详谈。详谈内容估计与接下来经济领域改革有关。

经济领域改革试水于均输法。

所谓均输法，简言之，就是"徙贵就贱，用近易远"。

历年来，政府的常规操作是，固定不变地向各地征敛实物赋税。这种做法既不论丰歉，也不看远近。现在改方法了，粮食歉收地区折成钱币，国家用钱币向粮食丰收地区购买，这叫"徙贵就贱"。

倘若多个地区谷物丰收，则将购买放在距离较近、交通便利地区，这叫"用近易远"。

均输法仅施行于南方诸路，主要解决南方地区将各类战略物资及时而又足额地转输中原地区。为此，朝廷专门设立江淮发运司，薛向为发运使。江淮发运司权力很大，除了发运谷物，还有茶、盐、酒等。

推行均输法的阻力既来自朝廷，也涉及民间。

在朝廷，司马光等人反对，理由大体两点，一是更改了祖宗之制，走的是桑弘羊的老路；二是任用薛向不对，说薛向在陕西违条罔上，罪状显明，如今不仅不加惩罚，还提拔重用，坏了规矩。

在民间，由于南方地区物资由江淮发运司统购统销，那些做小本生意的小商小贩，以及做转手倒卖生意的巨贾富商，都难以为继，怨气自然撒向江淮发运司，撒向王安石。

如果说均输法只影响了一部分小商贩和富商的话，接下来推出的青苗法，涉及面就大了。

青苗法又称常平新法。常平仓创建于汉宣帝时期，作用是筑仓储谷，调节粮价，谷贱时增价买进，谷贵时减价卖出。大宋开国，除了常平仓，还有义仓、广惠仓、惠民仓等，这些仓储都有义务为普通民众提供无息贷款，以防止土地兼并和高利贷盘剥。

但是，由于种种原因，诸如资金短缺，丰年时没钱买粮；官商勾结，歉年时囤积居奇，等等，导致国家仓储无粮，或者有粮不卖，春荒季节无法为农民排忧解难，常平仓等同虚设。

青苗法就是解决常平仓目前存在的问题。如何解决？过去那种做法太呆板，现在将常平仓储粮折算成本钱，以两分息贷给农民，以缓解民间高利贷盘剥，此举还能增加政府财政收入。

作为一项制度，应该先试行，再推广。骤然全国施行，各种漏洞被无限放大。另外，制度执行者是人，人有形形色色，利己者，贪渎者，浮夸者，急功近利者，巧取豪夺者，这些"者"们无一不是歪嘴和尚，再好的经都可以荒腔走板，何况青苗法这本经本身就不成熟。种种弊端很快显现，引起朝野震荡。

譬如十户为一保进行借贷管理。本意是下户借贷能够得到上户担保，从而使全体农民获得救济。可现实情况是，下户属赤贫阶层，急需借贷，上户属有钱阶层，不需要借贷。这种上户保下户的措施，造成上户与下户之间产生矛盾。按照规定，下户到期无力偿还借贷，还会连累上户，损害上户利益。导致上户与下户之间矛盾激化。激化的结果是所有人将矛头对准青苗法。

还有，官府为了完成任务，或者为了政绩漂亮，不管你需不需要贷款，强行"抑配"。抑配对象主要是乡村富裕人家。每到秋料、夏料放贷时，差役们走乡串户，如狼似虎。

诸如此类。

与民间借贷相比，青苗法毫无优势可言。民间还贷是市场行为，可以是钱，也可以用物，到时无法归还还可以续借。借贷多少也没有数量规定，方便灵活。青苗钱却拖欠不得，因为上一级官府对下级的贷出款项、利息收入均有考核指标。为了完成指标各级政府不得不将政权威力发挥到极致。所以，到了五月、十月还款时期，农民鬻儿卖女，遍野哀嚎。

这里绝不是夸大新法弊端，所谓改革，说到底是利益重新分配。王安石主导的改革目的明确，就是国富。正如司马光所言，一定时期，生产力没有质的飞跃，社会财富总量不会有太大变化。国家财富增多，民间财富就会减少。对于富人，只是减少财富，而对于穷人，由于获得财富更少，将陷入赤贫。

尽管"拗相公"王安石对青苗法进行了一些调整，比如增强常平仓的救济性质，派遣官员对夏秋两料放贷进行监管，等等，由于通过国家放贷增收利息这一总体指导思想没变，上述弊端也不会得到彻底纠正。

韩琦从陕西归还后，朝廷命他为河北四路安抚使，兼知大名府。对青苗法，韩琦反对得最为激烈。《宋史·韩琦传》称他"亟言之"。"亟"通急，情绪极度不稳，可能什么不客气的话都有。"亟"还有多次的意思。一次上书不行再次上书，来自大名府的信使不停地在驿道上飞驰。大殿上时不时有内侍凑近皇帝耳边说，韩相公的奏疏又到了。

要知道，韩琦跟王安石的关系可不一般。庆历五年（1045），韩琦卸任枢密副使前往扬州，王安石是扬州签判。所谓签判全称为判官厅公事，协助长官处理公事以及文书案牍。《邵氏闻见前录》记载，王安石每读书至达旦，稍事休息即匆匆忙忙上班，很多时候来不及盥漱。韩琦以为王安石是夜饮放逸，就说，介甫啊，你还年轻，要多读书，不可自弃。王安石从不辩驳，只是背后摇头叹息，说韩相公不知我。后来韩琦知道自己误解王安石了，要收王安石为学生，王安石婉言谢辞了。一日，官署后院一株芍药花开四枝，花瓣上下皆红，中间黄蕊。韩琦十分高兴，请路过扬州正在大理寺供职的陈升之、王珪一同赏花。韩琦将一株芍药上的四朵花采摘下来，分送给陈升之、王珪和王安石，每人均插在官帽上。由于后来四人都位列宰执，史称"四相簪花"。

现在，"簪花四相"已有三相分裂。朝中，陈升之两度辞职，最后因母丧，归了建阳老家；而远在河北大名府的韩琦连篇累牍痛斥王安石的青苗法。王安石感到巨大压力，也申请辞相，被神宗挽留。韩琦一怒之下，请求解除真定府路、高阳关路、定州安抚使之职，只领大名府一路。

自熙宁二年（1069）推出了均输法、青苗法后，相继推出了保甲法、农田水利法、市易法、募役法、方田均税法、免行法等。除了农田水利法、方田均税法议论者较少外，其他新法无不议论汹汹。

朝中反对新法的人很多，有德高望重的老臣，有王安石的朋友，甚至有王安石的恩人。为了推行新法，王安石可谓六亲不认。譬如，利用自己声望帮助王安石卖力宣传的吕公著和韩维，热情洋溢推荐王安石的欧阳修和文彦博，将王安石当作小兄弟的富弼和韩琦，以及视王安石为好朋友的司马光和范镇，都遭到排斥。

熙宁五年（1072），王安石推行市易法。具体做法是，在京城和全国主要城市乃至边境设立市易司，平价收购滞销货物，待到市场短缺时卖出。市易司允许商贾贷款或赊货，按规定收取息金。

这是一项利国利民的好政策啊！既平抑物价，调剂供求，又限制奸商垄断居奇，把以前归于大商人的利益收归官有，增加政府财政收入，可谓双赢。

但是，这项看起来十分完美的改革举措，一旦付诸实施很快遭到诟病。为什么？因为垄断。过去是巨商富贾垄断，王安石的设想是反垄断，结果造成国家垄断。国家垄断比巨商富贾垄断还要厉害。司马光一针见血地指出："置市易司强市权取，坐列贩卖"，"凡商旅所有，必卖于市易司"，"尽笼诸路杂货，渔夺商人毫末之利"，结果造成，"卖梳朴则梳朴贵，卖脂麻则脂麻贵"。

更重要的是，垄断必然带来腐败，国家垄断危害更烈，虽然历史没有留下这方面具体事例，但有这样一组数字，神宗驾崩后，商人所欠市易钱仅利息就达到921万缗。京师所在地开封府，在免除了商人所欠的市易息钱和罚款后，仍有27155户欠市易本金237万缗，其中普通工商业者27093户。这组数据既透露出市易法对小商户的影响，也可以看出小商户挣扎时的窘态。要知道，如此巨大的市易息金是随随便便就能欠下的么？既要不破产，又要赊欠息金不知要打通多少关节。

上述欠市易钱的工商业者会拥护变法吗？显然不会。27155户，这仅仅是欠钱户，除此应该还有还清了市易司利息和本金的商户。如果算上他们，算上他们的亲朋好友，算上反对均输法、青苗法等新法的人群，应该是一个庞大的数目。前面说到的李师中、向宝，甚至包括张守约、景思立等人，也许都是这个庞大人群中的一分子。

经略河湟就发生在这场大变革中。虽然变法波及大西北，波及远征，但因王韶忍辱负重，运筹帷幄，开边最终获胜。

第五章　元丰用兵

18. 由浅攻到深入

兴庆府原为怀远县，属灵州管辖。李继迁夺得灵州后，改名西平府，作为王朝政治中心。李德明继位后，发现西平府属四战之地，地势平阔，不利于防守，而怀远县东临黄河，北倚贺兰山，属形胜之地，于是升格为兴州，西渡黄河，来兴州安营扎寨。元昊继位，又在兴州建宫城，造殿阁，更名兴庆府，定都于此。

兴庆城周长十八余里，护城河宽十丈，南北各有两门，东西各一门。道路呈方格形，街道较宽，有二十多个街坊。皇家手工业作坊集中于宫城宫厅。宗教场所有承天寺、高台寺、戒坛寺、佛祖院等。城中皇家宫殿和园林占有很大面积。居民则密集分布于街坊之内，均为低矮土屋或覆土板屋。

如今，西夏已在兴庆府定都五十余年了，当年那个七岁的西夏国主李秉常长大了，十六岁了。过去，国中大事均为梁氏姐弟做主，随着李秉常长大，开始打理政务。

梁氏姐弟掌握西夏大权后，恢复了党项习俗。秉常亲政后则反其道而行之，每次打仗，若俘虏中有汉人，则招来交谈，了解汉人习俗和宋朝制度。对于汉人习俗和宋朝制度，秉常觉得不错，比西夏好，于是下令全国复行汉礼。秉常是不是真心觉得汉俗汉仪比西夏好？值得推敲，或许是逆反心理作祟也未可知。母后一党权势太大，年轻气盛的秉常早就看不惯了，整天琢磨着推翻重来。

毫无疑问，秉常的反常之举引起了梁氏的警惕。梁氏本汉人，极力推行党项旧俗，其目的是迎合党项贵族，以掩盖自己的汉人身份。秉常的复行汉礼无异于在梁氏心口上捅刀子。西夏一些大臣附和梁氏说，复行汉礼不行，可秉常不听。

有一个叫李清的陕西人，取得了秉常的信任，向秉常建议，将黄河以南土地还给宋廷，以此取信于宋廷。秉常为了摆脱梁氏一族对朝政的把控，同意了李清的意见，命李清出使宋朝。就在李清临行之际，梁氏获得了消息，借为李清践行之名，在酒席上将其杀害。

杀完李清，又剥夺秉常的王权，幽禁在兴庆府外。同时命令梁乙埋、罔萌讹召集人马，封锁要津。这一突然变故激起各地党项大族严重不满，纷纷背离王朝，拥兵自固。

元丰四年，也就是公元1081年五月，西夏驻西市新城首领禹藏花麻原本就不喜梁氏，见梁氏一手遮天，为所欲为，暗地里传信熙州，说国主被囚，全国上下人情汹汹，倘若宋廷出兵征讨，他将举族响应。

知熙州苗授立即上报朝廷。六月，神宗将鄜延路兵马副总管种谔召入京城，询问对策。种谔很有豪气，说："秉常被囚，宜兴师问罪！"说完一拍胸脯，"夏国无人，秉常孺子，臣往提其臂而来耳！"

种谔因为私自招降嵬名山、夺取绥州，被陆诜弹劾，罪名是不受约束，擅自兴兵。种谔被解除职务，贬官四秩，安置随州。恰逢侯可赴京汇报疏浚郑白渠一事，听说了种谔的遭遇大为不平。侯可做过泾阳县令，与种世衡相善，也熟识种谔。汇报完郑白渠疏浚一事后，便说了朝廷对种谔的处分。神宗也后悔，处置种谔与他的宏图大略不符。侯可建议神宗，说起用种谔很简单，就说招降嵬名山、收复绥州奉有密旨。既然种谔是奉旨而行，何罪之有？

侯可的建议化解了神宗的难题。

待韩绛担任陕西宣抚使后，提拔种谔为鄜延钤辖、知岷州、知泾州，直至鄜延路兵马副总管。这次对西夏用兵，神宗专门召种谔进京问计，种总管的回答令神宗热血沸腾。

关于这次举兵伐夏的动议最初来自何人，众说不一。

有人说是俞充。《宋史·俞充传》载：俞充"之帅边，实王珪荐，欲以遏司马光入。充亦知帝有用兵意，屡倡请西征"。此说没什么证据。俞充作为环庆帅，要求对西夏用兵是他的职分。庆阳这个地方，部队不好带，熙宁三年（1070），一个叫吴逵的都虞候振臂一呼，数千正规军跟随他叛乱。这就是北宋历史上有名的"庆阳兵变"。虽然参与兵变的兵将大多被杀，但有时候就是这样，杀人越多埋下的祸患越大。俞充说："庆阳兵骄，小绳治辄肆悖。"一般的约束管理，根本起不了作用，你越约束他越肆悖。这种情形最好打仗，打仗可以宣泄戾气。再说环庆路与西夏边境犬牙交错。每到收获季节不太平,麦子熟了西夏兵来割,玉米熟了西夏兵来掰。尤为严峻的是,西夏人还不断策反沿边党项熟户。在这种情形下俞充请求朝廷准允向西夏用兵完全正常。还有就是,俞充于元丰四年六月间就死了,而在四月间种谔就上了"乘其君长未定、国人离乱之际,顺兴王师招讨"的札子。

也有人归罪王珪和蔡确,论据还要荒谬。说俞充这样的边防守臣,熟悉兵事,不可能建议大军深入征讨,只有宰相王珪、参知政事蔡确没有担任过边疆大员,不懂兵事,才是这次举兵伐夏的倡导者。这简直就是先入为主了。

神宗皇帝是个有战略头脑的君王,否则不会力主王韶开边。从战略层面讲,熙河开边是对西夏形成地缘优势。可以这样说,熙河开边是堡垒战术的某种延伸。尽管代价很大,但神宗始终不为所动,因为他清醒,深知这个代价很值。

为什么进入元丰四年神宗对西夏的战略发生变化了呢?

或许从国家的财政状况上能找到答案。

熙宁九年(1076),王安石因长子病逝辞去了宰相职务,从此隐居江宁。王安石所创立的新法逐步废止。但是,神宗的元丰之政与熙宁之政没有本质区别,甚至某些新法的废止可以视作是对王安石变法的纠偏,而这种纠偏更加有利于国家财富的积累。史载,元丰六年(1083)河北转运使吴雍奏称:"见管人粮、马料总千百七十六万石,奇赢相补,可支六年。"这还只是河北十七州。

寓居金陵的王安石除了参禅礼佛、寄情山水外,偶尔写写诗,填填词,其中就有若干首诗词是讴歌元丰的,例如下面这首:

> 麦行千里不见土,连山没云皆种黍。
> 水秧绵绵复多稌,龙骨长干挂梁梠。
> 鲥鱼出网蔽洲渚,荻笋肥甘胜牛乳。
> 百钱可得酒斗许,虽非社日长闻鼓。
> 吴儿蹋歌女起舞,但道快乐无所苦。
> 老翁堑水西南流,杨柳中间杙小舟。
> 乘兴欹眠过白下,逢人欢笑得无愁。
>
> ——《后元丰行》

"麦行千里不见土,连山没云皆种黍。""百钱可得酒斗许,虽非社日长闻鼓。""乘兴欹眠过白下,逢人欢笑得无愁。"全是好景致啊!作为一名下台宰相,眼瞅着自己颁布的法令被废,心底不会痛快。一个心底不大痛快的老官僚,诚心诚意地讴歌元丰之政,那一定是年景异常丰饶。

面对丰饶的年景,富足的国库,神宗决定管一管西夏人的事情。也不是真管,管是由头,惩罚是目的。神宗决定兵分五路,李宪出熙河,高遵裕出环庆,刘昌祚出泾原,王中正出河东,种谔出鄜延,大举伐夏。

第一个热烈响应神宗决定的是环庆路。经略使俞充说,西夏类似跳梁小丑,当年仁宗皇帝就想一举铲除,如今又犯下有违人伦的罪行。假如秉常死了,一个既凶悍又狡猾的家伙将成为西夏之主,到那时,大宋西北更加不得安宁。以前不是常说师出无名吗?现在秉常被其母梁氏所囚,简直是上天给我们掉下一个出兵西夏的理由。最后俞充说,臣在西北前线已经工作了三年,一直以西晋羊祜、大唐李靖为榜样,励精图治,时刻准备为大宋收复失地。

遗憾的是,表现积极的俞充很快暴卒。

当然也有人秉持异议,如同知枢密院事孙固。

孙固这人,和平主义者,当年种谔取绥州,他就反对,说"兵,凶器也,动不可妄,妄动将有悔",这一次又说,"举兵易,解祸难"。

然而,上意已决。

孙固见神宗意志坚决,又说,如果出兵必不得已,先声明其罪行,然后稍稍惩罚一下就行了。最好的办法是,将西夏划成几块,各立酋长自守。

神宗哂然一笑,说:"老师啊,你这是书生之言。"

有执政大臣建议宋军直接渡河,占领河西,由河西直趋西夏王城兴庆府。孙固问如此重任交给谁?

神宗说:"当属李宪。"

孙固说:"征伐大事,由宦官担当,士大夫怎么想,怎么看,今后还会不会为朝廷所用?"

尽管是自己老师,神宗也不高兴了。孙固请求辞职,神宗不许。孙固只得再说:"今举重兵,五路并进,谁为主帅?没有主帅,这仗怎么打?"

这倒是个问题。五路大军进讨，缺乏主帅，战争史上没有先例。另一同知枢密院事吕公著建议，既然一时找不到合适的主帅，不如陛下自己暂时代理。

孙固立即点头："公著所言有理。"

前面说过，皇帝们大多喜欢指挥战争。宋太宗、宋仁宗是授阵图，将领们按照阵图进攻或者撤退。真宗皇帝则是身披战袍，御驾亲征，身临前线。神宗与几位先帝皇帝不同，人在京城，遥控远在数千里外的战场。

既然这场战争由皇帝亲自指挥，就要以朝廷的名义发布战争动员令。动员令比较长，这里不一一赘述，需要说明的是，字里行间洋溢着对胜利的期许，同时也有几分莫名的不安、焦躁。比如，谕令全军将士，能立大功者，当比熙河战役的奖赏翻三倍，但"临贼不用命，全家诛戮"。比如，掳获的战利品一律归己，官方不予检校。再比如，攻下大的城镇各军不得争功；夺得堡寨后没有继续穷讨就提议班师，当行军法；要多派斥候，多设奇计，要照管好粮道，等等，等等。可以这样说，在元丰伐夏的战争动员令里，除了皇帝的狷急，还有可怕的血腥。

为严肃纪律，斩杀韩存宝于泸州。

韩存宝读者不会陌生。当年宋军于踏白城下惨败，景思立阵亡，韩存宝、景思谊杀出重围，返回香子城打退了青宜结鬼章的进攻，守住了城池，被朝廷免于追责。嗣后积累战功，升熙河钤辖。熙宁八年（1075），熙河路整编，正规军三万三千余众编为四将，韩存宝为第二将。韩存宝的母亲由万年县君晋封为仁寿郡君，神宗诏令天下，说"非有战功如存宝者，毋得援为例"。也就是说，享受如此殊荣的，全国就韩存宝一个人。那是韩存宝最风光的一段日子。

元丰元年（1078），泸州江安县纳溪寨居民苏三十七与罗苟人目特意争夺一种名叫"鱼笱"的捕鱼工具，苏三十七在殴打中下手过重，一不小心把目特意打死了。罗苟人先是在本寨投诉，寨官报告县里，县里说要行检验之法，然后再定罪。而行检验之法有违罗苟人的风俗，致使民情激愤。罗苟人说，汉人杀了我们的人，不肯赔钱，又暴露其尸首，于是聚众为乱。

七月，朝廷调韩存宝入川征讨。

这次征讨难度不是很大，纳溪寨距离泸州仅三十里，罗苟村位于纳溪寨西南，五十多个自然村落，千余户人家，通往纳溪寨的地势平阔，易于进兵。果然，仅用两个多月，这起因争夺渔具而酿成的罗苟人暴动就平息了。

谁知正准备班师的时候，又出了一伙子夷贼。

这伙夷贼的首领叫乞弟。乞弟是乌蛮族人。罗苟村紧扼乌蛮人进出通道，时间一长，两族结下仇恨。朝廷讨伐罗苟人，乞弟派徒弟一毛赶到纳溪寨，说朝廷征讨罗苟，他们愿意相助。官方代表杨文简说，征讨的事不劳你们操心，但你们可以捕捉罗苟叛贼，到时朝廷有赏。后来，官兵荡平了罗苟村，也替乌蛮人打开了进出通道。当韩存宝率兵返回梓州后，乞弟率众赶到江安，要求朝廷兑现奖金。江安知县答应商谈，乞弟留下罗一和徒弟一毛为代表。谁知道呢，谈判结束路过夷牢村时，一毛为夷牢村人所杀。罗一逃出来奔往江安县，要求县里派人送归。县府一查，罗一是汉人，而且是逃卒，于是抓起来上送泸州，泸州上报梓州，经梓州申报朝廷，最后狱成问斩。乞弟得知消息后，不敢与朝廷闹掰，便打着为徒弟一毛报仇的旗号，率部众数千人至江安县界，杀人放火，扫荡村囤。

本已完成任务的韩存宝再次率军捉拿乞弟。

然而，捉拿乞弟殊为不易。泸南一带，多民族杂居。唐宋以来，中央王朝在多民族地区建羁縻州，也就是民族自治。这些羁縻州或一县之内而设数州，或一里之地而设数县，并且时存时废。乞弟承袭父职，知归徕州。从元丰二年直到元丰四年，在官军的围剿下，乞弟不仅没有消停，反而越闹越凶。

不能说韩存宝消极怠战，主要因为乌蛮在泸州及周边地区势力太大，加之乞弟这人非常善于打游击，韩存宝人生地疏，经常陷于被动。

朝廷杀韩存宝其实有些冤。神宗皇帝是这样批示的："韩存宝出师逗挠，遇贼不击，杀戮降附，招纵首恶，以正军法。"朝廷将神宗皇帝批示下发西北沿边各经略安抚司。明眼人一看就知道，这是杀鸡给猴看，宋人李焘在《续资治通鉴长编》中点评说，"时方大举伐夏，故诛存宝，以令诸将"。

不仅杀韩存宝，就连秦凤路经略使曾孝宽对此次出兵稍微表示了疑义即引起神宗强烈不满。按照神宗皇帝的部署，秦凤路应调拨四将人马交给李宪统带。曾孝宽说，本路兵马总共只有五将，甘谷城位于抗御西夏进犯秦州的最前沿，驻有一将人马，秦州北部与西夏相交，战略位置重要，希望朝廷为秦州保留部分将兵。神宗怒气冲冲地说："这些事情前些时候都商定好了，现在出师在即，为什么还说这种话？"一纸调令，迁官河阳。

最先出兵的是种谔。公元1081年，即元丰四年，六月二十五日，种谔由绥德出兵。一出界就打了个胜仗，杀敌千余。

种谔率先出兵，受到神宗批评，命令种谔退回延州，同时，责令种谔归河东王中正节制。为什么会有这样一道诏旨？原因不复杂。实际上，神宗皇帝不是一个喜欢头脑发热的人。据邵伯温记载，神宗皇帝曾一度想采用孙固的薄伐之说。这条记载应该可信。在神宗皇帝发往西北前线的诏书里，有浅攻的叮嘱。《续资治通鉴长编》就说："盖自西边用兵，神宗常持浅攻之议，虽一胜一负，犹不至大有杀伤。""浅攻之议"就是战争规模不是很大，持续时间也应不长。由此可见，在决定开战之初，神宗并没有深入西夏境内的打算，或者说，深入的决心还没有最后形成。

在发往鄜延路经略安抚使沈括的诏书里神宗也说，如果情况不熟悉，暂且不用出兵。当前要务是加派侦察人员，熟悉地势，掌控敌情。

但很快，神宗改说法了，称种谔未为失谋。神宗为什么要改说辞呢？会不会与收到来自延州的奏报有关？在延州的奏报里，种谔出师并未失利，而是大捷，杀敌千余。

原定五路出兵进讨，很快变成了三路。李宪在未出师之前就已议定，率熙河、秦凤两路人马。接着，诏命鄜延路种谔受王中正节制，继而又将环庆一路交给了泾原经略使高遵裕统带。

李宪和王中正容易理解，他们是宦官，是皇帝身边人。王韶收复熙河后，李宪一直担任熙河路转运使，元丰三年调回京城，出任入内副都知。元丰四年六月间又来到熙河，出任熙河路经制司管勾公事。至于王中正，既是入内副都知，又是马军司教习提举，负责管理马军司日常训练。元丰四年四月间来到西北前线，先后任鄜延、泾原两路体量经制边事、同签书泾原路经略司公事等职。元丰四年七月，征夏战役启动。朝廷命王中正措置麟府路兵马，兼管鄜延、泾原、环庆兵马。

至于高遵裕，前面多次提及。王韶开边，调高遵裕做副手。在熙河，高遵裕其实没什么功劳，甚至还扯王韶后腿。朝廷对高遵裕有看法的人很多，比如文彦博就说高遵裕怀奸。但是，这些看法和议论似乎无损高遵裕的半根汗毛，反而步步高升，这不，七八年时间，高遵裕已经是环庆路经略安抚使了。

说穿了也没什么奥秘，高遵裕既是开国大将高琼之孙，又是高太后的伯父。高太后是英宗之妻，神宗之母。有高太后这座大山遮风挡雨，高遵裕即便一而再，再而三地陵慢王韶，也没有人奈何得了，包括王安石。

以高遵裕率一路大军伐夏，肯定是神宗皇帝钦点。既然高遵裕是太后伯父，让他建一番功业，好为高家光宗耀祖。据说，神宗皇帝曾经将他的安排禀报了高太后，高太后不仅没有丝毫欢欣，反而忧心忡忡地说："奴家伯父天生气量狭窄，恐怕难当此任，建议改换他人。"神宗皇帝付之一笑，当了耳边风。

这里要说一段题外话。

高遵裕掌兵，以及讨伐西夏为什么没有多少不同意见呢，尤其那种尖锐的、不大入耳的意见？这会不会与王安石当政时听不得不同声音有关？据《宋史·王安石传》记载，王安石为维护新法，一口气外放了十一名御史、四名谏官。这是大宋王朝有史记载的第二次大规模外放谏官。无论怎么说，能够担任御史和谏官的，都是敢于直言的人。

另外，朝廷对不同政见者的打压，已经从庆历年间的口诛笔伐，上升至刑事案件了。譬如苏轼的"乌台诗案"，太祖皇帝曾经誓约"不得杀士大夫及上书言事之人"，因为乌台诗案，差一点破戒。更为严重的是，通过寻章摘句给人定罪，已经有了文字狱的味道。

譬如，乌台诗案后，苏轼贬为黄州团练副使，又写了一首诗，其中有一句"世间惟有蛰龙知"。宰相王珪如获至宝，对神宗说，陛下是飞龙，他苏轼不敬，反而求蛰龙。

好在章惇升参知政事了，当时在侧，说："龙不全是代表人君，人臣皆可以言龙。"神宗听罢点点头，说："是的，自古称龙的很多，诸葛孔明就自称卧龙。"

回到中书堂，章惇黑着脸对王珪说："相公是要苏子瞻家破人亡啊！"王珪讪讪地道："这是舒亶的话。"章惇厉声道："舒亶的口水，相公也要吃吗？"

类似苏轼的案子接下来还会发生，也就是说，揪辫子、扣帽子、打棍子将要成为常态。在这种政治氛围下，谁还敢于直言？

此时的大宋处于危险之中。

八月底，得到神宗允准，李宪统领秦凤、熙河七将人马北出临洮，直指兰州。

七月间，神宗给李宪下达了先行出兵的命令。神宗的诏令大意是，熙河位于西夏上游，水陆皆可以进军，最好备置船筏于洮河上流，或运军粮，或载战士，或准备木柴用于火攻。约定日期与董毡一起攻打西夏在邈川境内新修的堡寨，如果西夏赴救，便与董毡部合力奋击。如果西夏兵不来救援，则相度机便，率兵东下，直奔西夏老巢。

神宗皇帝的设想很美好，但难度颇大。黄河七八月份正值伏汛期，即便躲过了伏汛马上又是秋汛，黄河的伏汛与秋汛紧密相连，称为"伏秋大汛"。加之黄河水道蜿蜒曲折，多激流险滩，由水路进攻实在风险太大。从后来看，李宪经过反复考量，从陆路进攻。

李宪率大军北出临洮，翻越马衔山，占据龛谷寨。在龛谷寨发现大批军用物资。接着攻打西市新城。前面说过，驻守西市新城的是禹藏花麻，假装进行了一番抵抗，马上放弃西市新城撤过黄河。宋军经过简单休整继续前进，在汝遮谷击败西夏军，缴获大批窖藏粮食。九月二日，宋军攻占兰州。自两百多年前安史之乱后，兰州重新纳入中原王朝版图。

宋军能够比较轻松拿下兰州，除了禹藏花麻的暗中相助，主要原因是西夏兵力捉襟见肘，面对宋军多路出击，兰州已经不是西夏防御的重点。

但对于宋廷，兰州至关重要，因为守住了兰州，就可以保证熙河、秦凤两路的安全。李宪上奏朝廷说，大军自西市新城到兰州有天涧五六重，仅通人马。现在兰州收复了，周边部族纷纷降附，新修兰州城成为当前急务。彼时兰州城既破又小，东西六百余步，南北三百余步，修建于唐代，古称"唐城"，或者"唐堡"，经过数百年风风雨雨，已经破败不堪。李宪建议筑城，因为只有筑城才能表明朝廷将在这儿久守的决心。神宗同意了李宪的意见，留下苗履、王文郁、李浩筑城。李浩为提举。

继而李宪又建议在兰州设立帅府，将原来的熙河路改为熙河兰会路，以李浩为安抚副使兼知兰州。

就在同意修筑兰州城和更名熙河兰会路的同时，神宗一而再，再而三地敦促李宪直趋兴、灵。九月上旬连发三道诏旨，此时在诏旨里，神宗爷完全没有浅攻的字眼了，目标很明确，就是一战而荡平西夏。究其原委，是种谔与李宪的初战成功激发了神宗皇帝的热情，将一直以来坚守的"浅攻之议"丢在了脑后。

19. 五路伐夏

在神宗皇帝的催促下，李宪仍然硬着头皮在兰州停留了整整一个月时间。李宪的理由是，直趋兴、灵需要渡河，而渡河的船筏并不具备。

这个理由很充分，神宗爷无话可讲，因为宋军在大西北没有水军，即便有水军，李宪也会在兰州逗留，因为他要看一看其他几路的情形再作决定。在《宋史·李宪传》里有这样一句话，说李宪"数论边事合旨"。讲起边事来非常符合神宗皇帝的口味，可见在军事上很有眼光。以李宪的智慧，一定判断得出，麟府、鄜延两路人马要想抵达灵州城下殊为不易，几百里沙海，荒无人烟，数十万大军仅后勤供给就是个天大的难题。至于高遵裕率领的环庆与泾原兵，虽然距离灵州最近，但对高遵裕的人品和才识均不敢过分相信。

到了十月初，李宪留下李浩守兰州，总兵东上。

李宪选择了一条稳妥的进兵线路，即沿黄河南岸东行。朝廷也同意了李宪的进兵计划，神宗传旨，李宪已统兵东行，泾原总管刘昌祚、副总管姚麟迅速统兵出界，如果两军相距不远，立即与李宪所率兵马会合，听李宪指挥。

到了十月底，神宗再次传旨："环庆、泾原、熙河军马并趋灵州"，先联手击败前来增援的西夏军，然后兵分两路，一路围攻灵州，一路利用黄河结冰进攻兴庆府。如果能够一鼓作气拿下兴庆府，灵州将不攻自破。

面对这两条来自京城的令旨，李宪仍然没有执行，因为神宗十月底发往西北前线诏令的最后一句话是"更审度机便施行"。李宪经过审度，觉得与环庆、泾原兵会合于灵州城下很不现实，或者说毫无机便。前往灵州，路途遥遥，还要穿过西夏占领区，粮草如何供给？李宪一军计有七将人马，还有部分蕃兵，总兵力不少于七万。在神宗催促李宪离开兰州的第二道诏书里，有"今总两路蕃汉兵夫十余万众，才入贼境百余里，便欲苟止"等语。"十余万众"包括民夫，一天的消耗就是一个庞大的数字。李宪大军能够顺利取得兰州，并在兰州站稳脚跟，得益于几次大的缴获。倘若深入西夏境内，没有缴获，单靠后方供应，很可能弹尽粮绝。

情况正如李宪所料。西夏得知兰州被宋军攻取后，命令民众转移粮食，躲进高川石峡，据险以待。从此没什么缴获了，行军途中的凶险也多了。事实正是如此，李宪大军出兰州后，先前的好运气结束了，虽然战事算不得酷烈，但战斗不断，边打边走，进抵屈吴山下，驻营于打啰城。打啰城为元昊所建，宋军占据后改名为怀戎堡。稍事休息，穿越屈吴山，直趋天都山南牟城。

按今人考证，西夏南牟城构筑于海原境内西华山与南华山之间。天都山由西华山、南华山、月亮山、黄家洼山组成。四山自成一线，呈西北至东南走向。北出黄家洼山可达黄河，南出月亮山可抵六盘山，是一道天然屏障。西夏人在此设置南牟会，虎踞陕甘。

西夏在天都山兵力不多，李宪很快拿下南牟城。所谓南牟，相当于西夏国主离宫，在兴庆府住腻了，来南牟住一阵子。元昊新娶的没移氏就安置在南牟离宫里。《西夏书事》说"内建七殿，极壮丽，府库、官舍皆备"，被李宪一把火烧得精光。

神宗再次发来诏命，说李宪大军过天都山，斩获甚多，全靠转运使赵济供应得力。这个赵济，在李宪没来熙河之前是代理经略安抚使，因为用公钱买女婢受到处罚，追三官勒停，是李宪请示神宗皇帝后留下来操办粮草的。赵济感恩李宪，非常尽职。

神宗又说，此去灵州已经不远，用不了多久就能与环庆、泾原兵会合。后面的话没什么新意，无非就是兵分两路，一路围攻灵州，一路北渡黄河攻占兴庆府。

李宪仍然没有执行皇帝的指令，前出到葫芦河川就迅速退回来了。《宋史·李宪传》说，李宪大军"次葫芦河而还"，没有详细阐述原因。

如果加以分析，原因仍然在其他几路大军里。

当神宗皇帝命令种谔退回绥德，等候王中正时，王中正与种谔联合提出，泾原、环庆兵从灵州渡进攻兴庆府，而麟府、鄜延兵要先攻取夏州，然后从怀州渡进攻兴庆府。怀州渡与灵州渡均是黄河渡口，但两个渡口相距一百多里。后来高遵裕行进速度拖沓，应该与两军相距黄河渡口远近有关。麟府、鄜延兵由东而来，要攻占银州、夏州、宥州，还要穿过毛乌素沙海。泾原、环庆兵虽然也要穿过一片瀚海，但路途比麟府、鄜延近很多。

种谔一军很快遇到麻烦。渡河，船筏哪里来？种谔希望转运司提供，很快遭到神宗的批评。神宗说，但凡出师，济渡自备，没听说千里运木随军。何况你需要的材木不是个小数目，达到万数，转运司靠的是肩挑背扛，如何运输？运了材木还运不运粮食？神宗给出的办法是拆屋，反正进入了西夏地面，西夏的房屋随便拆；再就斩木，有树木就斩，不分老幼；三是用长枪捆扎木排。不得不说，远在东京的神宗爷很会考虑问题。

种谔施行得怎么样？不知道，刚出绥德，离怀州渡还远着哪！

种谔有鄜延兵五万四千人，其中禁军三万九千，分为七军。

第一仗围攻米脂寨。

米脂寨位于绥州之北，无定河畔。这儿土地肥沃，日照丰富，盛产米粟。西夏人称之为"歇头仓"，或者叫"真珠山""七宝山"，意思是这儿多出禾粟，十分富饶。

宋军占领绥德后，米脂寨、浮图寨（后更名为克戎寨），以及葭芦寨一起成了西夏包围绥德的前沿堡垒。种谔围攻米脂寨三天，传闻西夏援军将至，军心浮动。种谔自领军乐队敲锣打鼓巡视一遭，军情乃安。第四天，真有八万西夏军在大将梁永能的率领下杀到。种谔命后军移阵米脂寨前，挖一道深沟，不许寨内人出。命前军及所属蕃兵埋伏山谷，命中军、左军、右军与西夏军大战于川口。待夜幕降临，种谔击鼓为号，伏兵齐出，将西夏援军截为两段。西夏军溃，自相践踏，伏尸数十里，无定河为之赤红。

种谔大破西夏援军，继续夺寨，西夏守将令介讹遇请降。

这场战事神宗十分关注，听说围攻三日，不仅米脂寨未破，梁永能反而率领西夏援军大至，忧心忡忡，不断向前线发文，说种谔不太谨慎，大军出境未及百里，首攻坚城，损士卒，挫军威，甚非善计。批评沈括对形势估计不足，对种谔交代得不够，等等，等等。

然而，待到捷报传至京师，神宗态度大变，不仅特支赏钱，还对种谔说，前些时担心将军急于建功，进展得太快，所以划归王中正节制。今天首挫贼锋，功先诸路，原先所说划归王中正指挥不作数了。

老实说，王中正也指挥不了种谔。王中正很小进入皇宫，曾在宫内学习诗书和历算，十八岁那年因为人长得壮实，受到仁宗皇帝赏识，成为一名贴身侍卫。庆历年间宫内发生叛乱，王中正护驾有功，一路升至入内副都知高位。王中正虽然担任马军教习，但教习与指挥打仗是两码事。王中正很有自知之明，几番推辞。比如朝廷下达命令，要王中正统揽鄜延、泾原、环庆三路大军，王中正建议，朝廷发往麟府路的公文，由行遣鄜延、泾原、环庆军马司，改为照管鄜延、泾原、环庆军马司。王中正为什么不要行遣而要照管？按王中正的性格，行遣相当于直接指挥，不是更好吗？可见在指挥战事上，王中正缺乏底气。

麟府路大军六万人，外加民夫六万，一共十二万人，九月下旬才从麟州慢慢吞吞出发，这会儿李宪已经在兰州驻扎近一个月了。要命的是，王中正好不容易率军离开麟州，走到白草坪停止了。白草坪位于窟野河西，而窟野河就在麟州门口，用司马光在《涑水记闻》中的话说才数里，约等于王中正刚走出麟州大门。停止进军的原因是全军断粮。王中正在白草坪一停九天，派士兵返回麟州搬运粮食。

有了粮食继续前进。谁知道呢，王中正不大熟悉地理。大军沿无定河、芦河、明堂川（榆溪河）循水北行，到处是流沙地，一不留神就会连人带马陷没其中。陷没了多少人马？肯定不少。

到十月十日，王中正大军的粮食又吃完了。在一个叫奈王井的地方，位置大约于宥州附近，遇到了鄜延路机宜文字景思谊。在景思谊的帮助下获得部分粮食后，引兵赶往保安军顺宁寨。

过了四天，王中正军再次断粮，这时候顺宁寨还没有到，大约还有三十来里路程。三十来里路程对于一支部队来说应该不算什么，可王中正的十来万人马断粮已久，实在走不动了，只好驻扎于归娘岭下。归娘岭下有寨子，可不敢入，因为归娘族是党项生户。王中正只得派人回去运粮。要知道，士兵们饿着肚子，民夫的情况更糟糕，加上天气突然转坏，气温陡然下降，风雪交加。司马光在《涑水记闻》中载，兵夫冻馁，僵仆于道，还没有断气，众人一拥而上，剐其肉食之。境况之惨，惊心骇目。

种谔所部在无定河谷的情形比王中正好一些，因为出征之前沈括有叮嘱。沈括精通地理，清楚无定河在靠近毛乌素沙漠一段容易遭遇流沙，表面上看不出什么，脚踩上去就会塌陷，越挣扎下陷越快，别说人马，就是一辆大车转瞬之间就会沉埋沙中不见踪影。但避开无定河谷陷阱之后的种谔大军，情形比王中正更坏了，因为种谔打仗积极性高，深入西夏腹地较远。种谔在攻下米脂寨后，挥兵进入石州，继而攻下夏州，直抵盐州，突然天降大雪，用现在的话说叫失温，造成大量士兵死亡。有一个小小殿直官叫刘归仁，不知是哪个勋贵子弟，居然带头南奔，部队相继而溃，哗地一下逃走了三万多人。消息传到延州，有人请求关闭堡寨，有人要求派兵剿除，被沈括制止了。沈括说："这些溃兵，本是精锐之师，你去剿除他们未必能胜。再说，杀自己的人，大快人心的只能是敌人。"于是招来溃卒，问："你们是回来取粮的吧？"

溃卒眨巴眨巴眼睛，不知如何对答。

沈括又问："长官派你们回来取粮，领头的是谁？"

溃卒明白过来，说："是刘归仁。"

沈括命溃卒各自归营。刘归仁回来了，沈括问："主帅命你回来取粮，为何没有军符？"刘归仁答不上来，沈括喝令推出去斩首。

朝廷派人来调查，沈括说："责任不在溃卒，在刘归仁，是刘归仁说回来取粮，误导了士兵们，现刘归仁已经伏法。"

事情到了这一步，朝廷只得传令收兵。神宗的诏旨是这样说的："王中正兵自麟州出界，已至鄜延路，闻暴露日久，人多疾病，今虽驻并边，亦虑无以休息。"命令王中正与沈括商量，将部队分别安排于延州、保安军等沿边城寨休整，待缓过劲儿后返回河东。

王中正一军安顿下来统计，士卒死亡近两万，民夫逃归大半，死者近三千人，战马死亡两千余匹，几乎一半，三千多头驴无一返还。

再说环庆与泾原两路人马，按照神宗指示应该合兵以后再向灵州进发。但是，环庆路若与泾原兵会合必须走葫芦河川，西夏得知这一消息后，立即在葫芦河川一带布防。

刘昌祚与姚麟率五万泾原兵久等环庆兵不至，只得单独出征。在磨脐隘，即中卫清水河西岸至中宁县鸣沙川一带，与梁乙埋十万西夏军相遇。诸将建议另选路途，刘昌祚说如果遇贼不击，无论你走哪条道都不安全。现在，西夏军为主，我为客，只能速战。

于是分兵强渡葫芦河，盾牌手在前，神臂弓次之，弩又次之，排在最后的是骑兵。刘昌祚颁令，立功者的赏金高于熙河之战的三倍。士气大振。刘昌祚手持双盾捷足先登，弓弩紧随其后。战斗从中午打响，直至太阳快要落山，西夏军终于抵敌不住，全线崩溃。

占领磨脐隘，前面有两条道路直达灵州。一条北出黛黛岭，一条西北出鸣沙川。诸将建议走黛黛岭，刘昌祚说："我军出发时只带了一个月的口粮，现在已经过去了十八天，倘若粮食不继，势将若何？听说鸣沙川有西夏人的'御仓'，我们可以取而食之，今后即便在灵州城下待的时间较长，也不会暂时缺粮。"走鸣沙川，果然从地窖中挖出大批米粮。

泾原兵突然兵临灵州城下，西夏人大出意外，连城门都还没有来得及关闭。刘昌祚正要展开兵力夺门而入，高遵裕派人送来急件，说不要攻城，已经派人进城去招安了。

战机稍纵而逝，很快，灵州关上了城门，布置了防守。

刘昌祚心底清楚，高遵裕的所谓派人进城招安不过是妒忌泾原兵抢了头功。刘昌祚没有迅速抢占城门，担心两军闹出矛盾。朝廷不知详情，以为是两军争功，何况泾原兵归高遵裕节制。

五路大军中，高遵裕动身最迟。大约十月中旬，高遵裕才领兵出界。也就是说，高遵裕领兵出界时，无论是王中正率领的麟府兵，还是种谔率领的鄜延兵，都在为粮草发愁。

环庆一路走的是西川，也就是白马川。由洪德寨到达清远镇，环州知州张守约建议高遵裕说，西夏梁氏原以为我环庆军要走葫芦河川，所有的人马都在葫芦河川一带布防，灵州城一定空虚。此去灵州不过三百多里，若是派一支轻骑，携带十日粮食，只要三四天就可疾驰灵州城下，对方摸不清我军虚实，灵州一战可下。

应该说这是一个非常不错的建议，但高遵裕拒绝了。

高遵裕不仅拒绝了张守约以轻兵奇袭灵州的建议，还制止了先期抵达灵州的刘昌祚夺门入城。

高遵裕为什么不尊重刘昌祚？与神宗皇帝的一道手札有关。出兵前夕，刘昌祚对五路伐夏由皇帝遥控指挥表达了异议。刘昌祚是这样说的："军事不称旨。"意思是说，在战场上，将领们可以不必按照皇帝的旨意行事，或者说，指挥战事不用去揣摩皇帝的心思。不知为什么，这句话传到了神宗耳里。神宗不高兴了，朕指挥五路大军伐夏，你刘昌祚发表这样的言论，这不是跟朕离心离德吗？神宗想派知环州的张守约去替代刘昌祚，估计刘昌祚已经率兵出发了，临阵换将，兵家大忌，只好作罢。于是手诏高遵裕，说"昌祚所言迂阔"，若是发现"不堪其任"，"择人代之"。有神宗皇帝这句话在先，高遵裕由是"轻昌祚"。

有了"轻昌祚"的思想基础，当然不会允许刘昌祚首先进入灵州城了。你刘昌祚在磨脐隘大败西夏军，再让你第一个进入灵州城，皇帝的脸朝哪儿搁？还有我高遵裕的脸，这不是凑过去让你打吗？

《续资治通鉴长编》记载，刘昌祚抵达灵州时高遵裕还在百里开外。起初得到的情报是刘昌祚已经拿下灵州城了，高遵裕赶忙向皇帝报告，说在自己的授意之下刘昌祚拿下了灵州。再一打探，不是这回事，一怒之下杀了假传情报的斥候。到达灵州城外，扎下大营，刘昌祚前来觐见高遵裕。高遵裕很长时间将刘昌祚晾在外面，原因是刘昌祚来得太迟。

晾了刘昌祚一阵，才召入帐内，询问灵州情形。刘昌祚说，本可以一鼓作气拿下灵州的，幕府派人通知暂缓攻打，所以就停下了。刘昌祚建议："灵州城内西夏兵不多，前些时候西夏兵从磨脐隘败退，去了东关镇。东关镇在灵州城以东三十里，紧挨渡口，是个要害之处。若是首先拿下东关镇，断绝灵州外援，便是孤城一座，指日可下。"

高遵裕怎么会听刘昌祚的建议呢？肯定不会，即便这个建议是正确的也不会。

刘昌祚又建议："从我们泾原军抽出一万人运土填壕，将外壕填平后明天一早攻城。"

高遵裕一道命令撤了刘昌祚的军职，将泾原兵交给姚麟统带。姚麟推辞不就，五万泾原军的指挥权轻轻松松落入高遵裕囊中。

实际上，泾原五万大军不可能因为高遵裕的一句话就改换门庭，从后来看，高遵裕只是名义上的统帅。泾原路经略使是卢秉，卢秉这个人原先管刑狱，后来管发运，兵事是弱项。五路伐夏之前，身为泾原经略使的卢秉向朝廷汇报不谈兵事，神宗很是不满，点名批评，说，泾原路的卢秉近来上报没有军事方面的情况，完全不能领会朝廷的意图，需要专门下旨督促卢秉准备伐夏，如误师期，必正军法。神宗皇帝对卢秉印象不好，五路伐夏自然不会让他统兵。

刘昌祚呢，其貌雄伟，武艺高强，射箭百步穿杨，党项人称为箭神。精通兵法，战前从知河州任上调过来，职务是泾原路兵马副都总管。如果不是出言迂阔，凭刘昌祚的战功还要升迁。问题是，刘昌祚虽然撤职了，可刘昌祚在西北前线的知名度很高。刘昌祚的老爹叫刘贺，当年是环庆都监，战殁于定川寨。因为是烈士后代，刘昌祚录为右班殿直。听说刘昌祚射箭了得，神宗爷还专门召见，考试骑射，结果百发百中，箭神之名一点儿不虚。很快，刘昌祚升为巡检，来到熙河兰会路。刘沟堡一战，西夏在黑山设伏，刘昌祚率领两千骑兵增援。西夏军先以小队诈败，诱刘昌祚深入，结果陷入重围。那一仗从下午打到黄昏，西夏企图全歼宋军。刘昌祚神威奋起，直入西夏中军，一箭射中西夏元帅咽喉。西夏兵见主帅被杀，纷纷溃逃。刘沟堡一战，刘昌祚名扬西北。如今，刘昌祚虽然撤职了，威望依旧，加上副都总管姚麟不配合，高遵裕哪里指挥得了五万泾原兵？

第二天，高遵裕列阵灵州城下。没想到一座近乎空城的灵州，高遵裕一连围攻了十八天，始终固若金汤。

没有攻城器械是一个因素。据说，因为没有攻城器械，高遵裕想杀刘昌祚，消息传开，刘昌祚称病不出，泾原兵炸了锅。转运判官范纯粹对高遵裕说，两军已生隔膜，弄不好恐生他变。并力劝高遵裕赴泾原兵营问候刘昌祚。

高遵裕是否问候了刘昌祚？也许问候了，也许没有。即便问候也是敷衍，以高遵裕为人，肯定不会在刘昌祚面前低下身段。

给两军带来矛盾的还有粮草供给。围攻灵州十八天，粮草消耗殆尽。泾原军先前在鸣沙川弄了一批粮食，自给有余。随着刘昌祚被免职，但凡后勤千辛万苦送来的粮草，全部为环庆军据有，泾原军越发愤怒。这样两支有着严重对立情绪的部队，别说形不成合力，恐怕还要相互掣肘。

宋军在灵州城下屯扎十八天后，西夏军决渠水以淹宋军，高遵裕将炮架拆了扎筏求生。主将逃跑，宋军一片混乱。漫山遍野都是丢弃的军器。枪杆、弩桩、箭筒、鼓排之类，都在逃跑途中当柴薪烧了。至于杀敌的战刀，因为砍斫枪杆、弩桩等生火烧饭，无不钝缺。

多亏了刘昌祚，领兵断后，挡住了西夏追兵，为大部队溃逃争取了时间。

据传，知镇戎军种诊，也就是种谔的二哥曾经去信高遵裕，说顿兵攻坚，兵法所忌，如果敌人决河用水攻，都将葬入鱼腹，应该立即返回清远。高遵裕将种谔的去信示以众将，没人吭声。后来高遵裕不无惭愧地对种谔说，要是听了将军的话不知要活多少人！

然而，一切为时已晚。

泾原路的损失在上报朝廷的文书中是这样说的，出界正兵及汉蕃弓箭手共五万一千六十人，马五千七百八十二匹，除去阵亡及逃散者，只剩下兵员一万三千四十八人，马三千一百九十五匹。人员损失超过百分之七十。

环庆路的损失只会比泾原多。按高遵裕战后为自己辩解，环庆路有九将战兵，又有开封府界及京东、京西调拨来的十一将人马。二十将人马共计八万七千战兵。另外，据《续资治通鉴长编》考证，高遵裕抵达灵州城下时，鄜延、环庆两路会合后，战兵及民夫三十万出头。这个说法显然有误。高遵裕抵达灵州时，种谔正驻军于夏州至盐州之间一个叫麻家坪的地方，天寒地冻，饿着肚子。只能是，泾原、环庆两军会合后有战兵十五万，加上民夫，一共三十余万。西夏水淹宋军，按泾原路百分之七十战损，环庆一路在灵州城下至少留下了十多万冤魂。

对于高遵裕，环庆路转运司是这样上报朝廷的：高遵裕"识虑昏浅，动失事机，喜怒轻肆，赏罚谬滥，凡有功将佐多遭摧沮，士心不伏"。接下来举例，说进入西夏境内进攻不积极，遇敌接战，限定步数，还不准追击。谁要是追击，或者接战超过了他规定的步数，轻者当众侮辱，重者施行军法。简直既愚又蠢，还刚愎自用。报告最后说，今天如果不追究高遵裕的罪责，搞什么别议措置，网开一面，恐怕要辜负朝廷和皇上期望。对于像高遵裕这种身份的人，环庆转运司表达的意思已经很严重了。

既如此，高遵裕肯定要处分。元丰五年（1082）正月，高遵裕褫夺军职，送郢州安置。宋代"安置"是一种对犯罪官员的处罚，薪俸大减，且人身自由受到某种程度限制。

五路伐夏结束后朝廷处分了很多人，但绝大多数是象征性的，唯有高遵裕的处分最重最实。

处罚高遵裕的时候，不知雄心勃勃的神宗皇帝是什么表情，史书没有记载。估计那一阵神宗皇帝不敢见高太后。

有记载的是神宗皇帝某一日见了孙固，不无遗憾地对老师说："若用卿言，必不至此。"

平心而论，即便高遵裕品行很好，打下了灵州又能如何？经过最初的仓皇后，西夏梁氏集团已经镇定下来，开会商讨如何应对宋军五路攻势。将领们请求分兵拒敌，有一老将军建言，说不需要与宋军交锋，只需坚壁清野就行。老将军说，主力收缩于灵州与兴庆府周围，派轻骑袭击宋军粮运。宋军无粮，不战自败。这是老套路，第一次打败辽兴宗，采用的就是这个法子。

因为西夏实施坚壁清野，战争初期尚能在西夏境内发现粮食，随着战线向西夏腹地推进，再也没有发现粮食的记录。

西夏境内打不到粮食，己方运粮路程越来越远，供给中断是早晚的事。

另外，五路大军已有三路半途夭折，仅凭环庆、泾原两军就是拿下灵州，进入宁夏平原，那里有西夏重兵防守，也不会有多大作为。如果真被西夏掐断粮运，有可能全军覆没。

粮草供给，始终是悬在宋军头顶的一把达摩克利斯之剑。

前面说过，神宗敢于向西夏开战，是因为泱泱天朝经过王安石一番改革，国家财富飞速增长，仓廪充实。可问题是，仓库里粮食和军械再多，需要运往前线，而西北前线重峦叠嶂，沟谷纵横，运输殊为不易。

早在用兵之初，河东转运使陈安石就说，自宋夏开战以来，差夫运粮，导致骨肉相送，号泣于道路，传达朝廷。过去有厢兵，朝廷取消了民夫运粮这一举措。现在厢兵编入了正规部队，没有厢兵运粮只能全靠民夫。陈安石希望朝廷加以考虑，避免重现过去那种骨肉相送，号泣于道路的惨景。

对于这位年近七旬老臣的建议，朝廷考虑了，考虑的结果是诏命河东各地以义勇代替厢军。所谓义勇即乡兵，而乡兵也就等于民夫。大规模动用义勇，各地同样一片哀嚎。治平元年，也就是公元1064年，在司马光上奏的《乞罢陕西义勇札子》里赫然写着，沿边各级政府组织义勇，使百姓骨肉流离，田园荡尽。

现实跟陈安石开了一个天大的玩笑。陈安石最后撤职就是因为调发民夫，"不量民力厚薄，致有实不可胜，屡经州县号诉者"。这个结局估计陈安石自己都没有想到。一个反对差夫运粮的官员，最后因差夫运粮被撤。这能怪陈安石吗？朝廷已经决定大规模向西夏用兵，与之相匹配的就必须有大规模的义勇。义勇哪里来？来自强迫，号诉与骚动不可避免。

为什么没有人愿意当随军民夫？因为随军民夫之苦，超过想象。寻常年间，民夫的薪酬是每日"支米钱三十,菜柴钱十文",陕西属于战区,民夫艰苦,增加至"日支米二升,钱五十",尽管大幅度提高了民夫酬薪,仍然役夫难雇。很多地方,百姓们自发地聚集一起,立栅自守,根本不听派遣。如果强征,则殴打官吏。逼急了,铤而走险。别说乡里,就是州县也常常为之奈何。

战时不仅民夫命运凄苦,就连转运司的地位也一落千丈。

北宋开国未久,转运司便成了一级行政机构。转运司的职责可大了!首先管钱,掌经一路财赋;其次管粮,看天下粮仓是增是减;再次管账,钱花哪儿了,粮食给谁了,账目清楚,往来明晰。除了上述三管,还有一管,管官,按《宋史·职官》里的说法是"举刺官吏之事"。什么叫举刺?就是揭发、检举,"凡吏蠹民瘼,悉条以上达"。所以,转运司不仅仅是一个与国计民生紧密相关的经济部门,还是国家在基层设置的纪检窗口。对于基层官员来说,这个部门很头疼。但是,一旦战争来了,这个令官员头疼的部门就会地位陡降。陈安石就曾说过,进入战时状态,文吏畏怯,武人邀功。打仗好啊,武人的地位陡升,平日眼睛长在额头上的文人不得不夹起尾巴,包括转运司的各位大员。

王中正出师之前与转运司的官员有过一次商讨。王中正命转运司一名勾押吏就座,勾押吏恭恭敬敬地说:"下官不敢坐,有都运在此。"都运指的是陈安石,当时陈安石的职务是河东路都转运使。王中正脸一变,呵斥道:"在这里讲什么都运?事情办得好升官,办得不好有剑耳!"

王中正是宦官,来头大,可以不把陈安石放在眼里。可种谔对待转运官也是这种态度。

由于民夫们经常闹事,种谔上奏朝廷,建议鄜延路转运使李稷跟他住在一起。朝廷同意了,命李稷进驻种谔军营。谁知李稷的动静闹得很大,进入军营又是擂鼓又是喊喏,惊醒了正在帐中休息的种大帅。种谔招来击鼓传呼的军士问:"军有几帅?"军士答:"只有一帅,太尉尔。"种谔说:"我还没有升帐,一个转运粮草官来了击什么鼓?转运粮草官我杀不得,就用你的头代替粮草官的头!"吩咐推出去斩首。

李稷一看,仓皇上马而去,自此不敢再踏入种谔军营。

粮草官与前方将领是这样一种关系,会不会竭尽全力地为前方输送粮草?值得打一个问号。

有这样一件事，可以证明转运司官员与前方将帅的格格不入。

《续资治通鉴长编》记载，王中正在河东，不把转运司官放在眼下，需要粮草，派人传个口信，不行文书，转运官从不敢违。陈安石撤职后，负责河东粮草供应的是判官庄公岳。庄公岳对王中正说："太尉吩咐我们的事情太多了，下官恐有所遗忘，请允许我记一下。"王中正没有多想，点了点头。

麟府路大军开拔前，庄公岳问王中正："这次准备多长时间的粮食？"

王中正心想鄜延路兵马由我节制，只要与种谔会合了，粮食也就有了，说："只备半个月粮食就行。"

结果，皇帝后来改了主意，鄜延路兵马不由王中正节制了，只带半个月口粮的麟府路大军从进入西夏境内起就与饥馑相伴，直至最后陷入绝境。

后来王中正推责，暗地里唆使一个叫全安石的走马承受上奏朝廷，说是转运司粮运不继，故不能进军。神宗一听怒火万丈，当即就要把庄公岳等人打入大牢。庄公岳不慌不忙拿出记录，说："臣在麟府原本准备了四十天的粮食，是王大帅吩咐转运司只带半月粮，有片纸为证。"

麟府大军因粮草不继遭受了那么大损失，后来庄公岳等人仅仅各降一官，职事如故。毫不夸张地说，正是这一纸片救了庄公岳等人的性命。

战时转运司官吏地位低下，只得将怨气、怒气、戾气一股脑儿地撒在民夫头上。

关于这方面记载很多，比如，种谔大军因粮饷匮乏，驻麻家坪，民夫难忍运输之苦，多逃散。李稷将那些逃走的民夫抓回来，割断足筋，抛弃在山谷中，李焘在《续资治通鉴长编》中说："数日乃死，至数千人。"

李稷，加上一个李察，在转运司衙门以苛暴著称，时人有言，"宁逢黑杀，莫逢稷、察"。转运司官吏在武将眼里唯唯诺诺，可在民夫面前是凶神，是恶鬼。

既如此，民夫唯有选择抗争，或选择逃亡。

九月间，五路伐夏刚刚启动，朝廷拨一批绢运往鄜延路，大约是想奖赏立功将士，可走到半道上，民夫们扔下货物跑了。

除了诸军不合，粮草不继，指挥不靠谱也是一个原因。

五路大军均由神宗指挥，可神宗远在开封。战场上两军相搏，胜败呼吸之间。而一道命令从京城到达西北前线多则八九日，少则六七天。种谔是九月辛亥日攻破米脂寨的，直到十月戊午日报捷的文书才传到神宗手里，前后八个日期。米脂寨在绥德附近，灵州、兰州路途更远。

实践再一次证明，宋军大规模深入进讨西夏是一件非常危险的事情。契丹人深入进讨，一负一平。一百多年后，铁木真率领天下无敌的蒙古骑兵，企图走近道，由东北角兀剌海城入手，结果惨遭失败。直到消灭了克烈部，占领了高昌回鹘，蒙军绕道河西走廊，才打败西夏军，进抵兴州城下。以黄河、高山和沙漠为屏障的小小西夏，可谓形胜天然。

20. 永乐城之殇

五路伐夏并不是完败。

在战术层面，收复了若干要地。

鄜延路拿下米脂寨后，又不费一兵一卒收复了克戎寨（西夏称克戎寨为浮图城）。克戎寨位居大理河中游，依山面水，视野开阔，地理位置极为重要，历来为兵家必争。绥德东面的义合寨、吴堡寨见陷入孤立，西夏人纷纷弃堡而走。绥德周边四寨为宋军据有，使得陕西东部战线更为稳定牢固。

熙河路收复了兰州。李宪新修兰州城，将战线推移到了黄河边，并在黄河北岸修筑金城关。于兰州城东西二翼构筑了东关堡、西关堡。更远处还有皋兰堡、阿干堡、定远城。

元丰四年（1081）底，改兰州西市城为定西城，第二年，改定西城为通远军，原通远军升格为巩州。接着设兰会路，李浩任兰会路经略安抚副使兼知兰州。需要说明的是，此时会州尚未收复，将尚未收复的会州写入路名，证明宋廷已经将收复会州纳入构想之中。从后来看，这是一个完美的战略计划。

至于米脂寨以北，宋军本已收复大片土地，包括银州，考虑到守城器具百无一有，也不是要害之处，仅有拓土虚名，经上报朝廷同意，暂时弃守。但重筑了塞门寨。前面也说过，塞门寨位于延河源头，是盐夏路上一道重要关隘。出塞门寨、芦子关，就是西夏境内了。重筑塞门寨，使延州城的正面防御能力得到增强。

在战略层面，四十年前范仲淹提出的堡垒战术获得了广泛认可。

譬如李宪。

李宪回师后向神宗皇帝上了一道折子。李宪说了很多事情，最重要的一条就是筑堡。李宪建议自熙宁寨往前筑堡直抵鸣沙城，为驻兵之地。

熙宁寨在哪？在镇戎军之北，葫芦河川下游，距镇戎军三十五里。而鸣沙城位于葫芦河川上游，与灵州城仅隔一道灵州川。李宪认为，从熙宁寨筑堡直至鸣沙城，四百余里，构筑十余堡，屯兵固守，前后应援，持之时日，则灵州不攻自拔。

神宗皇帝也进行了反省。在李宪上书之前神宗就已下诏，说，为了下次讨伐西夏，泾原、环庆两路挑选一条便道直抵灵州，并于行军大道两旁筑城堡十五处，每一处置备守城器具，储积粮草。为了实施这一计划，将知汝州的李承之调到陕西，出任都转运使，兼提举泾原、环庆两路军需事宜。李承之是个铁腕人物，比黑脸包公还要黑脸，大宋公主倒卖违禁物品，别人睁只眼闭只眼，李承之说："朝廷有法令，畏公主乎？两个字，没收。"神宗用这样的官员主持筑堡工程，要的是雷厉风行。

理想很丰满，现实却骨感。

李承之是陕西都转运使，下面各路还有路级转运司，葫芦河川筑堡归环庆路转运司负责，叶康直是环庆路转运判官公事，差事派到他头上。神宗亲自召见叶康直，说为了直掏西夏腹心，朝廷准备从熙宁寨筑十五堡至鸣沙城。叶康直摇头，力言不可。叶康直跟神宗皇帝算账，十五堡，有大有小，平均一个堡费人工二十五万，总共费工三百七十五万。五路讨伐刚刚结束，阵亡甚大，士气低落，这些堡寨由谁来修筑？神宗听完叶康直一席话，"俛然"了很长时间。什么叫"俛然"？衰颓貌。皇帝都"衰颓"了，大规模筑堡也就黄了。

人们将目光转向横山。环庆路转运判官事李察上书，说我们若是首先得到横山，西夏既失山川险阻，又失横山地区的人马族帐，灵州虽然还在西夏人手中，已是孤城一座，指日可下。

受到撤职处分的高遵裕在贬所写了一道认罪书，其中也提到，他曾经在熙宁初年有过一次便殿面对，敬呈过"横山之议"。

横山之重要，再一次出现在大宋君臣眼里。

到了元丰五年（1082）五月间，鄜延路经略安抚使沈括，与安抚副使种谔联名向朝廷建议，在横山构筑军事堡垒。

他们是这样说的：宋夏之间横陈着一片沙漠。就目前态势看，谁先进攻，谁就处于下风。过去西夏人主动进攻为什么频频得手，是因为横山由他们掌控，穿越沙漠之后有横山蕃部提供粮草、输送兵员，而我们穿越沙漠征讨西夏，必须载粮载水，沙漠还没有走完，已经力疲粮尽。不是西夏太厉害，是地势对他们太有利。现在，我们要让西夏在沙漠以南无粟可食，无民可使。如果西夏再来寅犯，让他们载粮载水，大老远地翻越沙漠，然后仰攻沿边一座座堡寨。如此一来，主动权就掌握在我们手中了。还有，横山之粟可以养兵，横山之地可以养马，横山之盐可以贸易，横山之铁可以打造兵器，横山之民可以组建一支几万人的队伍。总之一句话，我们牢牢控制横山，修战备，储军资，明斥堠，一旦机会合适，一路出洮河，一路出横山，捣其不意，西夏一举可灭。

过几天，沈括、种谔再次联名上奏，说当前要务是选择一块险要之地，筑一座大城，屯重兵，为永久计。他们认为，这块险要之地就是塞北古乌延城。

乌延城位于靖边县境内，濒临芦河。唐长庆四年，即公元824年，夏州节度使李佑请筑塞外五城，乌延城即其中之一。乌延城东至夏州八十里，西至宥州四十里，依山为城，形势险固。甚至，沈括、种谔建议，待乌延城修筑完毕，将处于沙漠之中的宥州州治迁移至此。

毫无疑问，沈括、种谔的建议非常可行。乌延城距离盐池不远，北边即是牧场，如果宥州州治迁至此处，再将塞门寨以北诸堡划归宥州，用时不长，这儿就会成为一座军事重镇。

很快，沈括、种谔再次上奏，说如果朝廷决定据守横山，现在泾原路正在用兵，牵制着西夏，应该乘势兴修。若拖延时日，为西夏人觉察，将会遭到破坏。到那个时候再筑乌延城，代价就大了。

沈括、种谔接二连三递上奏本，引起了神宗皇帝重视，命给事中徐禧、内侍省押班李舜举前往鄜延路，具体商议筑城事宜。

这里就要讲一讲徐禧了。

简单地说，徐禧不类常人。年轻时有志向，博览群书，周游各地，然而，一肚子学问，不事科举。在一个文凭大行其道的时代，一个年轻人拒绝参加科考，怎么能算常人呢？

熙宁六年（1073），晃荡了快四十年的徐禧得到王安石的青睐，以布衣身份充当经义局检讨。这可了不得，相当于一个平头百姓鱼跃龙门，进入国家教研室。甚至，其意义还不仅仅是"教研"，王安石设立的"经义局"，除审核、编撰官方教材外，还肩负改革教育的重任。

继而，徐禧写《治策》二十四篇，其中有这样一段话，大意是，朝廷用经术改变知识分子，已经收到很大功效。这些人中有一半人是因袭他人之语，不求心灵相通。尽管这样，仍然可以试任于有用之地。当时吕惠卿掌管经义局，汇报给神宗。神宗一听大为高兴，是啊，改革需要"经术变士"，虽然有些人目前对改革人云亦云，似懂非懂，随声附和，照本宣科，但可以先试着任用呀！任用这些人总比任用反对改革的人要好。神宗很高兴，说徐禧是有用之才，应该放在有用之地。于是，将徐禧从教育部门调到政府机关，职务是中书户房习学公事。中书省内设五房，户房主管财赋、军储、户籍、漕运、俸禄等，徐禧虽然是个"习学"，权力已经很大了。

一年后，神宗又说，朕考察过很多人，目前没有谁像徐禧这样精明能干。

得到王安石的青睐，又得到神宗皇帝的认可，即便徐禧是一个没有文凭的"白身"，不想飞黄腾达都不行。

元丰五年，即公元1082年七月，徐禧、李舜举来到延州。

这里还要说一说李舜举。李舜举是宦官，勾当御药院，相当于皇家医院院长。同时，李舜举又是一个与众不同的宦官。李宪做事高调，自恃身份特殊，敢于向错误的意见说不。李舜举就不一样了。李舜举低调，谦逊，任何时候都懂得收敛。元丰五年（1082）五月，神宗鉴于李舜举跟随自己岁久，又清谨寡过，升文思使、遥郡刺史，转武职，来到泾原路经略安抚司，职务相当参谋长。任职命令下达后，李舜举找到宰相王珪，说："边防大事，朝廷怎么能托付给我和李宪两个内臣呢？我们内臣的本职工作是洒扫庭院、擦抹窗户啊！"

由于唐代宦官执掌军权，经常废立皇帝，北宋初期对宦官防守很严。但是，宦官又是皇帝身边人，在武将普遍受到抑制的年代，作为皇帝身边人的宦官就能派上大用场，走马承受公事由此而生。李宪是走马承受公事中的佼佼者，成了一方将帅。问题是，即便李宪在熙河建下大功，但在士大夫眼中仍然是个怪胎，不以为然，嗤之以鼻，很是不屑，甚至引以为耻。李舜举则说的是内心话，他可不想众口铄金，积毁销骨。然而王珪却说："押班不必客气，老朽正要借用押班绥靖边境，以求太平呢。"

这样一位既明且哲，极善保身的宦官陪同徐禧来到延州，相当于摆设，起不到任何监督作用。

徐禧一来延州，立马否定了在乌延城筑堡的动议。徐禧说，古乌延城形势不便，当迁筑于永乐埭上。

徐禧滔滔不绝，说乌延城虽然位于无定河与明堂川交汇处，但是乌延城东南已为河水吞没，其西北又受阻于天堑，地势远没有永乐埭险要。在永乐埭这儿选择一块要地，建筑城堡，名义上虽然不是州治，实际上具有州治的意义。再说，目前设立州治，开支浩繁，等条件成熟以后再说。

鄜延帅沈括是什么态度呢？前面说过，沈括联合种谔提出的筑城位置是在乌延城。乌延城与永乐埭南辕北辙，两地相距两百多里。然而，沈括很快就抛弃了与种谔的共同谋议。按沈括自己的说法，他曾提出过在永乐埭这个地方筑城不妥，西夏人会全力争夺。另外，永乐埭距离大后方太远，打了胜仗无法维持，打了败仗难以救援。无论沈括有没有提出反对意见，这不重要，重要的是沈括最后屈从了徐禧。究其原委，要么是徐禧太过武断，要么是沈括要了滑头。以沈括鄜延路经略安抚使的身份，他若是坚持己见，朝廷不会置之不理，何况还有种谔。

种谔是在永乐埭筑城的强烈反对者，极言不能在永乐筑城。一个极字，可见争论相当激烈。以种谔对待徐禧的态度，很可能拍了桌子，甚至骂了娘。徐禧则比较镇静，但镇静中带着杀气。徐禧沉着脸问种谔："你难道不怕死吗？"

种谔铮铮道："在你那座乌城打了败仗是个死，不听从指挥也是个死，爷宁愿死在这儿，免得日后丧师失地，沦为异域之鬼！"

徐禧不敢杀种谔。愣的怕横的，横的怕不要命的。徐禧只好报告神宗，说种谔飞扬跋扈，拿他没辙，管不着。神宗也拿种谔没辙，吩咐鄜延路治所前移至绥德，留下种谔守延州。

永乐城修筑很快，八月底动工，九月初即筑城完毕，留下鄜延路兵马副总管曲珍、机宜文字景思谊、鄜延路转运使李稷，以及四千人马驻守永乐城，徐禧则率领大队人马退回绥德。

正如沈括所料，西夏果然意识到了永乐城的重要。据说，西夏调民为兵，十丁取九，得三十万人，携百日粮，准备进犯泾原，当获得宋军在永乐埭筑城的消息后，立即挥兵转向鄜延。

徐禧一行刚返回绥德，板凳还没有坐热，便得到消息，说有大批西夏兵气势汹汹地扑向永乐城，徐禧不仅没有紧张反而像捡了金元宝一样大为高兴，说："好啊！正愁西夏兵不来，现在果然来了，我们立功的时候到了！"与沈括、李舜举点起两万五千兵马，由绥德进驻米脂。

在米脂寨，徐禧对沈括说："你是鄜延帅，不可轻出，我与李舜举为圣上委派，前往永乐城御敌。"

李舜举稍稍表示了一下不同意见，说："我们的任务是选择筑城的地点，捍卫城池不是我们的责任。"

《续资治通鉴长编》云："禧不听。"

沈括建议："宋军只有三万人，西夏兵有数十万，兵力悬殊太大，不如命曲珍坚守永乐，生兵置于城外。"

应该说沈括这个建议很有价值，一部分人坚守城堡，大量生兵屯在城外机动，这种战法经过实战检验，很有效果，遗憾的是，依然是"禧不从"。

一个"禧不听"，外加一个"禧不从"，已经种下了战败的祸根。

大军开抵永乐城，曲珍建议，说："这次西夏来犯，兵马甚众，徐给事与李押班可退往米脂督战。"

徐禧哈哈一笑，揶揄一句："曲老将军，你莫非怕了不成？"

当三十万西夏军涌到永乐城下时，曲珍又建议，说乘敌立足未稳，予以迎头痛击。"禧又不从。"

年近七旬的老将军高永能说，敌人重兵入寇，必须打掉锐气。先到达城下的这股西夏军是精兵，只要将这股精兵的锐气打掉，后面虽有重兵亦不足为惧，否则，等西夏大军齐聚城下就不好办了。

高永能何等人士，当年跟随种谔收复绥德，率六千精兵为先锋，五战五捷。徐禧呢，《续资治通鉴长编》说他"岸然捋其须"，对高老将军说："你知道什么？王师不鼓不成列。"

估计那一刻,高永能的心碎成了渣渣。据说,高永能默默退到一旁,抚着胸口对旁人道:"吾不知死所矣。"

开战第一天,宋军于城前布阵擂鼓,但是,在强大的西夏军团冲击下,宋军大溃。尽管曲珍是一员骁将,仍然折损了八百士卒,阵亡了寇伟、李师古、夏俨、高世才、程博古等十多位将领。

接下来争夺水源。永乐城临无定河,但永乐城地势高挺,饮水需要到山下汲取。西夏出动五万骑兵攻打宋军水寨。徐禧命令曲珍下山布阵。可是,再好的阵势也禁不起西夏五万铁骑的轮番冲突,宋军再一次溃败回城。

水寨丢失了,只剩下孤零零的一座永乐城了,由于永乐城建在山崖之上,宋军不得不放弃马匹,缘崖而上。

转运使李稷竟然以粮食缺乏为由,拒绝接纳刚刚在山下列阵搏斗的士兵。

由于水源被西夏军截断,永乐城仅仅掘得三口泉,且水量极少。尽管如此,三口水量极少的泉水可保证将领们有足够的饮水。至于士卒,渴死者大半,没死的收集马粪绞汁饮用。徐禧日夜巡城,亲自操弓射击,困了枕士兵大腿假寐,但大势已去,失败已成定局。

高永能建议,仗打到这个份上,不如重金招募死士突围,否则,数万将士都得死在这儿。

当曲珍将高永能的建议反馈给徐禧时,徐禧对曲珍怒斥道:"你已败军,还想弃城吗?"

连续血战三日,宋军又饿又渴。西夏派人通知宋军讲和。徐禧起初派吕文惠去谈,西夏方面说,吕文惠小将,做不得主,要曲珍来。徐禧说:"曲珍是副总管,不能去。"鄜延路机宜文字景思谊自愿请行。徐禧犹犹豫豫,担心与敌人议和传出去了不好。景思谊愤愤道:"如今形势紧迫,若以口舌之辞延缓西夏进攻等待外援,可以存活几万性命。"

景思谊只身进入西夏军中,西夏主帅说,撤永乐城之围可以,交还兰州和米脂寨。景思谊说:"这是国家大事,我这个小小边将做不得主。"

谈判无果,西夏人将景思谊囚禁起来。

第四天夜晚,风雨交加,西夏军四面急攻,此时宋军饥疲已极,使不了弓箭,拿不动刀枪。夜半时分,永乐城陷没。

李稷为乱军所杀。

李舜举临死之前扯下衣襟一块，挥墨写下："臣死无所恨，愿朝廷勿轻此敌。"

高永能得到孙子高昌裔的帮助，要爷爷从一条偏僻小道逃出，高永能长叹一声说："想我高永能年纪轻轻就从军守卫西陲，从来没有打过败仗，如今已年满七十，受国大恩，恨无以报，今天这儿就是我的葬身之地。"说完，换上士兵军服，直至战死。

曲珍缒城突出重围，回到米脂寨。

徐禧死于乱军之中。

三万宋军，存活十之一二。

有人要问，三十万西夏军围攻永乐城，朝廷为什么不救呢？

鄜延路的求救文书送达京城需要时间，永乐城战事前后不过四五天时间，当神宗救援永乐城的诏令下达各战区时，永乐城之战已落幕多日。

沈括在米脂寨，行动最为迅速，问题是沈括手中仅有万余人马，鄜延路的精锐全被徐禧带走了。仅凭万余人马别说救不了徐禧，根本靠近不了永乐城。还有，西夏军在围攻永乐城的同时，分出数万大军南下绥德。绥德城内开始骚动，有党项人准备里应外合。沈括得到消息后召集众将商议，一致认为，永乐丢失了只要绥德在，陕西战局不会恶化。如果丢掉绥德，延州失去门户，关中必然震动。以目前这点兵力，沈括只能以绥德为重，而放弃永乐。

至于延州种谔，压根儿就没挪窝，他说："我这儿只有四千老弱病残，臣竭力守护好延州就行了。"

消息传到京师应该是深夜，神宗闻讯犹如万箭穿心，"涕泣悲愤，为之不食"。朝会上，对着执政大臣失声痛哭，众大臣莫敢仰视。良久，神宗长叹道："永乐之举，无一人言其不可。"

其中有一个蒲宗孟，官居尚书左丞，趋前一步说："臣曾言之。"

神宗厉声道："你何尝有言？京城内只有吕公著，京城外只有赵卨曾经对朕说过，用兵不是好事！"

第一个应追责的是沈括。放弃原来在乌延城筑堡的方案，附议徐禧在永乐埭筑城，加上措置应敌无方，取消龙图阁直学士贴职，由朝散郎降为员外郎，责授均州团练副使，送随州安置。

第二个要追责的是曲珍。身为永乐城内最高军事指挥官，没有坚持己见，一次次屈从徐禧的淫威，取消龙神卫四厢都指挥使加衔，由防御使降为皇城使，免除鄜延路副都总管职务，降为鄜延路钤辖兼第一将。

老实说，对沈括、曲珍二人的处分有些过重。筑永乐城沈括确实有着不可推卸的责任，但徐禧是带着皇命来的，而且临行之前神宗当面对徐禧说，你这次去鄜延，参与军事，与沈括一起管理鄜延路兵马。有了皇帝这句话，徐禧才眼睛更高，不是在额头，而是在头顶。沈括性格温和，处事谨慎，他怎么敢在徐大人面前说不？庆幸的是，断送了政治前程的沈括从此献身科技，成了中国科技史上里程碑式的人物，也算是种瓜得豆。

自此，神宗皇帝深陷忏悔之中。

神宗皇帝深自忏悔是有原因的。徐禧的人品问题早有苗头，不知为什么，神宗皇帝没有引起高度重视。譬如赵世居一案。

熙宁八年（1075），山东人朱唐告发前余姚县主簿李逢谋反。提点刑狱王庭筠奉命调查，很快有了结论，说李逢这人虽然有"指斥之语"和"妄说休咎"，但没有谋反的行为。神宗对这个结论很不满。一个小小余姚县主簿，他如何指斥？能妄说什么休咎？联想到太祖与太宗的权力交接，神宗又派御史台推官蹇周辅到徐州复查。蹇周辅是个治狱高手，善于讯鞫，钩索微隐。不久，蹇周辅上报神宗，结论与王庭筠截然相反，说此案尤为重大，牵扯到太祖皇帝的四世孙赵世居。

听说事涉赵世居，神宗皇帝的神经一下子紧张了。众所皆知的原因，太祖爷没有传位儿子，皇位被弟弟赵光义继承。神宗属太宗一脉，最忌讳的就是太祖的子孙们怀恨。

拿着蹇周辅的报告，神宗指示成立破案专班，成员由御史中丞邓绾、知谏院范百禄、监察御史徐禧组成。破案专班很快坐实了赵世居的罪行：收留李逢，阅读图谶，语涉悖乱。语涉悖乱的图谶来自一个叫李士宁的人。这个李士宁属于鬼才，目不识丁，爱好交游，自称已经活了两百多岁，能预知祸福。李士宁给了赵世居一首诗，其中有"耿、邓忠勋后，门连坤日荣"。李士宁说这诗句出自仁宗皇帝御笔，预示着赵世居日后前程不可限量。赵世居就是根据这首诗，滋生出不该有的野心。

赵世居应该砍头,他是太祖之后,那些非分之念原本就不该有。李士宁更应该砍头,他是蛊惑者,没有李世宁的蛊惑,赵世居就会老老实实在家享受三妻四妾、花天酒地,不会交结喜欢诋毁时政的李逢。偏偏李士宁与王安石要好,曾经在王府小住了半年。熙宁七年,王安石辞相,李士宁跟随着去了江宁。谁知道呢,眨眼间王安石又复相了。就是在这个节骨眼上,徐禧站出来为李士宁开脱,说:"李士宁献给赵世居的那首诗确实为仁宗皇帝所作,当年曹皇后的哥哥曹傅去世,仁宗皇帝写下一首挽词,其中就有'耿、邓忠勋后,门连坤日荣'。"

知谏院范百禄是根直肠子,对神宗说:"此诗即便为仁宗皇帝所作,又能如何?李士宁蛊惑赵世居在前,是李士宁的蛊惑才导致赵世居图谋不轨。"

徐禧则向神宗进言:"范百禄为什么要置李士宁于死地?是因为李士宁跟王安石交好。范百禄是想通过打击王安石,诋毁所行新法。"

范百禄也不甘示弱,趋前对神宗道:"前些日子徐禧可不是这个态度,他曾经跟我讲,假如李士宁罪不至死,他将亲自上奏皇上,杀掉这个可恶的家伙!现在徐禧忽然变脸,为什么?是为了李士宁吗?不是的。他是眼见王安石复相了,巴结王安石,进而取悦陛下。"

范百禄进一步说:"徐禧身为监察御史,公然编造假话,欺罔圣上,此风如果蔓延,陛下拿什么整治朝纲?案情明明白白摆在这儿,若臣所说有假,或者案件有屈,臣甘愿受罚。若臣说的句句属实,徐禧就是怀邪党奸,不惮欺罔,以误朝听,以媚大臣,像这样的人根本不能胜任监察御史之职!"

神宗只好命曾孝宽、张琥进一步调查和裁决范百禄与徐禧谁是谁非。

这种调查纯属走过场,曾孝宽是王安石变法的得力干将,张琥类似于王安石爪牙,由他们俩调查裁决,脚趾头都知道,徐禧肯定安然无恙。

果不其然,曾孝宽、张琥辨明了,徐禧是正确的,范百禄有罪,由知谏院贬宿州监酒。

对于范百禄与徐禧的殿前分辨,谁对谁错,神宗皇帝心底应该有谱。神宗自幼好学勤问,至日晏忘食,当太子时就喜读《韩非子》,断不是昏庸之辈。不信请看元丰五年(1082)五月间神宗皇帝与宰执大臣们一番关于徐禧的对话。

那一日,神宗召见宰执,说:"徐禧举荐孔武仲和邢恕为御史,你们觉得怎样？"

尚书右丞王安礼第一个说："孔武仲和邢恕怎么能为御史呢？"

参知政事张璪紧跟着说："这两个人都是'异论'者。"

此处所谓"异论"者，是指对王安石变法持反对意见的人。

神宗缓缓地说："徐禧这人，意图越来越明显，过去紧跟王安石，如今王安石辞相了，又赶紧结交'异论'者。举荐孔武仲与邢恕，就是证明。"

宰相王珪奉承道："幸亏陛下觉察。"

神宗继续缓缓道："人啊，在踏霜的时候，就要想到下雪结冰，这叫防患于未然。"

结果不仅没有防患于未然，还在陕西前线铸下大错。神宗皇帝那个悔哟，估计肠子都悔青了。在接下来两年多的时光里，神宗皇帝或许就在悔不当初的折磨中，日积月累，渐为沉疴。

第六章　弹性防御

21. 绥靖政策破产

元丰八年三月，即公元1085年，神宗爷带着未酬的壮志，走完英武、勤谨，又过于自信的一生。

毫无疑问，神宗是一位有志向的皇帝。无论是熙河开边，还是元丰用兵，都是志向使然。有志向总比没志向要好，尤其国家多难之时。虽然兵败灵武，丧师永乐，但瑕不掩瑜，功大于过。只不过，神宗皇帝用他的努力再一次证实，讨平西夏，不能毕其功于一役。浅攻加进筑，才是对付西夏最有力的武器。

新皇帝叫赵煦，不满十岁，由奶奶垂帘。赵煦的奶奶就是大名鼎鼎的高太后，英宗之妻，神宗之母。赵煦成了皇帝，高太后成了太皇太后。高太后不喜欢变法，当然也不喜欢王安石，不喜欢跟在神宗爷身后，或真或假闹腾着变法的一众官员，譬如章惇，譬如蔡确。

章惇也是"千年进士榜"中人物。由于族侄章衡排名在他之前，章惇一气之下，扔掉敕诰回福建老家了。嘉祐四年（1059）再考，不仅再次进士及第，而且名列一甲第五名。王安石变法，设立制置三司条例司，章惇为编修三司条例官，加集贤殿校理、中书检正，参与制定新法。制置三司条例司撤销，章惇改任检正中书户房公事，兼详定编修三司令式，以及诸司库务岁计条例。通俗地说，章惇参与制定了新法的有关财政法规。

至于蔡确，同为福建人，小章惇两岁，也是嘉祐四年进士及第。王安石变法，蔡确是积极支持者。前面说到，王韶在古渭寨设立市易司，郭逵上书朝廷，说市易司财物有问题，查来查去有九十余缗说不清楚去向。是蔡确公正办案，为王韶洗刷了冤屈，从而保证了熙河开边顺利进行。王安石辞相后，蔡确等人坚持变革理念，不断完善新法，带来了元丰初年的国势蒸腾。

此时，章惇是知枢密院事，蔡确是第一宰相。既然高太后不喜欢变法，这两个人必须离开朝廷。

第一个放炮的是司马光。神宗是元丰八年（1085）三月崩的，当月，司马光就上了一道札子，说，近年以来，风俗颓废，士大夫以苟且为智，以说大话空话为狂。导致下情不能上达，上恩不得下馈。黎民百姓生活艰难，而天子不知。天子忧心，宵衣旰食，细民难以体会，于是公私两困，盗贼已繁。

不能说司马光说得不对，大宋确实积重难返。但这些话从司马光口里出来，总觉得味道不对。神宗爷刚走，尸骨未寒！

四月，司马光又上了一道近万言的札子。在这道札子里，司马光跟上一道札子不同，先是赞美神宗，说先帝聪明睿智，励精求治，思用贤辅，以致太平，委而任之，言行计从，人莫能间。继而话锋一转，说先帝的不幸是，所委之人出了问题，"于人情物理多不通晓，不足以仰副圣志"。还自以为是，说什么古今之人皆不如已。又不尊崇祖宗令典，改旧章，谓之新法。

接下来对新法逐一进行批判，明确提出废黜保甲法、免役法，等等。

对于司马光提出的废罢新法，朝野没有人说不，包括能言善辩的蔡确和意气飞扬的章惇。

司马光呼吁敞开言路，"不以有官无官之人，并许进实封状，颁下诸路州、军，于要闹处出榜示，鼓院、检院、州军长吏不得抑退。"

转眼到了年底，新帝改元，这是规矩。怎么改？首先是否定新法。王安石不是上过一道《本朝百年无事札子》吗？就是在那道札子里，将仁宗爷的治下说得一团糟。兵有百万，但无良将；财物虽多，管理混乱；大臣贵戚，擅威作福；从县令到台阁，任用非人。导致凶年饥岁，流者填道，死者相枕。一句话，宽仁恭俭的仁宗爷不善理国，留下太多太多痛点与难点，王安石要出手施救。说到底是否定仁宗朝。现在必须颠倒过来，要对仁宗爷的丰功伟绩加以肯定。仁宗朝最后一个年号不是嘉祐吗？那就元祐吧。前有嘉祐，现在元祐，来因去果，一脉相承。一个祐字，既是对仁宗爷一朝的高度评价，也是对王安石变法的全盘否定。

信号发出，新年一过，对新法的批判掀起高潮。

首先上书的是侍御史刘挚。

刘挚曾经为王安石所器重，因为对推行新法有异议，与王安石分道扬镳。如今，由刘挚第一个上书批判新法，具有强烈的象征意义。

刘挚的批判文字很长，洋洋洒洒大几千字。譬如免役法，原来差役由上户承担，现在涵盖所有民户。地方政府为了政绩漂亮，更改簿籍，将下户调为中户，将中户调为上户。如今一县，竟然上户、中户加起来比下户还多，荒谬之至。

再如，王安石推行的坊场之法，过去税额有定数，后来搞什么实封投状，也就是招投标，谁交的税多谁承包。于是竞相抬价，是过去的数倍，这是与民争利，竭泽而渔。

诸如此类。

是不是事实？应该说，大多不假。王安石变法，目的是富国强兵，而不是富国利民，问题在所难免。但是，所有人在攻击新法时，并不是三七开，或者五五开，而是以偏概全，全盘否定。在他们的奏章里，所有新法都是误国害民之法。

很快，刘挚得到了应有的回报，升御史中丞。

刘挚打响批判新法的第一炮后，铺天炮火接踵而来。随着对新法大批判的深入，开始无限上纲，罗织罪名，欲置之死地而后快。

譬如，左正言朱光庭就说："自去冬至今春为什么天不降雪？是因为陛下的辅臣出问题了。出了什么问题呢？蔡确不恭，章惇不忠，韩缜不耻。是他们的不恭、不忠、不耻，连累了圣政。"

这就很严重了，无论是对皇上不恭，还是对朝廷不忠，抑或人品不耻，都可以大兴诏狱，不死也要脱层皮。

监察御史王岩叟说："朝中之大奸，莫如蔡确之阴邪险刻，章惇之逸贼狠戾，相为朋比，以蔽天聪，虐下罔上，不忠之迹，着于两朝，天下之人，皆愿逐而去之以致清平。"

紧接着，侍御史刘挚再说："宰相蔡确不恭不忠，贪权罔上，无廉耻之节，失进退之义，营私立党，阴害政事。"继而进一步深挖，说，"奸邪在朝，豺狼当路，去冬今春无雪，是上天示警，予以谴告。"

左司谏苏辙紧跟着说："首相蔡确是大奸邪，次相韩缜不仅没有才能，品德亏污得一塌糊涂。"

无论是苏辙还是刘挚，抑或是王岩叟，从个人品质讲，似乎没有毛病。譬如刘挚，《宋史》主编脱脱称之"骨鲠"。孤儿出身，跟着外婆长大。据说王安石一见"器异之",提拔刘挚为检正中书礼房。这可是个为推行新法而设置的要害部门。等到神宗召见,问刘挚,王安石对卿十分赏识,难道你是王安石的学生?这是熙宁三年(1070),王安石是皇帝身边红人,好多人都想攀王安石这棵大树。刘挚却回答,臣是河北人,"少孤独学,不识安石也"。

既然个人品德都没有太大毛病,为什么对政敌如此心狠手辣呢?为什么不再出现像吕夷简与范仲淹那样英雄相惜呢?甚至,现在的政治家,没有了吕夷简、范仲淹、韩琦那样的胸襟胸怀呢?这只能说明,大宋之舟航行至此,国家政治行为已严重失范,戾气占据上风。

元祐元年(1086)二月,蔡确、章惇相继出朝。

蔡确、章惇走了,朝中还有韩缜。这个韩缜,脾气暴戾,在秦州打死一名下属军官后,很快就复出了。复出的韩缜成了享乐的主。史书说他厚自奉养,世间称他与西晋何曾相似。何曾什么人?西晋丞相,伙食费一日一万钱,还说没有值得下筷子的东西。

即便是这样一个安于享乐的人物,也要赶出朝廷,王岩叟当着太皇太后的面说:"韩缜贪而无耻,不可为宰相。宰相必须用有德之人。"

四月,韩缜解除朝中职务,出知颍昌府。

赶走了改革变法的"新党",设立"诉理所"。诉理所类似平反委员会。在这个平反机构的运作下,或事涉冤抑,或情可矜恕,几乎所有在王安石主政时代走了背运的官员都得以平反昭雪,恢复名义,进入政府要害部门。

事情到这里还没有结束。贬官安州的蔡确心情极度不爽——由政府第一宰相成了一名小小郡守,心情怎么会爽呢?不会爽,爽不了。何况一路跟着他颠沛流离的爱妾琵琶死了。琵琶死了,鹦鹉还在,时不时念叨几声琵琶,弄得蔡确有如万箭穿心。游车盖亭,写了几首诗,被传到汉阳知军吴处厚耳朵里。

这个吴处厚,赋写得不错,蔡确曾经跟他学习过,两人关系一度良好。后来蔡确当了宰相,吴处厚不断给蔡确写信,希望关照自己。不知为什么,蔡确无意汲引。

如今蔡确贬知安州,州内有静江卒当戍汉阳,蔡确不调遣,吴处厚火了,说你当年在朝廷压我一头,现在跟我一样做了郡守,还敢这样?吴处厚拿着蔡确的诗找毛病,恰恰诗中有一句:"矫矫名臣郝甑山,忠言直节上元间。"郝甑山,唐朝人，本名郝处俊，因为在甑山县做过县令，人称郝甑山。唐高宗想逊位于皇后武则天，郝甑山上书反对。吴处厚加以曲解，说蔡确是将高太后比作武则天。历史上，武则天名声不太好，淫乱宫闱，夺李氏天下。说高太后是武则天，犯的是大忌。

高太后一怒，将蔡确贬往岭南。

蔡确的车盖亭诗案比苏轼的乌台诗案更荒谬。苏轼反对新法，毕竟利用诗歌这一形式指出了新法的某些不足。而蔡确对郝甑山的褒赞，是感叹时运不济，遭遇不公。然而，经过叵测之人加叵测之心一番演绎，做到了捕风捉影，向壁虚造，无中生有，使文字狱这一邪恶之花怒放得更加随心所欲。

既然高太后不喜蔡确、章惇、韩缜，那就要重新物色一批人才。年逾八旬的文彦博从洛阳来了，范纯仁从庆州来了，吕公著从定州来了，韩维从许州来了，吕大防从成都来了，苏轼从登州来了，苏辙从歙州来了……一批元丰以及熙宁年间对新法持有异议的臣僚，带着满腔或浓或淡的怨恨陆陆续续从四面八方汇聚京城。

最先回来的应该是司马光。司马光在洛阳，离京师近。一别十五年啊，那时候年庚多少？五十一岁还是五十二岁？反正五十出头，谈不上雄姿英发，但也熟练老成。就因为好友范镇一次上书，断了仕途，也断了司马光的前程。

某一日，范镇上书神宗，其中有这样两句：陛下有纳谏之资，大臣进拒谏之计；陛下有爱民之性，大臣用残民之术。

当王安石看到范镇的奏书后，那个气啊，浑身发颤。先命直舍人院蔡延庆起草诏令，不称心，又命知制诰王益柔重写，仍不满意。王安石干脆自己捉笔，说范镇"顷居谏省，以朋比见攻；晚寘翰林，以阿谀受斥"，"稽用典刑，诚宜窜殛；宥之田里，姑示宽容"。强令范镇退休。司马光得知此事后，一口气连上五道札子，要求解除自己的一切职务，离开京城。既然皇上良莠不分，他也不干了，再干下去就是同流合污了，同流合污的事他司马光不做，干脆躲到洛阳修他的《资治通鉴》。这一去就是十五年。

感谢太皇太后还惦记着他这位四朝老臣。只不过自己的身子骨已大不如以前，龄发愈衰，精力愈耗。但是，心有不甘哪！什么不甘？国事啊！身体有病可以托付杏林，家中俗事可以托付儿子，国家大事托付给谁呢？身为一代儒臣，一辈子忧国忧民忧君，生命到了可以望见的尽头，他能心甘吗？

元丰八年（1085）五月，神宗皇帝驾崩不足两月，司马光拖着病躯离开洛阳，来到京城，叩拜在太皇太后面前，上了他人生中一道最重要的札子，名叫《请更新新法》。可以这样说，就是司马光的这道《请更新新法》札子，拉开了元祐年间政治清算的序幕。保甲法、方田均税法、市易法、保甲法、免役法、青苗法等相继被废。

宋廷风云涌动，西夏那边也不太平。梁氏为了更好地控制这位说话算不得数的废国主，将自己的侄女嫁给了软禁中的秉常。神宗五路伐夏，宋军损失惨重，西夏同样损失巨大，宋军所过之处，如山洪席卷，村镇尽毁，民众逃亡，可用之物洗劫一空。而且，宋军于西占据了兰州，于东前出到银、夏。

对于梁氏集团而言，永乐城之战是生死之战。如果银、夏不再，横山的核心之地就会被宋军据有。如果宋军夺取了横山，西夏对宋军的优势将全然丢失。谢天谢地，西夏攻下了永乐城，梁氏姐弟信心爆棚，决定收复失地。

元丰六年（1083）二月，梁乙埋将进攻矛头对准兰州。此次兰州之役由于前期工作做得很隐蔽，无论是熙河兰会路经略安抚使李宪，还是经略安抚副使、知兰州的李浩均无觉察。突然间，数十万西夏军出现在兰州城下，很快东关、西关被攻破。李浩下令关门据守，钤辖王文郁请求出击。李浩说："城中仅有数百骑兵，怎么战？"王文郁说："敌众我寡，必须灭其锋芒，以安众心，然后可守。"

走马承受阎仁武威胁王文郁："你要是胆敢开门出战，我就向朝廷反映，撤你的职！"王文郁朗声道："今天这种情形，出城退敌，必须死战，能不能回来尚不可知，还怕你向朝廷反映撤我的职吗？"

最终，李浩默许了王文郁出战的请求。王文郁招募死士百余名，深夜缒城而下，人人手持短刃，狂风般杀入西夏军营，西夏军大乱，争相渡河而逃，溺死者不计其数，兰州城安然无恙。

此战过后，李宪、李浩双双贬官，王文郁升任兰州知州。

王文郁，麟州人，当年韩琦推荐，录为禁军。张亢主政麟府路时，王文郁为基层将领。一日带队巡边，遭遇一股西夏军侵袭，王文郁奋起反击，一直追到吐浑河边。西夏军据险固守，王文郁对士兵们说："前有强敌，后为天险，各位袍泽都是忠勇之士，唯有打退当面之敌才能生还。"士兵们大为感奋，个个奋勇当先，不仅击败了当面之敌，还俘获西夏兵两千余众。

经此一战，王文郁声名鹊起。

三月，梁乙埋企图夺取米脂寨，在葭芦川为河东宋军所败。

两次败仗，加剧了西夏国内矛盾。人心涣散，党项部族相互猜疑、指责、攻讦。财政状况进一步恶化，自从没有了岁赐与和市，财用困乏，一匹普通棉布卖到十千文，寻常年景只不过四五百文，如今翻了近二十倍。由于年年用兵，横山境内田地荒芜，饥饿流行。面对风雨飘摇的政局，梁氏集团只得迎回软禁中的秉常。

元丰八年（1085），西夏政局进一步动荡。二月间，梁乙埋撒手人寰。到了十月，梁氏病殁。据说，梁氏临终之际叮嘱秉常，大意是，我们西夏世受宋廷封爵，恩礼备隆。今日宋夏虽然纷争不断，我死之后，你们应该迅速派人带着我的遗物前往开封，以示我们西夏不忘恭顺之义。

临死之前如此叮嘱儿子，证明梁氏骨子里仍有着浓浓的汉人情愫，只是为了巩固手中权力，她不得不仇视大宋，以迎合党项贵族。现在人之将死，其言也善。她得说真话，也必须说真话。因为只有真话才对得起儿子，对得起西夏，对得起先祖。

大约十月底，秉常派人来到开封告哀。

摆脱梁氏羁绊的秉常，虽然回到了权力中心，但国中人心不齐。梁乙埋的儿子梁乙逋与仁多保忠分掌东、西厢兵，势力相抗，猜忌日深。秉常为调和国内矛盾牵扯大量精力，边境挑衅搁置下来。

西线无战事，这是一段久违的和平。如何将这种和平持续下去，一时间成了大宋朝廷思索的重点。

前面说到的韩维，是韩绛之弟、韩缜之兄，由于跟王安石执政理念不一，一直在州郡任职。元丰八年六月间，在一帮谏官的呼唤下，已经六十八岁高龄的韩维再度出山。很快，韩维升为资政殿大学士、侍读。十月，韩维面见太皇太后。

韩维是这样对高太后说的，我这里有三条建议，证明兵不可不息。高太后问哪三条，韩维扳着指头，不慌不忙："第一条，皇帝年纪太小，太皇太后深居九重，如果继续跟西夏打仗，恐震惊皇上，焦劳圣虑；第二条，自从五路伐夏，永乐城大败，关、陕之力损耗殆尽，士气未复；第三条，陕西前线绵延千里，屯兵数十万，那可是要钱的，而且不是小钱。"

讲完三条兵不可不息，接着讲地不可不弃：

"地不可不弃有五条：一是如今梁氏已死，秉常复位，为人恭顺，有藩臣之礼。二是朝廷自从得到熙河之地，每年耗费五六百万钱，后得到兰州，又费钱百万以上。所得地愈多，耗费愈大。大量事实证明，拓疆没有好处，纯属负担。三是兰州那个地方说起来是个要害，但如果不去收复灵州、兴州，就没什么价值。陛下以清静为心，仁惠为政，恐怕一时半会不得收复兴、灵，所以兰州那地儿可有可无。四是辽、夏两国，世为婚姻，且有唇齿之势，如果辽朝以梁氏死、秉常复位为借口，要求我们退还西夏的土地，我若是弃地在先，党项人就会感谢我们，不会感谢契丹。第五，我泱泱天朝之所以受人敬仰，因为有礼义恩信。党项人粗鄙、贪婪、暴虐，我们得用好的品质去影响他们，改变他们。"

说完上述三条兵不可不息和五条地不可不弃，韩维强调："臣今天所讲属于义理之学，当前对西夏采取的方略，除了这个最佳，别无他策。"

接着韩维还说："臣以为，朝廷今日不应该继续用兵劳民。前代圣王为什么有时候对戎狄委曲求全，就是惜民之苦。"

临别之前韩维再次进谏："臣今天说的，必须及时采纳，倘若等到契丹人致书为西夏请地，我们就被动了。"

尽管太皇太后没有及时给予答复，但韩维的三条兵不可不息与五条地不可不弃，深深影响着元祐年间朝局。

直到今日，仍然无法准确评说韩维的建议。战争很残酷，因为战争的成本高昂。就算人命不值钱，还有巨大的物资消耗，战争拖垮一个国家的例子比比皆是。停战言和有益于社稷，更有益于万民。问题是，即便战争残酷，但有些战争不得不打，譬如涉及领土安全、人民福祉、国家尊严，等等。

就说宋与西夏，已经打了将近一百年，打得山河残破，民生困乏。可宋夏为什么会打？公道究竟在宋还是在夏？这是个很严肃的命题。按照韩维的意思是，这个命题不讲了，再严肃也不讲了，讲这些讲不清楚，公说公有理婆说婆有理。既然讲不清楚，不如握手言和。但握手言和的前提是把元丰年间夺得的土地还给人家西夏。

年迈的司马光附和韩维的主张。起初，司马光主张将通远军和兰州统统放弃。前面讲徐禧时提到那个叫邢恕的家伙，这会儿向司马光建议，说放弃兰、会，那可不是一件小事情，应该问一问西北前线熟悉情况的人。邢恕又说，孙路在兰州做推官，您可以问一问他。

司马光紧急召见孙路。孙路赶回京师，携着陕西舆地图来见司马光。孙路指着舆地图对司马光说："熙河之北与西夏接壤，现在我们占据着兰州，可以牵制敌人。一旦将兰州、通远军放弃了，最危险的即是熙河。"司马光恍然大悟，说："得亏孙君指明，不然几误国事。"从此不再提议放弃兰州和通远军了。

但对于河东战区的葭芦、吴堡，鄜延的米脂、义合、浮图，环庆的安疆等堡寨，司马光主张还给西夏。司马光上书说，诸将收复边地，筑米脂、义合、浮图、葭芦、吴堡、安疆等寨是借口，目的是建功立业，并非为了社稷。为什么这样说呢，因为这些堡寨没什么用处，田非良田，不可以耕垦，地非险要，不足以守御。屯扎兵马，坐费钱粮。时间长了劳民伤财，国家没有任何实际利益。

司马光虽然不大懂得军事，但懂得如何抢占舆论先机。司马光又说，有人对弃地可能不大赞同，会说先帝花了那么大力气，就得到了那么几个寨子，现在还给党项人，这是国家的耻辱。太皇太后是否记得，当年汉元帝为什么放弃珠崖？汉元帝曾经说，朕日夜在想那些反对放弃珠崖的言论，朝廷的决策居然受到言论的阻滞，浑身冒火。这些人为什么死脑筋呢？万民之饥饿，与远蛮之不讨，哪个重哪个轻你们不知道吗？

司马光接着发挥，汉元帝放弃珠崖，那是帝王之大度，仁人之用心，父母之慈爱，恩情天高地厚，何耻之有？如今国家疆域万里，鄜延路那几个寨子乃寻丈之地，假若惜而不与，党项人积怨愤之气，逞凶悖之心，我朝将兵连祸结。当年李继迁、元昊举兵叛乱，天下骚动，陕西有那么多城池，又能如何？如今神宗爷宾天了，御极的是新皇帝。新皇帝应该有新气象，这叫什么？除旧布新。想当年赵佗自称南越武帝，占据岭南，汉文帝登基后赦其无罪，把赵佗感激得一把鼻涕一把泪，发誓累世为臣。还有我朝真宗皇帝，李继迁骚扰西陲多年，闹得关中困弊不堪，真宗皇帝也是赦其大罪，割灵、夏等州，授其子李德明为定难军节度使，由是边境晏然了四十余年。

不愧是司马光，一篇弃地的札子，写得有头有尾有血有肉有理有据，不由你不服。

而尚书右丞李清臣则在奏疏中说得比较含混，这可能与他的经历和性格有关。李清臣做过多年吏部尚书，低调、谨慎，从不咄咄逼人。李清臣说，西夏要求复地，属于款兵之策。为什么这样说呢？因为我朝有厌兵之论，西夏正在等待我朝自弃疆土，以达到坐收渔利。我朝若依旧固守，到了秋后西夏就会左右攻劫。纵然不能袭破城池，也会上下恐动，人情汹汹。昨日太皇太后对臣言，是否弃地交由两府大臣讨论，可讨论了这么长时间没有结果。我一听非常惭愧。我认为，这种边境大事最好征询吕大防与右相范纯仁的意见。他们二人都在西陲任过职务，最有发言权。还有一个办法，派人行视边塞，与各路将帅一起讨论司马光的奏折。

元丰年间，范纯仁曾经知庆州，后来知河中府，年前刚从河中府回到朝廷，准备出任给事中兼侍读。太皇太后分别派中使登门咨询范纯仁与吕大防。

范纯仁回复是，党项人太狡猾了，目前还不知诚心几何。过去所得的一些地方，虽然建起城寨，确实比较孤僻，不易应援。若是放弃，有损国家形象，若是不放弃，党项人肯定一直挂念。究竟如何措置，最好的办法是广开言路，博采众长。

模棱两可，说了等于没说，跟老爹范仲淹完全不是一个秉性。

吕大防就不同了，旗帜鲜明。吕大防说，西夏自李继迁以后，行事诡诈，从不按套路出牌。如果朝廷采取的措施正确，西夏人的诡诈就无从实现，如果采取的措施不正确，就会愈加猖獗。比如近筑，西夏就与我们极力相争。兰州城对西夏威胁太大，西夏一再窥伺，因为我们防守严密，西夏的窥伺才没有得逞。有人说新复疆土可以放弃，这是一种没有深思熟虑的说辞。鄜延、环庆两路的堡寨多在边界，这些地方都很关键，不应该放弃。只有会州一处可以考虑，将熙河兰会路改为熙河兰州路。

针对有人说沿边土地贫瘠，不可以耕垦，吕大防反驳说，绥德、兰州一带皆是良田，如果用兵民开垦，能够做到自给自足，节省一大笔钱。如果采取守势，还可以减少战兵，尤其减少骑兵。陕西前线，最重要的是选择将帅，而不是转运使。据说建国之初，太祖皇帝选挑姚内斌、董遵诲两员骁将防守西陲，兵械之费全部来自当地税赋。今日举全国之力支援西北前线而力不从心。由此可见，沿边地区选帅为上，选将佐其次。平时从事耕种，敌人来了召集起来防守。

吕大防建议，陕西几大战区主帅全部换成武将，比如刘昌祚、张守约、种师古，等等。有人瞧不起武将，说武将没读什么书，靠不住，这是一种不知边事的错误言论。今日西夏已经不是李继迁、元昊那种时候了，已经衰落了，我们只要堡寨牢固，装备齐全，将帅得人，边防就会稳定，西夏再怎么闹都是瞎折腾。

吕大防从熙宁四年（1071）知延州开始，在西北前线为官十多年，相继担任过秦凤路经略安抚使、永兴军路经略安抚使等。他的观点，具有权威性。

环庆路经略安抚使范纯粹是范仲淹季子，围绕是否弃地也发表了意见。他说，大宋与西夏一直相安无事，是种谔、沈括这两个家伙好大喜功，欺罔朝廷，说什么西夏衰落了，众叛亲离了，用不了多大气力就可以拿下了，结果一场大战，导致关中疮痍，百姓流徙，国家财力困顿，战兵伤亡颇巨。虽然获得了一些地盘，但都是一些故寨废州，气候恶劣，土地贫瘠。何况这些土地在西夏境内，如今筑堡修寨，派兵防守，添置器械，空耗钱粮。

还有，目前朝廷仅知道兵籍数目，不知道新招之兵士气未振，不堪战斗。不了解情况的人以为沿边太平，其实西夏是在麻痹我们。一旦到了秋后，草丰谷实，弓劲马肥，西夏就会发兵进犯。

范纯粹建议，除了鄜延路的塞门寨，因为距延州太近，又没有其他控扼之险，可以保留外，其他如河东路葭芦、吴堡，鄜延路米脂、义合、浮图，环庆路安疆等寨，全都放弃，无碍大局。

不断进筑是范仲淹身临西北前线最为重要的战略创举，他的儿子们却一个个要将堡寨拱手让人，而且毫不怜惜，假如范老夫子九泉得知，不知该作何想！

关于弃地，参加议论的除了上述朝廷大员，还有苏辙、文彦博等人。有人主张放弃兰、会，有人主张只放弃会州，保留兰州，有人主张放弃鄜延路所得的米脂诸寨，有人主张但凡是西夏原来的地盘统统放弃，不一而足。

也有强烈反对弃地的，譬如第一宰相吕公著。吕公著说，什么西夏人的旧地？当年皆中国旧境。我们现在守护的都是先帝开辟的疆土。先帝开辟的疆土岂能轻易予人？我们只需严阵以待，小小西夏岂能为我所患？

简直掷地有声，像极了其父吕夷简。

还有一个游师雄，陕西人，官至陕西转运使。他说，葭芦、米脂、浮图、安疆四寨以形胜制约西夏，朝廷必须加强守备。采取割地的方式平息边患，只会勾起西夏更大的贪欲。交趾对岭南有领土欲望，契丹渴望得到关南十县，如果他们都遣一介之使，奉咫尺之书，难道也将岭南之地和关南十县让给交趾和契丹吗？安有一个强盛的国家，用弃地这种方式取悦野心家的？

元祐初年，围绕是否弃地，朝廷上下争论得非常激烈，垂帘的太皇太后多是倾听，一直没有下达旨意。当然，太皇太后对结束宋夏战争的意愿非常强烈。只不过，有些事情比结束宋夏战争更为紧迫，比如废止王安石的新法，尤其是青苗法和免役法，司马光说这两个法是毒药。既然是毒药就要尽快废除。还有，废止新法势必罢黜一批官员。而罢黜官员又要引进一批新人。对于太皇太后而言，引进的新人不仅要与王安石没有瓜葛，还要人品端正，学识优良。

就在这个时候，事情又起了变化，元祐元年（1086）七月，二十六岁的秉常突然死了。这个秉常也是时乖运蹇，原以为母亲梁氏死了，可以按照自己的想法活了，谁知仅仅过去半年，便走完了忧愤交加的人生之路。新的西夏国主是秉常大儿子乾顺，时年三岁。

这一变化肯定要影响宋夏关系。至于有何影响，如何预判和预防，似乎没有这方面的记载。宋夏按部就班地进行着告哀、册封之类的程序。有一个叫刘奉世的，官至枢密都承旨、起居郎，持封册出使西夏，结果遭到西夏的冷落和轻慢。册封可是大事啊！刘奉世携带的可是天子诏书，按礼数乾顺接受诏书时还要下跪磕头，结果，只经过三个驿站便勒令停止前行，连兴庆府的边都没有摸着。给使者的赏钱也少，像打发叫花子。更为严重的是，西夏没有遣使入谢。刘奉世是起居郎，起居郎什么官？人主的起居之臣。至于枢密都承旨，相当于如今军委秘书长。这样的重臣出使西夏，代表的可是朝廷，是大宋皇帝。

谏官张舜民立即上书，大意是，西夏国又回到从前的样子了，小梁氏自秉常死后，利用乾顺生母的身份，专横得很。在这种情形下，身为太师、平章军国事的文彦博委派刘奉世出使，导致国家受辱负有不可推卸的责任。至于西夏，应该加兵问其罪。

太皇太后看了很不高兴，这不是挑拨宋夏关系吗？太皇太后可不想在宋夏关系上做恶人。于是罢黜张舜民的御史之职。

谁知道，顿时沸反盈天，朝中大臣群情激愤，纷纷上章为张舜民鸣冤叫屈。

宋夏边境，也不以太皇太后意志为转移，情形急剧恶化。

四月，西夏入寇定西城。

七月，西夏入寇镇戎军诸堡。

八月，青唐大酋长阿里骨反。

阿里骨并非董毡亲子。原籍新疆和田，因为其母为董毡妃子，阿里骨为董毡所收养。董毡嫡子叫欺丁，喜欢微服私访，途中为人所害，阿里骨便成了董毡的唯一接班人。

元丰六年（1083），董毡去世，阿里骨秘不发丧，召集全族首领至青唐城，谎称董毡遗诏传位阿里骨。直到两年后，阿里骨才向宋廷报丧。实际上，宋廷已经隐隐约约获知董毡亡故的消息。元丰七年，神宗就曾晓谕兰州守将李宪，说近闻西蕃首领董毡已于年前十月亡殁，阿里骨曾使人传谕邈川温溪心，要他西望烧香。

随着神宗皇帝驾崩，大宋王朝的主政者换成了高太后。对于阿里骨秘不发丧，宋廷高层曾商议过是否发兵问罪，由于高太后奉行的是绥靖政策，最后接受了阿里骨已经控制青唐政权这一现实，依例封了阿里骨一大堆头衔，继任西蕃邈川首领。

宋廷对阿里骨的认可带有几分无奈几分勉强，期望阿里骨能像角厮罗、董毡一样联宋抗夏，减轻宋廷西部压力。

从后来看，宋廷对阿里骨期待值过高。阿里骨对青唐政权的攫取与控制靠的是高压手段，时间不长，一些吐蕃部落心生叛意，譬如邈川东界齐暖城首领兀征声延率万余族人内附，还有廓州首领罗遵也有内附之意。考虑到与阿里骨的关系，宋廷不便接纳，派人好言抚慰。

显然，这种息事宁人的做法解决不了问题。宋廷不愿意接纳的蕃部开始联络西夏，希望得到西夏庇护。甚至，有些部落在寻找角厮罗的后人，希望通过拥立角厮罗的血脉后裔来对抗阿里骨。

目前，宗哥地区拥有角厮罗血脉的部族有两支，一支是溪巴温、温溪心，据说他们是角厮罗兄长之孙，另一支是角厮罗长子瞎毡后裔木征兄弟。前面说过，木征兄弟早已降宋，赐赵姓，在洮河、河州、岷州等地拥有一定实力。这些具有角厮罗血统的后裔怎么会接受篡夺王位的阿里骨呢？

对于阿里骨的处境宋廷多少知晓一些，垂帘的太皇太后本着多一事不如少一事的原则没有介入。宋廷寄希望于阿里骨能够妥善解决本族事务，并坚持奉行与宋为善的大政方针。宋廷曾遣使劝诫阿里骨，说听闻你当政以来，喜欢杀戮，导致吐蕃部众惶惶不安。你应该以继承为重，以仁厚为先，不要得意忘形，本本分分打理青唐政权，只有这样才对得起朝廷的封立之意。

宋廷鞭长莫及，也就嚷嚷而已，再说这种王位之争怎么可能不杀人？对于政敌，只有从肉体上消灭才能最终解决问题，这是常态。

元祐二年（1087），邈川大首领温溪心脱离青唐政权归宋。

青唐政权四分五裂，阿里骨决定倚靠西夏军事力量收复熙河六州。

西夏高兴坏了，简直是瞌睡来了掉个枕头。乾顺继位，小梁氏成了太后，哥哥梁乞逋成了国相，梁氏兄妹再一次主导西夏政局。对于小梁氏而言，只能跟她的姑姑一样，仇恨宋朝，向宋用兵，因为你是汉人，只有完全彻底地仇恨宋朝和不遗余力地向宋用兵，才会取悦党项贵族，才会让所有党项人忘记你的身份。阿里骨要与西夏联手伐宋，小梁氏举双手赞成，很快达成协议，事成之后，熙、河、岷三州归吐蕃，兰州、定西城归西夏。

元祐二年四月，阿里骨竖起反旗，囚宋使高升，杀董毡妻子心牟氏，勾结熙、河、岷、秦、阶州及通远军党项熟户为内应，攻城略地。一时间狼烟四起，驻守洮、河二州的宋军望风披靡。

五月，鬼章率军围攻河州南川寨，大肆焚掠。与此同时，梁乞逋领兵南下，攻定西城，大败宋军，杀都监吴猛。

七月，阿里骨亲率十万吐蕃军扑向河州，又调发廓州蕃部与西夏军相会于熙州城东王家坪。

八月，小梁氏带着乾顺来到天都山，点集十二监军司兵马进逼兰州、通远军等地。

面对来势汹汹的西夏与吐蕃军，大约在六月中下旬，朝廷命军器监丞游师雄为熙河兰会路经略司勾当公事，与经略使刘舜卿一起力挽危局。七月初，游师雄赶到熙河，制订了北防西夏、南破吐蕃的作战计划。南破吐蕃由两支部队组成，一支由熙河兰会副总管姚兕由镇洮军出洮西，联络河州熟户直捣讲朱城。讲朱城距离河州州城约一百里，位于大夏河南岸，北接香子城，南控通蕃要道之沙马关古道。鬼章领兵南下洮河之后，为了确保阿里骨率领的十万吐蕃大军顺利跟进，占据了黄河飞桥（此桥可能即安乡关的黄河桥）。经略司命南下的姚兕率部在直捣讲朱城的同时，另派出一支特别部队悄悄绕道讲朱城后，将以通南北的黄河飞桥烧掉。

八月十六日，姚兕率军攻破伦布宗城。伦布宗城应该是如今的广河县城，因为该城又称诃诺木藏城，其音相近。接着攻克嘉木卓城。嘉木卓城即讲朱城。与此同时，苗授领一支奇兵绕道讲朱城后，将飞桥焚毁，致使阿里骨的十万大军隔在了黄河之北。

另一支宋军由知岷州种谊率领，种谊是种世衡幼子，种谔之弟。种谊以蕃将包顺，也就是俞龙珂为前锋，于八月十八日夜晚进抵洮州。当夜暴雨如注，黎明时分大雾弥漫，种谊悄悄引兵围城。刚部署完毕，浓雾顿开，洮州城守军瞭望城外，以为宋军天降。种谊亲自擂鼓，士兵一拥而上，几乎是顷刻之间，洮州城破，鬼章被擒。

据说，种谊见士兵们押来鬼章，笑呵呵地迎上前问："分别后安好吗？"

鬼章耷拉着下头，后来对人说："这个种谊，平生最恨的就是他。今天落在他手里，恢复六州疆土的大业不能完成，这就是命。"

鬼章被擒是一件很重要的事情，称得上举国轰动，翰林学士苏轼专门写了一首长诗，诗名就叫《获鬼章二十二韵》：

> 青唐有逋寇，白首已穷妖。
> 窃据临洮郡，潜通讲渚桥。
> 庙谋周召虎，边帅汉班超。
> 坚垒千兵破，连航一炬烧……

洮州收复，以及鬼章被擒，挫败了阿里骨统一六州、坐大青唐政权的勃勃野心。阿里骨不得不从河州撤军。史书说阿里骨十万吐蕃军进抵黄河北岸，见飞桥被烧，望风而溃。此溃不是兵败而溃，而是众部落原本就是一盘散沙，见胜利无望，分崩离析。

青唐政权自此愈加衰落。

阿里骨从河州撤军之后，西夏也解除了在兰州、通远军一带与宋军的对峙，转而进犯镇戎军。

九月，西夏军进抵镇戎军城下，号称拥兵五十万，又扬言五十万大军由国母小梁氏亲自统领。泾原路经略安抚使是刘昌祚，恰逢刘昌祚病了，朝廷命镇戎军知军张之谏兼泾原路钤辖，代理刘昌祚指挥战斗。谁知张之谏是个贪生之辈，手握泾原路十一将人马共七万余人，不敢出战。西夏军来到城下，张之谏却将人马约束在羊马城内。羊马城是主城外的一道矮墙，原本是贼寇来了驱赶羊马入内暂时躲避。羊马城狭小，兵多，人在其中无法转侧，宋军士兵只能眼睁睁地看着西夏军烧杀抢掠，一个个目眦欲裂，要求出战。张之谏呢，手握长剑，说谁出去我斩谁。刘昌祚听说后拊席大骂张之谏。张之谏贿赂走马承受王绅，战后不仅无罪还有功，官升两秩，由皇城使转西上合门使。一时间，朝野哗然。

避而不战除了张之谏的怯懦，也与朝廷对西夏的大政方针以及舆论导向有关。宋廷在太皇太后的主持下，再三强调不要招惹西夏，尽可能避免冲突。张之谏的避战原则符合朝廷旨意。

但是，舆论的力量过于强大，加上刘昌祚不断申诉，朝廷只得派人下来调查。事实摆在那儿，张之谏贪生怕死确凿无疑，又贿赂王绅编造假情报糊弄朝廷。最后，处理的结果是各打三十大板，刘昌祚罚铜三十斤，张之谏特展五年磨勘。罚铜是以铜赎罪，特展五年磨勘只不过将下一次升迁延迟了两年。

尽管处罚得不痛不痒，但通过这一事件说明，朝廷主张对西夏采取强硬态度的官员不在少数。这也是宋廷对于还地迟迟不能最后作出决定的原因。

元祐三年（1088），西夏大旱。这一年，西夏军仍然在沿边折腾，战事规模不大，但频繁。到了元祐四年，饥馑不仅没有结束，还在蔓延。梁乞逋数次下令点集，各部族无人响应。召不拢兵马，这仗还怎么打？

事情到了这个份上，梁氏兄妹只得暂时休兵，派人到边界和谈。还地一事再次提上议事日程。

宋廷回复很快，还地一事可以商讨，西夏方面必须交还永乐城被俘的宋军将士。经过艰苦谈判，至九月间，交换条件达成。宋廷交还葭芦、米脂、浮图、安疆四寨，西夏送还永乐城被俘宋军。

元祐四年十一月十日，宋夏于鄜延路边界进行交割。西夏原说永乐城之战中俘获宋军将士及边民，除累年死亡外还存活一百五十五人，可到了交割那天又少了六人，仅一百四十九人。由此可见西夏对待宋军战俘异常残酷。鄜延经略司指名道姓索要赴西夏军谈判被执的景思谊，西夏回复说，景思谊早已不在人世了。

景泰一共三子：长子景思忠、次子景思立、季子景思谊。景思忠死于四川平叛，景思立战殁于河州踏白城，如今，景思谊又已殉国。

同日，宋军将葭芦、米脂、浮图、安疆四寨交给西夏。

交还给西夏的葭芦、米脂、浮图、安疆四寨已是废寨，所有人户、财产迁移一空。

得到葭芦、米脂、浮图、安疆四寨的西夏，又把目光转向西部。阿里骨与邈川亚然部族的隔阂越来越深，梁乞逋认为有机可乘，提出跟阿里骨联姻。联姻后阿里骨自恃有西夏为后盾，向邈川温溪心施加军事压力。

稳定了青唐政权，西夏又开始向宋廷叫板，要求宋廷废除兰州附近的质孤、胜如二堡。

质孤、胜如二堡属于东关堡外围。元丰六年（1083），西夏军攻破东关、西关后，质孤、胜如二堡也随之放弃了。元祐初年，有人建议放弃兰州，时任户部员外郎的穆衍强烈反对。穆衍上书说，兰州弃则熙河危，熙河弃则关中震。唐朝自从失去河、湟，西部一有动乱便警及京都。如果不是我朝神宗爷，这些地方怎么会重归朝廷？现在放弃，看起来符合当前利益，将来肯定后悔不及。朝廷命穆衍前往兰州考察。回京后，穆衍建议，质孤、胜如据有两川美田，今后将是敌我必争之地，必须派兵驻守。朝廷采纳穆衍的建议，在质孤、胜如两堡之间一个叫李诺坪的地方再筑一城，即定远城。

到了元祐五年（1090）六月，西夏动用万余骑兵，乘大雾偷袭质孤、胜如二堡，强行予以拆除。

拆除后的质孤、胜如二堡很快被宋军修复，但修复后再一次遭到西夏军攻击，堡垒也再一次遭到强行平毁。

这一事件的性质应该说十分恶劣，但在宋廷似乎没有掀起什么波澜。究其原因，在宋廷高层，绥靖主义仍然占据主流。

譬如苏辙，官至御史中丞，他的话具有相当分量。苏辙上书说，质孤、胜如两堡既然已经废罢，就没有必要再修筑了。这个地方属于非守把之地，修筑城寨，理既不直，必生边患。范育复行修筑，果然生事致寇。苏辙建议迅速罢免范育的熙河兰会经略安抚使一职，以及喜欢打打杀杀、惹是生非的种谊、种朴等沿边将领。如果继续把范育、种谊、种朴这些人放在西北前线，不知还要惹出多少麻烦。

此时，种朴为安抚洮西沿边公事，种谊为熙河副将。种朴为种谔之子，种谊为种世衡季子。

范育等人反对弃地，是因为他们认为西夏不可信。范育是张载的学生，主张"诚意、正心"，他的理论是保疆不如持约，持约不如敦信。问题是，对于西夏而言，你讲和也好，弃地也好，签订条约也好，不起作用，使者刚走就兴兵革，银绢拿到手就举烽烟，国家信誉比手纸还贱。

八月，苏辙再次进言，说熙河兰会路的范育、种谊、种朴三人，只调走了种朴，范育、种谊未见移动，为杜绝与党项人的摩擦，请速速移降他路。

苏辙连续两次进言似乎没有效果。九月，当五千西夏军再次攻陷质孤、胜如时，范育、种谊仍然在熙河兰会路。在战后枢密院的文件中，对范育、种谊也没有追究责任。究其原委，估计十四岁的赵煦已经获得了部分话语权，能够主张一些朝政大事。以赵煦后来的作为，他才不会在乎苏辙说三道四，所以范育在熙河兰会履职依旧。

转眼到了元祐六年（1091）。环庆路经略安抚使范纯粹任期已满，转任户部侍郎，朝廷调左司郎中章楶前往庆州。

范纯粹是接替二哥范纯仁出任环庆帅的，范纯粹这人虽然有很浓厚的绥靖思想，但为人正派，办事干练。自神宗皇帝五路伐夏以来，西夏经常越境袭扰，环庆一路承受着相当大的防御压力。在范纯粹的处置下，入侵的西夏军没有占到任何便宜。

朝廷为什么选派章楶去环庆？根据《宋史·章楶传》记载，是因为章楶上了一篇火药味很浓的札子。在章楶札子里有这样一句话："夏人不知义，惟嗜利而畏刑，不稍惩革，边未得宁也。"这句话很值得咀嚼。近几年来，无论是圣谕，还是两府指示，多是强调沿边将帅安守疆土，不要招惹西夏。结果是，你不招惹西夏，西夏招惹你，你用诚意、忍让换来的不是和平，而是西夏的越加骄横。究其原因在于西夏人嗜利忘义。义是什么？是道义。孟子说"君子喻于义，小人喻于利"。一个不讲道义的小人，你跟他搁置纷争、携手和平那是鸡同鸭讲。现在必须纠正以前的错失，否则边境将永远不得安宁。接着章楶又说，大规模深入西夏境内讨伐可以暂时不搞，但得一步步削弱西夏的疆土。如何一步步削弱西夏的疆土呢？择其战略要地筑城。筑城后招抚当地党项部族驻守……通篇没有进筑之类字眼，但反映的是范仲淹用堡垒扼制西夏的军事思想。

元祐以来，极少见到这样的札子了，更谈不上写这样札子的官员会得到重用。

究其原因，要么如上所述，赵煦有了相当的权力；要么，西夏人在元祐五年闹腾得实在不成名堂，太皇太后也有了动武的心思。或者，二者兼而有之。

元祐六年（1091），主战的言论一下子多了起来。

四月，西夏以五万之众进犯通远军；五月又以十万之众入寇泾原路，大掠开远堡、兰家堡、得胜堡、隆德寨。

五月的一天，群臣于殿前讨论沿边形势。苏辙说："西夏人看样子很在意质孤、胜如二堡，今年秋天可能还要争夺，不如趁早做个了断。"

宰相吕大防知道苏辙那点心思，很坚决地说："不行！国家每年赐予西夏银绢二十五万两。这二十五银绢在西夏国内相当一百万，岂能容他侵侮？必须恩威并行。"

中书舍人王岩叟也说："形胜之地绝不能轻易放弃！今天给了质孤、胜如，难保今后不再索要其他地方。"

太皇太后愤愤道："简直贪得无厌！"

已升中书侍郎的刘挚补充道："是的，西夏贪得无厌。"

王岩叟说："朝廷不可一向示弱。"

五月下旬，枢密院发布命令，诸路沿边将帅严加戒备，如果西夏再来侵犯，审度事势，出奇设伏，乘便掩击。特别指出，环庆、泾原、秦凤、河东路依此指挥。

到了八月，有人开始批评苏辙了。苏辙自元祐元年（1086）召回京城，一路顺风顺水，由一个秘书省校书郎做到尚书右丞。尚书右丞就是执政官了，距离宰相只有一步之遥。就在这时候，一个叫贾易的侍御史上书，说苏辙"厚貌深情，险于山川，诐言殄行，甚于蛇豕"。文中举例，说陕西让地一直处于争议之中，但凡有识之士，皆以为让地是助纣为虐，有损国威。可苏辙呢，与鄜延路经略使赵卨结为蜀党，用自己的邪恶之论，去反驳那些经世忧国之言。

一个小小侍御史，形容朝中一名执政大臣险于山川、甚于蛇豕，里面可能有私人恩怨，但说到陕西地界，还真是那么回事。苏辙不仅主张让出米脂四寨，连兰州都主张让给西夏。贾易敢拿苏辙说事，也证明在西夏咄咄逼人的态势下，一度受到抑制的抗战派开始抬头。

就是在这样的大气候下，章楶在环庆路组织了一次小规模反击。九月，环庆路都监张存、第二将张诚、第三将折可适等统兵出界，攻打韦州附近一些据点。

但很快，章楶就认识到这种小规模反击作用不大，浅攻扰耕，相当于皮肤之患，不能病其心腹。另外，坚壁清野，被动防守，也伤及不了西夏。怎样才能有效抵御西夏人的侵扰，既守住堡寨，又杀伤敌人呢？章楶在思考。

元祐七年（1092）正月间，章楶上书，说朝廷的方针是，西夏入寇，只要坚壁清野，确保城寨无虞就是胜利。可事实是，每一次西夏人犯境，坚壁清野搞了，城寨也没有丢失，但仍然疮痍满目，生灵涂炭。究其原因，就在于兵将拘束在城寨以内，想出去的时候不能出，导致西夏能够从容不迫地分遣轻骑，肆无忌惮地四处剽掠。章楶说，像这种将战兵困于城寨以内的做法，一旦西夏军长驱深入，我们束手无策。

章楶建议，今后西夏来犯，将官带领人马出城，分屯于各个要害之处，不要与敌人正面交锋，让敌人知道有官军在城外就行了。敌人一旦知道有大量官军屯在城外，就要考虑山险之处会不会有埋伏，如果攻城会不会腹背受敌，像以往一样四下抄掠会不会遭遇打击。至于长驱深入，更是想都不敢想。用不了几日西夏人就会退去。

章楶专门以元祐二年（1087）镇戎军遭围为例，当时，宋军十一将兵马全在城内，西夏军横行三百里，如入无人之境。庆幸的是，西夏军不知虚实，倘若更深入一步，简直不可想象。造成这种局面的原因就是兵将尽在城内，城外无兵。由于兵马屯扎在城寨内，西夏退兵，也来不及追歼。等到获知西夏人退走的消息，派兵出城，早已不见踪影。章楶还说，去年九月西夏侵犯兰州外围质孤、胜如二堡即是如此。

毫无疑问，这是宋夏战争以来，宋军从战术层面进行的一次非常宝贵的经验总结，后人称之为"弹性防御"。

弹性防御并非凭空产生，周美首创于五十多年前，二十五年后姚兕重拾这一战法，再经过近二十年的沉淀，章楶发扬光大。

遗憾的是，这一富有见地的弹性防御战术经章楶提出后，跟五十多年前一样没有引起朝廷重视。那一时期，在朝廷下发陕西前线的文件里，仍然以"择利浅攻""经营进筑""牵制应援"居多。

22. 章楶与平夏城

转眼到了元祐七年十月，即公元1092年，小梁氏大举亲征，目标环庆路。活该小梁氏倒霉，撞进了章楶的弹性防御网。

西夏有多少兵力？具体数字不详。文献上说数十万。既然是小梁氏亲征，兵力不会少，普遍认为在二十万至三十万之间。环庆路驻军仅五万人，另有四千蕃兵。章楶的计划是，五万多环庆兵用一半人马防守堡寨，另一半兵马编成七将，作为机动兵力。

章楶敢于先敌展开兵力，得益于情报准确。西夏刚一行动，章楶就获知这次进攻重点是环州，命折可适领第七将、第二将、第六将共三将人马计一万人提前出环州退守马岭一带。马岭位于环州以南，过马岭即是庆州地界。折可适的三将人马既能掩护战略纵深，又能机动待敌。章楶授予折可适的方略是，敌进一步，我退一步，给敌人造成我十分胆怯的假象，待敌人放松警惕，衔枚疾进，绕出其后，埋伏于山谷之间，伺机断其归路。命令环庆路副都总管李浩率两万人马从庆州出发北上，相机应援环州。对于环州附近水源，章楶派人下毒。

数十万西夏军蜂拥进入环州地界，沿西川围攻洪德、肃远、乌仑、合道，以及木波镇，凡七日。由于饮水有毒，西夏军处处受制，所获有限。七天后，西夏大军北撤。就在这个时候，折可适率领机动兵团绕过环州，进入洪德寨。当小梁氏率军路过洪德寨时，折可适望见小梁氏旗号，于寨中鼓噪而出，骑兵驰突，箭如飞蝗，西夏军猝不及防，大败而去。

造成西夏数十万大军瞬间崩溃的除了折可适还有李浩。李浩率庆州人马赶到环州外围时正值西夏退兵。敌强我弱，李浩没有贸然出击，而是大张声势，使西夏弄不清究竟来了多少援兵。折可适由洪德寨出击时，李浩率军跟随在西夏军后面。前有阻击，后有追兵，西夏大军不敢对阵，只能仓皇而逃。史书记载："梁氏几不得脱，尽弃其供帐衣物而逃。"

元祐七年十月的宋夏环州之战，西夏军损失并不很大，宋军取得的战果也有限，但意义重大，一直处于被动地位的大宋西北边防军，终于找到了克敌制胜的法宝。

元祐八年，即公元1093年九月，太皇太后驾崩。早在一个月前，高太后感觉大限将至，待范纯仁、吕大防、苏辙、韩忠彦等人进宫问安之机，对他们说："老身殁后，必多有调戏官家者。"又说，"公等亦宜早求退，令官家别用一番人。"太皇太后已历三帝，敏锐的政治嗅觉告诉她，又一场政治大清算即将来临。

算起来，太皇太后主持国政快九年了，九年时间里，身为皇上的赵煦简直就是个傀儡。据《续资治通鉴长编》云："见无礼者漠然若无见，问则不答，盖不言九年。"一个十来岁的孩子，能够用不言对待无礼者，成熟得瘆人。哲宗越是不言，太皇太后越是心惊肉跳。她清楚，十七岁的孙子对她怀恨在心，自己一旦宾天，不会念半点恩情。

过完新年，哲宗皇帝即将六十二岁的资政殿学士李清臣从真定府召回京城，命为中书侍郎。当年，身为尚书右丞的李清臣在苏辙、王岩叟等一班人的攻讦下，罢职外放。在河阳、永兴军、成德军等几个地方任郡守。随着哲宗渐渐长大，开始选拔人才。元祐八年，力排干扰，升李清臣吏部尚书，改知真定府。

为什么召李清臣回京？哲宗是有深意的。一来李清臣为人正派，操守坚正，富贵不淫；二来李清臣是神宗朝起居注、知制诰，记录皇帝言行，代为起草诏令，是神宗皇帝最熟悉也最信赖的近臣。

果不其然，李清臣向年轻皇帝提出绍述的思想。新任尚书左丞邓温伯立即附和。三月，哲宗皇帝亲自主持殿试，内容即为，神宗皇帝是十分英明的君主，完全可以与舜、禹等前代圣明君主媲美。他老人家在位十九年，所制定的一切法度无一不有利于天下黎民，朕准备继承其遗志，延揽全国英雄豪杰，诉说当今之急务。同时在策问中哲宗对元祐之政委婉而又含蓄地进行了否定，说自己继位已然十年，天下依旧不堪。他希望所有殿试者能够秉笔直书，陈述当前政治之得失。

四月，哲宗皇帝改元，新年号名叫绍圣。绍是绍述、继承的意思；谁是圣呢？当然是父皇神宗。相当于，赵煦向世人公开宣称他要继承神宗皇帝的遗志。

有些人政治性不敏感，比如苏辙。这位苏家三公子文学天赋极高，否则怎么会有"一门父子三词客，千古文章四大家"呢？问题是，文学天赋与政治敏感性不能画等号。苏辙有文才，如果醉心文章，历史上了不得。可他偏偏做官，做大官。苏辙的政治观念于那个时期偏保守。实际上，保不保守也无所谓，激进与保守就像社会两翼，共存是常态。可苏辙的政治敏感性差，稀里糊涂，不知道外面的世界正在发生变化。

对于哲宗皇帝的绍述，苏辙第一个站出来指出不妥。大意是：臣见这次国家大考，出的题目对近来的大政方针深为不满，"有绍复熙宁、元丰之意"。先帝当然属天纵之才，施展的也是有为之志，比如从严管理宗室，减少朝廷用度，加强军事训练，用浅攻之法御制西夏，等等，等等。这些都是先帝的睿算，有利无害。至于其他，事有失当，每个朝代都有。父亲犯下过失后，做儿子的就得补救，这叫前后相济，属圣人之道。

接着话锋一转。说汉武帝这个人喜欢征战，弄得财用匮乏。于是盐铁专营，酒业独卖，行均输之政，民不堪命，几至大乱。直到汉昭帝继位，才罢黜苛政，大汉中兴。

后面就不说了，很长，也不是关键。关键是将当今圣上比作汉武帝，让哲宗心底很不快，很恼火。汉武帝曾经千里迢迢跑到轮台下《罪己诏》，向全国人民公开承认自己穷兵黩武，劳民伤财。如此说来自己也要跑到大西北某个地方去"罪己"，去认错，去悔罪吗？岂有此理！估计十八岁的哲宗皇帝御览到这儿，鼻子都气歪了。

或许就在那一刻，神宗皇帝发现，要继承神宗皇帝遗志，必须先清算太皇太后留下的政治遗产。

有个叫杨畏的，人称"杨三变"。为什么叫杨三变？就是谁在台上都巴结。先是巴结吕大防、刘挚，现在吕大防、刘挚失势了，又开始选择新对象。杨畏悄悄向哲宗进万言书，建议哲宗召章惇为宰相。

杨畏的建议正中哲宗下怀。

四月下旬，章惇从河北定州回朝，出任左仆射。

章惇什么人物？朋友说他豪爽，敌人说他暴虐。苏轼说"子厚必能杀人"，可见他性格中既有粗犷，又有阴狠。元祐被贬，是他心中的一根刺。这根刺现在拔出来了，他得将这根刺磨得更尖利，然后还给政敌。

王安石在打压政敌上态度坚决，但基本视作人民内部矛盾，否则，苏轼落难断不会搭手相救，也不会在苏轼路过江宁时，王安石野服乘驴，谒于舟次。苏轼对以前的打击全然不以为意，竟然不冠而迎，还说什么"轼今日敢以野服见大丞相"。王安石笑说，我们之间还用得着讲礼法吗？苏轼回答，我知道相公门下用不着苏轼。这种话中带讥的说法，无异于揭短。王安石恼了没有？没有。只是"荆公无语"。有点难堪。事后王安石还叹息说："不知更几百年，方有此人物。"

王安石与司马光之间也是如此，既相互博弈，又相互尊敬。以弹劾王安石而闻名的吕诲去世后，司马光为其撰写墓志铭，其中提到了新法害民。有人悄悄弄到墓志铭的拓本献给王安石。王安石看后不仅没有生气，还将拓本挂在墙上，逢人就说："君实之文，典型的西汉文风。"以贾谊政论、董仲舒对策为代表的"西汉文风"，是北宋士大夫极为推崇的文章典范。王安石撇开所谓政见评价司马光，心宽似海。

司马光同样光明磊落。他反对新法，旗帜鲜明，三次去信王安石，劝王安石不可用心太过，自信太厚。见王安石变法决心已定，又有皇帝支持，选择抽身一步，隐居洛阳，用十五年时间编纂《资治通鉴》。王安石去世后，司马光预感王安石可能会招致小人攻击，抱病作书，告诉吕公著："介甫文章节义，过人处甚多……今方矫其失，革其弊，不幸介甫谢世，反复之徒必诋毁百端，光意以谓朝廷宜优加厚礼，以振起浮薄之风。"

可以这样说，在王安石、司马光这样真正的政治家眼中，政见是政见，人品是人品，友谊是友谊，三者互不混淆。政见不同，只要人品为我所敬，友谊的小船永远乘风破浪。

俱往矣！如今人民内部矛盾一律上升为敌我矛盾。只要政见各异，即便人品再佳，也要掐得你死我活。以致到了后来，政见同与不同只是一个幌子，排除异己才是主要目的。

鉴于司马光、文彦博、吕公著已经亡故，只能追夺谥号，但是，对于左仆射

第六章 弹性防御

吕大防、右仆射范纯仁、中书侍郎刘挚、门下侍郎苏辙、尚书左丞梁焘必须予以严惩，统统被贬岭南。

岭南，不仅环境恶劣，而且是士大夫心中的一道坎。贬往岭南，意味着我不杀你，但让你生不如死。

早在元祐四年（1089），蔡确被贬岭南，吕大防、刘挚等人为蔡确求情，说岭南乃瘴疠之乡，蔡母年事已高，请迁徙内郡。太皇太后冷冷地说："山可移，此州不可移。"吕大防等人一齐低头，不敢再言。

退出御殿，范纯仁返身再次进言，希望不要置蔡确于死地，太皇太后不听。范纯仁蔫蔫而出，对吕大防说："早在丁谓被贬岭南后，那条路已经七八十年没人走过了，如今此例一开，恐怕有朝一日我们也得被贬那儿。"

范纯仁一语成谶。

此时范纯仁已年逾古稀，且双目失明，对儿子说："有愧心而生者，不若无愧心而死。"言罢慨然就道。

身为范仲淹的儿子，范纯仁一生勤俭，待人宽和，除了思想偏保守，在忠心谋国上与其父别无二致。然而，在残酷的路线斗争中，路线是生死符。一旦生死符发作，不论德才，不分善恶，统统灰飞烟灭。

吕大防也一样。这位身高七尺、眉目清秀、声如洪钟的关中男人，没有任何不良嗜好，经过街市目不斜视，闲居在家端庄肃穆。正因为吕大防朴实厚道，在朝中不树朋党，太皇太后越级提拔为尚书左仆射兼门下侍郎。嗣后吕大防几次辞相，均被太皇太后所挽留。吕大防的罪名是"败坏役法"。老实说，一心一意要废除免役法的是司马光。是司马光左一道札子右一道札子要废除免役法，恢复差役法，吕大防没有表达任何意见。这符合吕大防的性格，他即便对免役法不满，也不会大肆张扬。何况差役法的弊端世人皆知，用不着他一天到晚挂在嘴上。比如"二苏"，就曾对司马光废除免役法表示异议。苏辙建议明年恢复差役法，苏轼甚至说，差役、免役，各有优劣。但是，新当权者想当然地将"败坏役法"安在了吕大防头上。

吕大防病逝于贬往岭南途中。

范纯仁、吕大防是路线斗争的牺牲品。

成为牺牲品的岂止是范纯仁、吕大防？

譬如苏轼。

太皇太后一薨，清算的刀斧很快落在了苏轼头顶。殿中侍御史来之邵说，苏轼在先朝，久以罢废，然而在元丰中，擢升为中书舍人、翰林学士。苏轼用文字讥斥先朝，必须治罪。

苏轼落职，贬往英州。

左正言刘拯继续追打，上书说苏轼于先帝不臣甚矣，必须严惩。

于是移送岭南，惠州安置。

一些人仍然耿耿于怀，譬如给事中蹇序，说有个叫姚勔的，赌博酗酒，品德不好，现在已经弃官了。但是在元祐间，专门诋毁先帝政事人物。到处赞美苏轼，把苏轼的讪谤之语作为证据。

诏命下来，苏轼送海南儋州安置。

在对苏轼的一连串打击中，不见章惇再置一词。苏轼与章惇什么关系？既是同年又是挚友。想当年，乌台诗案，章惇为苏轼两肋插刀，奔走呼号，十多年过去，苏轼还是那个苏轼，章惇却已不是那个章惇了。章惇心底没有温情，只有仇恨。

一个执着于报复的皇上，和一个胸中装满仇恨的宰相，一旦联手，极为恐怖。

再如刘挚。

蔡确的儿子蔡渭一直想为父亲翻案，适逢岳父去世。因岳父做过太子少师，蔡渭冒死来到岳父家，求见前来临奠的哲宗。

在哲宗面前，蔡渭诉说了父亲的冤案，希望哲宗皇帝予以平反。然后揭发了一桩大案。说叔叔蔡硕曾在永州监仓邢恕处看到一封信，来自文彦博儿子文及甫。文及甫在信上说，旧党大臣刘挚有司马昭之心，曾在元祐年间打算协助太皇太后阻止哲宗继位。

哲宗闻言大为震怒，叫来左仆射章惇与谏议大夫安惇，命令他们穷治此事。

章惇将案件交给翰林学士承旨蔡京与谏议大夫安惇共同审理。审理地点在同文馆，史称"同文馆狱"。

在文及甫给邢恕的书信中有这样一句话："司马昭之心，路人所知，济之以粉昆，朋类错立，欲以眇躬为甘心快意之地。"

抓来文及甫问，为什么要给邢恕写这样一封书信？文及甫回答，刘挚得势后，弹劾过自己，他很气愤，所以写信给好友邢恕，权当发泄。

接着招来邢恕询问。这邢恕，师从程颢，写得一手好文章，因诽谤王安石新法，被赶出朝廷，出任延陵县令。不久，延陵县撤销，朝廷没有再给邢恕任命新职，他变成无业游民。直到吴充任相，才召他为馆阁校勘。蔡确登上相位后，邢恕巴结蔡确，然后一路升迁。"车盖亭诗案"，蔡确贬官，邢恕也跟着受到牵连。至此，邢恕成了新党一员。哲宗亲政后又巴结章惇，官升刑部侍郎。

邢恕清楚，在文及甫的这封书信里，原意并不是说刘挚企图协助太皇太后阻止哲宗皇帝继位。

信中的"司马昭"指的是门下侍郎刘挚，"眇躬"是文及甫的谦称。所谓"粉昆"，"粉"是粉侯，当时人们称驸马为粉侯；至于"昆"是胞兄，当时担任同知枢密院事的韩忠彦，其弟弟韩嘉彦是神宗长公主的驸马。文及甫信中的"粉昆"，指的是韩忠彦。

可如今，邢恕已跻身新党。新党怎么能为旧党说话？何况他现在仕途得意，官居三品。自从在王安石那儿挨了一闷棍后，邢恕变油滑了。新党不能得罪，旧党也不能得罪。天晓得什么时候旧党又卷土重来！

邢恕摇头，说信的内容不记得了。问信件呢？信件丢失了。然后一本正经地告诉蔡京，此案关系重大，一定要彻查。

蔡京信以为真，对刘挚动刑。年过六旬的刘挚果然"骨鲠"，无论怎样拷打，均说太皇太后绝无废帝之心。

"同文馆狱"传入向太后耳里。向太后虽然不是哲宗生母，但被神宗皇帝册封为皇后，在宫中恪守本分，很受尊敬。向太后对哲宗皇帝说，当年，太皇太后绝对不会做出这样事情。既然皇帝找不出别的证据，就不要再追究了。哲宗也觉得追查下去不会有什么结果，下令释放文及甫。

文及甫可以开释，刘挚必须严治。当年攻讦蔡确、章惇、韩缜时不遗余力，字字句句满是杀气，如今章惇当政，岂可轻饶？朝廷下令，着将刘挚及其子孙流放岭南。

绍圣四年（1097），朝廷举行明堂大典，大赦天下。枢密使曾布问哲宗，刘挚等人流放岭表恶地，是否内移？哲宗微微一笑："刘挚等安可徙！"恨到深处，云淡风轻。

元祐时期，司马光们创办诉理所，绍圣时期继续创办。新的诉理所除了平反受到前朝迫害的新党，还惩办旧党。曾布对此表示担忧，说："此事株连者众，恐失人心。"果不其然，在安惇等人的主持下，被诉理所惩办的旧党达到八百三十余家，其中重罪者一千多人。

接着为王安石、蔡确恢复名誉。王安石配飨神宗庙，蔡确追复右正议大夫。

一批为太皇太后废止的新法，如保甲法、免役法、青苗法、榷茶法等，相继下令恢复。

当宋廷紧锣密鼓地调整执政班子和执政方针时，西夏也在发生变故。

小梁氏与她哥哥梁乞逋起了隔膜。

梁乞逋天资平平，一边依仗小梁氏专横，一边挖小梁氏的墙脚。比如宋廷年年有岁赐，每每获得宋廷岁赐梁乞逋都要夸耀自己一番，说嵬名家的什么时候有过这样的功劳？没有。从来没有。宋人从来就没有怕过嵬名家，害怕的是我们梁氏。

嵬名是西夏国姓，梁乞逋打压西夏国姓，小梁氏心底岂会舒服？嵬名家族树大根深，再说，皮之不存毛将焉附？

还有，梁乞逋每次举兵之前都要炫耀一番，说我之所以年年点集，一是要让宋人怕我，二是要给国人带来和平。

这话传到小梁氏耳里，小梁氏更闹心了。你让宋人怕你，你给国人带来和平，我和乾顺呢？你眼里可以没有我这个妹妹，但不能没有乾顺，毕竟乾顺才是西夏国主。

事情闹到这个份上，亲兄妹的矛盾越来越深。

元祐七年（1092）的环庆之战，小梁氏亲自统兵，第一次剥夺了梁乞逋的兵权。梁乞逋得知妹妹在戒备他，架空他，脑袋一热，密谋造反。到了绍圣元年十月（1094），梁乞逋谋反的迹象越来越明显，大将嵬名阿吴、仁多保忠等人率兵击杀了梁乞逋，灭其家。史书没有记载小梁氏是否参与其中，但击杀梁乞逋后，嵬名阿吴和仁多保忠没有受到任何处罚，至少证明小梁氏认可这场血洗。

小梁氏巩固权力后并没有改变对宋朝的国策，依然是既献贡又袭扰。到了绍圣三年（1096），袭扰升级。二月，犯鄜延路，围攻义合寨。义合寨位于绥德之东，距离延州遥远，由于绥德附近的浮图、米脂诸寨已经放弃，鄜延路想救援义合寨殊为不易。但义合寨是由秦入晋的咽喉，位置极其重要。小梁氏选择围攻义合寨，是要挑动宋廷神经。

三月，围攻塞门寨。塞门寨面对延州，算得上是延州外围。数万西夏军携带着攻城器具，完全无视近在咫尺的宋军主力。

八月，再犯顺宁寨。顺宁寨是保安军的门户。

就是这次寇顺宁寨，沈括在《梦溪笔谈》中记载了古今战争史上最大的奇葩：以辱骂退敌。小梁氏围顺宁寨数重，时寨兵少，人心惶惶。有一老娼妇，"掀衣登陴，抗声骂之"。骂的全是小梁氏丑闻。西夏兵听不下去了，并力射之，莫能中。老娼妇将小梁氏的丑闻骂了个遍，可能还包括小梁氏姑母老梁氏。最后，小梁氏不敢攻城，"恐具得罪"，夜半时分引兵而去。

到了十月，小梁氏带着十三岁的儿子乾顺，起五十万西夏军再寇鄜延。西起顺宁寨，东至黑水堡，两百里边防处处冒烟，烽火相连。西夏游骑直抵延州城下。小梁氏知道延州有备，转攻金明寨。据说，小梁氏与儿子乾顺亲自擂鼓，金明寨陷落，两千五百名守军只有五人脱归，其余全部遇害。脱归的五名宋军士兵带来小梁氏的书札，大意是，夏国与宋廷议疆界，不想宋廷反悔，现在举国愤恨，欲取鄜延。如今止取金明一寨，以示兵威。

就在绍圣三年（1096），朝廷对西北前线的各路帅守进行了调整。

鄜延路经略安抚使原为范纯粹。元祐六年（1091），范纯粹从环庆路离任回京任户部侍郎，仅仅四个月后，新的鄜延路帅守赵卨病故，范纯粹又急急忙忙来到延州。前面说过，范纯粹为人勤谨，在西北前线工作时间长，经验丰富，但绥靖主义思想浓厚，对章楶创造的弹性防御不以为然。西夏一寇义合寨，二寇塞门寨，三寇顺宁寨，直至攻陷金明寨，鄜延路采取的仍然是老办法，所有部队全部关在城堡之内，任人宰割。

金明寨失守之后，朝廷调吕惠卿来鄜延了。

吕惠卿曾经是王安石变法的左膀右臂，因为种种原因与王安石生出隔阂。元祐年间，王安石被彻底否定，吕惠卿的日子也不好过。苏辙说他背叛恩师王安石，品行不端。刘挚更是列举五条罪状，说吕惠卿是大恶人。吕惠卿一路遭贬，直至分司南京。可在南京应天府落脚不到十天，王岩叟、苏辙等人再次弹劾，说降四官分司南京只是薄惩，对于吕惠卿这样的人来说必须用重典，于是责授建宁军节度副使，送福建建州安置。

太皇太后薨逝，哲宗亲政，宰相章惇说，惩处吕惠卿完全是"莫须有"。三省随之呈上吕惠卿的无罪状。哲宗当即恢复吕惠卿原来官品，知大名府。

绍圣二年（1095）二月间，吕惠卿从建州来到开封，按照吕惠卿的意思，他应该留在京师，谁知下派基层。也是，吕惠卿三十出头即进入朝廷，四十出头就已是朝廷大员，王安石设立制置三司条例司，所有涉及改革的文稿都出自吕惠卿的手笔。人称王安石为孔子，吕惠卿为颜渊。后来遭人挑拨，沉沦下僚，现在苍天有眼，圣上重新启用，但已须发皆白。吕惠卿满腹牢骚，年轻的哲宗皇帝微微一笑，表示理解。哲宗说，卿已是资政殿大学士了，朝廷要员，大名府京畿重地。

吕惠卿在大名府干了不到两年，来到比大名府更为重要的鄜延路。

是时，熙河兰会路经略安抚使是钟傅。钟傅的前任是王文郁，可惜王文郁眼睛失明了。钟傅原本一介书生，被李宪看中，推荐为兰州推官，掌管刑狱。章惇看好钟傅，特地召入京城面见哲宗。钟傅对皇帝说，兵贵在智谋而不是勇力，西夏有数百万之众，很难毕其功于一役，只有选择要害处筑城，不断削减西夏地盘。应该说，钟傅跟哲宗皇帝想到一块儿去了，于是任命钟傅为熙河兰会路公事。

环庆路经略安抚使是孙路。

关于孙路，前面讲过，元祐初年，司马光主张放弃通远军和兰州，是孙路挟着舆地图来见司马光，让司马光改变了主张。孙路是元丰年间自告奋勇来到熙河路的，绍圣初年调任环庆路经略安抚使。

泾原路经略安抚使是章楶。章楶于洪德寨大败西夏军后，调回内地做过短暂的应天知府、同州知州、江淮发运使等。绍圣三年（1096）以六十七岁高龄再次来到西北前线。朝廷给章楶的命令是，除负责泾原一路外，还节制环庆、熙河兰会两路兵马。

大约在绍圣二年八月，枢密院向西北各经略安抚司发布命令，要求出界浅攻。具体原则是，只要形势于我有利，不限时月出兵掩击。

这道命令是划时代的，宋廷自元丰五路伐夏以后，从皇城发往西北前线的指示再也没有"约日出兵""大军进讨"之类的字眼了。到了元丰八年（1085），神宗皇帝三月五日驾崩，三月六日以新皇帝的名义发布登极诏书，指示沿边各州郡，无论将士官民，一律不得侵扰外界，静守疆场。接下来就是弃地，用土地换和平。谁知西夏胃口很大，要求宋廷退还元丰年间取得的所有疆土，甚至有人要求退回到庆历和议时的疆界。尽管宋廷赐予了葭芦、米脂、浮图、安疆四寨，但对西夏来说，这种赐予完全是敷衍，是戏弄，不仅唤不起任何感恩之心，反而越发地瞧不起宋廷。一边像猫戏老鼠一样跟宋廷掰着相好，一边变着花样进犯宋境，攻城夺寨，劫掠财物，杀害边民。

这一切，一定深深地刺激着新皇帝幼小的心灵。所以，当赵煦成了真正的万民之主，像父皇一样重振大宋雄风的意愿便格外强烈。

从绍圣二年八月至元符二年正月，宋军出击一次比一次主动，每次出击所用兵力不多，深入边境也不太远，属于小规模战斗。但是，宋军出击越是主动，西夏越是被动，上千里宋夏边境线，不胜其防。更重要的是，伴随宋军一次次浅攻的，是堡寨的不断进筑。

绍圣三年（1096）小梁氏进攻鄜延路时，熙河路经略司修复了金城关，构筑了汝遮谷防御工事，使兰州、通远军、熙州连成一体。

泾原路乘机沿葫芦河川向北拓展，于镇戎军之北筑高平寨。前面说过，葫芦河是黄河支流，其河谷是通往河西走廊的重要通道，同时也是通往天都山的要途。李宪于元丰五年（1082）攻克天都山后，旋即放弃了，西夏人卷土重来，依然将天都山作为侵犯泾原路的前沿基地。修筑高平寨是北上葫芦河川，从而威胁天都山的第一步。

在鄜延路，西夏撤军后，吕惠卿立即出兵绥德，收复了浮图寨，并加以修缮，易名克戎寨。绍圣三年（1096）初，吕惠卿从克戎寨出发，向西推进，修筑平羌寨，接着又于平羌寨与克戎寨之间修筑威戎堡。

环庆路收复和修复了安疆寨。安疆寨的收复和修复对于稳固大顺城防御圈非常重要。前面说过，大顺城防御圈是庆州的生命线。

到了绍圣四年，也就是公元1097年，西北前线宋军加快了进筑的步伐。

最值得一说的是泾原路筑灵平寨与平夏城。

平夏城位于高平寨之北，旧名石门城。章楶就任泾原路经略安抚使之初，被请到枢密院，由有关官员介绍西北前线情形，当时章楶提出，泾原路要将战略重点放在葫芦河川。抵达渭州后，章楶再次提出在葫芦河川实施进筑方略。章楶说，西北边界，很多地方水草俱乏，情形于宋军不利，唯有葫芦河川得天独厚。首先，在葫芦河川筑寨，不用担心被西夏切断水源；其次，葫芦河川可畜牧耕稼，能保证粮食供给；最重要的是，葫芦河川是西夏出兵泾原的通道，如果控制了葫芦河川，向北进逼灵州、兴州，向西威胁西夏老巢天都山。

对于章楶的建议，哲宗皇帝给予了高度肯定，说："其他几路的进筑计划固然重要，但最紧要的则是经营葫芦河川。"

在葫芦河川这样一处敏感地区筑城，西夏不会坐视不管。为了让西夏人猝不及防，章楶一边散布虚假消息，说这次党项人将入寇鄜延，一边暗暗准备粮草，以及筑城械器。到了三月，章楶命总管王文振率熙河、秦凤、泾原、环庆四路之师开赴葫芦河川，筑平夏城于石门峡之口，筑灵平寨于好水河之阴，一城一寨相距十二里。整个工期只用了二十二天。

西夏侦知宋军在修筑平夏城，没有贸然进攻，而是调集重兵埋伏于没烟峡，派出少量人马前往平夏城挑战。泾原副总管折可适领兵追击，在没烟峡遇伏，幸亏熙河路统制官苗履率兵增援，仅折损人马一百余人。

这场小小的失利丝毫不影响平夏城的崛起。远在京师的哲宗皇帝听说平夏城平安竣工，大为高兴，对宰执们说："章楶赴泾原未满一旬，即画此策，不到八旬，便大功告成，可令诸路全力进筑。"

与泾原平夏城遥相呼应的是熙河路筑平西寨。

平西寨南距安西城三十三里，位于官川河西岸。平西寨的修筑既加强了熙河路北部边防，又能以此为跳板，从天都山西侧向西夏境内推进。

需要说明的是，绍圣四年（1097），泾原路筑完灵平寨与平夏城后，章楶继续上书朝廷，建议再筑三寨以巩固平夏城的防御，由于种种原因三寨仅筑一寨，即镇羌寨。镇羌寨旧址在㮣江城。庆历二年（1042）九月，元昊袭击定川寨，致使葛怀敏等十多位宋将阵亡，丧师近万，西夏军走的就是㮣江川。镇羌寨的修筑，强化了以镇戎军为中心的防御体系。

鄜延路修筑了平戎寨，平戎寨位于杏子河上游。三川口大战过后，为堵塞西夏军南下通道，范仲淹于杏子河下游筑招安寨。平戎寨东距塞门寨六十里，西至顺宁寨七十里，南至招安寨百余里，其间还有一座园林堡。平戎寨的修筑，与大理河沿岸的堡寨构成了一道防御圈，嵌入横山之中。

绍圣四年过后是元符元年，即公元1098年。这一年宋军在西北边境的进筑工程取得巨大成效。

泾原路在葫芦河川站稳脚跟后，继续筑堡。

一是修筑荡羌寨与通峡寨。通峡寨位于没烟前峡，荡羌寨位于没烟后峡。唐代丝绸之路由固原至海原，在葫芦河川有两条道，一条经过没烟峡。公元737年，唐玄宗命王维以监察御史的身份出任河西节度使判官，同时访问附属国居延，写过一首《使至塞上》：

单车欲问边，属国过居延。
征蓬出汉塞，归雁入胡天。
大漠孤烟直，长河落日圆。
萧关逢候骑，都护在燕然。

据专家考证，诗中"大漠孤烟直，长河落日圆"描绘的便是穿过没烟峡时的情景。由此可见，古时的没烟峡车马喧嚣，往来热闹。

没烟峡谷呈东西走向，全长约三十里，宽约两三里不等。峡谷两旁山峦起伏，其间苋麻河蜿蜒东流。没烟峡既是丝绸之路的北上要道，也是天都山西夏军入侵宋境的出没之口。修筑荡羌寨、通峡寨于没烟峡口，以控扼西夏由此窜犯。

二是修筑石门峡寨。从固原至海原的第二条道便是石门峡。石门峡有石门关，位于须弥山下，从南北朝起，石门关即是拱卫京畿的一道重要关口。章楶主持构筑的平夏城，就在石门关向东十八里处。十八里仍然距离太远，达不到彻底扼制西夏军出入的要求，于是在石门峡关隘旁再筑一堡。

三是修筑九羊寨。九羊寨位于九羊谷，这儿又称"后石门"。也就是说，石门峡与九羊谷相通。若不在九羊寨构筑堡垒，西夏军照样可以通过石门峡出现在葫芦河川。

四是修筑古高平堡。古高平堡位于灵平寨以东，距灵平寨十五里。

环庆路修筑了兴平城与横山寨。

对于环庆路而言，兴平城与横山寨的修筑是一件很重要的事情。兴平城筑于西川，也就是白马川河谷。从庆州出发，向西夏境内进筑主要沿白马川进行，大败小梁氏的洪德寨就在白马川。兴平城位于洪德寨之北二十里处。

从庆州出界另一条道即走白豹城。白豹城外围有东谷寨，环庆路于元符元年向北修筑了横山寨，于横山寨与东谷寨之间修筑了通塞堡。

熙河路联合秦凤路修筑了会宁关。会宁关位于平西寨以北四十里处，使熙河、秦凤路宋军向天都山进逼又迈出一大步。

鄜延路在克戎寨以西三十里处筑临夏城，进一步完善以绥德为中心的防御体系。又于塞门寨之北修复故芦子关。修复故芦子关并驻军防守意义重大，因为西夏人犯境需要穿越近三百里没有水源的沙碛之地，如果控制了芦子关，即便西夏军穿越了沙地，依然得不到水源补充。

河东麟府路也没闲着。绍圣三年（1096），孙览出任河东经略安抚使。孙览这人虽然是进士出身，也是个帅才。他认为，西夏占据横山，沿黄河筑寨，导致陕西与河东两大战区道路阻塞。为此，孙览果断出兵收复了葭芦寨。前面说过，葭芦寨位于横山东麓，如果把横山当作一个睡卧的巨人，葭芦寨就是脑袋。绍圣四年，孙览用五个月时间于黄河西岸修筑了新的葭芦寨。到元符元年（1098），在葭芦寨以西二十五里处又修了神泉寨及三交堡，使葭芦寨的防卫得到加强。

新的葭芦寨很快发挥作用，河东路自绍圣三年秋天到绍圣四年初夏，河东将折克行等人多次深入横山打击西夏军，每次都有收获。章楶能够在葫芦河川顺利地修筑平夏城，与河东路宋军从葭芦寨出界浅攻，牵制了西夏大量兵马分不开。

宋军始于绍圣二年（1095）的浅攻进筑，使西夏人感到了巨大压力。不错，西夏人有铁鹞子，去来如风，武技精湛，但在宋军步步紧逼的一座座堡寨面前，再锋锐的骑兵也发挥不出优势。

元符元年三月，在西夏人的一再请求下，契丹人开始插手宋夏关系。雄州送来辽朝文书，称，此次是为西夏出头，通告宋朝，用的是"令"字，令归还所夺疆土城寨。

哲宗要求枢密院回复辽朝。

如何回复？按章惇的意思是别理睬他。曾布却认为这是礼节问题。事情就这么拖着。归还所夺疆土城寨显然是不可能的，这与哲宗仍皇帝的恢宏志气南辕北辙，大相径庭，尽管曾布一再强调礼节事大，哲宗皇帝不急不恼。或许，慢慢拖着是一个不错的主意。

辽主耶律洪基似乎也不愿真心实意为西夏出头。耶律洪基老了，他不想为西夏与大宋挑起一场战争了，那样的代价他承受不起。或许就是这个时候，耶律洪基对小梁氏起了杀心。他要改变西夏政局。

根据吴广成在《西夏书事》中记载，小梁氏亲自上表耶律洪基，请求出兵助一臂之力。耶律洪基始终没有什么实质性的举动，虽然不断告诉小梁氏，说援军来了，可点集的人马始终在边境磨磨蹭蹭。小梁氏牢骚满腹，传到耶律洪基耳朵里肯定怒火中烧。

小梁氏不知道，死亡的脚步正在向她一步步逼近。元符元年夏天，小梁氏开始谋划一场新的反击，地点选在平夏城。小梁氏希望能像永乐城之战一样，为她，为颓败的西夏扳回一局。

七月间，一个投降过来的党项头目向宋廷反映，说西夏今秋将有大的举动，至于目标是哪儿暂时不清楚。这一情报引起了宋廷高层的关注。枢密院早在四月下旬就向西北前线发布过命令，大意是，诸路帅臣要料敌在先，对于本辖区内的要害之地，选派精兵伏截守把。伏截与守把是两个概念。能够伏截的地方显然不是堡寨，也就是说，除了守卫堡寨以外，还得将一部分兵力置于堡寨之外。章楶将元祐年间发明的弹性防御写进了朝廷文件。

到了七月间，枢密院下发《画一指挥七项》，对弹性防御进行了细化。

譬如，对于道路险隘处，要博采众议，仔细审察，兵力放在最佳位置。担任伏截守把的部队必须是得力将佐及精锐人马。

譬如，伏截守把的部队如果遇到敌人经过，虽有小利可乘，但不得擅自挪动兵马，离开守把的位置。要有大局观念，要听从统一指挥，不能各行其是，贪小便宜。

再譬如，本路帅臣，不得为了自身安全占用得力将佐兵马。帅府属战略要地，当然要确保，但要合理分配兵力，枢密院在文件中再三强调，得力将佐兵马要驻扎在城外。城内城外合理配置兵力是弹性防御的关键。

还有如何坚壁清野，如何协力应援，如何邀击归路，如何扼其要害，如何大张声势，如何多方牵制，等等，都做了强调和规范。

九月末，一名被西夏俘获的蕃军逃归，说西夏已经点集一百五十万兵马，屯扎于天都山北，距离荡羌寨仅五十里。消息上报宋廷后，西夏军一连几天没有动静。有人说西夏内部可能出了状况，有人说是泾原方面准备得太充分，西夏人想转攻他路，还有人说是西夏军粮草匮乏。但不管怎样，哲宗皇帝很揪心，不断派人打探情况和发出指令，要求西北、河东诸路经略司加强情报收集和做好应对准备。泾原路章楶向哲宗皇帝保证，说："贼不来则已，来则必堕吾计中。"

就在这个时候，突然间，数十万西夏军杀出天都山，包围了荡羌、通峡、平夏、灵平、镇羌、九羊六座城寨，其中以平夏城为主。西夏军向平夏城发动了猛烈攻击。

平夏城守将是郭成。郭成第一次崭露头角是元丰四年（1081）的五路伐夏，环庆路在磨脐隘首败西夏军时郭成是先锋。在灵州城下，阵斩敌将，郭成立下头功。为此，五路伐夏后郭成迁官四秩。平夏城修筑完成后章楶问部下，谁愿意领兵驻守？众将领一致推荐郭成，说非郭成不能守。

防守荡羌、通峡、平夏、灵平、镇羌、九羊六城寨共有十一、十二两将人马。郭成领十一将，折可适领十二将。十一将防守灵平寨与平夏城，十二将防守荡羌、通峡、镇羌、九羊四寨。

这次大规模出击，西夏人也精心制订了作战计划。起初隐瞒攻击目标，最大限度地达到战役的突然性，其次将主要目标选定为平夏城。西夏人一致认为，平夏城威胁最大，而郭成也最厉害。如果一战而打败郭成，夺取平夏城，其余诸堡寨就会相继瓦解。在战术上，以六路统军嵬名阿埋负责包围和攻打平夏城，以西寿监军司妹勒都逋率领人马负责拦截宋朝援军。据称，嵬名阿埋与妹勒都逋是西夏良将，为人勇悍，善于用兵。

然而，防守平夏城的宋军实在强悍，一连攻打了十三天，西夏人运用了云梯、冲棚、楼车，以及挖地道等所有办法，平夏城岿然不动。

这里要讲一个人，即十一将副将杨惟忠。由于秦桧在杨惟忠去世后，多次修改哲宗、徽宗、钦宗三朝实录，删除了有关杨惟忠的记载，使得后人只能从其他人的记载中觅到一些蛛丝马迹。

杨惟忠本姓康，爷爷就是前面讲过的康保裔。实际上康保裔没有死，而是为辽军所俘，后来降了辽朝，其后裔改姓杨。杨惟忠就是康保裔的嫡孙。哲宗元祐年间，杨惟忠以蕃人也就是少数民族的身份报名参军，很快因武艺精湛升为大顺城蕃兵指挥使。章楶出任泾原路经略安抚使后，将杨惟忠从环庆路调过来，参与指挥平夏城的修筑。嗣后，以泾原路兵马都监、十一将副将的身份与郭成一起防守平夏城。在嵬名阿埋指挥数十万大军围攻平夏城的日子里，是杨惟忠亲自在城头挥刀血战，保证了平夏城的安全。

不满一万守军的平夏城能够坚守十三天，除了铁血意志，应与大量兵马屯扎在城外有关。城内守军知道他们并不是孤军奋战，他们坚守城池是在为胜利争取时间，他们坚守得越久胜利越大。

事情正是这样，就在郭成、折可适率领十一将、十二将计两万宋军坚守平夏城等堡寨时，熙河路方面，副都总管王愍率兵攻击了卓罗和南军司，横扫七百里，杀死西夏驸马罔罗。鄜延路方面，宋将刘安、张诚主动越界出击，在梁柽台与乌、白池大败党项大首领布沁与嵬名济。至于环庆路与秦凤路，当确定西夏军进攻平夏城后，分别派出精悍人马赶到泾原与之会合，准备在关键时刻给西夏军予痛击。

平夏城十三天的坚守，造成了西夏军大量伤亡。随着天气逐渐变坏，寒潮降临，某天夜晚，突兀而至的北风摧折了西夏军的楼车，加之粮草将尽，小梁氏下令退兵。就在这时，一直在等待机会的环庆、秦凤、泾原三路人马，在姚雄、姚古、种朴、王恩等将领的率领下迅速展开反击，西夏军全面崩溃。史料记载，奔逃中的小梁氏掩面痛哭。

战后有人问郭成，当时在平夏城内坚守最担心的是什么？郭成说，他最担心的就是城外部队出击时间过早。是的，出击时间过早，西夏军锐气正盛，达不到弹性防御的最佳效果。

平夏城防御战再一次证明正确的战术是克敌制胜的法宝。兵还是那些兵，将还是那些将，高明的统帅，正确的战术，战斗效果截然不同。

实践证明，章楶不愧为一代战术大师。

23. 渐复横山

随着西夏军的全面溃败，章楶决定夺取天都山。从葫芦河川败回的西夏军，仍然盘桓在天都山一带。十一月，章楶将麾下兵马编为六个纵队，向天都山挺进。不久前，嵬名阿埋与妹勒都逋见宋军主力集中在葫芦河川一带，便派一支轻骑突袭镇戎军，结果，还没有抵达镇戎军城下，宋军增援已至，西夏军只得撤回。风雪交加，人马冻伤大半。嵬名阿埋与妹勒都逋万万没有想到，隆冬时节宋军会深入天都山内，两位正在举行宴会的西夏监军束手就擒。

面对宋军咄咄逼人的攻势，西夏再度请求契丹军事介入。元符二年（1099）新年刚过，辽朝使者萧昭彦抵达开封。萧昭彦对接伴使刘逵说，我这次来，实在是因为党项人催得太急，如果宋廷能够答应党项人的要求就太好了。

西夏人的要求很明确，索回元丰年间宋军夺取的土地。

刘逵的回答是："事但顺理无顺情。"

这话说得颇有玄机。意思是，论理是这么回事儿，论情却不顺。西夏与大宋，西夏是臣，大宋是君，既然是君臣关系，应该情在理先。现在是情不顺，情不顺哪还有什么理呢？

哲宗皇帝问曾布："刘逵回答得如何？"学富五车的曾布连连称善，说："回答得很得体，很好。"

为此，哲宗诏命鄜延路，但凡西夏派人前来议事，不予任何答复，录下文字，上报朝廷。

元符二年正月尾，小梁氏猝然亡故。有关小梁氏之死，吕惠卿是这样上报朝廷的，他说，小梁氏死后，西夏派人前来告哀，使者告诉他，国母是辽朝派人毒杀的，目的是让国主亲自处理国政。

想想也有道理，其时乾顺已然成年，小梁氏仍旧一手遮天，这且不说，还三番五次请求辽朝出兵。耶律洪基不是好战之人，何况年事已高，他腻了，厌了，烦了。好不容易派萧昭彦跑到开封为其出头，宋廷回怼"顺理无顺情"。琢磨着

第六章 弹性防御

也是这么回事，从老梁氏到小梁氏，一直在找宋人的茬儿，你叫人家怎么顺情顺理？如何化解宋夏积怨，唯一的办法就是让小梁氏从人间消失，扶十六岁的乾顺亲政。

按理说，小梁氏死了，乾顺亲政了，派人来大宋告哀，还捎带着谢罪表。于宋廷而言，这一页应该翻过去了。

可朝中大臣们并不这样看。比如枢密使曾布，就以枢密院的名义向西北前线发布指示，说西夏一直对大宋采取敌视态度，近来窜犯泾原路狼狈而归，属于计穷请命，这个时候请罪我们不能接受。接着又说，如果许以朝贡也行，但必须画河为界。

河是黄河，画河为界就是以黄河为界。对于西夏而言，如果画河为界，不仅彻底失去"定难五州"，还将失去灵州，以及灵州以东全部土地。

曾布的要求过不过分呢？初一听似乎很过分，细细咂摸又不过分，不仅不过分，真还是这么个理。"定难五州"也好，黄河以东土地也罢，一百年前属于大宋疆域。是李继迁不甘心做一个宋人，通过暴力手段，强行将这些地方从大宋版图分裂出去。尽管一百年过去了，宋夏之间打打杀杀，一会儿开战，一会儿朝贡，头绪乱得像一团烂麻，但总得有一个源头。现在，曾布要追溯源头，从源头上，也就是从道义上将宋夏之争掰扯清楚。

当然，目前在位的都不是当事人了，要掰扯清楚当年的那团乱麻，可能力不从心，那就长话短说，以河为界。

哲宗皇帝的意见要比曾布现实。哲宗皇帝说，他们的国母死了，上一道谢罪表有什么用？一纸空文。哲宗皇帝指示鄜延路，叫他们回复西夏，要和谈也行，先把那些"主谋献计作过之人"抓起来，交给我们治罪，等我们许可后再商量。

估计哲宗皇帝就是这顺口一说，"主谋献计作过之人"，那可是小梁氏的亲信，或者是西夏重臣，乾顺怎么会抓起来献给宋朝治罪呢？显然不可能。谁知道呢，乾顺还真把两个经常在小梁氏面前"主谋献计作过之人"杀了，一个叫嵬保没，一个叫陵结讹遇。小梁氏活着的时候，就是嵬保没和陵结讹遇经常唆使开边。乾顺不仅杀了嵬保没和陵结讹遇，还派人拎着两颗血淋淋的脑袋送到延州。

消息上报朝廷，哲宗皇帝既惊讶又兴奋。既然乾顺满足了和谈的基本条件，接下来嵬名科逋来到京城，和谈启动。

这场和谈注定艰难，比如画河为界。

吕惠卿是鄜延路经略安抚使，对西夏派人拎着嵬保没与陵结讹遇的脑袋来到延州感触较深。吕惠卿在上奏朝廷的文书中是这么说的，西夏想求和，这一点是毋庸置疑的。如果这个时候我们应答太迂，所求难与，西夏人见谈判无果，接纳无期，就会失望，就会怨怼，就会生恨，就会彻底倒向契丹，死心塌地与我大宋为敌。

想想也是，画河为界西夏人怎么会答应呢？西夏人赖以生存的基础就是河南之地。而河南之地最为关键的是横山。现在，最为关键的横山对西夏来说几乎没有了，如果再将整个黄河以南划入大宋，西夏就丧失了生存的基础。黄河在宁夏平原乃一苇之水，宋军什么时候过河都行。西夏人怎么可能答应如此苛刻的条件？

吕惠卿继续说，从绍圣二年起，至今已与西夏打了四年仗，沿边将士人困马乏，迫切希望休息。还有粮食。吕惠卿说他刚到鄜延那会儿，仓库充盈，现在基本上空了，几个月的供应都无法保证。至于财用，缺口越来越大。在这样的状况下西夏人前来低头认罪，应该接纳，不得推辞。

甚至，吕惠卿还说，战争这个事，制约的因素很多，谁也不能保证老打胜仗。如果遇到灾害，国内饥馑，钱粮困顿，加之辽朝与西夏联手，结起伙来对付我们，出现那种局面我们就会懊悔不该痛失西夏人的今日之请。

名义上吕惠卿是在为西夏人说话，实际上是为大宋考虑。只不过，吕惠卿考虑的角度与曾布不同。怎么说呢，宋夏之争的源头要追溯，道义要寻找，但现实更重要。现实是，无论外部环境还是内部环境，都不允许宋廷有过高的要求。或者说，以大宋目前状况，没有讲道义的实力。

从后来看，哲宗皇帝和朝中大臣接受了吕惠卿的建议，画河为界不再提起，停战罢兵成了朝野舆论的主流。或许，对于哲宗皇帝和朝中大臣，乃至芸芸众生，都认为这场延续百年的宋夏之争无所谓道义。既然无所谓道义，就不要浪费时间和口舌。

对于大西北前线的宋军将领而言，他们的想法更简单，就是一刻也不停歇地进筑。元符二年（1099）上半年，河东路进一步巩固了以葭芦寨为中心的防御圈，新筑了乌龙、通泰、宁河、弥川四寨，以及通秦、宁河、弥川、靖川四堡。

加上神泉寨与三交堡，环绕在葭芦寨四周的计有五寨五堡。同一年，朝廷升葭芦寨为晋宁军。

鄜延路筑暖泉寨。暖泉寨位于米脂寨以东四十五里处，距离晋宁军乌龙寨仅二十里。暖泉寨的修筑，打通了与河东战区的连接，实现了当初种谔的战略构想。

环庆路修复了白豹城，构筑了绥远寨，于横山寨以北再筑定边城，不久升格为定边军。用环庆路经略安抚司的说法，自从修筑定边城后，每天都有蕃部生户来投，原因就在于定边城所据地势平旷，土地肥沃。过去，这儿相当于西夏的战备粮仓。经略安抚司将土地分拨给归来的蕃人耕种。如果是弓箭手，则按居住区域分隶诸将。

泾原路在占领天都山后修筑了三座城寨：天都寨、临羌寨、南牟会新城。元符二年将其升格为西安州，以折可适为西安州第一任知州，驻扎一将人马。为了加强西安州与德顺军、镇戎军的联络，又在鹊子山、九羊谷等要害处修筑堡寨三处。

熙河路联合秦凤路于会宁关以东六十里筑会川城，然后再筑新泉寨与会州城。宋廷恢复了会州建置，将安西城、平西寨等六个堡寨划归会州管辖。会州的设置，补齐了兰州与西安州之间的空缺。

就在宋、辽、夏围绕和平方案议论不休时，大宋在西北前线已经形成了东起晋宁军，沿横山北麓直至西安州、会州、兰州的坚固防线。当年范仲淹梦想的渐复横山已经实现。西夏的"定难五州"虽然大体存在，但没有了横山的富饶和险阻，成不了多大气候。正如吕惠卿在奏疏中所说：如今大宋在西北前线"形胜膏腴占据殆尽"，跟昔日完全不能相比。不是吗？昔日宋军巡逻，连自己都不清楚边界在哪里，因为横山被西夏占据着，无以计数的沟壑、阡陌供西夏军出没，随时随地都有可能杀出一彪西夏人马，防不胜防。

西夏人当然清楚横山的重要，还有天都山，还有会州、兰州，这些都是扼制西夏的绞索。西夏人肯定不会轻易放弃，接下来是一场艰苦的谈判。

元符二年（1099）三月，辽朝签书枢密院事萧德崇来到开封。萧德崇带来了大辽国书。国书虽然是官样文章，但透过表面文字，除了感觉是在拉偏架外，还有某种威胁的意味。

首先，强调与大宋的关系是"敦一家之睦，阜安万宇，垂及百年"，接着指明与西夏的关系非同一般。怎么不一般？两条。一是"藩辅"，藩是藩国，辅是辅助，相当于是说，西夏对于辽朝非常重要，重要得如同一道屏障；二是"累承尚主"，什么叫累承，就是李继迁、元昊爷孙俩相继娶了辽朝的义成公主和兴平公主。"藩辅"加"累承尚主"，那关系就很铁了。

继而，国书说西夏连番上表，称宋军大举，企图不良，用心险恶，恳求辽朝兴师救援。辽朝理当依允。理当依允而没有依允，是因为念辽之于宋也，情重祖孙；夏之于辽也，义隆甥舅。辽朝的立场是两边说和，决不能牺牲一方利益，去满足另一方胃口。

接着话锋一转，说宋夏这种情况，庆历和元丰年间也出现过，现在为什么还打来打去呢？这种情况有违先旨。

国书说，辽朝进行了调查，情况就是这么个情况。要维护宋夏两国之间的信誓，需要谋略，更需要胸怀。"与其小不忍以穷兵，民瘅困弊；曷若大为防而计国，世固和成。"尽管契丹人在国书中没有指明是谁在穷兵，但这种居高临下的批评哲宗皇帝看了肯定窝火。

皇帝不高兴，当然不会给萧德崇好脸色。在垂拱殿，当萧德崇为西夏提起息兵及归还故地时，哲宗皇帝淡淡地说，党项人累年犯顺，理应讨伐，没有必要劳烦北使。

萧德崇为了达到为西夏说情的目的，写成文字一卷，请求馆伴使蔡京转交给哲宗。蔡京不敢私自接受，经请示哲宗，哲宗指示，文字中有关西夏的内容可以呈报上来。

在辽朝的文书里，有西夏人的告奏，说他们跟大宋一直关系不错，可突然间，大宋齐发人马，大行劫掠。现在又于边界及边界附近诸多要害处修筑城寨，侵取不息。希望辽朝为其出面，索回所夺疆土城寨，以及尽废所修城壁。

文书中说，辽朝得到西夏的告奏之后进行了调查。大辽太康七年（1081），也就是大宋元丰四年，宋廷曾经移文大辽，说梁氏囚禁了夏国皇帝秉常，宋廷派大军讨伐"作过罪人"。西夏大安八年，也就是大辽太康八年，大宋元丰五年，西夏国主乾顺再次告奏辽朝，说宋军又有行动。前两次宋夏纠纷，辽朝进行了调停。西夏如能悔过，宋廷应以接纳。在辽朝看来，西夏已经悔过了，而且也执行了两国间的约定。那么现在，宋廷在没有移文辽朝的情况下，再次派大军攻打西夏，并于宋夏两国边界及边界附近诸多要害处修筑城寨，这一举动有违两朝信誓，宋军必须退还到过去的疆界以内。

辽朝的态度，宋廷已有预料。

在崇政殿，蔡京任命为馆伴使。哲宗问蔡京："萧德崇这次来，以什么理由为西夏解和？"

蔡京回答说："当以'尚主'为由。当年仁宗皇帝书答辽朝皇帝，有这样一句话，说'既论联姻之旧，当宽问罪之师'。"

哲宗继续问："当时辽朝皇帝是如何回复仁宗爷的呢？"

蔡京说："当时辽夏正准备开战，辽兴宗在书札中说，'属友爱之尤深，在荡平之亦可'。还有一句，'苟有稽于一举，诚无益于两朝'。"

哲宗皇帝一听大为高兴，说："好啊，我们就从这里入手。"

四月，萧德崇辞行归国，宋廷于紫宸殿设酒宴款待。酒酣耳热之际，蔡京等人拿出大宋朝廷的回书。这道经过宋辽双方反复沟通、精心打磨的回书越过千年时空直到今天看来仍然精妙无穷。

回书首先定位宋辽关系。"载书藏府，固和好于万年；使节驰轺，达诚心于二国。"这个定位已经很高了。载书，指的是当年澶渊之盟的和约文件，能稳固地和好一万年；使节，也就是萧德崇一行，使宋辽两国越发地推心置腹、肝胆相照。

既然是这样一种休戚与共的关系，就应该"共嫉于凶奸"。凶奸是谁，当然是西夏。"惟西夏之小邦，乃本朝之藩镇。"不仅是大辽的藩辅，也是我泱泱大宋的藩国。而且，是我大宋曲加封植，西夏才得以保全。你辽朝虽然与西夏有婚姻之亲，但对于我大宋来说，西夏更有臣子之分。

然而累岁以来，西夏狡诈多端，完全没有事上之礼。我们岁岁赐以金缯，西夏却愈发骄横，杀我吏民，犯我城邑。对于这样的罪恶，只能讨除。所以我们聊饬边防，稍修武事，其目就是筑据要害，扼控奔冲。去年冬季，西夏起百万大军，来攻夺我沿边堡寨，前后将近两旬，最后因粮尽力屈，众溃宵归。现在，西夏以诡诞之词，期望从辽朝得到拯救之力，只能再一次证明西夏人狡狯之甚。辽朝在采听之前，应该洞晓实情、真情，不能听信一面之词。我们清楚，如果辽朝洞晓了真情、实情后，一定会拒绝西夏的请求。我们与西夏目前的状态，与信不信誓没有任何关系。

精妙的是，回书写到这儿，忽然笔锋一转。说当年贵国皇帝辽兴宗致书我国皇帝仁宗，传达的是"谕协力荡平之意，深同休外御之情"。甚至还说"苟有稽于一举，诚无益于两朝"。然后反问："祖宗诒谋，斯为善美；子孙继志，其可弭忘？"

是的，不应该忘。面对反反复复的西夏之患，先皇帝们是多么伟大，多么富有智慧，他们风雨同舟、休戚与共，时至今日，我们必须继承先皇之志，共同完成先皇们的未竟之业。

对于辽朝指责宋廷有违先旨一辞，顺带进行了反驳，说今日反复品味贵国文书，并没有当年兴宗皇帝的意思。"辄违先旨，谅不在兹。"指责我们有违先旨，应该不是在这儿。

接着紧跟一句，"如永念于前徽，宜益敦于大信。"你们大辽如果还记挂你们兴宗皇帝的贤德，对于增进两国互信大有裨益。

读到这里，真是拍案称绝，打笔墨官司，前有古人。

更重要的是，付给萧德崇的除了官方回书，还有白札子，也就是哲宗皇帝的亲笔信，或者说是非官方文件。在白札子里，列出了庆历四年、庆历五年，以及皇祐元年、皇祐二年辽兴宗写给仁宗皇帝的书札。

庆历四年（1044），也就是辽朝重熙十三年，辽朝使臣耶律元衡带着辽兴宗的书札来到开封，称"蠢尔元昊，早负贵朝"，说元昊诱去边民三二百户，辽朝已经议定，秋末出兵，直临贼境。辽兴宗特别强调，战车一旦启动，西夏肯定又是老一套，上表谢罪，低头称臣，表示从今往后依常作贡，如果出现这种情况，请宋朝千万不要允从。

第二年正月，又派彰圣军节度使耶律宗睦前来告诉大宋皇帝，西征已经结束，兴宗爷回来了。辽兴宗在书信中说："元昊纵其凶党，扰我亲邻，属友爱之攸深，在荡平之亦可。"还说，"藩服乱常，敢贡修之不谨；亲邻协力，务平定以永绥。"意思十分明确，如果元昊继续反反复复，时降时叛，那就由辽宋两家亲邻同心协力将其彻底荡平。

到了皇祐元年（1049），也就是辽朝重熙十八年，辽兴宗派北院枢密副使萧惟信来到开封，告诉仁宗皇帝，说辽朝为雪第一次西征失败之耻，决定与西夏再决雌雄。"苟有稽于一举，诚无益于两朝"，就出现在这次书札中。总的来说，意思就是，要穷追猛打，绝不宽恕，哪怕只留西夏半条命，对辽朝，对大宋都毫无益处。这态表得够可以吧？

第二年，照例派人来通报西征结束，除了用漂亮的言辞总结此次西征取得了重大战果外，特地说辽朝"兼于恃险之津，已得行军之路"，只要时加攻扰，西夏将日蹙困危，即便西夏想要悔过，我们也要坚定不移地将其彻底消灭。最后总结，我们既有"同休之契"，更有团结一心的"外御之情"。简直就是同志加兄弟，命运共同体了。

录完辽兴宗的书札后，哲宗皇帝在白札子中指出，当年兴宗皇帝可谓情义兼至，"夏人有罪，则欲协力讨除；及西征胜捷，则驰书相庆"，还考虑到西夏会对我朝称臣修贡，特地叮嘱勿赐允从。由于宋辽两国相与之心，所以"欢好岁久，契义日深"。那么现在呢，因"夏人穷蹙之故"，以"诡词干告"，贵国不辨青红皂白，立马派人劝和，这与当年兴宗皇帝的书札完全风马牛不相及。何况我大宋所筑的城寨离辽朝很远，说有违宋辽两朝信誓，八竿子都挨不到边。出现这种情况，是辽朝的臣僚没有翻阅往日兴宗皇帝的书词，以及澶渊之盟立下誓约的缘故，希望贵国仔细了解一下。

当然，回书的核心是答复辽朝的劝和。辽朝劝和的目标是宋朝"休退兵马，还复疆土"。这肯定不行。无论是馆伴使蔡京，还是宰执大臣章惇、曾布，抑或是哲宗皇帝，对于萧德崇设定的劝和目标均嗤之以鼻。

事情先是拖着，从三月拖到四月。一度拖得辽朝使团不吃饭，绝食抗议。情形的反转应该是宋廷查检出了辽兴宗的那些书札。白纸黑字，萧德崇等人无话可说。哦，你们辽朝跟西夏翻脸了，就要求我们宋朝这也勿赐，那也勿从，提倡痛打落水狗精神，把两国友情吹上天，现在我们反击一下，在一些关键地区构筑工事，加强防御，就要求我们一要退兵，二要还地，世上哪有这样的道理？完全是霸主心态！

宋廷的态度始终很明确，首先，古有削藩，西夏是大宋藩国，藩臣作乱，理应削地，没有任何大道理可讲。其次，无论银、夏、绥、宥、静州，还是灵州、兴州，都是本朝郡县之地，只不过是太宗、真宗两位皇帝胸襟宽阔，德重恩弘，赐与了李继迁。

在宋廷有理有据有节的辩驳下，萧德崇等人渐渐理屈词穷，从坚决要求在回书中写进"休退兵马，还复疆土"，到最后恳请"略添得些小抽退兵马之意，亦可受"，都被宋廷严正拒绝了。

关于那段与西夏关系的文字是这样表述的："若出自至诚，深悔前罪，所言可信，听命无违，即当徐度所宜，开以自新之路。"

言简而意赅，立场坚定，旗帜鲜明，一是西夏方面要"出自至诚"地"深悔前罪"；再是要听其言观其行，确认做到"听命无违"。达到上述两个条件后，宋廷可以允许"改过自新"。

无论怎么说，这一次谈判，大宋君臣显示出高超的政治智慧与深谋远虑。虽然，西夏仍然独立存在，但前提是必须承认自己的藩臣地位。从法理上讲，只要承认了自己的藩臣地位，也就成了泱泱华夏的一部分。

萧德崇归辽，中书舍人郭知章担任回谢国信使。抵达上京，萧德崇再一次央求郭知章，说："能不能看在辽宋两国通好已久的面子上，把疆土还给夏国？西夏实在太小了。"

郭知章没有正面回答，只说："从今往后，沿边将帅在险要地方筑城防守，将是常态。"

话封死了，就这个问题不可能继续探讨。萧德崇只得转换话题，问："岁赐还有没有呢？"

郭知章回答说："这要看西夏的态度，如果本本分分修臣子礼，本朝自有恩恤，如果继续与宋为敌，理当致讨。今天因贵国劝和，我朝皇帝胸怀宽广，叫他们进誓表吧。进了誓表所有罪过都不问了。"

九月，西夏遣使谢罪。在崇政殿，西南都统嵬名济恭恭敬敬将誓表敬奉给哲宗皇帝。关于誓表这里就不转录了，实在过于佶屈聱牙。需要指明的是，西夏的誓表全然没有回避自己曾经的过错和作恶，特别是对自梁乙埋以来的穷兵黩武政策进行了严厉批判和自我反省。最后表示，将把所有的忠诚敬献给大宋，敬献给宋皇。

哲宗皇帝原谅了西夏，"念兹种人，亦吾赤子，措之安静，乃副朕心。"继而表态，"嘉尔自新，俯从厥志，尔无爽约，朕不食言。"但对于疆域，寸土不让，以西北宋军诸路人马巡逻所至的瞭望堡为界,虽然邈川、青唐仍在吐蕃人手里,特地申明大宋疆土兼有邈川和青唐。

老实说,十六岁的乾顺是个明白人,因为他知道,西夏失去了横山,失去了白马川,失去了葫芦河川,失去了天都山,失去了与大宋一较高下的所有筹码,他只能吞咽由他父亲母亲、祖父祖母酿造的一切苦果。没有办法,这就是失败者的和平。

不由得,想起半个多世纪前范仲淹给元昊的那封信,说"他日虽请于朝廷,恐有噬脐之悔",言犹在耳,仿佛就是昨天。

第三部 魂铸关河

第七章　河湟之役

24. 王赡之死

前面说过，青唐大酋长是董毡的养子阿里骨。元祐二年（1087），阿里骨反，联手西夏，企图夺回熙、河等地。在游师雄、刘舜卿的指挥下，姚兕飞夺夏河桥，种谊夜袭洮州城，阿里骨十万联军不战而溃。尽管西夏给阿里骨送公主，但阿里骨仍然于元祐三年派人携重礼来到开封，向宋廷谢罪。元祐八年，上表称藩，与宋廷签订条约，永不互犯。

按说西部边境应该安宁了，谁知道呢，十年后，也就是绍圣三年，阿里骨死了。阿里骨的儿子叫瞎征，在青唐地区，很多蕃部不买瞎征的账。朝廷得知这一情形后，对熙河前线将帅进行了调整，罢免了兰州知州王舜仁，重新启用老将苗履，由鄜延路钤辖改知兰州。

苗履为苗授之子，束发从军，跟随父亲参加了河湟之役和五路伐夏，官至吉州防御使。苗授去世后，苗履受到排挤，降为峡州监酒，元符元年（1098），苗履重回西北前线。

就在这时，知河州、熙河路都监兼第三将将官王赡向枢密院报告，说青唐地区可能有人准备"叛害瞎征"。同时，邈川以南有两个蕃部愿意内附，如果宋军进入青唐地区，这些蕃部愿意配合宋军。鉴于上述情况，熙河路经略安抚使张询命令王赡，一旦邈川以南两个蕃部有所行动，他立即率军接应。

需要说明的是，在王韶开边的蓝图里，包括河湟地区，是董毡授意青宜结鬼章进攻河州，诱杀宋将景思立，迫使开边提前结束，止步于黄河以东。对于黄河以西的河湟地区，大宋君臣始终耿耿。

就在王赡将青唐地区的情形报告给枢密院不久，情况发生了变化，熙河路经略安抚使张询因为虚报战功被解职了，王赡不知道接下来怎么办，也不知道张询原来下达的命令还作不作数。

枢密院接到王赡的报告后，十分震惊。瞎征是朝廷钦命的河西节度使、邈川大首领，怎么能轻易出兵进入他的地盘呢？七月间瞎征还派人来到京师贡马，哲宗皇帝赐予了战袍束带。

张询是宰相章惇的妹夫，是在章惇的极力推荐下，由陕西转运使升任熙河路经略安抚使。很显然，张询想开边立功。七月初，张询就以熙河路经略司的名义上报枢密院，要求"乘机出塞讨荡"。枢密使曾布很慎重，命令张询"不得轻易虚发，劳敝人马"。

曾布担心章惇偏袒张询，第二天面对时直接上奏哲宗。哲宗也吓了一跳。曾布说："对于青唐政权，朝廷一直以优抚为上。要是青唐有变，熙河将三面受敌。到那时，熙河自顾不暇，哪有精力应付西夏？即便青唐有警，也不要手足无措，何况青唐无警，更不要无事生非。范育曾经说过，熙河一路动摇，则陕西动摇，陕西动摇，则天下安危所系。今天以王赡一个人上报的信息就准备举兵，张询哪来这么大的胆子？"

尚书右丞黄履和同知枢密院事蔡卞都说，这个张询太狂妄了，竟然拿国家安危当儿戏！

哲宗问："青唐地区可能有人想叛害瞎征，张询到底弄清楚没有，有没有这回事？"

大家都说，张询压根儿就没有去弄清楚情况，属于"狂妄轻易，为国生事"。

哲宗问众人："如何处理张询？"

曾布说："枢密院已经下令停职，如何处分请皇上定夺。"

哲宗说："张询的胆子没这么大，必定是章惇命他如此举动。"

曾布说："人们都清楚，张询的背后是章惇。"

哲宗问："有人反映，章惇经常与沿边大臣有私书往还？"

曾布回答："执政以上官员不准私下与武臣通书信，这是规矩，而章惇总有书信发往沿边。"

哲宗很不高兴了，继续问："这是为什么呢？"

曾布说："让张询建功呗！一些举措没有通过两府讨论，到时候建下奇功就属于章惇和张询两个人的。用冒险的方式想侥幸取胜，这种办法不可取。何况朝廷有分工，中书省和枢密院各有职事。军事问题二府共同讨论。像讨伐瞎征这等大事，用私信指挥边将，而不与同列商议，很不可取。"

《续资治通鉴长编》记载，当曾布说完，"上深愠之"——哲宗的脸色很不好看。

终于，曾布利用章惇告假这一千载难逢之机，狠狠奏了章惇一本，为自己出了一口鸟气。

曾布也是嘉祐二年（1057）进士榜上人物。因为拥护变法，为王安石器重。许多新法，如青苗法、免役法、农田水利法等，就出自曾布创意。韩琦上书痛斥新法之危害，是曾布替王安石逐条逐条进行驳斥，维护了新法声誉。后来，曾布反对市易法，得罪了王安石，被贬出朝廷。绍圣初年，哲宗亲政，曾布以新党的身份召入朝廷，出任知枢密院事。

但是，曾布这个知枢密院事做得憋屈，因为宰相是章惇。章惇什么人物？与苏轼在陕西时，二人游仙游潭，下临深渊，仅一木桥，苏轼胆小，不敢过。章惇用绳索系树上，在绝壁大书六个字："章惇、苏轼来游。"苏轼拊其背说："子厚必能杀人。"章惇问："凭什么？"苏轼说："一个人视死如归，还怕杀人吗？"章惇仰天大笑。既然如此强势，许多军国大事均为章惇一锤定音。以曾布的身份，既不能参与政府决策，军国大事又经常受到章惇掣肘和干预。

譬如前面说的筑平夏城，泾原副总管折可适领兵追击，在没烟峡遇伏，打了败仗。消息传入京城，章惇要置大狱鞫讞，曾布反对。章惇愤愤地说："如果不置狱重勘，今后将帅更加目无纪律！"曾布说："自古以来，但凡置诏狱审案，都以上意为准，且狱多不直。今天如果置诏狱鞫讯折可适，这么小的一件事，勘审官会无限放大，最后将是一桩冤案。"

上报哲宗皇帝，哲宗听说战殁了蕃军将领包诚，顿时怒气冲冲，要对折可适施行军法。曾布建议宽贷。哲宗问章惇："可以宽贷吗？"章惇说："至少编管流配。"曾布说："臣所说的宽贷，希望免除处罚。"

为了弄清原委，最终决定设狱审理。泾原路权限太小，哲宗要设诏狱，曾布再次反对。哲宗说："你们不准设诏狱鞫讯，是不是有章楶庇护？"章惇一旁说："章楶不敢杀折可适，没有大帅的样子，像个老女人。"曾布再次表达自己意见："防秋之际起狱，严重削弱士气。如果西夏前来进攻，边事危殆。"

在曾布的再三坚持下，最后从大理寺、开封府抽两名干吏前往西北前线调查。调查的结果是，此次没烟峡中伏，折可适责任不大。当时折可适受泾原钤辖王文振节制。西夏军前来平夏城骚扰，领兵追击的是先锋将曲充。曲充折损了一百三十三名将士，蕃军将领包诚是其中之一。最后，曲充特降两官。章楶和折可适因指挥失当，各罚铜二十斤。

朝廷作出罢免张询的决定后，曾布命孙路日夜兼程赶往河州，探问王赡，所报告的消息是否属实。如果属实，命令王赡率军等候朝旨；如果情报有误，对于相关蕃部要多加优抚，务必保持青唐一带安静安宁，切切不要猜疑生事。至于张询，以"擅结约蕃部攻瞎征"论处。

当章惇得知消息，朝廷对张询的处分已经作出。章惇向哲宗求情，说自家老妹年近花甲，希望对张询不要贬谪太远，最后编管池州。

从后来看，王赡的那条情报不假。

青唐地区除了阿里骨部，黄河以南还有一大部族。史料说，这一蕃部是角厮罗兄长后裔。是与不是值得商榷。角厮罗十二岁来到河陇，不见有关他兄弟的任何记载。最大的可能是，角厮罗掌握青唐地区政权后，与黄河以南的蕃部首领扎实庸咙结为了兄弟。扎实庸咙死后，儿子必鲁匝纳继位。必鲁匝纳死后，孙子溪巴温继立。

溪巴温没什么本事，倚靠大舅哥辅助。属下有一个部族渐渐强大，首领即前面讲过的鬼章。鬼章与溪巴温的大舅哥不和，发动政变，赶走了溪巴温。溪巴温没有跟鬼章计较，去了木波部。阿里骨因杀温溪沁部首领，溪巴温感到害怕，西走隆博部，并给阿里骨捎话，说我跟你血缘关系十分淡薄，再说我已经皈依佛门，不会对你带来威胁。

阿里骨这人，喜欢营建塔寺，瞎征继位后，也跟着大兴民役。瞎征性情暗弱，智商不高，动不动杀人助胆，闹得众叛亲离。有个部族首领叫心牟钦毡，想造反，但畏惧阿里骨的叔父苏南党征，于是污蔑苏南党征谋反，瞎征不分青红皂白，尽诛其党，唯独篯罗结逃脱。

篯罗结逃到溪巴温的地盘上，日夜怂恿溪巴温举兵赶走瞎征，自己当青唐政权大首领。溪巴温始终不肯。溪巴温有六个儿子，第二子叫杓拶。篯罗结将杓拶勾引到溪哥城，游说溪哥城首领嘉勒摩，奉杓拶为主，广发檄文。

瞎征闻讯派鬼章的儿子阿苏讨伐枸拶。阿苏率兵来到溪哥城，假惺惺地说自己愿意跟嘉勒摩联合，求见枸拶。枸拶出城后，阿苏派人悄悄将枸拶杀了。嘉勒摩大怒，联合廓州诸部攻打阿苏。因为阿苏杀了自己儿子，溪巴温也起兵杀来。阿苏的部下有许多溪巴温的故旧，他们杀掉阿苏，与嘉勒摩等部族一起据守溪哥城。原来归属青唐政权的一些吐蕃部落，纷纷来到黄河以南，投奔溪巴温旗下。溪巴温实力大振。

篯罗结因为阿苏杀了枸拶，担心祸及自身，逃到河州拜见王赡，说现在青唐政权出现分裂，心牟钦毡势力大了，瞎征的地位岌岌可危，宋廷可以乘机夺占青唐城。

王赡是王君万的儿子。当年，王君万跟着王韶东征西讨，立功不少，只因一笔公款说不清楚，被降职降级，还被抄家还款，致使王君万忧愤而亡。王赡迫切希望建功立业，但是，跟随张询不仅没有立功，反而受到牵连降官十一阶。虽然仍知河州，那是戴罪任用。现在，对于篯罗结的情报，王赡持谨慎态度。

很快，新的情报传来，河州西南吐蕃大首领边厮波结愿意归降，并主动献出当标、一公、讲朱、错凿四城。四城均在黄河以南。

边厮波结是鬼章的孙子。鬼章在世之日，就与溪巴温有过节，边厮波结的父亲阿苏杀了枸拶，溪巴温手下人又杀了阿苏，这个仇越结越深了。如今溪巴温实力剧增，又处于边厮波结地盘上流，于是边厮波结投归宋廷，以求庇护。

边厮波结带来了新消息，说瞎征已经被心牟钦毡囚禁，青唐政权正在内乱。

直到这时，王赡才向新来的熙河路经略安抚使孙路建议，青唐可取。

王赡说："瞎征是朝廷敕封的青唐首领，心牟钦毡囚禁瞎征是叛乱。出兵平叛，名正言顺。另外，青唐政权四周有西夏、回鹘，以及众多吐蕃部落。倘若青唐为这些势力吞并，边患犹大。"

朝廷经过认真讨论，接受了王赡的建议，命令王赡专门负责此事。具体安排是，孙路由熙州进驻河州，王赡统河州兵马为前锋，总管王愍领熙河兵马随后策应。

可是，孙路这人气量不大，认为王赡是张询的部属，恐怕不好掌管，命令王愍统军，与王赡随行。

这一任命令使得王赡心中很不舒服。朝廷的命令是王赡专抚其事，现在忽然多出个婆婆。

渡过黄河，来到湟水边，前面不远就是邈川城了。王赡对王愍说："明天吃了早饭出发。"结果，半夜时分王赡即领兵走了。入邈川，据府库，向上报捷，而且，报捷文书绕过王愍，绕过孙路，直达朝廷。

晌午时分王愍才领军抵达邈川。此时的王愍也很恼火，向孙路控诉王赡不听指挥。孙路剥夺王赡兵权归于王愍，命王赡在邈川停留。

王赡交出兵权没有？可能没有交。而是派遣一员叫王享咏的裨将，领兵五十进入宗哥城。本来，宗哥城内首领请求内附，当王享咏率兵进入宗哥城后，可能见宋军人马太少，情况又发生了变化。王享咏赶紧登上子城楼，抽去楼梯，驰书告急。王韶的儿子王厚是经略司勾当公事，没有找王愍，而是去找蕃兵总领高永年商量。高永年是个顾大局的蕃兵将领，立即率一千人马前往宗哥城救援。高永年还带去一个关键人物，即李立遵的孙子李蔺毡纳支。毕竟，宗哥是李氏老巢，有李立遵的孙子在，作乱者听说李蔺毡纳支回来了，皆翻过城墙遁去。

高永年平定了宗哥城之乱，王愍留下王赡，移驻宗哥城。翌日，瞎征带着妻儿老小来到王愍军前归降。

应该说，首先进入宗哥城的是王赡。但王愍将王赡留在邈川，自己率军前往，王赡愤愤不平，控告于朝。章惇说："取青唐，首谋来自王赡，孙路欲夺其功，故意压制王赡。而且孙路的部署与朝廷命令相违。"于是罢免孙路熙河路经略安抚使之职，调环庆路经略安抚使胡宗回来到熙河。

前线人事变动，暂时无暇顾及青唐。瞎征离开青唐后，篯罗结游说心牟钦毡迎立木征之子陇拶为青唐主。心牟钦毡向西夏求援，乾顺命卓罗和南军司出兵。

此时，卓罗和南军司长官是仁多保忠。仁多保忠派兵五千越过大通河，进攻南宗堡。

西夏企图插手青唐地区，朝廷急了，命令王赡迅速进入青唐城，同时，命令知兰州苗履北上支援。

王赡本已护送瞎征返回熙河，朝廷在解除孙路职务的同时，也解除了王愍的熙河军马总管之职。王赡以第四将马用诚守邈川，自己引兵驻宗哥。但是，对于进入青唐城，王赡力言不可，说青唐地区分裂出去了三百多年，民情叵测，要保持安宁，进去后需要屯扎重兵。

新任熙河帅胡宗回不懂军事，又建功心切，不断发布命令催促王赡向青唐进军，《宋史·胡宿传》云：胡宗回"日夜檄趣之"——催促不分日夜，可见是个急性子。也不听王赡的解释和分析，断言青唐兵没什么战斗力，一个小小陇拶有何作为？如果怯懦逗遛，将军法从事。并扬言，你王赡要是继续拖延，马上换王愍。

事情到了这个份上，王赡只得率兵进入青唐。嘉勒摩等人逃走，青唐主陇拶投降。

消息上报京城，一片欢欣鼓舞。自安史之乱以来，河湟地区已经分离了三百余年，如今终于回归中原王朝。哲宗发布诏令，以青唐为鄯州，以邈川为湟州，改宗哥城为龙支城，改廓州为宁塞城。王赡恢复原来追夺的官阶，知鄯州。

鄯州、湟州新设后，是否派兵驻守争议很大。熙河总管王愍建议放弃。理由如下，一是道路远，从河州炳灵寺至青唐城四百余里，一旦有事，难以救援；二是炳灵寺桥若被人截断，虽有百万雄师，亦被隔在黄河南岸；三是孤军深入，四面无援；四是若置大军，粮食供应艰难。

王愍的建议很中肯，四条放弃的理由无法反驳。但轻易放弃，很多人于心不甘，包括哲宗皇帝。好在当前事情很多，比如诏瞎征、陇拶等归降吐蕃人士赴京，皇帝准备在宣德门受降；比如为两个新州，以及一些城寨选派官员；比如此次西征立功将士有的升职有的发奖，诸如此类。有关鄯州、湟州是否派兵驻守一事拖了下来。

青唐城内果真如王赡所料，危机四伏。

九月末，潜逃的心牟钦毡一伙回到青唐，四处串联，准备起事。巡逻部队捕获四名心牟钦毡派往西夏的搬兵者，这才得知心牟钦毡的人马正在陆续潜入城内，准备于闰九月内外相应，复夺青唐。王赡一边派部将李忠率两千人马连夜出城，屯扎于冷谷；一边在全城紧急搜捕，抓获以心牟钦毡为首的企图叛乱者十八人。

就在这时，大批叛军漫山遍野而来，将青唐城团团围住。王赡分兵把守东西二城。叛军手持火把，携带柴薪，欲焚门而入。激战中，李忠率两千兵马从叛军背后杀来，鏖战良久，吐蕃叛军败走。

打退叛军进攻后，王赡将心牟钦毡等十八人斩于城下。

此次叛乱是有组织的行为。青唐城被围时，邈川也遭到吐蕃叛军与西夏联军的攻击。这一次，西夏卓罗和南军司动用了十万人马帮助叛军。十万西夏军攻破南宗堡，长驱直入，直抵邈川。前面说过，留在邈川的是熙河第四将，将官是马用诚，可第四将只有两千四百人，又缺乏守城器械。总管王愍对全城进行战争总动员，女人穿上男人服装充军，儿童以瓦片炒黍供饷，又募死士三百人。是年王愍已经六十七岁，身披战甲，胯下战马，率三百死士开门出战。城南有一洞，叛军企图挖洞入城，王愍拆下房屋檩条为炬，投掷洞中。叛军移攻水寨，一部分甚至突入寨内，王愍亲赴水寨阻击。叛军终不能入城，只好用弓箭劲射，整个邈川城被射得如同刺猬。

西夏军攻破南宗堡时，活捉了守城官刘文圭。西夏军将其绑到邈川城下，喊，我们只要城池和土地，你们把城池交给我们，我们把刘文圭还给你们。

王愍铮铮道："带话给你们主子，大宋皇上命我守城，你们可以杀我，但邈川城不能给你们！"

由于青唐地区出现大规模叛乱，道路不通，交往中断，朝廷一时不知真相，情况十分危急。根据现存资料，王赡进入青唐城只带了一将人马，即他的第三将、第四将留在了邈川。第四将只有两千四百人，第三将的人马即便比第四将多，估计也就三四千人。如此少的兵力，远离大本营支援，什么样的情形都有可能发生。面对数千宋军存亡，朝廷也无计可施。曾布在都堂发愁，说："很忧虑，但没办法。"

最后决定，调知镇戎军的种朴星夜赶往河州，会同苗履深入青唐地区。其实，苗履早已到河州了，他一直在申诉，说自己兵马寡弱，不敢过河。等到熙河钤辖姚雄率军赶来，才结伴西进。

苗履、姚雄领兵进抵青唐城外。当时，青唐城外最大一股叛军是"危羌"，来自敦煌东南三危，首领是绰尔结。王赡见增援抵达，派李忠发起进攻，结果败还。次日，苗履、姚雄率军出战，绰尔结列阵以待。这一仗打得十分艰苦，一支叛军已经杀到了苗履面前。而且，叛军兵力占优势，企图绕到苗履军后夹击，是熙河蕃兵总领高永年引兵杀到，鏖战数十回合，叛军才勉强撤退。第二天，绰尔结纵兵四掠，焚其族帐而还。

解围青唐后，苗履、姚雄引军退还熙州。

青唐与邈川仍在宋军手中，消息上报朝廷，君臣额手相庆。鄯州、湟州刚刚建立，万一不测，将四方震动。

对于河州而言，警报仍没有彻底解除。河州西南地区仍有大量叛军。前面说过，河州西南吐蕃大首领边厮波结愿意归降，并主动献出当标、一公、讲朱、错凿四城。朝廷以边厮波结的儿子钦波结为四城巡检，另一个儿子角蝉乃边为本族巡检。突然间，上万叛军围攻错凿、一公二城，叛军首领叫郎阿章。

熙河路经略安抚使胡宗回，命河州都监王吉领五百骑兵平叛，走到半途，全军覆没。又派禁军将领魏钊率第八将征讨，魏钊战死。由于王赡生死不明，河州缺乏主官，在胡宗回的请求下，朝廷紧急征调知镇戎军种朴知河州。种朴星夜启程，赶到河州来不及了解情况，胡宗回接二连三发布命令，要种朴迅速出战。种朴清楚，此时出兵必败，说："贼锋方锐，且天气寒冷，先等一等，不要急着出战。"胡宗回不同意。

此时，河州应该没什么兵马了，主力被王赡带走了，五百骑兵应该是留守河州的精锐力量，覆没了。禁军第八将失去将官，士气低落。在这种情况下选择出战毫无胜算。

史书记载，种朴到达河州仅两日即向西进发，刚经过一公城便遭遇埋伏。叛军望见种朴的中军旗帜，大量骑兵从高岗驰突而下。宋军首尾不能照应，种朴为叛军刺死，战马负尸而去。

种谔，西北前线一代名将，史书中不见其他子嗣，种朴可能是唯一的儿子。

宋军原本士气不高，主帅战殁，士气更加低落。路遇关隘，十分狭窄，逃命困难。眼看大批叛军追赶上来，有一蕃将，名王舜臣，善射，以弓挂臂，独立败军之后，有六七名叛军冲在最前面，王舜臣引弓连发三箭，箭箭都中眉心。余下的返身逃走，王舜臣将其一个个射落马下，《宋史·种世衡传》说："万骑汹惧不敢前。"王舜臣一直射到傍晚，发矢千余，箭无虚发。薄暮时分，宋军全部通过关隘。此时王舜臣手指射破，血染肘臂。如果没有王舜臣，可能全军覆没。

位于黄河之南的一公、错凿、讲朱、当标四城全部位于崇山峻岭之中，道路崎岖。时令已进入冬天，叛军用水浇路，致使结冰，让四城孤绝。宋军自种朴阵亡后，熙河将士无人言战。好在角蝉乃边与钦波结抵抗意志坚决，联合宋军坚守城池。城中粮尽，他们的母亲拿出自己窖藏的麦子充作军粮。

十一月，朝廷命王赡放弃鄯州，也就是青唐，退回邈川。对于河州西南叛军，暂时不予进讨，命胡宗回休息将士，养精蓄锐。朝廷悬赏捉拿叛军首领郎阿章。至于溪哥城内的溪巴温，朝廷出台了赏格。赏格分为说服归顺与活捉归案，各升什么官，给多少银子。

接下来朝廷追责。

第一人是胡宗回。身为熙河帅守，连折王吉、魏钊、种朴三员将官，尤其种朴，因胡宗回督责太急，造成不该有的损失。种朴阵亡带来士气严重低落，差点酿成大祸。胡宗回降职降级，知蕲州。

姚雄弹劾王赡，说取青唐是王赡的主意，是王赡贪功生事。不错，最初的动议来自王赡，可是在进入青唐城之前，王赡是谨慎的，是胡宗回的一再催促，并以军法从事相要挟，才离开邈川，进入青唐地区。这个账无论怎么算，也算不到王赡头上。更何况，在与后方断绝联系的情况下，王赡独自坚守青唐城二十多天，功莫大焉！

此时朝中氛围，与取得青唐城时截然相反。当王赡取得青唐城的喜讯传入京城时，一个个弹冠相庆，此时面对重大挫折，全都噤声不言，甚至还派人调查王赡。这一调查又查出王赡的其他问题。

据李清照的公公赵挺之在《崇宁边略》中云，青唐城自瞎征离开后，有十八天时间处于无序状态。瞎征说，青唐城内物资丰富，宋军若去，一万人马可支十年。由于熙河帅守正在换人，加上王赡持谨慎态度，十八天后篯罗结游说心牟钦毡，迎立木征之子陇拶为青唐主。后来嘉勒摩等人逃走，陇拶投降，青唐城再次沦为真空。当王赡率军进入青唐城时，府库多为诸蕃侵盗，仓储初以百万计，现在仅存下二万斛，珍珠钱币也一样，所剩无几。

这种记载应该接近真实。一座城市，两度沦为真空，劫掠肯定发生，何况抢的是府库。

王赡入主青唐城后，遭遇叛军围城二十余天，军粮不济。王赡一军只带了十四日粮食。估计要饿肚子了，王赡才打府库物资的主意。既然物资被抢，那就应该予以收缴，以充军需，包括赏金。收缴过程不一定顺利，即将挨饿的士兵很粗鲁，甚至很野蛮。这就出现了所谓"出兵抄掠蕃部"。据高永年所著《元符陇右录》载，对于王赡收缴和处理青唐城原有物资，朝廷当时给予了处分，罪名是"擅行给散"，就是未经朝廷批准擅行奖励，罚铜三十斤。

接下来，哲宗驾崩。

哲宗驾崩得十分突然。

先是，元符三年（1100）正月初一的大朝会取消了，原因是哲宗患病。正月初四，宫里传出话来，皇帝要服药，三天不视事。到了正月初八，又说官家还需服药两天。

章惇、曾布等宰执大臣坐不住了。哲宗是一位勤政的皇帝，自从亲政以来，勤勤恳恳，兢兢业业。再说，哲宗只有二十五岁，正值奋发有为之年。是什么病需要一再停朝不视事呢？而且，大臣们还从未听说官家有什么恶疾。

初九，提心吊胆的宰执大臣入内东门问安，可大内传出话来，皇帝不见。

初十，宰执大臣再次来到内东门。直到天快黑时才允许进入福宁殿。看样子，哲宗精神不错，头戴便帽，背靠御座，神态安详。哲宗对宰执们说："胃有点问题，没什么大病，朝中事情众卿自己处置。"

章惇立即说："臣等已祷告宗庙社稷，今天晚上还要在文德殿设醮祈请，为圣上消灾祈福。"

当天晚上，三省和枢密院所有班子成员设醮祈请完毕都没有回家，俱在宫内休息。

谁知道呢，就在宰执大臣们齐心合力为皇帝祈福祛病时，第三天天还没亮，哲宗崩了。

哲宗是神宗皇帝第六子，在位十五年，驾崩时才虚岁二十五。后妃倒有十来个，没有儿子——也不是没有，刘皇后曾经生育一子，取名赵茂，不幸三月而夭。剩下的就是几位公主了。

在福宁殿，商讨由谁继承皇位，章惇说："根据礼法，当立官家同母弟简王。"简王叫赵似，是神宗皇帝第十三子，是年十七岁。

向太后则说："神宗的儿子，年纪最长的是老九申王。可申王是个盲人。除去申王，皇帝位应该由十一子端王继承。"

章惇争辩："论长幼之序，申王为长；若是论亲疏远近，官家的同母弟简王当立。"

向太后以不容置疑的口吻说："都是神宗儿子，论什么亲疏远近？申王有疾，端王当立。何况先帝曾言，端王有福，又仁孝，与诸王不同。"

向太后是真宗朝宰相向敏中的孙女。宰相的孙女，自有气度。当年，神宗皇帝病势日渐沉重，对立皇太子一事犹犹豫豫，是向皇后帮助高太后说服神宗，关键时刻选定太子赵煦。至于章惇，前面介绍过，属铁腕人物。现在，铁腕人物章惇在向太后面前碰了个钉子。可以想见，章惇心底五味杂陈。他想反抗，对方是太后；他不反抗，自感失职。更重要的是，他隐隐觉得，向太后以如此坚决的态度册立端王，恐怕另有深意。

　　哲宗与简王赵似的生母姓朱。朱氏出身寒门，生父姓崔，早年亡故，母亲改嫁，将女儿委托给一家亲戚抚养。熙宁初年，因为姿色出众，十六岁的朱氏进宫做了一名御侍。朱氏是幸运的，很快得到神宗皇帝赏识，一口气生下五女二男，在宫中地位也随之升高，直至晋升德妃。哲宗继位后，由于高太后、向皇后尚在，朱氏尊为太妃。

　　章惇领衔政府，如果赵似登基，后宫有朱太妃这样一位人物，不知要少好多麻烦。身为宰相，最讨厌，也最害怕的就是后宫掣肘。

　　向太后为什么选择立端王？因为向太后膝下无子，如果赵似继位，朱太妃有可能凌驾在她之上。高太后在世之日保持低调，现在高太后不在了，她必须按照自己的要求选择新君。

　　端王的生母陈氏曾是一名宫女，被神宗临幸，生下端王赵佶。陈氏品秩低微，直到神宗驾崩仍是美人。神宗驾崩后陈美人守陵，不吃不喝，很快病逝。

　　根据有关史籍记载，向太后与众宰执商讨由谁继位时，端王赵佶就坐在向太后身旁。

　　章惇哪里知道这些呢？他不知道。宰相的职责，个人的命运，加上桀骜的性格，使他说出了更为出格，后来被验证为最正确的一句话：

　　"端王轻佻，不可君天下！"

　　知枢密院事曾布一声大喝："章惇不要说了，一切听皇太后圣旨。"

　　向太后这才缓缓说道："端王已经在此。"

　　卷起垂帘，端王赵佶果真在场。

　　尽管大宋是一个宽厚的朝代，但是，每一次皇权更迭，都有人因为站错队而招致贬谪。现在，章惇居然当着端王赵佶的面投下了反对票，预示着，一旦端王赵佶穿上龙袍，成为皇帝，云谲波诡的政坛大洗牌即将开启。

因为向太后有拥立之功，赵佶登基，向太后垂帘。在政治上，向太后和高太后一样，高太后不喜欢王安石变法，向太后也不喜欢。高太后薨逝后，哲宗亲政，革新派东山再起。那些饱经磨难的革新派官员，对保守派的清算由口诛笔伐发展到了人身攻击。

譬如同文馆狱，就是革新派对保守派的一次构陷。蔡确的儿子蔡渭检举，说高太后图谋废黜哲宗另立新君。章惇上报哲宗，引来万丈怨愤。经此一案，有多少内侍、宫女受到非人折磨，含冤去世。御药院主管陈衍杖毙于海南，庆寿宫主管张士良斩杀于广西。这些内侍、宫女，包括陈衍、张士良，既是高太后生平信赖之人，也与向太后关系非同一般。

还有瑶华密狱。诬罔的是孟皇后，剑指的是高太后，因为孟皇后为高太后所立。目的是清算高太后的政治遗产，为革新派掌权扫清障碍。

现在，向太后垂帘，她要为那些冤死的故人讨还公道。

靠谁讨还？自然是保守派。几乎是一夜之间，在向太后的主持下，一批遭受打压的元祐人士平反昭雪，回到朝廷。

就是在这种政治气候下，有人重提青唐战事。

第一次青唐之役，并不成功，因为仅仅收复了邈川，放弃了青唐。而且宋军在青唐城内被困二十多天，导致种朴、魏钊、王吉等大量将士阵亡。重提青唐战事的目的很明显，就是向当时的军政要员算账。

为了摆脱责任，曾布等人建议放弃湟州。徽宗拿不定主意，派人去问知兰州的姚雄。

姚雄为姚兕长子，首征青唐，姚雄持反对意见。姚雄十八岁从军，韩绛宣抚陕西时，发现姚雄是个将才，向神宗推荐。神宗在延和殿召见姚雄，试以骑射，姚雄以精湛的箭术，令神宗大悦。十八年来，姚雄有六年时间任熙河钤辖。姚雄反对出征青唐，认为青唐易得难守。

姚雄得到朝廷命令，招来湟州知州雷秀，雷秀认为可弃无疑。

雷秀为什么要坚决放弃湟州？史书没说。会不会与湟州过于偏远有关？湟州不仅偏远，还四周都是蕃部，有的蕃部臣服宋廷，有的没有臣服，有的口头臣服而内心没有臣服。这些没有臣服的蕃部犹如一堆堆干柴，稍有火星就会点燃。雷秀愿意待在这种危机四伏的地方吗？以常理猜度，应该不愿意。不愿意待在这种地方怎么办？就得找理由将这地儿放弃。

雷秀找的理由有二,一是邈川属于穷远之地,如果长期驻守,费财劳师；二是因为宋军曾在青唐城内搜刮财物,诸蕃怨王赡等人入骨。怨王赡就是怨朝廷,一个怨朝廷的地方,守有何益？

姚雄将上述两条理由上报朝廷,朝廷命令姚雄将兵从湟州撤出。

既然是一次失败的战事,就得有人担责。谁来担责,当然是王赡。说这次收复青唐,是王赡"创造事端以生边害"。接下来,扣在王赡头上的罪名和处分逐渐加重,以致到了后来重得完全没谱。比如,原来是"出兵抄掠蕃部",现在是"纵所部剽略,又擅分给白金",继而又上升为"侵盗青唐、邈川珍宝"。这还不算,处斩心牟钦毡等十八名叛乱首领,演绎成王赡纵军抢劫,激起心牟钦毡不满,从而闹事。说王赡斩心牟钦毡等人是为灭口。

王赡先是编管房州,继而加重处分,流配昌化军。昌化军即如今的海南儋州市。行至邓州,王赡自缢而亡。

显然,王赡自缢并不是畏惧儋州偏远。苏轼一介书生,他能去的地方,身为武将的王赡又有何惧？他是想不通啊！父亲王君万因为一笔公款说不清楚,被撤职问罪,籍没家产,他比老父亲还冤。朝廷如此是非不分,黑白颠倒,活着还有什么盼头？

王赡一死,曾布等人终于长吁了口气。

25. 王厚为帅

向太后福祚浅薄,仅仅垂帘一年,便驾鹤西去。

公元1101年,徽宗改元。徽宗第一个年号叫建中靖国。"中"乃中道,也就是中庸之道。其意思大概为：改革派也好,保守派也罢,为了国家安定,朝廷将不偏不倚,量才录用。

徽宗的想法很好,可现实不尽人意。两派对立,相互攻讦,弄得朝廷无宁日。

一年后，徽宗痛定思痛，再次改元崇宁。崇哪个"宁"？熙宁。相当于徽宗正式宣称，他将摒弃"中庸之道"，像神宗爷一样高举改革大旗。

此时，朝中宰相是韩忠彦，属保守派，副相是曾布，属革新派，二人"不协"，也不会协。

皇帝改元，革新派人士看到了信号，保守派即将倒霉。于是乎，青唐战事再一次成为讨论的话题。

对于青唐地区，究竟如何措置？收复有错，放弃似乎也不对。议来议去，最后折中，将青唐地区交给蕃人自己管理。大约在崇宁元年（1102）秋季，朝廷下诏，将鄯州交与木征之子陇拶，毕竟，陇拶是角厮罗的嫡曾孙，于是赐名赵怀德，任命为河西军节度使、知鄯州。湟州则交到木征另一个儿子赵怀义手里，赐官团练使、同知湟州。

在瞎征和陇拶前往青唐之前，徽宗皇帝予以召见。徽宗问陇拶："你有什么办法可以将溪巴温招来？"

陇拶说："溪巴温可以招来。但溪巴温为郎阿章掌控，若赦免郎阿章的罪过，招来并不困难。"

徽宗点头说："郎阿章的罪可以赦免。"

陇拶说："臣到了岷州，就派人前往青唐传达皇上的谕令。倘若郎阿章不从，则派兵进剿，取他的首级。"

徽宗和蔼地说："招降为善，不要杀他。"

从后来看，小小陇拶海口夸大了。自从宋军撤出鄯州后，溪巴温卷土重来，占了青唐城，立自己儿子溪赊罗撒为主，为笼络人心，对外号称"小陇拶"。

现在，小陇拶即将遇上真陇拶。

溪巴温怎么会让真陇拶回到青唐呢？显然不会。当真陇拶和瞎征走到湟州时，青唐方面放出话来，说真陇拶若是敢来，将派兵掩杀。陇拶和瞎征闻言大惊，哪里还有勇气前往青唐？《宋史·王厚传》云："怀德惧，奔河南。"黄河以南是郎阿章的地盘，郎阿章挟其以令其他蕃部，陇拶成了傀儡。至于瞎征，胆子小，要求内附，最后朝廷同意，定居邓州。

就在这个时候，御史中丞钱遹递上了一道为王赡鸣不平的札子。

在这道奏疏里，钱遹说，哲宗皇帝采用王赡之策，收复了青唐与邈川。然而，当时的权臣为了一己之私，不仅将收复的青唐、邈川予以放弃，还以重罪处置王赡，导致王赡身亡。这种荒谬举措，使得西北将士无不胆寒。

钱通认为，今日朝廷必须对那些主张放弃青唐、邈川的权臣治罪，以伸往者之冤，激发忠勇之气。

徽宗采纳了钱通的建议。很快，平反诏书下来，王赡追赠保平军节度观察留后，儿子王珏升通事舍人。

受到牵连的王厚，恢复原有俸禄、职位。

已经受到贬谪的曾布，进一步降为贺州别驾，衡州安置。

有人检举，说最初放弃鄯、湟二州的建议来自姚雄。

姚雄被勒令停职，贬居光州。

在熙河路，姚雄走了，由谁来主持大局？有人向徽宗举荐王厚，说王厚是王韶的儿子，早年跟随父亲经营西陲，对蕃部情况十分熟悉。崇宁二年（1103）初，王厚赴京，徽宗召见。

徽宗问王厚："如何收复青唐？"

王厚说："恢复故地，当以恩信招纳为本，只对那些冥顽不化的蕃部加以征讨。湟州那个地方还保留着汉人风俗，收复相对容易。鄯州及其他几个地方则需要时间更长。"接着，王厚又说，"除了河湟，黄河以南还有河源、积石等城，地广人众，隐然自成一国，如果加以抚治，可以大辟疆土。"

这次召见，王厚的意见是，收复青唐，还应包括黄河以南的广大区域。

徽宗对这次召见非常满意，任命王厚知河州兼洮西安抚使。

王厚希望朝廷派人襄助，徽宗命内客省使童贯一同前往。

童贯，一名小小供奉官，因为在江南寻访书画古玩受到徽宗青睐，官阶飞快提升，到崇宁二年，已经是正七品皇城使了。

童贯最初的职务是走马承受。前面有过介绍，走马承受属皇帝耳目，不负责具体军务。但是，作为一名内侍的童贯，自此步入军界。没人会知道，这一任命给泱泱大宋带来了灾难性后果。当然，这不怪王厚，在一个武将常被猜疑的时代，为保全自己，最好的办法就是将皇帝的家奴带在身边。

崇宁二年四月间，王厚、童贯来到河州大本营。

目前的情形是，宋军拥有兰州、熙州，以及河州东部。黄河以北是假陇拶的势力范围。河州以西，黄河以南，是郎阿章的地盘。赵怀德，也就是真陇拶在郎阿章手里。按照王厚的计划，先收复湟州。而湟州境内的来宾、巴金、把拶宗等处，地势险要，有一夫当关，万夫莫开之说。

围绕收复湟州熙河经略司也有争议，很多人认为，湟州收复难，守更难，意义不大。王厚则认为，以假陇拶为主的青唐政权内部并不团结，互相窥伺。这种情况下不可能做到勠力同心，共保其地。我们先示以恩德，让那些向往朝廷的蕃部归降，以瓦解蕃部中顽固派的士气。

于是，命令兰州通判王端，将领李忠、王亨等人负责招纳。俄而，一批蕃部首领派人前来接洽，答应归顺。王厚申奏朝廷，一一给予官职。

在招纳蕃部的同时，王厚也在准备用兵。将大批军用物资运抵河州安乡关和兰州京玉关。准备完毕，王厚派童贯回京城向朝廷汇报，经徽宗同意，决定于六月兵出熙州。

此次出征，王厚兵分南北两路。北路以高永年为统制官，权知兰州姚师闵为副统制，率兰州、岷州，以及通远军两万兵马出兰州。南路由王厚、童贯率领熙河大军出河州。熙河大军出安乡关，兰州大军出京玉关。

京玉关位于兰州西北，是兰州地区古八关之一，控扼通往青海要冲。安乡关原名凤林关，位于河州境内，由此可通往湟州。当年，金城公主远嫁吐蕃，唐中宗命当地官府征调能工巧匠，于凤林关前修架长桥，以渡黄河，此桥被称为天下第一桥。晚唐诗人张籍曾经吟道：

> 凤林关里水东流，白草黄榆六十秋。
> 边将皆承主恩泽，无人解道取凉州。

自吐蕃大将尚野息、尚悉息东赞率大军越过凤林关，占领河州后，河湟地区就与中原王朝分离了。到张籍吟诗，已经过去了六十余年。"白草黄榆"，岁岁枯荣，前往凉州道路已然不通。造成的后果正如诗人王建所说，"多来中国收妇女，一半生男为汉语。"至于远来的吐蕃人，则"蕃人旧日不耕犁，相学如今种禾黍。"

站在今天看，是民族融合，但在那个时代，是中原士民的巨创。以至于三百多年后宋军进入河湟地区,遭到强烈抵制。参与抵制的有蕃人,也有蕃化了的汉人。

元符二年(1099),宋军首征青唐,改凤林关为安乡关。并于安乡关修筑堡寨,守护浮桥。

这里有一段小插曲,熙河大军正在向湟州境内开拔,皇城之内突然失火,徽宗认为此兆不祥,谕令童贯罢兵。密旨送给童贯,童贯看后神情异常镇定,将其插入靴筒。王厚问,皇上有何旨意?童贯说,皇上鼓舞我等收疆复土,立功重奖。王厚及将士们闻言,摩拳擦掌,士气大振。由此可见,早年的童贯也是一身正气,满腔热血。

童贯率熙河大军出安乡关,过黄河桥,第一战即是攻夺巴金城。巴金城旧名安川堡,位于巴金岭上。据守巴金城的是吐蕃聂龙族首领多罗巴的三个儿子:长子阿令结、次子厮铎麻令和小儿子阿蒙,有守军五千余人。巴金城雄踞冈阜,四面皆天堑,深不可测,且道路险狭。宋军前锋见城门未闭,偏将辛叔詹和安永国抢先入城。谁知城内已有准备,前锋兵少,守军雄厚。安永国堕天堑而死,辛叔詹奋力杀出重围。恰逢大雨,吐蕃军停止追击。

王厚接到败报,传令童贯停止攻击,说天色已晚,先安营扎寨,等明日大军赶到后破城。

次日,王厚亲率大军抵达巴金城下。多罗巴的三个儿子倾巢而出,背城布阵。王厚先礼后兵,派人在阵前谕以恩信,开示祸福,反复多次。阿令结、厮铎麻令和阿蒙均不肯投降,而且话越说越难听,王厚这才下令攻击。

由于守军兵力较厚,加上巴金城易守难攻,宋军很难接近城下。王厚上前督阵,亲自操弓射击。另派偏将邹胜率一队精骑由小道绕至巴金城背后发起猛攻。吐蕃军大惊,宋军擂动战鼓,四面出击,当场斩杀阿令结、厮铎麻令,阿蒙被流矢射中眼睛,负伤而走。

至半途,遇多罗巴率军来援,见两子被杀,一子重伤,伤心欲绝,收兵退回邈川。

紧接着,王厚进军瓦吹寨。瓦吹寨旧名宁洮寨,守军已经逃走,现是一座空寨。

在宁洮寨,宋军没有急于前往邈川,而是派兵攻打近在咫尺的来宾城。来宾城位于巴金城西,也是一处险要之地。向北,直抵廓州,向西,通往溪哥城。王厚担心河南郎阿章抄宋军后路,与童贯亲往来宾城,击败多罗巴余党,命李忠、党万率万余步骑驻守。

南路大军在王厚、童贯率领下夺得巴金城、宁洮寨和来宾城后,直抵把拶宗城。

湟州境内正如王厚战前所言,对宋军到来持欢迎态度。王厚在一份给朝廷的报告中是这样说的,诸羌听说宋军杀了阿令结等人,多罗巴的巢穴皆为官军占据,莫不欢欣鼓舞。原因就在于多罗巴父子侵扰湟州多年,致使当地吐蕃部族深受其害,有些部落想投奔宋朝,被多罗巴横加阻挠。现在赶走了多罗巴,众心无不悦服。而宋军,执行了严格的民族政策,沿路经由蕃部之地,秋毫无犯,汉、蕃两族,各自安然。

北路大军在高永年、姚师闵的率领下,首先收复通川堡,于南路大军抵达之前,来到把拶宗城下。

把拶宗城位于湟水之滨,土地肥沃,是青唐政权的主要农牧业区。多罗巴在这儿驻有大军。前锋王亨、刘仲武派人招降,被拒绝。主帅高永年听说自己队伍里有敌方内应,未动声色,率领大军猛攻把拶宗城。内应见宋军攻势凌厉,告知城内。城内军心摇动,争相倒戈。宋军不仅一口气拿下了把拶宗城,还顺带占领了通湟寨。通湟寨,顾名思义,即湟州大门。

越三日,高永年引军抵达邈川城下。第二天,王厚率熙河大军赶来会合。

邈川城内吐蕃大首领名丹波秃令结,属于顽固派,对于那些准备归降的人全部抓起来,然后坚守不出。

王厚、童贯攀上南山,见邈川城中兵力雄厚,守备严密。此时,青唐已闻讯增援,大量青唐兵自城北湟水乘舟而下,城内守军越发气焰嚣张。诸将建议,敌军势大,我军攻战已久,士卒疲惫,不如暂且休整,徐徐图之。

王厚问童贯,童贯赞同诸将意见,暂缓攻城。

王厚告诉童贯:"大军深入至此,必须迅速破城,否则青唐方面倾力来援,夺城更加困难,甚至很有可能前功尽弃。全军将士现在应该想的是如何拿下邈川。"王厚命令诸将,"如果有谁再言休整,动摇军心,斩!"

王厚组织敢死队攻城。尽管城上箭石如雨,一批批敢死队员仍奋勇而上。战鼓声、厮杀声昼夜不息。

另外，王厚派偏将王用占领湟水上流，截断邈川守军退往青唐道路。青唐派军来援，被王用击破。继而，王用率军攻击邈川水寨。邈川水寨位于湟水之北，目的是保护位于湟水上的浮桥。蕃将包厚缘城而上，众军继后而入，邈川守军抵挡不住，退守桥南。

激战之中，邈川守军以火焚桥，烈焰冲天，黑夜如昼。宋军乘势攻击，邈川守军渐渐不支。蕃部首领苏南抹令瓦派人悄悄出城联络宋军，请为内应。入夜，苏南抹令瓦手下打开水门，偏将王亨挥兵入城，大呼："宋军已夺城矣！"邈川守军大乱，丹波秃令结仅以数十骑由西门逃走。

黎明，宋军进入邈川城。王厚推荐高永年知湟州，上报朝廷。朝廷同意，命高永年修复城池。

至此，湟州收复。

为了确保后路安全，王厚建议派兵驻守安乡关与京玉关。尤其是京玉关，黄河以北是西夏领地。元符二年（1099）首征青唐，西夏就曾两次出兵攻打南宗堡，虽然宋夏战火已经平息，但西夏人历来诡诈，不得不防。经朝廷同意，命偏将沈言带领人马屯守京玉关。又命偏将刘成、陈迪引兵驻扎安乡关予以照应。同时，命刘成、陈迪经常派兵巡逻，监视位于河州以西、黄河以南的郎阿章等蕃部。

至于湟州附近的三处要害，分兵把守。一处是邈川之南的来宾城，一处是邈川之西的绥远关，一处是邈川之北的南宗堡。这三处要害对于邈川而言仿佛"腰背"。此次吸取元符二年首征青唐的教训，在下一步行动之前先将"腰背"筑实筑牢。

七月到八月，王厚大军屯扎于湟州，分兵筑城。其间，朝廷发布了两道命令。一是关于赵怀德的，责令熙河经略司根问去处，迅速令赵怀德前往湟州。若是有人阻拦，或者杀害，移兵前去讨荡；对于杀害赵怀德的凶手，全家诛斩。二是关于郎阿章的，朝廷说今访得郎阿章原系河州蕃官，累立战功，本无背叛之心，只因元符二年熙河经略司措置无方，对郎阿章有功未赏，致使逃往河南竖起反旗。现在，朝廷特予免罪，许令自新，除授郎阿章防御使官职。在朝廷的严令下，郎阿章放还了赵怀德。

关于王厚大军的下一步行动，熙河经略司与朝廷进行了充分沟通，最后决定先平定河州以西、黄河以南的蕃部。朝廷的命令是这样说的：待南宗堡修筑完毕，回师向南，渡过黄河，拿下当标、一公二城。至于廓州，等到明年春天进兵。当湟州、廓州、河南全部平定，最后兵指青唐。扫清湟州、廓州、河南吐蕃势力，是为今后进入青唐消除后患。

八月，绥远关修筑完毕，留下三千人马驻守。高永年率王端、王亨驻守湟州，王厚、童贯统率大军进发来宾城。在来宾城，命党万、陈迪为前部，向当标城进发。经过激战，占据当标。

王厚又派冯瓘领兵去取一公城。叛军离城二十里布阵，被冯瓘攻破，叛军弃城而逃。

夺得当标、一公二城，还没有喘口气，来宾城传来噩耗，数千叛军乘宋军渡过黄河，城内兵力薄弱之机，偷袭来宾城。加之城内混进奸细，来宾城很快陷落。巡检纪育战死，知城杨洙、监押董仙、巡检赫连青弁等败走巴金城。

王厚命令陈迪、党万率军八千回师救援来宾城，自己亲率大军北上，劝降溪巴温妻子大掌牟，占据通津堡；继而抵达位于黄河南岸的大通城，数千守军抵抗一阵，见无法取胜，焚烧浮桥而逃。

陈迪、党万还未到达来宾城，叛军将来宾城劫掠一空，四散而去。

河州以西、黄河以南蕃部刚刚平定，湟州又有警情，位于青唐的假陇拶溪赊罗撒率军越过宗哥城，逼胁湟州。为确保湟州安全，王厚挥兵北上，在胜宗谷大破溪赊罗撒。

按照朝廷原来命令，王厚率大军暂回熙州，等待明年春天收复廓州。

零星战事时有发生。十一月，冥顽不化的郎阿章未能接受朝廷敕封，领兵攻打一公城，王厚命熙河钤辖李忠率兵救援，行进途中遭遇埋伏，李忠及手下将官李士旦、辛叔詹、辛叔献虽然突出包围，但人人带伤，退往怀羌城。当天傍晚，李忠伤重而亡。

王厚又派刘仲武、潘逵率大军前来，与郎阿章大战骨延岭。郎阿章战败，引兵逃走。

过完新年，王厚上书朝廷，建议改变原来计划，暂停北上廓州，先取青唐。王厚说，近来王端得到消息，说宗哥城首领结毡派亲弟结菊来到湟州，答应归顺，表示只要宋军一到即打开城门。至于廓州，有一名蕃僧前来传信，青丹谷部也准备投降。在廓州，青丹谷部占据地形最为便利，历来强梗，如今皆通款归顺，形势可谓一派大好。既然形势都好，应该先取宗哥。宗哥是青唐政权陪都，也是青唐城门户，取得宗哥，相当于打开了进入青唐城的大门。

朝廷同意了王厚先取青唐后取廓州的主张。

崇宁三年（1104）三月间，隆冬已过，大地泛绿。王厚、童贯率大军从熙州出发。为防止西夏增援青唐，以及河南蕃部骚扰，命通远知军潘逢权驻湟州，会州知州姚师闵驻兰州，监视西夏；命刘仲武领兵驻安强寨，也就是当标城，照看河南。一切安排停当，王厚、童贯率大军一路向西。

来到湟州，大军住下，商议下一步行动计划。大半年来，仗打得较为顺手，很多将领有了轻敌之心，说青唐城就像一枚熟透的果子，伸手就能摘下来。王厚大不以为然，说："青唐诸羌，用兵诡诈，况且湟州之北有胜铎谷，西南有胜宗隘和汪田、丁零宗谷，我军若出绥远关，青唐军必然分兵夹攻我军于渴驴岭、宗哥川一带，断我粮道，谁胜谁负还真不一定。"

于是分兵三路，王厚、童贯率主力由绥远关、渴驴岭直抵宗哥城；高永年率一部出胜铎谷向北行进；偏将张诚和王厚之弟王端渡过湟水沿岸北进。高永年、张诚、王端的任务是保护宋军侧翼安全。约定九天后进抵宗哥城外。

当天，童贯领兵先趋绥远，到达绥远关后，派冯瑾率选锋军占据渴驴岭。探马报告，青唐兵就屯扎在渴驴岭下，而且人马甚众。童贯停止前进，等待后续人马。

待王厚率大队人马抵达后，溪赊罗撒派一个叫般次的蕃官前来迎接。冯瑾对般次说："捎话给你们主子，宋军已到，望早早归降，否则刀兵无情。"

般次归还，对溪赊罗撒说："此次宋军人马不是很多。"溪赊罗撒一听大喜，说："既然宋军人马很少，我有何惧哉！"

正要出战，听闻宋军兵分三路而来，急忙后退二十里。此处位于宗哥城之东，地名葛陂汤，有大山深谷，溪赊罗撒领兵据守。

次日平明，宋军尾随而至。青唐军约有五六万，利用地形布阵，且张疑兵于山后。王厚命冯瑾统选锋军与青唐军对阵，王亨统策选军继后。王厚对童贯说："溪赊罗撒想以逸待劳，如今日头渐高，士马饥疲，不可少缓。"命中军越过前军，沿北山布阵而行。催促选锋军入战，一举击溃当面之敌。此次战斗，交由高永年指挥。

命令下达给高永年，宋军正要行动，探马忽报，说内应送来消息——内应是不是宗哥城蕃部首领结毡、结菊？存疑——溪赊罗撒刚才与多罗巴商议，说宋军中张有伞盖的是王厚、童贯二位太尉，准备予以重点攻击。

童贯紧急派人召回高永年，准备改变部署。王厚摇头说："命令既然下达，就不要改变。"

高永年面对内应传来的消息，也十分为难。

王厚对高永年说："两军相逢，胜负在顷刻之间。君为大军主将，还在这里磨磨蹭蹭干什么呢？"

此时，青唐军与冯瓘统领的选锋军仍在相持。溪赊罗撒引一队卫士登上北坡，挥动大旗，指挥青唐军进攻。布置在北山的疑兵准备偷袭王厚、童贯。王厚命令在外围警戒的游骑千余人绕道北山，从背后向溪赊罗撒的疑兵发起攻击。疑兵发觉宋军悄悄从背后扑来，赶紧撤退，宋军千余游骑紧追不舍。

这时宋军战鼓擂响，高永年命选锋军冲阵。位于湟水之北的宋军在张诚率领下涉水冲杀过来，直捣青唐中军，溪赊罗撒扔下帅旗赶紧逃命。宋军缴获青唐军帅旗，大呼："获贼酋矣！"战鼓如雷，宋军乘势猛攻，青唐军大败，溪赊罗撒单骑败走宗哥城。宗哥城四门紧闭，溪赊罗撒只得奔回青唐城。五六万青唐军，风流云散。

宋军收复宗哥城，易名堡塞寨。

按照王厚的想法，宋军应该连夜赶往青唐城。童贯则建议休整一宿。大战过后，将士疲劳，休整一宿很有必要。但王厚预感溪赊罗撒要逃。果不其然，第二天向青唐城进发，沿途多有死马，可见溪赊罗撒和青唐军残部一夜没有停留。当王厚、童贯率军达到青唐城下，溪赊罗撒、多罗巴等人早已溜得无影无踪，青唐城几乎成了空城。进城细访，有人说溪赊罗撒连夜赶回青唐城，因为部下反对以青唐城为据点对抗宋军，溪赊罗撒只得带领亲属向南而去。王厚急命冯瓘率一万精骑由青唐谷进入南宗堡，被溪赊罗撒觉察，折身向西逃遁。冯瓘引军追赶一阵，不见踪迹。青唐城以西是茫茫高原，杳无人烟。未能捕获溪赊罗撒，童贯懊悔不迭。

收复青唐城，奉诏建为西宁州，设陇右节度，置安抚使都护。以高永年知西宁州兼陇右都护，知湟州王亨为副都护。

继而，向西前出到林金城，即今日湟中多巴。林金城内蕃部首领河奘率族人归降。林金城更名宁西城，由陇右都护府派兵守卫。

四月下旬，王厚、童贯率大军出鄯州直奔保敦谷，进入廓州地界。廓州蕃部首领洛施军令结出城投降。宗哥之战中，洛施军令结为宋军所伤，来到宋军面前，洛施军令结滚鞍下马，拜伏在地，说："愿意用后半辈子报效宋廷。"

王厚进入廓州，上表朝廷，命偏将陈迪驻守。

再征青唐始于崇宁二年四月，结束于崇宁三年四月，时间刚好一年。王厚、童贯率领熙河、秦凤两路大军收复了湟州、鄯州、廓州及河州以西、黄河以南土地。开拓疆境，幅员三千余里。现在大宋熙河经略司的地界是：北与西夏交界，西与青海龟兹国相连，拥有熙州、河州、洮州、巩州、岷州、兰州、湟州、西宁州、廓州等九州之地。王韶没有完成的功业，被他的儿子接过，并圆满完成，也算是大宋朝一段佳话。

青唐之役结束不久，朝廷升王厚为熙河路经略安抚使兼知熙州，童贯依然回京勾当内东门司。不过童贯升官了，由一年前的皇城使升景福殿使，超升八阶，进入高级武官行列。

据赵挺之《手记》所载，王厚大军每得一地，蔡京就兴致勃勃地指着舆地图向徽宗报告，说此处可以通西夏，或者此处可以通青海，自此以后，朝廷威德将抵达这些地方。徽宗听了，当然高兴。

对于西征大军粮草，保证足额供给。当时粮价比熙宁、元丰年间贵了，熙宁、元丰年间每石米不过七八百文，近二十年过去，崇宁年间涨到了每石千文。运到前线每石米是什么价呢？赵挺之在《手记》中说，一斗米运到鄯州、廓州，需要三四缗，也就是三四千钱。一石米则需要三四十缗，翻了三四十倍。但是，蔡京一切不问，专意收复青唐。

王厚、童贯率大军再征青唐，宋夏开始交恶，摩擦不断发生。

起因应该与宋廷收复河湟有关。河湟地区，距离西夏西凉府不远。西凉府属西夏大后方，宋廷控制河湟，西夏大后方受到威胁。

崇宁二年（1103）九月，就在宋军收复邈川不久，西夏国主乾顺封察哥为晋王。察哥是乾顺的异母弟，用《西夏书事》的话说，察哥"雄毅多权略"。这样的人物在西夏历史上不多，元昊"多权略"，但算不得"雄毅"，属于狡诈。察哥武艺也不错，引弓二石余，洞穿重甲。

乾顺将军权交给察哥，任命他为都统军。察哥建议，说自古步骑并用。我们西夏有铁鹞子，可以驰骋平原；有步跋子，能够攀越山谷，然而宋军有"陌刀"，还有陌刀阵法。

这里需要解释一下，陌刀为唐军制式刀，长柄，双刃，专门用来对付突厥骑兵，宋军北有契丹，西有党项，承袭唐军战法，军中有专门陌刀手。察哥说，西夏铁鹞子在这种长柄陌刀面前，无计可施。除此之外，宋军还有"神臂弓"，射程远，威力大，步跋子在神臂弓面前，也经常吃亏。面对这种状况，西夏军也要改革，一是装备强弓硬弩，二是加强射技训练，三是组织盾牌手。

察哥的兵制改革得到乾顺的大力支持。

崇宁三年初，王厚、童贯准备率大军收复青唐城之前，朝廷派人来到熙河，要求王厚联络监军仁多保忠，劝其内附。梁乙逋在位时，仁多保忠与梁乙逋矛盾很深，那个时候就有内附之心。正因为仁多保忠与梁乙逋有怨，小梁氏挑选他与嵬名阿吴杀掉了梁乙逋。梁乙逋死后小梁氏仍在，仁多保忠深感不安，派人来到熙河，请求归顺，宋廷不知真伪，没有接纳。如今，蔡京忽然想到仁多保忠，想把他争取过来。

王厚不同意蔡京的做法。王厚说，仁多保忠虽然有归顺之心，可他手底下没什么兵马，招纳这样的人用处不大，不如将他放在卓罗和南监军位置上。蔡京不听，严词责备王厚。王厚只得派人前往卓罗和南军司，结果，返回时使者被西夏巡逻人员抓获。宋廷公开招诱西夏命官，乾顺闻讯命仁多保忠前往兴庆府。阴谋变成了阳谋，蔡京仍然一意孤行，命令熙河经略司派人催促仁多保忠迅速动身赴宋。王厚再次建议，说仁多保忠已经撤职，即便得到了此人，也没什么用处。

蔡京不听，命人持金帛前往卓罗和南。乾顺大怒，派兵出界抄掠鄜延、环庆、泾原三路。

宋夏之间，战火燃起。

从情理上讲，这次宋夏再起冲突责任在宋。如果不是蔡京决意招纳仁多保忠，乾顺不会越界挑衅。

蔡京为什么执意要招纳仁多保忠？难道他不清楚失去卓罗和南监军职务的仁多保忠半文钱不值？蔡京应该清楚。既然清楚失去监军职务的仁多保忠啥也不是，那就只有一种解释，蔡京想闹事。

蔡京是崇宁元年进入朝廷的，拜为右相当天，徽宗在延和殿召见，对蔡京说："神宗皇帝创立新法，哲宗先帝继承，朕决定承袭父兄遗志，望卿不吝献策建言。"

蔡京匍匐在地，表示愿效死力。

蔡京改革内容很广。比如将礼仪与音乐分开，设大晟府，专门管理宫廷雅乐，以及原来属于太常寺鼓吹署主管的鼓吹乐。

再如设立画、算、医、书四学。四学相当于现代的画院、数学院、医学院和书法院。

还有，各地设立安济坊、居养院，打造全民救济网络。安济坊安置病残之人，居养院收留鳏寡孤独。

当然，蔡京改革的重点是经济领域。

首先改革"茶法"。

如何改？很简单，令天下客商统一来到京城，在榷货务用钱买"长短引"，然后到茶场进行茶叶交易。

其次改革"盐法"。

第一步，划分区域。通州、泰州地区产海盐，号称东南盐，行于东南诸路；滨州、沧州地区产海盐，号称东北盐，行于东北诸路；京畿地区是解盐地盘。

第二步，推行"盐钞法"。改革原有官运官卖的食盐销售体制，盐商们先用现金购买盐钞，然后用盐钞去盐业产地采购食盐。

说到底，盐、茶二法的改革，即国家垄断茶引和盐钞。垄断的结果是，国库有钱了，钱多了，建功立业的念头在蔡京心底拱动。

赵挺之在《手记》中有如下记载：鄯州、廓州还没有收复，蔡京便下令泾原路邢恕，准备器械，枕戈达旦，作出向西夏进攻的态势。还命令陶节夫在延州大加招纳党项族人。

鄜延路帅守陶节夫，进士出身，章楶引入泾原，成为幕僚。章楶进入朝廷后，陶节夫来到京城，被蔡京看中，录为讲议司检讨官。讲议司是蔡京设立的改革委员会。陶节夫进入讲议司后一路腾达。当陶节夫成为鄜延路经略使后,唯蔡京之命是从。如今蔡京要开疆拓土,建功立业,陶节夫自当倾全力支持。

根据《宋史·陶节夫传》所载,崇宁初年,鄜延路"筑堡四城"。其中有一堡名石堡寨,十分紧要。石堡寨的具体位置不知,最大的可能位于啰兀城旧址。当年,种谔筑啰兀城引起西夏高度警惕,最终被西夏派兵夺走。现在,陶节夫在当年啰兀城旧址再筑新城,乾顺不由得火冒三丈,说:"汉家夺吾金窟埚!"

"金窟埚"即炼金子的坩埚,重要性不言而喻。西夏派兵来争,被陶节夫击败。乾顺愤愤地说:"今筑石堡,又城银州,下一步将是洪、宥二州。如此一来,横山之地,西夏失去了十之七八,兴州就暴露在了宋军面前。"

乾顺的盛怒可想而知,派兵四处出击。《十朝纲要》云:九月,夏人犯泾原,分兵围没烟平夏城,引大兵自葫芦川入,直犯镇戎军,趋渭州,一次性掳走民户数万。

崇宁三年(1104)十月,调集四军司兵马突入泾原,围平夏城,杀钤辖杨忠。并派人送檄文到镇戎军,上面写道:"诰斥蔡京弄权肆情,故举兵讨之。"

宋廷针锋相对,授陶节夫为鄜延、环庆、泾原、秦凤、熙河五路经制使,全线反击。

这一阶段总体来说西夏处于下风,譬如宋军攻下银州寨。南宋初年大名鼎鼎的韩世忠就是在银州寨之战中崭露头角,《西夏书事》云:"裨将韩世忠斩关杀守城将,掷首陴外,诸军乘之,寨遂溃。"

拿下银州外围银州寨后,西夏军与韩世忠再战嵩平岭,西夏军不敌,大败而走,放弃银州。

但是,在大宋最西端,局势顿时险恶。溪赊罗撒和多罗巴在走投无路时投靠了西夏。溪赊罗撒、多罗巴强烈要求复国,乾顺大力支持。要钱给钱,要人给人,迅速拉起一支数万人的队伍。崇宁四年(1105)三月间,溪赊罗撒在西夏军的支持下,攻打位于西宁州之北的宣威城。陇右都护高永年率兵救援。出城三十里,却被数百名帐下亲兵所执。这些亲兵均是蕃人,属于熟户,高永年非常信任他们,谁知在溪赊罗撒的招诱下背叛了高永年。

亲兵们将高永年押至溪赊罗撒营帐,为多罗巴所杀。多罗巴咬牙切齿地说:"此人夺吾国,使吾宗族漂落无处所。"他不仅亲手杀死高永年,还剖开胸腹,探其心肝为食。

《宋史·忠义传》载，高永年"略知文义"，范纯仁曾令高永年将所著《元符陇右录》送入京城，面见哲宗。由此可见，高永年不是"略知文义"，而是文武双全。

西夏攻打宣威城，徽宗下令救援，急分兵势。熙河钤辖赵隆率军日夜疾行，抵达铁山——具体地址不详，唐代铁山之战位于阴山以西，宋夏铁山之战应该在兰州以北。赵隆先登陷阵，士卒死战，宣威城下西夏军闻讯，慌忙解围而去。

两征青唐，高永年立功甚多，死讯传至京师，徽宗震怒，亲书相关责任人十八名，吩咐拘于秦州，命侍御史侯蒙前往鞫讯。王厚也被罢职，听候处理。任命燕雄为熙河经略安抚使。

侯蒙到达秦州后，经过调查，高永年随着战功增多，有些得意忘形。譬如对待归降的蕃部，不加考察一律重用。对此王厚多有提醒，高永年不听。这次死于自己亲兵之手，实属咎由自取。侯蒙上书徽宗，认为，我若因溪赊罗撒杀一个都护，而重处边关将臣十八人，高兴的是溪赊罗撒。

徽宗顿时明白过来，当天即下令将十八人释放，命诸将立功自赎。侯蒙返回京城。

王厚仍然深感愧疚，请求朝廷处分。徽宗将其召入京师，再三抚慰。王厚一力请辞，徽宗只得允许"奉朝请"，即不担任具体职务，但有资格参加朝会。这是一种对有功大臣的优惠安置。

高永年死后，新任陇右都护为刘仲武。

此时的西宁州，叛军四起，为首的即郎阿章。刘仲武与之相持数日，悄悄派两员偏将领一彪人马前去挑战，吩咐道："叛军出，不与战，赶快撤退，我将伏兵于半道截杀。"两员偏将依令而行，郎阿章引数万大军追赶，刘仲武半道杀出，郎阿章猝不及防，损失数千人马，退回河南老巢。

西宁州为刘仲武收复。

26. 童太尉发迹

第二次收复青唐，童贯居于副手位置。文献记录，他与王厚配合得很不错，《续资治通鉴·宋纪》如是评价："凡所措置，（童贯）与王厚皆不异。"每次行动，童贯也非常尽力。第二次征伐青唐结束，王厚知河州，权熙河路经略司，童贯回到京城。崇宁四年，高永年战死后，王厚受到处分，童贯重返熙河为帅。

根据南宋人陈均的《皇朝编年纲目备要》记载，升童贯为熙河帅，兼管秦凤路，是蔡京的主张，得到徽宗支持。

但是，蔡卞反对。

蔡卞于元符三年（1100）受贬，随着蔡京入相，蔡卞再次起用，知枢密院事。蔡京以元丰年间李宪为例，力图说服胞弟。蔡卞当着皇帝的面非常严肃地说："以内侍为帅不是什么好事情。童贯听了我今天的话肯定心底不高兴。但是，在朝政大事面前我不说就是失职。"

蔡卞这人历史上名声不好，但是在起用童贯这一大是大非问题上，始终坚持己见，没有附和兄长，也没有苟同皇帝。

徽宗只得后退一步说："那就让童贯不要兼管秦凤。"

散朝后，蔡京暗暗唆使一批谏官围攻蔡卞。蔡卞一气之下辞去知枢密院事之职，出知河南府。

蔡卞一走，童贯立马兼管秦凤路了。

大观二年（1108），蔡京献祥瑞，无数人加官进爵，童贯是其中之一。不同的是，童贯进的是节度使衔。宦官建节，始于童贯。

根据《宋史·童贯传》的记载，童贯这人身材魁梧，骨骼强健，颔下有一撮胡须，不多。看起来不像宦官，没有娘娘腔，也无娘娘样。而且"有度量，能疏财"。这样的人一般交际很广。"后宫自妃嫔以下皆献饷结内，左右妇寺誉言日闻。"从这条记载看，童贯这人并不唯上，结交的多是嫔妃以下的宫女，或者内侍。

童贯出自李宪门下。关于李宪前面讲过，神宗年间配合王韶收复熙河二州，官进景福殿使、武信军留后，给仪卫三百，领熙河经略使，兼管秦凤路军马。在宦官中，李宪属于佼佼者，就连李宪本传都说他能"拓地降敌"。

最初的童贯，其表现也可圈可点。配合王厚收复青唐，多次单独领军出战，指挥得当。例如激战巴金岭，童贯率李忠等人为前锋，当进攻不利时，立即向王厚汇报，接受王厚的命令暂停攻击。以致王厚在给朝廷报告中写道："臣与童贯亲率诸将出安乡关上巴金岭，……城中拒守之人五千有余众，开门尽锐，敌官军。臣与童贯鼓率士卒，亲督诸将夺险，数路并进，遂斩多罗巴男阿令结、厮铎麻令，并射中第三男阿蒙，……然后得城。"

早在童贯主管熙河经略司兼领秦凤路兵马之前，也就是崇宁四年三月，溪巴温和他的儿子"小陇拶"在西夏军的助力下，围攻宣威城，截杀陇右都护高永年。尽管吐蕃与西夏联军最后撤围，但引发了已经归顺的廓州吐蕃大首领洛施军令结叛乱。叛军焚毁大通桥，包围廓州及肤公城，时间长达一个多月。

不久，位于溪哥城的吐蕃部族在首领藏征扑哥的带领下也起兵叛宋，围攻州城。

关于这段历史，《宋史·西夏传》中有记载："夏人遂入镇戎，略数万口，执知鄯州高永年而去，又攻湟州，自是兵连者三年。"

大观二年（1108），即是"兵连者"的第三年。

在蔡京力主下，徽宗决定在河湟地区再一次兴兵。这次兴兵目的很明确，平叛。河湟地区总的来说已经纳入了大宋版图，但随着西夏对地界的要求没有得到满足，一直在西线挑事。名义上是溪巴温和他的儿子假陇拶复国，实际上是西夏企图插手河湟事务。

动兵之前，朝廷发布命令，改封赵怀德为顺义郡王、昭化军节度使，总领河南蕃部。赵怀德是木征之子，以他总领河南蕃部，既名正言顺，又可以分化瓦解叛军。

大观二年四月，童贯命统制官辛叔献、冯瓘统大军自岷州进入洮州之南，这儿的吐蕃鲁黎诸族，在首领结毡率领下拒纳官军，用蕃文致书辛叔献与冯瓘，言辞倨傲。辛叔献、冯瓘均为西北前线老将，久经战阵，整军逼之，诸羌骇散，几乎是兵不血刃进入洮州城。随后一边筑城一边招纳洮州境内蕃部。尽管史书上没有记载，但估计赵怀德发挥了一定作用，否则，叛乱的蕃部断不会望风而溃。

位于溪哥城内的藏征扑哥无意出降，继续顽抗。童贯命陇右都护刘仲武由西宁州进军。刘仲武对童贯说，大军进逼溪哥城，藏征扑哥必然投奔西夏。西宁州是藏征扑哥投奔西夏的必经之路。只要藏征扑哥离开老巢溪哥城，我们既可以掩捕，也可以招纳。问题是，现在黄河上的浮桥还没有铺设完成，藏征扑哥就是想投奔西夏也无桥过河，目前发起进攻不是时机。

童贯与他的前任孙路、胡宗回相比，胸襟阔达得多，赋予前线将领很大权力，许以便宜行事。

为了稳住藏征扑哥，刘仲武派人前往溪哥城与藏征扑哥洽谈，藏征扑哥答应归降，但刘仲武必须送一子进城为质。

送子进城为人质，须冒极大风险。

刘仲武没有犹豫，将长子刘锡送入溪哥城。

河桥搭建完成，宋军分三路向溪哥城进军。一路由统制官刘法、张诚、王亨率领，出循化城；一路由统制官焦用诚、陈迪率领，出廓州；一路由刘仲武亲自率领，出青唐城。刘仲武一路最为迅捷，从撒逋谷通过河桥，兵临溪哥城下。藏征扑哥没想宋军来得如此之快，只好出城投降。

稍后，朝廷改溪哥城为积石军。河南之地初平。

徽宗听说刘仲武质子于溪哥城内，非常惊讶，将刘仲武召入京城慰劳。徽宗对刘仲武说："高永年不听卿言，出师不利，为贼人杀害。这次招纳藏征扑哥，抚定河南，卿出力最大。"

徽宗问刘仲武有几个儿子？

刘仲武说："臣有九子。"

徽宗当场钦点刘锡为右班殿直，合门祗候，其他八子也补三班之职。

对于前线总指挥童贯也有赏功。但如何赏功童贯，朝中一波三折。

前一次因为天降祥瑞，童贯升武康节度使，朝中非议汹汹。这一次还没有行赏就暗流涌动。有个翰林学士叫叶少蕴，听说升童贯为使相，害怕得不行。为什么，因为轮到他值班，值班的翰林学士要草制。如果皇帝命他为童贯升使相草拟制书，拒绝吧，得罪皇帝；不拒绝吧，将为天下人不齿。

蔡京是否有意升童贯为使相？也许有，说不定此风就是他放出来的。这一阵子蔡京与童贯处于蜜月期。但是，即便蔡京想升童贯为使相，也不敢升，舆论的力量太大。最后，仅给了童贯一个检校司空的加衔，由武康节度使改为了泰宁节度使。泰宁节度使为节度使衔之首，将童贯的节度使衔由武康进位至泰宁，比较合乎情理。

叶少蕴奉诏草制，完成了任务。有个叫郑华的，与叶少蕴关系不好，在童贯面前挑拨，说，叶翰林欺负你童大帅没有文化，在制书中暗讽你。

童贯问："叶少蕴是如何暗讽洒家的？"

郑华说："叶少蕴在制书中有这样一句，'眷言将命之臣，宜懋旌劳之赏'。"

内侍省差一小宦官去寺庙烧香，称为"将命"；修建寺观，劳苦功高，转官则称"旌劳"。童大帅什么人物？应该比照"两府故事""宣威麻词"，叶少蕴把童大帅当作的是小黄门。

童贯再有度量，听了郑华说辞，也火冒三丈。

按照童贯自己的猜度，这次收复溪哥城，平定临洮，应该升开府仪同三司。开府仪同三司是武臣最高衔，相当于使相。谁知不仅没有升为使相，还遭叶少蕴戏弄。

盛怒之中的童贯面见徽宗，在徽宗面前泣诉。甚至，将检校司空的官告扔在徽宗面前。

徽宗如何安慰童贯？不见记录。叶少蕴栽大了，先是出知汝州，接着被罢职，领洞霄祠。据说，叶少蕴很得徽宗垂青，但为了安抚童大帅，不得不忍痛割爱。

第二年，再行洮州赏，童贯的检校官上升一格，为司徒。

平定河南，是收复青唐的最后一战。从元符二年王赡建议收复青唐起，历时九年，宋军三次西征，终于将这块久悬于外的版图并入了中原政权。无论怎么说，童贯是两次西征的组织者、参与者，属有功之臣，赏一个开府仪同三司毫不为过。关键在于他的身份不好。他是内侍，皇帝身边人，这一特定角色决定了士大夫们对其保持着高度警惕。内侍权力太大，靠科第入仕的大臣们总是本能地带有敌意。加上皇帝是个"耙耳朵"，身边人经常嘀咕，免不了先入为主。

此时的熙河路早已不是王韶时期，以及王厚时期模样了，西宁州稳固了，积石军设立了，河州、洮州、廓州安定了，一个没有内乱的西陲，西夏基本无机可乘。总体来说，从大观二年至政和四年，熙河路是平静的。在这六年时间中，熙河路的主要任务是修筑古骨龙城。

转眼到了政和四年，即公元1114年。

这年一开头，宋夏之间就发生了一件很不愉快的事。年初，夏使来上誓表，进入保安军，却将誓表丢在馆舍回去了。这且不说，所谓誓表，通篇全是诬枉诋毁之词。

保安军立即上报延州。此时鄜延路经略使是贾炎。贾炎得到夏使的弃表后，迅速上交朝廷。

这件事的性质非常恶劣。从名义上讲，西夏是大宋的藩属国，乾顺是徽宗皇帝的臣子。臣子对皇帝必须忠诚。现在不仅谈不上忠诚，还诋毁、诬枉、漫骂。

得到西夏的国书后，宋廷似乎没什么反应，或者说反应轻微。究其缘由估计与童贯出使辽朝有关。就是那次童贯使辽，开始了伐辽计划。既然下一步的作战对象是辽朝，西北前线的关注度自然大为下降。另外，经过元符年间和崇宁年间两次打击，西夏的战略优势已经全部丧失，在决策者眼里跟落水狗无异，翻不起什么大浪。弃誓表于保安军馆舍，那是西夏人在斗气，甭理他。

谁知道呢，出格的事接踵而来。

政和四年三月，西夏人筑藏底河城。

藏底河位于保安军北，宋夏交界之处。按《宋史·地理志》记载，这儿有一段"洑流"，也就是地下河。藏底河即由此而来。政和三年，贾炎建议在此处筑城，上报朝廷，没有答复。没有答复是宋廷不想继续在西北投入战争资源。没想一年后，乾顺瞄准了这块战略要地，抢先修筑城堡。

贾炎再一次上奏朝廷，同时派总管刘延庆领兵前往藏底河，估计山道难行，加之藏底河城地势险要，刘延庆出师不利。前面提到的小将韩世忠十分骁勇，登上藏底河城头，由于西夏军从佛口岭增援，韩世忠不胜而退，仅仅割回了一块护城毡。

五月，乾顺进兵天都山。

天都山自从元符二年冬被章楶收复后，筑有三寨。乾顺企图重新夺回这处前沿阵地。因为只有占据天都山，出葫芦河川，才可以迅速攻入泾原、秦凤，乃至熙河腹地。

十月，乾顺遣兵深入定边军，在佛口谷筑城。泾原路派名将种师道讨伐。

种师道的父亲为种世衡第七子种记。在种世衡孙子辈中，以种朴、种师道、种师中三人最为知名。

佛口谷城四周缺少水源，兵士干渴，种师道指着西山麓说，此处有水。兵士们拿来工具，果然掘得水源。佛口谷城上西夏军见种师道如此之神，士气顿泄。佛口谷城为种师道所破。

政和五年（1115）正月，乾顺引兵向西，攻打位于大通河畔还未竣工的古骨龙城。这时童贯已经抵达西北前线。童贯命熙河经略使刘法率军出湟州，秦凤路经略使刘仲武率军出会州，童贯坐镇兰州。刘仲武领兵抵达大通河边，遭到数万西夏军的顽强抵抗。刘仲武只得就地筑城坚守，直到刘法率大军赶到后，两面夹攻，西夏军大败而还。

四月，乾顺兵出葫芦河川，围攻种师道正在修筑的席苇平城。种师道布阵于葫芦河畔，摆出决战的架势。另外分出两支人马，一支由杨可世率领，绕道西夏军背后；一支由偏将曲充率领，大张旗鼓，说四方援军已至。西夏军正在惊疑之间，种师道命姚平仲率领精锐骑兵出击，折可适从背后发起进攻，西夏军大溃。

取得大通河、葫芦河川两场胜仗的童贯开始轻敌，认为西夏军不堪一击，集合泾原、鄜延、环庆、秦凤四路人马攻打藏底河城。由于藏底河城位于横山主峰附近，层峦叠嶂，地势复杂，大部队铺展不开，极易招致伏击和截杀。此战乾顺利用优势地形大败宋军，阵亡者接近一半，秦凤路第三将几乎全军覆没。

九月，乾顺乘藏底河城战胜之威，突入萧关，大肆掳掠，直至葫芦河川而回。

西夏持续不断地在边境挑起战端，震惊了宋廷。西夏不是简单地与宋廷斗气，而是经过长达九年的休养生息，积累了一定的战争潜力，企图运用战争手段，夺回自以为属于他们的东西。

宋廷决定反击。综合各种史料，反击之前将陕西安抚使童贯和各路经略使召入京城，开了一次御前会议。参加这次会议的应该有熙河帅刘法、秦凤帅刘仲武、泾原帅种师道、环庆帅姚古、鄜延帅贾炎等人。

在这次会议上，徽宗强调了修筑古骨龙城的重要意义。徽宗说，这个地方下瞰大通河，进逼乌尔戬渡，威胁西夏右厢。

就在宋廷决定反击时，环庆路忽然出了一档子事。

宋廷的一再克制，给某些人带来错觉，以为大宋软弱可欺。尤其藏底河城一战，一些早年归顺的党项人发生动摇。

定远蕃军首领李讹移即是其中之一。

李讹移是元符初年归降宋廷的。降宋以后赐名赵怀明。李讹移有三个儿子：约尚、赏屈、尚格，分别赐名赵世良、赵世忠、赵世勤。

李讹移还有两个侄子：罗垒、尚裕，罗垒赐名赵世顺，尚裕赐名赵世恭。

政和六年（1116）初，李讹移叛宋降夏。据《宋史·任谅传》载：李讹移在叛变之前，偷偷截留其他堡寨军粮，藏于地窖。然后联系西夏统军梁哆㚗，称定边军唾手可取。时任陕西转运副使的任谅得知这一情报后，紧急向环庆路各堡寨调运粮食，自己迅速赶往定边军。在定远城内，找到李讹移的藏粮地点，经发掘，得粮数十万石。

很快，李讹移引来大批西夏军。但定远城内军粮已被任谅取走，李讹移扑了个空。

不久，李讹移又引导西夏军围攻观化堡，由于军粮已然运到，储备充足，李讹移见占不到便宜，围困四十余日后撤围而去。

从政和六年三月开始，宋军全线反击。

第一仗发生在熙河路西宁州。童贯命刘法率熙河、秦凤两路精锐之师，越过大通河，进攻任多泉城。任多泉城位于祁连山东麓，占据任多泉城可以威逼西夏。任多泉城的守军坚守了一个多月后向刘法投降。期间乾顺命察哥率兵救援，察哥慑于刘法威名，止步不前。刘法取得任多泉城后，将三千多名西夏守军全部杀死。

由于是反击战，刘法没有对任多泉城实施占领，而是继续修筑古骨龙城。六月，古骨龙城竣工。七月，朝廷升古骨龙城为震武军，第一任知军为李明。自此，当年角厮罗政权的所有领地都为宋朝据有。

环庆路也在这一年展开反击。姚古于九阳堡之东二十里处修筑镇安城。出镇安城东三十里即鄜延路通庆城。镇安城的修筑，补齐了环庆路与鄜延路之间的防御盲区。在镇安城竣工之后，由此向西夏境内攻击，消灭数千西夏生力军，俘获大量牛、羊、骆驼。

这一年，熙河路非常意外地捕获了李讹移。李讹移叛宋降夏后，对攻宋十分积极，经常化装进入宋境侦察。这一次走背运，为熙河巡逻兵查获。徽宗亲自下令处决，将首级送往京城。

在宋军一连串打击下，乾顺也没闲着，经过反复比较、权衡，将攻击的矛头对准靖夏城。靖夏城即种师道修筑的席苇平城。根据《西夏书事》指示的方位，靖夏城应该位于葫芦河川上游，因为吴广成老先生说，自哲宗绍圣年间和徽宗崇宁年间两次大规模筑堡以来，"夏南境地仅存五六千里，居民皆散处沙漠、山谷间"。泾原路又筑了席苇平城，形势更蹙。

乾顺进攻靖夏城是在政和六年（1116）冬月，这年大旱，时久无雪。乾顺派遣数万骑兵在靖夏城外环绕奔驰，践尘遮天，以掩盖步兵掘壕挖地道。最后，西夏军通过地道进入靖夏城内，将所有守军杀死。

继而攻打安平寨。安平寨也为种师道所筑。西夏军截断安平寨水源，这时渭州都监郭浩赶到，率精骑数百夺回水源地。西夏军又转攻石尖山，郭浩再次赶往石尖山救援。流矢射中左胁，郭浩顾不上拔出箭杆，拍马当先，奋勇力战，诸军继进，西夏军大败而走。郭浩由是闻名三军。

进入政和七年（1117），宋军反击仍在继续。

二月，童贯集合陕西六路精锐兵力十万余人，任命种师道为前敌总指挥，向藏底河城进攻，限令十日破城。大军进抵藏底河城下，西夏军占据有利位置，首攻不利。藏底河城虽然不大，但依山而建，异常坚固。有一偏将，擅自休息，种师道立斩之，陈尸军门。命令全军，今日必须破城，否则视此。全军肃然，战力顿时大增，安边巡检杨震率壮士首先登城，众军一拥而上，守城党项军惊溃，藏底河城攻克。

这一天，是宋军进抵藏底河城下的第八日，于童贯的限令提前了两天。消息传入京师，龙颜大悦，将种师道由防御使超升至节度观察留后。

四月，鄜延路兵马总管刘延庆再攻佛口谷城。前次种师道夺得佛口谷城后放弃了，政和六年李讹移围困观化堡时，西夏不仅重新修筑佛口谷城，还命名为成德军，并于成德军附近构筑了大量堡垒。刘延庆攻破佛口谷城，活捉李讹移第二子赏屈。

此战过后，益麻党征举众归降。益麻党征为陇拶之弟，宋廷赐名赵怀恩。

转眼是政和八年（1118），这年十一月份徽宗改元，为重和元年。重和为时很短，第二年三月便结束了，满打满算五个月时间。徽宗为什么一再改元？或许与纷乱的政局有关。

譬如徽宗最心仪的道教，蔡京等人总是不能苟同。林灵素赶出京城后，徽宗又宠上了张虚白。在徽宗看来，张虚白的道家功底远在林灵素之上。张虚白身长六尺，一副美髯，飘飘如仙。重要的是，张虚白精通太乙六壬术。徽宗敬佩得五体投地。徽宗不呼其名，称"张胡"。张胡出入禁中，跟回自己家一样。徽宗喜欢跟他谈时事。张胡就说，朝廷有宰相在，非我所知也。但张胡醉酒之后常为徽宗言吉凶，说某事以后如何如何，且应验。有时酒醉之后枕徽宗大腿而卧，徽宗也不怪罪，只是说："张胡，你醉了。"

再譬如，宫室逼窄，予以增扩，有人反对。先是张商英。一个劲地劝皇帝息土木，弄得徽宗都害怕看见张商英。重新装修升平楼，专门叮嘱包工头，说你们要是看见张丞相的导骑来了，就叫工匠们赶快躲藏起来，等张丞相过去后再开工。

除了张商英，更有蔡绦。扩修延福宫，就因为拆了一片民舍，连夜上书。你可是蔡太师的儿子啊！你父亲，你大哥，可都是朕的股肱之臣。狂妄，不守本分。若不是你父亲跪在朕面前磕头求饶，早枷锁在身，下开封狱了。死罪可免，活罪难逃，必须予以惩治。夺职，编管新州。

至于张商英，劝帝节俭，裁抑僧寺，宫内宦官们失去生财之道，一个个闷闷不乐。张商英也不能在朝廷待了，得赶紧寻一个不是。

除了张商英、蔡绦，烦心的事多着啦。比如民变。先是长宁军多冈部夷人卜漏起兵造反，又是沅州土豪黄安静聚众叛乱，继而绵州告急，说茂州土著围攻石泉县城。虽然最后得以平定，但每一次平定背后都是杀戮甚重，血流漂杵。

如今又碰上西夏不消停。

政和八年，新年刚过，西夏突然包围震武军。震武军即古骨龙城。该城位于大通河边，一半依山一半偎川。

西夏攻破震武军纯属偶然，据称，当日熙河、泾原、环庆地震，人心惶惶，西夏军乘势拥过通济桥，占据善治堡，然后攻城。知军李明出战被杀，另一将领孟清出战被创。危急之时刘法率援军赶到，西夏军撤回。

四月，西夏军入侵丁星原。丁星原位于震武军之东，在乳酪河西，距离湟州绥远关四十里。当初刘法解震武军之围后，附近又筑德通、石门二堡。西夏军入侵丁星原后，见宋军守备严密，在附近大掠六日而还。

自政和七年以来，宋军荡平了西夏的仁多泉、藏底河二城，进筑了靖夏、制戎、制羌等城寨。乾顺见宋军进筑不已，也于政和八年六月间在割牛岭筑割牛城。但是，割牛城刚一完工，即遭到会州守将何灌的攻击。西夏只得放弃。

前面说过，政和过完是重和。可是，徽宗想要的"和"一点儿也没有实现，因为徽宗要的是和畅、和睦、和谐。实际情形却是，政和不和，重和也不和。怎么办？继续改元，宣和。宣是颁布的意思，相当于皇帝颁诏了，告诉全天下臣民，从现在要以和为美，以和为贵，以和为尊，以和为上。

徽宗铁定心思要和，乾顺心底想到的也是和——和谈、和解、和平，但表现出来的却是死缠烂打，像一个战争疯子。

宋徽宗命翰林学士王安中撰写的《定功继伐碑》中有这样记载："宣和元年，（西夏）举国来寇，鄜延陷镇青堡，泾原陷靖夏城，进围震武军，结河南诸蕃攻积石军、洮州……"

大西北与西夏接壤的鄜延、环庆、泾原、秦凤、熙河五路，就有三路发生战事。也就是说，小小西夏，分三路向宋军发起了攻击。

徽宗大怒，再次命令全线出击。《定功继伐碑》云："诏泾原合熙秦兵，平克特口；鄜延西合环庆兵，平齐吉克台；东合河东兵，捣沁布班堆；又分秦凤、河东兵择利深入，六路同日济师。"

泾原、熙河、秦凤三路人马联合攻克了西夏境内要塞"平克特口"，相关专家认为平克特口即"割踏口"，在西夏地图上不见割踏口但有割踏寨，位于葫芦河川上游。割踏寨往北即是鸣沙，鸣沙在黄河边，顺黄河而下就是古灵州，再往下即西夏王城兴庆府了。这一路宋军应该是以种师道为帅，取得的战果最为辉煌。

鄜延路兵分两路，东路联合河东战区拿下的是"沁布班堆"。沁布班堆具体地址不详。鄜延西路联合环庆路人马，占领了"齐吉克台"。齐吉克台的具体地址也不清楚。既然鄜延路是配合东西两线行动，位置应在两路交界处，一路可能在银州城附近，另一路可能在定边军以西。因为宋廷仍然继承着小范老子当年制定的战略，步步为营，扎实推进，将西夏逐出横山。

综合多方面信息看，宣和元年（1119）新年伊始，泾原、熙河、秦凤三路人马攻克平克特口后，进行了分兵，泾原兵、秦凤兵转攻其他西夏要塞，熙河兵在经略使刘法率领下，从统安城进攻朔方，也就是西夏核心区域。

至于统安城，即政和八年由何灌夺得的割牛城。宋军占据割牛城后易名统安城。对于这次行动，刘法并不赞同。《皇宋十朝纲要》云："三月，童贯使熙河经略使刘法取朔方，法不欲行，强遣之。"

童贯是这样对刘法说的："君在京师时，亲受命于上前，自言必成功，今乃以难告，何也？"

估计政和五年末徽宗将西北六路经略使召入京城商议反击时，各路经略使当着皇帝的面表了决心，刘法的决心表得有点大。现在，童贯抓住刘法当年对皇帝的表态，将了他一军。

作为一直在西北前线摸爬滚打的将领，刘法深知西夏目前的防御重点是朔方。因为朔方若失，灵州就直接暴露在了宋军面前。守兴庆府必守西平府灵州，守住朔方才能保证灵州安全。

问题是，刘法被童贯将住了。执行命令有很大风险，甚至有可能导致失败。可不执行命令呢，既自食其言，又无法向皇帝交差。

就是在这样一种情形下，刘法硬着头皮领兵两万出统安城。

此时已是宣和元年四月，春回地暖，万物复苏。刘法军很快遭到察哥的阻击。察哥的兵力雄厚，分三阵阻击刘法。同时还派一支精骑登山攻击宋军背后。宋军非常顽强，两军搏杀了好几个时辰。首先是前军杨惟中抵挡不住，退入中军；后军焦安节寡不敌众退入左军。尽管左军在统制官朱定国率领下奋勇冲杀，终因兵力单薄、伤亡过大而全军溃败。

败逃中的刘法与众军走失，又坠下悬崖跌断腿骨，被一名西夏小卒所杀。

史载，察哥见到刘法首级，神情恻然，对部下说："刘将军败我于古骨龙、仁多泉，可谓天生神将。我常常不敢正面与刘将军交锋。谁知今天竟然断送在一名小卒手里，可见恃胜轻出，不可不戒。"

察哥随之挥兵西向，渡过黄河，再次包围震武军。《定功继伐碑》里的"六路同日济师"，应该指的就是刘法败亡后，西宁州危急，童贯命令鄜延、环庆、泾原、秦凤、永兴共同救援震武城。

这次为震武城解围，以种师道、刘仲武、刘延庆所率领的泾原、鄜延、秦凤三路大军取得的战果最大，他们出萧关，大败西夏军，夺取了永和、割踏与鸣沙三城。

从宋夏态势看，肇始于政和四年的宋夏之战，虽然西夏常有局部小胜，但终究在宋军全线反击下，形势越来越穷蹙。东部，横山已全部丢失；中部，宋军威胁着朔方；西部，宋军已牢牢控制着青唐旧地。

五月，察哥拥兵过河包围震武城。企图以震武城为突破口，再来一次大捷，挽回颓势。没有了刘法的震武军，依然表现出顽强意志，从五月到六月，日夜攻打，震武城岿然屹立在黄河南岸。

震武城的坚守为宋军赢得了时间，童贯亲自赶往熙河，命令陇右同都护辛叔詹、熙河统制何灌挑选精锐向震武驰援，同时命令泾原、秦凤、鄜延、环庆等大军加强对西夏的攻势。此时贾炎已调离鄜延路，新任经略使是刘韐。刘韐是王厚提拔的将领，军事指挥才能要高于贾炎。《宋史·刘韐》云："刘法死，夏人攻震武，韐摄师鄜延，出奇兵捣之，解其围。"所谓奇兵是老手法，围魏救赵，命都统制刘延庆与泾原大军一起出萧关，猛攻西夏腹部。此时，西夏的主要力量在震武军，西夏弃永和、割踏两城而遁，宋军直抵鸣沙，再往前即是灵州了。

秦凤经略使刘仲武领兵出兰州，也是一路报捷，连取水波、盖朱、朴龙三城。

察哥见状只得赶紧撤兵。因为再不撤军，不仅他会陷入宋军包围，其他地方局势也会更加溃烂。

仗打到这个份上，乾顺终于明白了，他所需要的东西在谈判桌上得不到，战场上更得不到。

依然走辽朝的路子，请天祚帝耶律延禧说和。此时天祚帝已自顾不暇，女真人正在攻城略地。《宋史·刘韐传》说："夏人来言，愿纳款谢罪。"这个记载应该比较符合情理，辽朝焦头烂额，没理乾顺的茬儿，是乾顺亲自派人来到鄜延，表达纳款的意愿。起初，鄜延路的官员们皆以为诈。在沿边将帅眼里，西夏人就是那个喊"狼来了"的放牛娃，诚信度早已破产。

是刘韐力排众议，说："兵兴累年，中国尚不支，况小邦乎？"刘韐分析道，西夏虽然在统安城取得胜利，但宋军一连串攻击，致使应顾不暇，害怕我再起大军，多路攻打。这个时候纳款以图自安，符合实情。

刘韐将自己的分析推理写成奏章，上报朝廷。正苦于大水围城的徽宗也不想再打了，接受西夏归顺。

已经记不清西夏归顺多少回了。至少，西夏写认罪书，庆历年间一回，元符年间一回，崇宁年间一回，加上这次，总共四回了。

据《宋史·刘韐传》，西夏使者没有如期而至。将领们说，西夏人果然有诈。刘韐说，越境会谈，涉及因素很多，再等一等。

终于等来了西夏使者。刘韐见面即说，是我为你们求情，朝廷才同意停止讨伐，容尔等自新。我要正告你们，今后切不可一边敬纳岁币，一边妄动刀兵。

夏使唯唯。

具有戏剧性的一幕是，八月，西夏再上誓表。这一次上完誓表后，将五年前丢弃于馆驿的誓表带回了西夏。

不知乾顺看到五年前那道带有侮辱言辞的誓表后，做何感想。

第八章 转战河北

27. 联金伐辽

政和七年至政和八年,当西北前线五路宋军在都统制种师道的指挥下奋力反击西夏时,远在东京,一项改变大宋命运的决策正在着手实施,这就是联金灭辽。

"联金灭辽"脱胎于马植的"平燕之策"。

公元1111年,也就是政和元年,朝廷派端明殿大学士郑允中、检校太尉童贯为正副使,出使辽朝。

关于这次使辽,非议较多,焦点是童贯。有人当面问徽宗:"以宦官为使,国中无人了吗?"徽宗回答:"契丹人听说童贯打败了吐蕃,又打败了党项,想见见他。"

蔡京也对童贯出使辽朝持有异议,上书徽宗,说,既然童贯威名在外,应该深藏起来,使辽朝摸不清底细。

徽宗派人告诉蔡京,说童贯想亲自去辽朝看看,探一探虚实。

九月,秋高气爽,郑允中、童贯一行来到上京。这是一次非常愉快的会见,因为天祚帝十分喜欢宋使带来的礼物,这些书柜、床椅,以及取暖的火阁,全部来自江浙,多用藤蔓制成,上有油漆,极富光泽。除此之外,还有各种玉帛珠宝,天祚帝简直爱不释手。

对于童贯,辽朝上下也大为惊叹,一个宦官,"状魁梧,伟观视",居然"不类阉人"。

没有人知道,在西北战场打了几次战役的童太尉,心底正在升起一个宏伟计划,他要收复燕云十六州。

燕云十六州,前面有过提及。那是五代时期,拥兵自重的石敬瑭认辽太宗耶律德光为父,将燕云十六州割让给契丹,在契丹人的扶持下登基称帝,史称后晋。近两百年来,燕云十六州是中原士民心中的一根刺。

说童贯怀揣收复燕云十六州这一宏伟计划,不是妄加猜测,否则,徽宗为什么排除各种阻挠派童贯使辽?

还有,徽宗对蔡京的回复是:"因使觇国,策之善者也。"既然借助使辽打探虚实是一项最佳策略,那么,这项策略的目标是什么?灭辽吗?估计大宋君臣没人敢动这个念头,收复燕云,有这个可能。

童贯在西北前线五六年,见识了西北宋军敢战、善战与顽强。手提这样一支雄师,童贯有了进一步建功立业的念头。

如果没有一个叫马植的人出现,童贯的宏伟计划或许最后胎死腹中。

使团归国,路过卢沟桥,一个叫马植的汉人前来拜访童贯。

童贯起初并未理会,听侍卫说这个叫马植的有"平燕之策",才得以接见。

当马植对童贯说完他的平燕之策后,童贯大为新奇,易名李良嗣,秘密带回京师。回朝后童贯立即上禀皇帝。

朝堂上,马植按捺住激动,将他的平燕之策款款道出。具体地说,在辽朝东北部,有一女真族,以渔猎为生,世代受辽人压榨。天祚帝登基后,由于比祖父辽道宗还要荒淫无道,致使女真恨辽人切骨。宋廷如果派使臣从登州,或者莱州过海,结好女真,一起进攻辽朝,燕地可图。

果然是好计,如果以女真人为盟友,从南、北两个方向夹击辽朝,辽朝将难以支吾。

马植继续对徽宗说:"陛下继承先帝之志,念燕云之民沦陷之苦,恢复往昔旧疆,这是代天谴责,以治伐乱,一旦兴兵,燕云之民必定箪食壶浆以迎。"马植又说,"但是,如果女真率先打败辽朝,夺得幽燕,对于宋廷将非常不利。"

徽宗高兴之余,赐马植赵姓,改名赵良嗣。

一晃七年过去了,赵良嗣的平燕之策毫无进展。

这是因为,联系女真人必须横渡渤海。大宋开国之初,曾经有熟女真由蓟州,也就是天津走海路至山东登州卖马。到了太宗爷手里,开始"禁海贾"。澶渊之盟后，北方海禁有所放松，但并未取消。神宗时期，王安石出台若干新法，唯独对海禁没有更改。甚至在《熙宁编敕》中再次加大了惩罚力度："自海道入界河，及往北界高丽、新罗并登、莱界商贩者，各徒二年。"

而且，即便抵达辽东也不一定能联系上女真人，因为与宋廷河北路或者京东路相对的不是高丽国，就是辽朝。要找到马植所说的女真人还得继续北上。而北上路途未知，说不清楚有多大风险。

政和七年（1117），忽然天降喜讯，蓟州人高药师等乘船前往高丽国避乱，被风吹到了登州境内的砣矶岛。高药师们带来了有关辽朝的最新动态：女真人杀了高永昌，夺得渤海国旧地。现在那儿混乱得很，契丹统制崩溃。金兵还在向辽朝进攻，已经打到了辽河之西。

这无疑是一个天大的喜讯。

政和七年七月，朝廷命登州方面挑选得力人员，授以官职，搭乘平海军兵船前往辽东。

这一次出师不利，到达彼岸后，女真人不许宋朝战船靠岸，交涉中，宋廷使臣差点被女真士兵杀掉。

徽宗听说使者无功而返，大光其火，下令发配偏远之地，再挑选有才学的能吏与高药师一同出使女真。

一个叫马政的人入选。马政官至武义大夫，任登州兵马钤辖，文武双全，有勇有谋。

除马政外，还有一个叫呼延庆的将领也进入决策者视线。

呼延庆目前正在平海军中服役，任指挥使。平海军是一支海防禁军，驻扎在登州。呼延庆知识渊博，尤其会说女真话。

第二次出使阵容较大，除了马政、呼延庆、高药师等人，还有七名将校、八十名士兵。升帆启程已经是政和八年（1118）九月了。九月的渤海湾风平浪静，水天一色。由于海禁，空阔的海面不见渔舟，唯见一望无际的浪花跳荡着暖和的秋阳。

数日后抵达北岸，刚一下船就被金兵巡逻队抓住。感谢会说女真话的呼延庆，是他一次次化险为夷。最后，女真人同意马政、呼延庆一行去见他们的皇帝阿骨打。

从渤海边一直走到女真人的御寨。御寨位于如今的哈尔滨。

首先接见马政、呼延庆一行的是粘罕，也就是后来的完颜宗翰。

宗翰问宋廷为什么从海上遣使？马政如实道出，说我国皇帝听闻贵朝已经攻陷契丹五十余城，希望与贵朝通好。契丹天怒人怨，本朝准备派兵征讨，以救万千生灵涂炭之苦，现愿意与贵朝共伐辽朝。马政说："此次出使没有携带国书，只是特派我们前来军前共议。如果得到贵朝许允，我国必有国使来。"

阿骨打与众人商议了几天，留下登州方面六人为质，另派渤海人李善庆、熟女真散都、生女真勃达，带着大金国国书，以及北珠、貂革、人参、松子等诸多方物，跟随马政、呼延庆等人一起前往大宋京城。

到了宣和二年（1120）三月，赵良嗣代表大宋王朝正式出使。

此时，金兵正准备攻打上京。赵良嗣一行只得跟随金兵前往辽朝上京，去观看金兵破城。

五月，金兵攻破上京，在一个叫龙岗的地方，赵良嗣见到了金主阿骨打。

赵良嗣讲明此次出使大金的目的，即，燕京一带本是汉地，欲相约夹攻契丹。大金取中京，宋朝取燕京。

通过翻译传达给阿骨打后，阿骨打说："契丹无道，我们已经将其杀败。所有属于契丹的州域，都是我家田地。但是，为感谢南朝皇帝好意，加上燕京本是汉地，特允许给予南朝。"

赵良嗣大为高兴，没想女真人皇帝如此慷慨，出使如此之顺利。

鉴于燕京目前还在契丹人手里，阿骨打对赵良嗣说："过几天就派兵去把燕京拿下来。"

赵良嗣说："契丹运数已尽，我们两家南北夹攻，不亡何待？贵国兵马去攻打燕京甚好，只是一条，不可与辽朝讲和。"

阿骨打说："既然你我两家已经通好，怎么会跟契丹讲和呢？不可能。即便契丹人来讲和，也要跟他们讲清楚，我们两家已经有约定了，除非契丹将燕京还给南朝。"

赵良嗣赶紧说："对对对，今日虽然没有盟誓，但说约既定，天地为证，不可更改。"

吃过饭，赵良嗣在阿骨打的邀请下进入辽朝上京，参观辽朝皇宫，甚至还进入了辽朝皇帝的大内居室。

参观完辽朝皇宫，然后在延和楼吃酒。这个时候议到岁赐，赵良嗣答应比照辽朝，每年给金国五十万银绢。

赵良嗣问阿骨打："除了燕京之地，附近其他汉地汉州，是不是并入西京？"此处西京，指的是辽朝西京大同。

阿骨打说："西京的土地不要，一并将西京之地还给南朝。"

停会儿阿骨打又说："平州、营州原本属于燕京管辖，自然也是燕京地分。"

平州、营州位于燕京之北，是通往辽朝东京的必经之道。燕云十六州不包括平州、营州。

阿骨打的话头被高庆裔截断了，高庆裔说："今天商议的是燕地，平滦自是另外一路。"

这个高庆裔，渤海人，归顺金国之前，在辽朝东京户部司任翻译。高庆裔颇读诗书，有墨水，属文士。大金初兴，辽朝文士比较抢手，加上他会多种语言，否则以他的身份不可能参加此次宴会。

经高庆裔提醒，阿骨打不再继续刚才的话题，而是说："今日之约已定，不可更改。本国兵马定于八月九日抵达西京，到时候派人通知南朝，便教起兵相应。"

然而，就是这场宴会中阿骨打一次轻率的许诺，给宋金关系带来了若干麻烦。

赵良嗣此次出使金国是成功的。阿骨打催促赵良嗣赶快回去报信。并说，军务在身，不及遣使，写了一张便条付给赵良嗣带回朝廷，约定女真兵自平州趋古北口，宋朝兵自雄州趋白沟河夹攻燕京。特别强调，宋廷倘若不能如约，前面的口头约定不作数，统统取消。

当赵良嗣回国走到铁州，即今天鞍山市境内，阿骨打派人追来，说请赵良嗣北上御寨，皇帝有事情商议。

那日在辽朝西京延和楼阿骨打宴请赵良嗣，除了高庆裔，还有一位名叫杨朴的辽东文士在场。高庆裔的身份是翻译，杨朴则是阿骨打最信任的谋臣。

杨朴向阿骨打建议，除了不能将平、营二州划为燕京地外，还有几件事必须与宋廷谈清楚。比如，两军夹攻燕京，各军停留在什么位置，以避免两军相逢，引起纷争；再如，拿下燕京，城中钱物归谁？等等。

听完杨朴的建议，阿骨打也觉得事情比想象的复杂。这与阿骨打的性情和认知有关。阿骨打虽然坐上了皇帝位，骨子里仍是草莽。他是用一个草莽的眼光看待世界。宋人千里迢迢前来结盟，他感动。感动之余，免不了慷慨激昂。对于阿骨打来说，他的乐趣是打败辽人。经过杨朴、高庆裔等人一遍遍洗脑，阿骨打发现，身为大金皇帝，不能草莽从事，眼光要超越白山黑水。譬如与大宋关系，两军如何合作？杀败辽朝后如何相处？将燕地交还宋朝，燕地财物、居民怎办？还有，燕云是两块地盘，是都交还宋朝，还是只交还燕地？如果只交还燕地，云中之地宋朝肯定讨要，如何回复？诸如此类。估计当阿骨打意识到自己的草莽后，发急了，将已经走到铁州的赵良嗣召回御寨。

从后来看，对话是友好的。金国高层举办了一系列联谊活动，比如打球、射柳、宴饮等。宴饮时，特地将刚刚在上京俘获的一位王妃拉出来起舞献酒。

这次酒会上，阿骨打仗着酒意对赵良嗣说了一番更为贴心的话。阿骨打是这样说的："契丹偌大的国土如今被我杀得支离破碎，我如今做了皇帝。上一次契丹要与我大金通和，就因为不称我是兄，被我兴兵讨伐。你们宋朝皇帝授命上天，有道有德，将来就是通好，不分谁是长兄谁是小弟。"

阿骨打还说："我这个人生下来就不会说大话、空话。今日既然答应将燕京许与南朝，就当是为我自家办事情，今后肯定会把燕京交还你们。"

毫无疑问，大宋与女真，宣和二年是关系最为融洽的一年。

大约九月末或者十月初，赵良嗣一行离开金国回到开封。随同赵良嗣赴宋廷的有两名金国使者。在崇政殿，徽宗接见了两名金使。这次款待金使规格很高，不仅在显静寺赐予国宴，童贯还将金使请到府第举办家宴。

在热情款待金使的同时，宋朝方面强调，希望金国按照约定，兵马早日到达西京。两名金使酒足饭饱后承诺："本国兵马必不失信。"

随后，金使打道回国。宋廷选派马政携带国书再往金国。马政出使肩负着一项重要使命，那就是具体落实归还哪些州郡。

燕云十六州大体以太行山脉为界，分为山前七州，山后九州。山前七州自北往南为：檀州、蓟州、顺州、幽州、涿州、莫州、瀛洲。山后九州自东往西为：儒州、妫州、武州、新州、蔚州、应州、云州、寰州、朔州。山前七州以幽州为中心，称"燕地"；山后九州以云州为中心，称"云中之地"。

前一阶段宋金两国主要是搭上关系，建立感情，约定同时举兵伐辽，宋廷要求得到燕地。至于这块燕地多少面积？有哪些州郡？压根儿没谈。阿骨打主动提到了辽朝西京的归属问题。在宋朝高层看来，这是一个好兆头。

山前七州宋朝收回了瀛、莫二州，能不能将同样属于山前的平州、营州纳入进来？如果将平州、营州纳入进来，山前依然是七州。按赵良嗣的说法，阿骨打在延和楼酒会上透露过这方面意思。如果阿骨打认为平、营属于燕地，讨要回来应该不难。

其次是云中之地。金国答应先归还蔚州、应州、朔州。其他六州怎么办？是女真人自己占有，还是依然属于辽朝？从战略层面讲，山后九州比山前七州更为重要。

宋方认为，马政出使，应该将上述州郡的归属问题讲明白，写进条约。

这次跟随马政出使金国的还有他的儿子马扩。

十月末，马政一行抵达金人御寨。但是，一个多月过去了，金国上层对马政提出的要求议而不决。

此时的大金国由于占领了辽东，收纳了大批渤海人，这些人中有不少知识分子，除了已经提及的杨朴、高庆裔外，还有李三锡、孔敬宗等人，他们的加入，补齐了女真人在政治上的短板。在这些知识分子的循循善诱下，来自白山黑水的女真汉子们渐渐有了更大的抱负。他们开始认为，大金国不应仅仅局限于混同江畔。对于宋朝要求归还山后诸州，已经有了不同的声音。《续资治通鉴长编》上是这么说的："欲全还山前、山后故地故民，意皆疑吝。""疑吝"这个词有点生僻，应该是女真的郎君们对宋朝提出的归还山后九州有点顾惜，不大舍得。

此时的女真郎君，指的是那些带兵的高级将领，如完颜阇母、完颜宗翰、完颜谷神、完颜宗望、完颜宗辅等。这些郎君们在讨论时认为，宋朝打仗不行，所以用原来给契丹人的银绢来找我们交换燕地。契丹人也是因为有了这块"汉地"才雄盛立国。如果我们将这个地方打下来交还宋朝，契丹的国势就会因为失去燕山、太行山的依托而大为削弱。将来有一天我们灭了辽朝，如果这块地在我们手里，宋朝依然会跟我们结盟，给我们岁赐。可我们要是交还给了宋朝，他们还会给我们银绢吗？

就这样，马政父子暂时留在了金国。

对于宋廷提出的要求，女真高层先是拖，拖着拖着变卦了。

譬如平州、营州，不属于燕云十六州中的山前七州，早在后唐时代就被耶律阿保机夺取。

继而否定归还山后九州。他们说，赵良嗣向你们南朝皇帝禀报的是阿骨打已许西京，这是赵良嗣的诳语，压根没有这回事。如果把赵良嗣的诳语当真，就会为两国关系蒙上阴影，成为祸患。

估计马政等宋朝外交人员一愣。他们不知道这回事，他们跟赵良嗣不是一拨，赵良嗣是上一拨。马政等人对此只能唯唯。

金国再派使者随马政前往开封。这一次金人在国书中专门对归还区域进行了表明，意思大略为：前次赵良嗣来，许还燕京东路州镇。若不夹攻，上述许诺便不成立。至于你们希望得到辽朝西京，请你们根据实际情形计度收取。若你们收取西京有困难，到那时再派人跟我们联系。

宣和二年（1120）底，在宋廷南方，一位叫方腊的"圣公"正率领着他的"恶少之尤者"将帝国的一方富庶之地，闹腾得烟火冲天，血腥扑鼻。转眼就是宣和三年（1121），十五万宋军在童贯的率领下浩浩荡荡开赴江浙，展开了长达半年的军事行动：围剿方腊。

就是在这样的情况下，宋廷收到了金人国书，得知在归还燕云十六州上已经变卦。

烦心的事儿还有，辽朝也派使臣来到开封，说他们已经获知宋廷正在通过海路与女真人联络，要求宋廷立即停止这一危险举动，否则，难以履行"前议"。"前议"即澶渊之盟和重熙增币，如果推翻"前议"，意味着宋辽之间将进入敌对状态。

徽宗一时大为慌张，主张叫两位金国使臣回去。负责接待金使的权邦彦大惊失色，说这怎么了得！两位金使一回，宋金联盟不复存在，而且曲在宋廷。经过权邦彦等人据理力争，最后决定等一等，候童贯回京再说。

江南战事一直拖到七月才最后结束。八月，童贯回京。两名金使在开封待了三个多月，天天闹着要回去。徽宗后悔了，后悔不该与金人结盟。皇帝一旦后悔，童贯劝说也没用。善于见风使舵的王黼马上溜须，说："大辽已经知道宋金结盟了，陛下是不是付一札国书，让金使回去算了，咱们也不派使臣。"

徽宗接受了王黼的建议。

这一次，虽然宋廷的国书写得很诚挚，诸如"远勤专使，荐示华缄，具承契好之修，深悉封疆之谕"，却空洞无物，没有实际内容。比如，归还哪些州郡？没写，说"所有汉地等事，并如初议"。"初议"是什么？也没有行诸文字。至于宋金联合攻辽，更无任何具体部署。

十一月，两名金使返回御寨。

金国一看，宋朝完全没有诚意，既不派遣使臣，国书又写得如此敷衍，金国上层非常愤怒，尤其那些郎君们，年轻气盛，恃勇好斗。完颜宗翰对阿骨打建议，既然宋廷不愿联手，自家们单独去取辽朝中京。

辽中京大定府位于燕山之北，辽河上游，政治上属陪都，军事上是重镇，经济上是商贸繁华之地。金兵夺取辽中京，无异于猛虎掏心。

金天辅四年，即公元1120年，金兵在都统完颜杲的率领下攻下辽朝中京大定。

金兵攻下中京后，得知天祚帝正在鸳鸯泺行猎。完颜宗翰率领一支轻骑，倍道兼行，前往捉拿。天祚帝手下虽有两万多兵马，但挡不住完颜宗翰六千精锐轻骑的轮番攻击，很快，辽兵溃散开来，天祚帝突围北去，逃入夹山。

这一突然变故，使得远在南京的一群辽臣像热锅上的蚂蚁。一连多日天祚帝音讯杳无，奚王萧干、宰相李处温、辽兴军节度使耶律大石等人拥立南京留守耶律淳为帝，史称"北辽"。

耶律淳是辽兴宗耶律宗真的孙子，辽道宗耶律洪基的侄儿，天祚帝耶律延禧的堂叔，封秦晋国王，镇守南京。

辽朝的南京，即宋人眼中的幽州，或称燕京。

北辽的诞生，又深深影响着宋廷的决策，以及宋金关系走向。

28. 初战白沟河

当联金伐辽成为大宋国策时，就有反对的声音，譬如知枢密院事邓洵武。

邓洵武的父亲叫邓绾，因为阿谀王安石而得到重用。徽宗登基后，听说邓洵武是邓绾的儿子，召为起居郎。起居郎整天在皇帝身边做记录，觐见皇帝的机会多。韩忠彦升为宰相后，邓洵武对徽宗建言，说："陛下乃先帝之子，宰相韩忠彦乃韩琦之子。先帝变新法利民，韩琦是反对派。陛下既然是先帝之子，现在用韩琦儿子为相，怎么继承先帝之志？陛下若要继承先帝之志，非用蔡京不可。"

建中靖国元年（1101）十一月，邓洵武上了一道奏疏，这就是流传甚广的《爱莫助之图》。这道奏疏是以年表的形式构成的，文字分为左右，左边为"绍圣派"，也就是新党；右边为"元祐派"，也就是旧党。从宰臣、执政、侍从、台谏、郎官、馆阁，直至最低端的校勘、博士，共分七档。左边一列，在宰相、执政两档内，只有一个人，其余每档也仅三四人。右边一列，从宰相到公卿、台谏、馆阁、郎官共有百人之多。左边一列最前面有一项，姓名用纸条盖着，徽宗将纸条揭去，只见写着一个人的名字：蔡京。

《爱莫助之图》为"元祐派"人士带来了厄运：在端礼门前立党人碑，将纳入元祐籍的宰相文彦博等、侍从苏轼等、普通官员秦观等、内臣张士良等、武臣王献可等凡一百一十九人，御书刻石端礼门。

当然，《爱莫助之图》也给蔡京、邓洵武带来了青云，由此一路高升，蔡京官至宰相，邓洵武升至知枢密院事。

但是，在结盟女真、共同伐辽这一关键问题上，邓洵武却坚定地投下了反对票。

《三朝北盟会编》引用邓洵武的《家传》，非常详细地记录了这一过程：当邓洵武多次与蔡京沟通未果后，把童贯约到枢密院，"具以利害晓之"。由于童贯是联合女真人伐辽的首倡者，注定这是一场艰难的对话。果然，邓洵武大谈一番"利害"后，童贯反过来劝说邓洵武：

"枢密在官家面前，一直说要商量商量。商量都快十年了，官家的态度始终没有改变。官家的主意早就铁定了，我劝枢密不要违拗官家了。如果枢密继续持如此观念，恐怕目前的位置坐不牢靠。"

邓洵武清楚，在伐辽问题上，童贯是坚决的，于是要求面见徽宗。

邓洵武对徽宗说："雍熙三年（986），太宗爷北伐，曹彬出河北，潘美出河东，赵普当时在南阳，听说后上疏切谏，结果呢，曹彬、潘美均无功而返。"

邓洵武取出当年赵普的奏疏和曹彬、潘美的传记诵读起来。读完之后，邓洵武再次对徽宗说："陛下审视今日的议政大臣，有谁像赵普？将帅之中，有谁像曹彬、潘美？还有战兵，哪有国初时精练？以太宗爷的神武，赵普的谋略，曹、潘的忠勇，征伐四方，百战不殆，唯独无法收复燕云。况且今日，何可轻议收复？宋与契丹，盟誓百年，一朝弃之，怎么向天下人交代？尤其沿边之民，与辽通好，忽然反目为仇，你怎么向他们解释？更重要的是，兵革一动，中国昆虫草木，皆不得休息矣！"

徽宗动摇了，对蔡京说："北事休做！祖宗誓盟，违之不祥。"

蔡京是什么态度呢？

在伐辽上，蔡京可能赞同，但在联金这一重大战略决策上，似乎持保留意见。史志中，以及蔡京本传里均不见有主张联金伐辽的只言片语。

经邓洵武强烈反对，联金之策一搁就是多年。

政和七年（1117），蔡京退休，王黼做了宰相。

王黼初名王甫，因为与东汉宦官王甫同名，徽宗赐名王黼。黼，是古时礼服上绣的斧形花纹。王黼名如其人，长得帅，本传说他"为人美风姿，目睛如金"。而且口才好，多智善佞。从校书郎升任御史中丞，王黼只用了短短两年的时间。宣和元年（1119），再由通议大夫超升八阶，命为宰相。

蓟州人高药师等人来到朝廷，他们带来了契丹已衰、女真崛起的消息，在童贯等人的鼓动下，徽宗收复燕云的念头像冬眠的蛇，一声惊雷，又钻出来了。

邓洵武再一次劝谏徽宗，说："自从西陲不宁以来，中央禁军数量锐减。近来郊祀，竟然连仪仗都凑不齐人数。这种情况，维持京城治安都成问题。"

徽宗听了，沉默半晌。

邓洵武建议："臣以为，目前大宋基本国策应为保境息民，谨备自治，无启边衅。"

反对联金伐辽的不仅仅只有枢密院长官。

政和年间，徽宗派宦官谭稹奔赴河北，遍访诸路将领，征求意见，主题是：是否与辽朝决裂，出兵燕云。结果招致真定路安抚使兼知真定府的洪中孚强烈反对。洪中孚说："臣在沿边州郡任职多年，熟知辽人情状，他们崇朴略而少文华，在耶律洪基时代，曾大力蠲免燕京地区赋税，导致民心不忘。我朝与辽朝通好已久，今日联手女真将其覆灭之，没有天理。"

定州路安抚使韩粹彦也力陈不可。

宣和三年（1121）正月间，邓洵武病逝，知枢密院事一职由郑居中出任。

郑居中是前宰相王珪的女婿。徽宗继位，郑居中与后宫郑贵妃扯上关系，说他们是叔伯兄妹。郑贵妃出身微贱，也需要一位显贵装潢家门。徽宗宠爱郑贵妃，郑居中跟着荣升。

但是，进入大宋权力中心后，郑居中很快又展现出人格的另一面，《宋史·郑居中传》云："居中存纪纲，守格令，抑侥幸，振淹滞，士论翕然望治。"这几句话说来轻飘，做起来颇不容易。"存纪纲""守格令"较为空洞，"抑侥幸"便是动真格的了。"侥幸"是谁？本传没有明言，倒是举有一例。都水监有个官员叫赵霖，在黄河得龟一只，有两个头，作为祥瑞献给徽宗。蔡京立即附和着说，这是齐小白所谓的"象罔"，见者主霸，臣敬贺陛下兴王霸之业。郑居中却对徽宗说："脑壳岂能有两个？如果有，人皆骇异。蔡京竟然将龟有二首作为祥瑞，简直胡说八道！"

徽宗一听，郑居中说得有理，命人将龟丢弃在金明池。徽宗还对人说："只有郑居中对我是诚实的。"

政和元年（1111），赵良嗣献计，联合女真人夹攻辽朝，收复燕云，郑居中力陈不可。郑居中找到蔡京，说："相公是国之元老，主管三省，不能坚守宋辽之盟，这是失策。"

蔡京说："每年岁币五十万，官家已经厌烦了。"

郑居中说："相公为什么不跟汉代相比呢？汉代与匈奴议和，每岁一亿九十万，西域还有七千四百八十万，今天这点岁赐，能叫失策吗？后汉安帝时，诸羌反叛，当时用兵，耗资二百四十亿。顺帝时，又耗资八十亿。前代帝王傻瓜吗？不把国家财富当回事吗？"

蔡京说："圣意已决，谁能够阻拦？"

郑居中说："如果联金伐辽导致百万生灵涂炭，不知相公未来如何面对天下！"

说完，拂袖而去。

由于郑居中在伐辽一事上不配合，政和六年（1116）将其调离了枢密院，进入政府，任中书侍郎。邓洵武病逝后，徽宗重新起用郑居中，谁知郑居中仍然坚持己见。正史中不见罢职，但童贯本传中有"领枢密院"一说。估计为了伐辽，徽宗临时指定枢密院由童贯负责。郑居中没有免职，只是靠边站。战争即将打响，国家最高军事指挥机关必须跟皇帝保持一致。

宣和四年（1122）除了任命童贯"领枢密院"，还有两项任命也影响着未来政局，一是蔡攸升职，二是梁师成升官。

最初，梁师成是翰林院书艺局一名跑腿送圣旨的小宦官，由于徽宗注重礼文符瑞，梁师成投其所好，在礼仪经书中专门寻找祥瑞之兆，得到徽宗宠爱。一时间，梁师成大红大紫，时称"隐相"。就连皇帝"七幸其家"的蔡京都不敢马虎。这一次，梁师成由太尉升开府仪同三司。

蔡攸是蔡京的儿子。蔡京当国之时，蔡攸得不到重用，只能在三馆之间任职，一会儿编修《国朝会要》，一会儿详定《九域图志》，要不就提举上清宝箓宫，或者提举左、右街道录院，或者主管礼制局。

蔡京并非一个完全无原则的人，他清楚，蔡攸属于纨绔子弟。一个纨绔子弟，蔡京不可能给他重要岗位。对此蔡攸很不满，另置一处宅子，与老爹分开居住。在提倡孝治天下的宋代，与父母分开居住是一个非常严重的问题。

还有，蔡攸巴不得老爹立即下台。有一次蔡京正在府邸会客，蔡攸来了，客人立即回避。只见蔡攸进来，握住蔡京的手腕，说："大人脉势舒缓，身体有没有不舒服？"蔡京摇头说："没有什么不舒服的。"蔡攸立刻起身说："宫内有事，我走了。"客人出来问蔡京："你儿子这是怎么了，来去匆匆的？"蔡京解释道："你不晓得，我儿子来看我是不是病了。如果我有病，他就会跟圣上说，罢我的相。"

蔡京不喜欢蔡攸，但皇帝喜欢他。皇帝喜欢他，是因为蔡攸会变着法儿逗皇帝开心。蔡攸随时随地可以进宫,《宋史·蔡攸传》云:"与王黼得预宫中秘戏,或侍曲宴","短衫窄裤,涂抹青红,杂倡优侏儒,多道市井淫媒谑浪语,以蛊帝心。"打扮得像个小丑,满嘴浪言浪语。

宣和四年,即公元1122年,四月,徽宗正式下达诏令,收复幽燕之地,命童贯为河北东路宣抚使,领十五万大军出征。五月,命蔡攸为宣抚副使,出京前往河北。

徽宗命令,河北军政分开,童贯主管军务,蔡攸专管政事。河北四路,三十六州,又逢战时,这副担子相当沉重。别说太祖、太宗时期,类似这样重要的岗位,朝廷用人会慎之又慎,就是在仁宗庆历年间应对西夏挑衅,也是从能臣名将中精心挑选人才。如今,就因为蔡攸在宫中出演"秘戏"、"短衫窄裤,涂抹青红",装扮小丑,骤然成为一方帅守,襄助童贯指挥十五万大军去疆场搏杀。

据蔡攸本传云:蔡攸进宫向徽宗辞行,见有两个漂亮宫女侍立在皇帝身旁,便指着两名宫女对徽宗说:"臣成功归来之日,请求将这两名宫女赏赐给臣。"

如此荒唐,徽宗只是笑了笑,未加斥责。

也许在徽宗和蔡攸看来,这次收复燕京,简单得犹如探囊取物。

就在徽宗下达收复燕地的命令之前,反对之声依然不绝。

比如知霸州李邈,历来就反对联合女真攻伐辽朝。童贯为了取得李邈的支持,将其召入自己府邸,晓之以理,动之以情。当徽宗决意出兵燕云后,李邈再次上书,说契丹不可灭,如果臣错了,愿诛臣以谢边吏。奏疏石沉大海,李邈请求退休,并说:"国家祸乱自兹始矣!"

还有国子博士李琢,上书切谏,结果,疏奏不省。皇帝也好,宰执也罢,瞄一眼标题,顺手一扔,进了废纸篓。

反对者还有真定府路安抚使兼知真定府赵遹。有个辽人叫董才,聚众造反,宋廷招诱,改名赵诩。赵诩说,辽朝不行了,快崩溃了,宋军如果攻取燕云,他愿意为前锋。童贯一听大喜,要委以重任。赵遹却认为此人不可信。幕僚劝赵遹,希望赵遹不要管。赵遹正色道:"我是大臣,献纳忠言是我的本分,怎么能不管呢?真定与辽接壤,战事一开,得无事乎?"

奏疏递上去了,不仅没有回音,反而将赵遹从河北调往了陕西。

就连远在渤海对岸的高丽国也反对伐辽。高丽国国王王俣病了,派人前来宋朝寻访名医，徽宗派了两名御医去高丽国给王俣治病。王俣听说宋朝正在联合女真人伐辽，对两名御医说："辽朝是你们的兄弟国，存之则足以捍边。女真豺狼也，不可交。既然你们宋金两国已有约定，你们回去禀报天子，应该早做防备。"

高丽熟知契丹，更了解女真。10世纪末至11世纪初，辽与高丽为争夺鸭绿江以东的渤海国故地，多次爆发战争，后来高丽臣服辽朝。至于跟女真人打交道，时间更长，很多年里，朝鲜半岛的女真是高丽国的贡民。11世纪初，围绕曷懒甸（今朝鲜咸兴市一带）的归属问题，高丽与女真也进行了一场长达十多年的争战。应该说，高丽对契丹、女真两族的评价比较中肯。

遗憾的是，当两名御医返回宋朝时，宋辽战争已拉开序幕。

这次收复燕地，主力部队来自大西北。童贯、蔡攸驻军高阳关，分雄州、广信军为东西二路。种师道总东路，屯白沟。麾下王禀率前军，王坪率后军；杨惟忠率左军，种师中率右军；赵明、杨志率选锋军。

辛兴宗总西路，屯范村。杨可世、王渊率前军；曲奇、王育率后军；焦安率左军，刘光世、冀景率右军；吴子厚、刘安率选锋军。

在这份名单里，至少有八名将帅来自河东或者陕西：种师道、辛兴宗、王禀、杨惟忠、种师中、刘光世、杨可世、王渊。

将西北边防军调到河北前线，阻力肯定很大。尽管历史没有留下记载，但仍然有雪泥鸿爪可寻。

譬如，熙河路钤辖赵隆就极力反对与辽朝开战。据《宋史·赵隆传》所载，战前童贯专门征求过赵隆的意见。童贯说："君能共此，当有殊拜。"这话已经说得很直白了，你若是支持我联金伐辽，很可能就是一方帅守。赵隆回答道："我赵隆只是一介武夫，不敢为了赏赐败坏先帝制定的国策。到时候挑起边衅，赵隆万死不足以谢责。"

陕西宣抚司都统制种师道也持反对意见。种师道说："今日之举，有如小偷在隔壁人家行窃，我们不但不帮助邻居驱赶小偷，反而跟小偷一起分人家的财物。"

围绕联金伐辽，经过十余年争论，支持者不少，反对者众多，各有各的道理，有时连徽宗自己也前后说法不一。宣和四年（1122）徽宗突然态度坚定，命令童贯、蔡攸统军北上，应该与两大因素有关。

一是燕京发生的变故传入了开封。

公元1120年，因天祚帝逃入夹山，音讯杳无，导致耶律淳在萧干、李处温、耶律大石等人的拥护下称帝。这一变故传入开封，使徽宗看到了机遇。

这种可能性很大。史载，童贯临行之前，徽宗付与三策。上策，燕地民众欢迎官军，乘势夺取燕京；中策，耶律淳纳款称臣；下策，燕地民众没有动静，暂停攻击，按兵巡边。从徽宗付与童贯的三策看，宋廷已经获知燕京城内发生的变故。区区一座燕京，起数十万大军兵临城下，说不定不战而胜。

二是随着蔡攸、梁师成的升迁，宰相王黼也在调整策略，由阿谀梁师成，改为直接阿谀皇帝。

王黼是蔡京年迈退休后新提拔的宰相。

关于联金伐辽，王黼一直持谨慎态度。他曾经对徽宗说："从道理上讲，应该'兼弱攻昧'，如今女真人正在攻打辽朝，辽朝很虚弱。但是，辽朝虽然现在弱小，但他不是无道之邦，宋辽两家关系一直很好。另外，宋军久未上阵，缺少器械。还有财用匮乏，民力疲惫。最重要的是，辽朝如果打败了，灭掉了，将要与一个强大的女真为邻。"王黼问皇帝，"与一个强大的女真为邻，会比一个虚弱的辽朝更好吗？"

但到了宣和四年，王黼却换说法了。

王黼是这样对徽宗说的："我们与辽朝虽然通好已有百年，然而历朝历代，契丹人慢我者多矣。兼弱攻昧，这是用武之根本。今天如果不取燕云，就会被女真人取走，到时候女真人更强大。一个强大的女真国家会把燕云地区还给我们吗？"

《宋史·王黼传》云："及黼一言，遂复治兵。"是王黼的一席话，使徽宗决定派童贯收复燕云。

很显然，王黼转变观点不是为了朝廷，更不是为了国家，甚至不是为了皇帝。为了谁？自己。

南宋人周辉晚年寓居杭州，回忆年轻时所见所闻，写在《清波杂志》里，说有一天王黼到相国寺敬香，见到一篇榜文，自己的名字写在蔡京之下，深有羡慕之色。王黼的亲随问，这是一回什么事啊？要知道，此时王黼已官居副相。王黼说，没有别的，官职跟蔡京一样就行了。亲随附和着说，那就是宰相。相公升为宰相不是一件难办的事。从那时候起，王黼决定职官上向蔡京看齐，位列三公，封爵，所用之物跟亲王一样，服紫花袍，张青罗伞，用品饰金，出行一大群导从。总之一条，宠遇等同蔡京。

王黼对联金的态度变了，徽宗更为高兴，王黼是宰相啊！望着皇帝笑脸若花，王黼也许会暗暗得意，就你梁师成、蔡攸会讨皇帝欢心吗？我王黼也会啊！而且我先反对，后支持，讨得比你们高明。

王黼一边讨皇帝欢心，还一边讨好童贯。大军开拔后，王黼派人专门给童贯送去一道信札，说："太师若北行，愿尽死力。"

童贯看了王黼的信札会怎么想？会不会愈加盲目自信，独断专行？

从后来看，应该是这样的。

四月底，童贯抵达高阳关。

抵达高阳关后，童贯按照皇帝赋予的三策，正式用黄榜诏谕燕地之民。所谓黄榜，即是大宋皇帝颁发的公告。公告说，如果有豪杰夺得燕京献给宋廷，除节度使。

诏谕燕地之民，这是知雄州和诜的主意。和诜深知童太师主张收复燕云，不仅积极响应，还推波助澜。和诜说，燕地之民恨辽朝入骨，到时候只要皇上下一道诏旨，燕地之民就会纷纷扑向宋朝怀抱。

和诜的父亲叫和斌，参与过三川口大战，属幸存者。刘平被诬，波及刘平的弟弟刘兼济，执送京师，和斌不仅沿途保护，还一路安慰。宋军惨败定川寨，和斌是曹英部将。曹英殉国后，和斌牵着曹英的战马杀出重围。后来跟随狄青南征，留在了岭南。和诜蒙父荫官至右武大夫、知雄州。

雄州地处河北战区最前沿，其白沟河即是边界。和诜的话，没有人不信，包括皇帝。

除了降黄榜诏谕燕地之民，童贯还派张宝、赵忠前往燕京，谕令耶律淳归顺宋廷。谁知病入膏肓的耶律淳竟然在生命即将熬尽的时候，完全无视大宋国威，将张宝、赵忠推出去斩了。

接着，派耶律大石率一千五百兵马前往新城布防。

关于耶律大石，早期史料不多，只知道他是耶律阿保机的八世孙，通晓辽、汉两国文字，善骑射。辽天庆五年，即公元1115年进士及第。据说，他是第一个有文字记载的契丹进士。入了翰林院，任翰林承旨。契丹人称翰林为林牙，耶律大石亦称大石林牙。

为什么首战派出的不是都统萧干，而是耶律大石？不见记载。可能与耶律大石是契丹人有关。在耶律淳称帝前，耶律大石的职务是辽兴军节度使。辽兴军即平州，位置大约是今日河北卢龙县。地盘不大，辖两州三县。显然，耶律大石手中人马没有萧干多，但耶律大石同属契丹人，更为可靠。而萧干，则是奚人。

耶律大石到达新城后，遇到马扩派出的使者王介儒，耶律大石对王介儒说："你回去告诉童贯，如果跟我们契丹人做善邻，就不要兵戎相见。"

毕竟进士出身，耶律大石比耶律淳更有政治头脑，咄咄逼人的女真人正在发起一波又一波攻势，他不想与大宋为敌。他清楚唇齿相依与唇亡齿寒。遗憾的是，此时的耶律大石，在北辽说不上话。

新城对面即是雄州，其间隔着一条界河，即白沟河。

白沟河发源于太行山，上游称涞水，亦称北拒马河。经辽朝境内的涿州、新城后进入宋境，改称白沟河。白沟河有白沟镇，曾经十分繁华，被冠为"燕南大都市"。白沟河下游汇入八百里塘泺，即今日白洋淀。

种师道率领的东路大军驻扎在白沟河南岸。此时，河北宣抚司下达给种师道的命令是不战，等待燕京内乱，或者有张翼德那样的燕人归降。童贯必须执行皇帝交给他的三策，此时用的是上策，即"燕人悦而取之"。

其实，张宝、赵忠的脑袋已经被耶律淳砍了，燕京城里的北辽政权发出了明确信号，他们不会放弃燕京，要与宋军决战。这时候幻想"燕人悦而取之"，完全是痴人说梦。

根据《三朝北盟会编》记载，最先过界的是西路军前军统制杨可世。

杨可世，泾原军将领，跟随种师道多年。应该说，一员疆场老将，对战争保持着高度警觉。但舆论的力量过于强大。"燕人久欲内附，若王师入境，必箪食壶浆以迎"这类说辞听得多了，杨可世也就信了，竟然率领数千轻骑深入辽境。由于对燕人箪食壶浆抱有幻想，缺乏警惕性，战斗准备不充分，在一个叫兰沟甸的地方遭遇耶律大石阻击，杨可世被打得大败。

紧接着，萧干来到战场，率领三万辽军涉过白沟河，向东路宋军发起攻击。

萧干是奚族人，辽道宗耶律洪基巡视奚部时，听闻萧干勇武，收为护卫，嗣后一路迁升。拥立耶律淳登基时，萧干的身份是知奚六部大王事、总知东北路兵马事。耶律淳登基后，擢升萧干为署知北院枢密使事、诸军都统。

据宋人曾敏行在《独醒杂志》中记载：种师道来高阳关，觐见宣抚使童贯，问什么时候出兵，种师道"极论其不可"，并说："出兵伐辽下官不敢苟同，如今又要招纳北辽，下官以为更不可轻举。假如失利，责任谁负？"童贯说："都统不用多言，贯来时面奉圣训，不敢擅杀北人。王师过界，彼当箪食壶浆来迎，安用战哉？本次出师，只不过假借太尉的威名以压服众将尔。"

当数万辽军抵达战场，种师道再一次接到宣抚司牒令："燕，吾民也。苟王师力能接纳，自来归附，但坚壁为备，必有内变，切不可杀一人。尔等为我约兵卒，遵依圣旨及宣抚司约束。"

种师道大为愤慨，说："两军既已相接，安能束手就死？既然不打仗，调我们来河北为甚？"

《三朝北盟会编》中有这样一个情节，在与辽军对峙的最前沿，杨可世派骁将赵明手持黄榜旗前往辽军阵地招降。天已大亮，辽军列阵以待。赵明站在白沟河桥上陈其祸福，说："但凡需要黄榜旗者，都可以过来领取。"大石林牙看完黄榜，一把扯得粉碎，痛骂道："无多言，有死而已！"话音未落，箭矢如雨。

由于有皇帝的上中下三策制约，仗打得窝心、窝火、窝囊！

西路军首战不利，败于兰沟甸；东路军继而溃败于白沟河。

士气严重受挫，一举拿下燕京已不可能。宣抚司传令种师道退军，种师道力陈不可，说："兵可进不可退，邻敌在迩，退必掩袭。"

种师道认为，各军应坚守营寨，等待合适机会予以反击。但种师道的建议被宣抚司否决。童贯派参谋刘鞈前来督促撤军。

撤军之际，尽管是在夜晚，北辽军在萧干、耶律大石的统领下紧追不舍。黎明时分，大军抵达雄州，北辽军尾随而至。童贯不敢开启城门，令种师道驻军城外。此时风雨交加，部伍大乱，兵士自相踩躏，器械沿途丢失。城内宋军不顾童贯命令打开城门，辛企宗、辛永宗出城增援，杨可世等将领断后，大部宋军才得以顺利入城。

应该说，宋军的战斗力不输辽军。尤其这些来自西北前线的部队，不仅有着丰富的战争经验，而且兵员构成多是职业军人，甚至有的几辈人都在从军打仗。

虽然战场环境不同，西北多山谷沟壑，华北地势平坦，但作为一场战役级别的军事冲突，不会有太大影响。归根到底在于高层指导思想左右摇摆，既想收复燕地，又想不动刀兵。假若徽宗的命令是，三军将士，勇往直前，魔挡杀魔，佛挡杀佛，直取燕京，这场战役或许是另一种局面。

打了败仗肯定要追责。皇帝没有责任。徽宗不仅没有丝毫自责，心情似乎还不错。远在杭州的蔡京得知官军在白沟河败衄，给蔡攸寄来一首诗：

老懒身心不自由，封书寄与泪横流；
百年信誓当深念，三伏征途盍少休。
目送旌旗如昨梦，心存关塞起新愁；
缁衣堂下清风满，早早归来醉一瓯。

不知怎么，蔡京的诗传入了大内，被皇帝所知。徽宗对蔡攸说，拿给我看看。徽宗看完后斟酌道："'三伏征途'不若改为'六月王师'。"继而又说，"看样子老太师知道朝廷打仗不顺，还是旁观者清哪！"

皇帝没有责任，童贯、蔡攸也没有。第一责任人是种师道，"天姿好杀，临阵肩舆，助贼为谋，以沮圣意。"真弄不懂，严格执行皇帝指示就"助贼为谋"了？给予的处分是提前致仕。

第二责任人是和诜。和诜不似其父，不唯实，只唯上，取悦童贯最为卖力，结果马屁拍在马腿上。和诜最初的罪名是"不从节制"，后来加重处罚，以"契丹尚盛，觇候不实"——情报不准确而筠州安置。

白沟河初战落幕，另一场大战即将打响。

29. 奇袭燕京

强迫种师道退休后，河北宣抚司设立都统制一职，童贯提拔刘延庆出任都统制。为什么提拔刘延庆为都统制？刘延庆来自西北，西北军是主力。

根据《续宋编年资治通鉴》记载，宋军于白沟河大败后，童贯、蔡攸驻军河间府，收拾溃卒。忽然一天，中山府马步军都总管詹度派人报告，说耶律淳死了，不断有人从燕京城逃出来。显然，这又是一场重大变故。耶律淳死了，燕京城失去主心骨。消息上报朝廷，经徽宗与宰执们商议，决定起复种师道为帅，继续统领河北大军。

谁知种师道坚辞不受。种师道对前来劝他起复的官员说："当年，太祖皇帝拿出一轴《收燕山图》给赵普看。赵普说，这图是曹翰所绘。接着，赵普问，曹翰能为陛下收复燕山，谁为陛下守燕山呢？太祖听完，默默将图卷起，进入内室。现在，种某不才，远不如曹翰。退一万步，即便种某收回了燕京，谁来御守？"

官员回去向朝廷反映，说种师道"避事"。朝廷一怒，摘掉了种师道节度使之职。

既然种师道不配合，那就另择他人。

陕西诸将，经常抱团，譬如秦凤路种氏，熙河路姚氏，鄜延路刘氏，永兴军路辛氏，等等。有资格为一军之帅的，目前有种师道、姚古、辛兴宗、刘延庆等几个人。问题是，种师道不愿干，姚古远在熙河，白沟河宋军吃了败仗辛兴宗难辞其咎，接下来只有刘延庆了。

刘延庆，鄜延路保安军人，将家子，从小当兵打仗，打了几十年，没什么文化，打仗全凭经验。这样的人，如果驾驭得好，是员战将。但是以他为帅，统领十多万大军，值得商榷。

童贯决定任用刘延庆，与政和年间反击西夏挑衅和下江南征讨方腊有关，在这两场战事中，刘延庆表现得可圈可点。据现代人考证，刘延庆的爷爷是刘绍能，属羌蕃，极有可能是党项人。刘延庆打仗有一套，但爱表现，喜投机，尤其在掌管自己命运的人面前免不了阿谀奉承，偏偏童贯喜欢这一套。

大约八月底、九月初，随着耶律淳驾崩，李处温父子被处死，主政的萧普贤女强烈感觉到汉人不可靠。而此时，燕京城内，以及燕京城周围，恰恰汉军多，契丹兵少。萧干建议，当务之急是迅速招录奚人和契丹人，组建新的部队，用以拱卫京城。

北辽高层这一举动很快引起一个人警惕，即驻守涿州的郭药师。

郭药师，渤海铁州人，当年为抗击女真入侵，辽朝以耶律淳为元帅，赴辽东召军。辽朝认为，辽东渤海人怨恨女真，所招之兵号称"怨军"。怨军分为八营，郭药师是一名怨军首领。在解决武朝彦率两营怨军叛乱问题上，郭药师建立功劳，被辽朝重用。

据说，武朝彦事件后，东路都统耶律余睹向耶律淳建议，将怨军全部诛杀。耶律余睹对耶律淳说："所谓怨军，未能报怨于女真人，反而怨叛辽朝，若不诛杀，恐为今后之患。"

萧干不同意，因为他也不是正宗契丹人。萧干说："很多人是忠于大辽的，由于裹挟才加入叛乱行列，岂可尽诛杀？"萧干虽然不是契丹人，但他掌握军队，他的话，耶律余睹也好，耶律淳也罢，不得不听。

萧干投下反对票，郭药师逃过一劫。

历来纸包不住火，随着耶律余睹降金，他曾经企图诛杀怨军这一建议被郭药师知晓。

这一次，北辽大量征召奚人、契丹人当兵，对此十分敏感的郭药师感觉到，契丹人很有可能要向怨军下手了。虽然怨军改名了，称常胜军，郭药师认为，在契丹人眼里，不管名称如何更改，终归不是自己一族。

郭药师紧急召拢部队，鼓动投宋。郭药师一鼓动，万口喧呼，无不响应。于是捉拿监军萧余庆等人，率领部将张令徽、刘舜仁、甄五臣、赵鹤寿等，以及八千精兵、五百铁骑，连同一州四县归降了宋廷。

接着，又有易州守将高凤带着五千兵马向宋廷投诚。

突然之间，仿佛天上掉馅饼似的，宋廷连续获得易、涿二州，整个宋廷像打了鸡血一样亢奋，白沟河惨败带来的阴霾一扫而空。

失去易、涿二州的北辽政权，面对虎视眈眈的十数万宋军，决定与宋议和，派萧容、韩昉来到开封，答应称藩。王黼自然也在打鸡血之列，斜一眼萧容、韩昉递上来的称藩文书，说："难道只是纳款称臣吗？如果仅仅是纳款称臣，你们回去。"

萧容、韩昉面面相觑。

王黼说："须土乃受。"

意思是，必须把土地交给宋廷，才能接受你等成为大宋的藩臣。

显然，这是不可能的。北辽体量再小，躯体再弱，也是契丹人的王朝。想当年，契丹与宋，可是兄弟。

既然北辽不愿交出土地，那就武力夺取，战争已不可避免。此时此刻史书没有留下任何反对的声音。几乎所有人都认为，北辽已有两个州主动献降，大势已去，就像雪人，阳光一照就会化作一滩水渍。

宣和四年（1122）冬十月，刘延庆与郭药师等人自雄州趋新城，刘光世和杨可世自安肃军出易州，两路大军相会于涿州。

行军路上，宋军松松垮垮，不成队列，郭药师拦住刘延庆的马头劝谏："数万大军行进全无戒备，倘若遭遇埋伏，首尾不能相应，必然溃败。"

刘延庆怎么会听取郭药师的意见？刘延庆是一军之帅，郭药师是投诚之人，身份完全不对等。

北辽闻讯，萧干亲率大军于燕京城外十里处构筑堡垒，同时派出骑兵不断袭扰宋军。刘延庆列阵决战，败绩，遂闭垒不出。郭药师再次建议，说："萧干举全力对付我等，燕京必然空虚，末将愿领奇兵五千，倍道前行，乘燕京无备，杀入城内，夺取城池。望相公派三将军为后应，接济我等。"

三将军即刘光世。

刘延庆同意郭药师所请，吩咐大将高世宣、杨可世与郭药师同行。

郭药师以轻兵袭取燕京十分成功，甄五臣率人化装成平民，出其不意地杀死守门辽军，夺取了迎春门。这是早晨，燕京人刚从梦中醒来，一支打着宋军旗号的队伍杀进了燕京城内，城内情景可想而知，犹如汤浇蚁穴，火燎蜂房，一片混乱。

燕京是大城，方圆三十六里，高三丈，城头宽一丈五尺。敌楼、战橹具备。有八门，东门为安南、迎春，南门为开阳、丹凤；西门为显西、清晋，北门为通天、拱辰。这是外城，里面还有皇城。皇城有两门，西门叫显西，常年不开，常开的是北门，名子北。

这是大宋立国以来，宋军第一次进入燕京城。

郭药师率军进城后，最初并没有动用刀兵，而是布阵于悯忠寺前，分派七员将领各率二百人守卫燕京七门。同时还采取了两条后世颇有争议的举措，一是鼓励燕京当地人反正，希望其他族民放下武器，声称他们只杀契丹人；二是派人去见萧普贤女，要她打开皇城出降。

萧普贤女在得知宋军杀入燕京的消息后，采取了一条正确的措施：关闭迎春门，同时将燕京城内发生的情况派人告知萧干。

萧普贤女显然不会投降，不仅不投降而且关门围剿进入城内的宋军。燕京城内的辽军肯定多于宋军，时间长了对宋军不利。郭药师的常胜军可能受辽人压榨较重，爆发出旺盛的战斗力。面对数倍于己的辽军，一直搏杀至夜晚仍然难分难解。

战斗的转折点是萧干率军赶回来了。郭药师和他的六千常胜军是悲壮的，他们应该清楚自己的处境。"风萧萧兮易水寒，壮士一去兮不复还。"易水就发源于易州，在进入宋境之前汇入了拒马河。郭药师和他的六千常胜军今天也经过了易水。不同的是，荆轲刺秦是别易水西去，郭药师和他六千常胜军收复燕京是过易水北上。都是冬季，风啸水寒，热血滚烫，从容赴死。

历史上始终没有弄明白刘光世为什么没有前来接应。《宋史》中，刘光世本传及刘延庆本传里均对此含糊其辞。"渝约不至"是唯一的解释。

接替辛兴宗掌管西路大军的刘光世为什么要"渝约"呢？别说刘延庆是全军总指挥，就凭他是老爹，在孝道至上的宋代刘光世也得无条件执行。最大的可能就是，刘延庆根本没有给儿子刘光世下达接应郭药师的命令。或者说，刘延庆给刘光世下达接应郭药师的命令很不及时。

按理应该是后一种。如果刘延庆不给刘光世下达接应郭药师的命令，郭药师战败，朝廷肯定追责。刘延庆虽然油滑，掉脑袋的事他不会做。他能做的就是，接应郭药师的命令下了，刘光世也执行了，但是很不及时，郭药师败了，或者在燕京城内吃尽了苦头。

是的，刘延庆要让郭药师在燕京城下吃尽苦头，谁让他提出要以轻骑突袭燕京呢？这一招很好、很毒、很高明。问题是，提出这一招的不是儿子刘光世，也不是鄜延路的其他将领，甚至不是陕西同僚，而是一名降将。他能把这份天大的功劳随随便便、轻轻松松地让给郭药师吗？

不能。刘延庆不能。

燕京是什么？在宋人眼里，燕京不是一座城，燕京是梦，是宋人的魂。宋人的魂一直丢在这儿。一百多年来，多少宋人日思夜想，要把丢在这儿的魂找回去。

第一个发誓收复燕京的是太宗爷。公元979年平定北汉，十万宋军衣不解甲马不卸鞍，翻越太行山，北上燕京。六月二十日跨过白沟河，进入辽境。辽易州守将刘宇，涿州守将刘厚德相继献城而降。

三天后，宋军抵达燕京南郊——那会儿契丹人称幽州，或者南京，太宗爷驻跸宝光寺。站在太宗爷的驻跸之地，瞅得见燕京巍峨的城墙。那一年太宗爷年届四旬，正是奋发有为的年纪，眺望远方燕京，太宗爷雄姿英发，石敬瑭这腌臜泼才，好好一座大城卖给了契丹人，看我今天取回来，为华夏子民出一口鸟气！

然而，十万宋军没有进入幽州城内，甚至没有攀上幽州城头。英武一生的太宗爷，仅仅站在宝光寺前无限深情地打量了近在咫尺的燕京一番。

郭药师就不同了，如果偷袭得手，大概率要拿下燕京。太宗爷没有办到的事，郭药师办到了。这份功劳实在太大太大。

按照刘延庆的想法，让郭药师前去燕京与契丹人拼杀。如果把郭药师和北辽比作鹬与蚌，他就是渔翁。

刘延庆想不到的是，这场"鹬"与"蚌"的较量很不寻常，由于萧普贤女关上了城门，他得不到任何信息。得不到信息只能继续按兵不动，坐等郭药师求救。入夜，入城的常胜军死伤过半，郭药师、杨可世等人见大势已去，无力回天，弃马缒城逃回。

根据《宋史·刘延庆传》记载：由于刘光世逾约不至，高世宣、王奇、李峻、石洵美、王端臣等将领战殁于燕京城内。其时，刘延庆的大队人马已经抵达燕京西南卢沟，距燕京不远。萧干在回援燕京时，另派一支人马去截宋军粮道，擒获护粮将王渊。萧干故意向俘获的宋军泄露情报，大意是，宋军十万，多我三倍。我们准备以精兵冲击中路，包抄左右两翼。

泄露假情报后，故意将其中一个宋军放走。归营的宋军士兵禀报刘延庆。天刚亮，刘延庆见火光冲天，以为辽军大至，慌忙退走。辽军乘势攻击，宋军自相蹂践，伏尸百余里，几乎所有粮饷军资都被刘延庆在撤退时烧毁。《续资治通鉴·宋纪》说："自熙、丰以来，所储军实殆尽。"几十年励精图治的心血和成果，全打了水漂。

如此巨大损失，刘延庆肯定要处分，撤销职务，筠州安置。

刘光世未能按时救援郭药师，降三官。

郭药师呢，虽败犹荣，官升安远军承宣使。十二月，又升武泰军节度使。转年正月，也就是宣和五年（1123）正月，加检校少保，同知燕山府。奉诏入朝，徽宗礼遇甚厚，赐以甲第姬妾。

这还不算，徽宗特地为郭药师在金明池举办"水嬉"，也就是水上娱乐活动。又命贵戚大臣轮流坐庄设宴。最令郭药师感激的是，徽宗在后苑延春殿召见郭药师。郭药师拜倒在徽宗面前，一边流泪一边说："臣在燕京每次听人说起圣上，就仿佛听人说起天皇，不想今日得见龙颜！"

徽宗将前日突袭燕京的事拿出来夸赞一遍，承诺郭药师将来驻守燕京。

郭药师拍着胸脯发誓，说："愿效死力。"

徽宗笑吟吟地道："为了绝燕人之望，先捉拿天祚帝。"

郭药师忽然变了神色，说："天祚，是臣的故主。陛下任何命令臣不敢辞，唯有反故主请陛下托付他人。"说完，挥泪如雨。

听郭药师如此说，徽宗更是欢喜，这可是大忠臣啊！当场赠予珠袍及两个金盆。

郭药师从宫里出来，将徽宗所赐的珠袍和两只金盆赏给了部下，说："此非吾功，汝辈力也。"

由于人多，"剪盆分给之"。

上述记载，出自《宋史·郭药师传》。可以看出，郭药师这人很不简单。

九月间，也就是刘延庆率兵跨过白沟河准备收复燕京之前，金国通议使徒姑且、乌歇、高庆裔等人来到开封。他们按照徽宗的旨意先在高阳关会见了童贯，然后来到京城。

金国这次派徒姑且等人来，有两层意思。第一，需要宋廷说明原委，上一次返回时，宋廷为什么既没有派遣使者，也没有约定出兵日期？第二，金兵已经占领了中京，并且在鸳鸯泺差点活捉天祚帝，现在将其赶入了夹山，这一情况，金国觉得有必要告诉宋朝。

当然还有一层意思，那就是金国得到情报，童贯率领"两百万"大军准备攻打燕京。金国上层觉得，如果燕京由童贯攻取，每年五十万银绢可能落空。五十万啊，那可不是一个小数目。当然，这层意思摆不上台面。金国希望继续履行原来约定。

在崇政殿，金使乌歇甫一见到徽宗，就跪下道："皇帝派咱家来，说贵朝多次派使者漂洋过海去本国，共议夹击契丹，这些已经写进了国书。中国是礼仪之邦，必不会爽约。听说贵朝以童贯为宣抚，率大军屯扎边境，又不通报我国，我国怀疑原来约定已经终止，特派我们几位前来探问。"

徽宗还没开口，赵良嗣说："我国皇帝听闻贵朝已经在今年正月就攻下中京，引兵至松亭关、古北口，准备攻取西京。虽然我国也没有得到贵朝通报，但我们知道贵朝已经发兵，所以命童贯统大军至边境，准备与贵朝夹击契丹。彼此都没有相互通报，那就都不计较了。"

四天后，徽宗命赵良嗣为国信使，马扩副使，马政伴送使，随同徒姑且一行前往金国。在崇政殿辞行时，徽宗对金使说："耶律淳已死，燕京城内无主，萧干执掌军权，挟女主猖獗，将来恐为边患，望早擒之为佳。"

乌歇、高庆裔道："这个萧干，本为奚人，原名回离保。他现在很猖獗吗？我们回国后，当即奏陈。"

经过白沟河一战，徽宗已经对萧干产生畏惧，希望借助金国将其铲除。

临行之前，赵良嗣将国书副本出示马扩，马扩看罢大为震惊，因为在这道国书里，写下了愿付岁币五十万，请金国帮助拿下燕京城。

马扩道："金国人这次遣使，意图很明显，担心我朝先夺得燕京，他们今后得不到岁赐。他们现在最关心的是，第一，能不能继续和好，第二，我军的下一步行动。目前，他们尚不知道种师道、杨可世们在白沟河吃了败仗。我们应当这样对他们说，前次贵国使者归国，我们没有约定出兵日期是源于海道不靖。此次童贯统领大军屯扎边界，是准备待贵朝兴师便发兵相应。贵国先行进兵拿下中京，不是没有通报我们，而是海道难测。如今，我国在得不到贵国音讯的情况下，准备催促河北宣抚司进兵，克期下燕，以振中国威灵。我们拿下了燕京，同样会如前约，与金国通好。"

马扩继续说："这样解释，既不损害原来约定，又能杜绝金国人日后滋生轻悔之患。"

在马扩看来，宋廷在这道国书里，既要重申原来的主张，收回燕云十六州，也要强调坚持原来的约定。原来的约定是宋金夹攻燕京。具体为：宋军从涿、易二州进兵至燕京外围，金人自古北口进兵至燕京城下。至于辽西京以及所辖州郡，待燕京收复后，两军再商谈下一步行动。宋朝收回燕云十六州旧地，辽朝土地归于金国，到那时，每年付给金国岁币五十万。

赵良嗣对马扩的话感到惊讶，说："我们自个儿拿不下燕京，如果不给女真人金帛，怎么收复燕京城呢？"

马扩说："既然我们没有能力收复燕京，就应该让圣上明白，粉饰是没有用的，只有加强战备才能守护旧疆。如果贪眼前小利，不顾后患，就会因小失大。"

赵良嗣说："圣上主意已定，不可更改。"

赵良嗣是联金伐辽的首倡者，对于马扩之言，肯定不以为然，或者很不喜欢。

宣和四年（1122）十月，赵良嗣一行随金使来到辽西京道奉圣州，即张家口市涿鹿县。阿骨打派堂弟蒲家奴和二太子完颜宗望前来商量宋金联合事宜。

蒲家奴对赵良嗣等人说："皇帝圣旨，两家通好，互不相疑，所以问讯往来，不要计较以前发生的事情。"

赵良嗣说："本朝讲究礼仪，信约分明，从来没有失信。"

蒲家奴说："去年本朝派人前往贵国商议夹攻，贵国既不遣使，也不约定出兵日期，白白耽误了半年时间。"

赵良嗣含糊其辞，说："这次国书里写得很清楚，一切'并如初议'。"

蒲家奴继续追问："本国人马正月即到辽朝中京，贵国何时才出师？"

赵良嗣说："三月末得知贵国人马开往中京，我国即派童太师勒兵相应，五月开始向契丹进攻，这就是在遵守原来之约呀！"

蒲家奴说："本国兵马去年十一月离开御寨，贵国今年五月才驻军雄州，两军相距千里，如何夹攻？我家皇帝说了，去年贵国没有派遣使者，原来约定已经废止。今年贵国虽然出兵了，需要重新约定。"接着，蒲家奴又说，"我朝原来打算将新取得的西京一并还给你们，因为天祚帝还在，不拿下燕京，西京一路即便给贵朝了也有后患。所以，我朝皇帝准备亲自去攻打燕京城。会不会给你们，这个暂不知道。"

赵良嗣一听急了，对于赵良嗣来说，最为关心的是燕地，因为他最初上的就是"平燕之策"。赵良嗣说："原来议定的是割还燕地，若不得燕地，西京亦不要。"

二太子完颜宗望是个精明人，立即说："燕京还没有拿下，今天只是临时商量。贵国既然不要西京，不强迫。"

马扩见赵良嗣言语有失，急忙补充："归还燕京是累次约定的事，不需要商量。贵朝打算先交割西京，可见贵朝非常有诚意。"

赵良嗣对马扩说："本朝兵马尽往燕京，怎么来西京交割？"

幸亏翻译一时未明其意，愣怔着，马扩接过话对翻译说："如果贵朝先交割西京，我朝可以调河东军马前来接受。"

其时，蒲家奴已经听懂了赵良嗣的汉话，对两名宋使说："既然不要西京，那就等拿下燕京再议。"

赵良嗣说："我国与贵朝通好五六年了，现在辽朝未亡，难道毁约不成？如此反复，还讲不讲信义？本人有吾皇旨意，先燕京，后西京，这个顺序不能改变。"

蒲家奴说："我朝先与西京，充分说明我朝很有诚意。至于燕京，你们有童太师率领大军看守，也许不用夹攻，你们就拿下来了。既得燕京，又得西京，如此美事，有何不可？"

赵良嗣说："大国所行，守信为先。前年贵国皇帝拉着我的手说，我已许宋朝燕京，我得之亦与宋朝。并指天为誓。料想贵朝皇帝，不会违背自己的誓言。"

蒲家奴匆匆走了，去请示阿骨打。

马扩心底很急，既然金国欲归还西京，赵良嗣为什么不接受呢？他是副使，不能插言太多。

赵良嗣也急。因为赵良嗣明白，完全依靠宋军是拿不下燕京城的。对于赵良嗣而言，不，包括徽宗也是，燕京比西京重要。而要取得燕京，又必须倚靠金兵。

从战略层面讲，为了日后提防金兵，首当其冲的自然是燕京。在燕山防线上，燕京是枢纽。

马扩与赵良嗣所考虑问题角度不同，着急的内容也不同。不过这无关紧要，核心问题是自身实力不够。自身实力不够，再好的谋划也是空中楼阁。

为时不长，蒲家奴回来了，传达阿骨打旨意。阿骨打说，原来以为宋朝失信，两国关系断绝。看完宋朝皇帝国书，今天搁置原来约定，将燕京六州二十四县以及汉民给予宋朝。官府钱物、奚人、契丹人、渤海人，以及西京，和燕京之后的平州、滦州，不在给予之列。如果宋朝自己攻打燕京，可以借道平、滦。如果是我军取得燕京，悉如前约。

阿骨打说的燕京六州指的是蓟州、景州、檀州、顺州、涿州、易州。

赵良嗣说："原来约定的是山前、山后十六州，现在只有燕京六州二十四县。昨日说的还有西京，今天也没有了。这是为什么？原先约定以榆关为界，平州、滦州也在归还范围之内，何况平、滦二州原本属于燕地。如果本朝人马乘胜追击，肯定要过界。勃极烈所言本朝平燕，须借道平、滦，如果本朝得燕，必然分兵把守，倘若贵朝军马通过，岂不是也要借道吗？"

蒲家奴勃然大怒道："尔等还未得到燕京，就准备拒绝我朝军马，是不是不想通和了？你们的兵马刚被契丹人击败，想得到燕京，难道不想仰仗我朝了？"

很显然，金人已经得知宋军在白沟河被契丹军杀败了，估计赵良嗣脸颊一红，显得十分窘迫，半晌才说："所以本国兵马正在等候夹攻，拿不下燕京就没有去拿。宋金两家要紧密团结。"

蒲家奴生硬地说："我朝的决定立即执行，不得更改。"

赵良嗣，包括马扩，还能说什么呢？宋军在白沟河战败的消息，肯定是刚才蒲家奴去见阿骨打才得知的。现在，握在宋方手中的底牌没有了，没有了底牌的宋方使团只能闭嘴。

很快，蒲家奴拿出三份文件。一份是知易州何灌致大金国统领的，说易、涿二州已为宋军所据，希望金兵"不得交侵"；一份是何灌发往邻近灵丘、飞狐二县招诱蕃汉归附的榜文；一份是已经归降宋廷的赵诩写给李处温的信札，其中说道，女真人嗜杀，不讲德操，望李处温速速归顺。

蒲家奴当着赵良嗣的面诵读，然后问："飞狐、灵丘属于山后，目前还未商定，便行榜招诱，是何道理？"

赵良嗣解释道："何灌武人，不知地界，妄发文字尔。"

蒲家奴说："你们还在榜文中反复强调，说是'御笔招诱诸汉蕃'，这难道不是违约吗？"

赵良嗣只得说："招降蕃汉，乃本朝皇帝仁慈，不愿流血死人。"

蒲家奴打断赵良嗣的话："适才皇帝有旨，因为上述事情，准备修改国书，考虑到国家信誉，仍然执行原来约定。只是二位国信使必须留下一人。"

赵良嗣分辩道："为何要留下一人？出使被留，史无前例。"

金国给出的答复是，我军正准备攻打燕京，岂用先例耶？

这就是强者的态度。既然规则由强者制定，弱者只能匍匐在强者制定的规则面前。

金国以国书示赵良嗣，命李靖为国信使，王度剌副使，乌陵思谋计议使，前往宋朝。

赵良嗣看完金国国书，提出："原来议定，若金国得到燕京，归还我国，这一条在国书中写得不甚明白。"

蒲家奴颇不耐烦，对赵良嗣道："口头约定就行了，何须喋喋？如果一定要取信，待拿下燕京，当面约定。"

向阿骨打辞行时，还发生了一幕尴尬事。

当时廷下站立两人，二太子完颜宗望对赵良嗣等人说："此二人，是燕京萧氏派人来请降的，答应不称藩，请求驻守燕京，力拒南朝，说契丹军马虽然弱小，但对付南朝绰绰有余。"

俄而，二太子对两名北辽使者说："我们已经将燕京许与南朝，回去告诉你们萧太后。还有，不要与南朝交战，免得殃及燕人。"

北辽二使唯唯。

面对此情此景，赵良嗣、马扩脸色涨红，无话可说。

宋金之间所谓的友谊小船，已经严重倾斜。

归根到底是宋军无能。两场败仗，将所谓的泱泱天朝打回了原形。后果是严重的，在女真人看来，南朝不过尔尔。不错，大宋疆域广阔，历史悠久，财富多多。可这算得了什么呢？就像一个巨人，病了，病入膏肓了。一个病入膏肓的巨人，不值得女真人敬畏。

第九章　大宋不灭

30. 浴血杀熊岭

大宋宣和五年（1123）九月，阿骨打病逝，弟弟吴乞买继皇帝位，成为大金立国后的第二任皇帝，史称金太宗。

与阿骨打相比，吴乞买要逊色得多。但是，在对待宋朝的态度上，吴乞买并未废弃阿骨打亲手打造的宋金联盟。在吴乞买继位之初，完颜宗翰与完颜宗望有过一次提议，不要将山西郡县归还宋朝，吴乞买却指出："这有违先帝之命，其速与之。"

如果吴乞买像哥哥阿骨打那样英谟睿略，最后会不会与宋朝翻脸，刀兵相向？不知道，没有答案。应该说，宋金关系恶化，与吴乞买是否英谟睿略关系不大，根本原因在于宋廷缺乏战略眼光。

譬如，企图接纳天祚帝。

宣和六年八月，徽宗免除谭稹河东、河北、燕山三路安抚使之职，起用赋闲的童贯，前往太原替代谭稹。

按照《宋史纪事本末》，与《续宋编年资治通鉴》记载，此次童贯前往河东，除了继续讨要云中之地，还有一项秘密使命，即劝说天祚帝投降宋朝。不知这个馊主意来自何方神圣，既然两部史书都有记载，应该不是捕风捉影。当时天祚帝在夹山，宋廷派一番僧带着徽宗的御笔找到了这位末代辽帝。在徽宗的御笔中，称这道御笔也是诏书，如果天祚帝来到宋朝，享受皇弟待遇，位置高于燕王赵俣和越王赵偲，还修筑房舍千间，赐女乐三百人。据说天祚帝得到徽宗御笔后喜不自胜，对左右说："宋皇渡海，与女真盟，夹攻天祚，谋复燕云，可谓失计矣。"

世上没有不透风的墙，金廷高层不知从哪儿得到情报，说宋廷准备接纳天祚帝，专门派遣使者来到太原，威胁童贯，说："宋金原有盟约，无论谁获得天祚帝，即杀之。现在，你们居然违约收留天祚帝。"

童贯信誓旦旦，说宋朝没有这方面打算。

金国不相信，多次派使者赴太原索要天祚帝，而且语出不逊。

事情到了这个份上，童贯哪敢迎接天祚帝入境？只得密授亲信将领，带兵到边境巡逻，并对他们说："只要是契丹人，不问姓甚名谁，见面便杀，免得授人以柄。"

再譬如接纳张觉。

北辽诞生，近在咫尺的平州闹独立，辽兴军节度副使张觉占据城池，俨然小王国。金人进入燕京城后，张觉归降。然而，归降又不死心，当金廷将大量燕京人士北迁时，张觉竖起反旗。这一次，张觉竖反旗是以辽朝遗臣自居。此时，大辽已亡，周边地区为宋军与金兵控制，张觉自称大辽遗臣，显然是逆历史潮流而动。一个叫李石的汉人献计，投降宋廷。

应该说，降宋也不是时机。金人刚刚归还燕京——尽管归还的是一座百孔千疮的空城，女真人总算兑现了承诺。这个时候宋廷接纳张觉，女真人会怎么想？

然而，宋廷接纳了，因为平州这个地方，位置太过重要。当年秦灭六国，分天下为三十六郡，此处为辽西郡。东汉末年，公孙度割据辽东，就以平州为大本营。这次宋金分画疆界，平州，与位于东南的营州和位于西南的滦州，属于金国。

如果宋军占据了平、滦之地，不仅强化了燕京外围防线，而且堵住了金兵南下的通道，大大压缩金人的战略空间。

尽管接纳张觉进行得十分隐秘，宋廷仍然小瞧了金国人收集情报的能力。宣和四年（1122）六月，张觉刚刚派人到燕山安抚司接洽，金国马上得到情报，张觉已叛。驻锦州的完颜阇母立即率两千兵马前来征剿。张觉退守营州。完颜阇母没有攻城，只在城门口留下八个大字："天热且去，秋凉复来。"

隐秘没有了，一切公开化了，还接纳张觉吗？接纳张觉意味着承担宋金关系破裂的风险。

遗憾的是，大宋高层没有认真权衡利弊，满朝文武除了赵良嗣，一个个热血沸腾，徽宗爷亲撰诏令，授张觉泰宁军节度使之职，世袭平州。

赵良嗣反对，说："我朝已经与金人结盟，况且金兵是如此强悍，现在招纳张觉，必失其欢，后不可悔。"赵良嗣主张，立斩李石，将头颅交予金廷。

赵良嗣的建议不仅宰相王黼不同意，徽宗更是反感。就从这时候起，赵良嗣这颗首倡联金伐辽的政治明星急速跌落，罢官，削五秩，郴州安置。

两年后，准确地说是两年零八个月后，御史胡舜陟上书钦宗，说赵良嗣败坏了与辽朝的百年友好，致使金人侵凌，祸及中原，请求将其斩首。钦宗诏命广西转运副使李升之前往赵良嗣的安置地，砍下他的头颅。

完颜阇母离开营州前许诺"秋凉复来"，这是瞒天过海之计，未等秋凉，金兵就来平州了。这次带兵将领是二太子完颜宗望。李石带回了宋廷犒赏的银绢数万，大喜过望的张觉正在郊外迎候。完颜宗望来得实在过于迅速，张觉不及进城躲避，走小路逃往燕京。燕京熟人是郭药师。郭药师将其改名赵秀才，藏匿在自己军中。

留在平州坚守的是参谋军事张敦固。完颜宗望率军日夜攻击，张敦固率平州军民死守。近在咫尺的燕山府路宣抚使王安中不敢救援。金国是盟友，至少目前是。盟友出了叛军，理应帮忙剿除。估计那一阵子宋廷上下像热锅上的蚂蚁，既忧心如焚，又无可奈何。

平州守军是坚强的，在金兵没日没夜的攻击下坚守了两个多月。

在这两个多月中，完颜宗望命令王安中给金兵提供粮食。完颜宗望说："你我既盟，我来讨伐叛臣，当饷我粮。"

宋廷政府不但不能救援平州，还给围攻平州的金兵提供军粮。打掉牙往肚里咽，连血水都不敢吐一口。

终于，平州守军矢尽粮绝，还剩千把人，溃围而走，平州城破，张觉的母亲和妻子落在了金兵手里。张觉的弟弟听说母亲被俘，为救母亲，携带着宋廷任命张觉为泰宁军节度使的诏敕投降金国。由是，完颜宗望大怒，移文宋廷，索要张觉。

起初，宋廷矢口否认，眼见金廷态度越来越强硬，杀了一个貌似张觉的人企图蒙混过关，被金廷识破，说，这不是张觉，是某某人。再不交出来，则举兵来燕京自取。

宋廷害怕了，密令王安中割下张觉首级送给金人。

无论是接纳张觉，还是准备接纳天祚帝，都证明宋廷战略短视：急功近利，愚不可及。

大金国草创之初，阿骨打实行勃极烈制。勃极烈由五人组成，这种部落贵族合议制度，带有一定民主色彩。在阿骨打时期，由于他的个人威望很高，权力的魔棒紧握手里。吴乞买时代不同了，随着老一代将领逐步退出政治舞台，新一代将领正在迅猛崛起。新一代将领有一个共同特征，即大量招收其他民族知识分子为其所用。这些来自汉族、渤海、奚族、契丹的知识分子不断为年青一代将领洗脑，唤醒蛰伏在他们血管深处的雄心与野心。

吴乞买继位后，谙版勃极烈由皇弟完颜斜也接任，阿骨打庶长子完颜宗干出任忽鲁勃极烈，完颜宗翰为移赉勃极烈，吴乞买的堂叔完颜谩都诃为阿舍勃极烈。

在这个金廷最高议事班子中，完颜宗翰和完颜宗干拥有很大权力。完颜宗干主管政务，完颜宗翰与完颜宗望分管军务。完颜宗干依照辽朝、宋朝的礼仪、官制打造国家体系；完颜宗翰与完颜宗望则强烈主张向宋开战，开疆拓土。是完颜宗干、完颜宗翰等人的所思所想和所作所为不断改变着吴乞买对宋朝的态度。

完颜宗望虽然不是勃极烈，但他驻扎辽阳，手握重兵，他的意见同样很有分量。加上他对近在咫尺的燕京十分垂涎，在吴乞买继位的第二年即向朝廷建议，"凡攻取之计，乞与知枢密院事刘彦宗裁决之。"吴乞买回复是："诏谕南京官僚，小大之事，必关白军帅，无得专达朝廷。"给予了完颜宗望极大的自主权。

对完颜宗翰也一样，在吴乞买继位的当年十月，就将百道"空名宣头"付给西南、西北两路都统完颜宗翰，说："西南、西北方面的事情，如官吏升迁之类，不必奏请，以免误事。"

所谓百道"空名宣头"即是没有填写姓名的做官凭证。选谁做官，做什么官，全凭完颜宗翰说了算。

可见在吴乞买即位不久，完颜宗翰和完颜宗望就拥有了相当权力。

终于在金天会二年、宋宣和六年（1124）十月，吴乞买下达了伐宋命令：

以谙版勃极烈完颜斜也兼都元帅，以移赉勃极烈完颜宗翰兼左副元帅，经略使完颜谷神为右监军，左金吾上将军耶律余睹为右都监，自大同入太原；以完颜昌为六部路都统，完颜宗望为南京路都统，刘彦宗为汉军都统，自辽阳入燕山。

此时的大宋首都开封，没有战争警报，依然歌舞升平。

宣和六年（1124）九月，徽宗在艮岳赐宴蔡京。

从政和年间起，爱好广泛的徽宗迷上了土木工程。先是扩建延福宫，将延福宫扩展成了一个宫殿群。继而修上清宝箓宫，接着筑御河新堤。到了政和七年（1117），开始造万岁山，也就是后来有名的艮岳。根据蔡绦在《宫室苑园篇》所记，万岁山建于上清宝箓宫附近，仿照的是杭州凤凰山。"山周十余里"，"最高一峰九十尺"，"岩穴溪涧悉备"。其中有一洞，洞口很小，仅容二人通过，洞里却别有天地，可容纳百人。至于泉流，昼夜不绝。此外还有馆舍台阁，嘉木环绕。这些馆舍台阁没有彩绘，但以"美材"为"楹栋"，以彰显自然之胜……

这次在艮岳设宴，是宴请致仕多年的蔡京。

不仅蔡京心底十五个吊桶打水，陪宴的蔡攸、王黼等人也心底打鼓。蔡太师快八十岁了，皇帝还讲这个排场？

九月的艮岳风清气朗。从阳华门进入，首先是一棵椰子树，然后是八十棵荔枝树夹道，再就是一块巨大无比的太湖石，高达四十多尺，上面有亭。一名宦官拿着器具，内里装有荔枝。有中使宣旨，给来人赐荔枝若干。但蔡太师属于特例，由宦官临时上树采摘，并当面剥开两枚请太师品尝。这一幕就连恩宠无比的梁师成都目瞪口呆。

从后来看，徽宗在艮岳赐宴蔡京与梁师成有关。

上一年，也就是宣和五年冬月，王黼对徽宗说，他家堂柱长出灵芝了。

堂柱生灵芝，这是祥瑞啊！谁见过堂柱生灵芝呢？可见宋朝国运将出现奇迹。这种事情是徽宗最向往的，决定临幸王府。

王府的堂柱有没有灵芝，或者是不是灵芝？这个无关紧要。既然王黼敢于妄言，就敢于妄作。关键是这次徽宗出行，发现了一个天大的秘密。王黼家与梁师成家是通的。按照《续宋编年资治通鉴》记录，皇帝先到王黼家，通过一个边门又到了梁师成家，最后回到王黼家观灵芝。

估计当时徽宗没有多想，因为当时太热闹了，跟随在皇帝后面的有百官以及禁卫诸班。回到龙德宫以后，徽宗才渐渐觉得不对劲。一个是宫中大珰，一个是朝中宰相，门户相通，等于住在一个院子里。何况王黼称梁师成为"恩府先生"。如果他们结成了一体，那是一件非常可怕的事情。

从那个时候起，徽宗决定裁夺他们的权力。

当然，这事不能急，得慢慢来。

宣和六年（1124）八月，免除了谭稹河东、河北、燕京府路宣抚使职务。不管谭稹是不是梁师成藤上的瓜，他出任三路宣抚使为梁师成举荐，首先得将谭稹从三路宣抚使这个重要岗位上撤换下来。

接着免除蔡攸的知枢密院职务。起用已经退休的童贯，以知枢密院事代理河东河北燕京府宣抚使。

九月，提拔一批高级政府官员，他们是白时中，任宰相兼门下侍郎；李邦彦，任第二宰相兼中书侍郎；赵野为尚书左丞；宇文粹中为尚书右丞；蔡懋为同知枢密院事。

十一月，命王黼致仕。

十二月，蔡京领讲议司，紧接着领三省事。这是蔡京的第四次起复，距上一次解职过去了四年。

这一轮政坛洗牌能挽回大宋国运吗？要知道，蔡京七十八岁了。用《宋史·蔡京传》说："目昏眊不能事事，悉决于季子绦。"这老四蔡绦是蔡攸的死敌。当年蔡绦反对修延福宫，被徽宗问罪。蔡攸曾经在皇帝面前"数请杀之"。如今蔡绦因为老爷子复出风生水起，蔡攸岂能善罢甘休？

未及，蔡绦被解除官职，蔡京再一次致仕。

蔡京罢相与国情相关，因为完颜宗望的东路军快要打到黄河边了，帝国已经危若累卵。

金兵东路军从易州出发，首攻保州。保州是大宋祖陵之所在，驻有精兵强将，加上境内河流纵横，是大宋塘泺防线西端，金兵久攻未克。

继而转攻中山府。中山府守臣詹度以水浇城，城墙结冰。金兵同样攻城失利。

金兵放弃保州与中山府，攻打庆源府，也就是过去的赵州。

连续攻打两座城池不克，完颜宗望慎重起来了。金兵抓来一个宋朝官员，名叫沈琯。完颜宗望亲自接见，问："郭药师讲，河北无兵，城池皆不可守，可以长驱汴京，是真的吗？"

沈琯说："真定、中山、河间、大名设立了四个帅府，有将兵不少。"

完颜宗望问："听闻宋朝有兵八十万，今在何处？为何不见迎敌？"

第九章 大宋不灭

沈琯说："分散在各地，朝廷要用兵时征调。汴京一地有兵四五十万，黄河两岸均有重兵御守，你们必不可过。"

这个沈琯显然在吓唬宗望，汴京一地绝对没有四五十万宋军。据崇宁五年（1106）枢密院报告，禁军缺额二十四万，新创立了广勇、崇捷、崇政等军号，增添了约十万人，还缺口十四万。当时全国禁军总额五十五万，缺额十四万，实际兵额只有四十一万。

从崇宁五年至今又过去了二十年，禁军总额不会增加，只会更少。《宋史·兵志》云："河北将兵，十无二三，往往多住招缺额，以其封桩为上供之用。"河北兵额缺员三分之一，为什么缺额？因为要充实封桩库，上缴给皇宫大内，供皇室使用。

按上述所说，汴京地区所谓四五十万宋军，实际上也就十几万人，而且缺乏训练，纪律松弛，平常多在经商做工当奴仆。这样的官军，岂是金兵的对手？

完颜宗望没有轻信沈琯所言。

二十七日，金兵攻陷信德府。信德府即从前的邢州。

攻打信德府时，完颜宗望叫来在燕京被俘的吕颐浩观战。金人遂鸣鼓而攻，不移时城破，金兵押着守将杨信功等人从城门出来。

转年正月初二，东路军抵达黄河北岸。

惊慌之下，朝廷命令河北、河东安抚副使何灌领兵二万扼守河津，命令内侍梁方平领兵七千守浚州。浚州位于黄河北岸，政和五年（1115）设置，州治黎阳。朝廷命梁方平断绝桥梁，据守要害。

结果，驻守浚州的梁方平焚桥而遁。

梁方平一跑，何灌度不能支，收拾残卒退守汜水关。虽然黄河桥被梁方平放火烧断，金兵只是稍加修理，依然轻轻松松渡过了黄河。

当女真人的东路军来到了开封城下时，完颜宗翰的西路军却还在太原。

完颜宗翰的西路军最初势头不错，这得益于义胜军。

义胜军是宦官谭稹接任河东、河北宣抚使后征召的一支兵马。总数五万人，兵员来自燕云降卒，也就是原来辽军中的汉人。为了争取军心，宋廷格外优待，月粮衣赐，倍于他军。

由于对义胜军的军需供应比较优厚，引起了河东其他宋军普遍不满。譬如两军相逢，禁军们咬牙切齿地对义胜军说，我们是官军，吃陈粮，你们是蕃人，吃新粮，老子们还不如蕃人，到时候把你们杀掉。这种恶狠狠的语言造成义胜军大面积恐慌。时间一长，恐慌变成了仇怨，原本没有感情基础，仇怨多了便会生出二心，有了合适的机会就会反叛。

很快，合适的机会来了。完颜宗翰起兵伐宋，进抵朔州城下。朔州守将孙诩十分勇猛，开门迎战。这边宋军正在与金兵搏杀，那边城门开了。开门的就是义胜军。

金兵轻轻松松取得朔州，兵临代州。代州守将是李嗣本。李嗣本准备婴城固守，但被人绑了，交给了金兵。绑李嗣本的也是义胜军。完颜宗翰毫不费力地取得代州。

后人评述，北宋国门洞开，全靠"两军"：东边是郭药师的常胜军，西边是义胜军。

完颜宗翰的西路军夺取代州后直下忻州，在崞县遭遇阻击。

崞县东西两面是山，中部为平原，一条滹沱河由北向南流经其间。古人说此地"千万桑田总战场，百二河山尽赤土"。可见崞县历来为兵家所必争，故又有"三晋锁钥"之称。

守崞县的是都巡检李翼。李翼很有战略头脑。完颜宗翰占据云中后，经常派萧庆以放鹰为名深入宋境探听虚实。李翼报告给统制官韩实。韩实说，这个萧庆，非常狡猾，名为放鹰，实为察我山河险易，将来肯定挑衅我朝。于是投书太原府，说太原去大同不过两百五十里，我若选派精兵数万，一昼夜可以抵达。先下手将金兵消灭，然后夺取大同府。张孝纯看完李翼的建议大怒，说两国方讲和好，辄敢妄议边衅！

如果不是义胜军，金兵不会轻易取得崞县。崞县也有一支义胜军，统领叫崔忠。十七日夜，崔忠杀死都监张洪辅，打开城门，引金兵入城。李翼率兵挺身搏战达旦，力竭被俘。

拿下崞县，进入忻州。忻州知州贺权自度军力太弱，势不能敌，开门用乐队迎接金兵。

由忻州进入太原必经石岭关。石岭关十分险要。当初知太原府张孝纯挑选冀景为守关将领。冀景说兵力不足，张孝纯命耿守忠率八千义胜军襄助。这八千义胜军恣横强夺，冀景根本驾驭不了。眼看金兵杀过来了，冀景感觉耿守忠要叛变，带领亲随弃关而遁。没有了石岭天险，金兵浩浩荡荡直抵太原。

在太原城下，杀败前来增援的孙翊。

前来救援的除了孙翊，还有府州的折可求。

折可求率麟府、鄜延二路之兵两万余人，经岢岚州，出天门关增援太原。关于这次救援太原，知麟州杨宗闵有过一个很好的建议。杨宗闵问折可求："朝廷命公解太原之围，不知从哪个方向入手？若是兵出汾州，全是平原，以步兵挡骑兵，并非善策。最好的办法是，公打着上将军的旗号去救太原，我率精骑两万攻必救之地，太原之围将自解。"

哪儿是完颜宗翰的必救之地？石岭关算一处，雁门关算一处，大同更是完颜宗翰的死穴。如果有一支精兵突然出现在大同城下，估计完颜宗翰会放弃太原，全力回救。

折可求没有接受杨宗闵的建议。史家分析说，是折可求小肚鸡肠，担心杨宗闵抢了风头。这种可能存在，更重要的是，宋代将领带兵打仗，自主的空间很小。朝廷没有命令折可求去攻击金人的必救之地，折可求只能中规中矩地兵出汾州。如果擅自去攻击金人的必救之地，失败了呢？他折可求有几颗脑袋？

折家是府州世族，自唐末起，已历十代。大宋立国以后，折德扆授总领府州事，自此以后，折家一连六代，兢兢业业守卫西陲。折家名将如云，前面提到的折继世、折可适均为折家将才。

折可求率军来到天门关，已被金兵占据，只得改走松子岭。至交城，与金兵突然遭遇。从早晨战至中午，两军胜负不分。中午过后，金兵忽然翻越深山密林来到宋军背后，先是鄜延将刘光世望风而逃，继而麟府兵溃散开来。晋宁知军罗称、麟府路军马使韩权阵亡，折可求收拾残卒退守汾州。

击败孙翊和折可求的援军后，金兵开始围攻太原。

太原是一座古城，秦称太原郡，汉称并州，治所晋阳。南北朝时，先后成为东魏和北齐的别都，高欢、高洋父子坐镇太原，遥控朝政。

隋末，李渊驻守太原，因晋阳古有唐国之称，李渊长安称帝，定国号为唐。唐王朝几代帝王均扩建晋阳城，相继封为北都、北京。与京都长安、东都洛阳并称三都或三京，诗人李白曾盛赞"天王三京，北都居一。襟四塞之要冲，控五原之都邑。雄藩巨镇，非贤莫居……"

五代十国时期，后唐、后晋、后汉、北汉，或发迹于晋阳，或以此为国都，一时间太原名声显赫，传为"龙城"。

北宋太平兴国四年，即公元979年，以太原为都城的北汉覆灭，国家一统。太宗爷极度憎恨太原军民的顽强抵抗，下令火烧晋阳城，又引汾、晋之水泛滥，将千年晋阳变为了废墟。

三年后，出于军事需要，太宗爷又命大将潘美在晋阳故城东北三十里汾河对岸唐明镇营建新城。为了破坏太原风水，消除太原王气，在修建新城时，不修十字街，一律丁字型。丁者钉也，寓意是钉死太原龙脉，让太原老实驯良。太宗爷万万没想到的是，一百多年后，失去王气的太原却成了一道守护大宋江山的屏障。更可令太宗爷痛悔的是，倘若古晋阳没有毁灭，说不定女真人的铁蹄就阻止在了太原城下，北宋王朝或许另有一番天地。

即便如此，金兵围攻太原一个多月，太原城依然固若金汤。完颜宗翰心底很急，因为东路军早已打到开封城下。

就在这时，一个叫路允迪的宋朝官员来到完颜宗翰军中，告诉他，宋廷答应割让太原、中山、河间三镇，与金国言和。他这次来，就是传达朝廷旨意。

路允迪见过完颜宗翰，然后来到太原。在开远门下，路允迪向张孝纯、王禀及守城将士宣读圣旨。待路允迪宣读完毕，兵马副总管王禀"嗖"地抽出长剑，铮铮道："国君应保国安民，臣民应忠君守义。现太原军民以国家为重，宁死不做亡国之人，朝廷却弃子民于不顾，有何面目见天下臣民？太原军民坚不受命，以死固守。"

城中将士皆手握兵器，怒视路允迪及随从。路允迪自觉无颜，满面羞愧，当即缒城而下，离开太原。

靖康元年，也就是公元1126年三月，宋廷命令熙河路安抚使姚古、秦凤路安抚使种师中救援太原、中山、河间。

种师中救援中山、河间比较顺利，金兵很快退出宋境。姚古出兵太原以南，从金兵手里夺回隆德府与威胜军。但是，夺回了隆德府和威胜军并未解太原之围，在南关镇这个地方金兵防守很严，姚古多次进攻，均遭败绩。

朝廷又命种师中回头增援太原。四月底，种师中出井陉道，占据平定军，攻下富阳县，与姚古形成掎角之势。

如果就这个态势，将要给围困太原的完颜宗翰带来巨大压力。无奈朝廷求胜心切，误以为金兵围困太原已久，军心涣散，命令种师中迅速攻击。《续资治通鉴长编拾补》载："督战无虚日，使者项背相望。"并指责种师中"逗挠"。"逗挠"即怯敌避战，种师中怎么经得起如此斥责？种师中从小在军中长大，目今已六十七岁，在西北前线征战四十多年。由一名小校官至奉宁军承宣使、秦凤路安抚使。

种师中读罢命令，仰天长叹，道："逗挠是兵家耻辱，我打了一辈子仗，今老矣，怎么能背负这样的罪名？"

所谓朝廷命令，据《靖康要录》云，来自同知枢密院事许翰。许翰既不懂军事，又不虚心纳谏，完全是瞎指挥。

种师中原本待粮饷补给到位，然后发起攻击，因为许翰一次次催督太急，只得兵出寿阳，占领榆次。由于补给迟滞，物资匮乏，在榆次县，军中已缺粮三日，每名士兵只分得一勺豆子。

综合多方面记载，种师中于次日继续向太原挺进。刚出城不久，即遭金兵阻击。率领这支金兵的是金国大将完颜活女。在这场恶战中，昔日的梁山好汉杨志为先锋，首战不利，从小道退回。李纲在《梁溪集》中记载得比较详细："武节郎杨志，昨随种师中收复榆次县。大兵既溃，志不免退师，诸将散逸，志独收集残兵，保据平定，屡次立功，杀退贼马，理须徽赏。"

面对金人的凌厉攻势，宋军全线崩溃，退还榆次，城破，种师中率领卫队以神臂弓御敌，且战且走，苦苦支撑。自卯时战至巳时，种师中体被四创，血染战袍。抵达杀熊岭，身边只剩下百余亲兵，有部将要换名马于他，请他脱离战场。种师中惨然一笑，说："我是大将，事至于此，不当求生，你们莫要缠斗了，突围快走。"

说完提刀杀入敌阵，在杀熊岭力战殉国。

自此，杀熊岭，这座晋中小山载入史册。

当种师中逼近太原时，朝廷也督促姚古迅速向太原进兵。姚古拿下了南关镇后，进至盘陀，帐下统制官焦安节妄言金兵已到，全军惊溃，丢了威胜军，一直退到隆德。

旬日之间，失去两支来自大西北的精锐部队，钦宗赵桓痛心疾首，于禁中大哭，为种师中亲制祭文云："吁嗟虎臣，公尔忘身。"

皇帝除了眼泪，还有利剑。愤怒之下皇帝要杀人。

焦安节，妄传寇至，以动军情，导致师溃盘陀，杀无赦。

姚古，褫夺一切官职，贬窜广州。

姚古为姚雄之弟，姚雄病逝后，朝廷命令姚古统领熙河军，不想折戟太原城外。

秦凤军中军统制王从道召入京城斩首；胜捷军统制张师正带兵驻大名，命大名知府李弥大就地正法。王从道、张师正二人身为一军统制，不能率军死战，以身殉国，而是引兵败走，不杀不足以平龙庭之怒。

其实，最应该追责的是许翰。是许翰不顾前方具体情形，急命种师中出战所带来的恶果。朝廷对许翰没有提出任何批评。只有一种解释，许翰以枢密院名义下发给种师中的命令来自钦宗授意。

钦宗的眼泪中是不是也有悔恨？

31. 种师道尽瘁京城

当种师中阵亡的消息传至京师时，种师道正在滑州，职务是河北、河东宣抚使。说是一方大员，其实手下无一兵一卒。

种师道是金兵第一次南下时召入京城的。在此之前，被强迫致仕的种师道隐居在南山豹林谷。豹林谷位于终南山麓，是种师道曾祖父种放的治学之地。

接到朝廷起复的命令后，七十五岁高龄的种师道立刻动身前往开封。滑州即河南滑县，当年关羽诛文丑、颜良就发生在这儿。滑州距离开封两百余里。

很快，种师道便会合了一支人马，即姚平仲率领的七千熙河军。姚平仲是姚古的养子。金兵围攻开封，朝廷调天下兵勤王，熙河帅姚古积极响应，命姚平仲率一支轻骑先行。

抵达洛阳，消息传来，完颜宗望的东路军已经抵达开封城下。姚平仲犹豫起来,说:"金兵势大,不如暂住汜水关,以谋万全。"种师道摇头道:"我兵少,倘若迟疑不进,就会被金兵探知。一旦金兵得知我军寡弱,情形就严重了。"种师道建议,不如大张旗鼓开往京师,对外宣称,种师道领百万西兵来救驾了。

姚平仲采纳了种师道的建议。虽然朝廷没有命令他的人马受种师道节制,但种师道做过陕西宣抚司都统制,余威尚在,何况目前官至少保,朝廷准备付与重任。

按照种师道的建议,七千熙河兵大摇大摆地开进了东京城。金兵不仅未加阻拦,反而龟缩在牟驼冈,连游骑都召回了营垒。

钦宗听说种师道来了,大喜过望,打开被堵死的安上门,命令尚书右丞李纲迎候。

在金兵抵达京城脚下的严峻时刻,打开安上门迎接种师道,简直是超规格了。可见钦宗盼种师道如大旱之盼甘霖。

为什么期盼之情如此急切,与钦宗继位有关。

《宋史·钦宗纪》载:钦宗赵桓的品性与父亲徽宗决然不同。徽宗喜欢女人,钦宗"不迩声色";徽宗宠信宦官,赵桓见不得"诸幸臣之恣横";徽宗崇道,赵桓"上殿争之";徽宗大兴花石纲,赵桓则以"恭俭之德,闻于天下",府里所有东西加起来不及百担,而图书居其半,蚊帐很朴素,甚至连木制家具无"丹漆之饰"。蔡京为讨好赵桓,敬献一尊大食国琉璃器,赵桓愤愤地说:"天子大臣不闻道义相训,乃持玩好之器,荡吾志邪!""命左右击碎之。"

《宋史·钦宗纪》说:"帝在东宫,不见失德。"规矩、本分、谨言慎行,挑不出任何毛病。

但是,徽宗对这个规矩、本分、谨慎的大儿子并不看好,只因为赵桓为王皇后所生,且是长子,鉴于嫡长子继承制是宗法制度的基本原则,徽宗才在宣和四年将其立为太子。

立为太子的赵桓地位并不稳固,徽宗最喜欢的儿子是老三赵楷。据南宋人邓椿在《画继》中介绍,赵楷"禀资秀拔,为学精到"。爱画,不是一般的爱,是"性极嗜画",爱到极致。但凡得到一幅好画即日上进。徽宗送给赵楷的画也很多。赵楷有时候还学一学老爹的技法,画一些花鸟。

至于诗词,赵楷似乎也能应酬。清人厉鹗在《宋诗纪事》中有这样一件事情，说徽宗与赵楷咏诗，徽宗说上联："桂子三秋七里香"，赵楷对下联："菱云九夏两歧秀"。徽宗又出上联："方当月白风清夜"，赵楷又对下联："正是霜高木落时"。虽然赵楷才华不如乃父，但能够与父皇咏诗作对，那就很了不得了，赵桓望尘莫及。

还有，重和元年（1118），诏嘉王赵楷赴集英殿参加殿试。皇子从不参加科举考试，没地方考，譬如乡试、省试，去哪儿考？赵楷属特批，徽宗无非是想展示一下嘉王的才华，让天下人知道，他有一个卓越不凡的三皇子。赵楷也确实优秀，考了个殿试第一，也就是状元。徽宗表示谦让，说赵楷虽然殿试第一，可他是嘉王，应该以第二名为榜首。

徽宗明面上立赵桓为太子，骨子里爱的是三儿子赵楷。

赐宴大臣，总是赵楷在侧。譬如在保和殿曲宴蔡京、王黼，皇子中仅赵楷一人在座。再如王黼说他家堂柱上生出了灵芝，徽宗幸其第，并赐宴，作陪的仍然是赵楷。

早在政和六年（1116），赵楷才十六岁，便超拜太傅。什么叫太傅？就是皇帝的师傅。赵楷是皇子，怎么能做老爹的师傅呢？大唐以来，皇子不兼师傅官，以子不可为父师，那是有规矩的。这个规矩被徽宗破了。

还有，皇子满十八岁，必须搬出皇宫到外面居住。赵楷却出入禁中，不限朝暮。匪夷所思的还有，在赵楷府第作飞桥复道，跟皇城大内以通往来。

尤其重要的是，徽宗违背宗室不领职事这一规定，打政和六年起，就命赵楷提举皇城司。

皇城司的主要职责是拱卫皇城，无论是人是物，进出皇城都得经过皇城司盘查、批准。据宋人讲，皇城司还具有侦缉之职，《续资治通鉴长编》说："皇城司在内中最为繁剧，祖宗任为耳目之司。"这个祖宗就是宋太祖，皇城司的前身叫武德司，宋太祖担心武将谋反，抽调一支精锐部队担任皇城守卫，兼侦察臣民动向。这支部队不隶属殿前司，也不隶属御史台，是皇帝的私人卫队。赵楷从政和六年开始就担任皇城司提举，并且在赵楷手里扩大了皇城司规模，由四指挥增加至五指挥，使皇城司的部队多达近三千人。

在皇城中心，拥有这样一支武装力量，威慑作用巨大。

所以说，赵桓虽然立为了皇太子，能不能当皇帝还真说不准。徽宗年纪不大，才四十多岁，再活个十年八年没什么问题。谁能保证十年八年后赵桓会当上皇帝？按照发展趋势，只会更难。因为十年八年后，赵楷的权势更大，根基更牢。

谁知时局变化太快，金人叛盟，眨眼间就入了雁门关。将权杖交给赵楷目前已不可能。赵楷在政府的铁杆支持者是王黼与蔡京，一个罢相，一个致仕。而目前两位宰相，白时中态度暧昧，李邦彦跟皇太子走得很近。若是将权力交给赵楷，需要时间。而当前，摆在徽宗面前的首要问题，是解决自身安危，离开京城，南走避难。

既然当务之急是迅速南走，唯有将权力交给赵桓。

可如何向大臣们提出来呢？国家危急，撂挑子走人，这种事本身很没面子。工部侍郎李弥大已经在朝会上公开声言："车驾当守宗庙社稷，不当出巡。"强烈反对徽宗巡幸江浙。

少宰李邦彦告诉徽宗，说直学士院、给事中吴敏要求面对。

对于吴敏，徽宗是熟悉的。不仅熟悉，当年蔡京推荐，徽宗以内降御笔的方式，将吴敏由一个秘书省校书郎除授馆职，为此引来非议。这个时候李邦彦说吴敏求见，徽宗心底忽然一亮。既然是自己的钟爱之臣，肯定是为自己解难来的。

徽宗来到政事堂，他要当着所有宰执大臣的面听取吴敏奏事。

吴敏问徽宗："金人渝盟犯顺，陛下打算怎么办？"

徽宗皱起眉头反问吴敏："卿有什么好办法？"

吴敏把话挑明："听说陛下准备向南行幸，有这回事没有？"

徽宗没有吭声。

吴敏说："以臣的看法，金兵入寇，京师震动，有的人想离开，有的人想坚守，还有人还想反叛，三种人共守一城，城必破。"

徽宗颔首道："卿所言很有道理，但有什么办法呢？"

吴敏说："臣做了一个梦，不知能不能说。"

徽宗点头："但说无妨。"

吴敏说："臣梦见的是，水之北，有一金佛，跟天一样高；水之南，有一玉像，人们说玉像是孟子。孟子之南又有水，臣站在水南面山坡上，有人对臣喊，'上太上山'。臣梦醒之后就想，水之北，河北；水之南，江南；金佛者，金人；

太上者，即陛下。至于孟子，中书舍人席益告诉臣，孟，长也，也就是皇太子。"

这里有必要解释一下。想扳倒皇太子赵桓的势力很大，但有没有保护皇太子的官员呢？有，不多。宰相李邦彦是其中一个。王黼为宰相时，与副相李邦彦明争暗斗。王黼想扳倒皇太子，李邦彦自然得加于保护。一来二去，李邦彦成了太子党。李邦彦说吴敏要求面对，徽宗马上明白，肯定与皇太子留守京城有关。

吴敏说到这里，见徽宗表示首肯，继续道："陛下既然明白我的意思，臣斗胆再提一个问题，万一京城没有守住，怎么办？"

徽宗说："这也是朕最担心的。"

吴敏说："如果陛下给皇太子足够的权力，能够专用其人，守则必固。反之，是守不住的。"

徽宗认为吴敏说得很有道理。

吴敏最后说："陛下应该速做决断。据臣观察，还有三天时间可供陛下思考与决策。超过三天，就来不及了。"

吴敏为什么以三天为限，因为金兵已经过了定州，距开封只有十日路程。

接下来，吴敏向徽宗举荐李纲，说太常少卿李纲"明隽刚正，忠义许国"，而且有奇计长策，建议徽宗召见。

事情到这里远没有结束。

当徽宗接受李纲逊位太子的建议后，皇城内外，开始云诡波谲。

宣和七年（1125）腊月二十三，李纲宣读传位诏书，赵桓伏在徽宗榻前，哭着坚辞不受。童贯和李邦彦拿来御衣，赵桓也不穿。徽宗用左手写下诏旨：你不接受，就是不孝。

赵桓哭着说，臣若是接受了，那才是不孝呢！

赵桓还在推辞，徽宗命内侍扶赵桓去福宁殿。按照惯例，赵桓在福宁殿换上龙袍，然后到垂拱殿接受百官祝贺。可是，直到天已黑定，赵桓仍然待在福宁殿里不见出来。几位宰执大臣急得抓耳挠腮。李邦彦说："皇太子与耿南仲关系很好，不妨将耿南仲招来相劝。"耿南仲是太子詹事。

于是由吴敏去请耿南仲。

然而，当吴敏领着耿南仲来到福宁殿外后，内侍却不准进入。

原来，这次皇权易位，内侍是反对的，譬如梁师成和大内总管李彦等人。徽宗曾经对吴敏倾诉,说:"内侍皆来言,此举错。"吴敏问:"言错者是谁?"并建议,"愿斩一人,以厉其众!"徽宗见吴敏神情严肃,便装起糊涂来,说:"众杂至,不记得了。"

可以理解,徽宗太宠爱内侍了,徽宗一朝的内侍,是内侍们的黄金年代,他们可不想换主子哩!当然,如果新主子是郓王赵楷,他们举双手赞同,因为他们跟着梁师成、李彦们在郓王身上投入资源太多了。赵桓不同,一来赵桓厌恶"诸幸臣之恣横",二来赵桓没有任何嗜好。对于内侍们来说,主子没有嗜好是一件很头疼的事情。

新皇继位,一群宦官哪来的底气和胆量将吴敏和耿南仲挡在福宁殿外?宦官是奴才,朝廷大臣要见新皇帝,奴才们应该摇尾乞怜才对。联想《宋史·何灌传》的记载,这群内侍很可能正准备搞事情。《宋史·何灌传》是这样说的:"帝内禅,灌领兵入卫。"年过六旬的何灌,属河东将领,刚刚升任步军司都虞候,见金兵南下,又任命为河东、河北安抚副使,领兵两万去守卫黄河要津。正要出发,突然接到命令,保卫皇城。这一突然变化,是不是朝廷已经得知皇城内暗流涌动?

当然,也可能是预防。如果是预防,在皇权交接的关键时刻,徽宗连殿帅高俅都不敢充分信任。

就在赵桓待在福宁殿不出时,郓王赵楷来了。赵楷不是一个人来的,还有"导者"。导者是谁,史书没说,肯定是内侍。赵楷在内侍的导引下要进入皇宫大内,何灌不准。估计赵楷要争辩,他是皇城司提举,宫城宿卫原本由他负责,怎么现在换成了步军司?他不满,甚至愤慨。

是何灌一句话,扼杀了赵楷想进宫的念头。何灌问:"新皇帝已经继位了,大王这会儿进去是受谁的指派?"

也就是说,赵楷进宫可以,必须得到新皇的批准。

内侍一听新皇已经继位,心里发虚,日后要是追责,他可担待不起,立刻脚底板抹油,开溜了。

倘若不是何灌守卫皇宫呢?赵楷肯定进入了大内。福宁殿有内侍控制,徽宗那边有梁师成任意出入。赵桓继位会不会发生变化?抑或发生什么变化?还真说不准。

就在吴敏、耿南仲与福宁殿内侍僵持不下时，梁师成来了。吴敏叫住梁师成，告诉他要进入福宁殿。

梁师成的出现绝非偶然。为什么这时候才出现在福宁殿前？从梁师成后来的表现看，他已经料定，皇城司易人了，赵楷肯定被挡在了宫外。赵楷不能进宫，万事皆休。梁师成必须马上改换态度，由企图拥立赵楷转变为赵桓的从龙之臣。

梁师成说："容我进去禀报。"很快从福宁殿出来，对吴敏和耿南仲说，"请二位相公进宫见驾。"

这一次，吴敏和耿南仲来得很及时，具体谈了什么不见记录，但落实了三件大事，第一件大事就是，免去郓王赵楷的提举皇城司之职。

第二件大事，任命王宗濋主管殿前司。王宗濋是王皇后的弟弟，虽然属于纨绔子弟，但他毕竟是赵桓的舅父。

第三件大事，太上皇立即搬出禁中。

直到这时，赵桓才坐稳龙椅。

正如吴敏所言，十天后，金兵抵达开封城外。当天傍晚，开始攻打宣泽门。

现在是正月中旬，激烈的攻防战虽然停歇下来，可那是康王赵构出城赴金营议和，才换来的暂时宁静。

在福宁殿，钦宗召见了种师道。

钦宗问种师道："金兵已至开封城外，卿以为如何应对？"

种师道说："女真人不懂兵法。自古以来，岂有孤军深入，而能全师以归的？"

钦宗告诉种师道："朝廷正在讲和。"

种师道沉默了。沉默片刻，种师道说："臣是武人，只能以军旅之事辅佐陛下。至于其他，臣亦不知，也不敢知。"

种师道没有慷慨激昂，更没有拿出退敌良方。钦宗有些失望。

种师道年过古稀，并不糊涂。敌兵正锐，慷慨激昂起不到任何作用。至于退敌良方，就目前态势，应当持守。可持守这种话，至少目前不敢说。自从离开西北来到京师，打仗不再是两军相搏，受制约的因素太多。

种师道清楚，他的回答皇帝肯定不满。城外，金人提出的条件实在太过苛刻：金五百万两、银五千万两、牛马万匹、衣缎百万匹；割让太原、中山、河间三地。除此之外，还有宰相或者亲王为质。皇帝迫切需要锦囊妙计，一战解困，甚至一招制敌。

接下来召见姚平仲。

姚平仲以勇武知名，在西北前线，人称"小太尉"。当年征方腊，童贯对姚平仲既钦佩又厌恶。钦佩的是，姚平仲打仗勇敢，厌恶的是他为人桀骜，见了童大帅不仅没有阿谀，连起码的礼敬都少。平定方腊之乱，论战功姚平仲第一。姚平仲径直去见童贯，开门见山："平仲不要奖赏，只愿见一见皇上。"如此桀骜不羁，童贯会让他见皇上吗？在推荐皇帝召见的立功将领名单中，有王渊、刘光世，偏偏没有姚平仲。

这次召见姚平仲，史书没有留下细节。陆游有一篇《姚平仲小传》，说钦宗"召对福宁殿，厚赐金帛，许与殊赏"。既是"厚赐"，又许诺"殊赏"，钦宗凭什么出手阔绰？唯一的解释是，姚平仲的回答非常契合皇帝心思。

皇帝的心思是迅速打败金兵。

接下来就是劫营了。

劫营的主意来自姚平仲，这一点毫无疑问。无论是《宋史·姚兕传》，还是陆游的《姚平仲小传》，都有清楚的记载。

姚平仲为什么主张劫营？在洛阳，不是担心金兵势大，想停留在汜水关吗？估计与升河东、河北宣抚司都统制有关。种氏三代为将，在西北享有很高威望。熙河姚氏虽然同样战功赫赫，但总觉得种氏压着姚氏一头。如今，姚平仲骤升河北、河东、京东宣抚司都统制，建功立业的念头像春日的野草疯长。按照陆游的说法：于是，召集一批死士劫营，"擒虏帅以献"。如果一战而擒得"虏帅"，姚平仲建下的可是盖世之功。

出城劫营，有没有人反对？

种师道应该算一个。种师道是这样说的："金兵来到京师脚下并不可怕。京城周回八十多里，如何包围？包围得了吗？城高数丈，粮食可支数年，攻不下来。若是严守城池，等待勤王之师，不用数月，女真人即师老兵疲。到那时，再进行决战。"

这种意见，钦宗怎么听得进去？往轻里说，是消极避战；往重里说，是养寇自肥。

钦宗曾经询问种师道："什么时候可以出兵？"种师道回答："春分以后。"

春分在二月下旬，还有半个多月，钦宗认为太迟。招来术士楚天觉，请他卜卦，卦象显示二月初一最为吉利。于是决定二月初一夜晚由姚平仲、杨可胜率兵劫营，突袭位于牟驼岗的金兵大寨。

史载，杨可胜是杨可世的弟弟，属泾原军将领。他向钦宗说："此行决危。"杨可胜说得很肯定，是"决危"。钦宗热情正高，哪里听得进去？不仅皇帝听不进去，所有人都听不进去，所有人都坚信旗开得胜。

尽管杨可胜断言"此行决危"，但他仍然义无反顾。他对皇帝说："国家正在议和，臣决定准备一道奏检带在身上，如果被杀或者被俘，不让金虏抓住朝廷把柄。"

所谓"奏检"，类似于奏疏提纲。杨可胜在奏检中表明，这次劫营不是来自朝廷命令，而是将领们自愿所为。

钦宗首肯了杨可胜的做法。

为了迎接即将到来的胜利，朝廷于开宝寺旁竖起三根旗杆，扯起三面大旗，旗上写着大大的"捷"字。在封丘门前张好御幄，准备皇帝亲临献俘。就连京城里的百姓都涌上大街，等候捷音。

劫营是一桩极隐秘的军事行动，许多将帅直到入夜以后才下达劫营的命令，何况此时，京城内金人谍探多如牛毛。如此阵仗，真不知钦宗是如何想的，犯下如此低级错误。

这场儿戏般的劫营之战，结局早已注定，当姚平仲、杨可胜率领七千战兵杀入金兵大寨时，是一座空寨，金兵埋伏大量精锐人马于寨后。钦宗闻信急命李纲设法救援，然而迟了，战斗很快结束，杨可胜被俘，姚平仲不知去向，据说一夜逃亡七百里，去了川蜀。

消灭了劫营的宋军，金兵又将前来增援的宋军击败。

完颜宗望问杨可胜："你们为何要来劫寨？"

杨可胜说："可胜是来勤王的，所以可胜来了。"

完颜宗望问："是不是朝廷的主意？"

杨可胜拿出事前准备的奏检，说："不是朝廷的主意，是自己的主张。"

完颜宗望一怒之下，将杨可胜杀了。

如果杨可胜承认这次劫营是官方行为，大概率不会被杀，但无疑会给正在和谈的朝廷带来巨大压力。当然，对于杨可胜的话完颜宗望也许不信，可他没有证据。没有证据怎么向宋廷发难？

难能可贵的是，杨可胜，一个普通西北军将领，不仅具有家国情怀，还具有大局意识，真叫人无语凝噎。

次日，完颜宗望派人前来责问，劫寨的兵马从何而来？受何人指派？

在金人的责难下，大宋朝堂的风向再次发生逆变，没有一个人承认自己曾经是劫营的赞同者和支持者，包括钦宗赵桓。所有人都将责任推给了李纲。面对金人气势汹汹的诘问，李邦彦说："这次用兵，乃大臣李纲与姚平仲勾结所为，与朝廷无关。"

战后追责，板子打向李纲，也包括种师道，双双免除所有职事。

根据李纲在《靖康传信录》中记载，姚平仲劫营当晚，"虽种师道宿城中，弗知也"。就连李纲也是夜半时分才接到钦宗手札："平仲已举事，决成大功，卿可令行营司兵出封丘门为之应援。"

即便种师道知晓后又能如何呢？

种师道无故罢职，引来开封军民、太学诸生的强烈不满，伏阙宣德门，要求面见种师道。钦宗下诏，命开封府镇压。种师道闻讯后乘车赶来。在宣德门前，众人撩开轿帘，见是种师道，说："果然是老种相公！"遂纷纷散去。

钦宗缺乏英武之气，更缺乏力挽狂澜的魄力，一场劫营之败，打回了懦弱的原形。交割太原、中山、河间三镇，再一次提上议事日程。

种师道强烈反对。种师道说："我众敌寡，只要分兵结营，控守要地，使其粮道不通，时间一长，即可以破敌。"

种师道的建议应该可行。此时，勤王兵马正在陆续抵达开封城外，总兵力达到二十多万。完颜宗望的东路军只有五六万人，勤王兵是金兵的三倍。如果用二十多万勤王大军控遏险要，断敌粮道，金兵唯有退走。

但是周期太长，钦宗皇帝目前最担心的是京城不保。倘若京城不保，就是政权不保。

钦宗对金人的态度骤变也不奇怪，太上皇让给他的既是诱人的皇权，又是烫手的山芋。太上皇是正月初三晚间离开京师的，十二天后，也就是正月十五，到达镇江。《三朝北盟会编》称："去朝廷者，十已三四，班缀空然，众目骇视。"

跑路臣僚中，有的是畏惧金兵，担心京城不守，有的是跟随王黼、梁师成之流打压过太子，担心新皇清算，总之，朝堂差不多空了，官员差不多都跟着太上皇跑到镇江去了。很快，镇江地区百官麋集，俨然小朝廷。

譬如"截递角"。

递角即邮件。徽宗通过行营使司向东南各地发布命令："淮南、两浙州军等处传报发入京递角，并令截住，不得放行，听候指挥。"

再如"止勤王"。要求江南各路、州军不得前往开封，"未得团结起发，听候指挥使唤"。有一支三千人的队伍路过镇江，被太上皇截留在了行营，充作卫队。

还有"留粮纲"。不允许东南各地向开封运送包括粮食在内的任何物资，派兵控制运河。

如果，当然是如果，开封城破，钦宗被俘或者逃亡，太上皇就会立刻在镇江恢复帝位。

如此严峻的形势，原本就骨子柔弱的钦宗，更不可能孤注一掷，背城死战。

钦宗的态度得到很多主和派官员的拥护。既然战之不祥，先保住眼前的荣华，乃至性命再说。

至于三镇，只能放弃。

而种师道，实在太老了，不堪重用了，留在京城碍事，加检校少师，进官太尉，为河北、河东宣抚使，只身前往滑州。

二月中旬，金兵从开封城下退兵。远在滑州的种师道上书朝廷，说待金兵过黄河时，以大兵临之，半渡邀击。

钦宗没有答复。

种师道再次上书，说今日若放金兵归去，他日祸不可测。

依然音讯杳无。

种师道第三次上书朝廷，希望调动陕西、河北人马屯驻于沧、卫、孟、滑州一线，防备金兵再来。

这一次朝廷给出了回复，说大敌刚刚退走，不宜劳师示弱。

阅读这条写进种师道本传里的回复，总觉得文理不通。调动人马，加强守备是示弱吗？恐怕上面的意思是担心"示强"。"示强"不好，容易激怒金人。金人一怒又会南下。

可现实是，示弱也好，示强也罢，待在河东地区的金兵压根就没有北撤，而是拧紧了对太原城的绞索。

待在滑州城的种师道既无兵，更无将，只能眼睁睁地看着胞弟种师中血溅杀熊岭。

五月，种师中阵亡，姚古溃败，朝廷震悚，召种师道还京。九月，太原陷落，又急急忙忙命种师道巡边。刚走到河阳，即河南孟州市西，种师道料金人必将大举南下，建议钦宗巡幸长安，避其锋芒。朝廷以为种师道胆怯，又将其召还。三番五次折腾，种师道病倒了。一个月后，丧逝京城。

又过了一个月，金兵第二次包围开封，外城攻破，钦宗闻讯在禁中大哭，说："朕不用种师道言，以至于此！"

32. 苗傅与刘正彦

金兵第二次南下开封，是靖康元年（1126）十月。

由于宋廷在围绕太原、真定、中山三镇是否割让给金人的问题上朝三暮四、依违两可，惹恼了金人，金太宗下令全面进攻宋朝。

靖康元年闰十一月一日，金兵进抵开封城下，开始攻城。

二十五天后，随着荒唐的郭京施"六甲之法"，开封外城攻破。翌日黎明，刘延庆率其子刘光国及万余兵马由万胜门而出。消息传开，说万胜门已然开启，数以万计的军民跟随刘延庆向城外跑去。

刘延庆是金兵南下后复职的，具体职事不详，估计是统领第一次金兵围攻开封时残留的西北军，大约有万人以上。金兵第二次围攻开封，这支队伍由于兵员来自西北，战斗力最强，一直作为预备力量看守皇城。没有想到，当金兵攻破开封外壁，吓坏了刘延庆，决定趁机溜出京城，谁知金兵警惕性甚高，当即组织骑兵追击，至龟儿寺，金人骑兵追上，刘延庆、刘光国战殁。

刘延庆的出走和万余西北军被歼，动摇了守军最后一丝意志，纷纷丢下武器跑下城壁。京城第一道防御圈为金兵占据。

早在十月间，金人给驾崩的老皇帝阿骨打上尊号，点名道姓要康王赵构北上会宁。

为什么点名康王？因为在正月间，张邦昌陪同康王作为人质前往金营，张邦昌终日愁眉苦脸，康王却气定神闲。不仅如此，康王还会射箭，与完颜宗望同射，竟然连射三箭皆中靶心。金人觉得康王有假，将其送回，要求送肃王赵枢为质。后来才弄清楚，康王是真康王。于是特别强调，这次必须是康王前来，否则议和难成。

就在这时，负责与金人交涉的刑部尚书王云赶回来了。王云带回了一个新消息，说金兵已经抵达黄河北岸，是否割让三镇，必须在十一月十五日之前答复。如果没有答复，十五日一过，金兵立即渡过黄河，五天后抵达开封。

王云对康王赵构说，在朝廷没有明确是否割让三镇之前，大王暂时不能离开京城。

王云带回的消息引起满朝惊恐。十一月初七，六神无主的钦宗决定将是否割让三镇交由百官表决。在延和殿，文武大臣百余人分列两旁，赐以笔墨，各书己见。有三十六人反对，有七十人赞同。

反对的官员说，河东、河北，相当于人的上肢，上肢若去，人还是人吗？何况赵家的祖陵在河北，我们若放弃河北，怎么对得起太祖？一百多年前石敬瑭割让燕云，我们难道步其后尘？

赞同的官员说，朝廷原来答应许与三镇，现在突然反悔，这是失信。如果将三镇给金人了，他们仍然猖獗，则师出无名，人神共怒，最后将不战自败。

到了十一月十五日傍晚，赵桓终于拿定主意，用河北三镇换取金人的仁慈，诏令康王赵构肩负议和使命北上。

五天后，赵构一行到达磁州，也就是河北邯郸。

磁州有一庙，名嘉应侯庙，供奉的是东汉名人崔子玉，赵构想去拜访。百姓以为赵构是向北出城，纷纷拦住马头，说金人无信，已有一个王子被金人掳走了，大王不要听信金人之言。

王云跟在赵构身后，对百姓们解释，说康王是去谒庙，不是北上。然后又说，康王肩负皇命，非北上不可。

正是王云一句康王"非北上不可"激怒了磁州百姓。突然，人群中一声高喊，要我们清野的正是此人，他是金人奸细！

原来，王云上一次经过磁州时，告诉磁州民众，说金人即将南侵，劝居民入城，坚壁清野。结果，金兵的情报工作做得很好，听说磁州、相州城外无粮，便没有从此经过。

当赵构从侯庙出来，王云已经死在了磁州百姓的拳脚之下。

王云肯定不是金人的奸细，他也不一定赞同割让三镇。王云的兄长王霁是种师中的部将，刚刚战死在了杀熊岭。但是，王云是大宋臣子，他得服从皇命。皇命交给他的任务是与金人谈判，他就得一次一次前往金营。也许，在很多人眼中，他算不得忠梗之臣。可是有谁知道，外交也是战场。如果不是朝中权要心胸狭隘，目光短浅，在王云的斡旋下，大宋局势，目前不会如此危厄。

赵构见磁州民意汹汹，乃南归相州。

接下来的故事几乎人人尽知，靖康元年闰十一月二十七日，康王赵构受命在相州开元帅府，为河北兵马大元帅，宗泽、汪伯彦为河北兵马副元帅。

最早投奔河北兵马大元帅府的西北军将领有张俊、杨沂中、田师中、苗傅，他们在信德知府梁扬祖的率领下，来到赵构身边。

紧接着，西北军将领王渊、韩世忠、刘光世率军归于赵构麾下。

在王渊的队伍里有一员小将，名刘正彦，就是这名叫刘正彦的小将，与苗傅联手，做下了一起改变历史进程的事情，史称"明受之变"。

不过，此时距离"明受之变"还有两年。

靖康二年（1127）四月二十四日，河北大元帅府移至南京，也就是陪都应天府，如今河南商丘。此时，商丘大军云集，赵构将人马分为五军，任命西北军老将杨惟忠为五军都统制。

从五月开始，金兵继续在河北、河东用兵，解州、绛州、磁州、隰州、石州、河中府、苛岚军、宝德军相继被金人占据。五月下旬，元帅左监军完颜昌进入山东，攻破密州。

金兵在两河的行动并不顺利。有的州郡得而复失，甚至需要反复争夺。譬如解州。金兵蹂躏故土，一个叫邵兴的解州人揭竿而起，占据解州神稷山。金兵抓住他弟弟邵翼，胁迫邵兴归顺。邵兴不顾其弟安危，挥泪死战，大破金兵。

还有王彦，山西上党人，金兵围攻开封，慨然弃家赴阙，被河北招抚使张所收留，命为都统制，下辖张翼、白安民、岳飞等十一将，拥众七千人，收复了卫州新乡县。金兵以为宋军大部队来了，数万人与之对垒，围之数匝。王彦寡不敌众，溃围而出，进入太行山，交结两河豪杰，组建"八字军"。那一阵子，金兵花大力气追击王彦，致使王彦经常夜半更改驻地。王彦的行动牵制了大量金兵。

这一时期，赵构任务艰巨。首先他得组建自己班底。由于条件限制，可供选择的人不多，无非就是河北大元帅府一班人，譬如汪伯彦、黄潜善、宗泽等。三人中，黄潜善官阶最高，其次是汪伯彦。至于宗泽，年纪太大。有一个耿南仲，前往河北割地巧遇赵构，留在了大元帅府。这样的误国之辈不能用，能用的也就黄潜善和汪伯彦了。

黄潜善、汪伯彦步入官场数十年，一直郁郁不得志，如今一跃成为从龙之臣，犹如天上掉馅饼。

在赵构初登帝位的日子里，黄潜善任尚书左仆射兼门下侍郎，汪伯彦知枢密院。

确立了股肱大臣，接下来是前往何处。开封不能回，南京距开封太近也不能久留。能够落脚的地方有这样几处，成都、西安、襄阳、荆州、扬州，还有长江南岸建康。

成都天府之国，西安十朝古都，襄阳紧扼汉水，荆州既通巴蜀，又联吴会。至于扬州、建康，一个是淮左名都，一个有大江之险。五月末，赵构发布命令，上述地方备粮草，修城池，为巡幸做准备。

六月初，李纲来到南京行营。

赵构与李纲没什么交集，但李纲之名在靖康元年如雷贯耳。大元帅府成立时，赵构就派人持书寻访李纲。赵构在手书中说："方今生民之命急于倒垂"，没有不世之才难于"协济事功"，阁下知识渊博，忠贯金石，应当"投袂而起"，不辜负天下苍生之望。

李纲还未报到，职位就安置妥了：尚书右仆射兼中书侍郎，也就是第二宰相。

赵构如此重用李纲，御史中丞颜岐连上五章，说李纲为金人厌恶，张邦昌为金人所喜欢，应该重用张邦昌。

赵构冷冷地对颜岐说:"朕用人,恐怕都不是金人喜欢的。"

颜岐为了阻止李纲来到行营,将自己的奏章传给李纲阅读。李纲还是来了。初见面,李纲就对赵构说,大意是,苍天有眼,陛下能够传承赵宋嗣脉,并且得到了天下臣民拥戴。当务之急是内修外攘,还二圣而抚万邦。作为宰相,责任重大,臣恐怕难以胜任,颜岐将他的奏章给臣看了,说臣"为金人所恶,不足为相"。臣的脑袋不灵光,眼里只有赵氏没有金人。

赵构对李纲说:"朕知卿忠义智略久矣,欲使敌国畏服,四方安宁,非相卿不可,卿其勿辞。"

为了留住李纲,赵构解除了颜岐的御史中丞之职。

李纲自称学习唐代宰相姚崇,条陈十事。李纲说:"昔日姚崇向唐明皇陈述十事,皆中一时之病,臣今日也以十事仰干天听。陛下如果认为可以,赐予施行。"

哪十件事?第一,确立国策,以守为上,内修政事,提振士气,然后再议大举。第二,寻找落脚点,建议巡幸长安、襄阳、建康。等等。

关键是第四事和第五事。第四事,诛杀"伪楚"皇帝张邦昌,以儆效尤。第五事,严惩屈膝金人、接受伪职、毫无节操的"伪楚"官员。

偏偏第四事、第五事被赵构否决。

赵构为什么否决?因为牵涉人员太多。杀了张邦昌,其他人怎么办?是砍头,还是流配远恶州郡?处理所有担任过伪职的官员,会不会人心不安?赵构继位未久,政权基础尚不牢实,不想打击面过大。

李纲对此大为不满。当着赵构的面,李纲严正指出:"张邦昌属于僭逆,臣怎么可能与这样的人同列朝班?如果站在一起,臣当以笏击之。陛下如果留着张邦昌,臣不当这个宰相。"

赵构只得颁诏,将张邦昌贬谪潭州。王时雍、吴开、莫俦、吴秉哲等人罢官免职。

在建炎元年(1127)那个夏天,金兵在河东、河北、山东一带攻城略地,位于商丘的赵宋小朝廷开始正常运转。

在李纲主持政府工作的两个多月时间里,做了很多事情,如对御营兵进行整编;在枢密院设置赏功司;打造战舰,招募水军;寻访武臣之才;在京东、京西组建战车部队。

尽管李纲将政务打理得有条有理，赵构心底仍不舒服。

譬如，李纲见面就说还"二圣"而抚万邦。二圣即徽宗、钦宗，他们回来了，朕如何处之？依然做康王吗？

譬如，不处分张邦昌就拒绝任职，这是要君。作为臣子，即便才高八斗，要君也是死罪。

再譬如，赵构派人出使金廷，请金人缓师，李纲坚决反对，说："二圣远狩沙漠，陛下应该食不甘味，寝不安席，想着如何迎还两宫，怎么能够卑辞厚礼地乞求虏人呢？即便要派使者，也是奉表通问两宫，以致思慕之意。"

还有，赵构决定巡幸东南，李纲主张前往长安，一个劲地争辩："自古中兴之主，起于西北。有西北就有中原，有中原才有东南。如果巡幸东南，既失中原，更失西北。"

最后，李纲悲愤难禁，请求解除职务，乞身归田。

赵构摇头道："卿争的尽是一些鸡毛蒜皮小事。"

李纲说："臣争的怎么是鸡毛蒜皮的小事呢？比如迁幸，臣是东南人，陛下去东南对臣最便利。可丢失中原，将后患无穷啊！"

李纲最后道："愿陛下以宗社为心，以生灵为意，以二圣未还为念，臣辞职了，但臣的建言希望陛下不要更改。"

然而，赵构的底线是请金人缓师与巡幸东南。

李纲去职，引起陈东强烈不满。

金兵首次围开封，陈东是太学生，第一个站出来疾呼"诛六贼，传首四方，以谢天下"的就是他。钦宗重用李纲，与陈东率领一群太学生在宣德门前请愿有关。陈东说："朝廷众臣，奋勇不顾、以身任天下之重者，只有李纲。其他人，如白时中、李邦彦、张邦昌等，要么庸缪不才，要么忌疾贤能，要么动为身谋，这些不恤国计之辈，是社稷之贼。"

后来赵桓罢李纲，将其逐出朝廷，陈东痛心疾首，奔走呼号。

金兵第一次从开封撤围后，有人建议，这一届太学生全部弃而不用，尤其陈东。开封府尹王时雍甚至建议将所有太学生抓进大牢。钦宗是清醒的，"诛六贼"毕竟喊出了他的心声。钦宗给了陈东一个小官，在太学执掌学规。陈东却将职辞了，返回镇江老家。

赵构继位第五天，召李纲，第十天，召陈东，可见陈东在赵构心中跟李纲一样，属于急需人才。

陈东来行营比较迟，刚到应天府，就逢李纲去职。陈东立即上书，要求罢免黄潜善与汪伯彦。赵构没有答复。接着又上书，建议回銮开封，由赵构亲自领兵北伐，救回二圣。依然没有答复。

有一个普通百姓，叫欧阳澈，也上书赵构，说李纲不可罢，黄潜善、汪伯彦不可用，希望赵构亲迎二帝。

对于陈东上书，赵构没有答复。现在欧阳澈又掺和进来。黄潜善对赵构说，此风不可长，否则将会像靖康元年一样鼓众伏阙。

就在那一刻，赵构的脸阴了。

靖康元年，陈东们动不动就鼓众伏阙，弄得朝廷提心吊胆。过去赵构是康王，对此无可无不可，现在是皇帝了，最不愿看到的情景就是鼓众伏阙了。那是乱民所为，动乱之根。

根据《宋史·陈东传》载，杀陈东的旨令来自赵构。赵构下达给黄潜善，黄潜善招来应天府尹孟庾，孟庾以议事的名义将陈东招来府邸。陈东知道，他生命的最后一刻到了，非常平静地写完家书，从容不迫地走向刑场。

同时被杀的还有欧阳澈。

接下来，赵构准备巡幸东南，命扬州守臣吕颐浩缮修城池，作为东南巡幸第一站；命马军都指挥使郭仲荀前往建康，兼节制江、淮、荆、浙、闽、广诸州，剿灭东南匪盗；命龙图阁直学士钱伯言知杭州，兼节制两浙、淮东兵及福建兵马；命兵部员外郎江端友抚谕闽、浙、湖、广、江、淮、京东西诸路，访察官吏优劣和军民利病。

十月，赵构登舟向扬州进发。

是月底，銮驾到达扬州。

从建炎元年十月底到建炎三年二月初，赵构一直在扬州停留。

扬州好啊！隋炀帝三次巡幸，打造了天下驰名的江都宫。更有位于宫城之南的迷楼，简直妙不可言。

绊住赵构脚步的，还有没有其他因素，比如对隋炀帝的景仰？杨广一生可谓波澜壮阔，领兵灭陈，江南平叛，三下扬州，四巡塞北，开凿运河，吞并吐谷浑，打通河西走廊，收复琉球群岛……

也许，此时的赵构，并不在意隋炀帝的文治武功。杨广还不到五十岁就遭人缢杀，身死国灭，有什么值得景仰的呢？对于二十出头的赵构来说，他要挥霍，要享受。一个庶子，成了帝王，他要尽情挥霍和享受一个帝王所应有的荣华。

他有这个条件，因为他身边有黄潜善、汪伯彦，以及宦官康履、曾择等人，这些人最大的本事，就是千方百计地满足皇上爱好。

譬如女人。赵构是靖康元年十一月初离开京师的，第二年六月潘妃就为其生了一子，满打满算孕期只有七个月。也就是说，即使在河北相州最窘迫的日子里，他也没有忘记娶妻纳妾。根据《宋史·高宗纪》，赵构在离开扬州前至少已经迎娶了三个女人：吴氏、潘氏和张氏。

吴氏即后来的宪圣慈烈吴皇后。建炎元年赵构在应天府登基时，吴氏身穿铠甲侍立在旁，这是一个不爱红装爱武装的奇女子。逃难到四明，也就是宁波附近，卫士谋反，向吴氏打听赵构所在，居然被吴氏哄过去了。金兵追来了，漂流海上，有鱼跳入船舱，吴氏说："此周人白鱼之祥也。"周武王伐纣，麾下有"白鱼入舟"，后人以"白鱼入舟"为祥瑞，比喻用兵必胜。在那种艰难时刻，吴氏很懂得鼓舞士气。

如果说吴氏是赵构的左膀右臂，张氏就是个可心的人儿。建炎初年，先为才人，进而得宠，进封婕妤。仗剑侍立身后的吴氏在建炎四年封夫人，而张氏由于可心，早就升为婕妤了。

除了张氏可心，潘氏也不赖。潘氏第一个生下皇子，如果不是吕好问阻止，登基未久就立为皇后了。

刘禅是乐不思蜀，赵构是乐不离扬。

可就在这一年多时间里，北方形势发生了巨大变化。由于朝廷撤销了河东经制司和河北招抚司，河东、河北等于宣布放弃，那些孤立无援的城池，比如河间府、中山府、绛州等最终被金兵攻克。两河地区王彦的八字军也由于缺乏后援，离开太行山，撤到黄河以南。放眼北方，只剩下两处抗金据点，一是徐徽言的晋宁军，二是五马山寨。在建炎二年（1128）上半年，马扩逃脱金人羁押，成为了五马山寨领导者之一。此时五马山寨发展至鼎盛，拥众十余万人。也正是因为马扩的加入引起了金人的重视，开始重点围剿。到七八月间，五马山寨被金兵攻破。

大约从建炎二年开始，金兵进入河南，重新占据西京洛阳后，开始攻城略地。郑州、均州、房州、邓州、随州、陈州等相继失守。

八月，宗泽去世。

宗泽去世是北方战场的转折点。虽然两河局势极度恶化，中州大地战火纷飞，但有宗泽在开封，金兵不敢染指。《宋史·宗泽传》云：完颜宗翰驻军洛阳，与宗泽数次交手，没有占到任何便宜，只能与之相持。另外，宗泽仿佛一面旗帜，河东、河北抗金义士纷纷汇聚旗下，王彦、马扩、间勃、岳飞等都是宗泽的部属，战力不可小觑。

继任京城留守的是杜充，这厮杀人起家，残暴无谋，上任伊始就改变宗泽部署，中止北伐，排除异己，残害忠良，数十万汇聚在宗泽旗下的义军风流云散。很多部队流落京西为匪，给襄汉地区带来数年兵灾。杜充的唯一贡献就是允许岳飞单独成军。按照李纲颁行的兵制，军为最高作战单位。自此，岳家军诞生。

宗泽去世三个多月后，杜充放弃开封，在滑州西南李固渡决黄河阻挡金兵。此举不仅没有挡住金兵步伐，反而加快了金兵染指淮甸。进入建炎三年（1129），金兵攻下济南，刘豫杀害大刀关胜，开门出降。位于河北的完颜宗弼长驱直入，首攻徐州。驻扎在这一地区的是韩世忠。在沭阳，韩世忠战败，大将张遇战死，韩世忠退守盐城。完颜宗弼占据淮阳。

位于扬州的宋廷开始采取措施，命御营右军统制刘正彦护送皇子、后宫前往杭州；命江淮制置使刘光世北上阻击金兵；百官不在扬州城内居住，搬到城外驻扎，等等。

建炎三年二月三日，金兵攻占天长军。天长至扬州不过百余里。

按照《三朝北盟会编》的说法，"朝廷以边报急，方出兵往天长把隘"。就是说，朝廷已经得知金兵进入了淮河下游，准备派兵去守天长。谁知金兵先到，官军溃散。赵构派内侍邝询去天长察看，果真是金兵，邝询赶快往回跑。

谁知金兵来得太快。要知道，河南一带有杜充的数万大军，京东地区有韩世忠防守，又派出了刘光世北上增援，怎么说也要抵挡一阵。赵构没有想到，刘光世所部，敌未至先溃，金兵迅速攻下了位于淮东的运河枢纽楚州。

这一次赵构够狼狈的，从得知邝询的报告起，到出扬州，一分钟都没有耽误。御营都统制王渊、内侍康履等人不知皇帝所在，问路人，路人用手一指，说："官家走了！"

赵构一走，宫中乱了，继而扬州城大乱起来。赵构一直跑到瓜洲，搭乘一条小船渡过长江。来到镇江城外西津渡，身边仅寥寥数名官员，也无护卫。镇江知军钱伯言听说圣驾到此，急忙亲自迎请。过了好一阵，康履、蓝珪等人才陆续抵达。

至半夜，众禁卫一片抽咽声，赵构派人询问，才知走得仓促，禁卫们的家眷丢在了江北。

接下来的明受之变与"扬州惊变"有多大关系？不知道。可以肯定的是，二者存在关联。这些禁卫失去了亲人，心中满是悲愤。

赵构也悲愤不已。金兵打到了门口，宰执大臣居然蒙在鼓里，这是严重失职。估计从逃出扬州的那一刻起，赵构就对黄、汪二人气恼不已。从史料记录可以看出，赵构于建炎四年（1130）二月十三日抵达杭州，十四日汪伯彦主动要求处分。十六日黄潜善与汪伯彦再上札子，请求罢黜。二十日，处分下达：黄潜善、汪伯彦双双解除职务。

黄、汪二人岂止是失职吗？不，失职是次要的，他们最大的罪过是献媚，是极尽所能为皇帝打造安乐窝，用满足皇帝各种享受来稳固自己地位。在《宋史·邵成章传》中有这样一段记录：建炎初年，内侍邵成章上书赵构，说黄潜善、汪伯彦隐瞒前线战事，请求治罪。那阵子赵构被黄、汪二人献媚得正舒坦，一怒之下将邵成章安置岭南。过了很长时间，赵构觉得邵成章忠直，决定将其召回。黄、汪等人私下里对赵构说："邵九百来，陛下无欢乐矣。"邵九百即邵成章。邵九百来了"陛下无欢乐"，可见那一阵子，赵构欢乐得很。

在扬州一年多时间里，为了让赵构尽情欢乐，黄、汪肯定干下了不少伤天害理的事儿，否则，当司农卿黄锷来到江边，军士听说他姓黄，以为是黄潜善，争先恐后数落其罪行，有士兵拔刀在手，黄锷正要为自己分辩，脑袋已经掉落在地。

黄潜善、汪伯彦很快罢职，赶出杭州。赵构颁布《罪己诏》，承认自己"迁延不先"，丢失了"帑藏之积"，以及"二三大臣至不能保其家室"。并且说，"官吏军民……或不得其家属俱来，痛切朕心，愧负何极"。

数日后，副都统苗傅与右军统制刘正彦，杀死都统制王渊，起兵包围了行宫显宁寺。

扬州惊变，王渊有罪，但罪不至死。王渊管战船，当扬州军民涌向江边时，他没有运载兵士，而是抢运府库物资，为此造成军中将士不满。事后刘光世曾在赵构面前告状，说："王渊主管海船，经常说不会误事，此次臣的部众有二千余骑没有过江。"

王渊除了抢运府库物资，可能还有康履、曾择等大宦官的家财夹杂其中。王渊自己没什么家财。赵构刚登基那会，听说王渊病了，派内侍曾择探望。曾择回来对赵构说："王渊家里连帷幔、床垫子都没有。"王渊轻财好义，康履正是利用这一点，与王渊有了深交。既然属于深交，康履等人请王渊调拨几艘战船运载自家财物，王渊岂会拒绝？

在显宁寺前，苗傅、刘正彦拎着王渊的脑袋，要求与皇帝对话。

最先出来接见苗、刘的是不久前提拔为中书侍郎的朱胜非。朱胜非问："你等世受国恩，身为将帅，今天想干什么？"

刘正彦说："王渊渡江坏事，没有治罪，反而升签书枢密院事；黄潜善、汪伯彦执政误国，朝廷处分太轻。康履、曾择为非作歹，人人切齿。"

朱胜非说："王渊即使有罪，你们怎么能擅自杀他？黄潜善和汪伯彦可以再议贬斥。至于康履、曾择为非作歹，圣上不知。如果圣上知道，一定不会容忍。现在你们当着圣上的面提出来了，圣上肯定要予以追究。"

赵构出来了，问苗、刘："你们有什么具体要求？"

苗、刘说："杀康履、曾择。"

赵构回头命卫士将康履牵来，押出显宁寺。须臾，康履被众军校斫下头颅。曾择不在显宁寺中，暂时逃过一劫。

接着，苗、刘又提出，赵构退位，立赵旉为帝，隆佑太后垂帘。

面对手持兵器的御营军将士，赵构答应了苗、刘二人的要求。

苗刘兵变只有二十八天，在朱胜非、张浚、韩世忠、吕颐浩、刘光世等人的筹划和镇压下，苗傅、刘正彦兵败被诛，赵构重归帝位。但是，苗刘兵变的意义不可低估。

首先，终结了自徽宗以来内侍位高权重、干预朝政这一荒唐局面。

大宋开国，太祖爷吸取前朝教训，宫中内侍定员一百八十人。太宗朝内侍规模有所增加，也只有两百人。而且内侍官品不高，入内内侍省都都知也仅为从五品。王继恩是太宗爷的恩人，镇压王小波、李顺有功，中书省欲除王继恩为宣徽使，被太宗制止。有个叫韩拱辰的老百姓，为王继恩鸣不平，说王继恩建下如此大功，朝廷仅授了个防御使。太宗大怒，说韩拱辰妖言惑众，杖脊黔面，刺配崖州。

到了徽宗一朝，不仅内侍人数激增，官品上不封顶。童贯封王，梁师成拜开府仪同三司，杨戬、谭稹、蓝从熙等人官居节度使。他们利用与皇帝的特殊关系，涉足政务，干预经济，主导军事，蛊惑人主，祸乱朝廷。二帝北掳了，但一部分内侍逃出了开封，他们中绝大多数人承袭了谄媚术，他们要用谄媚术在新帝手中继续攫取荣华富贵。

在《宋史·宦者》里，是这样记录蓝珪、康履等内侍的：他们原本是康王府邸旧人，跟随赵构去河北留在了相州，开大元帅府，二人主管机宜文字。由于有这样一段经历，于是恃恩用事，妄作威福。尤其康履、曾择，军中将领都曲意奉迎。有时候，他们"踞坐洗足"，御营将领们恭恭敬敬站立一旁，比上司召见部下还要威严。

扬州惊变后，康履、曾择等内侍气焰越发嚣张，不仅御营将领不放在眼中，就连朝中大臣也不大当回事儿。路过吴江，康履们以射鸭为乐，抵达杭州，去钱塘江观潮，内侍的供帐赫然遮道。苗傅咬牙切齿地说："就是这些人使皇上逃难至此，居然不知收敛，还如此肆无忌惮！"

苗傅将内侍的恣横之状告诉刘正彦，刘正彦一句话："将他们铲除！"

苗、刘二人杀了多少内侍？不见记录。《宋史·宦者》中有这样文字："分捕中官，凡无须者皆杀之。"但凡没有胡须便取人性命，有些夸张。将前朝遗留下来的内侍差不多都杀了，杀光了，应该接近真实。

将梁师成们言传身教的内侍全杀了好啊！有一种革命形式就是肉体消灭。历史翻篇必须与过去作一个了结。《宋史·职官六》云："中兴以来，深惩内侍用事之弊。""中兴"是赵构喊出的口号。"中兴以来"也就是赵构登基以来。是谁在"深惩内侍用事之弊"？是赵构吗？肯定不是。是苗傅与刘正彦。是写进史册的

"明受之变"。

《宋史·职官六》还称：严格规定宫中内侍不准与兵将官往来，不允许内侍接见宾客。而且，仍定以二百人为额，直到赵构退位，在德寿宫颐养天年，因要照护太上皇起居，宋孝宗赵眘才将内侍员额增至两百五十人。自此，虽有内侍外任，终南宋一朝也仅有数例，且是小官。更重要的是，由内侍掌兵，干涉政事，凌辱朝臣之类，一去不返。

明受之变不仅扼杀了宦官之祸，还对黄潜善、汪伯彦加重了处分，一个永州安置，一个英州安置。上一次只是降职，这一次成了罪官。无疑大快人心。

赵构再一次下《罪己诏》。在第二道《罪己诏》中，承认自己"驻跸维扬，忘援华夏，不能指授将帅保固疆陲。西自关陕，东踰兖郓，爰及唐邓，悉为战区。加以斥堠不明，备御无素，敌师深入，直抵淮甸，仓卒之闲，匹马南渡，至使衣冠陷没，井邑邱墟老稚啼号，遗骸枕籍……"

身为帝王，能够把话说到这个份上，也算得上是开诚布公了。估计大臣们不敢拟如此诏书，一定出自赵构自己。赵构会不会一边运笔一边心如刀绞，涕泗横流？

有这种可能。复位后的赵构立即离开杭州前往江宁。《三朝北盟会编》称："驾幸江宁，以图恢复。"

途中经过镇江，专程去了陈东墓。扬州惊变来到镇江，赵构可能感觉前一阶段遭到蒙蔽，失误较多，尤其不该杀陈东与欧阳澈。杀的是士子，是平民，瓦解的是正气，是民心。在镇江停留期间，为陈东、欧阳澈平反昭雪，恢复名誉，赠恤家庭。

仅仅过去两个月，赵构再次为陈东扫墓。

甚至到了八月，赵构从江宁返回杭州时，第三次凭吊陈东，赠予陈东家金银。

赵构的所作所为，相当于昭告世人，他，赵宋传人，要与过去彻底决裂，誓做"中兴之主"。

这一切，统统要归功苗、刘。

苗傅，苗授之孙，苗履之子。王韶开边，苗授是先锋，香子城被围，苗授率五百骑兵破敌。鬼章叛乱，苗授立下战功，被任命为主兵官。苗履，束发从戎，跟随王赡取青唐，与姚雄一起讨伐篯罗结，由于吐蕃军人数占优，险情迭出，苗履不避刀枪箭矢，指挥若定。

刘正彦，刘法之子。刘法是大西北名将，仁多泉城一战，威震察哥。宣和元年（1119），童贯命熙河经略安抚使刘法出兵进攻统安城，寡不敌众，突围坠崖，为西夏士兵所杀。

苗、刘既是将门之子，也是烈士后代。疆场搏杀铸就了他们刚直的禀性，看不惯朝廷高层花天酒地，嬉戏国事，更看不惯一伙阉宦城狐社鼠，为非作歹。王渊，应该是苗、刘二人的前辈，同为大西北将领，一起血里火里拼杀，不曾想，来到扬州也成了阉宦一党。军人的血性一旦点燃，如山呼海啸，如石破天惊！

功耶？罪耶？一千年过去，仍然众说纷纭。"念去去，千里烟波，暮霭沉沉楚天阔。"休说功罪，只说大宋这艘破船在这里差点搁浅，因苗、刘冲天一怒，拐了个弯，调了个头。

33. 巍巍川陕

平定了苗刘之变，并不意味大宋帝国已解除危机。袭击扬州，赶得宋廷狼狈不堪，大大刺激了完颜宗弼的野心。

完颜宗弼是阿骨打第四子。早期伐辽，仅一条记载：公元1122年，金兵统帅部听说天祚帝在鸳鸯泺渔猎，完颜宗弼跟随二哥完颜宗望率百余轻骑长途奔袭，立下首功。第一次围开封，宗弼奉命追击太上皇，可惜没有追上。二哥宗望病逝后，三哥完颜宗辅为副元帅，驻燕京，宗弼开始单独领军。

宗弼占领扬州后，官升元帅右监军。从二月至十月，宗弼在淮南西路频频用兵，攻克了寿州、庐州、和州、黄州等地。

对于完颜宗弼的意图，宋廷有所认识。七月初一，赵构颁布命令，行宫离开建康后撤。后撤人员分为两拨，一拨以隆佑太后为主，包括后宫、六曹百司走江西；另一拨人跟随自己走吴越。为了确保隆佑太后安全，命最为信任的老将杨惟忠率一万兵马护送。

隆佑太后即孟太后，"瑶华密狱"主角，因新旧党争而被殃及。徽宗继位之初，在向太后主持下有过短暂复出，随着向太后薨逝，再度幽闭。靖康二年（1127），赵宋皇室被金人一网打尽，落下出居在相国寺的废后孟氏。张邦昌僭位，从相国寺请回隆佑太后垂帘。

赵构在南京登基，隆佑太后赶到现场，带去了大典所需要的圭宝、御服、车驾等一应器物。大典结束，隆佑太后宣告撤帘，还政赵构。明受之变，又是隆佑太后出面主持大局，化解危机。对隆佑太后，赵构是感激的，将隆佑太后与自己分开，是为了确保隆佑太后安全。赵构清楚，金兵一旦进入江南，他是目标。谁知金人的情报工作做得不错，十月底，一路从黄州过江，追击隆佑太后；一路从江宁附近采石过江，追击赵构。

隆佑太后一路可谓步步惊心。过落星寺，翻船了，淹死宫女无数，好在隆佑太后有惊无险。

到达洪州后，鉴于金兵正在迫近，决定向湖南转移。赴吉州，走赣江，到太和，一个叫耿信的船夫，在护送军兵中秘密串联，蛊惑人心，导致司全、胡文、马友、杨皋、赵万、王琏、柴卞、傅选、张拟等九军尽反，劫掠宗庙六宫，府库一夕而尽。太后和潘妃只得雇了两顶小轿，以农夫肩舆而行。

进入虔州，身边仅数百名卫士，开不出军饷，有一种质量低劣的"沙钱"，拿到市面上买不到东西。卫士们愤愤不平，与当地百姓产生矛盾，惹得大土豪陈新率众围城。最后是杨惟忠派一名亲信出城搬兵，才将陈新赶走。

如果说隆佑太后一路步步惊心，赵构一路则是处处有难。

建炎三年（1129）八月，赵构离开建康，回銮杭州。十一月二十五日，赵构从杭州出发，东幸避难。当晚夜宿钱清镇。就是这天晚上传来消息，杜充战败。

杜充南撤带来了数万兵马，岳飞一军即在其中。朝廷可能看在杜充握有一支人马的分上，升为同知枢密院事、知建康府，命驻守镇江的韩世忠等将领受其节制，负责长江防线。现在，杜充战败，意味着长江防线崩溃，金兵已经来到江南。

紧接着，杭州知府康允之传来急报，说金兵占据了建康，前锋正在向杭州逼近。赵构连夜启程，二十六日拂晓来到越州城下。经过短暂商议，决定前往明州，即今日宁波。

越州至明州两百多里。从二十八日晚开始下雨，道路泥泞，十分难行。随行人员除了官兵还有百姓，既无雨具，也无处栖身，日夜赶路，不胜其苦。

十二月五日，终于来到明州城内。

守明州的是张俊。最初是西北前线一名乡兵，在政和七年（1117）仁多泉战役中崭露头角。跟随种师中救援太原，在榆次城破，全军溃散，主帅下落不明，身为队将的张俊率领本部人马不仅杀出了重围，还歼灭了尾随追击的数百金兵。此战过后升为统制官，成为一军主将。

建炎三年除夕，金兵进抵明州城下高桥，统制官刘保首战不利，将领党用、丘横阵亡。统制官杨沂中、田师中、赵密等领兵一齐杀出。杨沂中舍舟登岸力战，殿前司都指挥使李质率禁卫来助，明州知州刘洪道率厢军用弓弩劲射，金兵抵敌不住，留下数千具尸体败走。

建炎四年（1130）正月初一，西风大起，金兵卷土重来，再攻明州城。张俊与刘洪道屹立城头指挥，遏止住金兵攻城势头后，开门掩击，金兵不备，向北逃窜，死于甬江者无计其数。

直到正月初八，完颜宗弼的援军赶来，才将明州占领。此时张俊大军已撤出明州，转向台州。

金兵是有备而来，占领明州后，顺甬江攻占定海。金人也有战船，名"小铁头船"。金兵驾驶小铁头船来到昌国，即舟山群岛。金兵至昌国时，赵构刚离开一天。

金兵驾船再追，遭到宋军舟师阻击。水师统制张公裕麾下的海船是"大舶"，有撞杆专门对付金人的小铁头船。金人舟师不敌，退回定海。

如果不是宋军舟师比金兵舟师强大，这场史称"搜山检海"的追袭战，最后的结局难以预料。金兵一路穷追至海上，可见金人是铁了心要捉拿昔日漏网的康王。

对于金人来说，只有将康王捉拿归案，才能刀枪入库，马放南山，高枕无忧。

建炎三年四月，在平定明受之变中建下大功的张浚升任知枢密院事。五月的一天，张浚对赵构说，若要中兴大宋，当从关陕开始，如果关陕为金人抢先占据，则东南不可保，于是提出经营川陕的建议。

张浚主动要求奔赴川陕，去构筑西北防线。赵构同意了张浚的请求，设置川陕宣抚处置使司，任命张浚为宣抚处置使，以川、陕、京西、荆湖南北两路隶之，可以自行任命或罢免官员，有权调动属于川陕、京西和荆湖南北二路以内的所有宋军。

大约七月中旬，张浚率川陕宣抚处置使司幕僚刘锡、赵哲、王彦等人西行。

此时，陕西局势也不容乐观。

首先是战局糜烂。

金兵在攻略河东时，西夏也没闲着。

辽朝即将灭亡时，金廷遣使来到西夏，向乾顺提出，如果天祚帝逃入夏境，请将其押送金国。条件是，西夏如能像对待辽朝一样忠诚于金，金廷允许将辽朝西北一带土地割让给西夏。

这是西夏与女真人第一次正面接触。这一次应该没有谈出什么结果。不过，乾顺已经认识到了金兵的强大，以及辽朝不可避免的衰亡。

到了第二年，也就是公元1124年正月，乾顺向金国上誓表，表示臣服于金。

到了七月，投靠金人的乾顺开始挑衅宋朝，派兵攻打已经被金人归还宋朝的武州。河东、河北宣抚使谭稹派李嗣本督兵出战，与西夏军相持数日不解。

然而，投靠金人的西夏，日子过得并不称心如意。

首先，金人索要辽民。在金兵攻打辽朝和追袭天祚帝时，西夏掳去了不少辽朝人口，同时，许多原来属于辽朝的党项人投奔到了西夏。现在，阿骨打诏命都统斡鲁向乾顺讨要。

乾顺只得忍气吞声，如数归还。

接着，耶律大石脱离天祚帝率部西走，金兵以追击耶律大石为由，进入西夏境内掠取人畜。乾顺派人持书追问，掠取的人畜不仅没有归还，甚至没有得到任何解释。

更为悲愤的是，西夏太子李仁爱因为辽朝灭亡，不肯臣服于金，怒恨而亡，年仅十七岁。

李仁爱为南仙皇后所生，自幼聪慧，多才多艺。当年金兵破辽，天祚帝西逃，李仁爱闻讯后嚎啕大哭，恳请父亲救援。李良辅救援失败，李仁爱长吁短叹了数月之久。父亲决意事金，李仁爱多次泣谏不听，悒郁而卒。

随之，南仙皇后在宫中绝食而死。

然而这一切，乾顺都忍下了。

为了夺取河东地区，金人开始与西夏联手。他们对乾顺的承诺是，如果西夏出兵攻击宋朝麟府路，可将原来属于辽朝西京道的天德、云内、金肃、河清四军，以及已被宋军控制的武州等地，让给西夏。

靖康元年（1126）二月，西夏军得知金兵正在围攻开封，出兵攻打杏子堡。

杏子堡位于鄜延路平戎寨以北四十里处，浑州川上游，两山对峙，地势险峻。这儿由鄜延路兵马副总管刘光世驻守，西夏力攻不克。

西夏力攻杏子堡估计有两层意义，一是试探宋军反应，为进攻麟府路做准备；二是撕开鄜延路外围防线，由浑州川进入陕西腹地。或二者兼而有之，将陕西宋军注意力转移至西北，避免西夏军进攻麟府路时鄜延路宋军驰援。

三月间，乾顺获得天德、云内、金肃、河清四军之地，然后由北而下，夺得武州及河东八馆。所谓河东八馆，即兜答、厮剌、曷董、野鹊、神崖、榆林、保大、裕民等八个村镇。

四月，西夏攻打震威城。

震威城距绥德三百余里，深入西夏境内，童贯经略陕西时于政和年间修筑。宣和末年（1125），任命朱昭为震威城兵马监押，兼摄知城事。朱昭是府州人，因战功升从八品秉义郎。这个人很低调，平常看不出有什么特别出众的地方，但是，面对西夏人的进攻，朱昭展示出了他的睿智与勇敢。

此时的鄜延路，以及整个陕西，能征善战的一代将领和士兵，随着白沟河之战、燕京之战，以及救援太原，几乎损失殆尽，新一代将领还在成长之中。朱昭属于承上启下的一代将领。

西夏军刚一抵达震武城，朱昭就说，敌人不知城内虚实，有轻我之心。如果出其不意发动进攻，可以击溃当前之敌。当天夜晚即缒兵出城，冲进西夏军营。朱昭命人在震武城头擂鼓助威，此战大获全胜。

西夏军用木鹅梯攻城，朱昭下令放箭，飞矢如雨，西夏军倒下一批又冲上一批，昼夜进攻不息。

一天，西夏军首领思齐来到城下，邀朱昭对话。

思齐说，大金约我们夹攻开封，为城下要盟，画河为界。太原即将攻破，麟府路要害处已被我占据,你们为何不降?

朱昭说,上皇知奸邪误国,已经改过,禅位与皇太子。如今天子新政,你们难道不知?

命人取来徽宗传位诏书朗声宣读。

站在思齐身旁的是一位老熟人,劝朱昭,宋朝不行了,你还这么忠心耿耿做什么?

朱昭怒骂道:"苟且偷生之辈,类同猪狗。现在居然花言巧语诱我,我看你是找死!"说完引弓搭箭便射。西夏军慌忙退走。

西夏军一连进攻四天,城多毁坏。虽然不断采取措施予以修补,终究不是长法。

在议事厅,朱昭对众人说:"城可能为西夏攻破,但妻子不能落入党项人之手。我已将妻子杀了,接下来将背城一战。胜了为国立功,败了尸骨留在了故土。大丈夫完成了自己的事业。"

思齐花钱买通守城兵士,终于攀上震武军城头。朱昭率领部下进行巷战,自暮达旦,积尸盈道,人不可行。朱昭跃马从城内奔出,不幸坠入城壕。西夏军大声欢呼:"得朱将军矣!"纷纷跳入壕中,准备活捉朱昭。朱昭瞋目仗剑,无一人敢于向前。西夏军只得放箭,朱昭中矢而死,年四十六岁。

就在西夏军大力进攻麟府路时,金人在西夏人背后猛插一刀,袭取了天德、云内诸城。

天德等四军是金人换取西夏进攻麟府路的条件,早在二月初就划给了西夏。划给西夏后,西夏才向宋朝开战,先攻杏子堡,再犯震武城。就在这个时候,金人以打猎为由,赶走了西夏在天德、云内委派的官员,重新占据了这一区域。

乾顺派人交涉,使者也被金人扣留。

至此,就连编撰《西夏书事》的吴广成都忍不住点评道:宋约金人攻辽,初议归还山前山后十六州,结果只还了七州。金约夏攻宋,差不多许与了半个辽朝西京道。就像钓鱼,饵下得不重,鱼不会上钩。果然,鱼儿上钩了,要求西夏人上誓表,输贿赂,无一不应。摧眉折腰,卑躬屈膝,被金人看破,原来是稻草人。于是"索户口,掠边境,掩取天德,羁执使人"。不能怪金人无情,是西夏自己没骨气,太下作。

金人的险恶用心，在《金史·宗翰传》里也有记载：第二次南下围攻开封前，金廷高层有过一次会商。吴乞买建议将部署在西部的兵马转移至东部，以加强进攻开封的力量。众将都认为不可，理由是陕西与西夏为邻。完颜宗翰特别强调，说利用西夏攻打宋朝，还可以起到"弱西夏"的作用。

靖康元年（1126）七月，徐徽言出知晋宁军。

徐徽言以书生从军。早在大观二年（1108），朝廷渴求军事人才，韩忠彦、范纯粹、刘仲武三人联名推荐，徽宗于崇德殿召见。徐徽言不仅武艺精湛，而且很有见识，当廷赐予武状元。自此，徐徽言步入军界，多年在河东任职，做到总管河西军马。

徐徽言来到晋宁军后，军民纷纷控诉，说朝廷答应将麟、府、丰三州割让给西夏，晋宁位于麟、府、丰三州下游，将受到严重威胁，关乎存亡。

于是，徐徽言从晋宁军出兵，很快驱逐了西夏官吏，河西三州重为宋廷所有。

八月，太原陷落前夕，西夏继续配合金兵行动，入寇泾原柏林堡。西夏军轮番攻打，统制李庠不敌，幸亏泾原第三将曲端率军力战，西夏军才退却。

九月，西夏又进犯西安州。西安州位于天都山，曾经是西夏皇帝的"歌乐地"。宋军救援不及，西安州丢失。接下来围攻兰州。兰州未能陷落，但西夏军于兰州周边大肆掳掠。

从靖康元年起，西夏在金人的威逼、引诱、教唆，以及欺骗下，在宋夏边境地区不断挑起冲突，战火连绵，死伤累累。

宋军重新占据麟、府、丰三州后，西夏不甘心，挥兵东来，进攻位于麟州北端的建宁寨。

建宁寨为庆历年间张亢所筑，目的是保证麟州粮道安全。宋夏两次兔毛川会战，就是为了争夺这一战略要点。

八十年过去，如今镇守建宁寨的是杨宗闵之子杨震。

按制度，建宁寨应有守军三千人。由于折可求第一次奉命解太原之围，带走了麟府路的全部精锐，此时建宁寨中兵不满百。杨震与部下约定，杀一敌兵奖赏若干。由于杀敌太多，官帑枯竭，杨震叫家人摘下手镯、耳环等饰物作为奖品。守军越发感激自奋。

建宁寨坚守了十多天，终因矢尽粮绝而失守。杨震与两个儿子杨居中、杨执中力战而亡。杨氏满门尽为西夏所害，仅长子杨沂中跟随张俊从征河北幸免于难。数年后，杨沂中成为南宋一员大帅。

靖康元年十一月，第二次开封保卫战即将打响，西夏攻打怀德军。

怀德军即章楶所筑的平夏城，与西安州、镇戎军相为掎角，应接萧关。于大观二年（1108）升格为军。乾顺曾以三千人马攻打过一次，被泾原第十将吴玠所败。

此时，怀德军知军为刘铨。刘铨原为瓦平寨第一正将，因忠勇闻名，被泾原路经略安抚司选拔为怀德军知军。

刘铨刚一到任，即遭到西夏军围攻。西夏知道刘铨忠勇了得，不敢进逼太紧，屯兵绵亘数十里。

怀德是一座小城堡，城薄兵少，器械不足。刘铨率领军民连夜修缮城池，打造器械。一个多月里，西夏多次攻城，无论是鹅车还是洞子，均被刘铨以各种办法战胜，西夏兵损失上万。

有一个叫遇昌的人，是西夏军谋士。遇昌说："一个多月来城中发射箭石无数，估计快用完了。"

的确，城中矢石不多了。恰逢寒潮降临，刘铨命人制作泥冰，待西夏军攻城时发射泥冰还击。遇昌一见，大喜，对西夏军说："城内果真没有箭矢与石弹了。"

又坚持了十来天，怀德终于弹尽粮绝。刘铨对众人说："人人难逃一死，大丈夫不能因为败坏国事而被朝廷诛杀。苍天在上，人要死得其所。"

当天夜里，大雪纷飞，西夏军攻破西北角，进入城内。刘铨在城内以军衙为中心又抵抗了三天，最后焚烧府库，率领卫队企图冲出重围，未能成功，力尽被俘。

西夏派人劝降，刘铨大骂道："战死疆场，是我所愿，岂肯降敌？快快杀我，否则，我若是不死，绝不饶恕你等！"

靖康元年十一月十五日，刘铨在葫芦河川遇害。

鉴于西夏在西北趁火打劫，建炎二年（1128）初，高宗命主客员外郎谢亮为陕西抚谕使兼宣谕使，持诏谕乾顺约和。乾顺会约和吗？显然不会。直到完颜娄室久围晋宁军不克，遣使约夏国夹攻，乾顺这才猛醒，自己的一切行动都在配合金兵，一旦金人占了陕西，最不利的将是自己。

然而为时已晚，完颜娄室放弃晋宁军，出绛州，渡过黄河，进入永兴军路。

十二月十九日，金兵来到同州城下。同州别称左冯翔，是汉代长安三辅之一，连接中原的潼关就在其境内。金兵还未抵达同州之前，官吏差不多都跑了，知州郑骧深感绝望，投井自尽。

金兵过同州，跨渭水，进入长安。永兴路经略安抚使叫唐重，手下兵不满千，自知难以御敌，作书向父亲告别，说："自古忠孝不两立，苟且偷生是父亲的耻辱。"当金兵来到长安近郊，唐重修书与转运使李唐孺，"重平生忠义，不敢辞难。如今圣驾南幸，关陕又无重兵，唯有一死报国。"

唐重固守长安十多天，外援不至，经略副使傅亮叛变导致城陷。唐重率亲兵百余人血战。部将愿意保护唐重杀出城去，唐重摇头拒绝，说："我的职责就是保卫长安。"

战至最后，唐重中流矢而死。

建炎二年（1128）正月，金兵攻占凤翔，抵达延安——即延州，元祐四年（1089），升延州为延安府。鄜延经略安抚使是王庶，可王庶还没有到任，权知延安府事刘洪与军民共守西城，东城落入金兵之手。

接下来克秦州，陷巩州。《三朝北盟会编》称："金人略秦雍，所过城邑辄下，未尝有迎战者。"

金兵进入陇西，朝廷深为担忧。熙河经略安抚使张深命马步军副总管刘惟辅领兵三千拒敌。刘惟辅将大部队留在巩州以西熟羊寨，自己领兵八百直趋新店。黎明时分，两军短兵相接，刘惟辅亲手刺杀金兵先锋大将，完颜娄室收兵退走。

这一大好局面没能维持多久。张深也是名庸将，金兵已退，命刘惟辅和陇右都护张严引兵追赶。追至凤翔境内，金兵设伏，张严战败，刘惟辅被金兵俘获。金兵劝降，刘惟辅始终高昂头颅，一声不吭。金人怒了，命推出去斩首。刽子手上来揪住刘惟辅的头发，直到这时，刘惟辅才大吼一声："斩就斩，不许压我的头！"

打败刘惟辅、张严，金兵转攻泾原路。泾原统制官曲端命十二将吴玠为先锋，进据清溪岭。吴玠在清溪岭大败金兵，遏止了金兵的进攻势头。

此时，王庶已在鄜延上任，打算将金人重新赶到黄河以东。战局有利于宋军，吴玠扼守清溪岭，河南境内义军遍地，金兵主力停留在同州一带，只要陕西各路齐心合力，将金人赶过黄河完全没有问题。

王庶联络泾原、环庆两路人马，可泾原、环庆睬都不睬。环庆经略安抚使是王似，泾原路经略安抚使是席贡，一个将王庶看作小乡党，一个视王庶为后进。王庶指挥不了他们。

文牍往来，信使穿梭，一会儿同意联合，一会儿不同意联合，长时间扯皮拉筋，大好战机转瞬即逝。

建炎二年（1128）七月，金兵再次攻占长安城。

正月间，金兵西去后，原永兴军一名僚属，名叫王择仁，赶走金兵，占据长安城。继而，朝廷命郭琰为永兴路经略安抚使。郭琰来长安后，王择仁退至城外。郭琰居心不良，企图夺取王择仁的兵马，非常卑鄙地移文金州，一起对付王择仁，导致王择仁率军远走河东。当金兵再攻长安时，长安无兵，郭琰只得弃城而逃。

陕西除了战局糜烂，还号令不一，互不统属，内耗严重。

鉴于陕西乱象丛生，朝廷成立陕西制置司，以王庶为制置使，节制陕西六路军马。命曲端为都统制。

谁知这一任命不仅没有改变陕西乱象，反而加剧了窝里斗。

建炎元年（1127）十月，王庶在坊州，即如今陕西省黄陵县西北的隆坊镇，听说金兵即将入寇，派人连夜前往延安告知守将王宗尹，同时调派人马防守。因为不知金兵进攻路线，在兵力配置上难免顾此失彼。这一次金兵很狡猾，攻陷丹州后，屯兵于延安与鄜州之间，既可以北上攻取延安，又可西去环庆、泾原。

实际上，金兵这次攻取对象是延安。当王庶识破完颜娄室的企图后，急命制置司统制官贺师范进行阻击。贺师范与金兵大战于八公原，失利，贺师范被杀。

十一月十二日，金兵攻陷延安。

这一次金兵为什么将进攻重点选在鄜延路？是因为金兵得知王庶与曲端不协。不协的起因在于王庶一句话。王庶被任命为陕西制置使后，有人说曲端为都统制，可能不听指挥。这种担心是有道理的，曲端为人刚愎，十分自负。王庶久在陕西任职，对曲端的为人十分清楚。王庶说，我是制置使，可以临机处置一切。"假使曲端忤我，我亦斩之。"不知怎么，王庶这句话传入了曲端耳里，于是两人结下仇怨。这一点为金人侦知，于是并力攻打鄜延。

曲端的刚愎与自负是有原因的。曲端的父亲叫曲涣，阵亡于西北前线，彼时曲端年仅三岁。曲端凭着自己的刻苦努力，短短数年间，由一名秦凤路队将，升至陕西制置司都统制。在老一辈将领要么殉国于河东前线和开封城外，要么随高宗赵构去了南方的当下，曲端是西北前线最敢战和善战的将领。

金兵进攻延安，曲端领万余泾原兵驻守淳化，即今日咸阳境内。王庶多次移文曲端，命解延安之围。曲端说延安有兵，可以自守，他将率军攻其必救之地。王庶一连派出十几拨人，曲端口头答应出兵，实际上按兵不动。

转运判官张彬问曲端："到底什么时候前往鄜延？"曲端反问张彬："当年李纲率三路大军解太原之围，未能成功。我要是被打败了，金兵将长驱直入。是整个陕西重要，还是鄜延一路重要？"

曲端不救延州，根本原因是他心底有气。

王庶庆阳人，曲端镇戎军人，两地相距不远，属于乡党。王庶于崇宁五年（1106）进士及第，历任保定知县、怀德军通判等职。曲端自幼在战场上摸爬滚打，文臣与武将之间，天生有一层隔膜。可忽然间，朝廷升王庶龙图阁待制、鄜延路安抚使兼知延安府、节制陕西六路兵马，成了曲端的上司。尽管王庶命曲端为制置司都统制，仍属王庶的部下。为此，曲端心底十分不快。

还有，建炎二年（1128）六月，朝廷命曲端以集英殿修撰的身份知延安府。谁知曲端在延安知府的位置上还未坐稳，调来王庶。在曲端看来，他名义上是制置司都统制，实际上是为王庶腾位置。曲端只得带着他的泾原军气呼呼地回返渭州。这时候，曲端心底的不快变成了一股怨气，甚至怒火。

曲端先是派吴玠出兵前往华州，自己率兵出击蒲城。华州没有金兵，蒲城有金兵曲端围而不打。接下来移兵耀州，最后回师襄乐，襄乐属环庆路，在如今甘肃宁县，距离延安好几百里。

由于曲端不配合，延安陷落。

王庶安顿好溃卒，来到襄乐。心底憋着一口怨气的曲端，压根不把王庶放在眼里，刚入军营就给王庶下马威：命王庶每入一门亲卫减去一半，当来到曲端军帐时，王庶身边仅有一两名护从。直到这个时候，王庶才恐惧起来。天高皇帝远,又是乱世,什么事情都有可能发生。

曲端一身戎装出来见王庶,声色俱厉地数落其丢失延安之罪。人在屋檐下,不得不低头,王庶没有任何辩解,只说自己有罪,听候朝廷发落。

曲端没收了王庶的制置使印,留下制置司属官,命王庶回鄜延待罪。

朝廷得知后,不仅没有处分曲端,反而准备升曲端为鄜延路经略安抚使。

就是这个时候,张浚一行来到兴元府。

兴元府位于汉中,古称梁州。兴元元年(784),朱泚叛乱,唐德宗进入梁州避难,那时正值春暖花开,碧云蓝天,莺飞草长,老百姓箪食壶浆,相迎于道。叛乱敉平后,德宗返回长安,改梁州为兴元。以帝王年号为地方命名,以兴元开始。

张浚建议赵构巡幸兴元,可惜金兵已经于黄州过江,赵构即便想来,路途也充满凶险。

初到陕西的张浚记载寥寥,在《宋史·张浚传》中,只说"出行关陕,诏问风俗,罢斥奸赃,以搜揽豪杰为先务,诸将慴息听命"。

大约是,从赵构避难海上的那段日子起,张浚开始对陕西军政进行整顿。根据现存的史料,至少对熙河、泾原、秦凤、环庆、永兴军等路帅守进行了调整,他们是:

刘锜为泾原路经略安抚使;

赵哲为环庆路经略安抚使;

刘锡为熙河路经略安抚使;

孙渥为秦凤路经略安抚使;

吴玠为永兴军路经略安抚司公事。

其中,刘锡、赵哲是张浚从江南带来的,刘锜是张浚来到陕西后提拔的。《宋史·刘锜传》云:"张浚宣抚陕西,一见奇其才,以为泾原经略使兼知渭州。"刘锡与刘锜均为原熙河路经略安抚使刘仲武的儿子。刘锡很早补官,曾任步军都指挥使。刘锜是赵构在应天府登基后,从刘仲武的儿子中选拔将才,得以召见,圣上特授合门宣赞舍人,职务是岷州知州、陇右都护。

至于吴玠,是参议军事刘子羽举荐的。张浚召见吴玠,经过交谈,心情大悦,授统制之职,弟弟吴璘掌帐前亲兵。

在赵构和他的南渡朝廷颠沛流离时，张浚在大西北汇聚了一批文臣武将：王庶、刘子羽、吴玠、吴璘、郭浩、刘锜等。很快，这些人均成了南宋立国的栋梁之材。

如何安置曲端，张浚一时拿不定主意。

建炎四年（1130）正月，张浚刚到陕西不久，金兵进攻陕州。陕州位于长安以东，横跨黄河，州治在黄河南岸。崤、函二关位于陕州境内，是南北咽喉，历来为兵家所争。

陕州守将是李彦仙。

李彦仙原名李孝忠，为种师中部将，因公开反对朝廷命李纲主导军事，说李纲不知兵，恐误国事，而遭到通缉。后来改名李彦仙，重新投军。赵构继位后，李彦仙因功升为石壕尉。金兵犯河东，李彦仙带兵坚守三嘴山。陕州沦陷后，金人招录原来官员，李彦仙动员一些有正义感的士人进入陕州。一日引兵攻陕州，李彦仙虚张声势攻南门，悄悄来到东北角，士人为内应，陕州一战而下。继而乘胜过河，于中条山下寨设防，整个陕州尽为李彦仙收复。

这一次完颜娄室攻打陕州，号称兵马十万。李彦仙向张浚求援，张浚初到陕西，脚跟尚未站稳，只是去信李彦仙，要他空城清野，据险而守，伺机而动。

完颜娄室这一次攻打陕州采取的是车轮战法。将兵马分为十队，一队兵马攻城一天，歇息九天。李彦仙不愧老将，十万金兵一连攻打了三十三天。

由于城中断粮，李彦仙再次向张浚求救。张浚命都统制曲端救援陕州，曲端始终不奉命。《宋史·李彦仙传》云："端素疾彦仙出己上，无出兵意。"如果此说成立，曲端就不是性格刚愎问题，而是嫉贤妒能，人品不端。

张浚出秦州，亲自带兵去救李彦仙，走到长安，道路受阻。

陕州坚守三十三天后被金兵攻破。李彦仙率残兵巷战，浑身中箭多处，左臂也被金兵砍伤，完颜娄室惜其才，不忍杀他，希望生擒，李彦仙得以溃围以出。但是，突围而出的李彦仙听说金兵进入陕州后疯狂屠城，痛心疾首，说："是我的坚守连累了他们，我有何面目活在世上！"遂投河而死，年仅三十六岁。

应该说，李彦仙之死，曲端负有责任。但张浚没有追究。反而筑坛拜将，升曲端为陕西宣抚处置使司都统制。

究其原委，估计与张浚的人事调整还没有到位有关。从建炎元年（1127）

起，曲端就治兵泾原，陕西最能战斗的精兵在曲端掌控之中。要剥夺曲端军权，先升曲端为都统制，后调陇右都护刘锜为泾原帅，是最为稳妥的办法。另外，陕西目前将领，曲端资历老，威望高，处置不好动摇军心。

转眼到了建炎四年（1130）九月。九月是一个秋防的季节。自从游牧民族在北方高原崛起以来，秋防与就冬夏季节一样岁岁如期而至。秋高马肥，适宜征战，于是出塞犯关，乘高而下，弄得中原王朝每逢秋季就神经兮兮。

果不其然，入秋，金兵在淮河流域异常活跃。

首先，完颜宗弼南下攻破高邮军，英勇善战的大刀薛庆被杀，金兵重新占领扬州。紧接着，完颜昌从山东而下，准备联合完颜宗弼进攻楚州。

除了金兵攻势逼人，淮河以南治安形势也在恶化。京西地区群雄乱起，太平洲水域有崔增横行，淮西有李成称霸，荆湖南北两路有曹成、马友、李宏、刘忠等四寇流窜，还有钟相起事于鼎州，糜烂洞庭……

建炎三年冬天的情景会不会再现？完全有这个可能。去年只有完颜宗弼一支人马，今年完颜昌从山东过来了。如果由完颜昌控制江北，深入江南的完颜宗弼便再无后顾之忧。到那时，朝廷的颠簸之旅将更加凶险。

如何解朝廷之危？

张浚决定在陕西富平与金兵决战。

关于这次决战，与苗刘兵变一样，历史上一直存在争议。其实，这种争议本不该成立，为什么要举行富平会战，在《宋史》张浚本传与刘子羽本传里已经讲得十分清楚。

《宋史·张浚传》载："时金帅兀朮犹在淮西，浚惧其复扰东南，谋牵制之，遂决策治兵，合五路之师以复永兴。金人大恐，急调兀朮等由京西入援，大战于富平。"

此记述非常清晰地表明，发起富平会战，就是为了牵制完颜宗弼，不让建炎三年冬天那一幕重演。

《宋史·刘子羽传》云："金人窥江、淮急，浚念禁卫寡弱，计所以分挠其兵势者，遂合五路之兵以进。子羽以非本计，争之。浚曰：'吾宁不知此？顾今东南之事方急，不得不为是耳。'"

刘子羽是刘韐之子，金兵第一次南下，留守真定。张浚宣抚川陕，辟为参议军事。张浚是一个眼界极高的人，能够被他辟为参议官，充分证明刘子羽才干不凡。与金兵在富平决战，刘子羽是反对的。一个幕僚与主官争执，那一定握有充分的道理。然而，刘子羽是小道理，张浚是大道理。张浚清楚决战有风险，很可能打败仗。"吾宁不知此？"你们口干舌燥说了这么多，将利弊分析得如此透彻，决战对我们很不利，我能不知晓？我知晓，统统知晓。问题是，"东南之事方急"，涉及宋室能否延续，与国家是否存亡，我"不得不为之耳"。打胜仗固然好，打败仗也要打。

可以想见，对于张浚，这个将声誉看得比生命还要贵重的四川人，在决定打这一仗时，心中升起的是一股难以言说的悲凉。

大约八月间，陕西五路大军逐渐向富平汇聚。这座位于陕西中部的小城，处于关中平原与陕北高原过渡地带，因富庶太平而得名。可此时，这块富庶太平之地，铁马金戈，战云密布。

完颜娄室感到了威胁。完颜宗翰直接指挥的西路军精锐全部在这里，如果此战失败，不仅无法进入陕西、河东，甚至大同都有可能丢失。谍报显示，宋军集结了近三十万兵力，是金兵的数倍。

为了增强西路军的力量，大元帅府决定调完颜宗弼所部西来，进入陕西，参与富平会战。

《金史·宗弼传》云："宗弼渡江北还，遂从宗辅定陕西。"

这个记录实在过于简略，宗弼过江时间应该在建炎四年（1130）四月底，根据诸多史料记载，金兵在长江南岸被困两个多月。由于截断了运河水道，韩世忠将宗弼逼进了黄天荡。宋军与金兵在黄天荡相持四十八日。最后在当地人士指引下，一夜凿渠三十里，宗弼方才脱困过江。之后在淮东一带驻扎休整。进入秋天，宗弼一军开始行动，下六合，攻占高邮军与扬州，正准备联合完颜昌围攻楚州，接到大元帅府调令。

与完颜宗弼一起来到富平前线的还有驻扎在燕京的右副元帅完颜宗辅。留在东线的只有完颜昌一军。从后来看，完颜昌一支孤军在淮东没有多大作为，缩头湖一战被张荣打败，后撤至涟水一带。

当完颜宗辅和完颜宗弼率领东路军主力赶到富平后，金兵人数应该超过了十万人。至于宋军兵力，《金史·世纪补》指出："张浚骑兵六万，步卒十二万。"

从兵力规模上讲，宋军占优，问题是，宋军士气还没有恢复，金兵战斗素养远比宋军强。尤其金人骑兵，相当精锐。

关于这场战斗，曲端是极力反对者。不仅反对，还与张浚打赌，赌的是宋军必败。张浚将其免职，临时指派熙河帅刘锡为都统制。刘锡与刘锜虽然同为刘仲武的儿子，刘锡指挥的富平之战与刘锜指挥的顺昌之战，相差甚远。

如果曲端坚定地与张浚站在一起，由曲端指挥这场战役，结局会不会迥然不同？

历史不相信如果。

按照《金史·世纪补》所载，战役的经过应该是这样的：完颜娄室本来已经占据了永兴军路与鄜延路大半，由于张浚的到来，加强了攻势，权永兴军路经略使吴玠拿下了长安，环庆经略使赵哲收复了鄜延路失陷的州郡。秋防将至，熙河、秦凤、泾原诸路兵马源源不断东来，完颜娄室受到压迫，兵力收缩于长安以南，金兵占领的城池重新回到宋军手里。

完颜宗翰对太宗吴乞买说，以前伐宋，分为东西两路。目前陕西五路兵力雄劲，当并力攻取。江北只留下完颜昌一军，宗弼以精兵二万先往洛阳，于八月往陕西。完颜宗干、完颜宗辅、完颜谷神三人选一人前往陕西。

吴乞买同意宗翰的建议，派右副元帅宗辅来到富平。

这场战事，宋人的史料不多，且较敷衍。近三十万人的一场大战，即便是在整个冷兵器时代，这样规模的大战也不多。

按照《金史》记载，这是一场高烈度战役。

在《金史·娄室传》中，有这样一段文字：当时完颜娄室病了，由完颜宗辅为战役总指挥。"宗弼左翼军已却，娄室以右翼力战，军势复振，张浚军遂败。"

这则史料告诉人们，是金兵首先发起进攻，完颜宗弼率领的两万精兵攻打宋军左翼，完颜娄室攻打宋军右翼。进攻很不顺利，"已却"，就是宋军挫败了两万金兵的进攻势头，开始反击，金兵抵挡不住，节节败退。靠的是娄室在右翼力战，才避免了全军崩溃。

《金史·宗弼传》中记录得较为详细："与张浚战于富平，宗弼陷重围中，韩常流矢中目，怒拔去其矢，血淋漓，以土塞创，跃马奋呼搏战，遂解围，与宗弼俱出。"

燕人韩常是宗弼麾下一员悍将，善射，史称"射必入铁"。在明州，与张俊反复争夺高桥的就是韩常。这一次，韩常居然与宗弼深陷重围，还被射瞎了一只眼睛。"怒拔去其矢，血淋漓，以土塞创，跃马奋呼搏战"，既描写了一员大金将领的骁勇，也反映了战斗的残酷。

还有《金史·赤盏晖传》："富平之战，晖在右翼，遇泞而败"，宗辅"念其功，杖而释之"。

赤盏晖是辽朝降将，隶属东路军，攻河北，下山东，鲜有败绩。但是在富平，他败了。

而且赤盏晖在右翼，与完颜娄室的西路军一同进攻。由此看来，右翼的战事也非常激烈。

当然，宋军最后不敌金兵，富平之战以宋军溃败告终。战后追责，众将都说是环庆兵先走。据《建炎以来系年要目》所称，金兵发动进攻时，赵哲不在军中。有这种可能，既然进攻是金人发起的，就带有突然性。主将不在战场，作战效能必定大打折扣。应该说赵哲为张浚挑选，从江南带到陕西，任环庆帅，对张浚的忠诚和军事指挥才能毋庸置疑，他率领环庆军收复延安就是证明。大敌当前，擅自离军，造成富平之败。

《三朝北盟会编》记载，十月一日，在邠州，张浚问，是谁造成了这次失败？"众皆言环庆兵先走。浚即令拥环庆经略使赵哲斩之。"赵哲不服，说自己收复延安有功。负责刑狱的军官用铁骨朵击打赵哲的嘴巴，让他"血流不能作声"。

是的，赵哲必须闭嘴。别说你擅自离军，这场战役原本就不该打。一场不该打的战役违心地打了，失败了，这个责任谁负？张浚吗？

在李心传的《建炎以来系年要目》里清清楚楚写着："会上亦以敌聚兵淮上，命浚出兵分道由同州、鄜延以捣敌虚。"

皇帝赵构见完颜宗弼、完颜昌"聚兵"淮东，命令张浚出兵同州，或者出鄜延路捣敌之虚，以解江南之危。正是有了这道旨令，张浚才有利用吴玠收复了长安和赵哲夺回了鄜延这一大好局面，决定在富平地区摆开与完颜娄室决战的态势，调动淮东金兵西进。可除了《建炎以来系年要目》外，无论是高宗纪，还是张浚本传，均没有富平之战来自最高旨意的只言片语。没有只言片语，不能说没有这方面信息，富平之战后，张浚上书待罪，"帝手诏慰勉"。打了败仗，皇帝还"手诏慰勉"，什么意思？种种迹象表明，张浚不可能为此战负责。既然张浚不可能负责，也就只能是大战之时擅自离军的赵哲了。

富平失利后果很严重，由于将金兵主力吸引到了陕西，使得陕西战局迅速恶化，短短数月即大部沦陷。川陕宣抚处置使司只得退至兴州，即今日陕西略阳。

当然，对于南渡朝廷而言，战略目的实现了。随着伪齐政权的建立，金兵的进攻重点离开了东南。张俊、岳飞、韩世忠、刘光世等将领利用这一大好时机，在平定内乱中迅速壮大，很快形成四大重兵集团，彻底控制了淮河以南广大区域，稳定了长江防线。

但是，在川陕交界处，危机没有解除。既然金兵将主攻方向转到了陕西，由陕入川进入了金人的战略构想。

要感谢张浚，将一个人推到了陕西都统制的位置，他就是前面提到的吴玠。吴玠出生在德顺军，典型的西北人。德顺军是庆历三年（1043）设置的一个军政单元，下辖笼竿、羊牧隆、静边、德胜四寨。《宋史·吴玠传》说，"以良家子隶泾原军"，看来没有任何背景，从基层士兵做起，经历了无数血战，升至一方大帅。

陕西丢失，大西北五路宋军全部撤往四川，吴玠收拾溃兵，奉命守卫由陕入川的重要关隘和尚原。

金人在凤翔设立大本营，随着完颜娄室病逝，完颜宗辅任命撒离喝总领陕西兵马。一年后，也就是绍兴元年（1131）九月，完颜宗弼率十万金兵出凤翔，进抵川陕交界处，企图一举拿下和尚原，进入四川。吴玠挑选最好的射手，组建"驻矢队"，利用和尚原有利地形设伏，当金兵到来，万弩齐发，金兵大乱，吴玠纵兵夜击，完颜宗弼被流矢所伤，仅以身免。

关于这次战斗，《金史·宗弼传》有记载："攻吴玠于和尚原，抵险不可进，乃退军，伏兵起，且战且走，行三十里，将至平地，宋军阵于出口，宗弼大败，将士多战没。"

《金史·撒离喝传》也有记载："宗弼军败于和尚原，上褒美撒离喝而戒励宗弼。"

这一仗，打得大金国第一骁将完颜宗弼蛰伏了将近三年。

从绍兴元年起年,完颜撒离喝在川陕交界处与宋军展开拉锯战。总的来看,撒离喝胜少负多。有一次金兵占据金州、兴元府,宋金双方在饶凤关搏杀了六天六夜,最后仍然撤出汉中地区。撤退途中,遭到吴玠反击,沿途损兵折将,伏尸累累。

绍兴四年(1134)二月,缓过神的完颜宗弼再次来到凤翔,金兵集中十万大军向和尚原发起进攻。这一次金兵准备得非常充分,就连伪齐政权在四川的主要官员都物色好了,撒离喝带在身边。

金兵来势凶猛,为了确保四川安全,吴玠命弟弟吴璘放弃位置过于突出、粮草补给较远的和尚原,退守仙人关。

仙人关位于甘肃徽县东南嘉陵江东岸,与略阳县北相连,既是陕西至四川的咽喉,又是由关中、天水进入汉中的要害之地。吴玠在仙人关东北长岭附近修筑营垒,屯兵驻守,取名杀金坪。

吴璘撤退后,金兵在铁山凿崖开道,循岭东下。经过七昼夜边打边撤,在吴玠的配合下,吴璘终于率军返回了杀金坪。

金兵先是攻打仙人关,被吴玠击退,转而进攻杀金坪。吴璘拔刀画地,对手下将领说:"死则死此,退者斩!"

金兵分军为二,宗弼在东,韩常在西。金兵竖云梯向关上进攻,继而又增添新生力量,人被重铠,铁钩相连,鱼贯而上。吴璘一军由于转战了七天七夜,十分疲劳,不得不放弃杀金坪,退守第二道关隘。

夺得杀金坪的金兵士气大增,担任进攻的金兵都经过精心挑选,千取百,百取十,披重铠,登山攻险。一人在前,二人随后,前者死,后者被其甲以进。又死,则又代之如初。金兵志在必得,宋军退无再退。双方早已将生死置之度外,只有对胜利的渴盼。

吴玠部将杨政用撞竿毁其云梯。吴璘命"驻矢队"放箭,顿时矢下如雨,死者层积。即便如此,金兵仍然没有停止攻击,踏着成堆的尸体往上攀爬。撒离喝非常自信地说:"这道关卡我拿下了!"

第二天,金兵攻打西北角。宋军小将姚仲登楼酣战,眼看楼将倾覆,以丝帛为绳,将其挽正。金兵用火攻楼,宋军用酒缶盛水扑灭。

第三天,吴玠命部将田晟率"长刀""大斧"两支队伍出击。这两支人马估计是专门为对付金人骑兵组建的。以长刀、大斧制骑是宋军从实战中摸索出来的战法。

到了第五天，吴玠见金兵已疲，发起反攻。

反攻果敢凌厉，一名叫郭振的宋军将领，因为反击不力被当场斩首。反击战除了果断凌厉，还配合偷袭与伏击，让金兵摸不着头脑。是夜，金兵退出铁山，返回凤翔。

"本谓蜀可图，既不得逞，度玠终不可犯，则还据凤翔，授甲士田，为久留计，自是不妄动。"这是《宋史》的编者在吴玠本传中对金兵犯蜀所得出的结论。

仙人关之战，是确保南渡宋廷站稳脚跟的最后一战。自此，这个在风雨飘摇中诞生的小小宋室王朝，终于走出了覆亡的阴影。远在混同江畔的女真人，不得不万般无奈地收起他们的野心，重新打量这个被他们轻蔑的政权。或许，他们十二分的迷茫不解，这个政权到底怎么啦，明明是那么的不经打，衰弱得像个病妪，怎么忽然间活过来了？而且是满血复活！那种久违的敬畏又慢慢苏醒。女真人不得不调整对宋战略，用新的眼光望着南方大地。绍兴议和，至此进入金廷视野。

不知女真人是否有所觉察，是一群从大西北走出来的军人，支撑起了大宋山河危局。

就在饶凤关之战落幕不久，张浚被紧急召回杭州。

张浚离开四川，是御史中丞辛炳一而再，再而三弹劾的结果。说张浚"藉宽西顾之忧，乃玩敌于边陲"；"轻失五路，坐困四川，兵溃莫收，怨结于下，始嫁败亡之祸，斩将及于无辜"；说张浚败师误国，"虽身膏斧钺不足以谢富平三十万之众"；说张浚跋扈不臣，藐视朝廷，"虽投畀魑魅不足以快忠臣义士之愤"。

与张浚同时受到弹劾的还有刘子羽。说"子羽凶暴残刻，敢于为恶，首倡富平之议，遂致全秦之失"。又说"子羽在浚幕中最为横恣，虽浚之凶焰亦畏其挟持，莫敢谁何，川陕之人切齿恨怨"。

很快，张浚、刘子羽双双落职，并且一次次加重处分，直至张浚福州居住，刘子羽白州安置。

刚刚站稳脚跟的南渡宋廷开始折腾。

没有办法，这就是一个王朝的宿命。

参考史料

《宋史》

《辽史》

《金史》

《西夏书事》

《契丹国志》

《大金国志》

《续资治通鉴》

《续资治通鉴长编》

《续资治通鉴长编拾补》

《续资治通鉴长编纪事本末》

《三朝北盟会编》

《建炎以来系年要录》

以及《涑水记闻》《梦溪笔谈》《独醒杂志》《泊宅编》《渑水燕谈录》等宋人笔记。